KB046791

스톡홀름
그랜드 호텔
국립미술관

단빅스브론

나카

살트셰바덴

스톡홀름 군도

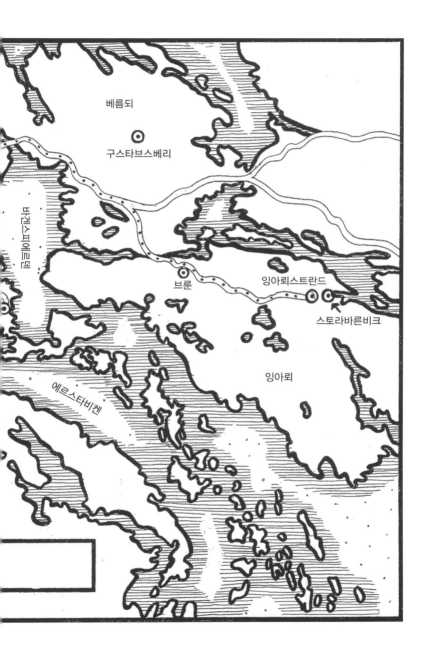

불을
가지고 노는
소녀

밀레니엄 2권

불을 가지고 노는 소녀

스티그 라르손 장편소설

임호경 옮김

문학동네

일러두기
1. 주석은 모두 옮긴이주이다.
2. 본문 중 고딕체는 원서에서 이탤릭체 등으로 강조한 부분이다.
3. 인명, 지명 등 외래어는 국립국어원의 외래어표기법을 따랐으나 일부는 관습표기
   를 존중했다.
4. 장편 문학작품과 기타 단행본은 『 』, 단편소설과 시는 「 」, 연속간행물과 곡명 등은
   〈 〉로 구분했다.

등장인물

리스베트와 주변인물

리스베트 살란데르 실력자 해커. 자신의 능력을 숨기고 살아간다.

앙네타 살란데르 리스베트의 엄마.

카밀라 살란데르 리스베트의 여동생.

홀게르 팔름그렌 변호사. 리스베트의 전 후견인.

닐스 에리크 비우르만 변호사. 리스베트의 현 후견인.

드라간 아르만스키 보안회사 '밀톤 시큐리티' 대표.

미리암 우 리스베트와 가까운 친구.

플레이그 리스베트의 해커 동료.

미카엘과 사회고발 잡지 〈밀레니엄〉

미카엘 블롬크비스트 탐사기자. 〈밀레니엄〉 공동 사주 겸 발행인.

에리카 베리에르 〈밀레니엄〉 공동 사주 겸 편집장.

크리스테르 말름 〈밀레니엄〉 공동 사주 겸 디자이너.

말린 에릭손 편집부 차장.

모니카 닐손 편집부 기자.

헨리 코르테스 편집부 기자.

로티 카림 편집부 기자.

소니 망누손 광고 유치 담당자.

다그 스벤손 편집부 임시기자.

미아 베리만 범죄학자.

스톡홀름 검찰청 및 경찰청

리샤르드 엑스트룀 검찰청 소속 검사.

얀 부블란스키 경찰청 강력반 반장.

소니아 모디그 경찰청 강력반 형사.

한스 파스테 경찰청 강력반 형사.

쿠르트 스벤손 경찰청 강력반 형사.

예르케르 홀름베리 경찰청 소속 현장감식관.

그 외 인물들

그레게르 베크만 조형예술가. 에리카의 남편.

안니카 잔니니 변호사. 미카엘의 여동생.

군나르 비에르크 스웨덴 국가안보기관 '세포Säpo' 외국인 담당 특별부 차장.

살라 스웨덴 범죄조직의 리더.

로날드 니더만 살라의 범죄조직원.

칼망누스 룬딘 폭주족 클럽 'MC 스바벨셰' 회장.

소니 니에미넨 폭주족 클럽 'MC 스바벨셰' 부회장.

페테르 텔레보리안 정신과 전문의.

파올로 로베르토 전직 복싱선수.

프롤로그

그녀는 좁다란 철제 간이침대에 묶여 있었다. 온몸을 옭아맨 가죽 끈들로 옴짝달싹할 수 없었는데 마구馬具처럼 생긴 굵직한 벨트가 흉곽을 단단히 조이고 있었다. 그렇게 누워 있는 그녀의 두 손목은 가느다란 가죽끈으로 침대 양쪽 강철봉에 묶여 있었다.

벗어나보려는 모든 시도를 포기한 지 오래였다. 정신은 깨어 있었지만 눈은 감은 채였다. 눈을 떠봐야 아무 소용 없었다. 보이는 건 시커먼 어둠에 문틈으로 가느다랗게 새어드는 빛줄기가 전부였다. 입에서는 고약한 맛이 느껴졌다. 지금처럼 이를 닦고 싶은 욕구가 맹렬한 적도 없었다.

의식의 일부는 항상 팽팽히 긴장하고 있었다. 발소리를 탐지하기 위해서였다. 그 소리는 바로 그가 오고 있음을 의미했으니까. 저녁때라고만 짐작될 뿐 정확히 몇시인지는 전혀 알 수 없었다. 하지만 지금은 그가 방문하기에 너무 늦은 시간이라는 건 어렴풋이 알 수 있었다. 그녀는 갑자기 침대가 진동하는 걸 느끼고 눈을 떴다. 건물 어디선가 기계 같은 것이 작동하기 시작한 모양이다. 하지만 얼마 지나지 않아, 들려오는 이 소리가 현실인지, 아니면 자신의 상상이 빚어낸 것인지 분간할 수 없었다.

그녀는 머릿속에 엑스 하나를 새겨 또 하루를 지웠다.

갇힌 지 43일째 되는 날이었다.

코가 근질거렸다. 그녀는 베개에 코를 비벼보려고 고개를 돌렸다. 삐질삐질 땀이 배어나왔다. 실내는 후덥지근하고 답답했다. 간소한 나이트가운 하나를 걸치고 있었는데 뒤가 접혀서 등이 배겼다. 그녀는 엉덩이를 최대한 움직여 엄지와 검지로 옷자락을 붙잡는 데 성공했다. 그리고 조금씩 바깥쪽으로 잡아당겼다. 다른 손으로도 시도해보았다. 하지만 등뒤의 주름들은 여전히 남아 있었다. 매트리스는 울퉁불퉁하고 불편했다. 이렇게 혼자 갇혀 있고 보니 예전에는 의식하지 못했던 아주 미세한 감각들까지 굉장히 크게 느껴졌다. 가슴을 누르고 있는 벨트가 꽉 조이긴 했지만 몸을 돌려 옆구리로 누울 틈은 있었다. 하지만 그렇게 누우면 한쪽 팔이 등뒤로 젖힌 자세가 되어 금방 저려왔다.

지금 그녀의 정신을 지배하고 있는 감정은 단 하나, 갈수록 커져가는 맹렬한 분노였다.

동시에 그녀는 고통받고 있었다. 무슨 생각을 하든 앞으로 일어날 일에 대한 끔찍한 상상으로 발전했다. 그녀는 옴짝달싹못하고 이렇게 무방비로 방치된 상태가 너무나도 싫었다. 이런 상황을 잊고 시간을 보내려고 다른 생각에 집중해보기도 했다. 하지만 어김없이 불안감이 스멀스멀 새어나와 유독한 구름처럼 주위를 떠돌며 모공 속으로 스며들고 급기야 그녀의 존재 전체를 중독시키려 했다. 결국 그녀는 깨달았다. 이런 불안을 떨치는 가장 좋은 방법은 어떤 강력한 환상에 몰입하는 것이라는 사실을. 그녀는 눈을 감고 휘발유 냄새를 떠올렸다.

그는 차창을 내린 채 운전석에 앉아 있었다. 그녀는 자동차로 뛰어가 열린 창틈으로 휘발유를 붓고 성냥을 긋는다. 이 모든 일이 눈 깜짝할 사이에 벌어진다. 순식간에 화염이 일어난다. 그는 괴로움에 몸을 뒤틀고, 그녀의 귀에는 공포와 고통에 찬 그의 비명소리가 들려온다. 살 타는 냄새, 그리고 자동차 내부의 플라스틱과 시트가 타들어가며 한층 더 매캐한 냄새가 그녀의 코를 찌른다.

그러다 잠들었던 모양이다. 그가 오는 소리를 듣지 못했으니까. 하지만 문이 열리는 순간에는 완전히 깨어 있었다. 입구에서 빛이 쏟아져들어왔다. 눈을 뜰 수 없을 정도로 밝은 빛이었다.

어쨌든 그가 왔다.

그는 키가 컸다. 몇 살인지 정확히 알 수 없었지만 어쨌든 그 역시 성인이었다. 덥수룩한 적갈색 머리, 검은 테 안경, 그리고 듬성듬성한 짧은 턱수염. 그에게서는 애프터셰이브 로션 냄새가 났다.

그녀는 그의 냄새를 증오했다.

그는 침대 발치에 서서 말없이 오랫동안 그녀를 내려다보았다.

그녀는 그의 침묵을 증오했다.

그의 얼굴은 어둠 속에 잠겨 있었다. 역광 때문에 검은 실루엣으로만 보였다. 갑자기 그가 그녀에게 말했다. 목소리는 낮고도 명확했으며 한 마디씩 또박또박 말했다. 하지만 어딘지 모르게 부자연스러웠다.

그녀는 그의 목소리를 증오했다.

그가 생일을 축하한다고 말했다. 오늘이 그녀의 생일이라고 했다. 불쾌감이나 비꼬려는 의도는 느껴지지 않았다. 중립적이고 무표정한 음성이었다. 그녀는 어둠 속에 잠긴 그의 얼굴이 자신을 향해 미소 짓고 있다는 사실을 알 수 있었다.

그녀는 그를 증오했다.

그가 다가와 침대 모서리를 돌아서더니 그녀의 머리 가까이에 섰다. 그녀의 이마에 축축한 손등을 대보다가 머리카락 속으로 손가락을 집어넣어 빗처럼 부드럽게 쓸어올렸다. 딴에는 친밀한 몸짓이라고 생각했던 모양이다. 바로 그가 그녀에게 주는 생일선물이었다.

그녀는 그의 손길을 증오했다.

그는 그녀에게 말하고 있었다. 그녀는 그의 입이 움직이는 걸 보았지만 목소리가 자기 안으로 들어오는 걸 허용하지 않았다. 듣고 싶지 않았다. 대답하고 싶지도 않았다. 언성이 높아지는 게 느껴졌다. 그녀가 대답을 거부하자 그의 목소리에 약간 짜증이 배어들고 있었다. 그는 상호 신뢰에 대해 말하고 있었다. 그렇게 몇 분이 흘렀고 결국 그는 입을 다물었다. 그녀는 그의 시선을 무시했다. 그는 어깨를 으쓱하더니 다시 침대를 돌면서 가죽끈들을 고쳐 묶었다. 흉곽을 고정한 벨트를 한 칸 더 조여 맨 다음 그녀 위로 몸을 굽혔다.

그녀는 재빨리 왼쪽으로 몸을 돌렸다. 가죽끈들이 허용하는 안에서 그로부터 최대한 멀리 벗어나고 싶었다. 턱까지 다리를 들어올려 그의 머리를 향해 세차게 한 방 날렸다. 목젖을 겨냥했지만 턱밑 어딘가에 엄지발가락 끝이 스쳤을 뿐이다. 하지만 그는 예상이라도 한 듯 잽싸게 피했다. 타격은 지극히 경미했다. 거의 느껴지지 않을 정도였다. 그녀는 다시 한번 시도해봤지만 그는 이미 멀리 벗어나 있었다.

그녀는 두 다리를 침대 위에 도로 내려놓았다.

흘러내린 이불이 바닥에 무더기를 이뤘다. 그녀는 나이트가운이 엉덩이 한참 위까지 말려올라간 걸 알아챘다.

그는 한동안 아무 말 없이 꼼짝 않고 서 있었다. 이윽고 다시 침대 발치로 내려와 가죽끈으로 발을 묶으려 했다. 그녀는 무릎을 굽혀 두 다리를 상체 쪽으로 올려보려고 했으나 그가 발목을 붙잡았다. 그리고 다른 손으로 무릎을 세차게 눌러 펴더니 가죽끈으로 발을 고정시켰다. 반대편으로 가서 다른 발도 그렇게 묶었다.

이제 그녀는 그의 처분만 기다려야 하는 상태가 되었다.

그는 이불을 주워올려 그녀의 몸을 덮어주었다. 그리고 침묵 속에서 이 분쯤 그녀를 응시했다. 어둠 속에서 그녀는 그가 흥분했음을 느낄 수 있었다. 그는 그 사실을 숨기고 있었지만, 아니 최소한 숨겨보려 했지만 말이다. 그녀는 그가 발기했음을 알았다. 한 손을 뻗어 그녀를 만지고 싶어한다는 걸 그녀는 알고 있었다.

이윽고 그는 몸을 돌려 방에서 나가 문을 닫았다. 그가 열쇠로 문을 잠그는 소리가 들렸다. 그녀가 침대에서 벗어날 가능성이라고는 전혀 없는 상황에 지나친 행동이 아닐 수 없었다.

그녀는 몇 분간 꼼짝 않고 누운 채 문틈 위로 새어들어오는 가느다란 빛줄기를 쳐다보았다. 그리고 몸을 움직여 가죽끈이 얼마나 꽉 묶였는지 가늠해보려고 했다. 무릎을 약간 굽힐 수 있나 싶었는데 이내 끈이 팽팽히 당겨졌다. 그녀는 몸에서 힘을 뺐다. 그렇게 허공에 시선을 고정한 채 솜털 하나 움직이지 않고 누워 있었다.

그녀는 기다렸다. 그리고 휘발유통과 성냥개비를 꿈꾸기 시작했다. 휘발유에 흠뻑 젖은 그가 보였다. 손안에 정말로 성냥갑이 있는 것만 같았다. 그녀는 그걸 흔들어보았다. 소리가 났다. 성냥갑을 열어 성냥개비 하나를 골랐다. 그가 뭐라고 지껄이는 소리가 들렸지만 귀를 닫아버리고 듣지 않았다. 성냥을 마찰면에 가져다 대면서 그의 표정이 변하는 걸 살폈다. 그녀는 마찰면에 황이 그어지는 소리를 들었다. 그것은 한동안 계속 울리는 천둥 소리 같았다. 성냥 끝에 화염이 피어오르는 모습이 보였다.

그녀는 굳은 미소를 지으며 마음을 단단히 먹었다.

열세 살 되던 밤이었다.

1 Jan

2 Feb

3 Mar

4 Apr

5 May

6 Jun

7 Jul

8 Aug

9 Sep

10 Oct

11 Nov

12 **Dec**

┃ 불규칙 방정식
12월 16일~20일

방정식은 미지수의 가장 높은 차수에 따라 분류된다.
이 값이 1이면 일차방정식이고, 2면 이차방정식이다.
2차 이상의 방정식에서 미지수는 여러 개의 값을 가질 수 있다.
이 값들을 근根이라 부른다.

일차방정식=(선형線形방정식)
$3x - 9 = 0$ (근 : $x=3$)

1장

12월 16일 목요일~12월 17일 금요일

리스베트 살란데르는 선글라스를 눈 밑으로 조금 내리고 모자챙 아래로 흘깃 곁눈질을 하며 보았다. 32호실 여자가 호텔 옆문으로 나와 수영장 둘레에 줄지어 놓인 흰색과 초록색 줄무늬 선베드 중 하나를 향해 걸어가는 모습을. 그녀는 앞쪽 땅을 내려다보며 잔뜩 집중한 얼굴이었다. 걸음걸이가 불안정했다.

리스베트는 지금까지 그녀를 멀리서만 봐왔다. 얼핏 서른다섯 살쯤 되어 보였지만, 스물다섯에서 쉰 살 사이 어디에 놔도 무방할 외모였다. 어깨까지 내려오는 갈색 머리에 갸름한 얼굴과 팽팽한 몸매가 마치 우편 판매 카탈로그에서 튀어나온 여성 속옷 모델 같았다. 여인은 검은 비키니에 비치 샌들을 신고 보라색 렌즈의 뿔테 선글라스를 끼고 있었다. 미국인이었고 남부 억양의 영어를 썼다. 그녀는 노란색 비치 모자를 벗어 선베드 옆에 내려놓은 후 '엘라 카마이클 바'의 종업원을 손짓으로 불렀다.

리스베트는 읽고 있던 책을 무릎 위에 내려놓고 유리잔의 커피를 한 모금 삼킨 뒤 담뱃갑을 향해 손을 뻗었다. 그러면서 고개는 돌리지 않고 시선만 수평선 쪽으로 옮겼다. 이렇게 수영장 테라스에 앉아 있으면 종려나무 한 무리와 호텔 담장 앞에 핀 수국 사이로 새파란 카리브해가 보였다. 흰 돛을 활짝 펼친 요트 한 척이 비스듬한 바람을 받으며 세인트루시아 혹은 도미니카가 있는 북쪽 방향으로 항해하고 있었다. 더 멀리로는 가이아나 혹은 그 근처에 이웃한 나라들을 향해 가는 화물선의 회색 실루엣이 가물거렸다. 가벼운 미풍 덕분에 아침의 열기는 견딜 만했지만 땀방울 하나가 눈썹 위로 천천히 흘러내렸다. 리스베트는 햇볕 아래 누워 몸을 태우는 걸 즐기지 않았다. 가급적 그늘에서 시간을 보내려 했고 지금도 차양 아래에 몸을 숨기고 있었다. 하지만 몸은 갈색으로 그을려 있었다. 그녀는 카키색 반바지에 검정 민소매 차림이었다.

리스베트는 바의 스피커에서 흘러나오는 스틸드럼*의 기묘한 음색에 귀를 기울였다. 음악에 대해서 그녀는 아는 게 별로 없었다. 닉 케이브**의 음악과 동네 댄스 파티 음악을 구분하지조차 못할 정도였으니까. 그런데 이상하게 스틸드럼에 매혹되었다. 드럼통을 악기로 사용할 수 있다는 게 믿기지 않았다. 게다가 그 드럼통이 지극히 개성적이면서도 통제 가능한 음악을 만들어내다니, 그 소리는 그녀에게 마치 마법 같았다.

리스베트는 갑자기 짜증이 솟는 걸 느끼며, 방금 바 종업원이 가져온 오렌지주스 잔을 받아든 여인에게로 시선을 옮겼다.

사실 리스베트와는 전혀 상관없는 사람이었다. 하지만 그 여자가 아직껏 여기 머물고 있다는 사실에 리스베트는 짜증이 났다. 이곳에 저 커플이 도착한 이후 나흘 동안 리스베트는 밤마다 그 방에서 들

---

* 드럼통을 개조해 만든 철제 타악기.
** 호주의 가수이자 배우(1957~).

려오는 소음에 시달려야 했다. 먼저 우렁우렁하면서도 약간 위협적인 목소리가 들린다. 그리고 울음소리와 뭐라고 거칠게 말하는 목소리가 뒤를 잇는다. 가끔 따귀를 때리는 소리도 들렸다. 여자의 남편으로 보이는 폭행의 장본인은 사십대 같았다. 복고풍으로 가운데 가르마를 탄 갈색 머리의 남자는 여기 그레나다*에 사업차 와 있는 듯했다. 리스베트로선 그가 무슨 일을 하는지 알 수 없었다. 그는 아침마다 재킷과 넥타이 차림으로 나타나 호텔 바에서 커피를 마신 뒤, 서류가방을 집어들고 대기하는 택시를 향해 종종걸음을 하는 모습이 보였다.

보통 오후 늦게 호텔로 돌아오는 그는 수영장에서 수영과 일광욕을 즐기며 아내와 함께 시간을 보냈다. 그리고 겉으로만 본다면 조용하고 사랑이 충만한 한 쌍의 모습으로, 저녁식사를 함께했다. 여자는 자신의 주량보다 한두 잔 정도 더 마시는 듯했지만 표정이 일그러지거나 소동을 피우는 일은 없었다.

그들의 말다툼은 밤 10시에서 11시 사이에 예외 없이 시작되었다. 리스베트가 침대에 누워 수학의 신비에 관한 책을 펼쳐 드는 시간이었다. 심각한 폭행의 기미는 없었지만 힐난으로 가득한 언쟁이었다. 벽 너머의 리스베트가 듣기에 끝도 없이 계속되는 지루한 다툼이었다. 지난밤 리스베트는 호기심을 이기지 못하고 발코니로 나갔다. 마침 옆방의 발코니 문이 열려 있어서 그들의 말다툼을 듣게 되었다. 남자는 방안을 왔다갔다하면서 자신은 쓰레기 같은 인간이며 자기 같은 놈에게 그녀는 과분하다고 지껄였다. 그러다 어떤 열등감에 사로잡혔는지 그녀가 자신을 위선자라고 생각할 거라는 말을 몇 번이고 되풀이했다. 그때마다 여자는 그렇지 않다고 대답하며 그를 진정시키려 애썼다. 하지만 그는 점점 더 화를 내면서 그녀를 붙잡고 흔

---

* 서인도제도의 조그만 섬들로 이루어진 나라로 수도는 세인트조지스이다.

들기까지 했다. 결국 그녀는 그가 기다리던 대답을 내뱉고 말았다. ……맞아요, 당신은 위선자예요. 그 즉시 남자는 강요된 자백을 빌미로 그녀의 행실과 성격을 공격하기 시작했고, 심지어는 창녀라고까지 불렀다. 리스베트의 목덜미 털을 쭈뼛 솟게 하는 표현이었다. 그녀를 향해 누군가 그렇게 말했다면 틀림없이 그자를 가만두지 않았으리라. 하지만 그녀와는 상관없는 남의 일이었다. 자신이 끼어들어 어떤 조치를 취해도 될지 결정을 내릴 수 없었다.

여자를 향한 남자의 비난을 듣는 내내 리스베트는 놀라움을 감출 수 없었다. 그러다 갑자기 따귀를 때리는 소리가 났다. 마침내 리스베트가 복도로 달려나가 32호실 문을 박차고 들어가리라 마음먹은 순간, 옆방에 홀연 정적이 찾아들었다.

그리고 그 여자가 지금 수영장 가장자리에 나와 있다. 리스베트는 여자를 살폈다. 어깨에 시퍼런 멍이 들었고 엉덩이께엔 가볍게 긁힌 자국도 있었지만 확연한 상처는 보이지 않았다.

9개월 전, 리스베트는 로마의 레오나르도 다빈치 공항에서 누군가 잊은 채 두고 간 잡지 〈포퓰러 사이언스〉의 기사를 읽다가 구면천문학*이라는 난해하기 짝이 없는 주제에 한순간에 빠져들었다. 발걸음은 자연스럽게 로마의 대학 서점으로 향했고, 이 분야에서 가장 중요한 책을 몇 권 샀다. 그런데 구면천문학을 제대로 이해하려면 복잡하고도 신비한 수학의 세계를 파고들어야 했다. 그래서 최근 몇 달간 세계 각지를 여행하는 중에도 틈틈이 현지 대학 서점에 들러 관련 서적들을 구입해왔다.

이렇게 구입한 책들은 대개 짐 속에 처박혀 있기 일쑤였다. 그녀의 공부는 그다지 체계적이지도 않았고 깊이 파고들 생각도 없었다. 하

---

* 행성의 크기, 위치, 움직임 등을 측정하고 연구하는 학문.

지만 이 모든 건 우연히 들르게 된 마이애미 대학교의 서점에서 L. C. 파르노 박사가 쓴 『수학의 차원』(하버드 대학교 출판부, 1999)이라는 책을 발견하기 전까지의 얘기다. 플로리다키스를 거쳐 카리브해로 여행을 떠나기 불과 몇 시간 전에 이 책을 발견한 것이다.

리스베트는 과달루페(그 형편없는 벽지에서 이틀), 도미니카(아름답고 여유로웠던 이곳에서는 닷새), 바베이도스(어느 미국 체인 호텔에서 하루, 자신의 존재를 달가워하지 않는 게 빤히 보여서), 그리고 세인트루시아(9일간) 등을 차례로 둘러보았다. 세인트루시아에서는 더 오래 머물 마음도 있었다. 하지만 호텔 바에 죽치고 앉아 그녀에게 시비를 걸어대는 미련한 동네 건달 때문에 기분을 잡쳤다. 결국 어느 날 저녁에 더는 참지 못하고 녀석의 머리를 벽돌로 내리쳐버렸다. 그러고는 병원비를 물어주고서 그레나다의 수도 세인트조지스행 페리에 몸을 실었다. 배를 타기 전까지는 들어본 적 없는 낯선 곳이었다.

11월의 어느 날, 아침 10시경 리스베트가 페리에서 내렸을 때 그레나다에는 열대의 비가 쏟아지고 있었다. 그녀가 읽은 관광안내서 『캐리비언 트래블러』에서는 그레나다를 '스파이스 아일랜드', 즉 향신료의 섬이자 세계 최대의 육두구* 생산지라고 소개했다. 인구는 12만 명 남짓인데, 20만 명이 넘는 그레나다인들이 미국, 캐나다, 영국 등지에 체류하는 사실을 보면 이 조그만 섬나라의 고용 시장이 얼마나 열악한지 짐작할 수 있었다. 국토 대부분은 휴화산 '그랜드에탕'을 중심으로 펼쳐진 산지였다.

그레나다는 과거 전 세계에 무수히 흩어져 있던 영국의 소규모 식민지 중 하나였다. 1795년에는 정치적 사건이 하나 있었는데, 쥘리

---

* 너트메그(nutmeg)라고도 불리는 향신료. 인도네시아 몰루카제도가 원산지이며, 향신료 중 비교적 최상품에 속한다.

푸에르토리코

바베이도스

세인트조지스 · 그레나다

트리니다드
토바고

베네수엘라

트리니다드

프티트마르티니크

힐스보로

캐리아코우

론데 섬

그렌빌

세인트조지스 ✪

그레나다

0   4   8   12 kr

앵 프동이라는 해방된 흑인 노예가 프랑스대혁명을 전범 삼아 반란을 일으켰다. 이에 대영제국은 군대를 파견해 수많은 반군을 도륙하거나 총살하고, 교수형에 처하거나 불구로 만들어버렸다. 당시 식민 정권의 문제가 대단히 심각해 일부 가난한 백인들까지 신분과 인종을 뛰어넘어 쥘리앵 프동의 반군에 합류했었다. 반란은 진압됐지만 그는 잡히지 않았다. 그랜드에탕 고지대로 도망가 그 지역의 로빈 후드가 되었다고 전해진다.

그로부터 2세기가 지난 1979년, 변호사 모리스 비숍이 다시 혁명을 일으킨다. 관광안내서는 그의 혁명이 쿠바와 니카라과의 공산 독재 체제를 지향했다고 설명하지만, 리스베트는 지역 교수이자 도서관 사서이자 침례교 전도사이기도 한 필립 캠벨을 통해 전혀 다른 역사적 진실을 알게 되었다. 그녀는 섬에 도착한 처음 며칠간 교수의 게스트하우스에 묵었다. 그에 따르면 국민들에게 높은 지지를 받았던 지도자 모리스 비숍은, UFO에 심취해 얼마 되지도 않는 국가재정을 비행접시 사냥에 쏟아부은 미친 독재자를 쫓아낸 인물이다. 그는 경제민주주의를 지향했고, 이 나라 최초로 남녀평등법을 제정했다. 그리고 1983년 암살당했다.

그의 죽음 이후 외무부 장관, 여성부 장관, 노조 지도자 등을 포함해 120명 가까이 목숨을 잃게 된 대학살이 벌어졌고, 결국 미국이 군사적으로 개입해 섬에 민주주의를 정착시키기에 이른다. 하지만 경제적 결과는 긍정적이지 못했다. 6퍼센트였던 실업률이 50퍼센트까지 치솟았고, 코카인 밀매가 나라의 가장 중요한 수입원으로 다시 부상했다. 필립 캠벨은 리스베트의 관광안내서를 살펴보더니 실망스러운 듯 고개를 저었다. 그리고 해가 진 뒤에는 가급적 만남을 피해야 할 부류와 거리를 알려주었다.

만일 그녀가 어떤 여자인지 알았다면 필립 캠벨은 자신의 충고가 별 필요 없다는 사실을 깨달았으리라. 그녀가 그레나다의 범죄들과 완전히 무관하게 지낼 수 있었던 이유는 다른 데 있었다. 그랜드안세 비치를 처음 본 순간 그 자리에서 사랑에 빠져버렸기 때문이다. 세인트조지스 바로 남쪽에 수 킬로미터 펼쳐져 있는 이 모래 해변은 인적이 꽤 드물어서 누구와도 마주치지 않고 몇 시간이고 조용히 산책할 수 있었다. 그리하여 그녀는 이 해변의 몇 안 되는 미국계 호텔인 키스 호텔로 숙소를 옮기고 칠 주를 머물렀다. 하는 일이라고는 해변에서 산책하거나 '치넙스'라고 불리는 현지 과일을 먹는 게 전부였다. 구스베리와 비슷한 맛이 나는 이 과일에 리스베트는 완전히 반해버렸다.

비수기이다보니 투숙객이 가장 많을 때에도 호텔은 3분의 1밖에 차지 않았다. 이처럼 평화롭고 조용한 곳에서 수학 공부에 몰두하려던 리스베트에게 생긴 유일한 문제가 바로 밤이면 옆방에서 들려오는 싸움 소리였다.

미카엘 블롬크비스트는 룬다가탄에 있는 리스베트의 아파트 초인종을 검지 끝으로 눌러보았다. 그녀가 문을 열어주리라고는 기대하지 않았지만 혹시나 하는 마음에 매달 한두 번씩 들러 살펴보는 게 이제 습관이 되었다. 그는 우편물을 투입하는 조그만 틈에 달린 덧날개를 들추고 안을 들여다보았다. 현관 바닥에 전단지들이 잔뜩 쌓여 있었다. 밤 10시가 조금 넘은 시간이라 실내가 어둑해 지난번보다 전단지가 더 쌓였는지는 알 수 없었다.

층계참에 잠시 더 서 있다가 실망감과 함께 발길을 돌려 아파트 건물을 나왔다. 그러고는 벨만스가탄에 있는 자신의 아파트로 터덜터덜 돌아왔다. 집에 도착한 그는 커피머신을 켜고 심야 보도 프로그램 〈리포트〉가 나오고 있는 TV를 보는 둥 마는 둥 하며 석간신문을 펼쳤다. 대체 리스베트는 지금 어디에 있을까. 미카엘은 우울하고도 궁금했다. 그는 수천 번도 넘게 자문하지 않을 수 없었다. 젠장, 대체 무슨 일이 있는 거야?

작년 크리스마스 연휴에 미카엘은 산드함에 있는 자신의 방갈로로 리스베트를 초대했다. 둘은 오랜 시간 해변을 산책하며 그간 자신들이 겪었던 극적인 사건들과 그 여파에 대해 이런저런 이야기를 나누었다. 미카엘 스스로도 일생의 위기가 찾아왔다고 생각한 시기에 일어난 일들이었다. 명예훼손죄로 감옥에서 몇 달을 보냈으며, 발행인 자리를 내놓고 다리 사이에 꼬리를 감춘 개처럼 도망치듯 〈밀레니엄〉을 빠져나왔다. 그때만 해도 그의 기자 경력은 깊은 수렁 속으로 빠져들고 있었다. 하지만 불과 몇 개월 사이에 모든 게 극적으로 변했다. 기업가 헨리크 방에르에게 자서전을 집필해달라는 청탁을 받으면서부터였다. 처음엔 내키지 않았지만 말도 안 되게 큰 보수에 끌려 시작한 일이 어느새 어둠 속에 숨어 있는 연쇄살인범을 추적하는 일로 변해갔다.

그리고 이 추격전에서 리스베트를 만나게 되었다. 미카엘은 살인마의 올가미가 귀밑에 남긴 상흔을 어루만졌다. 리스베트는 그를 도와 살인범을 추적한 것만이 아니라 그의 목숨까지 구해준 여자였다.

그녀 때문에 놀란 일이 한두 번이 아니었다. 리스베트는 범상치 않은 능력—사진기억력과 경이로운 컴퓨터 스킬의 소유자였다. 평소 미카엘도 컴퓨터를 꽤 잘 다룬다고 자부하고 있었는데, 그녀가 컴퓨터를 다루는 모습은 마치 악마와 계약이라도 맺은 사람 같았다. 그후 조금씩 알게 된 것이다. 그녀가 국제적 수준의 해커이자 인터넷 범죄에 가담하는 사람들 사이에서 전설적인 존재라는 사실을. 물론 그 세계에선 와스프라는 가명으로 알려져 있었지만.

다른 사람의 컴퓨터에 마음대로 들어가 돌아다닐 수 있는 리스베트의 재능 덕분에 미카엘은 수렁에서 벗어날 수 있었다. 그리고 그녀가 준 자료를 가지고 벤네르스트룀 사건이라는 엄청난 특종까지 터뜨릴 수 있었다. 일 년이 지난 지금까지도 경찰이 온갖 경제사범을 수사할 때면 중요한 참고 자료로 삼고 있는 이 특종은 여전히 미카엘을 TV 스튜디오로 불러내고 있었다.

일 년 전, 이 특종을 터뜨릴 때 미카엘은 몹시 뿌듯했다. 한동안 시궁창에서 뒹굴던 그에겐 더없이 멋진 복수전이자 화려한 귀환이었다. 하지만 그런 만족감은 금방 사라졌다. 끝없이 몰려들어 똑같은 질문을 해대는 기자들과 경찰들에게 번번이 똑같은 대답을 해주는 일이 결국 몇 주 만에 신물나버렸다. 죄송합니다. 저는 정보제공자를 밝힐 수 없습니다. 그리고 어느 날, 여전히 멍청해 보이는 그 똑같은 질문을 하기 위해 아제르바이잔에서 스톡홀름까지 날아온 외신기자를 만났을 때 그의 인내심은 한계에 이르렀다. 그후로 인터뷰를 최소화하고 마지막 몇 달은 TV4 기자가 부를 때만 나가서 입을 열었다. 그것도 수사가 새로운 국면에 접어들었을 경우에만 그랬다.

미카엘과 TV4 기자의 협력관계에는 조금 특별한 구석이 있었다. 그녀는 〈밀레니엄〉의 폭로를 매체에 처음 띄워준 언론인이었다. 특종을 실은 〈밀레니엄〉이 배포된 바로 그날 저녁 그녀가 재빨리 호응해주지 않았다면 이렇게까지 큰 반향을 일으키지 못했을지도 모른다. 그녀가 그날 이 사건을 보도하기 위해 편집국과 필사적으로 싸웠다는 사실을 미카엘은 나중에야 알았다. 당시엔 그 누구도 〈밀레니엄〉의 '사기꾼'이 내뱉는 말에 선뜻 관심을 기울이려 하지 않았다. 그렇다보니 그녀의 보도가 생방송으로 나가는 그 순간까지도 편집국의 변호사 군단이 이를 무사 통과시키리라고는 누구도 생각지 못했다. 선배 기자들은 카메라 앞으로 나가는 그녀를 향해 엄지손가락을 아래로 내려 보였다. 잘못되는 날에는 그녀의 기자 경력도 여기서 끝이라는 뜻이었다. 하지만 그녀는 굴하지 않았고, 그렇게 그해 최대의 사건이 탄생했다.

처음 일주일은 그녀가 이 사건을 담당했다. 방송국에서 이 사건을 속속들이 알고 있는 사람은 그녀뿐이었기 때문에 당연한 일이었다. 그런데 크리스마스 연휴가 시작되기 전 미카엘은 이 사건에 대한 TV4의 논평과 보도가 남성 기자들의 몫이 되어가고 있는 걸 알아차렸다. 그리고 새해를 전후해서는 그녀가 이 사건에서 완전히 배제되었다는 소문이 들렸다. 이유는 간단했다. 연륜 있는 경제기자들이 맡음직한 중요한 사건을 이름도 생소한 고틀란드나 베리슬라겐 같은 벽지 출신의 젊은 여기자에게 맡길 수 없다는 논리였다. 얼마 후 TV4가 논평을 요청해오자 미카엘은 그 여성 기자가 질문하지 않는 한 당신네 방송국과는 절대로 얘기하지 않겠다고 선언했다. TV4는 심기가 불편한 듯 며칠을 아무 답이 없다가 결국은 백기를 들었다. 그리고 다시 그녀가 사건을 맡았다.

그리고 벤네르스트룀 사건에 관한 미카엘의 관심이 차츰 줄어가는 것과 동시에 그의 삶에서 리스베트가 사라져버렸다. 대체 무슨 일이 일어난 건지 미카엘은 여전히 이해할 수 없었다.

크리스마스 다음날 헤어진 뒤 그녀는 그 주 내내 나타나지 않았다. 12월 30일 저녁 늦게 미카엘이 전화를 걸어봤지만 응답이 없었다.

12월 31일에는 두 번이나 그녀의 집으로 찾아가 초인종을 눌렀다. 첫번째 찾아갔을 때는 아파트 안에 불빛이 보였지만 그녀는 나오지 않았다. 두번째에는 모든 게 암흑이었다. 새해 첫날에 다시 통화를 시도했지만 전화기에서는 '연결할 수 없다'는 응답만 흘러나왔다.

그후 며칠 사이, 미카엘은 그녀와 두 번 마주쳤다. 1월 초 어느 날, 아무리 해도 연락이 닿지 않아 답답해진 끝에 그는 아파트 계단에 앉아 그녀가 나타날 때까지 무작정 기다렸다. 가져간 책을 펼쳐 들고 네 시간을 끈질기게 기다렸다. 마침내 밤 11시에 그녀가 나타났다. 상자를 하나 든 그녀가 그를 발견하고는 멈춰 섰다.

"안녕, 리스베트!"

미카엘이 책을 덮으며 인사했다.

그를 응시하는 리스베트의 눈에는 따스함도 반가움도, 그 어떤 표정도 떠오르지 않았다. 그녀는 말없이 그의 앞을 지나쳐 가 열쇠 구멍에 열쇠를 집어넣었다.

"커피 한잔 줄 수 있어?"

그녀가 몸을 돌려 낮은 목소리로 말했다.

"가줘요. 더이상 당신을 보고 싶지 않아요."

그러고는 미카엘의 면전에서 문을 쾅 닫아버렸다. 얼떨떨하게 서 있는 미카엘의 귀에 문 안쪽에서 딸칵, 열쇠 돌리는 소리가 들렸다.

그로부터 사흘 후, 미카엘은 다시 한번 그녀를 볼 수 있었다. 슬루센에서 센트랄렌행 전철을 타고 가는 중이었다. 열차가 감라스탄역에 멈춰 선 순간 무심코 창밖으로 시선을 던진 그는 불과 2미터 떨어진 플랫폼에 서 있는 리스베트를 보았다. 열차 문이 막 닫히고 있었다. 그녀 역시 오 초쯤 그의 눈을 응시했지만 투명인간을 보는 듯한 시선이었다. 이윽고 열차가 움직이기 시작했고, 그녀도 몸을 돌려 시야에서 멀어져갔다.

그 눈빛에 담긴 메시지는 분명했다. 더이상 미카엘과 엮이고 싶지 않다는 뜻이었다. 컴퓨터에서 파일 하나를 삭제해버리듯 아무런 설명도 없이, 자신의 삶에서 그를 단호하게 도려내버렸다. 그녀는 휴대전화 번호를 바꿨고, 이메일에도 답하지 않았다.

미카엘은 한숨을 내쉬며 TV를 껐다. 그리고 창가로 다가가 시청 건물을 내다보았다.

그리고 스스로에게 물었다. 이렇게 고집스레 리스베트의 아파트를 계속 찾아가는 게 과연 옳을지. 여자가 더이상 보고 싶지 않다고 분명하게 의사 표시를 하면 순순히 떠나는 게 지금까지 그가 지켜온 원칙이었다. 이런 메시지를 존중하지 않는 건 그 여자 자체를 존중하지 않는 행동이나 다름없었다.

미카엘과 리스베트는 함께 자는 사이였다. 리스베트의 주도로 시작된 관계는 반년간 계속되었다. 관계를 시작할 때도 뜻밖이었지만,

그녀가 갑자기 끝내기로 결심한 거라면 미카엘도 오케이였다. 그녀가 결정한 일이니까. 미카엘은 이른바 전 애인—이제 자신을 그렇게 여겨야 한다면—의 역할을 순순히 받아들일 용의가 있었다. 하지만 리스베트가 자신을 철저히 외면하는 방식만큼은 도저히 받아들일 수 없었다.

그녀와 사랑에 빠진 건 아니었다. 연인이라기엔 너무도 어울리지 않는 한 쌍이었으니까. 하지만 한 인간으로서 그녀를 좋아했다. 복잡하기 이를 데 없었던 그녀가 그립기까지 그는 그들 사이에 상호적인 교감이 있다고 생각했다. 하지만 결국엔 혼자만의 멍청한 착각이었다.

그렇게 한참을 창가에 서 있었다.

마침내 그는 마음을 정했다. 만일 그녀가 자신에게 더는 흥미가 없어진 거라면, 전철에서 마주쳤을 때 인사도 건네고 싶지 않을 정도로 싫어진 거라면, 우정은 이미 끝났고 결별은 돌이킬 수 없는 일이었다. 앞으로는 그녀와 다시 연락을 취하기 위한 그 어떤 시도도 하지 않을 것이다.

리스베트는 손목시계를 들여다보았다. 그늘에 가만히 앉아 있는데도 온몸이 땀에 젖었다. 오전 10시 30분이었다. 세 줄짜리 수학 공식 하나를 머릿속에 새긴 후 『수학의 차원』을 덮고, 테이블 위에 놓여 있던 호텔방 열쇠와 담뱃갑을 집어들었다.

그녀의 방은 삼층에 있었다. 호텔의 꼭대기층이었다. 그녀는 옷을 벗고 욕실로 들어갔다.

20센티미터 남짓한 초록색 도마뱀 한 마리가 천장 바로 아래에 붙어서 그녀를 곁눈질했다. 리스베트 역시 곁눈으로 녀석을 쳐다보았다. 하지만 녀석을 쫓아내려 하진 않았다. 섬은 도마뱀 천지였다. 녀석들은 열린 창문이나 문틈, 혹은 욕실 환기구를 통해 방안으로 기어들어왔다. 그녀는 녀석들과 함께 지내는 게 싫지 않았다. 대부분 말썽을 부리지 않는데다 지금껏 만나온 어떤 인간들보다 훨씬 똑똑해 보였기 때문이다. 물은 차지 않지만 시원했고, 그렇게 오 분쯤 물이 쏟아지는 샤워기 아래 서서 몸을 식혔다.

욕실에서 나온 리스베트는 옷장 거울 앞에 알몸으로 서서, 홀린 듯이 자신의 몸을 쳐다보았다. 40킬로그램 남짓한 몸무게에 150센티미터쯤 되는 키…… 변한 건 별로 없었다. 팔과 다리는 인형처럼 가늘었고 손은 작았으며 엉덩이는 겁먹은 듯 빈약했다.

하지만 이제 그녀에게 젖무덤이 있었다!

원래 그녀의 가슴은 굉장히 납작했다. 사춘기도 안 된 아이처럼 말이다. 그녀가 언제나 누구 앞에서 옷 벗기를 꺼려했던 건 가소롭게 생긴 가슴 때문이었다.

그런데 갑자기 그녀에게 젖무덤이 생겼다. 폭탄처럼 거대하지는 않았지만 (그건 그녀 자신이 원치 않았을뿐더러 가냘픈 몸에 비해 가슴이 지나치게 크다면 더욱 이상했을 것이다) 적당한 크기에 둥글고도 탄력 있는 가슴이었다. 가슴에 찾아온 변화는 급격하지 않았고 몸의 다른 부분들과도 균형이 맞았다. 하지만 그 결과는 극적이었다. 외관뿐 아니라 그녀의 내적인 행복에도 큰 차이를 가져왔다.

리스베트는 가슴 속에 인공조직을 집어넣는 수술을 받기 위해 이탈리아 제노바의 어느 클리닉에서 다섯 주를 보냈다. 그녀가 선택한 병원과 그곳의 의사는 유럽 최고의 명성을 자랑했다. 그중 리스베트를 맡은 알레산드라 페리나라는 이름의 매력적이고도 냉철한 의사는 발육 부진인 그녀의 가슴에 의학적인 원인이 있다고 판단했다.

수술에는 약간의 고통이 따랐다. 그리고 그 결과로 얻은 가슴은 시각적으로나 촉각적으로나 매우 자연스러웠고 흉터는 거의 보이지 않았다. 그녀는 수술한 일을 한순간도 후회하지 않았다. 지극히 만족스러웠다. 그리고 반년이 지난 지금까지도 알몸으로 거울 앞을 지날 때면 흠칫 놀라며 기쁨을 감추지 못했다. 삶의 질이 크게 개선되었다.

제노바의 클리닉에 머무는 김에 몸에 새긴 문신 아홉 개 중 하나를 제거했다. 오른쪽 목에 있는 2센티미터짜리 말벌이었다. 리스베트는 자신의 몸에 새긴 문신들, 특히 어깨뼈에서 엉덩이까지 뻗어 있는 커다란 용 문신이 아주 마음에 들었다. 말벌을 지우기로 결심한 까닭은 너무 눈에 띄고 요란해서 사람들이 쉽게 알아채고 기억할 수 있기 때문이었다. 그녀는 사람들이 자신을 알아보고 기억하는 걸 원치 않았다. 문신은 레이저로 제거됐고, 검지를 목에 대어보면 경미한 흉터를 감지할 수 있었다. 좀더 자세히 들여다보면 문신이 있던 자리가 다른 곳보다 햇볕에 덜 탔다는 사실을 발견할 수 있겠지만 언뜻 보면 아무런 차이가 없었다. 이 모든 걸 위해 그녀는 제노바에 머물며 총 19만 크로나를 지출했다.

충분히 지불할 수 있는 금액이었다.

그녀는 거울 앞의 몽상에서 깨어나 팬티와 브래지어를 입었다. 클리닉에서 나와 이틀 만에 스물다섯 평생 처음으로 란제리 가게에 갔었다. 그리고 지금까지는 전혀 필요 없었던 물건들을 사왔다. 그녀는 이제야 스물여섯 살이 된 기분으로 황홀감을 느끼며 속옷을 입었다.

그러고 나서 검정색 티셔츠와 청바지를 입었다. 티셔츠에는 좋은 말로 경고할 때 잘해!라고 영어로 쓰여 있었다. 검은 샌들을 찾아 신고서 밀짚모자까지 쓴 다음엔 마지막으로 검은 나일론 가방을 어깨에 걸쳤다.

그렇게 호텔 입구로 향하는데 투숙객들이 무리 지어 프런트 앞에서 웅성대는 모습이 보였다. 리스베트는 걸음을 늦추고 귀를 기울였다.

"대체 그게 얼마나 위험하다는 건데요?"

한 흑인 여자가 영국 악센트로 소리쳤다. 열흘 전에 런던에서 도착한 단체 여행객 중 한 명이었다.

프레디 맥베인이 난처한 표정을 지었다. 리스베트에게 언제나 친절한 미소를 보내주는 희끗한 머리의 호텔 접수원이었다. 그가 설명하기를 모든 투숙객에게 지침이 전달될 테니 그것만 충실히 지킨다면 염려할 일이 하나도 없다고 했다. 그러자 곧바로 질문들이 비처럼 쏟아졌다.

리스베트는 눈썹을 찌푸린 채 엘라 카마이클을 찾아 호텔 바로 들어갔다. 주인 엘라는 카운터 뒤에 서 있었다.

"대체 무슨 일이죠?" 리스베트가 프런트에 모인 사람들을 가리키며 물었다.

"마틸다가 올지도 모른대."

"마틸다?"

"보름 전 브라질 앞바다에서 발생한 허리케인 이름이야. 오늘 아침에는 수리남의 수도 파라마리보를 휩쓸었대. 어느 방향으로 진로를 잡을지 지금으로선 알 수 없어. 아마 북쪽으로 미국을 향해 가겠지만 만에 하나 해안을 따라서 서쪽으로 방향을 틀면 트리니다드와 그레나다를 지나게 돼. 여기도 바람이 좀 불 거란 얘기지."

"허리케인 시즌은 끝난 걸로 아는데요?"

"맞아. 보통 9월과 10월 사이에 많지. 하지만 요즘 지구온난화인지 뭔지 때문에 날씨가 이상해졌잖아? 이젠 예측하는 게 불가능해."

"그렇다면 마틸다는 언제쯤 오죠?"

"곧."

"그럼 어떻게 되는데요?"

"리스베트, 허리케인을 우습게 보면 안 돼. 1970년대에 여기 그레나다에 엄청난 피해를 입힌 허리케인이 있었어. 그때 열한 살이었지. 저 위쪽 그랜드에탕으로 가는 도로변 마을에 살고 있었는데, 아, 정말 그날 밤은 영원히 잊지 못할 거야!"

"그랬군요."

"하지만 걱정 마. 토요일에는 호텔 근처에 붙어 있으라고. 가방 하나에 귀중품들—네가 가지고 노는 컴퓨터 같은 거 말이야—전부 챙겨놓고 있다가 대피소로 가라는 안내가 나오면 그걸 들고 뛰어. 그게 다야."

"알았어요. 기억해두죠."

"뭐 좀 마실 거야?"

"아니, 괜찮아요."

리스베트는 인사도 없이 바를 나왔다. 엘라는 그러려니 하는 미소를 지었다. 몇 주일 같이 지내다보니 이 기묘한 아가씨의 행동에 조금씩 적응되고 있었다. 그녀가 결코 거만한 여자가 아니라는 것도 알았다. 단지 조금 다를 뿐이었다. 아니, 오히려 괜찮은 아가씨라고 할 수 있었다. 계산할 때 투덜대지도 않고, 취한 모습을 보인 적도 없으며, 항상 자기 일에만 몰두할 뿐 말썽을 일으킨 적도 없었다.

그레나다의 주요 대중교통은 화려한 장식이 인상적인 미니버스로, 정해진 시간과 형식 없이 자유롭게 운행되고 있었다. 낮에는 제법 자주 운행하면서 각 지역을 연결해주지만, 밤이 되면 그나마도 없어서 개인적인 탈것이 없으면 어딘가로 이동하는 일이 거의 불가능했다.

리스베트가 세인트조지스 방면 도로 위에 서서 기다리기 시작한 지 일 분도 안 됐을 때 미니버스 한 대가 도착했다. 운전사가 레게 음악을 꽤나 좋아하는지 밥 말리의 〈노 우먼, 노 크라이〉를 버스가 떠나가라 틀어놓고 있었다. 그녀는 귀를 틀어막고 차비를 치른 다음 승객들 사이를 뚫고 들어가 머리가 희끗한 덩치 큰 아낙네와 교복을 입은 두 소년 사이에 자리를 잡았다.

세인트조지스는 '캐러니지'라고 불리는 U자형 만에 자리잡고 있었다. 깎아지른 듯한 절벽으로 에워싸인 항구에는 주택들이며 식민지 시대에 지어진 고풍스러운 건물들이 옹기종기 모여 있었고, 한쪽 절벽이 돌출된 곳의 끝에는 '포트 루퍼트'라는 이름의 요새가 솟아 있었다.

세인트조지스는 특수한 지형 때문에 건물들이 빽빽하게 밀집되어 있고, 그 사이로 좁다란 도로와 골목이 거미줄처럼 얽혀 있었다. 집들은 모두 비탈면에 세워졌으며, 도시의 북쪽 경계에 있으면서 이따금 경마장으로 쓰이는 크리켓 경기장을 빼고는 평탄한 땅을 거의 찾아볼 수 없었다.

항구 중심부에서 내린 리스베트는 가파른 언덕 위에 자리잡은 전자제품점 '매킨타이어스 일렉트로닉스'까지 좁고 가파른 길을 올라갔다. 그레나다에서 판매하는 거의 모든 상품은 미국이나 영국에서 수입되기 때문에 다른 곳보다 가격이 두 배나 비쌌다. 이런 슬픈 상황에 대한 보상이었을까, 매장의 냉방시설만큼은 완벽했다!

그녀가 주문한 노트북(17인치 화면에 티타늄 외장인 애플 파워북 G4) 보조 배터리가 마침내 도착했다. 이곳에 오기 전에 마이애미에서 접이식 키보드와 함께 PDA 팜*을 한 대 구입했었다. 나일론 가방에 간단히 넣고 다니면서 이메일을 사용할 수 있어 편리해 보였다. 하지만 노트북을 대체하기에는 턱없이 부족한데다 노트북 배터리까지 말썽이었다. 낡아서인지 충전해도 삼십 분을 버티지 못했다. 수영장 테라스에 나가 앉아 컴퓨터를 즐기고 싶은 그녀로선 고약한 일이 아닐 수 없었다. 게다가 그레나다는 전기시설이 썩 훌륭하지 못했기 때문에 그간 머무는 몇 주 사이에도 장시간 정전이 두 번이나 있었다. 리스베트는 '와스프 엔터프라이즈' 명의의 신용카드로 결제한 후 배터리를 받아 가방에 넣고 오후의 열기 속으로 걸어나왔다.

---

* PDA는 휴대용 컴퓨터의 일종이고, 팜(Palm)은 PDA 브랜드이자 운영체제명이다.

그리고 바클리 은행에 가서 300달러를 현금으로 찾은 다음 시장에 들러 당근 한 다발, 망고 여섯 개, 1.5리터들이 광천수 한 병을 샀다. 즉시 무거워진 가방을 들고 항구까지 돌아오자 배도 고프고 목이 말랐다. 인도 음식점 '너트메그'에 들어갈까 생각해봤지만 들여다보니 손님들로 북새통이었다. 포기하고 항구 저쪽 끝에 있는 좀더 한적한 '터틀백'이라는 레스토랑으로 갔다. 테라스에 자리를 잡고 감자튀김을 곁들인 오징어 요리 한 접시와 이 지역 맥주인 '카리브'를 한 병 주문했다. 누가 읽다가 버리고 간 〈그레나디언 보이스〉라는 신문이 굴러다니기에 주워서 한 십 분 훑어보았다. 태풍 마틸다의 상륙 가능성을 과장해 떠드는 기사만이 유일하게 눈길을 끌었다. 함께 게재된 무너져내린 가옥 사진이 지난번에 이 나라를 휩쓸었던 대형 허리케인의 참화를 상기시켰다.

신문을 접어 던져놓고 카리브 맥주를 병째 들어 한 모금 마시고서 몸을 뒤로 쭉 펴는데, 32호실 남자가 바에서 테라스로 나오는 모습이 보였다. 한 손에는 갈색 수건을, 다른 손에는 큼직한 코카콜라 잔을 들고 있었다. 그가 그녀를 힐끗 쳐다봤지만 누구인지 전혀 모르는 눈치였다. 사내는 반대편 테이블에 자리를 잡고서 레스토랑 앞에 펼쳐진 바다로 시선을 던졌다.

리스베트는 눈썹을 치켜세우고 사내의 옆모습을 관찰했다. 멍한 기색에 칠 분 동안 거의 움직이지 않았다. 그러다가 갑자기 잔을 들어 벌컥벌컥 세 모금을 들이켜더니 다시 잔을 내려놓고 바다를 응시했다. 잠시 후 리스베트는 가방을 열어 『수학의 차원』을 꺼내 들었다.

어렸을 때부터 그녀는 퍼즐이며 수수께끼 같은 놀이를 무척 좋아했다. 아홉 살 때 엄마에게 루빅큐브*를 선물로 받았었다. 그 물체는

---

* 큐브들을 이리저리 돌려가며 각 면이 같은 색깔이 되게끔 맞추는 퍼즐의 일종.

어린 그녀의 논리적 감각을 자극했고 사십 분 만에 작동방식을 알아냈다. 그걸 알고 나니 퍼즐을 푸는 건 문제도 아니었다. 아이큐 테스트에 흔히 나오는 문제들도 틀려본 적이 없었다. 괴상하게 생긴 도형 다섯 개를 보여준 다음 여섯번째 도형을 알아맞히는 따위의 문제 말이다.

초등학교에서는 덧셈과 뺄셈을 배웠다. 그러고 나니 곱셈과 나눗셈과 도형은 저절로 이해가 되었다. 식당에 가면 계산서가 나오기도 전에 지불할 금액을 알고 있었으며, 일정 각도에서 일정 속도로 발사된 포탄의 궤적까지 암산으로 계산해냈다. 이 모든 것들은 너무나도 쉬웠다. 하지만 〈포퓰러 사이언스〉에 실린 기사를 읽기 전까지 수학에는 전혀 흥미가 없었고, 구구단이 수학이라고 생각해본 적도 없었다. 그녀에게 구구단이란 학교에서 반나절이면 모두 외울 수 있는 걸 왜 선생님이 일 년 내내 지겹도록 반복하는지 도저히 이해할 수 없는 대상이었다.

그러던 어느 날 문득 이 모든 추론과 공식 뒤에 반드시 어떤 엄밀한 논리가 있으리라는 생각을 하게 되면서 그후로 이따금 서점에 들러 수학 서가 앞을 어정거렸다. 그리고 『수학의 차원』을 펼쳤을 때 거기에 완전히 새로운 세계가 있었다. 수학은 무한한 변양태, 즉 해결 가능한 개개의 수수께끼들로 이뤄진 논리적 퍼즐이었다. 하지만 계산 문제를 푸는 일에는 전혀 흥미가 없었다. 5 곱하기 5는 항상 25이지 않은가. 그녀의 관심은 저마다의 수학 문제를 푸는 데 필요한 법칙들의 구성 요소가 어떻게 조합되는지를 이해하는 데 있었다.

포켓판으로 무려 1200페이지에 달하는 두툼한 책 『수학의 차원』은 딱딱한 수학 개론서가 아니었다. 고대 그리스에서 현대에 이르기까지 구면천문학의 난제들을 해결해보려 했던 다양한 시도들을 탐색하면서 수학의 역사를 보여주는 책으로, 고대부터 진지한 수학자들에게는 성서나 다름없는 디오판토스*의 『산수론』에 비견할 만했다. 그랜드안세 비치에서 이 책을 처음 펼쳐 읽기 시작했을 때 리스베트는 마치 숫자로만 이뤄진 마법의 세계로 빠져든 것만 같았다. 게다가 훌륭한 교육자이기도 한 저자는 재미있는 역사적 일화와 흥미진진한 문제를 제시해 독자를 즐겁게 할 줄 아는 재능이 있었다. 그 덕분에 리스베트는 아르키메데스에서 오늘날 제트 프로펄션 연구소[**]에 이르기까지 수학의 발전 과정을 한눈에 파악할 수 있었다.

기원전 500년경에 나온 피타고라스의 정리($x^2+y^2=z^2$)는 이제 리스베트에게 마치 하나의 계시처럼 다가왔다. 중학교 때 들었던 몇 안 되는 수업에서 그나마 외워두었던 공식의 의미를 이제야 이해하게 되었다. 직각삼각형에서 빗변의 제곱은 나머지 두 변의 제곱을 합한 값과 같다. 그리고 기원전 300년경 유클리드가 발견한 사실 역시 매력적이었다. 완전수는 항상 2의 n제곱에 2의 (n+1)제곱 빼기 1을 곱한 값이다. 이것은 피타고라스의 정리를 발전시킨 것으로 무한한 조합이 가능했다.

$$6 = 2^1 \times (2^2-1)$$
$$28 = 2^2 \times (2^3-1)$$
$$496 = 2^4 \times (2^5-1)$$
$$8128 = 2^6 \times (2^7-1)$$

이런 식으로 무한히 계속해나가도 규칙에 어긋나는 수는 결코 나오지 않을 것이다. 바로 여기에 그녀의 절대에 관한 감각을 만족시키는 논리가 있었다. 뒤이어 리스베트는 마치 열에 들뜬 사람처럼 아르키메데스, 뉴턴, 마틴 가드너, 그리고 고전 수학자 여남은 명을 섭렵

해나갔다.

그리고 마침내 피에르 페르마에 도달했다. 리스베트는 그가 남긴 수학적 수수께끼, 즉 '페르마의 마지막 정리'를 붙잡고 칠 주를 끙끙 대고 있었다. 하지만 1993년 앤드루 와일스라는 영국 수학자가 이 퍼즐을 풀기까지 거의 4세기에 걸쳐 전 세계 수학자들이 페르마 때문에 미칠 지경이었다는 사실을 감안하면 결코 긴 시간이라고 할 수 없었다.

페르마의 마지막 정리는 얼핏 보면 간단하기 그지없는 명제였다.

피에르 페르마는 1601년 프랑스 남서부의 보몽드로마뉴라는 곳에서 태어났다. 그는 수학자가 아니었다. 법관이었던 그의 엉뚱한 취미 활동이 수학이었다. 그랬던 그가 수학 독학자 가운데 역사상 가장 재능 있는 사람으로 꼽힌다. 그 역시 퍼즐과 수수께끼 풀기를 좋아했는데, 그가 가장 즐긴 건 해답은 내놓지 않고 골치 아픈 문제들을 제기해 수학자들을 골탕 먹이는 일이었다. 이 때문에 철학자 데카르트는 그에게 온갖 고약한 수식어를 갖다 붙였으며, 영국 수학자 존 월리스는 그를 '망할 놈의 프랑스인'이라고까지 불렀다.

1630년대, 피타고라스와 유클리드 등 고대 수학자들의 이론을 집대성한 디오판토스의 『산수론』이 프랑스어로 번역됐다. 이 책으로 피타고라스의 정리를 공부하던 페르마는 어느 날 번쩍하는 영감과 함께 불멸의 문제를 제기하기에 이른다. 즉 피타고라스의 정리 $x^2+y^2=z^2$ 대신, 제곱을 세제곱으로 대치해 $x^3+y^3=z^3$이라는 등식을 만들었다.

문제는 이 새로운 등식을 만족시키는 정수해整數解를 찾을 수 없다는 점이었다. 페르마는 기존 공식을 아주 살짝만 변형해 무한한 경우에 완전한 해를 상정하는 공식을 그 어떤 해도 가질 수 없는 논리적 궁지로 뒤바꿔놓은 셈이었다. 이것이 바로 페르마의 마지막 정리다. 즉 그는 무한한 정수 전체의 집합 그 어디에도 두 세제곱수의

합으로 나타낼 수 있는 세제곱수는 존재하지 않으며, 이는 3 이상의 n에 대해 모든 n제곱수에 일반적으로 적용할 수 있다고 단언한 것이다.

다른 수학자들은 즉시 그의 의견에 동의했다. 그들은 실제 수들을 하나하나 대입해보는 방법으로 페르마의 주장을 반박할 값을 찾을 수 없음을 확인했다. 하지만 이런 식으로는 우주가 멸망하는 날까지 계속한다 해도 존재하는 모든 수를 확인하기란 불가능하고, 미처 실험해보지 못한 수가 페르마의 마지막 정리를 무효화하지 않을 거라고 확언할 수도 없었다. 수학에서 하나의 주장은 수학적으로 증명될 수 있어야 하며 일반적이고도 과학적으로 올바른 형식으로써 표현되어야 한다. 수학자는 강단에 올라가 "이러이러하기 때문에 이러이러합니다"라고 말할 수 있어야 하는 법이다.

페르마는 평소 습관대로 여기에서도 다른 수학자들을 약 올리고 있었다. 이 천재는 읽고 있던 『산수론』의 여백에 자신의 가설을 쓴 다음 그 밑에 이렇게 휘갈겨놓았다. 그리고 그것은 수학사에 길이 남는 말이 되었다. 나는 이 명제를 놀라운 방법으로 증명해냈으나 여백이 부족해 적지 않는다.

만약 다른 수학자들을 미치게 만들려는 의도였다면 대단히 성공적이었다. 1637년 이후, 전 세계의 난다 긴다 하는 수학자들이 페르마의 명제를 증명하려고 엄청난 시간을 쏟아부었다. 이렇게 수 세기에 걸쳐 수많은 사람들이 거듭 참담한 실패를 맛보다 결국 1993년 영국의 수학자 앤드루 와일스가 모든 이들이 기다리던 증명에 성공하고 만다. 이를 위해 꼬박 이십오 년이 걸렸고, 마지막 십 년은 오직 그 문제에만 매달렸다고 하니 그로서도 쉽지 않은 일이었다.

지금 리스베트 역시 이 난제를 풀어보려고 머리를 쥐어짜고 있었다.

해답을 찾는 데 흥미가 있는 건 전혀 아니었다. 해답을 찾아가는 과정 자체가 그녀를 흥분시켰다. 지금껏 풀어야 할 수수께끼가 주어지면 곧잘 답을 찾아내곤 하던 그녀였다. 논증의 원칙 같은 것은 잘 몰랐고 시간도 좀 걸렸지만 해답지를 보지 않고도 어김없이 정확한 답을 찾아냈다.

그래서 페르마의 마지막 정리를 읽고 난 그녀는 이번에도 종이 한 장을 꺼내 숫자들을 끼적였다. 그런데 놀랍게도 수수께끼를 풀어낼 수 없었다.

그녀는 미리 답을 보지 않으려고 앤드루 와일스의 증명이 실린 부분을 건너뛰었다. 그리고 『수학의 차원』을 끝까지 마저 읽으며 거기 제시된 다른 문제들을 풀면서는 특별한 어려움을 느끼지 않았다. 그날 이후 매일같이 페르마의 수수께끼를 생각하고 또 생각했지만 그가 찾아냈다고 주장하는 '놀라운 증명'이 대체 무엇인지 알 수 없어 답답함은 갈수록 커져갔다. 그저 끊임없이 새로운 논리적 궁지에 빠져들 뿐이었다.

리스베트는 시선을 들어올렸다. 32호실 남자가 갑자기 자리에서 일어나 입구로 걸어나가고 있었다. 손목시계를 보니 남자가 꼼짝 않고 그렇게 앉아 있은 지도 벌써 두 시간 십 분이었다. 그녀는 눈썹을 찌푸리고 멀어져가는 그를 눈으로 좇으며 곰곰이 무언가를 생각했다.

엘라는 리스베트가 앉아 있는 바 위에 잔을 내려놓으며 속으로 중얼거렸다. '조잡한 우산 장식이랑 핑크빛 칵테일이 이 아가씨 취향은 아니지.' 리스베트는 언제나 럼앤드코크를 주문했다. 이상하게도 잔뜩 취해 호텔 직원의 도움을 받아 방에 올라간 날 맥주를 마셨던 것 말고는 거의 항상 카페라테나 럼앤드코크, 어쩌다가 카리브 맥주 정도였다. 그녀는 오늘도 평소와 다름없이 바 맨 오른쪽 구석에 자리를 잡고 괴상한 수학 기호들이 잔뜩 적힌 책 한 권을 펼쳤다. 엘라는 그 모습을 힐끗 쳐다보고서 다시 속으로 중얼거린다. '젊은 아가씨가 고

른 책치고는 참 괴상하군!'

엘라는 리스베트가 남자에게는 전혀 관심을 보이지 않는다는 사실도 알았다. 간혹 다가가는 남자들이 있었지만 그때마다 그녀는 정중하고도 단호하게 거절했다. 그리고 그중 크리스 매캘런이라는 동네 건달은 아주 호되게 당했다. 리스베트가 어떻게 했는지는 잘 모르겠지만 그런 꼴을 당해도 싼 녀석이었다. 그날 저녁 내내 치근거리며 수작을 걸다가 갑자기 비틀거리더니 풍덩하고 수영장 물에 빠져버리는 게 아닌가. 그래도 뒤끝은 없는 녀석이라 다음날 말짱한 정신으로 다시 나타나 리스베트에게 맥주를 한잔 건넸다. 그녀가 약간 망설이다 받아들인 후로 둘은 바에서 마주칠 때마다 서로 정중히 인사를 나누는 사이가 되었다.

"그래, 좀 어때?" 엘라가 물었다.

리스베트는 고개를 끄덕이고 잔을 들어올렸다.

"마틸다에 대해 새로운 소식이라도 있나요?"

"여전히 우리 쪽을 향해 오고 있대. 이번 주말은 좀 심란할 거야."

"언제쯤이면 확실히 알 수 있죠?"

"사실 지나가기 전까진 아무것도 알 수 없어. 그레나다를 삼킬 듯이 몰려오다가도 마지막 순간에 북쪽으로 방향을 트는 일이 허다하니까. 허리케인이란 게 그렇지."

"이곳에 자주 오나요?"

"왔다갔다하는데 대부분 옆으로 비껴가. 다행스러운 일이지. 안 그러면 이 조그만 섬에 남아나는 게 있겠어? 너무 걱정하지 마."

"걱정 안 해요."

갑자기 약간 과장된 웃음소리가 들려 둘은 고개를 돌렸다. 32호실 여자였다. 남편이 하는 이야기를 들으며 몹시 행복한 표정을 짓고 있었다.

"누구죠?"

"아, 닥터 포브스? 텍사스 오스틴에서 온 미국인들이야."

'미국인들'이라고 하는 엘라의 말투에 혐오감이 배어 있었다.

"미국 사람들인 건 알아요. 여기서 뭘 하는 거죠? 의사인가요?"

"아니, 그런 '닥터'는 아냐. 산타마리아 재단 일 때문에 와 있는 거지."

"그게 뭐죠?"

"재능 있는 아이들이 공부를 계속할 수 있게끔 재정적으로 지원해 주는 곳이야. 저 박사는 미국인치곤 괜찮은 사람이지. 세인트조지스에 중학교를 하나 세우려고 교육부 장관하고 협의중이래."

"괜찮은 사람인데 왜 자기 부인을 팰까요?" 리스베트가 대꾸했다.

엘라는 아무 말 없이 눈을 들어 그녀를 물끄러미 쳐다보더니 천천히 고개를 끄덕이고는 반대쪽에 앉은 현지인 손님들에게 카리브 맥주를 갖다주러 자리를 떴다.

리스베트는 『수학의 차원』에 코를 처박고 십 분쯤 바에 머물렀다. 그녀는 사춘기에 들기 전부터 자신에게 사진기억력이 있어서 보통 아이들과 다르다는 사실을 알고 있었다. 하지만 아무에게도 이런 별난 구석을 밝히지 않았다. 잠시 마음이 풀어져 미카엘에게 드러낸 일이 유일한 예외였다. 사실 『수학의 차원』 역시 이미 전부 외우고 있었다. 그런데도 구태여 책을 들고 다니는 이유는 오직 하나, 페르마의 존재가 느껴졌기 때문이다. 이를테면 그 책은 그녀를 페르마와 연결시켜주는 물질적인 끈, 즉 일종의 부적인 셈이었다.

하지만 이날 저녁은 전혀 책에 집중할 수 없었다. 캐리니지만 어느 한 곳에 시선을 고정하고서 꼼짝 않고 앉아 있던 포브스 박사의 모습이 계속 머릿속에 맴돌았기 때문이다.

그녀 자신도 이유는 설명할 수 없었다.

결국 책을 덮고 방으로 올라가 노트북을 켰다. 이곳에서 인터넷을 즐긴다는 건 꿈도 꿀 수 없는 일이었다. 호텔에는 광대역 통신망이 없었다. 하지만 노트북에 내장된 모뎀을 휴대폰에 연결하면 최소한 이메일을 주고받을 수는 있었다. 리스베트는 plague_xyz_666@hotmail.com에게 보낼 간단한 메시지를 작성했다.

> 여긴 통신망이 없어서 휴대전화로 보내. 산타마리아 재단의 포브스 박사라는 사람과 그의 아내에 대해 알아봐줘. 주소지는 텍사스 오스틴. 정보 제공자에게 500달러를 걸겠어. Wasp.

마지막에 자신의 PGP 공개키를 덧붙이고서 플레이그의 공개키로 메일을 암호화한 후 전송 버튼을 눌렀다. 시계를 보니 저녁 7시 반이 조금 넘어 있었다.

그러고는 노트북을 끄고 방문을 열쇠로 잠근 뒤 호텔 밖으로 나왔다. 해변 길을 따라 400미터쯤 걷다가 세인트조지스 방면 도로를 건너 '코코넛'이라는 술집 뒤에 있는 허름한 건물의 문을 두드렸다. 열여섯 살인 조지 블랜드는 세인트조지스에 있는 학교에 다니고 있었다. 나중에 의사나 변호사, 혹은 우주비행사가 되는 게 꿈이라는 이 소년은 리스베트만큼 호리호리하면서 키는 그녀보다 약간 컸다.

리스베트가 해변에서 조지를 처음 만난 건 그레나다에 도착한 첫째 주, 더 정확히는 그랜드안세 비치에 숙소를 정한 다음날이었다. 그날은 꽤 오래 해변을 산책하다가 물가에서 공을 차는 아이들을 구경하려고 종려나무 몇 그루가 드리운 그늘에 자리잡은 터였다. 그러고는 『수학의 차원』을 펼치고 독서에 빠져들려 하는데 몇 미터 떨어지지 않은 곳에 누군가 와서 앉았다. 그녀가 거기 있는 줄 모르는 모양이었다. 리스베트는 그 모습을 조용히 관찰했다. 검정 바지와 흰 셔츠 차림에 샌들을 신은 흑인 소년이었다.

소년 역시 책을 한 권 펼치고 읽기 시작했다. 『기초수학 4』라는 수학책이었다. 문제를 풀려는 듯 소년은 노트를 꺼내 끼적거리기 시작했다. 그렇게 오 분쯤 지났을 때 리스베트가 가볍게 기침을 하자 비로소 그녀의 존재를 발견한 소년은 깜짝 놀라는 듯했다. 방해해서 미안하다고 사과를 하며 소년이 급히 가방과 책을 챙겨들고 떠나려 할 때 리스베트가 물었다. 수학이 어려우냐고.

소년이 공부하고 있던 것은 정확히 말해 대수학이었다. 리스베트가 소년이 계산한 걸 보고 핵심적인 오류를 지적하는 데는 일 분도 걸리지 않았다. 삼십 분 후엔 숙제를 전부 끝마쳤다. 한 시간 반 후엔 다음 장까지 대충 훑어보며 문제 푸는 요령을 알기 쉽게 설명했다. 소년은 그런 그녀를 존경하는 눈으로 쳐다보았다. 그리고 두 시간 후, 소년의 어머니는 캐나다 토론토에, 아버지는 섬 반대편 그렌빌에 살고 있고, 소년은 해변 저쪽 끝에 있는 술집 코코넛 뒤쪽 창고 건물에서 지낸다는 걸 알게 되었다. 막내이고 위로 누나 셋이 있다고도 했다.

리스베트는 소년과 함께 보내는 시간이 놀라울 정도로 편안하게 느껴졌다. 그녀에게는 흔치 않은 일이었다. 단지 수다를 떨기 위해 다른 사람과 대화하는 일이 거의 없었으므로. 결코 수줍음 때문은 아니었다. 리스베트에게 대화란 실제적인 기능을 하는 그 무엇이었다. "이 근방에 약국이 있나요?" 혹은 "이 방은 하룻밤에 얼마죠?" 이런 대화 말이다. 그리고 대화는 일하는 데 필요한 수단일 뿐이었다. 밀턴 시큐리티에서 드라간 아르만스키와 일할 때는 필요한 정보를 얻기 위해서라면 입에 침을 튀기는 열띤 대화도 마다하지 않았다.

반면에 사적인 대화는 몹시 싫어했다. 그런 대화의 귀결은 항상 똑같다. 즉 개인적인 영역에 속하는 부분들을 서로 꼬치꼬치 캐물을 뿐이다. 몇 살이야?—맞혀봐.—브리트니 스피어스를 어떻게 생각해?—그게 누구지?—칼 라르손 그림 좋아해?—생각해본 적 없어.—혹시 너 레즈비언이야?—엿이나 먹어라!

조지 블랜드는 내적인 자신감을 지녔으면서도 겉으로는 뭔가 어색하고 서툴러 보이는 소년이었다. 하지만 예의바른 동시에 깝죽대지 않으면서도 똑똑하게 대화를 이끌어갈 줄도 알았다. 무엇보다도 쓸데없이 남의 사생활을 캐려고 들지 않는 점이 마음에 들었다. 그녀처럼 그애 역시 외톨박이인 듯했다. 소년에게 리스베트는 어느 날 갑자기 그랜드안세 해변에 강림해 황송하게도 말벗이 되어준 수학의 여신이었을지도 모른다. 그렇게 둘은 해변에서 시간을 보내다가 태양이 수평선 위로 기울기 시작하자 돌아가기 위해 자리에서 일어났다. 소년이 호텔까지 바래다주겠다며 동행하는 길에 자신이 사는 허름한 건물을 가리키며 차 한잔 대접해도 되겠느냐고 물었다. 리스베트가 흔쾌히 받아들이자 예상 밖의 대답에 소년은 조금 놀란 기색이었다.

소년의 거처는 극히 간소했다. 다 찌그러진 테이블 하나, 의자 두 개, 침대 하나, 그리고 옷과 속옷 따위를 넣은 옷장이 전부였다. 유일한 조명인 조그만 사무용 스탠드는 술집 코코넛에서 끌어온 전선에 연결되어 있었다. 취사는 캠핑용 버너로 하는 모양이었다. 소년이 쌀밥과 간단한 채소 요리를 만들어 일회용 플라스틱 접시에 담아 건넸다. 뒤이어 지역에서 나는 마약을 피워보라고 권했고 리스베트는 거절하지 않았다.

그녀를 어떻게 대접해야 할지 몰라 안절부절못하고 있다는 게 리스베트의 눈에 빤히 보였다. 리스베트는 문득 엉뚱한 생각을 떠올렸다. 소년이 자신을 유혹하도록 만들어볼 셈이었다. 하지만 생각만큼 쉽지 않아 일이 복잡하고도 힘든 양상을 띠기 시작했다. 소년은 리스베트가 보내는 신호를 이해했지만 워낙 순진한 탓에 어찌할지 모르고 허둥대기만 했다. 마침내 인내심이 한계에 달한 리스베트가 다짜고짜 소년을 침대 위로 넘어뜨리고 자신의 탱크톱을 벗어던졌다.

수술 후 남에게 벗은 몸을 보여주는 건 처음이었다. 새 가슴으로 클리닉을 나섰을 때 그녀는 낯선 모습에 당황하다못해 공황감을 느끼다가 한참이 지나서야 아무도 자신을 주시하지 않는다는 사실을 깨달았었다. 원래 남의 시선을 전혀 신경쓰지 않는 리스베트라 해도 그날만큼은 전혀 그럴 수가 없었다.

하지만 언젠가는 현실과 맞닥뜨려야 했다. 그녀는 새로운 가슴을 실험해볼 첫 대상으로 조지 블랜드를 택했다. 비록 지독하게 수줍음을 타는 소년이었지만 실험용으로 그만큼 완벽한 상대도 없었으니까. 그녀의 격려를 받으며 그럭저럭 브래지어를 벗기는 데 성공한 소년은 침대 맡에 있는 스탠드를 끄고 옷을 벗었다. 리스베트는 다시 불을 켰다. 서투른 손길로 자신의 가슴을 만지는 소년의 모습을 자세히 관찰하고 싶어서였다. 그리고 시간이 한참 흘렀다. 밖은 이미 컴컴해졌고 리스베트는 비로소 만족한 기분으로 침대에 누웠다. 소년이 그녀의 가슴을 완전히 자연스럽게 여긴다는 걸 분명히 알 수 있었다. 하긴 여자 가슴을 구경한 적도 별로 없었겠지만 말이다.

여하튼 그레나다에 어린 애인을 만들어놓을 계획 같은 건 전혀 없었다. 모든 게 순간적인 충동이었고, 밤늦게 헤어질 때는 그애를 다시 볼 생각도 없었다. 하지만 다음날 해변에서 다시 마주치자 이 어린 초심자와 매우 유쾌한 시간을 보낼 수 있겠다는 생각이 들었다. 그리하여 그레나다에서 보낸 칠 주 동안 조지 블랜드는 그녀의 삶에서 빠질 수 없는 존재가 되었다. 낮에는 떨어져 있다가 바닷가에서 해질녘을 함께 보냈고, 밤이 되면 소년은 자신의 오두막에서 혼자 지냈다.

리스베트는 알고 있었다. 둘이 함께 바닷가를 돌아다니는 모습이 다른 사람들 눈엔 십대들로 보인다는 사실을. '스위트 식스틴'*처럼 말이다.

소년도 예전보다 훨씬 더 활기차졌다. 수학과 에로티시즘을 모두 가르쳐주는 선생을 만나게 되었으니 당연한 일이었다.

그가 문을 열고 나와 환한 미소를 짓는다.

---

* '달콤한 열여섯'이라는 뜻으로 16세 생일에 벌이는 성년 파티를 일컫기도 한다.

"안 심심해?" 그녀가 물었다.

새벽 2시가 조금 지나 리스베트는 황홀해하는 조지의 방을 나섰다. 자신의 몸안에 훈훈한 열기가 흐르는 게 느껴졌다. 키스 호텔로 돌아가는 길은 도로가 아닌 해변을 택했다. 그렇게 어둠 속을 혼자 걷고 있는 그녀는 100미터쯤 뒤에서 소년이 따라오고 있다는 걸 알고 있었다.

항상 그랬다. 리스베트는 한 번도 그곳에서 잔 적이 없었고, 그럴 때마다 소년은 여자 혼자서 밤길을 돌아다니면 아주 위험하다고 강변했다. 게다가 이렇게 늦은 시간에는 자기가 호텔까지 데려다줘야 하는 게 의무라고 주장했다. 잠자코 소년이 하는 말을 다 듣고 난 리스베트는 한마디로 논의를 끝냈다. "싫어." 그러고는 이렇게 덧붙였다. 난 내가 원할 때 원하는 곳으로 갈 거야. 이 얘긴 여기서 끝이야. 난 누가 날 따라다니는 게 아주 싫어. 조지가 자신을 뒤쫓는다는 사실을 처음 알았을 때 리스베트는 엄청나게 짜증이 났었다. 하지만 얼마 지나지 않아 소년의 성격이 원래 그렇다는 사실을 알고 나자 이제는 그의 보호 본능에 귀여움마저 느껴졌다. 그러니 오늘도 그애가 뒤따라와 자신이 호텔로 들어가는 모습을 확인하고서야 돌아가리라는 사실을 뻔히 알면서도 리스베트는 짐짓 모르는 척하고 있었다.

하지만 자신이 갑자기 공격을 받는다면 소년이 과연 어떻게 할지 궁금하기도 했다.

정작 그녀 자신은 별걱정 하지 않았다. 무슨 일이 생기면 매킨타이어스 철물점에서 산 망치를 가방에서 꺼내면 되니까. 그녀 생각에 그 망치를 써서 해결하지 못할 상황은 별로 없을 듯했다.

검은 하늘에는 밝은 보름달이 걸리고 총총한 별들이 반짝였다. 눈을 들어 밤하늘을 올려다보던 리스베트는 사자자리의 레굴루스 별을 찾아냈다. 그렇게 거의 호텔에 다다랐을 때 그녀는 걸음을 멈췄다. 호텔 근처 해변에 검은 실루엣 하나가 보였기 때문이다. 한밤중에 해변에서 누군가의 모습을 보는 건 이번이 처음이었다. 100미터쯤 떨어져 있었지만 그게 누구인지는 어렵지 않게 알 수 있었다.

바로 32호실의 존경스러운 포브스 박사였다.

리스베트는 재빨리 걸음을 옮겨 가장자리 풀숲 안으로 몸을 웅크렸다. 뒤를 돌아보니 조지도 그녀처럼 몸을 숨기고 있었다. 물가에 선 사내는 담배 한 대를 입에 물고 천천히 왔다갔다하면서 규칙적으로 걸음을 멈추고는 앞으로 몸을 구부렸다. 마치 모래를 자세히 관찰하는 듯한 모습이었다. 이러한 무언극은 이십 분 가까이 계속되었다. 그러던 남자가 갑자기 몸을 돌려 해변으로 난 호텔 출입문을 향해 올라가 그 안으로 들어갔다.

리스베트는 잠시 기다리다가 32호실 남자가 있던 장소로 가보았다. 그가 왔다갔다했던 길을 천천히 따라가보며 땅을 살펴보았지만 모래와 조약돌 몇 개와 조개껍데기뿐이었다. 그녀는 잠시 후 탐색을 중단하고 다소 혼란한 심정으로 호텔을 향해 발길을 옮겼다.

방으로 돌아와 발코니로 나가 난간 위로 몸을 내밀고 옆방 쪽을 살폈다. 조용했다. 오늘은 부부싸움이 일찌감치 끝난 모양이었다. 리스베트는 가방에서 조지가 준 불법 물질을 조금 꺼내 종이에 말았다. 그렇게 만든 담배를 피워 물고서 발코니 의자에 앉아 카리브해의 검은 물을 바라보았다.

갑자기 그녀 내부의 경보 시스템이 빨간불을 깜빡거리기 시작했다.

2장
12월 17일 금요일

올해 쉰네 살인 닐스 에리크 비우르만 변호사는 커피잔을 내려놓고 헤돈 카페 앞 스투레플란 광장을 지나는 군중들을 멍하니 바라보았다. 시선은 물결처럼 지나가는 사람들을 좇고 있었지만 특별히 그 누구를 보고 있지는 않았다.

그는 리스베트 살란데르를 생각하고 있었다. 자주 그녀를 생각했다.

그녀만 생각하면 전신에 피가 끓어올랐다.

자신의 감정이 도달할 수 있는 최대 강도로 그녀를 증오했다.

리스베트는 그를 짓뭉개놓았다. 결코 그 순간을 잊지 못할 것이다. 그녀는 지배권을 장악하고 그를 능멸했다. 그 결과 지금 그의 몸에는 지울 수 없는 흔적이 남아 있다. 정확히 말하자면 젖꼭지 아래에서 성기 바로 위까지 그 흔적이 복부를 온통 뒤덮고 있다. 그녀는 침대에 그를 묶어놓고 고문한 뒤 복부에 메시지를 남겼다. 너무도 명확한 의미를 담고 있는 그 메시지는 지우기가 몹시도 어려울 터였다.

나는 가학증 걸린 돼지요, 개자식이요, 강간범입니다.

리스베트는 스톡홀름 지방법원에서 법적 무능력자 선고를 받은 여자였다. 그녀는 후견인으로 지명된 닐스에게 전적으로 종속된 상태에 있었다. 닐스는 처음 만난 순간부터 그녀에 대해 성적으로 몽상하기 시작했다. 자신도 이유를 설명할 수 없었지만 여하튼 그녀가 그런 감정을 불러일으켰다. 그리고 그는 자신의 특권을 이용해 그녀를 강간했다.

순수하게 이성적으로만 생각하면 그는 자신이 저지른 행위가 사회적으로 용인될 수 없음을 잘 알고 있었다. 자신의 행동이 잘못됐다는 사실, 그리고 자신에게 법적인 변명의 여지가 없으며 얼마든지 중형을 받을 수 있다는 현실도 잘 알고 있었다.

하지만 일단 정서적인 관점으로 들어가면 이 모든 이성적인 사고는 큰 힘을 발휘하지 못했다. 그는 단지 자신의 행동이 잘못됐다는 사실을 인정할 뿐, 행위 자체를 자제할 생각은 추호도 없었다. 이 년 전, 리스베트를 처음 만났을 때 그는 첫눈에 그녀가 자신의 장난감이라는 사실을 직감했다. 법이니 규칙이니 윤리니 사회적 의무 같은 건 이미 관심 밖이었다.

그녀는 참으로 기묘했다. 성인이었지만 마치 미성년자처럼 보였다. 그녀의 삶을 제어할 권리가 그에게 있었으니 더욱 마음대로 그녀를 가지고 놀 수 있었다. 한마디로 완벽한 조건이었다.

설사 그녀가 저항한다 해도 전혀 걱정할 일이 없었다. 법적 무능력자인데다 어린 시절부터 작성된 의료기록부는 그녀를 거의 신뢰할 수 없는 정신이상자로 묘사하고 있었다. 그리고 이미 무구하다고는 할 수 없는 여자가 강간을 당했다고 호소한들 소용없을 터였다. 그녀가 누구보다도 성경험이 풍부하다는 사실과 지극히 방만한 성 윤리의 소유자라는 것을 기록들이 보여주고 있었다. 여느 사회복지사가 작성한 보고서에는 그녀가 이미 열일곱 살에 성판매를 했을 가능성이 있다는 의견까지 있었다. 보고서가 근거로 삼은 건 한 순찰대가 남긴 기록이었다. 탄토룬덴 공원에서 변태스럽기로 유명한 남자가 그녀와 함께 벤치에 앉아 있었다고 한다. 경관들이 순찰차를 세우고 검문을 요구했지만 소녀는 대답을 거부했고, 사내는 분별 있는 대답을 하기엔 지나치게 만취한 상태였다고 한다.

닐스의 눈에 결론은 자명해 보였다. 리스베트는 최하층의 창녀였다. 이런 그녀를 그의 강제력 아래 두는 일에는 그 어떤 위험 요소도 없었다. 설사 그녀가 불만을 품고 후견위원회에 항의한다 해도 그는 얼마든지 자신의 신뢰도와 명성을 내세워 그녀를 뻔뻔스러운 거짓말쟁이로 몰아버릴 수 있었다.

사회적으로 무능해 남의 손아귀에 맡겨진 난잡한 성인 여자……그렇다, 리스베트 살란데르는 이상적인 장난감이었다.

닐스 비우르만이 이처럼 고객을 학대한 일은 이번이 처음이었다. 자신과 직업적으로 관계를 맺은 누군가를 성적으로 이용하는 일은 감히 상상해본 적도 없었다. 특별한 성적 욕구를 배출하고 싶을 때는 주로 성매매를 했다. 은밀하고도 신중하게 행동했으며 그 일에서만큼은 돈을 아끼지 않았다. 다만 그녀들이 자신을 만족시키지 못한다는 게 문제였다. 그녀들의 행위는 연극에 불과했다. 그가 돈을 지불하면 여자들은 신음하고 비명을 질러대며 애써 연기를 했지만 그 모든 결과는 거장의 모사화만큼이나 참담할 뿐이었다.

결혼 후에는 아내를 지배하려고 시도해봤지만 실망스럽기는 매한가지였다. 그녀 역시 협조해줬지만 연극 냄새가 나는 건 어쩔 수 없었다.

이런 그에게 리스베트는 그야말로 꿈에 그리던 여인인 셈이었다. 그녀에게는 방어수단이 없었다. 가족도 친구도 없었다. 완벽하게 취약한 존재이자 진정한 희생양이었다. 그리고 결국 기회가 도둑을 만들었다.

그러던 어느 날 그녀가 그를 짓뭉개버렸다.

그녀는 전혀 예상하지 못했던 힘과 결의로 반격해왔다. 도리어 그를 능멸하고 고문했다. 한마디로 그를 부숴버렸다.

지난 이 년간 닐스 비우르만의 삶에는 엄청난 변화가 있었다. 리스베트가 아파트에 다녀간 그날 밤 이후로 한동안은 거의 마비 상태에 빠져 있었다. 움직이지도 못했고 말도 하지 못했다. 집에 틀어박혀서 전화도 받지 않았다. 중요한 고객들과 만남을 이어갈 힘마저 없었다. 결국 이 주 후에 병가를 냈다. 대신 비서가 사무실로 날아드는 우편물을 처리해주고, 취소된 약속 때문에 성난 고객들의 빗발치는 질문에 응대하느라 애썼다.

그는 욕실 문 거울에 비친 자신의 가련한 몸뚱이를 매일 볼 수밖에 없었다. 그리고 결국엔 거울을 떼어버렸다.

초여름이 되어서야 그는 사무실로 돌아왔다. 우선 고객들을 대부분 정리해 다른 변호사들에게 넘겼다. 각종 법무를 대행하지만 직접적으로 관여할 필요가 없는 몇몇 회사만 남겨두었다. 그 결과 아이러니하게도 실질적인 고객은 리스베트가 유일한 셈이었다. 그는 매달 그녀에 관한 재정결산서와 보고서를 준비해 후견위원회에 제출했다. 그녀의 지시를 충실히 따라야 했기 때문이다. 그녀의 요구에 따라 지어낸 보고서에는 그녀에게 더이상 후견인이 필요하지 않다는 소견이 담겨 있었다.

보고서를 쓸 때마다 리스베트의 존재가 고통스럽게 떠올랐지만 그에겐 선택의 여지가 없었다.

그해 여름과 겨울 내내 닐스는 우울한 상념을 곱씹으며 마치 죽은 사람처럼 꼼짝도 하지 않았다. 12월이 되어서야 가까스로 마음을 추스르고서 프랑스행 비행기표를 샀다. 인터넷으로 알아본 마르세유 근처의 한 클리닉에 예약을 해둔 터였다. 마침내 의사를 만난 그는 문신을 없앨 수 있을지 물었다.

눈이 휘둥그레진 의사가 망가진 복부를 찬찬히 살피고 나서 시술 방법을 제안했다. 가장 간단한 방법은 레이저로 지우는 것이지만 문신의 범위가 넓은데다가 잉크가 살 속 깊이 배어 실질적으로 유일한 방법은 피부 이식 수술이라고 했다. 하지만 이 역시 상당한 비용과 시간을 요했다.

그는 지난 이 년간 리스베트를 단 한 번 만났다.

닐스를 공격하고 삶의 통제권까지 빼앗아간 그날 밤에 그녀는 사무실과 아파트 열쇠 복사본까지 가져갔다. 그리고 앞으로 그를 계속 감시할 것이며 전혀 예상치 못한 순간에 방문할 거라고 경고했었다. 그로부터 열 달쯤 지나자 닐스는 그녀의 말이 결국은 거짓 위협이 아닐까 생각도 했지만 집 열쇠만큼은 감히 바꿀 수 없었다. 너무도 분명한 위협이었기 때문이다. 만일 침대에 어떤 여자라도 끌어들인 사실이 발각되면 자신이 리스베트를 지독히도 난폭하게 강간한 모습이 담긴 구십 분짜리 영상을 만천하에 공개하겠다는 경고였으니까. 그러던 작년 1월 중순의 어느 날 밤이었다. 새벽 3시쯤 닐스는 갑자기 잠에서 깼다. 처음엔 무엇에 깼는지 알지 못했지만 침대 맡에 있는 스탠드를 켠 순간 공포로 울부짖을 뻔했다. 침대 발치에 그녀가 서 있었다. 마치 방안에 불현듯 나타난 유령 같았다. 창백하고 무표정한 얼굴에 한 손에는 그 빌어먹을 전기충격기가 들려 있었다. 그렇게 그녀는 아무 말 없이 몇 분간 그를 응시했다.

"안녕하신가? 비우르만 변호사." 이윽고 그녀가 입을 열었다. "오늘은 잠을 깨웠군. 미안해."

맙소사! 그렇다면 전에도 온 적이 있었다는 말이잖아! 난 그것도 모른 채 자고 있었고.

그는 그녀의 말이 참인지 거짓인지 분간할 수 없었다. 우선 헛기침으로 목청을 가다듬고 입을 열려 했지만 그녀가 손짓으로 막았다.

"널 깨운 이유는 단 하나야. 난 곧 여행을 떠나. 꽤 오래 떠나 있을 거야. 그동안에도 넌 계속해서 내 '건전한 상태'에 관해 월례보고서를 작성하도록 해. 단, 그 사본을 내 주소로 보내지 말고 핫메일 주소를 하나 줄 테니 앞으로는 여기로 보내."

그러고선 호주머니에서 반으로 접은 종이 한 장을 꺼내 침대 가장자리에 떨어뜨렸다.

"만일 후견위원회가 날 접촉하고 싶어한다거나 날 필요로 하는 다른 일이 생긴다면 이 주소로 메일을 보내. 이해했어?"

"알겠어. 그리고……"

"입다물어. 네 목소린 듣고 싶지 않으니까."

그는 이를 악물었다. 그녀가 내린 명확한 금지령 때문에 지금껏 한 번도 그녀와 접촉해보려 시도한 적이 없었다. 그럴 경우 즉각 비디오테이프를 당국에 보낸다고 경고했으니까. 대신 몇 달간 머리를 싸매고 궁리해봤다. 만일 그녀가 자신을 찾아온다면 무슨 말을 해야 할까? 하지만 결국 그 어떤 논리로도 자신이 한 짓을 변명할 수 없다는 사실을 깨달았다. 유일한 방법은 그녀의 관대함에 호소하는 것뿐이었다. 만일 그녀가 자신에게 입을 열 기회를 준다면, 자신이 그런 짓을 한 건 일시적인 정신착란 탓이었다고, 지금은 뼛속 깊이 후회하고 있으며 속죄하고 싶다고 그녀를 설득할 생각이었다. 시한폭탄과도 같은 그녀의 뇌관을 해체할 수만 있다면 진흙 구덩이라도 기어다닐 각오가 되어 있었다.

"제발 말 좀 하게 해줘……" 그는 듣기에도 한심한 목소리로 더듬거렸다. "네게 용서를 빌고 싶다고……"

그녀는 그의 뜻밖의 호소를 잠자코 들었다. 그러고는 침대 머리말으로 다가가 몸을 굽히고 스산한 시선으로 그를 노려보았다.

"이 역겨운 인간, 내 말 잘 들어. 넌 쓰레기야. 난 널 절대로 용서 못 해. 하지만 앞으로 착실하게 처신하면 도망은 가게 해주지. 내 후견 체제가 끝나는 날에."

리스베트는 그가 눈을 아래로 내리깔 때까지 기다렸다. 저년이 기어코 날 기게 만드는구나……

"예전에 내가 말한 내용은 여전히 유효해. 허튼수작 부리면 영상이 공개돼. 내가 결정한 이외의 방식으로 내게 연락하려 들면 영상은 공개돼. 내가 어떤 사고로 죽더라도 공개돼. 만일 네가 다시 날 건드린 다면 널 죽여버리겠어."

그는 그녀의 말을 믿었다. 의혹과 협상의 여지는 눈곱만큼도 없었다.

"하나 더. 내가 널 놔주는 날에는 하고 싶은 대로 해. 하지만 그때 까지 마르세유에 있는 그 클리닉에는 한 발짝도 들이지 마. 한 번만 더 거길 찾아가서 시술을 받으려 들면 문신을 다시 새겨주겠어. 이번 엔 네 이마에."

빌어먹을! 저년이 마르세유 일은 어떻게 알았지?

이윽고 리스베트는 사라졌다. 그녀가 열쇠를 돌려 현관문을 잠그는 소리가 희미하게 들렸다. 그는 귀신에라도 홀린 기분이었다.

그날 이후 닐스는 그녀를 더욱 강렬하게 증오했다. 시뻘겋게 달궈진 강철처럼 마음속에서 활활 타오르는 증오, 그녀를 짓이겨버리겠다는 미친듯한 갈증이 그의 삶 자체가 되어버린 증오였다. 그는 그녀의 죽음을 상상했다. '그래, 네발로 기면서 자비를 빌게 만들 거야. 하지만 난 무자비하지. 그년 목에 두 손을 대고서 천천히 조를 거야. 얼굴이 새빨개져서 캑캑댈 때까지……' 닐스는 그녀의 눈알을 뽑아내고 가슴에서 심장을 끄집어내고 싶었다. 지구상에서 그녀를 깨끗이 지워버리고 싶었다.

그런데 역설적이게도 바로 그 순간, 그의 육체가 다시 기능하기 시작했고 기이한 정신적 균형 상태가 되돌아왔다. 그는 알고 있었다. 자신이 그녀에 관한 강박에 사로잡혀 있음을. 깨어 있는 매 순간을 그녀의 존재에 집중하고 있음을. 하지만 지금은 자신이 다시 합리적으로 사고하기 시작했다는 사실을 깨달았다. 그렇다. 그녀를 짓이기기 위해서는 스스로 이성에 대한 지배권을 회복해야 했다. 그의 삶에 새로운 목적이 하나 생겼다.

닐스는 그날 이후로 더이상 리스베트의 죽음을 상상하지 않았다. 대신 그것을 계획하기 시작했다.

공교롭게도 미카엘은 닐스가 앉아 있는 자리 뒤로 불과 2미터도 떨어지지 않은 곳을 지나고 있었다. 양손에 헤돈 카페의 뜨거운 카페라테를 한 잔씩 들고 에리카 베리에르가 앉아 있는 테이블로 가기 위해 의자며 테이블 사이를 조심조심 빠져나가는 중이었다. 그와 에리카 모두 닐스 변호사에 대해 들어본 적이 없었기 때문에 그를 알아볼 수는 없었다.

에리카는 미간을 찡그리며 재떨이를 옆으로 밀어 미카엘이 커피잔을 내려놓을 자리를 만들었다. 미카엘은 재킷을 의자 등받이에 걸쳐놓고서 재떨이를 당기며 담배를 한 대 피워 물었다. 담배 연기라면 질색인 에리카가 찡그린 눈으로 그를 쳐다보았다. 그는 사과의 표시로 옆을 향해 연기를 내뿜었다.

"담배 끊은 줄 알았는데?"

"잠시만 다시 피우는 거야."

"난 이제 담배 냄새 풍기는 남자들하고는 안 잘 거야." 그녀가 미소를 지어 보이며 말했다.

"상관없어. 세상엔 자기처럼 까다롭지 않은 여자들이 얼마든지 있거든." 미카엘 역시 씩 웃으며 맞받았다.

에리카는 어이가 없다는 듯 시선을 하늘로 돌렸다.

"근데 무슨 일로 불렀어? 이십 분 후에 샤를리와 만나기로 했어. 같이 연극 보러 가려고."

샤를리는 어린 시절부터 에리카의 둘도 없는 친구인 샤를로타 로센베리의 애칭이었다.

"인턴사원 때문에 골치 아파 죽겠어. 친구 딸이라는 애 말이야. 편집부에서 일한 지 이제 이 주째고 앞으로도 팔 주나 더 남았잖아. 어휴, 계속 이러다간 나 정말 폭발할지도 몰라."

"맞아. 늘 자기를 집어삼킬 듯 쳐다보던걸? 하지만 자기는 신사 아냐? 점잖게 대해주라고."

"에리카. 겨우 열일곱 살짜리야. 정신연령은 잘해야 열 살 정도겠지."

"이해해줘. 자기를 만나서 그저 황홀한 거라고. 자긴 그애의 우상이야."

"어제 무슨 일이 있었는지 알아? 밤 10시 반에 아파트로 찾아와 인터폰을 누르더군. 와인 한 병 같이 마시자나?"

"하하하, 저런!"

"리키, 웃을 일이 아냐. 내가 스무 살만 덜 먹었어도 망설일 필요가 없겠지만 열일곱밖에 안 된 어린애라고. 난 마흔넷이고."

"여기서 자기 나이를 상기시킬 건 없잖아. 나랑 동갑이면서."

미카엘은 몸을 뒤로 기대며 담뱃재를 털었다.

벤네르스트룀 사건 이후 미카엘은 어울리지 않게도 슈퍼스타가 되어버렸다. 일 년 내내 여기저기서 파티며 행사의 초대장이 쇄도했고, 그중엔 한 번도 가본 적 없는 장소나 안면 없는 사람이 부지기수였다.

사람들이 그를 초대하려고 안달하는 이유는 뻔했다. 슈퍼스타가 끼어 있으면 모임이나 무리에 빛이 나기 때문이다. 그러니 전에 악수

한번 한 적 없는 사람들이 갑자기 절친한 친구라도 된 양 여기저기서 어서 오라고 그에게 윙크를 해댔다. 언론계 사람들이 그랬다면 조금은 이해할 수 있었다. 좋든 싫든 예전부터 알아온 사이니까. 하지만 이른바 문화계 인사나 배우, 다소 알려진 논객, 그저 그런 연예인은 이제까지 그와 전혀 관계없는 사람들이었다. 이런 자들이 자신의 출간 기념회나 개인적인 파티, 행사 등을 빛내기 위해 앞다투어 미카엘을 모시려 했다. '초대해주셔서 대단한 영광입니다. 하지만 유감스럽게도 선약이 있습니다'라는 대답이 어느새 습관이 되었다.

스타덤의 부작용은 그뿐만이 아니었다. 미카엘을 둘러싸고 온갖 소문이 난무했다. 하루는 친구 하나가 염려 가득한 목소리로 전화를 걸어와 건강이 괜찮은지 물었다. 미카엘이 마약중독 치료를 받으러 클리닉에 입원했다는 소문을 들었다고 했다. 그가 평생 마약을 해본 건 손가락으로 꼽을 정도였다. 해시시나 마리화나 같은 순한 마약을 호기심에 몇 번 피워봤고, 십오 년 전쯤 아주 특별한 기회에 록그룹 보컬인 네덜란드 여자를 만나 코카인을 한 번 해본 게 전부였다. 술은 그보다 많이 마셨지만 얼근하게 오를 정도로 마시는 일은 파티나 만찬처럼 특별한 경우뿐이었다. 바에 가면 대부분 유명 브랜드의 맥주 한 잔이 전부였다. 선물로 받은 보드카나 위스키가 집에 몇 병 있었지만 뚜껑을 열 일이 거의 없기 때문에 그런 게 있다는 사실조차 우스울 정도였다.

미카엘이 크고 작은 염문을 뿌리고 다니는 독신남이라는 건 그의 친구들뿐 아니라 만인이 다 알고 있는 사실이었는데, 점점 더 심한 소문들로 발전해나갔다. 지난 몇 년간 사람들의 입방아에 오르내리며 무성한 추측을 낳았던 에리카와의 관계는 어쩔 수 없다 해도 최근에는 정말 어처구니없는 소문까지 떠돌기 시작했다. 어느새 미카엘은 상대가 치마만 둘렀다 하면 달려들어 추근대기 바쁜데다 자신의 인기를 이용해 스톡홀름 시내에 있는 여자라면 죄다 정복하려고 이 침대에서 저 침대로 뛰어다니는 작자가 되어 있었다. 급기야 하루는 안면도 없는 기자가 찾아와 다짜고짜 기가 막히는 질문을 해댔다. 어느 유명한 미국 배우가 최근 섹스중독을 치료하려고 입원했다는데 당신도 그런 문제로 진찰을 받은 일이 없느냐는 것이었다. 미카엘은 자신은 유명한 미국 배우가 아니며 그런 영역에서는 그 어떤 도움도 필요 없는 사람이라고 대답했다.

물론 미카엘은 지금까지 적잖은 여자들과 가벼운 관계를 맺어왔고 때로는 여러 사람과 동시에 사귄 적도 있었다. 왜 이처럼 많은 여자들을 만나왔는지는 스스로도 잘 설명할 수 없었다. 그런대로 준수한 외모라는 건 알고 있었지만 굉장히 매력적인 남자라고는 생각해본 적이 없었기 때문이다. 그러면서도 여자들의 관심을 끄는 무언가가 자신에게 있다는 얘기를 이따금 듣곤 했다. 에리카가 한번 그 이유를 설명해준 적이 있었는데, 자신과 함께 있으면 왠지 모르게 편안하고 안심이 된다고 했다. 상대가 긴장이나 부담을 느끼지 않게 하는 특별한 재능이 있다는 말이었다. 즉 여자들에겐 그와 함께 자는 일이 위협적이거나 힘들거나 복잡하지 않고 오히려 편안하면서 관능적으로 유쾌했다.

하지만 많은 친구들의 상상과 달리 미카엘은 결코 이 여자 저 여자에게 추근거리는 남자가 아니었다. 기껏해야 자신이 '여기 있음'을 표시할 따름이었고 여자에게 주도권을 넘기고서 만약 상대가 다가온다면 거기에 응하고는 했다. 섹스는 자연스러운 귀결일 뿐이었다. 그리고 이러한 관계가 하룻밤 불장난으로 끝나는 일은 거의 없었다. 그런 경우 대부분이 별로 만족스럽지 못하다는 사실을 잘 아는 까닭이었다. 미카엘은 이런저런 맥락에서 서로를 잘 알고 정서적으로도 호감을 느끼는 사람과 최상의 관계를 맺을 수 있었다. 그러니 에리카와 이십 년 넘도록 관계를 지속해온 것도 우연이 아니었다. 절친한 친구 사이였기에 육체적으로도 끌릴 수 있었다.

그런데 요즘 들어 유명세를 치르면서 점점 커져가는 여자들의 관심을 미카엘은 도무지 이해할 수 없었다. 그를 가장 놀라게 하는 건 전혀 뜻밖의 상황에서 충동적으로 접근해오는 젊은 여자들이었다.

하지만 미카엘의 취향은 늘씬한 몸매에 미니스커트 차림으로 자신에게 열광하는 어린 여자들과는 전혀 다른 유형의 여자들에게 향해 있었다. 젊었을 때 만난 상대는 대부분 연상이었고 그중 몇몇은 나이도 경험도 훨씬 많았다. 나이가 들면서 점차 다양한 사람들을 만났지만 스물다섯 살이던 리스베트만이 그가 평소 상대해온 이들의 평균 나이를 한참 밑도는 매우 특별한 경우였다.

그리고 그가 에리카를 급히 불러낸 건 바로 이런 속사정 때문이었다.

〈밀레니엄〉은 에리카 지인의 부탁으로 언론 전문 고등학교에 다닌다는 그녀의 딸을 인턴사원으로 받아들였다. 매년 인턴사원을 여러 명씩 받아왔으니 예외적인 경우라고 할 수는 없었다. 미카엘은 문제의 열일곱 살 소녀를 예의바르게 대했지만 곧 정체를 간파하고 말았다. 언론 일에는 도통 관심이 없는데다 어떻게 하면 TV에 얼굴을 비칠까만 궁리하는 철부지였다. 〈밀레니엄〉에서 인턴사원으로 일한 경력도 이를 위한 후광으로 이용할 게 분명했다.

게다가 그녀가 기회만 있으면 자신에게 가까이 밀착해온다는 사실을 미카엘은 재빨리 눈치챌 수 있었다. 이 노골적인 접근을 모르는 척할수록 그녀는 더욱 적극적으로 덤벼들 뿐이었다. 미카엘은 이 상황을 점점 더 견딜 수 없었다.

에리카는 웃음을 터뜨렸다.

"아이고! 자기가 직장 성희롱의 희생자가 되었네."

"리키, 난 정말로 힘들어. 아직 어린애한테 상처나 불편한 감정을 안겨주고 싶진 않지만 발정기 암말처럼 얼마나 교묘하고도 끈덕지게 달라붙는지 모른다고. 다음번엔 도대체 어떤 방법으로 쳐들어올지!"

"미카엘, 그앤 아직 열일곱 살밖에 안 됐어. 한창 호르몬이 넘칠 나이잖아. 게다가 유명한 자기를 실제로 만나게 됐으니 얼마나 대단한 남자로 보이겠어? 그앤 지금 사랑에 빠진 거야. 아직 어려서 표현이 서툴 뿐이지."

"미안하지만 네가 잘못 생각한 거야. 표현이 서툴다고? 천만에. 오히려 너무 능숙해서 문제야. 나이답지 않게 행동하는데 사악한 구석마저 느껴진다고. 아무리 미끼를 던져도 내가 덥석 물지 않으니까 슬슬 짜증이 난 눈치야. 게다가 친구들한텐 뭐라고 떠들겠어? 제발 내가 영계들이나 밝히는 음탕한 늙은이라는 소문만 나지 않기를 바랄 뿐이야."

"좋아. 이제 자기 문제를 이해하겠어. 그래, 그애가 어젯밤 자기네 집 인터폰을 눌렀다고?"

"와인 한 병을 들고 와서는 우리 동네에 사는 친구네 파티에 왔다가 돌아가는 길이라나? 그렇게 우리집 근처를 지나게 돼서 '엄청나게 멋진 우연'이라더군."

"그래서 뭐라고 대답했는데?"

"못 들어오게 했지. 다른 숙녀가 와 있다고 거짓말로 둘러댔어."

"그랬더니?"

"발칵 화를 내고 가버렸어."

"그래, 내가 어떻게 해줬으면 좋겠어?"

"어떻게 해서든 제발 걔 좀 치워줘. 월요일에 그앨 따로 불러서 말할 작정이야. 쓸데없는 짓을 집어치우든지, 그게 싫으면 나가라고 말이야."

에리카는 곰곰이 생각에 잠겼다.

"그건 안 돼. 아무 말 하지 마. 내가 말할게."

"다른 방법이 없잖아."

"그앤 정말로 자기랑 친구가 되고 싶은 건지도 모르잖아."

"무슨 꿍꿍이인지는 모르겠지만 말이야……"

"미카엘, 아직 그애 속마음이 뭔지 모르잖아? 내가 직접 말해볼 테니까 가만히 있어."

닐스는 미카엘의 이름을 알았다. 일 년간 스웨덴의 방송과 신문에서 온통 그의 이야기뿐이었으니까. 하지만 그를 실제로 본다 한들 누구인지 알아보지 못했을 것이다. 알아봤다 해도 별생각이 없었을 것이다. 그는 〈밀레니엄〉과 리스베트 사이에 어떤 관계가 있는지 전혀 몰랐다.

어쨌든 닐스는 자기 생각에 너무 골몰해 주위에는 전혀 신경을 쓰지 않고 있었다. 전처가 바로 앞에 걸어간다 해도 알아채지 못했을 것이다.

마침내 지적인 마비 상태에서 벗어난 그는 서서히 자신의 상황을 분석하기 시작했다. 그리고 리스베트를 없앨 방법에 대해서도 숙고했다.

문제의 핵심은 단 하나, 바로 그 걸림돌이었다.

리스베트가 가지고 있는 영상, 그녀를 강간하는 자신의 모습을 몰래 촬영한 그 구십 분짜리 영상 말이다. 그는 이미 그걸 보았다. 아무리 봐도 좋게 해석해줄 수 없는 내용이었다. 만일 그 테이프가 검사의 손에 들어간다면, 아니 더 고약하게는 언론의 탐욕스러운 발톱 안에 들어간다면 그의 삶과 경력을 비롯해 모든 자유가 거기서 끝장이었다. 변호사이기 때문에 그 자신이 누구보다 잘 알았다. 특수 강간, 의존적 개인에 대한 약취, 폭행과 특수 상해. 이 모든 죄목을 합치면 징역 6년까지 구형될 수 있었다. 독한 검사를 만나면 더 골치 아플 터였다. 영상을 본다면 살인미수를 적용할 수도 있는 일이므로.

닐스는 그녀를 강간하는 와중에 얼굴을 베개로 눌러 거의 질식 직전까지 몰고 갔었다. 그때 그녀를 죽이지 않은 게 그렇게 후회스러웠다. 지금 이런 골치 아픈 상황에 비하면 그녀의 시체를 치우는 편이 훨씬 쉬운 일이었을 테니까.

그들은 이해 못할 거야. 그년이 시종 장난을 치고 있었다는 사실을. 그래! 그년이 일부러 날 도발한 거야. 어린애 같은 순진한 눈으로, 열두 살 계집애 같은 몸으로 날 유혹했어. 그년이 강간하게 만든 거라고. 모든 건 그년 잘못이야! 하지만 그들은 전혀 이해 못하겠지. 이 모든 게 그년이 꾸민 연극에 불과하다는 사실을. 모든 게 그년의 계획이었다는 사실을.

어떤 방법을 쓰든 절대적 선결 조건은 그 영상을 입수하고 복사본이 존재하지 않는다는 사실을 확인하는 일이었다. 이게 바로 문제의 핵심이었다.

리스베트처럼 악마 같은 인간이라면 필경 살면서 수많은 적을 만들었겠지만 닐스는 자신이 한 가지 면에서 확실하게 유리하다는 사실을 알았다. 이런저런 이유로 원한이 있는 보통 사람들과 달리 그는 그녀에 관한 무수한 자료에 접근할 수 있었던 것이다. 의료기록부, 사회복지부 보고서, 정신과 소견서 따위를 마음만 먹으면 구해 볼 수 있는 위치에 있었다. 한마디로 그는 그녀의 가장 은밀한 비밀들을 알아낼 수 있는 몇 안 되는 사람 중 하나였다.

닐스가 후견 임무를 수락했을 때 후견위원회가 건네준 파일은 지극히 간단했다. 총 15페이지 남짓한 문서철에는 성인 리스베트의 삶에 대한 간략한 설명, 정신과 전문의들의 소견요약문, 후견 개시를 결정한 지방법원 판결문, 그녀의 재정 상태 확인서 등이 있었다.

그는 이 문서들을 읽고 또 읽었다. 그후엔 리스베트의 과거와 관련된 정보들을 체계적으로 수집했다.

변호사였기 때문에 당국이 내놓은 공식 기록들 가운데서 원하는 정보를 찾아내는 방법쯤은 익히 알고 있었다. 그녀와 관련된 기록들은 행정부서 여기저기에 흩어져 꽁꽁 숨어 있었지만 후견인 자격을 이용해 그것들을 찾아내는 건 그에게 일도 아니었다. 그는 바로 리스베트에 관한 한 그 어떤 서류라도 얻어낼 수 있는 몇 안 되는 사람이었다.

하지만 초등학교 성적표에서 경찰수사 기록과 지방법원의 공판조서에 이르기까지 관련된 서류를 모두 수집해 그녀의 생을 재구성하는 데는 몇 달이나 걸릴 터였다. 그래서 개인적으로 예스페르 H. 뢰데르만 박사를 만나 그녀의 상태에 대해 얘기를 나눴다. 예스페르는 리스베트가 열여덟 살 되던 해에 그녀를 정신병원에 강제 수용해야 한다는 보고서를 작성했던 정신과 의사였다. 이 밖에도 사람들은 아주 친절하게 닐스를 도와주었다. 사회복지부의 한 여자는 리스베트가 겪어온 삶의 모든 양상을 이해하려 애쓰는 그에게 고마움을 전하며 칭찬하기까지 했다.

그런데 정보의 진짜 보고는 뜻밖의 곳에 있었다. 곰팡이가 슨 종이상자 안에 들어 있던 두 권짜리 노트로, 후견위원회 위원 한 사람이 보관하고 있었다. 이 노트를 기록한 사람은 리스베트를 누구보다 잘 알았던 홀게르 팔름그렌 변호사였다. 그가 매년 성실하게 위원회에 제출한 연례보고서와 별개로 둘 사이에 있었던 모든 만남의 내용과 자신의 생각을 꼼꼼하게 기록해두었다는 사실을 리스베트는 모르는 듯했다. 물론 순전히 개인적인 목적으로 쓰인 기록물이었지만 홀게르가 이 년 전에 뇌출혈로 쓰러지면서 후견위원회에까지 흘러들어간 이후로 누구도 열어보거나 읽어볼 생각을 하지 않았던 모양이었다.

원본이었고 복사본은 존재하지 않았다.

닐스에겐 더없이 완벽한 물건이었다.

홀게르가 기록한 리스베트의 모습은 사회복지부가 조사한 내용에서 알아낼 수 있는 사실과는 전혀 달랐다. 덕분에 닐스는 반항아 소녀로 시작한 리스베트가 홀게르를 통해 밀톤 시큐리티의 직원이 되기까지 거쳐야 했던 험난한 여정을 추적할 수 있었다. 그리고 그녀가 결코 복사나 커피 심부름을 하는 일개 사환이 아니라, 오히려 밀톤의 대표인 드라간 아르만스키를 위해 '대인 조사'라는 지극히 전문적인 업무를 수행하는 주요 인물이었다는 사실까지 알게 되었다. 그렇다면 여기서 또 한 가지 결론을 도출할 수 있었다. 즉 드라간과 홀게르는 서로 아는 사이이며 때때로 리스베트에 대한 정보를 교환했음이 분명하다.

닐스는 드라간 아르만스키의 이름도 기억해두었다. 리스베트의 삶에 등장했던 이들 가운데 이 두 사람만이 그녀를 자신들의 친구이자 피보호자로 여기는 듯했다. 이제 홀게르가 무대에서 사라졌으니 잠재적으로 위협 인물이 될 만한 사람은 드라간이 유일했다. 한편으로는 직접 그를 만나 리스베트에 관한 정보를 얻어낼 수도 있었다. 그녀를 염려하는 후견인 행세를 하면 되니까. 하지만 그와는 거리를 두기로 결정했다. 아니, 무슨 일이 있어도 마주치는 일을 피하기로 했다.

홀게르가 남긴 기록은 그에게 많은 걸 설명해주었다. 그리고 그는 문득 이해할 수 있었다. 어째서 리스베트가 자신에 대해 그토록 많은 사실을 알 수 있었는지를. 프랑스에 있는 성형 클리닉에 방문한 일까지 어떻게 알아냈는지는 모르겠지만 그녀를 둘러싼 비밀이 꽤나 걷힌 느낌이었다. 즉 사람들의 사생활을 뒤지는 일이 바로 그녀의 직업이라는 사실까지 드러나버린 셈이었다. 닐스는 이를 알고 난 후로 곧장 행동에 주의를 기울이기 시작했다. 그리고 리스베트가 마음대로 출입할 수 있는 한 그녀와 관련된 자료들을 아파트에 보관하지 않는게 나을 터였다. 그는 곧장 그것들을 모두 모아 박스에 넣어서 스탈라르홀멘에 있는 여름별장으로 옮겼고, 그후로 거기에 처박혀 골똘히 생각에 잠기는 일이 잦아졌다.

닐스는 리스베트에 대해 알면 알수록 그녀가 정신병자라는 확신이 더욱 굳어졌다. 그런 미친 여자가 자신을 수갑 채우고 침대에 묶었다는 사실을 떠올리면 몸서리가 났다. 그때 그녀가 한번 마음을 잘못 먹었다면 자신은 어떻게 되었을까? 닐스는 점점 더 확신했다. 허튼수작 부리면 죽여버리겠다는 위협을 서슴없이 행동으로 옮길 수 있는 여자가 바로 리스베트라는 사실을.

닐스가 보기에 그녀에게 사회적 장벽이란 존재하지 않았다. 미친 년, 망할 정신병자, 안전핀 뽑힌 수류탄이야. 완전히 더러운 년이라고!

닐스는 홀게르가 남긴 기록에서 마지막 열쇠를 찾을 수 있었다. 홀게르는 리스베트와 대화를 하고 나면 자신의 생각과 의견을 꼼꼼하게 적어두었다. 이런 걸 꼬박꼬박 적어놓다니. 미친 영감, 그렇게 할 일이 없었나! 그런데 두 번에 걸쳐 '모든 악이 일어났을 때'라는 표현이 등장했다. 리스베트가 한 말을 그대로 옮긴 듯 보였지만 그 의미가 무엇인지는 전혀 알 수 없었다.

'모든 악'이라는 표현 앞에서 어안이 벙벙해진 그는 의미를 해석해보려고 했다. 위탁가정에서 보낸 시기를 말하는 걸까? 누군가에게 무슨 짓을 당한 걸까? 그간 확보한 방대한 자료를 뒤져보면 설명이 될 만한 걸 찾아낼 수 있을 듯도 했다.

우선 리스베트가 열여덟 살 되던 해에 법정 정신과 전문의가 작성한 보고서를 펼쳤다. 이미 대여섯 번이나 읽어봤지만 다시 한번 꼼꼼히 살펴보았다. 여기서 그는 리스베트에 대해 자신이 알고 있는 내용들 가운데에 무언가 빠진 부분이 있음을 깨달았다.

다른 자료도 들춰보았다. 학생기록부 발췌본, 모친의 양육능력 상실 증명서, 십대 때 거친 위탁가정들의 보고서, 그리고 열여덟 살 때 작성된 그 정신과 보고서……

열두 살 무렵에 있었던 '그 무언가'로 인해 그녀의 광기가 시작되었음이 분명했다.

또다른 구멍들이 몇 개 더 있었다.

우선 홀게르가 남긴 기록에는 다른 자료에서 전혀 언급하지 않은 놀랄 만한 내용이 하나 있었다. 바로 리스베트에게 쌍둥이 자매가 있다는 사실이었다. 맙소사. 하나도 모자라서 둘이나? 하지만 그녀가 어떻게 되었는지에 대한 언급을 어디에서도 찾아볼 수 없었다.

리스베트의 부친을 언급한 내용 역시 보이지 않았고, 모친이 그녀를 돌볼 수 없었던 이유 또한 빠져 있었다. 이제까지 닐스는 리스베트의 모친이 아프거나 해서 그녀가 소아정신과 시설을 전전하게 된 모든 과정이 시작됐으리라고 추측했었다. 하지만 이제는 확신할 수 있었다. 그녀가 열두 살, 혹은 열세 살 되던 해에 무언가가 일어났다. 그녀가 모든 악이라고 부르는 것 말이다. 정신병원에 가게 된 건 트라우마 때문이었으리라. 하지만 그 악의 정체는 여전히 두꺼운 베일에 싸여 있었다.

한편 법정 정신과 전문의가 쓴 보고서에서 누락된 내용을 암시하는 부분을 찾아낼 수 있었다. 정신과 전문의는 1991년 2월 12일에 작성된 어느 경찰 보고서를 언급하고 있었다. 그리고 사회복지부 보관소에서 찾아낸 이 사본의 여백에 때마침 보고서 일련번호가 육필로 쓰여 있었다. 하지만 당국에 열람을 요청하자 뜻밖의 난관에 봉착하고 말았다. 이 경찰 보고서가 다름아닌 국가기밀로 분류되어 있었다. 열람을 원할 경우 정부에 요청서를 제출해야 했다.

그는 어안이 벙벙했다. 열두 살짜리 소녀에 관한 경찰 보고서가 기밀 문서로 분류되어 있다는 사실 자체는 별반 놀랍지 않았다. 개인의 인권 보호를 위해 필요한 조치일 테니까. 하지만 자신은 그녀에 관한 모든 자료를 요구할 권리가 있는 후견인이었다. 대관절 어떤 문서이기에 후견인마저도 국가에 허가를 요청해야 한단 말인가? 도저히 이해할 수 없었다.

어쨌든 열람 요청을 넣을 수밖에 없었다. 그리고 결과를 듣기까지 두 달을 기다렸는데 놀랍게도 열람을 거부당했다. 정말이지 경악하지 않을 수 없었다. 열두 살짜리 여자애에 관한 경찰 보고서, 그것도 십이 년도 더 된 낡고 낡은 보고서에 대체 무슨 내용이 들어있단 말인가? 얼마나 엄청난 내용이기에 최고 기밀로 다뤄진단 말인가?

다시 홀게르의 기록으로 돌아와 한 줄씩 꼼꼼히 읽으면서 모든 악의 의미를 알아내려고 애썼다. 하지만 그 어떤 단서도 얻을 수 없었다. 두 사람은 분명 모든 악에 대해 얘기를 나눴지만 그 내용이 백지 위에 검은 글씨의 형태로 남겨지진 않았다. 모든 악이라는 표현은 두툼한 노트의 거의 마지막에 등장한다. 어쩌면 홀게르는 이에 대해 좀더 자세히 쓰려 했지만 뇌출혈로 쓰러지는 바람에 뜻을 이루지 못했을지도 모른다.

이렇게 해서 닐스의 추론은 새로운 방향으로 접어들었다. 홀게르는 리스베트가 열세 살 때 그녀의 특별 관리인을 맡았고 열여덟 살부터는 후견인이었다. 즉 홀게르는 모든 악이 일어난 직후 리스베트가 소아정신병원에 입원했을 당시부터 곁에 있었다. 그야말로 모든 비밀을 알고 있는 인물일 터였다.

그는 다시 후견위원회의 자료를 뒤져보기로 했다. 이번에는 리스베트에 관한 기록이 아닌 사회복지위원회가 홀게르의 임무를 규정한 문서를 요청했다. 하지만 그렇게 입수한 자료는 첫눈에도 너무나 형편없었다. 겨우 두 쪽에 불과 몇 가지 정보가 간략하게 적혀 있었다. 리스베트의 모친은 딸들을 양육할 능력이 없었다. 일련의 특별한 상황들이 일어나면서 자매는 서로 헤어져야 했다. 사회복지부가 카밀라 살란데르를 위탁가정에 보냈다. 리스베트 살란데르는 상트스테판에 있는 정신병원으로 보내졌다. 그리고 그후 어떤 대안도 논의되지 않았다……

도대체 왜? 설명 대신 수수께끼 같은 문구가 뒤따랐다. 1991년 3월

12일의 사건들에 근거해 사회복지위원회는 다음의 사항을 의결한 바……
그러고는 기밀 문서로 분류된 그 신비스러운 경찰 보고서의 일련번호가 다시 나타났다. 하지만 이번에는 중요한 사항이 하나 더해졌다. 바로 보고서를 작성한 경찰관의 이름이었다.

그 이름을 본 닐스는 너무 놀라 자신도 모르게 입을 벌렸다. 아는 이름이었다. 그것도 아주 잘 아는 이름.

이렇게 되면 상황이 완전히 바뀔 수도 있었다.

닐스는 다시 두 달을 들여 이번에는 전혀 다른 경로로 문제의 경찰 보고서를 입수하고야 말았다. A4 규격 파일에 담긴 총 47쪽짜리 문서였고, 여기에 사건 발생 후 육 년에 걸쳐 보충된 각종 자료들이 60쪽 넘는 미주로 딸려 있었다.

처음에는 읽어봐도 무슨 소리인지 이해할 수 없었다.

이어서 법의학자가 찍은 사진들이 나왔다. 그리고…… 이름 하나를 발견했다.

맙소사…… 이건 말도 안 돼!

이 사건이 국가기밀로 분류된 이유를 비로소 알 수 있었다. 닐스는 잭팟을 터뜨린 거나 마찬가지였다.

다시 보고서를 펼쳐들고 한 줄씩 꼼꼼하게 읽으면서 그는 깨달았다. 이 세상에 자기 말고 리스베트를 미워하는 인간이 하나 더 존재하고 있음을. 자신만큼이나 격렬하게 그녀를 증오하고 있음을.

닐스는 혼자가 아니었다.

그에겐 동맹군이 있었다. 모든 상상을 초월하는 의외의 동맹군이었다.

그는 서서히 치밀한 계획을 세우기 시작했다.

그를 깊은 상념에서 끌어낸 건 테이블 위를 갑자기 덮은 누군가의 그림자였다. 눈을 들자 금발의 사내, 아니 거인이 서 있었다. 닐스는 자신도 모르게 흠칫하면서 의문에 가득차 눈살을 찌푸렸다.

그를 내려다보고 있는 사내는 2미터가 넘는 키에 바위같이 탄탄한 몸집의 소유자였다. 아니 보기 드물게 우람한 체격이었다. 혹독한 웨이트트레이닝으로 만든 몸이 분명했다. 지방이나 늘어진 근육은 보이지 않았다. 전체적으로 보면 마치 가공할 만한 힘이라도 지녔을 법한 인상을 풍겼다.

금발은 관자놀이께에서 바짝 깎였고 짧은 앞머리가 커튼처럼 이마를 덮고 있었다. 갸름한 얼굴은 기이하게도 여성적이었다. 아니, 여성적이다못해 거의 어린아이 같았다. 하지만 얼음같이 새파란 눈은 그렇지 않았다. 허리까지 오는 검은 가죽재킷에 청색 셔츠, 검정 넥타이, 검정 바지 차림이었다. 닐스가 다음으로 주목한 건 그의 손이었다. 덩치가 크니 당연히 손도 컸는데, 크기가 실로 어마어마했다.

"닐스 변호사 맞소?"

또박또박한 외국인 억양이었다. 하지만 덩치에 어울리지 않게 높고 가느다란 목소리에 닐스는 설핏 웃음을 지었다. 그러고선 고개를 끄덕였다.

"당신 편지를 받았소."

"당신은 누구죠? 내가 오늘 만날 사람은……"

거대한 손의 사내는 그가 하는 말을 무시한 채 닐스와 마주앉았다.

"당신이 만날 사람은 바로 나요. 우리에게 뭘 원하는지 말해보시오."

닐스는 잠시 머뭇거렸다. 난생처음 보는 외국인에게 속내를 털어놓기 싫었다. 하지만 필요한 일이었다. 리스베트를 증오하는 사람이 자기 혼자만은 아니라는 사실을 떠올렸다. 그렇다, 동맹군을 찾아야 했다. 이윽고 닐스는 낮은 목소리로 자신이 원하는 걸 차근차근 설명하기 시작했다.

3장
12월 17일 금요일~12월 18일 토요일

아침 7시에 잠이 깬 리스베트는 샤워를 한 뒤 프레디를 보러 로비로 내려갔다. 그날 하루 비치버기*를 한 대 빌릴 수 있을지 물어보기 위해서였다. 십 분쯤 지나 차가 나왔다. 보증금을 내고 차에 오른 그녀는 좌석과 백미러 위치를 조정하고 시동장치와 타이어 압력을 점검했다. 그런 다음 바에 가서 아침식사로 카페라테와 치즈 샌드위치를 고른 후 가지고 나갈 물도 한 병 주문했다. 아침을 먹는 동안에는 골똘한 얼굴로 냅킨 위에 뭔가를 끄적거렸다. 늘 그렇듯 페르마의 정리($x^3+y^3=z^3$) 수수께끼에 빠진 채였다.

8시가 조금 지나자 포브스 박사가 바에 내려왔다. 새파랗게 면도한 얼굴에 어두운 양복, 흰 와이셔츠와 청색 넥타이 차림이었다. 그는 달걀 프라이, 토스트, 오렌지주스, 그리고 블랙커피를 주문했다. 그러고는 8시 30분에 자리에서 일어나 대기하고 있는 택시로 향했다.

---

* 모래사장 같은 지형을 달릴 수 있도록 개조한 소형 자동차.

리스베트는 적당한 거리를 두고 뒤를 쫓았다. 포브스는 캐리니지 해변 초입에 있는 시스케이프 전망대 아래에서 택시를 내려 바닷가를 따라 걸었다. 그곳을 앞질러 지나간 리스베트는 항구 산책로 중간 지점에 비치버기를 세워놓고 그가 올 때까지 참을성 있게 기다렸다. 마침내 그가 도착했고 이번에는 걸어서 미행을 시작했다.

오후 1시, 리스베트는 온몸이 땀범벅에 발에는 물집투성이였다. 세인트조지스의 비탈길을 오르내리며 무려 네 시간을 걸었다. 사내는 여유 있는 속도로 걸으면서도 한 번도 쉬지 않았다. 그의 뒤를 따라 수많은 비탈길을 걷다보니 다리에 심한 근육통이 오기 시작했다. 사내의 에너지는 경이로울 정도였다. 리스베트는 물병에 남은 마지막 한 방울까지 다 털어넣고서 이제 그만 포기할까 생각하던 참이었다. 그때 갑자기 그가 터틀백 레스토랑 쪽으로 방향을 틀었다. 그녀는 십 분쯤 기다리다 뒤따라 들어가 테라스에 자리를 잡았다. 그들이 전날 앉았던 자리와 똑같았다. 그는 이날도 코카콜라를 마시며 항구 너머 바다를 응시하고 있었다.

포브스는 그레나다에서 정장에 넥타이 차림을 한 몇 안 되는 사람이었다. 푹푹 찌는 날씨에 저렇게 옷을 껴입었으니 얼마나 답답할까. 하지만 더위 따위는 신경도 쓰지 않는 모양이었다.

오후 3시, 이런저런 생각에 잠겨 있던 리스베트가 정신을 차렸다. 그가 갑자기 계산을 하고 레스토랑을 나갔기 때문이다. 그는 캐리니지 해변을 따라 걷다가 그랜드안세 방면으로 가는 미니버스를 세워 올라탔다. 버스보다 오 분 먼저 도착한 리스베트는 키스 호텔 앞에 차를 대고 내렸다. 그리고 곧장 방으로 올라가 욕조에 냉수를 채우고 몸을 담갔다. 두 발이 모두 쓰라렸다. 이마에는 자신도 모르게 깊은 주름이 잡혔다.

하지만 이 고생스러운 하루를 통해 분명하게 확인할 수 있었다. 포브스 박사는 매일 아침 말끔하게 면도를 하고서 멀쑥한 정장에 서류

가방을 들고 호텔을 나선다. 그리고 아무 하는 일 없이 오로지 시간만 죽이면서 하루를 보낸다. 도대체 이 그레나다에서 무얼 하는지는 모르겠지만 적어도 학교를 건립하는 일은 아니었다. 게다가 남들 앞에서는 사업상 이 섬에 온 것처럼 행동하고 있다.

어째서 이런 쇼를 하고 있을까?

대개 이런 상황에 남자가 속이려는 사람은 자신의 아내다. 그렇게 돌아다니면서 낮 동안 바쁘게 일하고 있다고 믿게 만들어야 한다. 이유가 뭘까? 사업에 실패했지만 자존심 때문에 고백할 수 없어서? 아니면 그레나다에 전혀 다른 목적이 있는 걸까? 누군가를, 혹은 무언가를 기다리고 있는 걸까?

이메일을 확인해보니 네 건이 도착해 있었다. 첫번째는 플레이그였다. 리스베트의 메일을 받고 한 시간 만에 한 답신이었다. 암호화된 메시지는 극히 짧은 질문 하나였다. "너, 아직 살아 있었어?" 주저리주저리 살갑게 긴 글을 쓰는 인간은 아니었다. 리스베트도 마찬가지였다.

다음에 온 메일 두 건은 전부 2시경에 발송됐다. 하나는 플레이그가 보낸 암호화된 메시지로 웹상에서 알게 된 친구 하나를 소개해주는 것이었다. 텍사스에 살면서 '빌보Bilbo'라는 아이디를 쓰는 이 친구가 리스베트의 미끼를 물었다고 했다. 플레이그는 빌보의 이메일 주소와 그의 PGP 공개키도 첨부했다. 그로부터 몇 분 후에 빌보가 메일을 보내왔다. 메시지는 간략했다. 빌보는 포브스 박사에 관한 자료를 24시간 안에 제공할 수 있다고 했다.

네번째 메일 역시 오후 늦게 빌보가 보낸 것이었다. 거기에는 암호화된 계좌번호 하나와 ftp 주소가 하나 있었다. 주소를 입력하니 390킬로바이트짜리 압축 파일 하나를 다운로드할 수 있었다. 파일 안에는 저해상도 사진 네 장과 워드 문서 다섯 개가 있었다.

사진 네 장 가운데 두 장은 포브스 박사의 인물 사진이었다. 나머지는 어느 연극 초연을 관람하는 포브스 부부와 설교대에 서 있는 박사의 모습이었다.

첫번째 워드 문서는 11쪽에 달하는 빌보의 보고서였다. 두번째는 인터넷에서 다운로드한 94쪽짜리 텍스트였다. 이어지는 파일 두 개는 지역 신문 〈오스틴 아메리칸스테이츠먼〉에서 스크랩한 기사들이었고, 마지막은 박사가 몸담고 있는 '오스틴 사우스 장로교회'에 대한 설명문이었다.

지난해 구약성경에 명시된 형벌들을 공부하면서 레위기를 죄다 외워버렸다는 걸 빼면 종교사에 관한 그녀의 지식은 매우 빈약했다. 유대교와 장로교와 가톨릭의 차이를 어렴풋하게 알고 있었지만 기껏해야 유대교회당이 '시너고그'라 불린다는 사실을 아는 정도였다. 쓸데없이 신학적 지식들까지 들여다봐야 할지 잠시 고민했지만 박사가 어느 교단에 속해 있든 그녀와는 상관없는 일이었다.

첨부된 신문 스크랩에 따르면 '리처드 포브스 목사'라고도 알려진 박사는 올해 마흔두 살이었다. 오스틴 사우스 교회 홈페이지에는 포브스 목사를 포함해 일곱 명의 성직자가 소개되어 있었다. 성직자 명단 맨 위에 있는 덩컨 클레그 목사는 이 교회의 상징적 인물인 듯했다. 풍성한 잿빛 모발에 잘 다듬은 잿빛 수염이 눈에 띄는 사진 속 인물은 꽤나 정력적으로 보였다.

명단 세번째에 위치한 리처드 포브스는 교회의 교육 책임자로 소개되어 있었는데 이름 옆 괄호에는 '홀리 워터 파운데이션'이라는 단체명이 함께 쓰여 있었다.

리스베트는 홈페이지에 있는 교회 소개 글을 읽어보았다.

우리의 소망은 기도와 은혜의 행동을 실천함으로써 오스틴 사우스 주민에게 봉사하고 안정과 신학, 그리고 미국장로교회가 지지하는 희망으로 충만한 이념을 제공하는 일입니다. 그리스도의 종인 우리는 도움이 필요한 이들에게 안식처를 제공하고, 이 세상 모든 이들에게 는 기도를 통한 구원과 침례의 축복을 전합니다. 하나님의 사랑을 누립시다. 우리의 의무는 사람들 사이에 벽을 허물고 하나님이 주신 사랑의 메시지를 이해하는 데 놓인 장벽들을 제거하는 일입니다.

소개 글 바로 밑에는 교회의 계좌번호와 함께 하나님의 사랑을 구체적으로 표현하라는 글귀가 적혀 있었다.

빌보가 보낸 포브스의 프로필은 짧지만 완벽했다. 네바다주 시더 블러프에서 태어난 그는 서른한 살 때 오스틴 사우스 교회에 들어오기 전까지 농부, 사업가, 학교 경비원, 뉴멕시코 어느 신문사의 지방 통신원, 크리스천 록그룹 매니저 등 실로 잡다한 일들을 해왔다. 전공은 회계학이었고 고고학도 잠시 공부했다. 하지만 실제로 박사학위를 취득한 적은 없었다.

그는 교회에 들어와서 제럴딘 나이트를 만났다. 오스틴 사우스 교회의 창립 멤버이자 대규모 목장을 경영하는 윌리엄 F. 나이트의 외동딸이었다. 1997년 제럴딘과 결혼한 이후 리처드는 교회 내의 입지가 비약적으로 상승했다. 그리고 마침내 산타마리아 재단의 책임자가 되었다. '도움이 필요한 이들을 위한 교육 프로젝트에 하나님의 돈을 투자하는' 사명을 내세운 자선단체였다.

포브스는 두 차례 체포된 적이 있었다. 1987년 스물다섯 살에 교통사고를 일으켜 중상해죄 혐의를 받았었다. 하지만 재판에서는 무죄판결이 나왔다. 신문기사로 판단해보건대 실제로 무죄였던 듯했다. 1995년에는 매니저로 있었던 록그룹의 돈을 횡령했다는 혐의로 법정에 섰지만 역시 무죄였다.

오스틴에서 그는 점점 명망을 쌓아가며 시의 교육위원회 위원이 된다. 민주당에 입당했고, 각종 자선 파티에 부지런히 참석했으며,

빈곤 가정 아동들을 돕기 위해 교육비를 모금하고 다녔다. 오스틴 사우스 교회는 주로 히스패닉 가정을 대상으로 선교 활동을 벌였다.

2001년에는 포브스가 산타마리아 재단 계좌를 비정상적으로 운용했다는 의혹과 비난이 쏟아지기 시작했다. 한 신문기사는 포브스가 재단 규정 이상의 공금을 각종 펀드에 투자했다고 암시했다. 재단은 공식적으로 혐의를 부인했고, 논쟁이 이어지는 와중에 덩컨 클레그 목사 역시 포브스에 대한 지지 입장을 분명히 했다. 결국 어떤 법적 조치도 취해지지 않았으며 재단 계좌에도 아무 이상 없음이 확인되었다.

리스베트는 포브스의 개인 계좌들을 관심 있게 훑어보았다. 교회에서 받는 연봉은 6만 달러 정도였다. 괜찮은 액수였지만 그 밖에 개인 재산은 전혀 없었다. 가족의 경제적 안정을 보장해주는 사람은 제럴딘 포브스였다. 대규모 목장을 소유한 부친이 2002년에 사망하면서 4천만 달러에 이르는 막대한 유산을 상속받았기 때문이다. 포브스 부부에게 자녀는 없었다.

그렇다면 리처드 포브스는 아내에게 큰소리칠 형편이 아닐 텐데. 리스베트는 절로 눈살을 찌푸렸다. 어떻게 이런 처지에 부인을 폭행한단 말인가?

리스베트는 인터넷 창을 열어 보고서를 보내준 빌보에게 고맙다는 메시지를 간단하게 보냈다. 그리고 그의 계좌로 500달러를 송금했다.

발코니로 나가 난간에 몸을 기댔다. 해가 지고 있었다. 문득 날씨가 변하고 있다는 걸 느낄 수 있었다. 거센 바람에 해변가 담을 따라 늘어선 종려나무 잎사귀들이 세차게 흔들렸다. 어느새 그레나다에 마틸다의 끝자락이 맞닿아 있었다. 리스베트는 엘라가 말한 대로 나일론 가방에 노트북과 『수학의 차원』을 비롯해 옷가지며 소지품을 챙겨넣고 침대 한쪽에 올려놓았다. 그런 다음 바로 내려가 생선 요리와 카리브 맥주 한 병을 주문했다.

바에서 유일하게 흥미로웠던 일은 포브스가 엘라를 붙잡고 마틸다에 대해 이것저것 물어보는 모습이었다. 하지만 크게 염려하는 기색은 아니었다. 옷차림이 완전히 바뀐 그는 스니커즈를 신고 밝은 색 폴로셔츠와 반바지를 입었고 목에는 십자가가 달린 금 목걸이를 하고 있었다. 그런 모습이 사뭇 매력적이기까지 했다.

리스베트는 종일 세인트조지스 시내를 걷고 또 걸었던 탓에 거의 탈진 상태였다. 그래도 몸을 좀 추스르려고 저녁을 먹고 나서 가볍게 산책을 시도해봤지만 바람이 너무 거센데다 기온마저 뚝 떨어져 있었다. 어쩔 수 없이 방으로 올라가 9시쯤 침대에 누웠다. 창문을 흔드는 바람 소리가 들려왔다. 잠시 책을 펼쳐 읽어보려 했지만 이내 잠이 들고 말았다.

그러다 소란스러운 소리에 소스라치듯 잠에서 깼다. 손목시계를 들여다보니 밤 11시 15분이었다. 간신히 일어나 발코니 문을 여는 순간 한 걸음 뒤로 물러서지 않을 수 없었다. 맹렬한 돌풍이 몰아치고 있었다. 우선 문틀을 단단히 잡고서 조심스럽게 발코니로 발을 내딛고 주위를 둘러보았다. 수영장 둘레에 걸린 전등들이 바람에 흔들리는 통에 정원에는 그림자들이 어른어른 음산한 춤을 추고 있었다. 밖으로 뛰어나온 투숙객들 몇몇이 입구 앞에 늘어서서 해변을 바라보고 있었다. 바 근처에 모여 있는 사람들도 보였다. 북쪽으로는 세인트조지스의 불빛이 가물거렸다. 하늘에는 구름이 잔뜩이었는데 아직 비는 내리지 않았다. 어둠 때문에 바다는 보이지 않았지만 파도들이 술렁대는 소리가 평소보다 크게 들렸다. 춥지는 않았다. 하지만 서인도제도에 오고 나서 처음으로 부르르 몸이 떨렸다.

그렇게 발코니에 서 있는데 누군가 집요하게 문을 두드렸다. 침대 시트로 몸을 감싸고 나가 문을 열자 프레디가 근심스러운 낯빛으로 서 있었다.

"방해해서 미안해요. 태풍이 오는 모양이에요."

"마틸다군요."

"네, 맞아요. 오늘 오후 늦게 토바고 쪽을 휩쓸었대요. 피해가 상당한가봐요."

리스베트는 앤틸리스제도를 머릿속에 떠올렸다. 트리니다드토바고는 그레나다에서 200킬로미터쯤 떨어진 남동쪽에 있다. 얼른 계산해보니 열대성 태풍은 반경 100킬로미터까지 거뜬히 달하고 태풍의 눈은 시속 3~40킬로미터로 이동한다. 다시 말해 마틸다는 지금 그레나다의 대문을 두드릴 참이다. 그리고 이 모든 건 태풍이 어느 방향을 취하느냐에 달려 있었다.

"당장 위험하지는 않아요." 프레디가 말을 이었다. "하지만 그렇다고 모험할 필요는 없죠. 가방 하나에 귀중품을 챙겨서 로비로 내려오세요. 호텔에서 커피와 샌드위치를 제공할 거예요."

리스베트는 그의 말을 따랐다. 먼저 세수를 하고 정신을 차린 다음 청바지와 플란넬 셔츠를 입고 어깨에 가방을 둘러멨다. 방을 나서기 전 욕실 문을 열고 불을 켠 뒤 안을 들여다보니 초록 도마뱀이 보이지 않았다. 벌써 어딘가 구멍에 몸을 숨긴 모양이다. 쪼그만 녀석이 꽤 똑똑했다.

바에 내려온 리스베트는 항상 앉는 자리로 천천히 걸음을 옮겼다. 엘라가 직원들에게 보온병에 따뜻한 음료를 채우라고 지시하고 있었다. 그리고 잠시 후 리스베트가 앉아 있는 곳으로 다가왔다.

"안녕. 자다가 일어난 모양이네?"

"잠들었었어요. 이제 무슨 일이 일어나는 거죠?"

"기다려야지. 마틸다는 아직 바다에 머물러 있어. 트리니다드에 태풍 경보가 내려졌을 뿐이야. 세력이 강해져서 이쪽으로 오면 그때 지하실로 내려가면 돼. 그런데 우릴 좀 도와줄 수 있겠어?"

"무슨 일이죠?"

"로비에 지하실로 옮겨야 할 담요가 160장 있어. 옮겨둘 물건도 산더미이고."

리스베트는 한 시간쯤 걸려 지하실로 모포를 나르고 수영장 주변에 널린 화분, 테이블, 선베드 따위를 건물 안으로 들여놓는 일을 도왔다. 만족한 엘라는 고맙다는 인사를 하고 안으로 들어갔고, 리스베트는 해변 쪽으로 난 출입구를 통해 어둠 속으로 몇 발자국 나가봤다. 바다는 포효하고 있었다. 바다 위로 몰아치는 돌풍이 얼마나 거센지 균형을 유지하려면 몸을 바짝 구부려야 했다. 담을 따라 늘어선 종려나무들은 바람에 박자를 맞추듯 춤을 추고 있었다.

바로 돌아와 카페라테를 주문하고 카운터에 앉으니 자정이 조금 넘은 시간이었다. 투숙객들과 직원들의 얼굴에 불안의 그림자가 짙게 배었다. 여기저기 테이블에 앉은 사람들은 가끔씩 하늘을 곁눈질하며 낮은 소리로 소근거렸다. 키스 호텔에는 투숙객 서른두 명과 열 명 남짓한 직원들이 있었다. 리스베트는 로비 쪽 구석의 테이블에 제럴딘 포브스가 앉아 있는 걸 발견했다. 손에는 음료잔을 들고 얼굴은 잔뜩 굳어 있었다. 남편은 어디에 있는지 보이지 않았다.

리스베트가 커피를 마시며 페르마의 마지막 정리에 빠져들려고 할 때 갑자기 프레디가 사무실에서 나오더니 로비 한가운데에 섰다.

"자, 모두들 주목해주시겠습니까? 방금 확인했습니다. 허리케인 형태의 강력한 폭풍우 하나가 프티트마르티니크섬을 강타했답니다. 이제 여러분 모두 지하실로 내려가주시기 바랍니다."

몇 사람이 질문을 해대며 웅성거리기 시작했으나 프레디는 이를 단호히 중단시키고 프런트 뒤에 있는 지하실 계단으로 투숙객들을 인도했다. 프티트마르티니크는 그레나딘제도에서 북쪽으로 몇 마일 떨어진 작은 섬이었다. 리스베트는 엘라가 프레디에게 다가가 하는 말을 살짝 엿들었다.

"일이 고약해지네. 그런데 어느 정도야?" 그녀가 물었다.

"잘 모르겠어. 전화가 불통이야." 프레디가 낮은 목소리로 대답했다.

지하실로 내려간 리스베트는 한쪽 구석에 놓인 담요 위에 가방을 내려놓았다. 그러고는 잠시 무언가를 생각하다가 다시 로비로 올라갔다. 분주히 돌아다니는 엘라를 붙잡고 무언가 도울 일이 있는지 묻자 그녀가 바짝 긴장한 얼굴로 고개를 저었다.

"일단 한번 지켜보자고. 마틸다는 정말 고약하거든!"

어른 다섯 명과 열 명 남짓한 아이들이 호텔 정문 안으로 황급히 뛰어들어오는 모습이 보였다. 프레디가 그들을 지하실 계단 쪽으로 안내했다.

리스베트는 갑자기 불안감에 휩싸였다.

"지금쯤 다들 자기집 지하실에 피신해 있겠죠?" 리스베트가 나지막이 잠긴 목소리로 물었다.

엘라가 지하실 계단 앞에 서 있는 가족을 바라보았다.

"불행히도 우리 호텔을 포함해서 그랜드안세에는 지하실이 몇 개 안 돼. 아마 여기로 피신하러 오는 외부인들이 또 있을 거야."

리스베트가 엘라를 뚫어지게 쳐다보았다.

"그럼 다른 사람들은요? 그들은 어떻게 하죠?"

"지하실이 없는 사람?" 엘라가 쓰디쓰게 웃었다. "집안에 웅크리고 있거나 아니면 어딘가로 재주껏 피신했겠지. 모든 걸 하느님께 맡기고서."

리스베트는 휙 하고 몸을 돌려 로비를 가로질러 밖으로 달려나갔다.

조지 블랜드!

뒤에서 엘라가 부르는 소리가 들렸지만 멈춰 서서 설명할 겨를이 없었다.

녀석은 바람 한 번 불면 폭삭 내려앉을 형편없는 헛간에 살고 있잖아!

세인트조지스 방면 도로로 들어서자마자 바람이 온몸을 휩싸며 사정없이 흔들어댔다. 하지만 굴하지 않고 걸음을 재우쳤다. 정면에서 끊임없이 몰아쳐오는 강력한 돌풍에 전신이 휘청거렸다. 불과 400미터 떨어진 조지의 집까지 거의 십 분이나 걸렸다. 도중에는 새끼 고양이 한 마리 눈에 띄지 않았다.

홀연 어디에선가 비바람이 몰아쳐왔다. 마치 호스로 얼음같이 차가운 물을 마구 뿌려대는 것처럼. 도로를 벗어나 조지네 헛간 쪽으로 방향을 튼 리스베트는 판자 틈으로 새어나오는 희미한 석유등 불빛을 보았다. 순식간에 물에 빠진 생쥐 꼴이 된데다 지독한 비바람에 몇 미터 앞도 보이지 않는 상황이었다. 그녀가 다급하게 문을 두드리자 밖으로 나온 소년의 눈이 휘둥그레졌다.
"무슨 일이죠?" 거센 바람 속에서 소년이 고함치듯 물었다.
"빨리 나와서 같이 호텔로 가! 거기에 지하실이 있어!"
소년이 어리둥절해하는 사이 갑자기 돌풍이 몰아쳐 문이 닫혔고, 몇 초간 용을 쓴 후에야 겨우 다시 열 수 있었다. 리스베트는 다짜고짜 녀석이 입고 있는 티셔츠를 붙잡고 밖으로 끌어냈다. 그러고는 자기 얼굴 위로 흘러내리는 빗물을 훔친 다음 냅다 손을 붙잡고 달리기 시작했다. 소년 역시 따라 달렸다.
두 사람은 해변가에 난 길을 택했다. 활처럼 굽은 도로보다 100미터는 짧았기 때문이다. 하지만 절반쯤 지나자 리스베트는 어쩌면 자신들이 실수한 건지도 모른다는 생각이 들었다. 해변에는 몸을 보호해줄 만한 게 전혀 없었다. 비바람이 너무도 맹렬히 몰아쳐서 여러 차례 걸음을 멈춰야 했다. 공중에는 온통 모래와 나뭇가지들이 날아다녔고, 바다와 태풍이 일제히 울부짖는 소리는 꽤나 섬뜩했다. 그렇게 영원 같은 순간들이 지나고 마침내 리스베트의 시야에 호텔 담장이 뿌옇게 보였다. 더욱 걸음을 재우쳤다. 그렇게 안전을 약속하듯 활짝 열려 있는 호텔 입구 앞에 다다라 어깨 뒤로 눈을 돌려 해변 쪽을 바라본 순간, 그녀는 온몸이 석상처럼 굳었다.

한줄기 돌풍 사이로 50미터쯤 떨어진 해변 저쪽에 밝은 실루엣 두 개가 문득 시야에 들어왔다. 조지가 어서 들어가자며 그녀의 팔을 잡아당겼다. 하지만 리스베트는 손을 뿌리치고 그 광경을 자세히 보려고 벽에 몸을 바짝 기댔다. 한순간 비바람이 휘몰아치면서 실루엣이 잠시 시야에서 사라졌다. 그리고 뒤이어 어둠을 찢는 섬광이 하늘을 환하게 밝혔다.

리스베트는 그들이 리처드 포브스와 제럴딘 포브스라는 사실을 이미 알고 있었다. 두 사람은 전날 리처드 혼자서 왔다갔다한 그 장소에 서 있었다.

한번 더 섬광이 번쩍했을 때 그가 저항하는 아내를 어디론가 끌고 가려는 모습이 보였다.

순식간에 모든 퍼즐 조각들이 제자리로 맞춰졌다. 아내에 대한 경제적 의존, 재단공금 유용 혐의, 불안스러운 방황, 그리고 터틀백 레스토랑에서 꼼짝 않고 골똘히 고민하던 모습······

아내를 죽일 작정이었어. 4천만 달러가 걸려 있으니까. 허리케인이 모든 걸 덮어줄 테니 다시없을 절호의 기회겠군.

리스베트는 호텔 입구 안으로 조지를 밀어넣은 다음 주위를 둘러보았다. 야간 경비원이 쓰던 삐걱거리는 나무의자가 눈에 들어왔다. 아까 호텔 안으로 들여놓는 걸 깜빡한 게 분명했다. 우선 의자를 들어 있는 힘을 다해 벽에 대고 후려쳤다. 산산조각이 난 의자 다리 하나를 집어들어 무장한 그녀는 경악하며 소리치는 소년을 뒤로하고 해변으로 내달렸다.

돌풍이 쉴새없이 몰아치는 바람에 금방이라도 쓰러질 것 같았지만 리스베트는 이를 악물고 한 발씩 앞으로 나아갔다. 포브스 부부가 있는 곳까지 거의 다가갔을 때 한줄기 섬광이 해변을 환하게 밝혔다.

제럴딘은 물가에 무릎을 꿇고 있었고 리처드는 그녀 위로 몸을 구부려 한 대 후려치려는 듯 팔 하나를 치켜들고 있었다. 그 순간 리스베트는 금속봉 같은 것을 든 남자의 손이 아치를 그리며 아내의 머리 위로 떨어지는 것을 보았다. 여인은 움직임을 멈췄다.

남자는 리스베트가 옆에 있다는 사실을 전혀 모르고 있었다.

의자 다리로 목덜미를 강타당하는 순간 영문을 모른 채 갑작스러운 고통을 느꼈을 뿐이다. 그는 털썩하며 모래 바닥에 배를 깔고 쓰러졌다.

리스베트가 몸을 굽혀 제럴딘을 붙잡았다. 채찍처럼 후려치는 빗줄기 속에서 여인의 몸을 돌리자 리스베트의 두 손이 갑자기 선혈에 젖어들었다. 여인의 머리를 보니 상처가 깊게 벌어져 있었다. 제럴딘을 부축해 무거워지는 몸을 안고 리스베트는 절망적인 눈으로 주위를 둘러보았다. 어떻게 이 무거운 몸을 호텔 담장까지 옮길 수 있을까? 그런데 그 순간 조지가 바로 옆에 서 있는 모습이 보였다. 소년이 무어라 외치고 있었지만 태풍 때문에 알아들을 수 없었다.

흘깃 돌아보니 엎어져 있던 리처드가 간신히 팔다리로 몸을 일으키고 있었다. 리스베트는 재빨리 제럴딘의 팔을 잡아 목에 두르고 조지에게 나머지 한 팔을 잡으라고 신호했다. 두 사람은 그렇게 여인을 부축하고 모래사장 위로 힘겹게 나아갔다.

호텔 담장까지 절반 정도를 남겨두고 리스베트는 완전히 기진맥진해 있었다. 당장에라도 심장이 끊어질 듯 뛰어대던 그때 갑자기 어깨를 붙잡는 손길이 느껴졌다. 리스베트는 여인의 몸을 두르고 있던 팔을 풀고 재빨리 몸을 돌려 리처드의 사타구니를 정통으로 걷어찼다. 그는 비틀거리다 털썩 무릎을 꿇었다. 리스베트는 다시 달려들어 얼굴 한가운데를 세차게 후려쳤다. 뒤이어 겁에 질린 조지의 시선과 마주쳤지만 아주 짧게 소년을 응시한 후 다시 여인을 부축해 끌고 가기 시작했다.

몇 초쯤 지나 다시 고개를 돌려보니 리처드로부터 10여 미터 정도 지나와 있었다. 다시 일어난 그는 전신이 돌풍에 휩싸여 마치 주정뱅이처럼 흔들리고 있었다.

다시금 섬광이 하늘을 찢었고 리스베트는 두 눈을 크게 떴다.

그리고 그 순간, 태어나 처음으로 온몸이 마비되는 듯한 두려움을 느꼈다.

리처드 뒤로 100미터쯤 떨어진 바다 위에서 '신의 손가락'*을 본 것이다.

마치 번쩍하는 섬광에 포착된 스냅사진 같았다. 바다 위로 거대한 먹 기둥이 우뚝 일어서더니 까마득한 하늘 위로 사라지는 모습이었다.

마틸다.

이건 말도 안 돼.

허리케인? 가능하지.

토네이도? 불가능해!

그레나다에는 토네이도가 일어나지 않아.

그렇다면 토네이도가 없는 이곳에 나타난 저 괴물 같은 폭풍은 뭐지?

토네이도는 바다 위에 생기지 않잖아.

이건 과학적인 오류야.

정말이지 미친 현상이라고!

그런데 저 미친것이 나를 하늘로 휩쓸어가려 하잖아!

조지 역시 토네이도를 보았다. 이윽고 둘은 동시에 소리를 질렀다. 서로에게 들리진 않았지만 서두르자는 말이었다.

호텔까지 20미터가량 남겨두었다. 다시 10미터. 리스베트가 비틀거리다 무릎을 꿇었다. 5미터. 마침내 입구에 도착한 그녀는 어깨 너

---

* 토네이도의 별칭.

머로 뒤를 돌아보았다. 그 순간 마치 보이지 않는 손에 꽉 붙들린 듯 리처드가 바닷속으로 휩쓸려 들어가는 모습이 보였다. 그러고는 어디론가 사라졌다. 어서 조지와 함께 여인을 안으로 옮겨야 했다. 미친듯이 울부짖는 태풍 속에서 그렇게 호텔 뒤뜰을 가로지르는 리스베트의 귀에 유리창 깨지는 소리와 끼익 하며 양철 휘어지는 소리가 들렸다. 게다가 어디서 날아왔는지 판자 하나가 코앞을 스치고 지나가기도 했고, 다음 순간엔 무언가 날아와 등에 부딪히는 바람에 꽤 고통스러웠다. 천신만고 끝에 로비로 들어선 두 사람은 바람의 압력이 한결 잦아들었음을 느꼈다.

리스베트가 조지를 멈춰 세우고 셔츠 칼라를 붙잡았다. 그리고 소년의 머리를 입가로 바짝 끌어당긴 다음 귀에 대고 속삭였다.

"해변에서 여인을 발견한 걸로 해둬. 남편은 못 본 거고. 이해했어?"

소년이 알았다고 고갯짓을 했다.

둘이서 제럴딘을 지하실 계단 아래까지 끌고 내려가 리스베트가 지하실 문을 세차게 걷어찼다. 문을 열어준 프레디가 멍하니 입을 벌리고 쳐다보다가 이윽고 여인을 넘겨받고 두 사람을 들어오게 한 뒤 문을 쾅 닫았다.

순식간에 태풍 소리가 견딜 수 없을 정도로 강해졌다. 그후로는 뒤뜰에서 물건들만 덜그럭거리더니 이내 윙윙거리는 정도로 소리가 잦아들었다. 리스베트는 길게 한숨을 내쉬었다.

엘라가 한 손으로 컵을 들고 뜨거운 커피를 따랐다. 리스베트는 팔을 들어 컵을 받을 수도 없을 만큼 기진맥진해 바닥에 주저앉아 벽에 등을 기댔다. 그리고 누군가가 그녀와 조지에게 담요를 덮어주었다. 리스베트는 온몸이 그야말로 뼛속까지 젖은데다 무릎 아래에는 상처가 나 피가 흐르고 있었다. 그 자리에 청바지가 10센티미터쯤 찢어져 있었는데 어디서 그랬는지는 알 수 없었다. 그녀는 프레디와 호텔 투숙객 몇 명이 제럴딘의 머리에 붕대를 감아 치료하는 모습을 아무 감정 없는 눈으로 지켜보았다. 여기저기서 산만한 말소리를 들어보니 지하실 안에 의사가 한 명 있는 모양이었다. 곧이어 지하실이 사람들로 꽉 찼다는 사실을 알아차렸다. 호텔 투숙객 말고도 수많은 외부인이 피신처를 찾아 들어와 있었다.

마침내 프레디가 다가와 리스베트 옆에 쪼그려 앉았다.

"살아 있네요."

리스베트는 대답하지 않았다.

"무슨 일이 있었던 거죠?"

"해변 쪽 담장 밖에서 저 상태로 발견했어요."

"지금 이 지하실에 있는 우리 투숙객을 세어보니 세 사람이 없더군요. 당신하고 포브스 부부. 엘라 말로는 태풍이 몰려올 때 당신이 미친 사람마냥 뛰어나갔다고 하더군요."

"친구 조지를 찾으러 갔었어요." 리스베트가 고갯짓으로 소년을 가리켰다. "저 도로 아래에 있는 허름한 집에 살아요. 아마 지금쯤 다 날아가버렸겠지만."

"바보 같은 짓이었지만 아주 용감한 행동이었어요." 프레디가 조지를 향해 눈을 돌리며 말했다. "그런데 남편 분은 못 봤나요? 리처드 포브스 씨요."

"아뇨." 리스베트가 무표정한 눈빛으로 대답했다.

조지 역시 리스베트를 한 번 쳐다보고는 고개를 저었다.

엘라가 고개를 들어 날카로운 시선으로 리스베트를 쳐다봤지만 그녀를 마주한 리스베트의 눈에는 아무 표정도 떠오르지 않았다.

제럴딘은 새벽 3시경에 의식을 회복했다. 리스베트가 조지의 어깨에 머리를 기대고 잠들어 있을 때였다.

기적적으로 그레나다는 태풍의 밤에 살아남았다. 새벽이 되자 폭풍은 잦아들었지만, 대신 리스베트가 태어나 본 것 중 가장 지독한 비가 쏟아지기 시작했다. 프레디가 투숙객들을 객실로 올라가게 했다.

키스 호텔은 대대적으로 보수 작업을 벌여야 했다. 이 해안 지방 어느 곳도 마찬가지였지만 호텔이 입은 피해는 상당했다. 수영장 차양 아래 있던 엘라의 야외 바가 흔적도 없이 사라졌고 베란다 하나는 완전히 부서졌다. 호텔 건물 전면의 덧창들은 죄다 뜯겨나갔고 지붕은 한쪽이 휘어져버렸다. 로비에는 온갖 잡동사니가 어지럽게 널려 있었다. 하지만 전반적으로 보면 호텔은 무사하다고 할 수 있었다.

리스베트는 휘청거리며 조지를 방으로 데리고 올라갔다. 창문이 뜯겨나간 자리에 임시방편으로 담요를 매달아 비를 막았다. 소년이 뭔가를 묻고 싶어하는 눈으로 그녀를 바라보았다.

"우린 그녀의 남편을 보지 않은 거야. 그럼 설명할 게 줄어들잖아." 리스베트는 미처 물을 시간도 주지 않고서 짧게 말했다.

소년이 고개를 끄덕였다. 옷을 벗어 바닥에 대충 쌓아놓은 리스베트가 침대 가장자리를 톡톡 쳤다. 소년은 한번 더 고개를 끄덕인 다음 옷을 벗고 그녀 옆에 몸을 눕혔다. 그렇게 둘은 곧바로 곯아떨어졌다.

잠에서 깬 건 정오 무렵이었다. 아직 남아 있는 구름 틈 사이로 태양이 빛났다. 리스베트는 온몸이 쑤셔댔고 무릎은 얼마나 부어올랐는지 다리를 제대로 구부리기가 힘들었다. 그녀는 살그머니 침대를 빠져나와 욕실에 들어가 샤워를 했다. 그리고 어느새 천장 아래 돌아와 있는 초록 도마뱀 녀석에게 머리를 까딱해 인사를 건넸다. 샤워를 마치고 나와서는 반바지와 탱크톱을 입고 조지를 깨우지 않고 놔둔 채 절뚝거리며 방을 나섰다.

엘라는 여전히 분주했다. 피곤해 보였지만 어느새 로비에 바를 차려놓고 영업중이었다. 리스베트는 절뚝거리며 카운터에서 가까운 테이블에 앉아 커피와 샌드위치를 주문했다. 유리가 날아가버린 로비 창틀 밖으로 경찰차 한 대가 서 있는 모습이 보였다. 이윽고 막 커피를 받아들었을 때 프레디가 프런트 뒤의 사무실 문을 열고 나왔다. 바로 뒤에는 제복 차림의 남자 하나가 따라오고 있었다. 프레디는 리스베트가 보이자 경찰관에게 뭔가를 말하고는 테이블로 다가왔다.

"퍼거슨 경관이에요. 몇 가지 묻고 싶다고 하네요."

리스베트가 정중히 고개를 끄덕였다. 경관은 피곤해 보였다. 이윽고 수첩과 볼펜 하나를 꺼내더니 그녀의 이름부터 묻고 적었다.

"살란데르 씨, 지난밤 태풍이 몰아칠 때 당신 친구와 함께 제럴딘 포브스 부인을 발견하셨다고요."

리스베트가 고개를 끄덕였다.

"포브스 부인을 어디서 찾았죠?"

"해변 쪽 담장 아래서요. 우리 둘이 지나가는데 쓰러져 있는 그녀의 몸에 발이 걸렸죠."

퍼거슨이 이를 받아 적었다.

"그녀가 뭔가를 말했나요?"

리스베트는 고개를 저었다.

"발견 당시 의식이 없었나요?"

이번엔 당연하다는 듯 고개를 끄덕였다.

"머리에 끔찍한 상처가 났더군요."

리스베트는 다시 한번 고개를 끄덕였다.

"그 상처가 어떻게 난 건지는 모르고요?"

리스베트는 고개를 저었다. 그녀가 말은 않고 계속 고갯짓만 하자 퍼거슨은 약간 짜증난 표정을 지었다.

"온갖 것들이 사방팔방으로 날아다니고 있었어요. 나 역시 날아온 판자에 머리를 맞을 뻔 했고요."

경관은 사뭇 진지한 표정으로 고개를 주억거렸다.

"다리를 다치셨나요?"

경관이 붕대로 감긴 무릎을 가리키자 그녀가 고개를 끄덕였다.

"무슨 일이 있었죠?"

"모르겠어요. 지하실에 와서야 상처가 난 걸 알았으니까요."

"어떤 젊은이와 같이 있었다고요."

이번에도 고개를 끄덕였다.

"이름은?"

"조지 블랜드."

"어디 살죠?"

"술집 코코넛 뒤에 있는 허름한 건물이요. 공항 방면 도로변에 있죠. 아직 남아 있다면 말이에요."

리스베트는 지금 조지가 자신의 객실 침대에서 자고 있다고 말하려다 그만두었다.

"그녀의 남편을 보았나요? 리처드 포브스 씨 말입니다."

그녀는 고개를 저었다.

더는 질문할 게 없었던지 경관은 수첩을 덮었다.

"고맙습니다, 살란데르 씨. 저는 이제 사망 보고서를 작성해야 합니다."

"그녀가 죽었나요?"

"포브스 부인이요? 오, 아니요. 지금 세인트조지스 병원에 있어요. 어쩌면 목숨을 구해준 두 분께 감사를 전하려고 기다리고 있을지도 모르죠. 남편 분이 죽었어요. 두 시간 전에 공항 주차장에서 시체를 발견했습니다."

남쪽으로 600미터나 떨어진 곳이었다.

"시체가 심하게 훼손됐더군요."

"유감이군요." 리스베트는 별다른 감정을 드러내지 않았다.

프레디와 퍼거슨 경관이 떠나자 엘라가 다가와 테이블에 앉았다.

그러고는 럼이 담긴 작은 잔 두 개를 내려놓았다. 웬 술이냐고 리스베트가 눈짓으로 물었다.

"어제 같은 밤을 보내고 났으니 기운을 좀 돋워야지. 내가 내는 거야. 아침도 공짜고."

두 여인은 서로를 쳐다보았다. 그리고 잔을 들어 건배했다.

마틸다는 꽤 오래 각종 과학적 연구의 대상으로 남을 터였다. 앤틸리스제도와 미국 기상청 역시 이 예외적인 현상을 두고 토론을 거듭할 것이다. 마틸다 규모의 토네이도는 이 지역에 나타난 적이 거의 없었으며 해상에서 토네이도가 발생하는 현상 역시 이론적으로 불가능했다. 결국 전문가들은 기상 전선들 사이에 특별하게도 기이한 조합이 일어나 토네이도와 유사한 회오리를 만들어냈다는 데 의견을 같이했다. 즉 진짜 토네이도가 아니라 그렇게 보이는 현상에 불과한 셈이었다. 하지만 반론도 있었는데 그들은 온실효과와 생태계 불균형 같은 요인들을 고려해 다양한 이론을 제기했다.

리스베트는 그런 이론적인 논의에 관심이 없었다. 오직 자신이 두 눈으로 본 것만 알 따름이었다. 그리고 마틸다의 자매들이 지나는 길목에는 두 번 다시 얼씬거리지 않겠다고 마음먹었다.

그날 밤 많은 사람이 부상을 당했지만 놀랍게도 사망자는 단 한 명뿐이었다.

대체 왜 리처드 포브스가 그날 밤 허리케인의 한가운데로 나갔는지 누구도 이유를 알 수 없었다. 그저 미국 관광객들이 으레 그러듯 경솔한 행동이었을 거라고 추측할 뿐이었다. 제럴딘 포브스는 아무런 설명도 하지 못했다. 뇌에 심한 충격을 받아 밤사이 일어난 일 가운데 단지 이미지 몇 개만 산만하게 기억할 뿐이었다.

반면, 남편을 잃은 슬픔은 그 무엇으로도 위로할 수 없었다.

1 Jan

2 Feb

3 Mar

4 Apr

5 May

6 Jun

7 Jul

8 Aug

9 Sep

10 Oct

11 Nov

12 Dec

II 러시아에서 온 사랑
1월 10일~3월 23일

하나의 방정식은 보통 하나 혹은 여러 개의 미지수를 가지며,
이 미지수는 x, y, z 등으로 표시한다.
방정식 양쪽 항이 실제적으로 같다는 것을 보장하는
이 미지수들의 값은 방정식을 만족시키거나
혹은 그것의 해를 이룬다고 정의된다.
예: $3x+4=6x-2$ $(x=2)$

4장
1월 10일 월요일~1월 11일 화요일

아침 6시 30분, 리스베트를 태운 비행기가 스톡홀름 아를란다 국제공항에 착륙했다. 스물여섯 시간에 걸친 긴 여정이었다. 그중 아홉 시간은 바베이도스의 그랜틀리 애덤스 공항에서 보내야 했다. 브리티시 항공사가 테러 위협에 대응한다는 명목하에 아랍인으로 보이는 승객을 격리해 심문하기 전까지 이륙을 거부했기 때문이다. 런던에서는 스웨덴행 마지막 환승 항공편을 놓치는 바람에 새벽 첫 비행기에 좌석 하나를 얻기까지 몇 시간을 기다려야 했다.

비행기에서 내리자 오후 내내 뙤약볕 아래 잊은 채 놓아둔 바나나 다발처럼 피곤했다. 짐은 노트북과 『수학의 차원』, 그리고 갈아입을 옷가지를 차곡차곡 담은 가방 하나였다. 아무 질문도 받지 않고 세관의 녹색 문을 통과했다. 셔틀버스 정류장으로 향하는 그녀를 맞이한 건 질퍽거리는 눈과 영도에 가까운 스톡홀름의 차가운 공기와 진눈깨비였다.

리스베트는 잠시 망설였다. 평생 무엇을 하든 가장 값싼 것을 택해왔는데, 지금은 30억 크로나에 달하는 거금의 소유자라는 사실에 쉽게 익숙해지지 않았다. 인터넷 기술과 전통적인 사기 수법을 써서 교묘하게 훔쳐낸 돈이었다. 하지만 일 분도 안 돼 결정을 내렸다. 지금까지의 규칙을 버리고 손짓으로 택시를 세웠다. 그러고는 룬다가탄 주소를 말하고 뒷좌석에서 이내 곯아떨어졌다.

룬다가탄에 도착해 기사가 깨우자, 그제야 리스베트는 자신이 잘못된 주소를 알려주었다는 걸 깨달았다. 어쩔 수 없이 주소를 다시 얘기하고 예트갓스바켄까지 계속 가달라고 부탁했다. 리스베트는 택시비를 달러로 치른 후 팁까지 후하게 주고는 차에서 내리자마자 대뜸 욕부터 내뱉었다. 내리면서 배수로 물웅덩이에 발이 빠진 것이다. 청바지와 티셔츠, 그리고 가벼운 재킷 차림에 발에 신은 거라곤 샌들과 얇은 양말뿐이었다. 일단 근처의 세븐일레븐에 가서 샴푸, 치약, 비누, 우유와 버터우유, 치즈, 달걀, 빵, 냉동 시나몬롤, 커피, 립톤 티백, 피클, 사과, 거대한 빌리스 팬피자 한 판, 말보로 라이트 한 갑을 샀다. 계산은 비자카드로 했다.

리스베트는 다시 거리로 나와 어느 길로 갈지 잠시 망설였다. 지금 서 있는 스바르텐스가탄을 통해 갈 수도 있었고, 슬루센 방향으로 좀 더 내려가면 나오는 회켄스를 택할 수도 있었다. 하지만 회켄스로 가면 〈밀레니엄〉 건물 입구를 지나야 한다는 게 난감했다. 미카엘과 마주칠 위험이 있었다. 하지만 그를 피하기 위해 쓸데없이 돌아서 가지는 않기로 했다. 그러다 결국 약간 더 도는 길이긴 해도 슬루센 쪽으로 걸어내려갔고, 오른쪽으로 돌아 회켄스로 들어가 모세바케 광장까지 직진했다. 쇠드라 극장 앞에 있는 자매상姉妹像을 지나 이번에는 계단을 통해 피스카르가탄으로 접어들었다. 거기서 걸음을 멈춘 리스베트는 아파트 건물을 물끄러미 바라보았다. 이 멋진 곳이 '내 집'이라는 사실이 믿기지 않았다.

주위를 둘러보았다. 이곳은 쇠데르말름 한복판이면서도 주변과

격리된 동네였다. 주위를 지나는 큰 도로가 없다는 점이 특히 마음에 들었다. 그리고 근방에 누군가 인적이 있으면 금방 알 수 있었다. 여름에는 괜찮은 산책 코스였지만 겨울이면 주민들 말고는 다니지 않는 한산한 길이었기 때문이다. 새끼 고양이 한 마리 보이지 않는데다 특히 그녀가 아는 사람, 다시 말해 그녀를 알아볼 수 있는 사람이 올 이유가 없는 동네였다. 열쇠를 꺼내느라 눈으로 질퍽거리는 길바닥에 봉지를 내려놓아야 했다. 엘리베이터를 타고 맨 위층까지 올라간 그녀는 'V. 쿨라'라는 명패가 붙은 문을 열었다.

작년에 갑자기 두툼한 돈방석에 앉게 되면서 리스베트는 남은 평생 (적어도 30억 크로나를 다 쓸 수 있을 때까지) 돈 걱정에서 자유로운 상황이 되었다. 그녀가 맨 처음 한 일은 새 집을 구하는 것이었다. 태어나서 돈을 투자한 일이 있다면 현금이나 적당한 신용 할부로 구입할 수 있는 실용적인 물건들이 전부였으므로, 부동산은 전혀 새로운 경험이었다. 지금껏 가계부에서 가장 큰 지출 두 가지가 첫째는 컴퓨터이고, 둘째는 어쩌다 사게 된 가와사키 중고 오토바이였다. 급매물에 소형이라 7천 크로나 정도였지만 수리하는 데 거의 같은 액수가 들어갔다. 그녀는 직접 부품들을 사다 몇 개월을 걸려 분해하고 조립한 끝에 쓸 만한 물건으로 업그레이드시켰다. 사실 능력만 된다면 자동차를 사고 싶었지만 돈을 마련할 길이 막막해 포기했었다.
아파트를 사는 건 전혀 다른 차원의 문제였다. 우선 〈다겐스 뉘헤테르〉 홈페이지에 게시된 아파트 매물부터 훑어봤지만 알쏭달쏭한 용어들뿐이라 한참을 공부하지 않으면 당최 무슨 소리인지 알 수 없을 것 같았다.

방 2 + 주방, 쇠드라역 근처, 위치 최고, 270만 크로나, 관리비 월 5510 크로나.

방 3, 회갈리드 공원 조망, 290만 크로나.

방 2.5, 47㎡, 욕실 수리 완료, 1998년 수도 및 가스관 교체, 고틀란스가탄, 180만 크로나, 관리비 월 2200크로나.

리스베트는 머리를 긁적거리다가 결국 아무 곳이나 몇 군데 전화를 걸어보았다. 하지만 집을 사려면 어떤 질문을 해야 하는지조차 몰랐다. 그런 자신이 바보처럼 느껴져 전화 문의는 이내 그만두었다. 그러다 1월의 첫번째 일요일에 매물로 나온 아파트 두 곳을 직접 찾아가보았다. 하나는 레이메르스홀메섬 빈드라가르베겐에, 다른 하나는 호른스툴 전철역 근처 헬레네보리스가탄에 있었다. 레이메르스홀메에 있는 아파트는 방이 네 개에 실내가 밝고 널찍했고 롱홀멘섬과 에싱엔섬이 내다보이는 조망이 멋졌다. 반면 헬레네보리스가탄에 나온 집은 옆 건물들에 시야가 가려 컴컴한 굴속 같았다.

문제는 리스베트 자신이 어떻게 살기를 원하는지, 자신에게 필요한 거처가 어떤 모습이면 좋겠는지를 정확히 모른다는 사실이었다. 이제까지 룬다가탄에 있는 47제곱미터 남짓한 아파트 말고는 다른 집을 상상해본 적이 없었다. 어린 시절부터 지내온 거처이기도 하고, 열여덟 살이 된 후로는 후견인 홀게르가 매입해 그녀가 살 수 있도록 내준 곳이었다. 리스베트는 동글동글한 보풀들이 잔뜩 일어난 낡은 거실 소파에 앉아 곰곰이 생각했다.

룬다가탄의 아파트는 안뜰을 향해 있어서 비좁고 불편했다. 침실 창문에서 보이는 것이라고는 박공지붕 건물 정면의 방화벽뿐이었다. 주방 창문은 중앙 건물의 뒷마당과 지하실로 내려가는 계단 쪽으로 나 있었다. 거실에서는 가로등 하나와 자작나무 가지들 몇 개가 보였다.

그렇다. 새 거처는 우선 조망이 좋아야 한다.

발코니가 없는 집에 살아서 그런지, 가장 꼭대기층에 사는 여유로운 이웃들이 늘 부러웠다. 뜨거운 여름날 발코니에 차양을 쳐놓고 그 늘 아래에서 시원한 맥주를 마시면 얼마나 좋을까! 새 집의 두번째 조건은 발코니였다.

그렇다면 구조는? 금방 머릿속에 떠오른 건 벨만스가탄에 있는 미카엘의 아파트였다. 지붕 밑 공간을 개조해 만든 65제곱미터짜리 탁 트인 실내에서는 시청과 슬루센 구역이 시원하게 내려다보였다. 그녀 역시 가구를 들여놓기 편하고 관리하기도 쉬운 쾌적한 아파트를 갖고 싶었다. 이것이 바로 세번째 조건이었다.

리스베트는 오랫동안 비좁은 곳에서 살아왔다. 10제곱미터가 채 안 되는 주방에는 조그만 식탁 하나와 의자 몇 개가 겨우 들어갔고, 거실은 20제곱미터, 침실은 거실의 절반보다 조금 큰 정도였다. 새 집의 네번째 조건은 충분한 공간과 수납장이었다. 제대로 된 작업실과 팔다리를 쭉 펴고 누울 수 있는 넓은 침실을 갖고 싶었다.

룬다가탄 아파트의 욕실은 창이 없고 비좁았다. 잿빛 시멘트 바닥에 반신욕 정도만 가능한 작은 욕조가 놓여 있었고, 비닐 벽지는 아무리 문질러 닦아도 뿌연 얼룩이 없어지지 않았다. 그녀는 타일 바른 욕실과 커다란 욕조를 원했다. 음습한 지하실의 공용 세탁기 대신 혼자 쓰는 세탁기를 갖고 싶었다. 냄새 좋고 환기가 잘 되는 상쾌한 욕실을 갖고 싶었다.

윤곽이 잡히자 인터넷에 들어가 부동산 중개업소를 찾아보았다. 그리고 다음날 일찍 일어나 '노벨 부동산'으로 향했다. 스톡홀름 최고의 중개업소로 이름난 곳이었다. 낡은 블랙진에 부츠를 신고 검정 가죽재킷을 걸친 리스베트가 카운터로 다가가 삼십대의 금발 여인을 바라보았다. 여인은 막 홈페이지에 로그인해 들어가 매물 사진을 올리느라 정신이 없었다. 결국 듬성한 적갈색 머리의 뚱뚱한 사십대 남자가 나와서 그녀를 맞았다. 어떤 매물들을 보유하고 있는지 묻자 기가 막히다는 듯 리스베트를 잠시 쳐다보던 남자는 정중하면서도 타이르는 듯한 말투로 되물었다.

"그런데, 부모님께선 아가씨가 따로 나가 살 생각이 있다는 걸 알고 계실까요?"

리스베트가 아무 말 없이 커다란 눈으로 응시하자 남자는 미소를 거뒀다.

"아파트를 구하고 있어요." 리스베트는 원하는 바를 정확히 밝혔다.

남자는 헛기침을 하며 여자 동료를 힐끗 돌아보았다.

"알겠습니다. 어떤 집을 원하시죠?"

"쇠데르 구역에 있는 아파트가 좋겠어요. 발코니가 있고 호수 쪽 조망이면서 방은 최소 네 개, 창이 있는 욕실과 세탁기를 들여놓을 공간도 필요해요. 오토바이를 보관해야 하니까 열쇠로 잠글 수 있는 창고도요."

이내 여자가 컴퓨터 작업을 멈추고 고개를 돌려 호기심 어린 눈으로 리스베트를 보았다.

"오토바이요?" 머리숱 적은 사내가 물었다.

리스베트는 차분하게 고개를 끄덕였다.

"저…… 성함이 어떻게 되시죠?"

리스베트가 자신을 소개한 데 이어 그의 이름을 묻자 남자는 요아킴 페르손이라고 이름을 밝혔다.

"그러니까…… 여기 스톡홀름은 아파트 가격이 좀 높은 편인데 말이죠……"

비용은 알 필요도 없고 관심도 없으니 어떤 물건이 있는지만 알려달라는 게 그녀의 대답이었다.

"그럼 어떤 분야에서 일하고 계신지?"

리스베트는 잠시 생각했다. 공식적으로는 누구에게도 속하지 않은 자영업자인 셈이었다. 밀턴 시큐리티에서 드라간과 일했지만 작년부터 업무가 매우 불규칙했고 그나마 지난 석 달은 아무 일도 맡지 않았다.

"현재로선 특별한 일이 없어요." 그녀는 솔직하게 대답했다.

"아마…… 학생이신 모양이군요."

"아뇨. 학생은 아니에요."

요아킴 페르손이 카운터 뒤에서 걸어나오더니 리스베트의 어깨에 자못 친절하게 팔을 둘렀다. 그리고 문 쪽으로 천천히 그녀를 인도했다.

"물론 그러시겠죠, 아가씨. 몇 년 후에 다시 방문해주신다면 얼마든지 환영하겠습니다. 하지만 그땐 돼지 저금통에 모아놓은 돈보다는 좀더 가져와야 할 거예요. 아시겠지만 여기서 용돈으로 뭘 해보기엔 좀 부족하거든요." 그는 제법 호인 같은 미소를 지으며 리스베트의 볼을 살짝 꼬집기까지 했다. "그때는 망설이지 말고 찾아와요. 내가 괜찮은 물건을 알아봐드릴게."

리스베트는 노벨 부동산 앞에서 몇 분을 꼼짝 않고 서 있었다. '저 유리창에 화염병을 던지면 요아킴 페르손이 어떤 낯짝을 할까?' 집으로 돌아온 그녀는 노트북을 켰다.

노벨 부동산의 내부 네트워크에 침입하는 데는 십 분도 걸리지 않았다. 카운터의 여자가 매물 사진을 올리려고 접속할 때 비밀번호 치는 걸 이미 봐두었기 때문이다. 삼 분 후엔 그녀가 쓰던 컴퓨터가 다름아닌 이 부동산 회사의 메인 서버라는 사실을 알 수 있었고—인간들이 이렇게까지 멍청할 수가!— 다시 삼 분 후엔 회사의 네트워크를 구성하는 컴퓨터 열네 대에 모두 접속할 수 있었다. 두 시간이 조금 지나자 리스베트의 손에는 요아킴 페르손의 회계 내역과 그가 지난 몇 년에 걸쳐 75만 크로나를 탈세해왔다는 증거가 들려 있었다.

그녀는 주요 파일들을 모두 내려받아 정리한 후 이를 국세청에 이메일로 보냈다. 물론 발신자 주소는 미국 인터넷 서버의 익명 계정을 사용했다. 그런 다음 머릿속에서 요아킴이란 인간을 깨끗이 지워버렸다.

그러고는 노벨 부동산 홈페이지의 아파트 매물 목록을 훑어보며 나머지 시간을 보냈다. 가장 비싼 매물은 마리에 프레드 근처에 있는 조그만 성이었지만 거기 들어가 살고 싶은 생각은 조금도 없었다. 단지 부동산 작자들에게 엿을 좀 먹이고자 일부러 두번째로 비싼 물건을 골랐다. 모세바케 광장 근처 피스카르가탄에 있는 으리으리한 아파트였다.

한참 동안 사진들을 살피고 평면도를 들여다본 끝에 리스베트는 그 아파트야말로 자신이 원하는 모든 조건을 충족한다는 사실을 확인했다. 전 집주인은 ABB 그룹의 부장이었던 사람으로, 10억 크로나에 달하는 거액을 퇴직금으로 챙겼다가 세간의 비난을 받아 잠시 잠적한 상태였다.

저녁에는 지브롤터에 있는 '맥밀런 앤드 마크스' 변호사 사무실의 제러미 맥밀런에게 전화를 걸었다. 이미 거래한 적이 있는 변호사였다. 엄청난 보수를 받고 유령회사 몇 개를 설립해준 게 바로 그였으니까. 일 년 전 한스에리크 벤네르스트뢰에게서 슬쩍한 거액을 관리하는 은행계좌들의 명의자가 바로 이 유령회사들이었다.

리스베트는 다시 한번 제러미에게 임무를 맡겼다. 이번에는 그녀의 회사 와스프 엔터프라이즈를 대리해 노벨 부동산을 통해서 피스카르가탄의 아파트를 매입하는 일이었다. 나흘간 진행된 협상 끝에 마침내 도착한 최종 계산서를 보는 순간 리스베트의 눈썹이 꿈틀 올라갔다. '맥밀런에게 떨어지는 수수료가 집값의 5퍼센트라니……' 어쨌든 한 주가 가기 전에 새 아파트에 입주할 수 있었다. 이삿짐이라고 해봐야 옷가지 박스 두 개, 침구 박스 하나, 매트리스 하나, 그리고 부엌살림 몇 개가 전부였다. 그렇게 매트리스 위에서 잠을 자며 그 집에서 삼 주를 보내는 동안 성형수술 전에 검사를 받으러 클리닉을 찾았고, 손에 잡고 있던 행정적인 일들(한밤중에 닐스 변호사를 찾아가 나눈 대화를 포함해)을 끝낸 후에는 집을 비울 동안 청구될 관리비와 전기세 따위를 미리 처리했다.

그러고는 클리닉에 가기 위해 이탈리아행 비행기표를 샀다. 수술을 마치고 퇴원한 후에는 로마 시내 호텔에 묵으면서 앞으로 어떻게할지 곰곰이 생각했다. 우선 스웨덴으로 돌아가 새로운 삶을 꾸려나갈 수 있을 것이다. 하지만 이런저런 이유 때문에 스톡홀름은 생각만해도 구역질이 치밀었다.

그녀에겐 마땅히 직업이라고 할 만한 일이 없었다. 밀톤 시큐리티에서는 미래가 보이지 않았다. 드라간의 잘못이 아니었다. 오히려 그는 리스베트가 상근 직원이 되어 회사에서 중요한 역할을 해주길 바랐다. 하지만 그러기엔 리스베트의 학력이 너무 짧았고 나이 오십이넘어서까지 썩어빠진 정재계 인사들의 뒤를 캐고 다니면서 세월을보내고 싶지 않았다. 취미로 생각하면 재미있는 일이었지만 일생을바칠 만한 직업은 아니었다.

스톡홀름이 꺼려지는 또다른 이유는 바로 미카엘이었다. 스톡홀름에 가면 그 빌어먹을 칼레 블롬크비스트*와 어디서 마주칠지 몰랐기때문이다. 정말이지 그것만은 피하고 싶었다. 그는 그녀에게 상처를입혔다. 정직하게 말하자면 의도적으로 그런 건 아니었다. 자신이 그와 '사랑에 빠진' 일로 다른 누구를 탓할 순 없었다. 사랑에 빠진 여자. 빌어먹을 악녀 리스베트에게 이 말만큼 어울리지 않는 표현은 없었다.

미카엘은 여자들에게 인기 많기로 소문난 남자였다. 그에게 그녀

---

* 말괄량이 삐삐 시리즈로 유명한 스웨덴 작가 아스트리드 린드그렌(1907~2002)의 작품에 나오는 소년 탐정 이름.

는 자신이 필요할 때 혹은 별다른 상대가 없을 때 한순간의 동정심
으로 상대해준, 기껏해야 약간의 호감을 느낀 불장난 상대에 지나지
않았다. 보다 즐거운 상대를 만나면 곧장 다른 침대로 떠나버릴 남자
였다. 잠시 경계를 풀어 그가 접근하도록 내버려둔 자신이 저주스러
울 뿐이었다.

이성을 되찾은 후에는 미카엘과 모든 접촉을 끊어버렸다. 고통스
러웠지만 그녀는 다시 철갑으로 몸을 감쌌다. 그를 마지막으로 본 건
감라스탄 전철역에서였다. 플랫폼에 서 있을 때 도심으로 향하는 열
차 안에 그가 있었다. 순간 일 분 정도 그를 쳐다보며 결심했다. 더이
상 그를 향해 털끝만한 감정도 품지 않겠다고. 그에게 감정을 품는
건 죽음에 이르는 출혈을 그냥 놔두는 일과 다를 바 없었다. 꺼져버
려! 그는 열차 문이 닫히는 순간에야 그녀를 발견했고 열차가 움직이
기 시작할 때 그녀가 몸을 돌려 떠나는 모습을 멍하니 바라보았다.

왜 이토록 끈질기게 관계를 유지하려는 건지 리스베트로선 도무
지 이해할 수 없었다. 그에겐 자신이 무슨 사회적 선도 대상이라도
되는 모양이었다. 그에게서 메일이 올 때마다 읽지도 않고 삭제해버
렸지만 그는 그런 사실조차 모르는 듯했다. 그럴 때마다 리스베트는
화가 치밀었고 자신도 모르게 욕이 튀어나왔다.

그렇다. 스톡홀름으로 돌아가고 싶은 생각은 추호도 없었다. 태어
나고 자란 도시라지만 프리랜서 일을 했던 밀톤 시큐리티 외에 아
는 사람이라고는 몇 번 함께 잤던 상대들, 그리고 과거 록그룹이었던
'이블 핑거스'의 여자들이 전부였다.

어색하나마 그녀가 존경심을 느끼는 유일한 사람이 있다면 드라
간 아르만스키였다. 하지만 그에 대한 자신의 감정을 정확히 규정하
기란 쉽지 않았다. 그를 생각하면 언제나 약간은 불편하면서도 왠지
모르게 어렴풋이 끌리는 느낌이 들었다. 그가 만일 미혼이었다면, 좀
더 젊고 조금만 덜 보수적이었다면 가까이 다가가는 걸 고려해볼 수

도 있었을 텐데.

리스베트는 결국 다이어리를 꺼내 뒷부분에 있는 세계지도를 펼쳤다. 호주나 아프리카에는 가본 적이 없다. 피라미드나 앙코르와트도 사진으로만 봤을 뿐이다. '스타 페리'를 타고 홍콩 옆 주룽과 빅토리아를 오가본 적도, 앤틸리스제도에서 스쿠버다이빙을 해본 적도, 태국의 해변을 가본 적도 없다. 업무차 잠시 들렀던 발트해와 북유럽 국가 몇 군데, 그리고 취리히와 런던을 제외하면 평생 스웨덴을 떠나본 적이 없었다. 스톡홀름 밖으로 나간 경우도 손가락으로 꼽을 정도였으니까.

지금까지는 그럴 만한 여력이 없었다.

이제 로마의 호텔에 있는 그녀는 창가로 다가가 가리발디 거리를 내려다보았다. 로마는 도시 전체가 거대한 폐허의 무더기 같았다. 마침내 결정을 내린 그녀는 재킷을 걸치고 로비로 내려가 근처에 있는 여행사를 알아냈다. 그렇게 해서 텔아비브행 편도 비행기에 오른 그녀는 며칠간 예루살렘을 거닐며, 알아크사 모스크와 '통곡의 벽'을 둘러보며 시간을 보냈다. 하지만 어디를 가도 마주치는 무장군인들이 눈에 거슬려 결국 방콕으로 날아갔고, 그렇게 그해 말까지 여행을 이어갔다.

그리고 그사이 중요한 일도 하나 처리했다. 지브롤터로 날아가 자신의 돈을 관리하는 자가 대체 어떤 인물인지, 일을 제대로 하고 있는지 확인하고 돌아왔다.

자기 소유의 아파트 문을 열쇠로 열고 들어가는 느낌은 참으로 기묘했다.

리스베트는 현관문 앞에 식료품 봉지와 여행가방을 내려놓고 재빨리 비밀번호 네 자리를 눌러 전자경보 시스템을 해제했다. 그런 다음 젖은 옷을 모두 벗어 바닥에 던져놓았다. 알몸인 채 주방으로 가

냉장고 전원을 연결한 후 그 안에 사온 것들을 정리해 넣고 욕실로 향했다. 십 분쯤 샤워를 하고 나와서는 얇게 자른 사과와 전자레인지에 데운 빌리스 팬피자를 먹었다. 이사 올 때 가져온 침구 박스를 열어보니 베개 하나, 침대 시트 한 장, 담요 한 장이 들어 있었는데 일년간 짐을 풀지 않은 채 놔두어서 그런지 약간 퀴퀴한 냄새가 났다. 그녀는 주방 옆 침실로 가 바닥에 매트리스를 깔고 그 위에 잠자리를 꾸몄다.

베개에 머리를 댄 지 십 분도 안 돼 곯아떨어진 리스베트는 거의 열두 시간을 내리 자다가 자정 조금 못 미쳐 잠에서 깨어났다. 일어나서는 커피머신을 켜고 알몸 위에 담요를 둘렀다. 그러고는 베개를 들고 창가에 앉아 담배를 피워 물고서 유르고르덴섬과 살트셴만을 바라보았다. 야경의 불빛들이 매혹적으로 깜빡였다. 그렇게 어둠 속에서 리스베트는 자신의 인생을 생각했다.

다음날 그녀의 일정은 아주 빡빡했다. 아침 7시에 아파트를 나서며 문을 잠갔다. 엘리베이터를 타기 전, 계단통에 나 있는 환기창을 열고 가느다란 구리 실에 묶은 열쇠 복사본을 외벽 하수관 뒤에 매어두었다. 몇 차례 경험을 통해 비상 열쇠의 유용함을 깨달은 덕분이었다.

바깥은 몹시 추웠다. 그녀는 뒤쪽 호주머니 아래가 닳아 찢어져 파란색 팬티가 보이는 낡은 청바지 위에 티셔츠를 입고 목 부분 솔기가 벌어지기 시작한 따뜻한 롤칼라 스웨터를 겹쳐 입었다. 그 위에 걸친 낡은 검정 가죽재킷은 어깨에 징이 달려 있었다. 호주머니 안감이 거의 사라질 정도로 너덜너덜 찢긴 바람에 언제고 재봉사에게 수선을 맡겨야 할 재킷이었다. 발에는 두꺼운 양말과 큼직한 신발을 신었다. 이렇게 껴입고 나오니 그런대로 춥지 않았다.

집을 나선 그녀는 상트파울스가탄을 지나 싱켄스담 구역의 룬다가탄에 있는 예전 집을 찾아갔다. 도착하자마자 지하실에 가와사키 오토바이가 잘 있는지부터 확인했다. 아파트 문을 열기 위해 그 뒤에 쌓인 전단지 더미를 힘들여 밀어내야 했다.

지난해 스웨덴을 떠나기 전 리스베트는 이 아파트를 어떻게 해야 할지 잠시 고민했었다. 가장 간단한 해결책은 집을 그대로 두고 공과금만 자동이체로 지불하는 방법이었다. 집안에는 재활용 쓰레기장에서 힘들게 주워온 가구들과 이 빠진 머그잔, 고물 컴퓨터, 종이 뭉치 따위가 아직 남아 있었다. 하지만 값나가는 물건은 전혀 없었다.

우선 주방에서 검은 쓰레기봉투를 가져와 우편물 더미 속에서 전단지만 추려내 담는 데 오 분쯤 걸렸다. 그녀 앞으로 온 우편물은 계좌명세서, 밀톤 시큐리티의 세금계산서, 그리고 일반 우편물을 가장한 광고지가 전부였다. 피후견인 신분이라 좋은 점은 각종 세금고지서를 골치 아프게 들여다보지 않아도 된다는 사실이었다. 그런 종류의 우편물이 없으니 더욱 좋았다. 결국 잡다한 종이들을 빼고 나니 지난 일 년간 그녀에게 온 진정한 우편물이라고 할 만한 건 단 세 통이었다.

첫번째는 모친의 특별 관리인이던 변호사 그레타 몰란데르에게서 온 편지였다. 모친이 남긴 상속재산 조사가 끝났다는 소식과 함께 리스베트와 동생 카밀라가 각각 9312크로나씩 받게 되었다고 했다. 이미 그녀의 계좌로 입금되었으니 수령확인서를 보내달라는 말도 덧붙였다. 리스베트는 가죽재킷 안쪽 호주머니에 이 편지를 집어넣었다.

그다음 편지는 에펠비켄 요양원 원장 미카엘손 부인에게서 온 것이었다. 요양원에 어머니의 유품이 남아 있으니 어떻게 처리할지 알려달라는 내용이었다. 만일 연말까지 리스베트나 그녀의 동생(요양원에선 그녀의 주소를 모른다고 했다)에게서 소식이 없으면 유품을 폐기할 수밖에 없다는 통보였다. 편지 위에 찍힌 날짜가 6월임을 확인한 리스베트는 휴대전화를 꺼내들었고 잠시 후 전화를 받은 담당자가 아직 유품을 버리지 않았다고 확인해주었다. 리스베트는 일찍 답하지 못한 것을 사과한 후 내일 당장 찾으러 가겠다고 약속했다.

마지막으로는 미카엘이 보낸 편지였다. 잠시 망설였지만 이내 편지를 뜯지 않고 휴지통에 집어던졌다. 겨우 아문 상처를 다시 헤집을 순 없었다.

리스베트는 상자 하나에 간직할 물건들이며 잡동사니를 모아담은 다음 택시를 타고 피스카르가탄의 새 아파트로 돌아왔다. 집에는 잠시만 머물렀다. 화장을 한 후 안경을 끼고 어깨까지 내려오는 금발 가발을 쓰고서 핸드백에 이레네 네세르의 노르웨이 여권을 챙겼다. 그녀는 거울에 비친 자신의 모습을 잠시 들여다보았다. 거울에 비친 이레네 네세르는 리스베트와 조금 닮았으면서도 완전히 다른 사람이었다.

집을 나와서는 예트가탄에 있는 에덴 카페에서 브리 치즈를 넣은 바게트와 카페라테로 간단히 점심 요기를 하고 링베겐으로 가 렌터카 대리점에 들러 이레네 네세르 명의로 닛산 미크라 한 대를 빌렸다. 그리고 곧장 스톡홀름 근교 쿵엔스쿠르바에 있는 가구 할인점 이케아로 갔다. 매장을 전부 돌면서 필요한 가구들을 훑어보는 데 세 시간쯤 걸렸고 무엇을 살지 결정하는 데는 그리 오래 걸리지 않았다.

모래색 긴 소파 두 개, 안락의자 다섯 개, 니스칠 된 자작나무 협탁 두 개, 낮은 테이블 하나, 다용도 소형 테이블 몇 개를 골랐다. 그리고 수납함 세트 두 개와 책꽂이 두 개, TV 장식장 하나, 여닫이문이 달린 수납장 하나, 문 세 개짜리 옷장 하나, 방 귀퉁이에 놓을 작은 서랍장 두 개도 잊지 않았다.

침대와 매트리스, 그에 딸린 부속 용품을 고르는 데는 시간이 좀 걸렸다. 만일을 대비해 손님방에 놓을 침대도 하나 선택했다. 집에 손님이 올 일이 있을지 알 수는 없었지만 그래도 남는 방이 있으니

가구를 들여놓는 게 좋을 성싶었다.

새 욕실에는 이미 욕실장, 수건 수납함에 세탁기까지 필요한 가구가 전부 갖춰져 있었기에 세탁물을 담을 저렴한 바구니 하나만 골랐다.

반면 주방에는 필요한 게 아주 많았다. 잠시 망설인 끝에 식탁으로는 강화유리가 깔린 커다란 전나무 테이블을 골랐고 산뜻한 색깔의 의자도 네 개 맞췄다.

작업실 가구들도 필요했던 터라 기묘하게 생긴 책상에 컴퓨터와 키보드 놓을 자리를 기발하게 꾸며놓은 제품들을 한참 멍하니 쳐다보기도 했다. 하지만 이내 부르르 고개를 젓고서 굴참나무 합판 소재에 모서리가 둥근 아주 평범한 책상과 같은 시리즈의 수납장 하나를 추가했다. 의자는 하루에도 많은 시간을 사용하는 가구이니만큼 시간을 들여 세심하게 둘러본 끝에 최고가에 속하는 안락한 회전의자를 골랐다.

마지막으로 매장을 돌면서 침대 시트, 베개 커버, 수건, 쿠션, 오리털 이불, 담요를 추가했고, 그릇과 냄비와 도마 따위가 든 주방용품 세트, 카펫 세 장, 작업용 스탠드 여러 개, 문서함, 휴지통, 수납상자까지 전부 선택을 마쳤다.

그녀는 선택 리스트를 들고 계산대로 가서 와스프 엔터프라이즈 명의로 된 카드로 계산하면서 신분증으로 이레네 네세르의 여권을 내밀었다. 배송료와 가구 조립 비용까지 미리 지불하고 나니 모두 9만 크로나가 조금 넘었다.

오후 5시쯤 쇠데르로 돌아왔고, 마침 '알렉손스 일렉트로닉스'에 들러 18인치 TV와 라디오를 하나씩 살 시간이 충분했다. 그리고 막 문을 닫으려는 호른스가탄의 상점에도 뛰어들어가 진공청소기를 들고 나왔고, 마리아할렌 할인마트에서는 빗자루, 비누, 양동이, 세제, 칫솔, 커다란 휴지팩 등을 챙겨 나왔다.

미친듯한 쇼핑의 날을 보내고 난 리스베트는 이미 녹초였다. 마지막으로 구입한 물건들까지 닛산 미크라 렌터카에 싣고 호른스가탄까지 온 그녀는 자바 카페로 가 이층 자리에 무너지듯 주저앉았다. 옆 테이블에 누군가 버리고 간 석간지가 있길래 잠시 들여다보았다. 사회민주당이 여전히 다수당이었고, 그녀가 스웨덴을 떠나 있는 동안 나라에 특별히 중요한 사건은 없었던 듯했다.

아파트로 돌아온 건 저녁 8시 무렵이었다. 주위가 어두워진 걸 확인한 후에 사온 물건들을 모두 차에서 내려 V. 쿨라의 집으로 올려다두었다. 그렇게 짐을 모두 현관 안에 들여놓고 삼십 분 가까이 집 주변을 뱅뱅 돌은 끝에 겨우 주차할 장소를 찾고 다시 올라올 수 있었다. 그런 다음 적어도 세 명은 들어가 편하게 목욕할 정도로 큰 스파 욕조에 물을 채우고 한 시간쯤 앉아 있었다. 문득 미카엘이 생각났다. 아침에 편지를 받기 전까지만 해도 몇 달간 기억에서 사라진 사람이었다. 궁금했다. 지금 그는 집에 있을지. 에리카 베리에르와 함께 있을지.

이윽고 리스베트는 눈을 꼭 감고 길게 숨을 들이쉬고서 물속에 얼굴을 담갔다. 두 손으로 젖꼭지를 꽉 비틀면서 몇 분간 숨을 참았다. 폐에 끔찍한 고통이 느껴질 때까지······

〈밀레니엄〉 편집장 에리카는 손목시계를 들여다보며 얼굴을 찡그렸다. 십오 분 지각한 미카엘이 회의실로 헐레벌떡 들어오고 있었다. 매달 둘째 주 화요일, 장기적인 편집 방향과 중요한 사안들을 결정하는 신성한 회의에 늦고 만 것이다.

미카엘이 늦어서 미안하다고 웅얼거리며 이유를 댔지만 아무도 알아듣지 못했다. 회의실에는 에리카를 포함해 〈밀레니엄〉 직원 대부분이 모여 있었다. 편집차장 말린 에릭손, 공동 사주이자 아트 디렉터인 크리스테르 말름, 중견기자 모니카 닐손, 파트타임 기자 로티 카림와 헨리 코르테스 등이었다. 이 두번째 화요일의 회의는 다음 호를 기획하는 자리이기 때문에 전 직원이 참석하는 게 원칙이었다. 미카엘은 곧바로 골칫덩이였던 어린 인턴사원이 사라졌다는 걸 알아챘지만 대신 전혀 모르는 얼굴이 하나 끼어 있었다. 기획회의에 외부인을 참석시키는 경우가 극히 드물었기에 미카엘의 시선이 그쪽으로 쏠렸다.

"여러분께 다그 스벤손 씨를 소개하겠어요." 에리카가 입을 열었다. "우리가 이분의 글을 사기로 했어요."

미카엘이 고개를 끄덕이고는 그와 악수를 나눴다. 금발에 파란 눈인 다그 스벤손은 머리를 아주 짧게 잘랐고 한 사흘 면도를 안 했는지 수염이 까칠했다. 나이는 삼십대로 보였으며 몸이 아주 다부지고 건강해 보였다.

"모두들 잘 알고 있겠지만 우리는 매년 한두 차례 특집호를 내고 있어요." 에리카가 말을 이었다. "내 생각에 다음 특집호는 5월호가 어떨까 싶어요. 4월 27일까지 인쇄를 마치고요. 그러니 앞으로 석 달은 부지런히 기사를 만들어놔야 합니다."

"특집호 주제가 뭔데?" 미카엘이 물었다.

"지난주에 여기 계신 다그 씨가 주제를 하나 가지고 날 찾아왔어요. 그래서 오늘 회의에 참석해달라고 부탁한 거고요. 지금부턴 다그 씨가 설명하는 게 좋겠군요." 그녀가 다그를 향해 몸을 돌리며 말했다.

"여성인신매매입니다. 다시 말해 여성에 대한 성적 착취죠. 제가 주로 다루는 사건은 발트 연안국과 동유럽 국가 출신 여성들에 관한 겁니다. 정확히 말씀드리면 지금 이 주제로 책을 한 권 쓰고 있고, 그래서 에리카 씨를 찾게 됐습니다. 〈밀레니엄〉은 잡지사이면서 출판사이기도 하니까요."

이 말에 회의 참석자들 얼굴에 멋쩍은 미소가 떠올랐다. 지금까지

〈밀레니엄〉이 내놓은 책이라고 해봐야 한 권이었다. 일 년 전 미카엘이 억만장자 벤네르스트룀이 거느린 금융 제국의 비리를 파헤쳤던 그 책. 그래도 스웨덴에서 6쇄를 발행한 데다 노르웨이, 독일, 영국으로 판권을 수출했고 최근에는 프랑스에서도 번역중이라고 했다. 물론 이러한 상업적 성공이 기분 나쁠 리 없었지만 회사 입장에서는 약간 의아한 것도 사실이었다. 무수한 언론 보도를 통해 사건에 대해 밝혀질 만큼 밝혀진 터라 책에 별반 새로운 내용은 없었기 때문이다.

"우린 책을 그다지 많이 펴내는 편이 아닙니다." 미카엘이 신중하게 말했다.

다그는 입가에 희미한 미소를 머금었다.

"잘 알고 있어요. 하지만 어쨌든 출판사 아닙니까?"

"우리보다 더 큰 출판사들도 많을 텐데요?" 다시 한번 미카엘이 그를 떠봤다.

"그야 물론 그렇지." 에리카가 끼어들었다. "하지만 우리도 작년부터 출판 사업을 본격화해보자고 논의해왔잖아. 이사회에서 두 차례 얘기가 나왔을 때도 모두들 긍정적이었어. 일 년에 서너 종씩만 내면서 다양한 주제의 르포르타주를 취급한다는 게 우리가 생각한 출판 정책이었지. 시사적 성격이 강한 타이틀을 다룬다는 의미에서 다그씨가 쓰는 책이야말로 우리의 취지에 부합한다고."

"여성인신매매라고 했죠?" 미카엘이 그를 쳐다보며 말했다. "어디 한번 얘기나 들어봅시다."

"사 년 전부터 이 주제를 조사해왔어요. 내가 관심을 갖게 된 건 지금 같이 살고 있는 여자 덕분이죠. 바로 이 분야를 연구하는 범죄학자 미아 베리만입니다. 예전에는 범죄예방위원회에서 일하면서 성매매 관련 법규를 연구했어요."

"저도 그분을 만난 적 있어요." 말린이 끼어들었다. "재작년에 인터뷰를 했거든요. 법정 내 남녀 차별에 관한 보고서를 발표했었죠."

다그가 고개를 끄덕이며 미소를 지었다.

"맞아요. 꽤나 물의를 일으킨 보고서였죠. 미아는 오륙 년 전부터 여성인신매매에 대해 조사하고 있었고, 우리가 만나게 된 것도 그 일 때문이었어요. 전 인터넷 성매매를 취재하고 있었는데 누가 그녀를 한번 만나보라고 하더군요. 그래서 둘이 함께 일하게 됐어요. 전 기자로서, 그녀는 연구자로서. 그러다 커플이 되었고 일 년 전부터는 같이 살고요. 지금 그녀는 박사논문을 쓰고 있는데 이번 봄에는 제출할 겁니다. 논문 주제가 바로 여성인신매매죠."

"그녀가 학위논문을 쓴다면 다그 씨는요?"

"저는 이를테면 논문의 대중 보급판을 만드는 셈이죠. 물론 거기에 제가 개인적으로 조사한 내용까지 덧붙여서요. 그리고 그걸 줄여서 기사 형식으로도 만들었는데, 에리카 씨에게 그걸 보여드렸고요."

"오케이. 그러니까 두 분이 한 팀으로 작업하시는군요. 그렇다면 구체적으로는 무슨 내용이죠?"

"대략 말씀드릴게요. 얼핏 보면 이 나라에는 더이상 여성인신매매가 발을 붙일 수 없을 것 같죠. 아주 엄격한 성매매금지법을 통과시킨 국회가 있고, 그 법이 잘 집행되도록 최선을 다하는 경찰이 있으며, 성범죄자를 심판하는 법원이 있고—스웨덴에선 성적 서비스를 구매한 사람*까지 성범죄자로 간주하고 있죠—이 문제에 분개하며 설교를 늘어놓는 매체들까지 있으니까요. 하지만 어두운 그림자는 여전히 남아 있어요. 스웨덴은 러시아와 발트 연안국 출신 성판매 여성에 대해 인구당 성구매율이 높은 나라 중 하나입니다."

"증명할 수 있는 사실인가요?"

"이미 공공연한 비밀이죠. 별반 새로운 주제라고 할 수도 없고요.

---

* 스웨덴에서 1999년부터 시행한 '성구매자처벌법'은 세계 최초로 성구매자만을 처벌하는 성매매금지법으로 주목받았다. 업주와 인신매매자에게 높은 형량이 부과되고 성구매자는 체포나 기소를 당할 수 있다.

새로운 게 있다면 우리가 열두 명의 '릴리아 포에버'*를 찾아내 직접 질문하고 조사를 했다는 점이죠. 대부분 십대 후반의 소녀들인데, 빈곤한 동유럽 사회에서 비참하게 살다가 일자리를 준다는 그럴듯한 말에 현혹돼 이곳까지 건너오게 됐어요. 하지만 결국 그들을 기다리고 있었던 건 양심이라고는 눈곱만큼도 없는 섹스 마피아들의 발톱이었죠. 이 소녀들이 겪은 이야기를 들으면 오히려 〈릴리아 포에버〉가 건전 영화처럼 느껴질 정도입니다. 물론 루카스 무디손을 깎아내리려는 생각은 전혀 없어요. 정말 뛰어난 감독이죠. 내가 말하고 싶은 건 영화로는 결코 표현할 수 없는 그런 끔찍한 일들을 이 소녀들이 겪었다는 사실이에요."

"그렇군요."

"이것이 바로 미아가 쓰고 있는 논문의 핵심입니다. 하지만 제 책의 내용은 좀 다르죠."

잠시 테이블 주위에 침묵이 감돌았다.

"미아가 소녀들을 인터뷰하러 다닐 동안 저는 성 서비스 공급자들과 구매자들을 구체적으로 파악하고 다녔어요."

미카엘은 이 자리에서 다그를 처음 만났지만 불현듯 느낄 수 있었다. 그는 자신이 좋아하는 부류의 기자, 즉 이야기의 본질을 아는 기자였다. 미카엘이 생각하기에 기자가 명심해야 할 진실이 하나 있다면 어떤 일에는 항상 책임을 물어야 할 인물, 즉 **나쁜 놈**이 구체적으로 존재한다는 사실이었다.

"그래서 뭔가 흥미로운 게 있었나요?"

"물론이죠. 한 가지 예를 들면 성매매금지 법안 작성에 참여한 법무부의 공무원이 있습니다. 그런데 이 작자가 섹스 마피아의 로비에

---

* 루카스 무디손 감독의 영화 〈천상의 릴리아〉(2002)의 원제가 〈Lilja 4-ever〉였다. 에스토니아의 릴리아는 스웨덴에 성판매 여성으로 팔려가 살다가 자살한다.

넘어가 스웨덴에 들어온 소녀 두 명을 성적으로 착취했어요. 소녀 중 하나는 열다섯 살밖에 안 됐고요."

"저런!"

"저는 이 주제를 가지고 삼 년 전부터 작업해왔습니다. 책에는 성 구매자 사례 조사 결과를 실을 거고요. 그중 경찰관이 최소 세 명인데 하나는 군사경찰 소속이고 둘은 성매매 단속반에서 일합니다. 변호사가 다섯, 검사가 하나, 판사도 하나 있고요. 기자도 셋 있는데 그중 하나는 성매매에 대한 기사까지 여러 편 쓴 놈이에요. 그런 놈이 사생활에선 탈린 출신의 어린 성판매 여성을 데리고 강간 판타지에 탐닉하고 있었죠. 물론 소녀에게는 그런 성적 취향이 전혀 없었고요. 실명까지 전부 밝힐 생각입니다. 증거 자료가 완벽하거든요."

미카엘이 감탄의 휘파람을 불었다. 하지만 얼굴에서는 미소가 사라졌다.

"내가 발행인으로 복귀한 이상 그 증거 자료들을 면밀히 검토해보고 싶네요. 지난번에 정보제공자를 잘못 관리한 탓에 감옥에서 석 달간 고생한 적이 있어서요."

"만일 내 이야기를 잡지에 싣겠다면 자료는 원하는 대로 다 드리겠습니다. 하지만 조건이 하나 있어요."

"다그 씨는 책도 내기를 원해." 에리카가 대신 말했다.

"맞아요. 책을 출간하고 싶습니다. 내 책이 메가톤급 폭탄이 되면 좋겠어요. 〈밀레니엄〉이 가장 적합한 출판사라고 판단합니다. 스톡홀름에서 가장 믿을 만하면서도 가장 거침없는 출판사니까요. 사실 어떤 출판사가 이런 책을 선뜻 내겠다고 나서겠습니까?"

"다시 말해서 책을 내지 못하면 기사도 안 내겠다는 뜻이군요." 미카엘이 정리했다.

"제 생각에는 괜찮을 거 같아요!" 말린이 나서며 말했고 옆에서 헨리도 고개를 끄덕였다.

"기사와 책은 별개죠. 기사를 책임져야 할 사람은 발행인이지만, 책은 작가가 책임을 지는 거니까요." 에리카도 거들었다.

"나도 잘 알고 있습니다." 다그가 말했다. "그런 건 신경 안 써요. 솔직히 말씀드리면 책에서 실명을 공개한 자들을 출간에 맞춰 미아가 모조리 고소할 예정입니다."

"아이고, 난리가 나겠군요!" 헨리가 끼어들었다.

"그게 다가 아닙니다." 다그가 다시 말했다. "이런 장사로 돈을 만지는 조직들도 조사해왔어요. 이건 분명 조직적인 범죄거든요."

"그래서 찾아낸 게 누구죠?"

"그 섹스 마피아라고 하는 게 알고 보니 형편없는 작자들이 모인 너절한 떼거리에 불과하더군요. 처음 조사를 시작할 때만 해도 내가 어떤 자들을 발견하게 될지 전혀 몰랐어요. 그저 어디서 주워들은 소리가 있어서 '마피아'라고 하니 상류층 사회에서 고급 승용차나 굴리며 화려하게 사는 작자들일 거라고 생각했죠. 마피아를 다룬 미국 영화들이 그런 이미지를 만드는 데 일조했겠죠. 벤네르스트룀도— 그는 미카엘에게 시선을 던지며 말했다—비슷한 부류라고 할 수 있고요. 하지만 실제로 그런 경우는 예외에 불과했습니다. 내가 찾아낸 현실은 전혀 달랐어요. 그들은 글자도 제대로 못 읽는 거칠고 잔인한 천치 떼거리일 뿐입니다. 조직이나 전략 같은 개념이 전혀 없는 완전한 바보들이죠. 종종 오토바이 폭주족이나 좀더 잘 조직된 다른 무리와 연계하기도 합니다. 하지만 전반적으로 성매매 산업을 이끌고 있는 건 이런 놈팡이들 떼거리라고 할 수 있어요."

"그래요. 다그 씨의 개요 기사에 이런 사실이 분명히 나와 있어요." 에리카가 말했다. "정말로 한심한 일이죠. 이런 추악한 사람 장사를 막기 위해 법도 있는 거고 납세자 주머니에서 거액을 끌어들여 운영하는 경찰과 사법부도 있어요. 그런데도 이런 천치 떼거리들을 어쩌지 못하는 현실이라니……"

"여기에 바로 비극이 있죠. 성매매에 연루된 소녀들은 이 사회에서도 가장 밑바닥에 있기 때문에 법적인 관심조차 받지 못하는 거예요. 투표권조차 없죠. 마트에 가서 물건 살 때 하는 몇 마디 말고는 스웨덴어도 할 줄 몰라요. 게다가 성매매와 관련된 범죄 99.9퍼센트는 경찰에 신고도 되지 않아요. 법정까지 가는 경우는 더 없고요. 아마 스웨덴에 존재하는 범죄 가운데 가장 거대한 빙산일 겁니다. 은행 강도 사건이 이렇게 느슨하게 다뤄지거나 혹은 극히 일부만 수사된다고 상상해보세요. 내 결론은 이렇습니다. 사법부가 여기에 종지부를 찍을 의지만 있다면 이런 상황은 단 하루도 지속될 수 없다는 겁니다. 간단히 말해 탈린이나 리가에서 흘러들어온 이름 없는 소녀들이 성적으로 착취당하건 말건 그건 당국의 일차적 관심사가 아닌 거예요. 그들이 보기에 결국 창녀는 창녀니까요. 하지만 이 소녀들도 사회를 이루는 시스템의 일부이지 않습니까."

"맞아요. 슬픈 현실이죠." 모니카가 맞장구쳤다.

"자, 여러분들 생각은 어때요?" 에리카가 좌중을 둘러보며 물었다.

"흠, 괜찮은 생각인 것 같아." 미카엘이 말했다. "좋아, 이 주제로 한번 나가보자고. 〈밀레니엄〉을 창간할 때 우리의 취지가 바로 이런 거였잖아."

"그 때문에 지금도 이렇게 일하고 있잖아요. 미카엘 기자님이 가끔 이렇게 위험한 모험을 즐기니까요!" 모니카가 농담했다.

미카엘을 뺀 모두가 웃음을 터뜨렸다.

"맞아. 저번에 그 위험한 기사를 밀어붙인 것도 우리 미련한 미카엘 씨가 아니면 누가 감히 하겠어?" 에리카가 맞장구쳤다. "자, 그럼 이 특집호는 5월에 내는 겁니다. 책도 잡지와 함께 출간하고요."

"책은 준비됐나요?" 미카엘이 물었다.

"아직요. 처음부터 끝까지 개요는 다 정했습니다만 본문은 반밖에 못 썼어요. 하지만 여러분이 출간에 동의하고 선금을 주신다면 풀타임으로 집필에 들어갈 수 있습니다. 사실 자료 조사는 거의 끝난 상태예요. 남은 일은 이미 아는 사실들을 확인하는 작업에 불과해요. 몇 가지 보충 내용을 채워넣고, 곧 그 더러운 가면이 벗겨질 성구매자들을 직접 만나 진술을 듣고 사실과 대조하는 일만 남았습니다."

"이번에도 벤네르스트룀 책처럼 작업하도록 하지. 페이지 디자인하는 데는 일주일이면 될 테고—크리스테르가 고개를 끄덕였다—인쇄는 이 주면 충분하겠지? 대조 작업은 3월과 4월에 걸쳐서 하고, 마지막에 15페이지짜리 요약문을 넣자고. 그렇게 해서 4월 15일에는 원고가 완성돼야 최종적으로 모든 정보들을 점검할 수 있을 거야."

"계약 문제는 어떻게 할까요?"

"지금까지 출판 계약을 해본 적이 없어서 자세한 건 우리 변호사하고 상의해봐야 할 것 같아요." 에리카가 눈썹을 살짝 찡그렸다. "일단 이렇게 하면 어떨까요? 2월부터 5월까지 넉 달간 다그 씨를 직원으로 채용하는 거예요. 즉 프로젝트를 마칠 때까지. 하지만 대단한 봉급은 약속하지 못해요."

"괜찮습니다. 풀타임으로 집필에 전념할 수 있도록 기본적인 금액이면 됩니다."

"그리고 원칙적으로 책에서 나오는 수입은 출판 경비를 제하고 50 대 50으로 나누면 어떨까요?"

"아주 좋습니다."

"그럼 이제부터 업무를 분담하죠." 에리카가 말했다. "말린은 이번 특집호 편집 실무를 맡아줘. 앞으로 몇 달은 이 일에 매달려야 할 거야. 다그 씨의 원고 집필을 도와주면 돼. 그동안 말린의 빈자리는 로티가 메워주고. 그러니까 3월에서 5월까지는 네가 임시 편집차장이야. 앞으로는 풀타임으로 근무해. 어려운 점이 있으면 말린과 미카엘이 시간 나는 대로 도와줄 거야."

말린이 고개를 끄덕였다.

"미카엘, 네가 다그 씨 책을 맡아 담당 편집자를 해주면 좋겠어."

에리카가 다그를 돌아보며 말을 이었다. "미카엘 자신은 인정하려 들지 않지만 제법 글을 잘 써요. 게다가 증거 조사라면 완전히 전문가죠. 앞으로는 미카엘이 다그 씨 원고를 샅샅이 검토할 거예요. 우리와 함께 책을 내기로 선택해줘서 흐뭇하긴 하지만 사실 〈밀레니엄〉에는 특별한 문제가 있어요. 우리가 망하기만을 바라는 적들이 좀 있거든요. 따라서 우리가 발표하는 건 무조건 완벽해야 해요. 조금의 실수도 용납될 수 없어요."

"저 또한 용납할 수 없습니다."

"좋아요. 하지만 이번 봄 내내 다그 씨 옆에서 쉬지 않고 잔소리를 퍼부어댈 사람이 있다면 참아낼 수 있겠어요?"

다그가 미소를 지으며 미카엘을 쳐다보았다.

"자, 어디 한번 시작해보시죠!"

미카엘도 미소를 지으며 고개를 끄덕였다. 그리고 에리카가 말을 이었다.

"자, 계속하지! 특집호에 실을 다른 기사들도 필요해. 미카엘이 성매매의 경제적 측면에 대한 글을 한 편 써주면 좋겠어. 이 업계에 해마다 굴러다니는 돈이 얼마인지, 성매매로 이익을 보는 사람은 누군지, 돈은 어디로 흘러들어가는지, 혹시 국가 재정도 이를 통해 모종의 이익을 보고 있지는 않은지 말이야. 모니카는 스웨덴에서 일어나고 있는 일반적인 성적 학대에 대해 조사해줘. 여성보호단체, 연구자, 의사, 관련 공무원 등을 접촉해서 알아봐. 그러니까 잡지에 실릴 기사는 모니카, 미카엘, 그리고 다그 씨 이름으로 들어가는 거야. 헨리는 미아 베리만 씨를 인터뷰해줘. 다그 씨가 직접 할 수는 없으니. 그녀가 누구이며 연구 주제는 무엇이고 결론은 어떠한지 등등을 알아내서 일종의 '인물 탐구'를 써줘. 그리고 경찰수사로 밝혀진 성매매 사건들도 조사해주고. 마지막으로 크리스테르는 당연히 이미지들을 맡아줘. 주제에 맞게끔 멋지게 꾸며줄 수 있겠지?"

"이 주제만큼 쉬운 건 없을 거야. 화려하게 가겠어. 문제없어!"

"한 가지 덧붙이고 싶은 게 있어요." 다그였다. "이 분야에 아주 노련한 경찰관이 몇몇 있어요. 그들을 인터뷰하는 것도 괜찮을 거예요."

"이름을 알고 있나요?" 헨리가 물었다.

"전화번호까지 있죠."

"좋아!" 에리카가 결론을 내렸다. "그럼 5월호 주제는 성매매로 정하겠어. 그리고 여기서 두 가지를 부각하면 좋겠어. 첫째, 여성인신 매매야말로 인권침해 범죄다. 둘째, 이런 흉악한 범죄를 조직적으로 행하는 자들을 반드시 체포해 전범이나 테러범처럼 처벌해야 한다. 자, 각자 위치로!"

5장

1월 12일 수요일~1월 14일 금요일

리스베트는 닛산 미크라를 몰아 에펠비켄 진입로에 접어들었다. 일 년 반 만에 와보는 도시는 낯설고도 기이했다. 모든 악이 일어난 이래 리스베트의 엄마는 요양원에서 지내왔고 리스베트는 일 년에 한 두 번씩 그녀를 찾아왔다. 가물에 콩 나듯 오긴 했지만 에펠비켄은 리스베트의 삶에서 지울 수 없는 일부였다. 그곳에서 그녀는 인생의 마지막 십 년을 보냈고 결국은 생애 최후의 뇌출혈을 일으키면서 마흔셋이라는 젊은 나이에 세상을 떠났다.

그녀의 이름은 앙네타 소피아 살란데르였다. 앙네타의 마지막 십사 년은 크고 작은 뇌출혈 발작으로 고통스러운 세월이었다. 실처럼 가는 모세혈관들이 자꾸만 파열되는 바람에 스스로 몸을 돌볼 수도, 일상적인 일을 할 수도 없었다. 때로는 의사소통조차 불가능했으며, 리스베트를 잘 알아보지도 못했다.

리스베트는 엄마에 대해 생각하기를 꺼렸다. 엄마만 생각하면 마음이 시커먼 밤처럼 어둡고 우울해졌으니까. 어렸을 때는 엄마가 기적적으로 회복해 어떤 형태로든 다시 관계를 회복하는 날을 꿈꾸기도 했다. 하지만 그건 리스베트의 바람에 불과했다. 그녀의 차가운 머리는 이런 일이 전혀 가능하지 않다는 걸 잘 알았다.

앙네타는 자그마하고 날씬한 체격이었지만 리스베트처럼 빼빼 마르진 않았다. 오히려 적당히 균형잡힌 몸매에 아름다운 여인이었다. 리스베트의 여동생처럼 말이다.

카밀라.

리스베트는 여동생도 가급적 생각하지 않으려 했다.

자신과 동생 사이에 존재하는 차이는 마치 운명의 장난질 같았다. 불과 몇 분 간격으로 태어난 쌍둥이인데도 말이다.

세상에 먼저 나온 건 리스베트였고, 예쁜 쪽은 카밀라였다.

둘은 너무나도 달라서 같은 자궁에서 나왔다는 사실이 믿기지 않을 정도였다. 리스베트의 유전자에 미세한 결함이라도 있었던 걸까. 그렇지 않았다면 동생처럼 눈부시게 아름다웠으리라.

그리고 아마도 그녀만큼이나 형편없는 인간이 됐을지도 모른다.

아주 어렸을 때부터 외향적이었던 카밀라는 사람들에게 인기가 많았고 학교에서는 우등생이었다. 반면 리스베트는 조용했고 내성적이었으며 교사들의 질문에 거의 대답하지 않았다. 그 결과 두 자매의 성적은 하늘과 땅만큼이나 크게 벌어졌다. 초등학교 시절부터 카밀라는 리스베트와 거리를 두려 했으며 심지어는 등교할 때조차 다른 길로 다녔다. 결코 자매가 서로 말하는 법이 없고 언제나 떨어져 앉는다는 사실을 교사들과 아이들 모두 알고 있었다. 진급하면서 둘은 반이 갈렸고, 열두 살 되던 해, 즉 모든 악이 일어난 그해부터 각기 다른 위탁가정에서 자랐다. 둘이 마지막으로 만난 건 열일곱 살 때였다. 그날의 만남이 한바탕 싸움으로 끝나면서 리스베트는 한쪽 눈가가 시커매졌고 카밀라는 입술이 터져버렸다. 그후로 리스베트는 카밀라가 어디에 있는지 모르는 채 살았고, 알려고 하지도 않았다.

살란데르 자매 사이에 우애란 존재하지 않았다.

리스베트의 눈에 카밀라는 위선자에다 썩어빠진 여우에 불과했다. 하지만 법원의 판결은 그녀의 생각과 달랐다. 오히려 언니야말로 정신이 온전하지 않다는 게 그들의 판단이었다.

리스베트는 방문객 주차장에 차를 세운 다음 낡은 가죽재킷을 잠그고 중앙 현관을 향해 빗속을 걸었다. 가는 도중 어느 벤치 앞에 멈춰 서서 주위를 둘러보았다. 일 년 반 전에 이 벤치에서 마지막으로 엄마를 만났다. 미치광이 연쇄살인범을 추적하던 미카엘을 도우러 북쪽으로 가던 길에 충동적으로 들렀을 때였다. 앙네타는 정신이 혼미해 리스베트를 제대로 알아보지 못했지만 딸을 좀처럼 떠나보내려 하지 않았었다. 딸의 손을 꼭 쥐고 멍한 눈으로 한참을 바라보았다. 바빴던 리스베트가 먼저 손을 빼고 가볍게 포옹한 후에 오토바이 쪽으로 달려가야 했다.

에펠비켄 요양원 원장 앙네스 미카엘손은 리스베트가 나타나 기쁜 모양이었다. 친절하게 인사하고는 리스베트를 방으로 데려가 상자 하나를 찾아주었다. 들어보니 몇 킬로그램 남짓 가벼운데다 한 인간의 삶이 남긴 유산이라고 할 만한 게 들어 있을 성싶지 않았다.

"어머님이 남긴 물건들을 어떻게 해야 좋을지 몰라 고민했어요." 앙네스 원장이 말했다. "하지만 언젠가는 따님이 꼭 돌아오리라 믿었지요."

"여행중이었어요."

리스베트는 상자를 보관해준 그녀에게 감사를 전한 후 차로 돌아가 에펠비켄을 영원히 뒤로하고 떠났다.

리스베트가 피스카르가탄으로 돌아온 건 정오가 조금 지나서였다. V. 쿨라라는 이름이 붙은 아파트로 유품상자를 들고 올라갔다. 그리고 열어보지도 않은 채 현관 벽장에 넣은 다음 다시 밖으로 나갔다.

아파트 건물 문을 열고 나가려는데 경찰차 한 대가 달팽이처럼 느릿느릿 도로를 지나가고 있었다. 리스베트는 움직임을 멈추고 그 모습을 주의깊게 쳐다보았다. 하지만 자신을 공격하려고 온 모양새가 아니었기에 그들이 지나갈 때까지 기다렸다.

오후에는 옷가지를 사러 H&M과 카팔에 들러 바지, 청바지, 티셔츠, 양말 등을 종류별로 몇 가지씩 구입했다. 평소 브랜드 같은 것에는 별 관심이 없었지만 가격을 신경쓰지 않고 한꺼번에 청바지를 대여섯 벌씩 살 수 있다는 사실에 모종의 쾌감을 느꼈다. 가장 엉뚱한 쇼핑은 속옷 매장 트빌피트에서였다. 늘 입던 대로 무난한 디자인의 팬티며 브래지어를 잔뜩 쓸어담은 뒤 삼십 분가량 망설인 끝에 예전에는 꿈도 꾸지 않았던 '섹시'하고 '도발'적인 란제리들을 사고야 말았다. 하지만 저녁에 집에서 속옷을 입어보고는 스스로가 말할 수 없이 우스꽝스럽게 느껴졌다. 문신투성이 바짝 마른 몸에 기괴하기 짝이 없는 속옷 쪼가리를 걸친 여자애가 거울 속에 있었다. 결국엔 그것들을 모두 쓰레기통에 처넣었다.

신발 매장에서는 겨울용 신발 한 켤레와 가벼운 실내화 두 켤레를 샀다. 그리고 키를 몇 센티미터 커보이게 해주는 굽 높은 검정 부츠를 사고 싶은 충동에도 굴복했다. 여기에다 따뜻한 모피 칼라가 달린 갈색 스웨이드 재킷까지 사들였다.

쇼핑을 마친 리스베트는 커피와 샌드위치를 먹고 나서 렌터카를 반납하러 갔다. 그러고는 걸어서 집까지 돌아와 남은 밤 내내 창가에 앉아 어둠 속에서 살트쇤만을 바라보았다.

범죄학 박사학위 취득을 눈앞에 둔 미아가 손수 구운 치즈 케이크를 자르고 그 위에 산딸기 아이스크림을 올렸다. 그러고는 에리카와 미카엘에게 한 조각씩 덜어준 다음 다그와 자신 앞에도 디저트 접시를 놓았다. 말린은 단호하게 디저트를 거절하고 대신 블랙커피를 선택했다. 커피는 고풍스러운 꽃무늬 장식 자기 찻잔에 담겨 나왔다.

"할머니에게 물려받은 식기 세트예요." 찻잔을 관심 있게 살펴보는 말린에게 미아가 설명했다.

"미아는 저 찻잔이 깨질까봐 항상 벌벌 떨죠." 다그가 말했다. "특별한 손님이 올 때만 꺼내요."

미아가 미소를 지었다.

"어렸을 때 여러 해를 할머니 집에서 살았어요. 그분이 제게 남긴 유일한 물건이니 소중할 수밖에요."

"정말 예뻐요!" 말린이 말했다. "제 식기들은 이케아산이거든요."

꽃무늬 찻잔 따위에 전혀 관심이 없는 미카엘은 치즈 케이크를 난감한 눈으로 바라보았다. 요즘 허리띠를 한 칸 줄여야겠다고 생각하던 참이었다. 사정은 에리카도 다를 바 없었다.

"아이고! 나도 디저트 먹으면 안 되는데……" 그녀는 마치 용서라도 구하듯 말린을 힐끗 보고는 에라 모르겠다 하며 포크를 잡았다.

이 저녁식사에는 두 가지 목적이 있었다. 첫째는 다그 스벤손, 미아 베리만 커플과 〈밀레니엄〉의 협력관계를 확인하는 일이고, 둘째는 특집호 편집에 대한 의견을 나누기 위해서였다. 원래는 사무실에서 간단히 회의를 할 생각이었지만 다그가 자신의 집에 모여 다 같이 식사를 하자고 제안했고, 미아는 미카엘이 여태껏 맛본 것 중 최고인 새콤달콤한 닭 요리를 준비하게 된 것이다. 물론 술도 빠질 수 없었다. 깊은 맛이 나는 스페인 와인 두 병을 제일 먼저 비웠고, 디저트가 나오자 다그가 아일랜드 위스키 털러모어 듀를 원하는지 물었다. 애석하게도 에리카만이 싫다고 대답했고 곧바로 다그가 위스키 잔들을 꺼내왔다.

다그와 미아는 엔셰데에 있는 방 두 개짜리 아파트에 살고 있었다. 몇 년 전부터 사귀어오다가 이 아파트에서 함께 살게 된 건 일 년쯤 되었다.

사람들이 다 모인 건 저녁 6시 무렵이었다. 그리고 디저트를 다 먹을 때까지 거의 두 시간 동안 이 저녁모임의 진짜 목적은 아직 한마디도 거론되지 않았다. 한편 미카엘은 다그와 미아가 함께 있으면 편안해지는 아주 괜찮은 사람들이라는 생각이 들기 시작했다.

결국 대화의 방향을 오늘의 본론으로 돌린 건 에리카였다. 미아가 자신의 박사논문 사본을 가져와 에리카 앞 테이블에 내려놓았다. 제목에는 짙은 아이러니가 배어 있었다. 러시아에서 온 사랑. 이언 플레밍의 007 시리즈*를 패러디한 게 분명했다. 부제가 제목보다 진지했다. 조직범죄로서의 여성인신매매 및 이에 대한 당국의 조처.

"내 논문과 다그가 쓰고 있는 책은 분명히 구별해야 해요." 미아가 설명을 시작했다. "다그의 책은 여성인신매매에서 이득을 취하는 사람들에게 초점을 맞춰 이를테면 사회적 파장을 일으키는 데 목적이 있죠. 반면 내 논문은 통계 수치, 현장 연구, 관련법, 그리고 희생자들에 대한 사회 및 법정의 행태 분석 등으로 이뤄져 있어요."

"여기서 희생자들은 물론 소녀들을 말하는 거겠죠?"

"그래요. 교육 수준이 낮은 노동계급 출신으로 열다섯에서 스무 살 사이의 어린 소녀들이죠. 대부분 문제 가정에서 태어나 어려서부터 다양한 경로로 성폭행에 희생된 경우가 적지 않아요. 그리고 이런 아이들이 우연히 스웨덴으로 오는 경우는 드물죠. 그들 뒤에서 달콤한 말로 꼬드기는 작자들이 있기 때문이에요."

"섹스 장사꾼들이지."

"내 논문이 드러내고자 하는 중요한 사실 하나는 바로 남성과 여성의 차별성이에요. 사실 이 논문만큼 성역할을 명확하게 규정지은 경우도 드물 거예요. 아주 거칠게 요약하면 여자들은 희생자, 남자들은

---

* 영화 '007 시리즈'의 원작 중 하나인 이언 플레밍의 추리소설 『*From Russia with Love*』(1957).

범죄자니까요. 물론 성매매를 통해 이득을 취하는 여성들이 있지만 아주 예외적인 경우에 불과하죠. 이런 형태의 범죄에서는 남녀의 차별화된 역할이 범죄의 필수 여건을 구성하고 있거든요. 게다가 이처럼 사회가 묵인해주면서 종지부를 찍으려는 노력을 게을리하는 범죄도 없을 거예요."

"그래도 스웨덴은 여성인신매매와 성매매에 대해 아주 엄격한 법제를 갖추고 있는 걸로 아는데요." 에리카가 말했다.

"농담 마세요. 매년 소녀들 수백 명이―아직 정확한 통계 수치는 없지만―성판매 여성으로, 다시 말해 체계적인 강간산업의 희생양이 되기 위해 스웨덴으로 운반되고 있어요. 여성인신매매 관련법이 발효되기는 했지만 사법부가 실제로 처벌한 경우는 극히 드물어요. 첫번째 케이스가 2003년에 있었죠. 기소된 사람은 늙은 트랜스젠더 포주였는데 물론 무혐의 처리됐어요."

"잠깐만요. 그 여자는 유죄판결 받은 걸로 아는데요?"

"성매매 업소를 운영했다는 죄목으로요. 하지만 여성인신매매 혐의는 풀렸죠. 증인으로 나서야 할 희생자들이 발트해에 있는 고국으로 돌아갔거든요. 당국이 그들을 법정에 소환하려고 애썼고 인터폴까지 가담했지만 고국으로 돌아간 그녀들이 아무 흔적도 없이 사라져버렸어요. 몇 개월을 수색했지만 찾을 수 없었대요."

"대체 무슨 일이 일어난 거죠?"

"사실 아무 일도 일어나지 않았어요. 보도 프로그램 〈인사이더〉가 다시 조사에 착수해서 탈린에 취재팀을 보냈는데 반나절도 안 걸려 리포터들이 부모와 살고 있는 소녀들을 찾아냈어요. 세번째 소녀는 이탈리아로 이민 갔고요."

"다시 말해서 탈린 경찰이 협조적이지 않았다는 얘기군요."

"그후로 이 법에 저촉돼 유죄판결 받은 사람이 몇 명 있지만 그마저도 다른 범죄를 조사하다 발견된 여죄였거나 잘못이 너무나도 명백해 붙잡지 않을 수 없었던 경우뿐이었죠. 결국 이 법은 빛 좋은 개살구일 뿐 제대로 적용되지는 못하는 실정이에요."

"그렇군요."

"하지만 문제는 심각합니다. 소녀들에게 자행되는 범죄는 특수 강간에 특수 상해, 그리고 살해 위협까지 더해지는 경우가 허다하고 감금도 종종 있어요." 다그가 거들었다. "소녀들에게 진한 화장을 시키고 미니스커트를 입혀서 교외 주택가에 가둬놓고는 매일같이 저지르는 일이죠. 그애들로선 선택의 여지가 없어요. 구역질나는 놈들과 같이 자든지, 아니면 포주에게 얻어맞거나 고문당하든지, 둘 중 하나를 택해야 하니까요. 도망갈 수도 없어요. 스웨덴어를 못하는데다 이 나라 법도 모르고 누구를 붙잡고 하소연해야 할지도 모르니까요. 자기 나라로 돌아갈 수도 없어요. 그애들을 데려온 작자들이 맨 처음 하는 일이 여권 압수죠. 좀 전에 말했던 트랜스젠더 포주는 어느 아파트에다 소녀들을 가뒀던 모양이에요."

"세상에 노예가 따로 없네요. 그렇게 해서 소녀들이 뭐 버는 거라도 있나요?"

"있긴 있어요." 이번에는 미아가 설명했다. "고통을 달래줄 필요가 있으니 과자를 좀 던져줘야죠. 소녀들은 귀국하기 전까지 평균적으로 두세 달 정도 일해요. 그리고 한 달에 2만 크로나, 많으면 3만 크로나까지 벌죠. 러시아 돈으로 환산하면 꽤 괜찮은 액수지만 불행히도 그사이에 술이나 마약에 빠지거나 씀씀이도 커져버려서 번 돈을 금방 날려요. 그리고 시스템은 계속 굴러갑니다. 얼마 지나지 않아 그녀들이 되돌아오니까요. 도살장으로 목을 내밀고 제 발로 다시 기어들어오는 셈이죠."

"그럼 그 바닥의 연간 사업액은 얼마나 됩니까?" 미카엘이 물었다.

미아가 다그를 돌아보며 잠시 생각에 잠기더니 이윽고 대답했다.

"정확히 답변하기는 어려워요. 모든 각도에서 계산을 해봤지만 결국 그렇게 뽑아본 금액들이 대부분 추정에 불과하죠.”

“그럼 대충이라도……”

“좋아요. 아까 말했던 트랜스젠더 뚱쟁이 있죠? 우리가 알기로 그녀는 두 해에 걸쳐 동유럽에서 소녀들 서른다섯 명을 데려왔어요. 스웨덴에 체류한 기간은 몇 주일에서 몇 달까지 사람마다 달랐고, 재판을 통해 밝혀진 바로는 이 년간 그 업소에서 벌어들인 돈이 전부 200만 크로나가 조금 넘어요. 계산을 해보니 소녀 한 명이 한 달에 약 6만 크로나를 벌어준 셈이더군요. 여기서 1만 5천 크로나가 여러 가지 경비로 들어가요. 교통비, 의류비, 주거비 이런 것들요. 풍족한 생활은 못하죠. 인신매매범들이 제공하는 아파트에서 여럿이 지내는 경우가 허다하니까요. 그럼 4만 5천 크로나가 남는데 조직이 2만에서 3만 정도 가져가요. 두목이 그 절반, 즉 1만 5천을 호주머니에 넣고 나머지는 운전사나 어깨 같은 똘마니들이 나눠 먹죠. 그렇다면 최종적으로 한 소녀에게 돌아가는 몫은 1만 내지 1만 2천 크로나 정도예요.”

“한 달에 고작……”

“자, 결론을 내려보죠. 한 조직에는 그렇게 고생하는 소녀가 두세 명 있어요. 그들을 모두 합하면 한 달에 20만 크로나 정도가 되는 셈이고요. 그리고 조직마다 이 일을 생계수단으로 삼은 사람이 두세 명쯤 돼요. 자, 이상이 ‘강간의 경제’의 대략적인 윤곽입니다.”

“그렇다면 스웨덴에서 이 사업에 관련된 사람이 얼마나 되죠? 대략적으로요.”

“이런저런 방식으로 인신매매 사업에 희생돼 스웨덴에서 일하고 있는 여성들이 항상 백 명은 있다고 보면 됩니다. 다시 말해 스웨덴 내에서 사업 총액은 한 달에 약 600만 크로나, 일 년이면 7천만 크로나 정도라고 할 수 있죠. 이것도 여성인신매매에 희생된 소녀들만 계산한 거예요.”

“어찌 보면 푼돈밖에 안 되는 건데……”

"맞아요, 푼돈이죠. 하지만 이 보잘것없는 액수 때문에 백 명의 소녀가 강간을 당하는 게 현실입니다. 그 생각만 하면 속이 뒤집어져요."

"객관적인 연구자의 태도는 아닌 듯합니다만. 여하튼 이론적으로는 이런 식으로 주머니를 채우는 남자들이 오류백 명은 된다는 말이군요."

"그건 산술적인 계산이고요, 실제로는 삼백 명 정도 될 거예요."

"우리 사회에서 해결 못할 문제 같아 보이진 않는데요?" 에리카가 말했다.

"물론 우리는 법도 만들고 언론을 통해 분개하기도 하죠. 하지만 실제로는 다릅니다. 아무도 동유럽에서 온 성판매 여성들과 구체적인 대화를 나눠본 적이 없고, 그녀들이 살아가는 현실이 어떤지 알아본 적도 없죠."

"그런데 이게 어떻게 이루어지는 겁니까?" 미카엘이 물었다. "구체적으로 어떻게 데려오는 거죠? 탈린에서 열여섯 살짜리 소녀를 사람들 눈에 띄지 않고 데려오기란 분명 쉽지 않을 텐데요. 도착하고 나면 어떻게 하죠?"

"처음 이 연구를 시작할 때 이게 매우 치밀하게 조직된 활동이리라고 상상했었어요. 예를 들어 프로페셔널한 마피아가 아주 우아한 방법으로 국경에서 소녀들을 통과시키는 줄 알았죠."

"그런데 그게 아닌가요?" 말린이 물었다.

"조직적이긴 해요. 하지만 오합지졸에 가까운 소규모 조직들이 벌이는 일이라는 사실을 알고는 상당히 실망했죠. 멋들어진 양복을 빼입고 스포츠카를 탄 갱의 이미지는 지워버리세요. 보통 조직원 두세 명으로 이뤄진 무리들인데, 절반은 러시아나 발트 연안국 출신이고 절반은 스웨덴 사람이죠. 그들의 두목을 대충 묘사해보자면 사십대 정도에 러닝셔츠 차림으로 불룩한 배를 긁으며 맥주를 들이켜는 남자들을 상상하면 됩니다. 어떤 면에선 사회적 열등생이라 할 수 있죠. 평생 온갖 문제를 일으키고 다니는 사람들이에요."

"제법 낭만적이기까지 하군요."

"게다가 그들의 여성관은 석기시대에 머물러 있죠. 아주 난폭한데다 주정뱅이가 대부분이고 누가 말대꾸라도 하면 주저 없이 주먹을 날리기도 합니다. 조직에서 각자의 위치는 정해져 있고 부하들은 보통 두목을 두려워하죠."

이케아에서 주문한 물건이 사흘 후 아침 9시 30분에 도착했다. 건장한 두 배달원이 재미있는 노르웨이 억양을 쓰는 금발의 이레네 네세르와 악수했다. 그러고는 곧바로 좁은 엘리베이터를 타고 여러 차례 왕복해 짐을 모두 올린 다음 테이블과 옷장과 침대 따위를 조립하기 시작했다. 두 배달원은 조립하는 솜씨가 대단히 능숙했는데, 아마도 방법을 통째로 외운 듯했다. 이레네는 근처에 있는 쇠데르 시장에서 그리스 요리를 사와 둘에게 점심을 대접했다.

두 배달원은 오후 5시 무렵에야 조립을 다 마치고 여기저기 널린 가구 박스들을 수거해 갔다. 마침내 가발을 벗은 리스베트가 아파트 안을 돌아다니며 새 거처가 괜찮은지 살폈다. 지나치게 우아한 식탁이 자신의 스타일과는 조금 맞지 않는 듯했다. 주방 옆 현관으로도 통하는 공간은 거실로 쓸 생각이었다. 우선 창문 근처에 낮은 테이블을 놓고 그 주위로 현대적 디자인의 긴 소파와 작은 소파들을 배열했다. 침실은 마음에 들었다. 이내 침대로 가 매트리스 위에 천천히 앉으며 얼마나 편안한지 느껴보았다.

리스베트는 살트셴만을 향해 전망이 탁 트인 작업실로 시선을 던졌다. 합격! 구조가 맘에 들어. 여기서는 일 좀 할 수 있겠어.

하지만 그녀는 무슨 일을 해야 할지, 작업실에 있는 이 가구들을 어쩌면 좋을지 알 수 없었다.

그래, 어떻게 될지 지켜보자고.

남은 저녁 시간은 쇼핑한 물건들의 포장을 뜯어 살림을 정리하면서 보냈다. 먼저 침대에 침구를 깔고 수건과 시트와 베갯잇 따위를 옷장 안에 넣었다. 새로 산 옷들도 꺼내 드레스룸에 정리해 걸었다. 물건을 꽤나 사들였지만 거대한 아파트의 극히 일부만 채워졌다. 조명들도 자리를 잡아두고 냄비와 식기 따위를 마저 주방 찬장에 넣었다.

그러다 문득 휑하게 빈 벽을 보고는 흠칫 놀랐다. 포스터나 그림을 사는 걸 잊어버렸다. 보통 사람들은 벽에 그런 걸 붙이지 않던가. 그렇다면 그녀 역시 그래야 할 것 같았다. 화분을 하나 갖다놓아도 나쁘지 않으리라.

이번에는 룬다가탄에서 가져온 박스들을 뜯어 책, 잡지, 스크랩한 신문 따위를 정리했다. 각종 조사 업무를 하면서 쌓아온 자료들도 일단은 정리했지만 언젠가는 버릴 생각이었다. 낡은 티셔츠와 구멍난 양말도 미련 없이 버렸다. 그러다 갑자기 입가에 희미한 미소가 떠올랐다. 포장을 뜯지 않은 딜도를 발견했기 때문이다. 재작년에 밈미가 준 괴상한 생일선물이었는데 한 번도 써보지 않은 채 까맣게 잊고 있었다. 리스베트는 미안한 생각이 들어 벌떡 일어선 형상의 그 물건을 침대 맡 서랍장 위에 세워놓았다.

그리고 다시 그녀의 얼굴엔 심각한 표정이 떠올랐다. 밈미…… 죄책감이 느껴졌다. 리스베트는 일 년간 정기적으로 밈미와 데이트를 했지만 그러다 미카엘을 만나면서 아무런 설명도 없이 그녀를 버리고 떠났다. 작별인사조차 없었고 스웨덴을 떠날 때도 알리지 않았다. 드라간과 이블 핑거스 멤버들에게도 아무런 소식을 전하지 않았다. 모두들 그녀가 죽었다고 생각하거나 그냥 잊어버렸을지 모른다. 어차피 그룹에서 중심적인 인물은 아니었으니. 리스베트는 문득 그레나다의 조지 블랜드에게도 인사를 하지 않고 떠났다는 사실을 깨달왔다. 행여나 그가 아직도 해변을 돌아다니며 자기를 찾고 있는 건 아닌지 궁금해졌다. 그리고 존경과 신뢰가 있는 우정에 대해 미카엘이 했던 말이 생각났다. 그래, 난 친구들을 간수하지 못하는 사람이야. 밈미가 아직 이 도시 어딘가에 있을지, 그녀에게 소식을 전해야 할지 고민스러워졌다.

그날 저녁 시간은 대부분 작업실에서 서류를 정리했고 컴퓨터를 설치한 후에는 인터넷 서핑을 하며 시간을 보냈다. 투자한 결과들을 살펴보니 작년보다도 더 많은 돈이 들어와 있었다.

그리고 평소 하던 대로 닐스 변호사의 컴퓨터도 확인해봤다. 이메일 가운데 특별히 눈에 띄는 건 없어 그가 꼼짝 않고 얌전히 지내고 있음을 알 수 있었다. 마르세유에 있는 클리닉 말고는 다른 사람과 접촉한 단서가 없는 걸로 보아 사적으로나 공적으로나 활동을 대폭 줄이고 폐인처럼 살아가는 모양이었다. 이메일을 쓴 일은 거의 없었으며 인터넷으로는 주로 포르노 사이트를 방문하고 있었다.

리스베트가 인터넷 창을 닫은 건 새벽 2시쯤이었다. 침실로 들어가 옷을 벗어 의자 위에 걸쳤다. 그리고 욕실에 들어갔다. 욕실 입구 한쪽에는 바닥에서 천장까지 이르는 긴 거울이 붙어 있었다. 자신의 홀쭉한 얼굴을 들여다본 다음에 몸을 돌려 새로워진 가슴과 등에 새긴 문신을 살폈다. 적색, 녹색, 흑색으로 채색된 구불구불한 용이 어깨에서 오른쪽 엉덩이를 지나 허벅지 위까지 그 가느다란 꼬리를 뻗치고 있었다. 참으로 멋진 문신이었다. 여행하는 동안 어깨에 닿을 정도로 길었던 머리는 그레나다에서의 마지막 주 어느 날 갑자기 알 수 없는 충동에 휩싸여 가위를 들고 싹둑 잘랐더랬다. 그렇게 짧아진 머리가 사방으로 삐쭉삐쭉 솟아 있었다.

순간 리스베트는 자신의 삶에 어떤 근본적인 변화가 일어났음을, 혹은 일어나고 있음을 느꼈다. 무엇일까? 지금 이 내면에서 일어나는 알 수 없는 변화는. 어쩌면 순식간에 억만금을 손에 쥐어 돈 걱정에서 해방된 사람을 기다리고 있는 위험인지도 몰랐다. 아니면 마침내 그녀를 감염시키고 만 어른들의 세계인지도. 그것도 아니라면 엄마의 죽음으로 자신의 어린 시절이 종지부에 이르렀음을 깨달은 것인지도.

지난 일 년 여행을 하는 동안 그녀는 피어싱을 여러 개 제거했다. 젖꼭지에 달았던 고리는 제노바의 클리닉에서 수술을 받기 위해 순전히 의학적인 이유로 제거했다. 아랫입술에 달린 고리도 빼냈고, 그레나다에서는 음부 근처에 박았던 것도 제거했다. 사실 그동안 상당히 아프기도 했고 왜 그 부위에 피어싱을 했는지 스스로도 이해되지 않았다.

이번에는 입을 벌리고 지난 칠 년간 혀를 관통하고 있던 조그만 쇠막대를 풀어 세면대 옆 선반에 놓인 그릇에 넣었다. 그러고 나니 입속이 텅 빈 듯했다. 이제 남은 피어싱은 왼쪽 눈썹에 달린 고리와 배꼽에 박힌 보석이 전부였다.

리스베트는 새것 냄새가 물씬 나는 포근한 이불 속으로 기어들어 갔다. 어마어마하게 큰 침대 위에서 그녀의 몸은 극히 작은 부분밖에 차지하지 못했다. 마치 축구장 한쪽에 누워 있는 기분이었다. 그녀는 이불을 둘둘 만 채로 오랫동안 깊은 생각에 잠겼다.

6장
1월 23일 일요일~1월 29일 토요일

리스베트는 지하 주차장에서 엘리베이터를 타고 육층을 눌렀다. 슬루센에 있는 한 오피스 빌딩 꼭대기 세 층을 밀톤 시큐리티가 사무실로 쓰고 있었다. 관계자 말고는 사용할 수 없는 엘리베이터였지만 몇 년 전에 복사해둔 출입카드가 아직 유효했다. 리스베트는 어두컴컴한 복도로 나오면서 기계적으로 손목시계를 들여다보았다. 일요일 새벽 3시 10분이었다. 야간 경비원은 사층 통제실에 있고, 육층에는 분명 자기 혼자뿐이라는 걸 리스베트는 알고 있었다.

항상 느끼는 바이지만 참으로 놀라운 일이었다. 어떻게 전문 보안업체가 사내 안전 시스템에 난 명백한 구멍을 이토록 방치할 수 있는지.

몇 년이 지났지만 육층 복도에는 별로 변한 게 없었다. 우선 자신의 사무실부터 들렀다. 드라간이 배려해 내준 사무실은 복도 옆에 유리벽으로 둘러싸인 작고 네모난 공간이었다. 문은 잠겨 있지 않았다. 책상 하나, 사무용 의자 하나, 휴지통 하나, 텅 빈 책꽂이 하나, 그리고 형편없는 하드디스크가 내장된 1997년형 고물 도시바 컴퓨터 하나. 자신이 없는 사이에 아무것도 바뀐 게 없다는 사실을 확인하는 데 삼십 초도 걸리지 않았다. 유일한 변화라면 누군가 문 옆에 갖다 놓은 폐지상자뿐이었다.

드라간이 다른 사람에게 이 방을 내준 흔적은 어디에도 없었다. 좋은 징조 같기도 했지만 별 의미 없는 일이기도 했다. 4제곱미터밖에 안 되는 자투리 공간을 달리 어디에 쓴단 말인가?

리스베트는 문을 닫고 나왔다. 그러고는 혹시라도 이 시간에 일하는 부엉이 같은 인간이 있는지 살피면서 살금살금 복도를 걸었다. 혼자뿐인 걸 확인하고는 커피머신 앞에 멈춰 서서 카푸치노 한 잔을 뺀 다음 다시 드라간의 사무실 앞까지 걸어가 몰래 복제해둔 열쇠로 문을 열었다.

항상 그렇듯이 드라간의 사무실은 짜증날 정도로 깨끗했다. 방 안을 잠시 돌면서 서가를 한 번 훑고 나서는 책상에 앉아 컴퓨터를 켰다.

그러고는 새로 산 스웨이드 재킷 안주머니에서 CD 한 장을 꺼내 집어넣었다. CD에는 리스베트가 직접 만들고 '아스픽시아 1.3'이라 이름 붙인 프로그램이 들어 있었다. 오직 드라간이 쓰는 인터넷 익스플로러를 변조할 용도로 만든 것이었다. 일을 마치는 데는 오 분 정도 걸렸다.

CD를 꺼낸 다음 컴퓨터를 다시 시작하자 새로운 인터넷 익스플로러가 가동됐다. 예전과 조금도 다를 바 없어 보였지만 털끝만큼 둔중해졌고 수만 분의 일 초 정도 느려졌다. 하지만 모든 것이 원본과 동일했다. 심지어는 원본 익스플로러를 설치했던 날짜와 시각까지도. 즉 새 프로그램의 흔적은 어디에도 없었다.

이어서 네덜란드의 한 ftp 서버로 들어가 '메뉴'를 열고 '복사'를 선택한 다음 'Armanskij / MiltSec'(아르만스키 / 밀톤 시큐리티)를 입력하고 'OK' 버튼을 눌렀다. 그 즉시 드라간의 하드디스크에 담긴 내용이 네덜란드의 서버로 복사되기 시작했고 타이머에는 삼십오 분이 걸린다고 표시되어 있었다.

전송되는 동안 책상 서랍을 열었다. 잠겨 있었지만 그것도 별문제가 아니었다. 책꽂이 위 장식용 화분에 열쇠가 숨겨져 있다는 사실을 잘 알았기 때문이다. 맨 위 서랍에는 그의 평소 습관대로 작업중인 중요한 사건 서류들이 보관되어 있었다. 리스베트는 그것들을 뒤적이며 새로운 정보를 확인하는 데 삼십 분을 보냈다. 이내 하드디스크 전송이 완료되었다는 표시가 뜨자 원래대로 서류를 정리해 넣었다.

컴퓨터와 스탠드를 끄고 빈 카푸치노 컵을 들고 나와 엘리베이터로 들어서니 어느덧 4시 12분이었다. 이번에도 들어왔던 방식 그대로 밀톤 시큐리티 사옥을 빠져나갔다.

피스카르가탄까지 걸어서 돌아온 리스베트는 노트북 앞에 앉아 네덜란드 서버에 접속한 다음 아스픽시아 1.3을 실행했다. 그러자 창이 하나 떴고 그 안에는 마흔 개에 달하는 아이콘들이 주르륵 나타났다. 스크롤바를 움직여 훑어보기 시작했다. 'NilsEBjurman'(닐스 에리크 비우르만)은 두 달에 한 번씩 열어보면 되므로 그냥 지나쳤다. 'MikBlom/laptop'(미카엘 블롬크비스트/노트북)과 'MikBlom/office'(미카엘 블롬크비스트/사무실 컴퓨터)에서는 잠시 망설였다. 지난 일 년간 한 번도 열어보지 않은데다 그냥 삭제해버릴까 하는 생각도 들었지만 우선 자신의 원칙에 따라 놔두기로 결정했다. 이것들을 만드느라 얼마나 고생을 했던가. 앞으로 또 정보가 필요할 일이 생길지도 모르는데 성급히 지웠다가 그때 가서 처음부터 다시 이 일을 해야 한다면 그 또한 낭패였다. 오랫동안 열어보지 않았던 벤네르스트룀의 하드디스크도 마찬가지였다. 'Armanskij/MiltSec'은 가장 최근에 만들어졌기 때문에 목록 맨 아래에 있었다.

언제라도 드라간의 하드디스크를 복제할 수 있었지만 이제까지는 그럴 필요를 느끼지 못했다. 밀톤에서 일하는 동안에는 그가 비밀리에 보관하는 정보에 언제든지 손댈 수 있었으니까. 그렇다고 지금 이렇게 그의 컴퓨터에 침입하는 데 나쁜 의도는 전혀 없었다. 단지 회사가 지금 무슨 일을 하고 있는지, 전반적인 상태는 어떤지 알고 싶었을 따름이다. 마침내 'Armanskij HD'라는 폴더를 클릭해 하드디스크가 제대로 열리는지, 모든 파일들이 제자리에 있는지 확인했다.

리스베트는 아침 7시까지 계속 컴퓨터 앞에 앉아 드라간의 하드디스크에 들어 있는 각종 업무보고서, 재무보고서, 이메일 따위를 훑어보았다. 다 읽고 나서는 천천히 고개를 끄덕이며 컴퓨터를 껐다. 이어 욕실로 가 이를 닦고 나와 옷을 벗어 침실 바닥에 아무렇게나 던져놓고는 이불 속으로 기어들어가 오후 12시 반까지 잤다.

1월의 마지막 금요일, 〈밀레니엄〉은 연례주주총회를 열었다. 참석자는 회계사와 회계감사원, 그리고 주주들인 에리카 베리에르(30퍼센트의 지분), 미카엘 블롬크비스트(20퍼센트), 크리스테르 말름(20퍼센트), 하리에트 방에르(30퍼센트)였다. 편집차장 말린 에릭손도 노조의 대표 자격으로 참석했다. 노조는 말린을 포함해 로티 카림, 헨리 코르테스, 모니카 닐손, 광고유치 담당자 소니 망누손으로 구성되어 있었다. 말린이 주주총회에 참석하는 건 처음이었다.

정확히 오후 4시에 시작한 회의는 약 한 시간 후에 끝났다. 그중 대부분이 재정 결산과 사업결과 보고에 할애됐다. 이 년 전 위기에 비해 경제적으로 한결 안정된 기반을 갖추었음을 쉽게 확인할 수 있었다. 회계사가 보고한 바로는 지난 한 해 순수익이 총 210만 크로나이며 그중 100만 크로나는 미카엘의 저서에서 나왔다.

이 자리에서 에리카가 몇 가지를 제안했다. 흑자액 중 100만 크로나를 장차 일어날지 모를 위기에 대비해 예비금으로 전환한다. 사무실을 보수하고 컴퓨터와 기타 기기를 구입하는 데 25만 크로나를, 전

직원의 연봉을 인상하고 헨리 코르테스를 풀타임 직원으로 전환하는 데 30만 크로나를 사용한다. 이에 덧붙여 주주들에게는 5만 크로나씩을, 네 명의 직원들에게는 10만 크로나를 공평하게 나눠 보너스로 지급한다. 광고유치 담당 소니 망누손은 여기서 제외하는데, 고용 계약상 그가 성사시킨 광고 계약의 1퍼센트를 성과급으로 받게 되어 있었기 때문이다. 실적이 꽤 좋았던 그는 이 계약 덕분에 사내에서 최고 소득자 자리에 자주 올랐다. 에리카의 제안은 만장일치로 통과되었다.

반면 미카엘이 내놓은 의견에는 짤막한 논쟁이 이어졌다. 그는 프리랜서 사용 예산을 줄이고 파트타임 직원을 한 명 더 채용하자고 제안했다. 다그 스벤손을 염두에 두고 한 말이었다. 그를 일단 파트타임으로 채용한 후 나중에 기회가 되면 풀타임으로 전환시키고픈 생각이었지만 에리카의 반대에 부딪혔다. 아직 〈밀레니엄〉은 프리랜서 기자의 도움 없이는 꾸려나가기가 힘들기 때문에 예산을 줄일 수 없다는 게 그녀의 설명이었다. 하리에트가 이를 지지했고 크리스테르는 특별한 의견이 없었다. 결국 프리랜서 사용 예산만큼은 건드리지 않기로 결정했다. 하지만 적어도 다그를 파트타임 직원으로 잡아두는 것은 모두가 원하는 일이었다.

앞으로의 경영 방향과 발전 계획 등에 대한 짤막한 토론이 이어진 후 에리카가 대표이사로 재선출되었고 그렇게 해서 주주총회가 끝났다.

말린은 한 번도 입을 열지 않았다. 대신 직원들이 받게 될 보너스 금액을 속으로 재빨리 계산해보았다. 1인당 2만 5천 크로나씩이었다. 한 달 봉급보다 많은 액수였다. 그러니 결정된 내용에 반대할 이유가 없었다.

총회가 끝나자 에리카가 주주들만의 특별 회의를 제안했다. 그리하여 미카엘, 크리스테르, 하리에트만 남겨두고 모두 방을 나갔고 문이 닫히자마자 에리카가 회의를 시작했다.

"우리가 결정할 사항은 단 하나예요. 헨리크 방에르 회장님과 맺은 협정에 따르면 하리에트가 우리 이사회에 참여하는 기간은 2년이었고 이제 그 기간이 끝났어요. 따라서 하리에트, 더 정확히 말하자면 헨리크 방에르 회장님의 계속 참여 여부를 결정해야 해요."

하리에트가 고개를 끄덕이며 말했다.

"우리 모두 알다시피 헨리크 회장님은 매우 특별한 상황에서 약간은 즉흥적으로 주주 참여를 결정하셨죠. 그런데 이제는 그 상황이 더 이상 유효하지 않고요. 여러분은 어떻게 생각하시죠?"

크리스테르는 약간 어색한 표정으로 두 팔을 벌리며 어깨를 으쓱했다. 이 방안에서 그만이 '특별한 상황'을 모르는 유일한 사람이었다. 그는 미카엘과 에리카가 어떤 사연을 숨기고 있다는 걸 알고는 있었지만 미카엘의 극히 사적인 일인데다 그 스스로도 결코 얘기하고 싶어하지 않는다는 에리카의 말을 듣고 더는 묻지 않았다. 크리스테르도 바보가 아니므로 미카엘의 침묵이 헤데스타드와 하리에트에 관련된 일이라는 건 짐작하고 있었다. 그렇기에 미카엘을 충분히 신뢰하는 이상 그 일을 구태여 알려 하지 않았고 문제삼으려 들지도 않았다.

"사실 이 일을 놓고 우리 셋이 먼저 의논을 해보았어요. 합의도 봤고요." 에리카가 말을 꺼내다 잠시 하리에트를 쳐다보았다. "하지만 우리 쪽 의견을 밝히기 전에 당신 입장부터 듣고 싶어요."

하리에트의 시선이 에리카에게서 미카엘로, 그리고 크리스테르에게로 옮겨갔다. 하지만 그들의 얼굴에서는 아무것도 읽어낼 수 없었다.

"만일 여러분이 제 지분을 살 생각이라면 좀 비쌀 거예요. 방에르 가문이 〈밀레니엄〉에 투자한 300만 크로나에 이자가 더해졌으니까요. 지불할 여력은 되나요?" 하리에트가 부드러운 목소리로 물었다.

"되고말고요." 미카엘이 미소를 지으며 대답했다.

일을 해준 대가로 헨리크 회장으로부터 거금 500만 크로나를 받았었기 때문이다.

"그렇다면 결정은 여러분에게 달렸군요. 계약에 따르면 오늘부로 여러분은 방에르 가문의 주주 참여를 거부할 수 있으니까요. 개인적인 의견이지만 저 같으면 할아버지처럼 이런 엉성한 계약은 하지 않았을 거예요."

"필요하다면 당신의 지분을 살 능력은 됩니다." 에리카가 말했다. "하지만 무엇보다도 당신의 뜻을 알고 싶어요. 당신은 거대 그룹을 두 개나 이끌고 있는 기업의 총수이고, 반면 우리는 일 년 예산이라고 해봤자 껌값밖에 안 되는 조그만 회사예요. 이런 구멍가게 같은 〈밀레니엄〉에 당신의 귀중한 시간을 허비할 필요가 있나요? 게다가 우리는 분기마다 한 번씩 이사회를 열잖아요. 지금까지는 헨리크 회장님을 대신하여 고맙게도 꼬박꼬박 참석해주셨지만요."

하리에트는 이사회의 수장인 에리카를 부드럽게 쳐다보며 한동안 말이 없었다. 그러고는 마침내 미카엘에게 고개를 돌리며 대답했다.

"맞아요. 난 태어나서 지금껏 많은 걸 소유했죠. 그리고 지금은 삼류 연애소설보다도 더 많은 음모와 복선이 도사리고 있는 그룹을 이끌고 있고요. 맨 처음 〈밀레니엄〉 이사회에 참석할 때는 의무니까 어쩔 수 없이 나온다는 심정이었어요. 그런데 지난 일 년 반 사이에 내가 뭘 발견했는지 아세요? 지금껏 참석해온 이사회 가운데 이곳이 가장 마음에 든다는 겁니다."

미카엘은 생각에 잠긴 채 고개를 끄덕였다. 하리에트는 크리스테르에게로 시선을 돌렸다.

"〈밀레니엄〉에서는 '이사회'의 모범을 보고 있는 기분이에요. 최소한으로 꼭 필요한 문제들만 논의하는데다 전부 투명하게 처리해 수긍할 수 있어요. 물론 기업은 이익을 남겨야 하고 돈도 벌어야 합니다. 필수불가결한 조건이니까요. 하지만 〈밀레니엄〉에는 다른 차원의 목적도 있잖아요. 바로 이 세상을 앞으로 나아가게 하는 일 말이에요."

그녀는 물을 한 모금 마시고 에리카에게 시선을 고정했다.

"여러분이 하는 일이 제게는 약간 모호하게 느껴지는 것도 사실입니다. 여러분은 정당도 아니고 노조도 아니죠. 그리고 그 누구에게도 빚진 게 없고요. 덕분에 사회의 결함들을 겨냥하면서 마음에 들지 않는 사람이 있으면 주저 없이 엿을 먹일 수도 있죠. 때로는 세상에 변화를 일으키고 싶어해요. 겉으로는 냉소주의자나 허무주의자인 척하지만 사실은 나름대로 확고한 윤리가 있어서 오직 그것만을 따라 잡지를 이끌어가고 있고, 나 역시 그 특별한 윤리정신을 확인할 기회가 있었죠. 이렇게 표현해도 좋을지 모르겠지만 〈밀레니엄〉에는 어떤 영혼이 있어요. 결론적으로 이곳은 내가 긍지를 느끼는 유일한 이사회예요."

하리에트의 말이 끝나고 방안에는 긴 침묵이 이어졌다. 침묵을 깬 것은 에리카의 웃음이었다.

"좋아요, 아주 좋아요! 하지만 아직 우리 질문에는 답하지 않았어요."

"난 여러분이 좋고 이사회에 참석하는 일도 굉장히 즐거워요. 내 생애 가장 엉뚱하면서도 유쾌한 일이라 할 수 있죠. 여러분만 원하신다면 기꺼이 남겠습니다."

"좋습니다." 크리스테르가 이어 말했다. "말씀드렸듯이 우린 이 문제를 놓고 숙고한 끝에 합의를 봤습니다. 오늘 우리는 계약을 갱신하지 않고 하리에트 씨의 지분을 사들이겠습니다."

하리에트의 눈이 미세하게 커졌다.

"그러니까 저를 내보낸다는 건가요?"

"이 계약서에 서명할 때만 해도 우리는 통나무 도막 위에 머리를 올려놓고 도끼가 떨어지기만을 기다리는 상황이었죠. 다른 선택지가 없었으니까요. 그리고 그날 이후로 헨리크 회장님의 지분을 다시 사들일 수 있는 날만 기다려왔습니다."

에리카가 테이블 위에 서류 하나를 올려놓고 하리에트 쪽으로 밀었다. 하리에트가 말했던 액수가 정확히 적힌 수표와 함께. 하리에트는 서류를 처음부터 끝까지 살펴본 후 펜을 들어 말없이 설명했다.

"자, 무사히 처리되었네요." 에리카가 말했다. "그동안 우리와 함께 해주시고 〈밀레니엄〉이 발전하는 데 기여해주신 헨리크 회장님께도 감사를 전하고 싶어요. 말씀을 전해주시면 좋겠습니다."

"네, 그러죠." 하리에트는 담담하게 대답했다. 겉으로는 감정을 드러내지 않았지만, 남고 싶다는 말을 하게 해놓고서 아무렇지 않게 자신을 쫓아낸다고 통보하는 그들에게 깊이 실망하고 상처받은 상태였다. 이럴 필요까지는 없었잖아? 참으로 이해할 수 없는 사람들이군.

"그리고 다른 계약을 하나 더 제안하고 싶어요." 에리카가 새로운 서류 뭉치를 꺼내 하리에트 쪽으로 밀며 말했다.

"하리에트 씨가 개인적으로 〈밀레니엄〉의 공동 사주가 될 의향이 있는지 알고 싶어요. 투자액은 방금 돌려받으신 액수하고 똑같고요. 이전 계약과 다른 점이라면 시한이나 제명 조항이 없다는 사실입니다. 즉 우리 셋과 똑같은 의무와 책임을 가지고 우리 회사에 들어오시는 겁니다."

하리에트는 눈썹을 치켜세웠다.

"왜 이런 식으로 하는 거죠?"

"거쳐야 할 과정입니다." 크리스테르가 설명했다. "예전 계약대로라면 계약을 매년 갱신해야 합니다. 그럼 이사회 때마다 계약 갱신 여부를 놓고 다툼이 있을지도 모르고 그러다보면 당신이 쫓겨나는 일도 생기겠죠. 그런 문제를 해결하기 위한 계약입니다."

하리에트는 테이블에 팔꿈치를 올리고 크리스테르를 물끄러미 쳐다보다가 미카엘과 에리카에게 시선을 옮겼다.

"헨리크 회장님과 계약한 건 경제적인 필요 때문이었죠." 에리카가 말했다. "반면 오늘 당신에게 새로이 제안하는 계약은 우리가 원해서예요. 이 계약으로는 당신을 제명하기가 쉽지 않아요."

"우리에겐 엄청난 차이입니다." 미카엘이 나지막이 한마디 보탰다. 그가 이 논의 가운데 던진 유일한 말이었다.

"우리가 이렇게 하는 이유는 간단합니다. 당신은 〈밀레니엄〉에 방에르 그룹의 경제적 보장 그 이상의 것을 가져다주고 있어요. 현명하고 신중할 뿐 아니라 매번 건설적인 해결책을 찾아낼 줄 알죠. 지금까지는 잠시 온 방문객처럼 관찰자적인 입장이셨지만 그것만으로도 우리 이사회에 전에 없던 안정감과 방향감각을 일깨워주었어요. 사업을 잘 아시는 분이니까요. 언젠가 내게 물은 적이 있죠? 나를 신뢰해도 되느냐고요. 그때는 나 역시 당신에게 똑같은 질문을 했습니다. 그리고 서로를 어느 정도 알게 된 지금 나는 당신을 아주 높게 평가합니다. 여기 있는 두 사람도 같은 의견이고요. 우리가 당신을 붙잡는 건 절망적인 시기에 응해야 했던 의무 조항 때문이 아닙니다. 진정한 파트너이자 동업자로서 당신을 원해요."

하리에트가 계약서를 집어들고서 오 분가량 꼼꼼하게 읽어나갔다. 마침내 고개를 들고 물었다.

"세 분 모두 이 내용에 이의가 없나요?"

세 사람은 고개를 끄덕였고 하리에트는 펜을 들어 서명했다. 그런 다음 앞서 받았던 수표를 다시 건너편으로 밀었고 미카엘은 그것을 찢어버렸다.

타바스트가탄에 있는 레스토랑 '사미르스 그뤼타'에서 〈밀레니엄〉의 주주들을 위한 만찬이 열렸다. 양고기 쿠스쿠스에 훌륭한 와인을 곁들여 새 이사회 발족을 기념했다. 대화는 느긋하고 편안했고 하리에트는 조금 들떠 있었다. 마치 첫 데이트처럼, 정확히는 알 수 없지만 무언가 일어날 것 같은 예감에 안절부절못하기도 하면서.

7시 30분쯤 하리에트가 호텔로 돌아가 잠자리에 들어야겠다며 양해를 구했다. 집에서 남편이 기다리는 에리카 역시 일어나 그녀와 얼마간 함께 걸었고 두 여자는 슬루센에서 헤어졌다. 미카엘과 크리스테르는 남아 몇 잔을 더 마셨지만 결국 크리스테르도 집에 가야겠다며 일어섰다.

택시를 타고 셰러턴 호텔로 돌아온 하리에트는 칠층 방으로 올라갔다. 옷을 벗고 목욕을 한 다음 몸을 말리고 호텔 가운을 걸쳤다. 그러고는 창가에 자리를 잡고 앉아 리다르홀멘의 야경을 바라보며 던힐 담배 한 대를 꺼내 피워 물었다. 하루에 고작 서너 개비 피우는 게 전부라 스스로 본격적인 흡연가라고 생각하지는 않았다. 담배는 나름대로 죄의식 없이 즐기는 불량스러운 쾌락이었다.

9시가 되자 노크 소리가 들렸다. 하리에트는 문을 열고 미카엘을 맞이했다.

"정말 못됐어!" 그녀가 눈을 살짝 흘겼다.

미카엘은 미소를 지으며 그녀의 볼에 키스했다.

"아주 잠깐 당신들이 정말로 날 쫓아내는 줄 알았다고."

"어떻게 그러겠어? 왜 새 계약서를 쓸 수밖에 없는지 이해하잖아?"

"그래, 이제야 제대로 된 것 같아."

미카엘이 하리에트의 가운 자락을 열고 한쪽 가슴을 부드럽게 움켜쥐었다.

"정말 못됐다고!" 그녀가 다시 한번 눈을 흘겼다.

리스베트는 '우'라는 성이 쓰인 문 앞에 섰다. 거리에서 보이는 불켜진 창문과 집안에서 흘러나오는 음악 소리를 듣고 올라온 참이었다. 미리암 우, 그러니까 밈미는 상트에릭스플란 광장 근처 톰테보가 탄에 있는 이 소형 아파트에 아직 살고 있었다. 금요일 저녁이었기에 리스베트는 차라리 밈미가 어딘가로 놀러 나가서 아파트에 불이 꺼져 있기를 바라는 마음도 있었다. 하지만 한편으로는 밈미가 아직도 자신을 원하는지, 여전히 혼자인지 알고 싶기도 했다.

리스베트는 초인종을 눌렀다.

문을 연 밈미의 눈이 동그래졌다. 골반에 한 손을 갖다대고 문틀에 등을 기댄 채였다.

"리스베트! 죽어버린 줄 알았어! 아니면 무슨 사고라도 당했던 거야?"

"뭐, 일이 좀 있었어."

"그래, 웬일이야?"

"그 질문에는 여러 가지로 대답할 수 있는데."

밈미는 잠시 위쪽 계단을 멍하니 쳐다보다가 다시 리스베트에게 눈을 돌렸다.

"그럼 한 가지만 들어볼게."

"그러니까…… 아직 혼자야? 오늘밤 같이 있을 사람이 필요하진 않은지 궁금하기도 하고……"

밈미는 이번에도 멍하니 입을 벌리고 있다가 웃음을 터뜨렸다.

"일 년 반이나 아무런 소식도 없다가 갑자기 나타나서는 같이 자겠냐고 묻는 사람은 너밖에 없을 거야!"

"그냥 갈까?"

밈미가 웃음을 멈추고 몇 초간 침묵을 지켰다.

"리스베트…… 진심이었어?"

리스베트는 대답을 기다렸고 결국 밈미는 한숨을 내쉬며 문을 활짝 열었다.

"어쨌든 들어와. 이렇게 왔으니 커피라도 한잔 하고 가."

리스베트는 밈미를 따라 안으로 들어갔다. 밈미는 현관 바로 뒤 거실에 있는 스툴에 리스베트를 앉게 했다. 24제곱미터 남짓한 아파트에는 비좁은 침실 하나와 가구 몇 개만으로 꽉 차는 거실이 있었다. 거실 한 귀퉁이의 주방은 밈미가 화장실에서 물을 끌어다 대충 꾸며 놓은 것이었다.

리스베트는 커피를 내리는 밈미를 지켜보았다. 그녀의 어머니는 홍콩 사람이고 아버지는 스웨덴 보덴 출신이다. 그녀 자신은 어머니의 성을 따랐다. 리스베트가 알기로 그녀의 부모님은 파리에 함께 살고 있고, 그녀는 스톡홀름의 한 대학에서 사회학을 공부하고 있었다. 언니가 하나 있는데 미국에서 인류학을 전공하는 학생이었다. 까마귀 날개처럼 새까맣고 빳빳한 짧은 머리와 얼굴에 어렴풋하게 나타나는 아시아인의 윤곽이 어머니를 닮았다. 동양적인 얼굴에 아버지에게 물려받은 푸른 눈의 대비가 전체적으로 특이한 분위기를 풍겼다. 입은 큰 편에 보조개도 있었는데 그건 부모 중 누구에게도 없는 것이었다.

서른한 살인 그녀는 비닐 소재 옷을 차려입고 클럽에 가서 야릇한 쇼를 즐겨 봤고 때로는 스스로 쇼에 참여하기도 했다. 리스베트는 열여섯 살 이후로 그런 클럽에 발을 들인 적이 없었다.

밈미는 대학에서 사회학을 공부하며 일주일에 하루씩 스베아베겐 어느 골목에 있는 옷가게 '도미노 패션'에서 판매원으로 일했다. 라텍스로 된 간호사 복장 같은 도발적인 옷이나 검정 가죽 소재 마녀 의상 따위를 절실히 원하는 고객들을 주로 상대하면서 디자인과 제작까지 겸하고 있었다. 그곳은 밈미가 친구 사이인 여자들과 동업으로 꾸리는 가게였고 매달 거기서 나오는 수익으로 몇 천 크로나씩 학자금을 갚으며 근근이 생활하고 있었다. 리스베트는 게이 프라이드 축제에서 밈미를 처음 만났다. 낮에는 어떤 쇼에서 공연을 하던 그녀가 저녁이 되자 맥주를 파는 천막 안에 모습을 드러냈었다. 레몬 색깔 비닐 드레스를 입고 있었는데 몸을 노출시키는 데 더 큰 목적이 있는 듯한 괴상한 옷이었다. 리스베트는 그 옷이 특별히 에로틱하다고 느끼진 않았지만 상당히 취했던 터라 그 레몬 아가씨를 유혹해보고 싶은 충동이 일었다. 그런데 놀랍게도 레몬 아가씨가 먼저 리스베트를 쳐다보더니 곧장 다가와 키스하며 널 원해라고 속삭이는 게 아닌가. 그후 둘은 리스베트네 집으로 가서 밤새도록 사랑을 나눴다.

"내가 원래 그렇잖아." 리스베트가 말했다. "다 내려놓고 잠시 어디 좀 다녀왔어. 물론 네게 작별인사는 했어야 했는데……"

"무슨 일이라도 생긴 줄 알았어. 하긴 네가 떠나기 전 마지막 몇 달은 피차 연락이 뜸했으니까."

"아주 바빴지."

"넌 정말 알 수 없는 애야. 절대로 자신에 대해서는 말을 안 한다니까. 난 네가 어디서 일하는지도 모르고 전화마저 안 받으면 누구에게 연락해야 할지도 막막해."

"지금 특별한 직장은 없어. 하지만 너도 나하고 별반 다를 바 없잖아? 나랑 자기는 했지만 그렇다고 나만 좋아하는 것도 아니었잖아. 그리고 이렇게 싱글로 지내는 걸 더 좋아하고 말이야. 안 그래?"

밈미가 리스베트를 쳐다보며 시인했다.

"그래, 네 말이 맞아."

"나도 마찬가지야. 너랑 자는 건 좋지만 커플로 지내고 싶지는 않아. 내가 너한테 뭐 약속한 것도 없고."

"그런데 좀 변했네?"

"크게 변한 건 없어."

"좀더 나이들어 보여. 성숙해졌다고 할까. 옷차림도 좀 바뀌었고. 브래지어 속에는 뭘 넣은 거야?"

리스베트는 어색한 표정으로 어깨를 으쓱하며 아무 대답도 하지 않았다. 밈미가 민감한 부분을 건드렸다. 리스베트는 자신을 알고 지내던 사람들에게 이 일을 어떻게 설명할지 아직 정해놓지 못한 상태였다. 그녀의 벗은 몸을 본 적 있는 밈미는 변화를 알아챌 게 분명했다. 결국 리스베트는 눈을 내리깔고 중얼거리듯 말했다.

"가슴을 새로 만들었어."

"뭘 했다고?"

리스베트가 이번에는 내리깔았던 눈을 들고 목소리를 조금 높였다. 왠지 모르게 도전적인 말투였지만 그녀 자신은 의식하지 못했다.

"그래, 성형수술하러 이탈리아에 있는 클리닉에 갔었어. 사라진 건 그 일 때문이었고. 그러고 나서 그냥 좀 여기저기 돌아다니다가 이제 돌아온 거야."

"설마 농담이지?"

리스베트가 무표정한 눈으로 밈미를 쳐다보았다.

"이런, 나도 멍청하기! 넌 절대 농담 같은 건 안 하지, 미스 스폭.*"

"그래, 그게 나야. 변명할 생각은 없어. 그저 네게 솔직할 뿐이라고. 원한다면 돌아가줄게."

"그러니까 너 정말 가슴 수술을 한 거야?"

리스베트가 고개를 끄덕이자 밈미는 갑자기 웃음을 터뜨렸다. 리스베트의 얼굴이 어두워졌다.

"어쨌든 내게 보여주기 전에는 못 가! 자, 우리 예쁜이, 제발 좀 보여줘! 플리즈!"

"밈미 난 그저 너랑 자는 게 좋아. 내 일을 꼬치꼬치 알려고 들지도 않고 내가 바쁜 땐 군말 없이 다른 상대를 구하잖아. 게다가 사람들이 널 어떻게 생각하든 전혀 상관하지 않고."

---

* SF 드라마 〈스타트렉〉의 캐릭터. 외계인과 인간 사이에 태어났으며 흑발에 뾰족한 귀가 특징이다.

밈미가 고개를 끄덕였다. 그녀는 이미 중학교 때 자신이 레즈비언이라는 사실을 알았다. 쑥스럽고도 어설픈 시기를 지나 에로티시즘의 신비에 입문한 건 열일곱 살 때 친구를 따라 우연히 참가한 '예테보리 성평등 협회' 축제에서였다. 그후로는 다른 삶을 상상할 수 없었다. 스물세 살 때 단 한 번 남자와 섹스를 시도해본 적이 있었다. 상대가 기대하는 대로 기계적으로 움직였을 뿐 그녀 자신은 전혀 즐길 수 없었다. 반면 여자들은 누구라도 상관없이 그녀의 내면에 무한한 욕구를 불러일으켰다. 더군다나 그녀는 결혼이나 오직 한 사람에 대한 충실함, 혹은 가족과의 정겨운 저녁식사 따위에는 전혀 관심이 없었다. 요컨대 소수자 중의 소수자라 할 수 있었다.

"스웨덴에 돌아온 지 몇 주 되지 않았어. 다른 사람을 찾아가야 할지 아니면 여전히 널 만날 수 있을지 알고 싶어서 찾아온 거야."

밈미가 일어나 리스베트에게 다가갔다. 그러고는 몸을 숙여 부드럽게 키스했다.

"오늘 저녁에는 공부할 생각이었는데……"

밈미가 리스베트의 윗 단추를 풀었다.

"그래? 그렇다면……"

그러고선 다시 입을 맞추며 두번째 단추를 풀었다.

"어디 보자."

또 한번의 키스.

"네가 돌아와서 기뻐."

하리에트는 새벽 2시쯤 잠이 들었고 미카엘은 잠들지 못한 채 그녀의 숨소리를 듣고 있었다. 결국 침대에서 일어나 그녀의 핸드백에서 던힐 담배를 한 개비 슬쩍했다. 그러고는 벌거벗은 채 그대로 침대 곁 의자에 앉아 그녀를 내려다보았다.

지금 둘은 이따금 만나는 연인 사이가 되어 있지만 애초에 미카엘은 그럴 생각이 전혀 없었다. 오히려 헤데스타드에서 끔찍한 시간을 보낸 후로는 방에르 가문 사람들과 멀어지고 싶은 마음뿐이었다. 하리에트를 다시 만난 건 봄에 열렸던 몇 차례의 이사회에서였고 그때마다 미카엘은 정중하게 대하면서도 그녀와 거리를 두었다. 둘은 서로의 비밀을 알았지만 각자 묻어둔 상태였고 하리에트가 〈밀레니엄〉의 이사라는 사실 말고는 굳이 둘 사이에 볼일이라고는 없었다.

일 년 전 오순절 기간 때였다. 미카엘은 몇 달간 들르지 않았던 산드함의 방갈로에서 시간을 보내기로 마음먹었다. 바다를 보고 추리소설을 읽으며 조금 쉴 생각이었다. 그런데 금요일 오후에 도착해 얼마 지나지 않아 담배를 사러 노점에 갔다가 길 한복판에서 하리에트와 마주쳤다. 그녀 역시 헤데스타드에서 잠시 벗어나고픈 생각에 주말 동안 산드함에 있는 호텔에 묵으러 온 참이었다. 그녀로서는 어린 시절에 몇 번 와본 후 한 번도 들르지 못했던 곳이다. 열여섯 살 때 도망치듯 스웨덴을 떠났다가 미카엘이 추적해 찾아낸 덕분에 쉰셋에야 귀국한 그녀였으니 실로 감회가 남다른 방문이었을 터였다.

너무도 우연한 만남에 두 사람 모두 크게 놀랐다. 통상적인 인사말을 몇 마디 주고받고서는 하리에트가 먼저 거북한 표정으로 입을 다물었다. 미카엘은 감추고 싶은 그녀의 사연을 속속들이 알고 있는데다 방에르 가문의 끔찍한 비밀을 덮으려고 자신의 소중한 원칙까지 양보한 사람이었기 때문이다. 그리고 그 모든 일이 바로 그녀 자신을 구하기 위함이었다는 사실도 잘 알고 있었다.

미카엘이 먼저 입을 열고는 방갈로를 구경하러 오라고 그녀를 초대했다. 다시 만난 그들은 부두다리 위에 앉아 오랫동안 이런저런 얘기를 나누었다. 그녀가 스웨덴에 돌아온 후로 두 사람이 이렇게 흉허물 없는 대화를 나눈 건 그때가 처음이었다. 미카엘은 결국 그 질문을 하지 않을 수 없었다.

"마르틴 방에르의 지하실에 있던 물건들은 어떻게 처리했습니까?"

"꼭 알고 싶어요?"

그는 고개를 끄덕였다.

"내가 정리했어요. 태울 수 있는 건 다 태우고 집을 허물었죠. 들어가 살 수도 없고 팔거나 세를 줄 수도 없는 노릇이니까요. 내게는 지독한 악과 결부된 집이에요. 그 부지에는 좀더 작은 집으로 몇 채 지을 계획이고요."

"집을 허무는 데 아무도 반대하지 않았나요? 어쨌든 멋지고 현대적인 빌라인데요."

"디르크가 소문을 퍼뜨렸어요. 누수가 심각해서 다시 짓는 것보다 수리하는 데 돈이 더 든다고요."

역시 방에르 가문의 변호사이자 해결사다웠다.

"디르크 씨는 어떻게 지내시나요?"

"이제 일흔이시지만 내 일을 돕느라 아주 바쁘세요."

함께 저녁을 먹는 동안 미카엘은 문득 깨달았다. 지금 하리에트가 자신의 삶에서도 가장 내밀하고 사적인 부분을 이야기하고 있다는 사실을. 그래서 잠시 그녀의 말을 멈추게 하고 이유를 물었다. 그녀는 잠시 생각에 잠기더니 이내 대답했다. 이 세상에서 아무것도 숨기지 않고 속마음을 털어놓을 만한 사람이 있다면 그건 미카엘뿐이라고. 그러면서 사십 년 전에 자신이 돌본 적 있는 '아이'에게 무얼 숨기겠느냐는 농담도 덧붙였다.

그녀는 평생 세 남자와 섹스를 경험했다. 처음 두 명은 그녀 자신의 아버지와 오빠였다. 결국엔 아버지를 자기 손으로 죽였고 그후 오빠를 피해 멀리 달아났다. 그렇게 온갖 고비를 넘긴 끝에 살아남은 그녀는 한 남자를 만나 새로운 삶을 만들어나갔다.

"무척 다정한 사람이었어요. 부부생활은…… 뭐라고 해야 할까…… 불같이 뜨겁고 낭만적이진 않았지만 어쨌든 든든하고 정직한 사람이었죠. 행복했어요. 그이가 병으로 쓰러지기 전까지 그렇게 이십여 년을 살았고요."

"왜 재혼하지 않았나요?"

그녀가 어깨를 으쓱해 보였다.

"두 아이의 엄마인데다 대규모 농업 기업을 운영해야 했으니까요. 주말에 누군가와 낭만적인 시간을 보낸다는 건 꿈도 꿀 수 없는 형편이었죠. 섹스 역시 전혀 그립지 않았어요."

두 사람은 잠시 침묵에 빠졌다.

"늦었군요. 호텔로 돌아가야겠어요."

미카엘이 고개를 끄덕이자 그녀가 물었다.

"날 유혹하고 싶어요?"

"그래요."

미카엘이 먼저 일어나 그녀의 손을 잡았다. 그러고는 방갈로로 들어가 침대가 있는 중이층으로 올라갔다. 그때 그녀가 갑자기 그를 멈춰 세웠다.

"사실 어떻게 해야 하는지 잘 몰라요. 매일 하는 일이 아니라……"

그렇게 주말을 함께 보낸 둘은 그후로 3개월에 한 번씩 〈밀레니엄〉 이사회에서 만나 하룻밤을 보냈다. 현실적으로는 오래 지속하기 어려운 관계였다. 하리에트가 하루 24시간을 꼬박 일하거나 끊임없이 돌아다녀야 하는 처지인데다 일 년에 한 달은 호주에서 지내야 했기 때문이다. 그럼에도 불구하고 어느 순간 그녀에겐 이렇게 불규칙하고 산발적인 만남이 소중해졌다.

두 시간쯤 지났을까. 리스베트가 땀에 젖은 알몸으로 침대에 누워 있는 동안 밈미는 커피를 내리고 있었다. 반쯤 열린 문틈으로 밈미의 등을 바라보면서 리스베트는 담배를 한 대 피웠다. 근육으로 꽉 차 탄탄한 밈미의 몸이 부러웠다. 그녀는 일주일에 세 번씩 꼬박꼬박 운동을 했다. 킥복싱과 가라데로 다져진 몸은 오만한 느낌이 들 정도로 당당했다.

간단히 말해 밈미는 탐스러웠다. 모델의 아름다움과는 달리 묘하게 사람을 끌어당기는 매력이 있었다. 그런 그녀 역시 사람을 도발하고 자극하기를 몹시 즐겼다. 한껏 옷을 차려입고 파티에 나가면 원하는 대로 누구든 유혹할 수 있는 그녀였다. 리스베트는 그런 밈미가 어째서 자기처럼 바짝 마른 못난이에 관심을 갖는지 이해할 수 없었다.

어쨌든 자신을 좋아해주니 리스베트로서는 반가울 따름이었다. 게다가 밈미와의 섹스는 아주 큰 해방감을 안겨주었다. 스스로를 온전히 내던지고 즐기고 주고받을 수 있는 행위였다.

밈미가 머그잔 두 개를 가지고 돌아와 스툴 위에 내려놓은 뒤 침대 위로 기어올라와 리스베트의 한쪽 젖꼭지에 입을 맞췄다.

"야, 그 의사들 솜씨 좋은데!" 그녀는 감탄했다.

리스베트는 아무 말도 하지 않았다. 다만 자기 눈앞에 있는 밈미의 가슴을 처다보았다. 크지는 않았지만 몸 전체와 아주 자연스럽게 어울리는 가슴이었다.

"리스베트, 솔직히 말해서 너 정말 매력적으로 변했어."

"날 갖고 놀 생각 마. 이 가슴 때문에 달라진 건 없어. 없던 가슴이 생긴 것 뿐이라고."

"넌 몸에 콤플렉스가 있다니까."

"어떻게 네가 그런 말을 해? 너야말로 매일같이 미친 사람처럼 운동하는 주제에."

"그건 내가 운동을 좋아하니까 미친듯이 하는 거고. 마약이나 섹스만큼 강렬하다니까. 너도 한번 해봐."

"나도 복싱을 한다고."

"웃기지 마. 두 달에 한 번쯤 체육관에 가서 복싱을 한다는 건 알지만 그건 엿 같은 녀석들을 때려눕히고 고약한 쾌감을 느끼려는 거잖아. 진정으로 상쾌한 기분을 느낄 수 있는 운동과는 달라."

리스베트는 어깨를 으쓱했다. 밈미는 말 타듯 그녀 위에 걸터앉았다.

"리스베트, 넌 너무 너 자신만 생각해. 그렇게 강박적으로 네 몸에 집착하는 걸 보면 내가 다 화날 지경이야. 너랑 자는 게 좋은 이유는 외모 때문이 아니라 네 특별한 행동방식 때문이라고."

"나도 마찬가지야. 그래서 이렇게 널 찾아왔고."

"날 사랑해서 오는 게 아니었어?" 밈미가 짐짓 상처받은 척하며 물었다.

리스베트는 고개를 저으며 물었다.

"그런데 요즘 사귀는 사람 있어?"

밈미가 잠시 망설이다 고개를 끄덕였다.

"어쩌면. 그렇다고도 할 수 있고. 하여튼 좀 복잡해."

"더이상 안 물을게."

"알아. 그래도 너한테는 말할게. 같은 과에서 공부하는 여자야. 나이는 나보다 조금 많고 결혼한 지 이십 년쯤 됐는데 남편 몰래 나랑 만나고 있어. 있잖아 왜, 교외에 있는 빌라에 사는 사람들. 클로짓 레즈비언이야."

리스베트가 고개를 끄덕였다.

"남편이 여행을 자주 해서 남편 없을 때면 가끔 만나. 지난가을에 시작한 만남이 이제는 좀 상습적이 돼버렸어. 몸매가 정말 아름다워! 그녀 말고는 항상 만나는 친구들과 다니고."

"그러니까 내가 물으려는 건 앞으로 널 보러 와도 괜찮냐는 얘기야."

밈미가 고갯짓으로 그렇다고 했다.

"물론이지. 난 언제나 네 소식을 기다리고 있다고."

"또 반년씩 사라져버리는 짓을 해도 상관없어?"

"그래도 연락은 좀 해. 죽었는지 살았는지 정도는 알려달란 말이야. 믿을지 몰라도 난 네 생일까지 기억하고 있다고."

"더 요구할 건 없지?"

밈미가 한숨을 내쉬며 미소를 지었다.

"넌 같이 지내기 편안한 애야. 내가 혼자 있고 싶을 때 가만히 놔둬줄 줄도 알고."

리스베트는 아무 말도 하지 않았다.

"한 가지 유감인 건 네가 진짜 레즈비언은 아니란 사실이지. 어쩌면 양성애자라고 할 수도 있을 거야. 하여튼 성적으로는 널 규정짓기가 정말 힘들어. 섹스를 좋아하면서도 상대가 누구든 상관하지 않잖아. 넌 혼돈 덩어리, 그 자체야."

"나도 내가 누구인지 잘 몰라." 리스베트가 말했다. "하지만 스톡홀름에 돌아왔는데 아는 사람이 있어야지. 너도 알다시피 내 인간관계가 꽝이잖아. 돌아와서 처음 만난 사람이 바로 너야."

밈미가 진지한 표정으로 리스베트의 얼굴을 응시했다.

"너 정말 사람을 사귀고 싶은 거야? 가장 알 수 없고 가장 다가가기 힘든 존재인 네가?"

둘 사이에 잠시 침묵이 흘렀다.

"어쨌든 네 새 가슴은 정말로 멋지다."

밈미가 한쪽 가슴 아래를 감싸쥐고서 살짝 들어올렸다.

"너한테 아주 잘 어울려. 너무 크지도 작지도 않으면서."

좋은 반응에 리스베트는 안도의 한숨을 살짝 내쉬었다.

"감촉도 진짜 같고."

밈미가 가슴을 꽉 움켜쥐자 리스베트는 숨이 막혀 자신도 모르게 입을 벌렸다. 둘은 서로를 쳐다보았다. 그러고는 밈미가 몸을 앞으로 굽혀 탐욕스럽게 리스베트를 그러안았다. 리스베트 역시 그녀를 마주 안았다. 마시지 않은 커피가 옆에서 식어가고 있었다.

7장
1월 29일 토요일~2월 13일 일요일

토요일 아침 11시경 금발 거인이 운전하는 차가 예르나와 방헤라드 사이에 있는 스바벨셰 마을에 진입했다. 열다섯 채쯤 되는 가옥이 옹기종기 모여 있는 조그만 마을이었다. 그는 마을에서 약 150미터쯤 벗어나 있는 마지막 건물 앞에 차를 세웠다. 과거에는 인쇄소로 쓰인 산업용 건물이지만 지금 붙어 있는 간판은 'MC 스바벨셰'(스바벨셰 오토바이 클럽)의 소재지라는 사실을 알리고 있었다. 개미 새끼 한 마리 보이지 않았지만 거인은 차문을 열기 전에 주위를 조심스레 살폈다. 날씨는 꽤 쌀쌀했다. 그는 갈색 가죽장갑을 낀 손으로 트렁크에서 스포츠 가방 하나를 꺼냈다.

사실 사람들의 눈에 띄는 걸 두려워할 이유는 없었다. 낡은 인쇄소 건물이 있는 자리가 이미 개활지 한복판이었기 때문에 그 주변에 누군가가 은밀하게 차를 세우기란 거의 불가능했다. 만약 경찰이 이 건물을 감시하려 한다면 벌판 저쪽에 구렁을 판 후 위장복을 입고 망원경까지 들고서 그 속에 들어가 있는 수밖에 없었다. 그마저 마을 사람들 눈에 금방 띌 테고 삽시간에 소문이 퍼질 게 분명했다. 게다가 MC 스바벨셰 멤버들이 이 마을에 집을 세 채 소유하고 있으니 클럽 전체에 알려지는 것도 시간문제였다.

하지만 거인은 건물 안에 들어가는 걸 좋아하지 않았다. 두세 번 경찰에게 급습당한 적이 있는데다 그 안에 도청장치가 설치되어 있지 않다고 장담할 수 없었기 때문이다. 건물 안에서는 자동차, 여자, 맥주, 혹은 사업 계획 같은 일상적인 대화만 오갔고 중요한 비밀 얘기가 오가는 경우는 거의 없었다.

거인은 칼망누스 룬딘이 뜰로 나오기를 기다렸다. 마게 룬딘이라고도 불리는 서른여섯 살의 그는 MC 스바벨셰 회장이었다. 원래는 마른 체격이었지만 최근 몇 년 사이 급격히 체중이 늘어 지금은 배가 불쑥 나온 전형적인 맥주중독자의 모습이었다. 긴 금발은 뒤로 묶어 말총머리를 했고 두툼한 겨울점퍼에 블랙진을 입고 부츠를 신고 있었다. 그의 인생에는 전과 딱지 다섯 개가 붙어 있었다. 가벼운 마약범죄 두 번, 특수 장물죄 한 번, 그리고 차량 절도 및 음주운전이 한 번 있었다. 마지막 다섯번째는 좀 심각해서 일 년 반 동안 감옥생활을 했다. 몇 년 전 스톡홀름 시내에서 술에 취해 술집을 난장판으로 만드는 바람에 특수 폭행상해죄가 추가된 것이었다.

둘은 악수를 나누고 안뜰을 둘러싼 담벼락을 따라 천천히 걷기 시작했다.

"거의 한 달 만에 보는군요." 마게가 말했다.

금발 거인이 고개를 끄덕이며 용건을 말했다.

"건수가 하나 있소. 메스암페타민* 3킬로그램, 정확히 3060그램이오."

"조건은 지난번과 같겠죠?"

---

* 상품명 '필로폰'으로 알려진 마약.

"오십 대 오십."

마게가 안주머니에서 담뱃갑을 꺼내들고 고개를 끄덕였다. 그는 이 금발 거인과의 비즈니스를 아주 좋아했다. 길거리에서 메스암페타민이 그램당 160 내지 230크로나로 팔리고 있으니 3060그램이면 60만 크로나가 넘는 물건이다. 구체적으로 말하자면 마게의 클럽은 이 3킬로그램이 넘는 마약을 250그램짜리 물건으로 만들어 고정 판매책들에게 그램당 120에서 130크로나로 공급할 예정이다.

MC 스바벨셰로서는 기가 막힌 사업이었다. 다른 마약 공급자들과 달리 금발 거인은 결코 선금을 요구하지도 일방적인 가격을 제시하지도 않았다. 대신 클럽이 상품을 배달해주는 대가로 판매액의 정확히 절반을 가져갔다. 지극히 합리적인 거래가 아닐 수 없었다. 양쪽 모두 메스암페타민 1킬로그램의 대략적인 가치를 아는 상황에서 이제 정확한 수입은 마게의 판매 수완에 달렸다. 그렇게 해서 몇 천 크로나를 더 받을 수도 덜 받을 수도 있지만 어쨌든 일이 끝나면 거인은 19만 크로나 정도를 챙기고, MC 스바벨셰에게도 같은 액수가 떨어질 터였다.

몇 년 전부터 둘의 거래는 항상 이런 식으로 이루어져왔다. 거인이 직접 공급을 맡으면 수입을 두 배로 올릴 수 있었지만 그러지 않는 이유를 마게는 잘 알고 있었다. MC 스바벨셰가 모든 위험을 떠맡게 하고 자신은 뒤에 숨어 있기 위해서였다. 돈을 덜 버는 대신 위험을 줄이는 셈이었다. 그리고 다른 공급자들과 달리 이들의 관계는 사업 원리와 신용, 그리고 선의를 기반으로 하고 있었다. 한 번도 언성을 높인 적이 없을뿐더러 상대를 엿 먹이거나 위협하는 일 역시 전혀 없었다.

한번은 클럽이 밀매 무기를 인도하는 과정에서 일이 잘못돼 10만 크로나에 가까운 손실을 입은 적이 있다. 그때에도 금발 거인은 지극히 담담하게 이를 감당했었다. 이런 상황에 그처럼 행동할 수 있는 사람은 적어도 마게가 아는 한 이 업계에 존재하지 않았다. 당시 어떻게 해서 일이 틀어졌는지, 어떻게 '범죄예방센터' 소속 경찰이 베름란드의 '아리안 형제단' 멤버 하나를 수색하게 되었는지 마게가 자초지종을 설명했지만 거인은 눈썹 하나 꿈틀하지 않았다. 오히려 호의적인 표정으로 그런 일은 언제고 일어날 수 있다고 응수했다. 이 사건으로 마게에게 돌아갈 수입은 0 곱하기 50퍼센트, 즉 제로라는 말과 함께. 그리고 그것으로 일은 종결됐다.

마게 역시 그리 멍청한 사내가 아니었기 때문에 조금 덜 벌고 위험을 줄이는 방식이 상업적으로 훌륭한 전략임을 충분히 이해했다.

마게는 한 번도 금발 거인을 속이려 든 적이 없었다. 그건 페어플레이가 아니었다. 금발 거인과 그의 동업자들은 마게가 계산만 정직하게 해 오면 이익이 적더라도 받아들이지만, 만일 조금이라도 속이려 든다면 다시 찾아올 게 분명했다. 그때는 마게의 목숨을 내놓아야 한다.

"물건은 언제 인도됩니까?"

금발 거인이 가방을 땅에 내려놓았다.

"이미 가져왔소."

마게는 가방을 열어 내용물을 확인해보려 하지도 않았다. 단지 한 손을 옆으로 뻗어 계약이 성사됐음을 표시했다.

"그리고 일이 하나 더 있소."

"뭐죠?"

"특별한 일을 하나 해주면 좋겠소."

"말해보시죠."

금발 거인이 안주머니에서 봉투 하나를 꺼냈다. 마게가 받아들어 내용물을 꺼내보니 증명사진과 신상정보가 적힌 종이 한 장이었다. 그는 이게 뭐냐고 묻는 듯한 표정을 지었다.

"리스베트 살란데르라고 하는 여자요. 스톡홀름 쇠데르말름 구역

룬다가탄 거리에 살고."

"으흠."

"지금은 아마 외국에 나가 있을 텐데 얼마 있으면 다시 나타날 거요."

"준비하고 있죠."

"내 의뢰인이 조용한 곳에서 그녀와 개인적으로 대화하기를 원하오. 그러니 산 채로 넘겨줘야 하오. 윙에른호수 근처에 있는 그 창고 같은 곳에서 만나면 좋겠소. 대화가 끝나면 청소할 사람도 한 명 필요하겠고. 그녀는 아무 흔적 없이 사라져줘야 하오."

"가능할 겁니다. 그녀가 귀국하는 걸 언제 알 수 있죠?"

"때가 되면 알려주겠소."

"액수는?"

"다 해서 큰 걸로 열 장. 복잡한 일은 아니오. 스톡홀름에 가서 그녀를 잡아다가 내게 넘겨주면 끝이니까."

그들은 마지막으로 악수를 나누었다.

룬다가탄에 있는 아파트를 다시 찾은 리스베트는 보풀투성이 소파에 앉아 곰곰이 생각했다. 몇 가지 중요한 결정을 내려야 했고 그중 하나가 이 아파트를 처리하는 문제였다.

그녀는 담배를 한 대 피워 물고 천장을 향해 길게 연기를 내뿜으며 빈 코카콜라 깡통에 담뱃재를 털어넣었다.

엄마와 동생과 함께 네 살 때부터 살아온 이 아파트를 좋아해야 할 이유 같은 건 없었다. 어머니는 거실에서 지냈고 자신과 카밀라는 작은 방을 함께 썼다. 하지만 열두 살 때, 모든 악이 일어난 후로는 일단 소아정신병원에 들어가야 했고, 열다섯 살 때부터는 위탁가정을 전전했다. 특별 관리인 홀게르는 그사이 이 집을 다른 사람에게 세주었다가, 리스베트가 열여덟 살이 되어 살 집이 필요하게 되자 그녀에게 내주었다.

어쨌든 꽤 오랜 기간 삶의 구심점이 된 곳이었기에 더이상 살 필요가 없어졌어도 떠나기가 망설여졌다. 낯선 사람들이 이 안을 돌아다닐 일을 생각하면 마음에 못내 거슬렸다.

보다 실제적인 문제도 있었다. 공식적인 우편물이 모두 이 집으로 오게 되어 있는데 이곳을 버린다면 다른 주소를 등록해야 했다. 새 주소가 노출되는 일이야말로 무엇보다 피하고 싶은데다 행정명부에 이름을 올리기도 싫었다. 그녀는 거의 편집증적으로 공권력을 비롯해 그 누구도 신뢰하지 않았다.

리스베트는 창문 너머 건물 뒤뜰을 내려다보았다. 평생 봐온 풍경이었다. 불현듯 이 아파트를 떠난다는 사실에 안도감이 느껴졌다. 지금껏 이 집에서 편안하다거나 안전하다고 느껴본 적이 한 번도 없었다. 말짱하든 정신없이 취해서든 거리 모퉁이를 돌아 이 건물에 다가설 때면 언제나 주위를 둘러보며 무슨 차가 서 있는지 어떤 사람들이 지나가는지 경계하는 버릇이 있었다. 누군가 숨어서 자신을 노리고 있거나, 집에 들어갈 때나 나올 때 또 누군가 덤벼들 수도 있다는 강박으로 머릿속이 가득차 있었다. 그녀로선 그럴 만한 충분한 이유가 있었다.

다행히 그 어떤 공격도 일어나지 않았다. 그렇다고 해서 그녀가 경계를 푼 건 아니었다. 모든 공식 서류들에 이 룬다가탄의 주소가 올라 있는 한 언제나 바짝 긴장하는 일만이 스스로 안전을 보장할 수 있는 유일한 방법이었다. 하지만 지금은 상황이 변했고 피스카르가탄의 새 주소만은 절대 노출시키고 싶지 않았다. 그녀의 본능이 최대한 은밀한 존재로 남아야 한다고 명령하고 있었다.

그렇다면 대체 이 아파트를 어떻게 해야 할까? 한동안 머리를 쥐어뜯던 그녀는 갑자기 휴대전화를 들어 밈미에게 전화를 걸었다.

"안녕, 나야."

"리스베트, 이번엔 일주일 만이네?"

"나 지금 룬다가탄에 있어."

"그래?"

"내 아파트로 옮길 생각 없어?"

"옮기다니, 무슨 말이야?"

"너 지금 닭장 같은 데서 살고 있잖아."

"하지만 난 편해. 이사 가려고 하니?"

"이사는 벌써 했어. 아파트는 비어 있고."

전화 저편에서 밈미가 잠시 망설였다.

"그래서 옮기라는 거군. 그런데 리스베트, 난 형편이 안 돼."

"주택조합 아파트야. 할부금은 이미 다 냈어. 관리비는 한 달에 1480크로나인데 일 년 치를 선납했어. 네가 그 토끼장에 내는 돈 보다 싸게 먹힐 거야."

"그래서 팔고 싶다는 얘기야? 100만 크로나는 내야 할 텐데?"

"부동산에는 150만 크로나라고 붙었더군."

"난 능력이 안 돼."

"팔겠다는 게 아냐. 오늘 저녁에라도 당장 와서 살고 싶은 만큼 살아. 일 년은 관리비를 낼 필요도 없잖아. 아직 내가 이 집에 세를 놓을 권한은 없지만 계약서에 널 동거인으로 올리면 주택조합과 아무런 문제도 없을 거야."

"아니, 리스베트! 지금 프러포즈하는 거니?" 밈미가 깔깔대고 웃었다.

하지만 리스베트는 심각했다.

"지금 내게 이 아파트는 아무 필요 없어. 그렇다고 팔 생각도 없고."

"정말 내가 거기서 공짜로 살 수 있단 말이야? 농담 아니고?"

"농담 아니야."

"얼마 동안이나?"

"네가 원하는 만큼. 관심 있어?"

"물론이지. 쇠데르에 있는 공짜 아파트를 얻을 기회가 매일 있는 건 아니잖아. 그렇게 멋진 동네에서 한번 살아보고도 싶고."

"한 가지 조건이 있어."

"내 그럴 줄 알았다."

"원하는 만큼 살아도 되지만 우편물 받는 주소를 계속 이곳으로 하고 싶어. 그러니까 내가 부탁하고 싶은 건 딱 하나야. 내 우편물을 받아서 뭔가 특별한 게 있으면 연락해줘."

"리스베트, 넌 정말이지 내가 아는 사람 가운데 가장 엉뚱한 애야! 대체 무슨 일을 꾸미는 거야? 넌 어디서 살 건데?"

"그건 나중에 얘기해." 리스베트는 말꼬리를 흐렸다.

둘은 오후에 만나기로 약속했다. 밈미에게 아파트를 보여줄 생각이었다. 그렇게 일을 처리하고 나자 리스베트는 한결 기분이 좋아졌다. 손목시계를 보니 밈미가 오기까지 시간이 꽤 남아 호른스가탄에 있는 은행 한델스방크에 다녀오기로 했다. 리스베트는 대기표를 뽑아 들고 차분히 기다렸다.

차례가 되자 창구로 가서 신분증을 내밀고 한동안 외국에 다녀와 계좌 잔고를 확인하고 싶다고 말했다. 공식적으로 신고된 그녀의 자산은 모두 8만 2670크로나였다. 지난 일 년간 휴면 상태였던 계좌에 가을쯤 9312크로나가 입금되었었다. 그녀의 엄마가 남긴 유산이었다.

리스베트는 유산으로 받은 돈을 현금으로 인출했다. 그러고는 잠시 생각했다. 엄마가 기뻐할 일에 이 돈을 쓰고 싶었다. 생전 엄마의 처지와 연관될 만한 그런 일 말이다. 결국 리스베트는 로센룬스가탄 우체국으로 향했다. 그리고 왜 이런 선택을 했는지 스스로도 알 수 없었지만 '스톡홀름 폭력 피해 여성 지원 센터'에 익명으로 유산을 전부 기부했다.

금요일 저녁 8시쯤 에리카는 컴퓨터를 끄고 기지개를 켰다. 장장 아홉 시간에 걸쳐 〈밀레니엄〉 3월호를 마지막으로 점검했다. 그녀의 업무는 그게 다가 아니었다. 말린이 5월 특집호에 전적으로 매달리고 있기 때문에 편집 업무의 상당 부분을 그녀가 도맡아야 했다. 헨리 코르테스와 로티가 돕긴 했지만 그들은 기자이자 조사원이라 편집에는 능숙지 못했다.

에리카는 꽤나 피곤했고 엉덩이도 뻐근했다. 하지만 오늘 하루에, 그리고 요즘 자신의 삶에 전반적으로 만족하고 있었다. 잡지사의 재정은 안정적이었고 각종 수치는 좋은 방향으로 나아가고 있었다. 기사들 역시 마감 전까지 혹은 적어도 너무 늦지 않게 도착했으며, 벤네르스트룀 사건이 가져다준 아드레날린이 일 년이 지난 지금까지도 여전히 분위기를 고무해 직원들도 업무에 만족하고 있었다.

잠시 목덜미를 주무르던 그녀는 뜨거운 물로 샤워를 하면 좀 나을까 싶어서 주방 바로 뒤에 있는 조그만 샤워실에 가볼까 생각했다. 하지만 움직이기가 번거로워 그냥 책상 위에 두 발을 올려놓는 걸로 만족하기로 했다. 그녀도 이제 석 달 뒤면 마흔다섯이었다. 모든 사람들이 말했던 그 유망한 미래도 점점 과거의 일이 되기 시작했다. 눈과 입 근처에는 벌써 잔주름이 생기기 시작했다. 하지만 그녀는 자신이 여전히 아름답다는 사실을 알고 있었으며 일주일에 두 번씩 피트니스 클럽에 가서 맹렬히 몸을 가꾸기도 했다. 물론 남편과 같이 항해를 나가 요트 돛대 위를 기어오를 때면 몸이 예전만 못하다는 걸 알았지만 그래도 필요할 때는 자신이 도맡아 돛대를 기어올랐다. 남편 그레게르의 고소공포증 때문이기도 했다.

지금까지 사십오 년을 살아오면서 약간의 부침이 있기는 했지만 대체로 행복했다고 자평할 수 있었다. 그녀는 돈과 사회적 지위와 멋진 집이 있었고 자신이 좋아하는 일을 하고 있었다. 그녀를 사랑해주고, 결혼한 지 십오 년이 지났지만 그녀 역시 뜨겁게 사랑하는 남편이 있었다. 게다가 유쾌하면서도 결코 질리지 않는 애인까지. 그녀의 영혼을 만족시켜주지는 못해도 최소한 급한 욕구가 일어날 때면 언제든지 달려와 불을 꺼줄 수 있는 남자 말이다.

미카엘을 생각하니 그녀의 입가에 미소가 떠올랐다. 대체 이 남자가 언제 하리에트와의 관계를 고백할지 궁금했다. 둘이 아무리 시치미를 떼도 노련한 에리카가 눈치 못 챌 리 없었다. 지난 8월 이사회 때 미카엘과 하리에트 사이에 은밀히 오가는 시선을 알아챈 순간 번개 같은 직감이 스쳤다. 좀더 확실히 하기 위해 그날 저녁 둘에게 다 전화를 걸어봤지만 모두 휴대폰이 꺼져 있었다. 물론 결정적인 증거라고는 할 수 없었지만 그다음 회의에서도 수상쩍은 일들은 계속됐다. 이사회를 마친 저녁이면 미카엘은 항상 연락 두절이었다. 지난번에는 회의 후 레스토랑에서 저녁을 먹을 때 피곤하니 자러 가야겠다는 핑계로 식사를 서둘러 끝내고 자리를 뜨는 하리에트를 보며 속으로 얼마나 웃었는지 모른다. 에리카는 둘의 관계를 조금도 질투하지 않았고 쓸데없이 뒤를 캐고 싶은 마음은 더더욱 없었다. 하지만 언젠가 한 번은 그들을 짓궂게 놀려줄 작정이었다.

에리카는 평소 꽤 많은 여자들을 만나고 다니는 미카엘에게 한 번도 참견한 적이 없었지만 하리에트와의 관계 때문에 〈밀레니엄〉에 문제가 생기는 일은 원치 않았다. 하지만 크게 걱정하지는 않았다. 미카엘은 여자를 굉장히 잘 알았고 흠뻑 만족시키는 재능이 있을 뿐 아니라 시끄럽지 않게 헤어지는 능력 또한 특출났기 때문이다. 헤어지고 나서도 대부분 좋은 친구로 남았고, 여자 문제로 곤란한 일은 거의 없었다.

에리카는 미카엘 같은 사람을 절친한 친구로 둔 걸 큰 행운으로 여겼다. 어떤 면에서는 답답하기 이를 데 없는 사람이었지만 또 어떤 면에서는 마치 신탁처럼 예리했다. 미카엘은 에리카가 남편에 대해 느끼는 사랑을 전혀 이해하지 못했다. 근본적으로 그레게르 베크만과 자신은 다른 종류의 사람이었기 때문이다. 하지만 그녀에게 그레게르는 매력적이고 따뜻하며 자극적이면서도 너그러웠다. 그리고 무엇보다 수많은 남자들이 지닌 꼴불견 같은 결점들이 없이 완벽했다. 함께 늙어가고 싶은 남자였다. 아이도 낳고 싶었지만 불가능하다는 사실이 밝혀진데다 지금은 너무 늦었다. 하지만 일생을 함께 보낼 파트너로서 그보다 더 괜찮고 안정적인 남자는 상상할 수 없었다. 그녀에게 그레게르는 전적으로 신뢰할 수 있는 사람이었고 필요할 때면 항상 그 자리에 있는 남자였다.

미카엘은 전혀 달랐다. 하도 종잡을 수 없는 성격이라 때로는 다중인격자가 아닌지 의심마저 들 정도였다. 일을 할 때는 굉장히 고집스럽고 거의 병적으로 자기 일에 집중했다. 사건을 하나 잡아내면 그 전모를 낱낱이 드러내 끝장을 볼 때까지 물고 늘어졌다. 최상일 때는 한마디로 눈부셨으며 좀 못한 경우에도 평균 이상은 되었다. 그에게는 숨어 있는 사건을 정확히 짚어내고 시시한 것들은 미련 없이 던져버리는 비상한 능력이 있었다. 한마디로 에리카는 그와 사업 파트너가 된 일을 한 번도 후회해본 적이 없었다.

그리고 그의 애인이 된 일도 후회해본 적이 없었다.

미카엘을 향한 에리카의 열정을 이해해주는 유일한 사람은 다름 아닌 그녀의 남편이었다. 에리카가 자신의 욕구를 솔직하게 털어놓자 그레게르는 그녀를 이해했다. 미카엘과의 관계가 남편에 대한 배신을 의미하는 게 아니라 그녀의 욕구 문제라고 생각했기 때문이다. 남편인 그레게르를 포함해 그 어떤 남자도 줄 수 없는 황홀한 쾌감을 오직 미카엘만이 줄 수 있었다.

에리카에게 섹스는 중요한 문제였다. 열네 살 때 첫 경험을 한 그녀는 성적 좌절감으로 점철된 십대 시절을 보내며 온갖 것을 시도해보았다. 반 친구들과의 가벼운 연애부터 훨씬 나이 많은 교사와 맺은

복잡한 관계, 폰섹스와 페티시 섹스에 이르기까지. 그리고 본디지*
장난도 쳐봤고, 별로 권장하지 못할 낯뜨거운 파티들을 주최하는 '익
스트림 클럽'의 멤버인 적도 있었다. 여자들과 섹스를 시도해본 적도
여러번이었지만 매번 실망뿐이어서 그건 자신의 본령이 아님을 분
명히 알 수 있었다. 여자들은 남자들처럼 그녀 안에 불길을 일으킬
수 없었다. 두 남자와 한 번에 관계를 한 적도 있었는데 첫 상대는 그
레게르와 어느 화랑 대표였다. 그리고 그때 남편에게 매우 강한 양성
애적 성향이 있음을 알게 되었다. 두 남자가 동시에 자신을 애무하면
서 만족시켜주려 애쓰고, 한편으로는 남편이 다른 남자의 애무를 받
는 모습을 보는 일은 온몸을 마비시킬 듯 강렬한 쾌감과 야릇한 흥
분을 일으켰다. 이후로 에리카 부부는 정해진 파트너들과 이러한 잠
자리를 여러 번 즐겼다.

그레게르와의 성생활은 결코 권태롭거나 불만족스럽지 않았다.
그녀에게 미카엘이 필요하다면 그건 단순히 그가 전혀 새로운 것을
경험하게 해주기 때문이었다.

그는 재능이 있었다. 한마디로 기가 막히게 훌륭한 애인이었다.

너무도 훌륭한 나머지 에리카는 남편 그레게르, 그리고 필요할 때
마다 그를 대체할 수 있는 애인 미카엘과의 삼각관계를 통해 스스로
최고의 균형 상태에 이르렀다고 느낄 정도였다. 두 남자 중 그 누구
없이도 살 수 없었으며 하나를 선택하고 싶은 마음도 전혀 없었다.

미카엘과의 관계에서 가장 매력적인 점은 그에게 여자를 통제하
려는 성향이 전혀 없다는 사실이었다. 질투와는 거리가 먼 사람이었
다. 이십 년 전쯤 처음 관계를 시작할 때만 해도 그녀는 심한 질투심
을 여러 번 느꼈지만 시간이 흐를수록 적어도 그에게만은 그럴 필요
가 없음을 점차 깨닫게 되었다. 그들의 관계는 사랑보다 오히려 우정

---

* 상대를 결박해 수동적 상태로 만들고 벌이는 성행위.

에 기반을 두고 있었고 미카엘은 더없이 충직한 친구였다. 어떤 일이 일어난다 해도 그들의 관계는 변함없이 지속될 게 분명했다.

에리카는 소위 '스웨덴 기독교 가정주부 협회'처럼 보수적인 사람들이 자신처럼 사는 여자들을 백안시한다는 걸 잘 알고 있었다. 하지만 조금도 개의치 않았다. 자신이 침대에서 하는 행위와 생활 방식은 오직 자기 자신만 관여할 수 있다는 확고한 원칙을 이미 십대 때부터 고수해왔기 때문이다. 하지만 많은 지인들이 자신과 미카엘의 관계를 두고 뒤에서 입방아를 찧어대는 일만은 너무도 짜증이 났다.

남자인 미카엘이 이 침대 저 침대로 옮겨다닌다고 해서 뭐라고 하는 사람은 아무도 없었다. 반면 여자인 그녀가 애인을 두었다는 사실, 그것도 남편의 묵인하에 이십 년 동안이나 오직 한 애인에게만 충실하다는 사실은 스톡홀름 참새들에게 신나는 가십거리가 되었다.

그런 인간들, 엿이나 먹으라지. 잠시 생각에 빠져 있던 그녀는 이윽고 수화기를 들어 남편에게 전화를 걸었다.

"나야. 자기 뭐하고 있어?"

"뭐하긴, 글 쓰지."

그레게르는 조형예술가일 뿐 아니라 전문 서적을 여러 권 낸 예술사가였다. 정기적으로 공개 토론에 참여하며 대형 건축사로부터 종종 자문을 의뢰받기도 했다. 반년 전부터는 건물의 예술적 장식이 사람들의 행복감에 미치는 영향에 대해 책을 쓰고 있었다. 에리카가 볼 때 기능주의 건축을 공격하는 이 책은 미학계에서 큰 논쟁을 일으킬 소지가 있었다.

"잘돼가?"

"음. 아무 문제 없어. 당신은?"

"방금 전에 다음 호 편집을 끝냈어. 인쇄는 목요일에 들어가고."

"축하해."

"완전히 기진맥진이야."

"당신, 뭔가 할말이 있는 모양인데?"

"오늘 계획한 일이라도 있어? 아님 내가 오늘밤에 들어가지 않아도 크게 골내지 않을 거야?"

"미카엘에게 안부 전해줘. 지금 자기가 불을 갖고 놀고 있다는 걸 아느냐고도 물어봐주고." 그레게르의 대답이었다.

"상관하지 않을걸."

"좋아. 그럼 이렇게 말해줘. 당신처럼 끝도 없이 탐욕스러운 마녀와 같이 놀다간 금방 폭삭 늙어버릴 거라고."

"그도 벌써 알고 있어."

"그래? 그럼 나는 자살이나 할 수밖에 없겠군. 오늘밤은 책을 쓰다 잠들어버리면 되겠고. 하여튼 재밌게 놀다와!"

수화기에 대고 키스를 나눈 후 에리카는 미카엘에게 전화를 걸었다. 그는 엔셰데에 있는 다그와 미아네 집에서 다그가 쓴 글 중에 명확하지 않은 몇 가지 부분을 놓고 이야기하는 중이었다. 에리카는 그날 밤에 다른 약속이 있는지, 아니면 자신의 뻐근한 등을 좀 주물러 줄 생각이 있는지 물었다.

"우리집 열쇠 가지고 있잖아." 미카엘이 말했다. "곧 갈 테니 들어가 쉬고 있으라고."

"그럼 한 시간 후에 봐."

벨만스가탄에 있는 미카엘의 집까지는 걸어서 십 분 거리였다. 먼저 옷을 벗고 샤워를 하고 에스프레소를 내렸다. 그런 다음 알몸으로 미카엘의 침대 안에 기어들어가 그가 오기만을 기다렸다.

그때 갑자기 엉뚱한 생각이 떠올랐다. 남편과 자신, 그리고 미카엘이 한 지붕 밑에 산다면 얼마나 만족스러운 삶일까. 하지만 실현 가능성은 거의 제로였다. 가끔 그녀가 동성 혐오자라고 면박 줄 만큼 철저한 이성애자인 미카엘은 남자와 시도조차 해본 일이 없었다. 그녀는 한숨을 내쉬었다. 결국 이 현세에서는 모든 걸 얻을 수 없는 법이니까.

시속 15킬로미터로 엉금엉금 기어가는 자동차의 핸들을 잡고서 금발 거인은 눈썹을 잔뜩 찌푸렸다. 숲 가운데 난 도로가 얼마나 형편없는지, 찾아오는 길을 자신이 잘못 이해한 건가 잠시 착각마저 들었다. 땅거미가 내리기 시작할 때쯤 다행히 길이 넓어졌고 마침내 집이 나타났다. 차를 세우고 엔진을 끈 다음 주위를 둘러보았다. 집은 50여 미터 떨어진 곳에 있었다.

그는 지금 마리에프레드에서 멀지 않은 스탈라르홀멘 어느 마을에 와 있다. 울창한 숲 한가운데 매우 소박한 1950년대식 가옥이 있었고, 나무들 사이로는 멜라렌호수의 얼어붙은 수면이 하얀 띠처럼 빛나고 있었다.

금발 거인은 이런 외딴 숲에서 죽치고 사는 사람의 심리를 도저히 이해할 수 없었다. 차에서 내려 문을 닫는 순간부터 심한 불안감이 엄습했다. 거대한 숲은 사뭇 위협적으로 느껴졌다. 누군가 숨어서 자신을 지켜보는 듯했다. 집 앞뜰을 향해 몇 발짝을 뗀 순간 거인은 걸음을 딱 멈췄다. 어디선가 부스럭거리는 소리가 들렸다.

그는 숲을 뚫어지게 쳐다보았다. 저녁 어스름 속에 잠긴 숲은 적막, 그 자체였다. 그렇게 한 이 분간 온몸의 신경을 곤두세우고 꼼짝 않고 서 있는데 갑자기 실루엣 하나가 나무 사이에서 천천히 움직이는 모습이 곁눈질하던 그의 눈에 포착됐다. 시선을 집중시켜보니 그 30여 미터 떨어진 숲에서 실루엣이 꼼짝 않고 그를 응시하고 있었다.

금발 거인은 어렴풋한 공포를 느끼며 실루엣을 좀더 자세히 보려고 애썼다. 먼저 어둡고 바짝 마른 얼굴이 보였다. 키는 1미터 남짓한 난쟁이 같았고, 이끼와 전나무 가지로 만든 위장복 같은 걸 입고 있었다. 숲의 땅도깨비? 레프러콘?* 위험한 놈일까?

순간 거인은 숨을 멈췄다. 머리털이 쭈뼛 일어서는 듯했다.

그러고는 환영을 쫓아내려는 듯 두 눈을 세차게 깜박거리며 머리를 흔들었다. 다시 쳐다보니 그것이 오른쪽으로 10미터쯤 이동해 있었다. 아냐. 아무것도 없어. 난 지금 환영을 보는 거야. 하지만 나무 사이로 그 존재가 선명하게 보였다. 그러더니 갑자기 움직이면서 다가왔다. 삐거덕삐거덕 앞으로 걸어오면서 마치 공격이라도 하려는 듯 활처럼 몸을 구부렸다.

금발 거인은 간신히 정신을 차리고 집을 향해 걸음을 재촉했다. 그리고 문을 세게 두드렸다. 자신이 생각해도 황급하게 느껴질 정도였다. 안에서 사람이 움직이는 기척이 들리자 그제야 공포가 잦아들었다. 그러고는 어깨 너머로 뒤를 돌아보았다. 거기엔 아무것도 없었다.

문이 열리고 나니 한숨이 나왔다. 닐스 에리크 비우르만 변호사가 정중히 인사하며 들어오라고 청했다.

미리암 우는 숨이 차서 가볍게 헐떡거리고 있었다. 마지막 남은 쓰레기봉투와 리스베트가 버리고 간 물건들을 안뜰 쓰레기장에 내려다놓고 올라온 참이었다. 깨끗이 청소한 아파트에서는 소독약과 향기로운 비누, 그리고 갓 칠한 페인트와 따스한 커피 냄새가 났다. 커피를 끓인 건 리스베트였다. 그녀는 스툴에 앉아 텅 빈 아파트를 물끄러미 바라보았다. 커튼, 카펫, 냉장고에 붙어 있던 할인 쿠폰, 그리고 현관에 쌓여 있던 잡동사니 들이 마치 기적처럼 사라졌다. 이 아파트가 이렇게 넓었다는 사실에 사뭇 놀랐다.

옷이나 가구, 혹은 지적인 관심사에 있어서 둘은 취향이 달랐다. 정확히 말해 밈미가 실내장식이나 가구, 혹은 옷에 대해 자신만의 명

---

* 아일랜드 신화에 나오는 남자 요정.

확한 취향과 관점을 가지고 있다면 그녀가 보기에 리스베트는 아무 취향이 없었다.

입주하기 전에 한번 아파트를 둘러보려고 룬다가탄에 들른 밈미는 집안을 꼼꼼하게 살핀 끝에 거의 모든 물건을 없애야 한다는 결론을 내렸다. 특히 거실에 버티고 있는 누런 낡은 소파는 반드시 치워야 했다. 밈미가 꼭 간직해야 할 물건이 있느냐고 묻자 리스베트는 없다고 대답했다. 그리고 마침내 대청소가 시작되었다. 며칠 꼬박, 그리고 저녁 몇 시간씩 보름이 걸렸다. 주워온 헌 가구들을 안뜰 쓰레기장에 버렸고, 벽장은 죄다 열어 청소한 후에 욕조를 박박 문질러 닦았다. 주방과 거실과 침실, 그리고 현관에 새로 페인트를 칠한 후에 거실 마룻바닥에는 왁스칠을 했다.

리스베트는 이런 일에 전혀 문외한이었지만 밈미의 작업을 지켜보며 감탄하는 중이었다. 어느새 아파트가 말끔히 비워졌다. 그 와중에 살아남은 것도 있었다. 사포질을 한 후에 니스를 칠해 쓸 작정인 묵직한 목재 식탁, 같은 건물에 사는 주민이 다락방을 치우면서 내놓은 걸 리스베트가 가져온 튼튼한 스툴 두 개, 그리고 어딘가 쓸 수 있을 거라 기대하고 남겨둔 견고한 거실 책장이었다.

"이번 주말에 이사 들어올 거야. 너 후회 없는 거지?"

"난 이 아파트가 더는 필요 없어."

"하지만 정말 기가 막힌 아파트란 말이야! 물론 여기보다 크고 나은 집도 있지만. 어쨌든 쇠데르 구역에 있는데다 관리비도 없잖아! 너 이거 팔면 꽤 큰돈인데 아깝지도 않아?"

"생활할 정도의 돈은 충분히 있어."

밈미는 입을 다물었다. 그녀의 말을 어떻게 해석해야 할지 알 수 없었다.

"어디서 살 거야?"

리스베트는 대답하지 않았다.

"너 보러 가도 돼?"

"아직은 안 돼."

리스베트가 배낭을 열고 서류를 꺼내 내밀었다.

"주택조합과 계약 문제를 어떻게 처리해야 할지 알아왔어. 전에 말했듯이 난 세를 놓을 권리가 없어. 그러니까 가장 간단한 해결책은 내가 너와 동거하면서 이 아파트 절반을 네게 판다고 신고하는 거야. 판매가는 1크로나이고. 자, 여기다 서명해."

밈미가 볼펜을 들어 서류에 서명하고서 자신의 생년월일을 기입했다.

"이거면 되는 거야?"

"이거면 돼."

"네 건전한 판단력을 의심하는 건 아니지만, 너 알고는 있어? 지금 내게 이 아파트 절반을 선물한 거라고! 물론 나야 반대할 이유가 없지. 그래도 갑자기 네 생각이 바뀌어서 우리 둘 사이에 골치 아픈 일이 생기는 건 원치 않아."

"그럴 일은 전혀 없을 거야. 난 네가 여기서 살아주면 좋겠어. 그럼 내게도 이득이거든."

"그런데 공짜란 말이야. 다른 대가도 없고. 넌 완전히 미친 거라고."

"내 우편물만 관리해줘. 그게 유일한 조건이야."

"그래봤자 일주일에 단 몇 초면 끝날 일이야. 이렇게 해놓고 가끔 와서 나랑 사랑을 나누려는 거야?"

리스베트가 밈미의 눈을 똑바로 쳐다보았다. 그렇게 얼마 동안 아무 말 없이 있었다.

"그래, 난 너랑 몹시 자고 싶어. 하지만 그건 계약 내용이 아니야. 그러니까 원하면 언제든지 거절할 수 있다고."

밈미가 한숨을 내쉬었다.

"리스베트, 내가 무슨 생각까지 하는지 알아? 마치 내가 숨겨둔 정부라도 된 느낌이라고. 왜 있잖아. 집을 내주고 집세도 내줘, 그리고 가끔 찾아와서는 같이 침대에서 뒹굴어. 그러니 그런 생각 할 만도 하잖아."

리스베트는 대답하지 않았다. 이내 밈미가 자리에서 벌떡 일어나 거실로 가더니 천장에 덩그러니 걸린 전등을 껐다.

"이리 와."

리스베트가 그녀를 따라갔다.

"이렇게 가구 하나 없이 새로 페인트칠 한 아파트 바닥에서는 한 번도 해본 적이 없지만 영화에서 본 적은 있지. 물론 브랜도가 어떤 소녀랑 그렇게 하더라고. 파리가 배경이었어."

리스베트가 마룻바닥을 내려다보았다.

"난 지금 좀 놀고 싶은데. 너는?"

"난 언제나 준비돼 있어."

"오늘 저녁 나는 여주인 역할을 해보고 싶어. 그러니까 내가 모든 걸 결정할 거야. 자, 옷을 벗어!"

그 순간 리스베트의 얼굴이 입가에 떠오른 미소와 함께 밝아졌다. 옷을 벗는 데는 십 초쯤 걸렸다.

"바닥에 누워. 배를 바닥에 대고."

리스베트는 말없이 복종했다. 마룻바닥은 차가웠고 온몸에 소름이 돋았다. 밈미가 그녀의 두 손을 등뒤로 모든 다음 '당신은 묵비권을 행사할 수 있습니다'라는 영어 문구가 쓰인 티셔츠로 묶었다.

불현듯 리스베트의 머릿속에 이 년 전 닐스 그 개자식이 이처럼 자신을 묶었던 일이 떠올랐다.

하지만 닮은 구석은 그뿐이었다. 리스베트는 뜨거운 욕망을 느끼며 가만히 기다렸고 밈미가 그녀를 돌려 눕혀 다리를 벌릴 때는 온순히 몸을 맡겼다. 그리고 어스름 속에서 옷을 벗는 밈미를 지켜보다가 이내 드러난 그녀의 가슴을 황홀하게 올려다보았다. 밈미가 이번에는 자신이 입었던 티셔츠로 리스베트의 눈을 가렸다. 그러자 그녀의 귀에는 밈미가 남은 옷을 마저 벗으며 사각거리는 소리가 들렸다. 그리고 이내 배꼽 바로 위에 와 닿는 밈미의 혀와 허벅지 안쪽을 더듬는 손가락들이 느껴졌다. 오랫동안 느껴보지 못했던 강렬한 자극에 그녀는 대번에 흥분했다. 그러고는 티셔츠 밑 두 눈을 감고 밈미가 이끄는 리듬에 몸을 맡겼다.

8장

2월 14일 월요일~2월 19일 토요일

　드라간 아르만스키는 눈을 들어올렸다. 누군가 신발 끝으로 방문을 톡톡 두드리는 소리 때문이었다. 소리만으로도 리스베트임을 알 수 있었다. 그녀는 커피머신에서 뽑은 커피 두 잔을 들고 열린 문 앞에 서 있었다. 드라간이 책상 위에 천천히 볼펜을 내려놓고 읽고 있던 보고서를 옆으로 밀었다.

　"안녕하세요."

　"안녕."

　"그냥 보고 싶어서 들렀어요. 들어가도 되죠?"

　드라간이 잠시 두 눈을 질끈 감았다. 그러고는 손님용 소파를 가리켰다. 손목시계를 들여다보니 저녁 6시 반이었다. 리스베트는 커피 잔 하나를 그에게 내밀고 자리에 앉았다. 둘은 잠시 아무 말 없이 서로를 살폈다.

　"일 년이 넘었군."

　리스베트가 고개를 끄덕였다.

"화났어요?"

"무엇 때문에?"

"내가 인사도 없이 떠나버렸잖아요."

드라간은 입을 삐죽 내밀었다. 적어도 그녀가 죽지 않고 살아 있음을 확인하니 마음이 놓였지만 거센 노여움과 피곤함도 함께 따라왔다.

"글쎄 무슨 말을 해야 할지 모르겠군. 내게 근황을 보고할 필요는 없으니까. 그래, 원하는 게 뭐지?"

그의 목소리에는 자신도 모르게 역정이 묻어났다.

"나도 잘 모르겠어요. 그저 간단히 인사를 하고 싶어서 들렀어요."

"일거리가 필요한가? 이젠 네게 도움을 청하고 싶은 생각은 없어."

리스베트가 고개를 저었다.

"다른 곳에서 일하나?"

그녀는 다시 한번 고개를 흔들었다. 뭔가 적당한 말을 찾고 있다는 표정을 지었고 드라간은 기다렸다.

"여행을 했어요." 마침내 흘러나온 말이었다. "오랫동안 스웨덴을 떠나 있었죠."

드라간은 묵묵히 고개를 끄덕이며 리스베트의 모습을 자세히 살펴보았다. 문득 그녀가 많이 변했음을 깨달았다. 이를테면 입고 있는 옷이나 행동에서 예전에는 없던 성숙함이 느껴졌다. 게다가 브래지어 안에는 뭔가를 채워넣은 듯했다.

"변했군. 어디를 다녀왔지?"

"뭐, 여기저기……" 말꼬리를 흐리던 리스베트는 그의 시선이 사나워지는 걸 보고는 다시 정색하며 말을 이었다. "이탈리아에 갔었어요. 그리고 중동에서 여행을 계속하다가 방콕을 거쳐 홍콩에 갔죠. 호주와 뉴질랜드에서도 좀 머물다가 태평양에서 이 섬 저 섬을 돌아다녔어요. 타히티에 한 달을 있었고 미국을 거쳐 최근 몇 달은 앤틸

리스제도에 있었어요."

그가 고개를 끄덕였다.

"그런데 어째서 작별인사를 안 하고 떠났는지는 나도 잘 모르겠어요."

"내가 설명해줄까? 사실 그대로 얘기하자면 다른 사람들이야 어찌되든 네겐 상관없기 때문이야." 짐짓 객관적인 말투였다.

리스베트가 입술을 깨물었다. 그러고는 잠시 생각해보았다. 어쩌면 맞는 말이었지만 그래도 부당함을 느꼈다.

"보통은 다른 사람들이 내가 어찌되든 상관 안 하죠."

"헛소리 마. 사람들을 대하는 네 태도에도 문제가 있다고. 진심으로 친구가 되고 싶어하는 사람들을 넌 개똥같이 여기잖아! 답은 아주 간단해."

침묵이 흘렀다.

"내가 가줬으면 좋겠어요?"

"마음대로 해. 언제나 마음대로 해왔으니. 하지만 지금 그렇게 가버리면 다시는 보지 않을 거야."

리스베트는 갑자기 두려움에 사로잡혔다. 자신이 존경하는 이 남자가 자신을 버리려 한다는 느낌이 스쳐지나갔다. 무슨 말을 해야 할지 알 수 없었다.

"홀게르 씨가 뇌출혈로 쓰러진 것도 벌써 이 년째야. 그런데 넌 한 번도 찾아가보지 않았잖아." 드라간이 가차없이 쏟아부었다.

리스베트가 갑작스러운 충격에 휩싸인 눈빛으로 그를 응시했다.

"홀게르 씨가 아직 살아 계신다고요?"

"그가 죽었는지 살았는지도 모르는군."

"의사들 말로는 더이상……"

"의사들 사이에서도 의견이 분분했어." 드라간이 말을 끊었다. "상태가 아주 안 좋았던 게 사실이고 사람들과 의사소통도 못할 정도였지만 지난 한 해 사이에 많이 호전됐지. 아직 말하는 데 문제가 있어서 알아들을 수 없는 소리로 웅얼대는 정도라 알아들으려면 꽤 집중을 해야 해. 사실 생활하는 모든 면에서 도움이 필요한 상태이지만 화장실 정도는 혼자 다닐 수 있다고. 그와 사이가 각별한 사람들도 방문하고 있고."

리스베트는 갑자기 할 말을 잃었다. 이 년 전 홀게르가 집에서 뇌출혈을 일으켜 죽은 듯이 쓰러져 있는 걸 발견하고 구급차를 부른 사람이 바로 그녀 자신이었다. 의사들이 고개를 설레설레 저으며 내린 진단은 암울했다. 그후 일주일 밤낮을 병원에서 보내며 초조하게 기다렸지만 결국엔 그가 혼수상태에서 깨어날 가능성이 거의 없다는 소식만 전해 들었다. 그 소식에 그녀는 더이상 그를 걱정하지 않았고, 더불어 자신의 삶 가운데서 그를 지우기로 마음먹고는 벌떡 일어나 뒤도 돌아보지 않고 병원을 떠났다. 뒷일은 생각도 안 하고 무작정 말이다.

리스베트는 눈썹을 찌푸리며 고개를 숙였다. 그후 그녀 앞에는 닐스 변호사가 나타났기에 그에게 온 신경을 집중하고 있던 터였다. 하지만 그사이에 아무도, 심지어는 드라간조차 홀게르의 생존 소식과 어쩌면 회복될 가능성까지 있다는 사실을 알려주지 않았다. 그녀는 그가 다시 깨어날 거라고는 전혀 짐작도 못했다.

갑자기 눈이 아려오면서 눈물이 흘렀다. 지금처럼 자신이 이기적이고 형편없게 느껴진 적은 없었다. 그리고 누군가에게 이토록 냉정하고도 엄하게 질책을 받아본 적도 없었다. 결국 그녀는 고개를 떨궜다.

둘은 한동안 아무 말이 없었다. 먼저 침묵을 깬 건 드라간이었다.

"그래, 어떻게 지내?"

리스베트는 어깨를 으쓱해 보였다.

"생활은 어떻게 하지? 일자리가 있는 거야?"

"아니요. 일자리랄 건 없고 딱히 무슨 일을 해야 할지도 모르겠어요. 하지만 생활할 돈은 있어요."

드라간이 날카로운 눈으로 그녀를 살폈다.

"그냥 인사하러 온 거지…… 일자리 때문에 온 건 아니에요. 글쎄, 모르겠어요. 만약 내가 꼭 필요한 경우라면 그땐 일을 하고 싶어요. 물론 내가 흥미를 느껴야겠지만."

"작년에 헤데스타드에서 일어난 일을 말해줄 생각은 없겠지?"

리스베트는 대답하지 않았다.

"분명 무슨 일이 있었어. 그때 위협을 받고 있다면서 감시장비를 빌려 간 후에 마르틴 방에르가 자동차 사고로 죽었잖아. 게다가 그의 여동생은 부활해 돌아왔고. 분명 뭔가가 있었다고."

"그 일은 말하지 않기로 약속했어요."

드라간이 고개를 끄덕였다.

"벤네르스트룀 사건에서 어떤 역할을 했는지도 말하지 않겠지?"

"난 단지 벤네르스트룀을 추적하는 칼레 블롬크비스트를 도왔을 뿐이에요." 그녀의 목소리가 갑자기 또렷해졌다. "그게 전부죠. 그 일에는 엮이고 싶지 않아요."

"그리고 미카엘이 미친 사람처럼 널 찾았어. 적어도 한 달에 한 번은 전화해서 네 소식을 아느냐고 물었지. 그 사람도 걱정하고 있어."

리스베트는 침묵을 지켰다. 하지만 드라간은 그 꼭 다문 입술에 긴장된 주름이 지는 걸 보았다.

"그자가 맘에 든다고 할 수는 없지만 나만큼이나 자네 걱정을 한 건 사실이야. 작년 가을에 한 번 만났는데 역시나 헤데스타드 일에 대해서는 입을 열지 않더군."

리스베트는 미카엘에 대해 얘기하고 싶지 않았다.

"난 그저 인사만 하고 스톡홀름에 돌아왔다는 소식을 전하려고 들른 거예요. 여기 계속 머물지는 모르겠지만. 어쨌든 여기 내 휴대전화 번호랑 새 이메일 주소예요. 연락하고 싶으면 여기로 하세요."

그녀가 쪽지 하나를 내밀고 자리에서 일어나자 드라간은 쪽지를 받아들었다. 그러고는 그녀가 문 앞에 이르렀을 때 다시 불러 세웠다.

"잠깐만! 어떻게 할 건데?"

"홀게르 씨를 보러 가요."

"아니, 내가 묻고 싶은 건…… 일 말이야."

그녀는 생각에 잠긴 눈으로 그를 쳐다보았다.

"모르겠어요."

"밥은 먹고 살아야 할 거 아냐?"

"말했잖아요. 살아갈 돈은 충분히 있다고."

그는 안락의자에 앉은 채 몸을 뒤로 젖히고 잠시 생각했다. 리스베트가 하는 말은 도대체 어떻게 해석해야 좋을지 모를 때가 많았다.

"네가 말도 없이 사라져버린 후에 다시는 일을 맡기지 않겠다고 결심했었지…… 널 신뢰할 수 없는 점이 분명 있으니까. 하지만 둘도 없이 뛰어난 조사원인 것도 사실이야. 어쩌면 맡길 일이 있을 거야."

리스베트는 고개를 저었다. 그리고 다시 그의 책상 쪽으로 다가갔다.

"난 일을 원하지 않아요. 다시 말해 돈이 필요한 게 아니라고요. 지금 진지하게 말하는 거예요. 난 경제적으로 자유로워요."

드라간은 눈썹을 찌푸리며 반신반의하는 표정이다가 결국 고개를 끄덕였다.

"좋아. 경제적으로 자유롭다…… 무슨 말인지 잘 모르겠지만 네 말을 믿겠어. 하지만 만일 일이 필요하면……"

"내가 돌아와서 두번째로 찾은 사람이 바로 당신이에요. 난 당신 돈이 필요한 게 아니에요. 그냥 이것만 알아둬요. 지난 몇 년간 내가 존중했던 몇 안 되는 사람 중 하나가 당신이라는 걸요!"

"그래, 알았어. 하지만 누구나 일은 필요한 법이잖아?"

"됐어요. 더는 당신 밑에서 조사원으로 일할 생각 없어요. 대신 진짜 문제가 생기면 내게 연락하라고요."

"어떤 문제?"

"혼자 해결할 수 없는 문제요. 사방이 꽉 막힌데다 어떻게 해야 할지 모르겠어서 절망적일 때요. 여하튼 내 흥미를 끌어야 해요. '출동업무' 같은 거 있잖아요."

"출동 업무? 제멋대로 흔적도 없이 사라져버리는 네가?"

"그만해요. 일단 한번 맡은 일을 중간에 내팽개친 적은 없어요."

드라간은 어이가 없다는 얼굴로 그녀를 쳐다보았다. 출동이란 그들 사이의 은어로 현장 업무를 뜻했는데, 밀착 경호부터 미술 전시회의 특별 경비까지 종류가 다양했다. 그가 거느리는 출동팀은 견실하고 노련한 직원들로 이뤄져 있었고 전직 경찰도 많았다. 게다가 90퍼센트 이상이 남성이었다. 리스베트는 드라간이 밀톤 출동팀에게 내세운 기준과 정반대되는 인물이었다.

"그러니까…… 내 말은……" 그는 우물쭈물하며 제대로 말을 잇지 못했다.

"그렇게 고민할 필요 없어요. 정말 흥미로운 일만 맡을 거니까 거절할 가능성도 크다고요. 다만 아주 골치 아픈 문제가 있다면 연락해요. 수수께끼 푸는 데는 도사잖아요."

이내 리스베트는 몸을 돌려 문밖으로 사라졌다. 드라간은 머리를 절레절레 흔들었다. 정말로 이상한 애야! 정말로 이상한 애라고!

그리고 어느 틈에 리스베트가 다시 문 앞에 돌아와 있었다.

"그런데 지금 직원 둘이서 한 달째 여배우 경호 업무를 하고 있죠? 어떤 미친 작자에게 익명으로 위협 편지를 받고 있다는 크리스틴 루터퍼드 말이에요. 편지를 보내는 작자가 그녀의 사생활을 속속들이 알고 있다는 이유로 주변인물 중 하나가 범인일 거라고 보고 있고요."

드라간이 리스베트를 뚫어지게 쳐다보았다. 온몸에 전류가 흐르는 듯했다. 또 시작이군…… 외부인은 절대 알 수 없는 사실을 리스베트가 말하고 있었다. 이건 도저히 알 수 없는 일인데 말이야.

"그래서?"

"그건 트릭이니 신경쓰지 말아요. 편지를 보내는 건 다름아닌 그녀의 남자친구라고요. 대중의 관심을 끌려고 꾸민 일이죠. 그녀는 며칠내로 또 편지를 받을 텐데 다음주에는 그걸 매체에 흘릴 거예요. 그러고는 밀톤 시큐리티가 정보를 유출했다고 비난하겠죠. 고객 명단에서 그 여자를 지워버리는 게 좋을 거예요."

드라간이 입을 열어 질문하려 했지만 그녀는 이미 사라지고 없었다. 어쩔 수 없이 텅 빈 문만 멍하니 쳐다보았다. 상식적으로 리스베트가 이 사건을 아는 건 불가능했다. 그러려면 밀톤의 내부자가 그녀에게 꾸준히 정보를 유출해야만 했다. 하지만 이 사건을 아는 사람은 그 자신과 출동팀장, 그리고 조사원 몇몇뿐이었고 이들은 모두 신뢰할 수 있는 프로들이었다. 드라간은 그저 턱을 만지작거렸다.

이내 그는 자신의 책상 위로 시선을 떨구었다. 크리스턴 루터퍼드 사건 서류는 열쇠로 잠긴 서랍 안에 보관되어 있고 사무실에는 무인경보 시스템이 설치되어 있다. 시계를 들여다보니 기술팀장 하리 프란손이 이미 퇴근했을 시간이었다. 어쩔 수 없이 이메일 창을 열어 그에게 메시지를 하나 보냈다. 내일 당장 사무실에 감시용 카메라를 하나 보이지 않게 설치해달라고.

리스베트는 곧장 피스카르가탄에 있는 아파트로 돌아갔다. 마음이 급하니 발걸음도 빨라졌다.

집으로 들어가자마자 수화기를 집어들고 쇠데르 병원에 전화를 걸었다. 그후 기관 여러 곳에 차례로 문의한 끝에 마침내 홀게르가 있는 곳을 알아낼 수 있었다. 일 년 조금 넘게 에르스타에 있는 재활 센터에서 지내고 있다고 했다. 그 말을 듣는 순간 리스베트는 자신의 엄마가 있던 요양원의 모습이 눈앞에 떠올랐다. 그곳과 크게 다르지 않을 터였다. 재활센터에 전화를 걸자 지금은 홀게르가 잠들었고, 다음날 방문이 가능하다는 대답이 돌아왔다.

리스베트는 저녁 내내 집안을 서성거렸다. 마음이 좀처럼 진정되지 않았다. 결국 일찍 잠자리에 들기로 하고 곧바로 잠에 빠졌다. 그녀는 다음날 아침 7시에 일어나 샤워를 하고 거리로 나가 세븐일레븐에서 아침을 해결했다. 그리고 8시쯤에 링베겐에 있는 렌터카 대리점에 갔다. 내 차를 한 대 마련해야겠어. 엄마의 유품을 가지러 갈 때 탔던 닛산 미크라를 이번에도 빌렸다.

에르스타 재활센터에 차를 세우고 나니 갑자기 긴장되고 떨려왔다. 하지만 이내 마음을 다잡고 안내데스크로 가 홀게르 팔름그렌을 보러 왔다고 말했다.

'마리기트'라는 이름표를 달고 있는 여자가 서류를 확인해보고는 홀게르는 지금 재활 치료중이며 11시 이후에 돌아온다고 알려주었다. 대기실에서 기다리거나 시간이 되면 다시 오라고 했다. 리스베트는 주차장으로 돌아가 차 안에 앉아 담배를 세 대 피우며 기다렸다. 11시에 다시 안내데스크로 가니 이번에는 복도를 곧장 걸어가 왼쪽에 있는 식당으로 가보라고 했다.

문 앞에 다다른 리스베트는 반쯤 빈 식당 안을 눈으로 훑으며 홀게르를 찾았다. 그는 그녀 쪽으로 얼굴을 향하고 있었지만 앞에 놓인 접시에 온 정신을 쏟고 있었다. 서툰 손으로 포크를 쥐고 음식을 입으로 가져가려고 무척 애쓰고 있었다. 하지만 세 번에 한 번은 실패를 하는 통에 식탁 위로 음식이 떨어지기 일쑤였다.

몹시 쇠약하고도 우울해 보이는 그는 마치 백 살은 된 사람 같았다. 기이하게 굳은 얼굴로 휠체어에 앉아 있는 모습을 보니 그제야 그가 정말로 살아 있음을, 드라간이 한 말이 거짓이 아니었음을 받아들일 수 있었다.

홀게르는 속으로 욕을 내뱉었다. 마카로니 그라탕을 포크로 떠보려고 시도한 게 벌써 세번째였다. 제대로 걷지 못하거나 생활에 필요한 동작들을 해내지 못하는 건 그래도 받아들일 수 있었다. 하지만 똑바로 먹지 못하고 아이처럼 침과 음식을 흘리는 꼴만큼은 도저히 참을 수 없었다.

머리로는 어떻게 해야 하는지 뻔히 알았다. 음식 아래에 적당한 각도로 포크를 밀어넣었다 들어올려서 입으로 가져오면 된다. 하지만 이 모든 동작을 정확히 조정하는 일이 결코 쉽지 않았다. 손은 제 나름의 생명을 얻은 듯 멋대로 움직였다. 들어올리라고 명령을 내려도 손은 천천히 옆으로 비껴갔다. 겨우 입을 향해 가져가도 마지막 순간에 방향을 틀어 뺨이나 턱으로 향하곤 했다.

하지만 재활 치료가 효과가 있다는 사실은 알았다. 반년 전만 해도 손이 너무 떨려 혼자서는 한입도 먹을 수 없었다. 지금은 속도가 아주 느리긴 해도 최소한 혼자서 음식을 먹을 수는 있게 되었다. 사지를 온전히 제어할 수 있게 될 때까지 홀게르는 재활 치료를 포기하지 않을 작정이었다.

다시 한입 뜨려고 포크를 아래로 내리고 있을 때 그의 뒤에서 손하나가 나오더니 살며시 포크를 잡아들었다. 그는 포크가 마카로니 그라탕을 긁어모아 한입에 들어갈 양만큼을 떠올리는 모습을 가만히 지켜보았다. 그러고는 이내 인형처럼 섬세한 손을 알아보았고 고개를 돌리자 그의 얼굴에서 10센티미터도 떨어지지 않은 곳에 있는 리스베트와 두 눈이 마주쳤다. 거기서 그녀의 눈은 그를 기다리고 있었다. 그녀는 괴로워 보였다.

홀게르는 오랫동안 꼼짝 않고 그녀를 응시했고 심장은 엄청난 속도로 뛰기 시작했다. 이윽고 그는 입을 열어 그녀가 떠주는 음식을 받아먹었다.

그녀는 한입씩 그에게 먹여주었다. 보통 그는 밥 먹을 때 누가 시중드는 걸 극도로 싫어했지만 지금은 리스베트가 무엇을 원하는지 이해하고 있었다. 그녀가 시중을 드는 건 무기력한 살덩어리에 불과한 그를 동정해서가 아니었다. 그건 바로 자신을 낮추기 위함이었다. 좀처럼 보기 드문 모습이 아닐 수 없었다. 그녀는 한입에 적당한 양을 준비해놓고 그가 다 씹어 삼키기를 기다리고 있었다. 그가 빨대가 꽂힌 잔을 가리키자 그녀가 차분한 손길로 음료를 마실 수 있게 해주었다.

밥을 먹는 동안 둘은 한마디도 하지 않았다. 그가 마지막 한입을 삼키고 나자 그녀는 포크를 내려놓았고 더 원하는지 눈빛으로 물었다. 그는 고개를 저었다. 아냐, 이젠 됐어.

마침내 홀게르는 휠체어에 몸을 편안히 기대고 숨을 길게 내쉬었다. 리스베트가 냅킨으로 입을 닦아주었다. 문득 자신이 미국 영화에 나오는 마피아 두목이라도 된 듯한 기분이었다. 최고의 존경을 받는 카포 디 투티 카피*…… 그녀가 손등에 키스해주는 모습을 상상하고는 그 엉뚱한 이미지에 자기도 모르게 실소를 머금었다.

"이 안에서도 커피를 마실 수 있어요?"

홀게르가 뭐라고 웅얼댔지만 혀와 입술은 제대로 소리를 내지 못했다.

"저쪽 구석에…… 커피가…… 있어."

"변호사님도 한잔 하실래요? 전처럼 설탕 없는 밀크커피?"

그가 머리를 끄덕이자 리스베트는 쟁반을 하나 들고 가 조금 있다

---

* capo di tutti capi. 이탈리아어로 '보스 중의 보스', 마피아 최고 두목을 뜻한다.

커피 두 잔을 받쳐들고 돌아왔다. 오늘 그녀는 평소와 달리 블랙커피를 마셨다. 홀게르는 그녀가 아까 우유 마실 때 쓰던 빨대를 커피잔에 꽂아놓은 걸 보고는 빙그레 미소를 지었다. 둘은 아무 말도 하지 않았다. 홀게르는 할말이 너무나도 많았지만 갑자기 혀가 굳어 한마디도 할 수 없었다. 대신 둘은 여러 차례 눈빛을 주고받았다. 리스베트는 너무나도 죄스러운 얼굴을 하고 있었다. 마침내 그녀가 먼저 침묵을 깼다.

"변호사님이 돌아가신 줄 알았어요. 정말이에요. 살아 계시리라곤 꿈에도 생각 못했죠. 그런 줄 알았다면 절대로…… 진작 뵈러 왔을 거예요."

홀게르가 고개를 끄덕였다.

"용서해주세요."

그는 다시 고개를 끄덕였다. 그리고 미소를 지었다. 비록 입술이 굳어 삐딱한 미소였지만.

"그때 변호사님은 혼수상태였고 의사들 말로는 살아나지 못할 거라고 했어요. 24시간 안에 사망할 거라고…… 그래서 그냥 떠났던 거예요. 언젠가는 나를 용서해줄 수 있겠죠?"

그는 한 손을 들어 리스베트의 작은 손 위에 올려놓았다. 그녀는 그의 손을 꼭 쥐며 마침내 숨을 내쉬었다.

"넌…… 사라져…… 버렸지."

"드라간하고는 몇 번 만났던 모양이죠?"

그가 고개를 끄덕였다.

"여행을 했어요. 떠나지 않을 수 없었죠. 아무에게도 인사 같은 건 남기지 않고 그냥 떠나버렸어요. 나를 걱정했어요?"

그는 고개를 저었다.

"언제든 나 때문에 걱정할 필요는 없어요."

"넌 잘…… 해나가잖…… 아. 하지만…… 드라간이…… 걱정……

했어."

리스베트가 처음으로 미소를 지었고 홀게르 역시 비로소 마음이 놓였다. 입술 끝이 살짝 비틀린, 바로 그녀만의 미소였다. 그는 리스베트를 좀더 자세히 살펴보았다. 앞에 앉아 있는 이 아가씨를 자신의 추억 속에 남아 있던 소녀와 비교해보면서. 옷차림이 한결 나아졌다. 단정하고도 세련됐다. 입에 박혀 있던 고리도 보이지 않았고 목에 새겼던 말벌 문신도 사라졌다. 이제 제법 어른 티가 났다. 그는 갑자기 웃음을 터뜨렸다. 실로 오랜만에 터진 웃음이었다. 마치 기침을 하듯 컥컥대면서 그는 마음껏 웃었다.

그러자 리스베트의 입가에도 다시 미소가 떠올랐다. 아까보다 더 어색한 웃음이었다. 하지만 그녀의 가슴에서는 어떤 뜨거운 것이 치밀어올랐다. 참으로 오랫동안 느껴보지 못하던 뜨거움이었다.

"잘…… 해나가…… 고 있는…… 듯한데?"

그러면서 옷을 가리키자 그녀가 고개를 끄덕였다.

"난 항상 잘해나가잖아요."

"새…… 후견인…… 어때?"

순간 홀게르는 리스베트의 얼굴이 어두워지는 걸 보았다. 입가도 약간 경직되었다. 하지만 그녀는 아무렇지도 않은 듯한 눈으로 그를 쳐다보았다.

"괜찮아요…… 내가 잘 다루고 있으니까요."

의구심에 홀게르의 미간이 찌푸려졌다. 리스베트는 식당 내부를 둘러보며 화제를 돌렸다.

"여기 계신 지는 얼마나 됐어요?"

하지만 그는 그렇게 어수룩한 사람이 아니었다. 비록 뇌출혈을 겪은 후라 말도 어눌하고 움직이기도 힘들지만 이해력만은 온전했다. 그의 레이더는 즉각 리스베트 목소리의 미세한 변화를 감지해냈다. 여러 해 리스베트를 만나면서 깨달은 건 그녀는 절대 대놓고 거짓말하지 않지만 전적으로 솔직하지도 않다는 사실이었다. 상대의 주의를 다른 데로 돌리는 일, 그것이 그녀가 거짓말하는 방식이었다. 새 후견인과 문제가 있는 게 분명했다. 하지만 그에겐 조금도 놀라운 일이 아니었다.

갑자기 그는 격심한 부끄러움을 느꼈다. 사실 동료인 닐스 비우르만에게 연락해 리스베트가 어떻게 지내는지 물어봐야겠다는 생각도 여러 번 했었다. 하지만 무력감 때문인지 아니면 두려움 때문인지 매번 포기하고 말았다. 왜 아직 자신에게 힘이 있을 때 그녀의 후견 체제를 끝내려고 노력하지 않았는가! 그는 이유를 잘 알고 있었다. 그녀와 계속 만나고 싶었던 자신의 이기심 때문이었다. 그는 이 복잡하기 그지없는 괴상한 소녀를 사랑했다. 한 번도 자식을 가져본 적 없는 그에게 딸 같은 존재였기에 그녀와 계속 접촉할 구실이 필요했다. 하지만 그렇게 소중한 그녀를 찾는 일이 그에겐 너무도 어려웠다. 이렇게 요양원에서 헌 가방처럼 축 늘어져 있는 주제에, 화장실에 가서 바지 지퍼도 제대로 내리지 못하는 주제에 누굴 찾아나선단 말인가. 오히려 자신이 리스베트를 버렸다는 생각이 들었다. 하지만 이 아이는 여전히 살아남았구나. 하긴 내가 만난 사람 가운데 가장 능력 있는 아이였지.

"법……"

"뭐라고요?"

"법원."

"법원? 무슨 말을 하고 싶은 거죠?"

"네…… 후견…… 체…… 제 끝…… 내야……"

홀게르는 얼굴이 빨개지고 입술이 뒤틀리면서 제대로 말하지 못했다. 리스베트가 손을 올려 그의 팔을 부드럽게 잡았다.

"나 때문에 걱정하지 말아요. 내 후견 체제에 이의를 신청할 계획으로 차근차근 준비하고 있어요. 변호사님이 신경쓰지 않아도 돼요.

하지만 언젠가는 변호사님의 자문이 필요할지도 몰라요. 해줄 수 있 겠어요? 필요할 때 내 변호사가 돼줄 수 있겠어요?"

"너무…… 늙었어." 그는 고개를 흔들며 식탁 위를 손등으로 톡 두드렸다. "늙은…… 바보…… 야."

"맞아요. 변호사님이 계속 그렇게 살겠다면 한심한 늙은 바보가 맞 아요. 난 변호사님이 필요해요. 법정에 나가 변론을 펼칠 순 없더라 도 내가 필요할 때 자문을 해줄 수는 있잖아요. 안 그래요?"

그는 고개를 흔들었다. 그러고는 다시 고개를 끄덕였다.

"일……"

"무슨 말이죠?"

"무슨…… 일…… 해? 드라간…… 아니잖아."

리스베트는 자신의 상황을 어떻게 설명해야 할지 몰라 잠시 머뭇 거렸다. 일이 조금 복잡해지고 있었다.

"더이상 드라간 밑에서 일하지 않아요. 이제는 밥벌이하려고 일할 필요가 없어요. 돈도 있고 아주 잘 지내고 있다고요."

홀게르가 다시 눈썹을 찌푸렸다.

"이제는 여기 자주 오려고 해요. 차차 말씀드릴게요. 하지만 오늘 부터 너무 서두르지 말자고요. 자, 이제 내가 하고 싶은 게 있어요."

리스베트는 앞으로 몸을 숙였다가 식탁 위에 배낭 하나를 올려놓 더니 거기서 체스판을 꺼냈다.

"변호사님을 이겨본 지도 벌써 두 해나 지났네요."

홀게르는 단념했다. 수상쩍은 일을 꾸미고 있는 게 분명했지만 그 녀는 말을 하지 않았다. 언젠가는 자신의 꺼림칙한 마음을 확실하게 밝힐 생각이었다. 하지만 한편으로는 그녀를 충분히 신뢰하기도 했 다. 그녀가 어떤 일을 벌인다면 법적으로는 의심스러운 행위일지 몰 라도 신의 율법에 반하는 죄악은 절대 아니리라는 사실을 잘 알고 있었기 때문이다. 대부분 사람들과 달리 그는 리스베트에게 진정한 도덕성이 있음을 확신하고 있었다. 그녀의 도덕이 이 사회의 법과 항상 일치하지는 않는다는 게 문제였지만.

리스베트가 말들을 늘어놓는 사이 홀게르는 그것이 다름아닌 자신의 체스판임을 알아보고 눈이 휘둥그레졌다. 내가 쓰러진 후에 아파트에서 빼내온 모양이군. 기념으로 간직하고 싶었던 걸까? 그는 리스베트에게 백마를 주었다. 그러고는 마치 어린아이처럼 행복해했다.

그들은 두 시간쯤을 함께 보냈다. 체스판을 사이에 두고 세 판을 내리 이긴 리스베트와 옥신각신하는 사이 간호사가 다가와 게임을 중단시키더니 오후 재활 시간이라고 알렸다. 리스베트가 말들을 모으고 체스판을 반으로 접었다.

"재활 치료가 어떻게 이루어지는지 설명해주실 수 있나요?"

"근육 훈련과 동작 조율 훈련을 주로 합니다. 홀게르 씨, 많이 좋아지셨죠? 안 그래요?"

마지막은 홀게르를 향한 질문이었다. 그는 고개를 끄덕였다.

"벌써 몇 미터씩 걷기도 해요. 오는 여름에는 혼자서 산책도 할 수 있을 거예요. 따님이신가요?"

리스베트와 홀게르는 서로 눈을 마주쳤다.

"수…… 양딸."

"오, 이렇게 찾아와주셔서 정말 고맙군요!"(리스베트는 이거야 원! 그렇게 오랫동안 코빼기도 안 비치더니 이제 나타난 거야?라는 뜻으로 이해했다.)

리스베트는 그 말없는 비난을 모른 체하며 허리를 숙여 그의 볼에 입을 맞추었다.

"금요일에 다시 올게요."

홀게르가 휠체어에서 힘겹게 몸을 일으켰다. 그리고 길이 갈리는 엘리베이터 앞까지 둘이 함께 걸었다. 그가 탄 엘리베이터 문이 닫히자마자 리스베트는 안내데스크로 달려가 담당자와의 면담을 요청했다. 안내원이 A. 시바르난단 박사의 이름을 알려주었고, 복도 안쪽에 있는 사무실에서 그를 만날 수 있었다. 그녀는 자신을 홀게르 팔름그렌의 양녀라고 소개했다.

"변호사님이 현재 어떤 상태인지, 앞으로 어떻게 될지 알고 싶어요."

박사는 홀게르의 파일을 열어 첫 몇 페이지를 읽어내려갔다. 얼굴엔 천연두 자국이 남아 있었고 가느다란 콧수염이 눈에 거슬렸다. 박사가 마침내 시선을 들었다. 핀란드 억양이 섞인 괴상하기 짝이 없는 말투였다.

"홀게르 씨에게 딸이나 양녀가 있다는 기록은 어디에도 없군요? 가장 가까운 친척은 옘틀란드에 사는 예든여섯 살인 사촌이고요."

"저분은 내가 열세 살 때부터 날 돌봐준 분이에요. 뇌출혈로 쓰러지기 전까지요. 그때 난 스물넷이었고요."

리스베트는 재킷 안주머니를 뒤져 박사 앞에 볼펜 하나를 던졌다.

"내 이름은 리스베트 살란데르이니 서류에 적어두세요. 이 세상에서 저분과 가장 가까운 친척은 바로 나라고요."

"그럴 수도 있겠죠." 박사가 차분하게 대답했다. "당신이 홀게르 씨와 가장 가까운 친척일지 몰라도 이렇게 나타나기까지 상당한 시간이 걸린 건 사실이잖아요. 내가 알기로 지금껏 가끔씩 찾아오는 사람이 하나 있는데, 친척은 아니에요. 하지만 환자가 악화되거나 사망할 경우 우리가 불러야 할 건 바로 그 사람이죠."

"아마 드라간 아르만스키겠네요."

박사가 눈썹을 움찔하며 고개를 주억거렸다.

"맞아요. 아는 모양이네요?"

"그분한테 전화해서 내가 누군지 알아보세요."

"그럴 필요는 없겠습니다. 홀게르 씨와 두 시간이나 체스를 즐겼다면 당신 말이 맞겠죠. 어쨌든 환자 동의 없이는 상태를 말해줄 수 없어요."

"그 고집 센 양반이 동의해줄 리 없다고요. 자신이 겪는 고통을 내게 지우지 말아야 한다고 생각하니까요. 당신이 나를 보살펴야지 그 반대가 되어서는 안 된다고 생각하는 거죠. 자, 내가 설명할게요. 난 지난 이 년간 변호사님이 돌아가셨다고 알고 있었어요. 그리고 어제서야 그분이 살아 있다는 소식을 들었고요. 만일 그분이 살아 있다는 걸 내가 진작에 알았다면…… 아, 설명하기가 좀 힘들군요…… 어쨌든 난 그분의 예후와 완치될 가능성을 알고 싶어요."

마침내 박사가 볼펜을 들어 홀게르의 서류에 그녀의 이름을 꼼꼼하게 적었다. 그러고는 주민등록번호와 전화번호도 물었다.

"좋아요. 당신을 홀게르 씨의 양녀로 올려두죠. 정식적인 관계는 아닐지 몰라도 어쨌든 지난 크리스마스에 드라간 씨가 다녀간 뒤로 찾아온 첫번째 사람이니까. 당신도 조금 전에 환자를 봤으니 대충 파악했을 겁니다. 동작을 조율하는 데 문제가 있고 말하는 데도 어려움이 있어요. 뇌출혈 때문이죠."

"알고 있어요. 내가 그분을 발견해서 구급차를 불렀죠."

"그랬군요! 자, 그럼 그다음 이야기를 하죠. 그후로는 중환자실에서 석 달을 보냈습니다. 아주 오랫동안 혼수상태에 빠져 있었죠. 이런 경우 대부분 살아나지 못합니다. 이따금 사는 사람도 있지만 홀게르 씨는 아직 떠날 때가 아니었던 모양입니다. 그래서 일단 스스로 거동할 수 없는 만성 환자들을 수용하는 노인전문병원으로 옮겼어요. 그런데 그곳에서 뜻밖에도 회복 기미를 보이기 시작해 일 년 전쯤 여기 재활센터로 이송돼 왔고요."

"예후는 어떨까요?"

박사는 자기가 어찌 알겠냐는 듯 두 팔을 활짝 벌려 보였다.

"그건 나보다 점쟁이가 더 잘 알 겁니다. 솔직히 아무것도 알 수 없어요. 당장 오늘밤에 또 뇌출혈을 일으켜 내일 아침에 죽을 수도 있고, 아니면 비교적 괜찮은 상태로 이십 년쯤 더 살 수도 있고요. 아무튼 난 몰라요. 신만이 결정하실 일이죠."

"만일 앞으로 이십 년을 더 산다면 어떤 상태일까요?"

"사실 지금까지 재활 과정이 쉽지는 않았어요. 저렇게 좋아지기 시작한 것도 최근이죠. 반년 전만 해도 혼자 밥을 먹는 건 꿈도 못 꿨으니까. 한 달 전에는 의자에서 일어나지도 못했어요. 너무 오랫동안 침대에 누워 있어서 근육이 위축된 거죠. 하지만 지금은 짧은 거리라면 그럭저럭 걸어다닐 수 있어요."

"더 좋아질 수 있을까요?"

"그럼요. 훨씬 더 나아질 수도 있죠. 첫 걸음 떼기가 힘들었지만 요즘은 매일같이 좋아지고 있어요. 인생에서 이 년을 까먹은 셈이지만, 몇 달 지나 이번 여름부터는 공원에서 혼자 산책하는 모습을 보게 될지도 몰라요."

"언어능력은요?"

"운동기능과 함께 언어중추가 손상을 입었다는 게 문제죠. 그래서 오랫동안 식물처럼 멍하니 있었던 겁니다. 그후 병원에서 몸을 제어하는 능력과 말하는 법을 배웠어요. 사용해야 할 단어들을 제대로 기억하지 못해서 처음부터 다시 말을 배워야 하지만 아이들이 말을 배우는 것과는 조금 다릅니다. 단지 입으로 표현할 수 없을 뿐 단어의 뜻은 잘 알고 있으니까요. 몇 달만 더 기다려봐요. 그때 가면 지금보다는 언어능력이 훨씬 나아져 있을 테니. 방향감각도 마찬가지고. 아홉 달 전만 해도 왼쪽과 오른쪽을 구별 못했어요. 엘리베이터에서도 올라가야 하는지 내려가야 하는지조차 몰라 허둥지둥했고."

리스베트가 고개를 주억거렸다. 생긴 건 인도 사람에 말투는 핀란드 사람인 이 시바르난단 박사가 불현듯 정겹게 느껴졌다.

"박사님 이름에서 A는 무슨 약자죠?" 그녀가 뜬금없이 물었다.

박사는 미소를 머금고 그녀를 쳐다보았다.

"안데르스."

"안데르스?"

"난 스리랑카에서 태어났어요. 하지만 핏덩이였을 때 입양돼 핀란드 투르쿠로 갔고요."

"좋아요, 안데르스 씨! 그럼 내가 어떻게 해야 그를 도울 수 있을까요?"

"자주 방문해요. 지적인 자극을 주란 뜻입니다."

"매일이라도 올 수 있어요."

"매일 오는 건 찬성 안 해요. 환자가 만일 당신을 좋아한다면 방문할 날을 손꼽아 기다리는 재미도 있고요. 너무 자주 오면 지루해할 수도 있어요."

"회복 가능성을 높일 만한 특별한 치료법이라도 있나요? 비용이 든다면 내가 대겠어요."

박사의 얼굴에 갑자기 미소가 떠올랐다가 이내 심각한 표정으로 바뀌었다.

"특별한 치료법이라…… 미안하지만 우리가 바로 그 전문가들입니다. 물론 인력과 장비가 더 필요하죠. 쥐꼬리만한 예산마저 삭감당하는 일이 없었으면 좋겠고요. 여하튼 홀게르 씨는 아주 양질의 치료를 받고 있으니 걱정 말아요."

"만일 예산을 걱정하지 않아도 된다면요? 박사님은 그분에게 무엇부터 해주겠어요?"

"글쎄, 뭐가 있을까…… 가장 이상적인 건 작업 치료*를 해줄 개인 치료사가 하루종일 붙어 있는 거죠. 하지만 스웨덴에서는 이미 오래전부터 꿈도 꿀 수 없는 일입니다."

---

* 놀이 등을 통해 일상적인 움직임이 불가능한 환자를 치료하는 운동요법.

"한 사람 채용하세요."

"뭐라고요?"

"변호사님을 위해 개인 치료사 한 사람을 채용하라고요. 최고의 치료사를 찾아주세요. 내일 당장요. 사용할 장비는 조금도 걱정하지 마시고요. 치료사 봉급과 필요한 장비를 구입할 돈은 이번 주말까지 입금해드릴게요."

"지금 농담하는 거 아니죠?"

안데르스 시바르난단 박사를 쳐다보는 리스베트의 무표정하고 커다란 눈에 유머라고는 조금도 보이지 않았다.

피아트를 몰고 귀가하던 미아 베리만은 감라스탄 역 앞에 잠시 차를 세웠다. 그리고 거기서 기다리고 있던 다그 스벤손이 차문을 열고 조수석으로 미끄러져 들어왔다. 그는 몸을 굽혀 미아의 볼에 입을 맞췄다. 그녀는 다시 차를 출발시켜서 버스 한 대를 뒤따르며 무수한 승용차들의 물결에 합류했다.

"안녕." 그녀는 도로에서 시선을 떼지 않은 채 인사했다. "아까 보니까 표정이 심각하던데 무슨 일이라도 있어?"

다그가 한숨을 폭 내쉬며 안전벨트를 맸다.

"심각한 건 아냐. 그냥 글을 쓰다 골치 아픈 일이 있어서."

"뭔데?"

"이제 마감까지 한 달 남았는데 계획했던 사실 대조 작업 스물두 건 중에 아홉 건밖에 못 마쳤어. 그런데 세포*의 군나르 비에르크가 골치를 썩인단 말씀이야. 글쎄 이 멍청한 인간이 지금 장기 병가중이라지 뭐야. 집에 전화를 해도 안 받고."

---

* Säpo. 스웨덴 국가안보기관으로 간첩행위와 테러 같은 특별범죄를 예방하고 수사하는 일을 한다.

"입원했을지도 모르잖아?"

"잘 모르는 소리야. 언제 세포에서 정보를 얻어보려 한 적 있어? 그 사람들이 그렇게 쉽게 뭘 가르쳐줘야 말이지. 심지어 군나르 비에르크가 세포에서 일한다는 사실조차 인정하지 않는 판인데."

"그 사람 부모 쪽으로는 알아봤어?"

"둘 다 죽었어. 미혼이고. 형제가 하나 있는데 스페인에서 산대. 한마디로 어떻게 해야 이 작자를 찾아낼 수 있을지 모르겠어."

미아는 슬루센 인터체인지를 지나 뉘네스베겐 터널 쪽으로 차를 몰면서 곁눈질로 슬쩍 그를 보았다.

"최악의 경우에는 군나르 부분을 뺄 수밖에 없어. 내 책에서 문제 제기 당하는 인물들에게 적어도 한 번은 스스로를 변호할 기회가 주어져야 한다는 게 미카엘의 바람인데 말이야."

"그중에서도 불법 성매매를 하는 첩보경찰을 빼놓는 건 너무 애석한데…… 그래서 어떻게 할 거야?"

"별수 있어? 찾아내야지. 그래, 자긴 어때?"

"죽어가는 자기보다야 낫지."

다그가 손가락으로 그녀의 옆구리를 간질였다.

"어때, 괜찮아? 신경이 팽팽히 곤두섰을 텐데?"

"천만에. 한 달 후에 논문 하나 발표하고 박사학위 받으면 그만인데 뭐. 별것도 아닌 일 가지고 흥분할 필요 있어?"

"하기야 논문도 자신 있겠다, 걱정할 게 있겠어?"

"뒷좌석을 한번 봐."

다그가 몸을 돌리자 뒷자리에 쇼핑백 하나가 보였다. 그 안에 손을 집어넣었다.

"미아! 논문이 나왔잖아?"

인쇄되어 나온 논문을 그가 흔들어 보였다.

러시아에서 온 사랑

조직범죄로서의 여성인신매매 및 이에 대한 당국의 조처

—미아 베리만

"다음주에나 나오는 줄 알았어! 이야, 집에 가서 샴페인 한 병 따야 겠다. 축하합니다, 박사님!"

그는 다시 몸을 굽혀 그녀의 볼에 입을 맞췄다.

"진정하세요. 박사가 되려면 아직 삼 주나 남았단 말이야. 그리고 내가 운전할 때는 손 좀 조심하라고."

다그가 활짝 웃었다. 그러다 다시 심각한 얼굴로 돌아왔다.

"그런데 말이야, 조금 흥을 깨는 소리일 수 있는데…… 자기가 이리나 P.라는 여자하고 인터뷰한 적 있잖아? 일 년 전에 말이야."

"이리나 P., 22세, 상트페테르부르크 출신. 1999년에 스웨덴으로 왔고 그후 몇 차례 왔다갔다했지. 그런데 왜?"

"오늘 굴브란센을 만났어. 스톡홀름 남부 쇠데르텔리에에서 집창촌을 수사하는 경찰관 말이야. 그런데 혹시 지난주 읽은 신문기사 생각나? 쇠데르텔리에에 운하에 여자 시체가 떠오른 사건. 신문마다 대문짝만하게 실었잖아."

"그래서?"

"그게 바로 이리나 P.였어."

"맙소사!"

스칸스툴 역 앞을 지나는 둘은 아무 말이 없었다.

"그녀가 내 논문에 나오잖아." 마침내 미아가 입을 뗐다. "'타마라' 라는 가명으로."

다그가 『러시아에서 온 사랑』에서 인터뷰 부분을 펼쳐 타마라가 나오는 데까지 책장을 넘겼다. 그리고 차가 굴마르스플란 광장에서

에릭손 글로브 경기장을 지나는 사이 그 부분을 집중해 읽었다.

"여기 보니 '안톤'이라는 자가 그녀를 스웨덴에 오게 했군."

"난 실명을 쓰지 않았어. 누구는 논문을 발표할 때 그 점을 지적당할 수도 있다고 충고했지만 그래도 여자들 이름을 밝힐 수 없었어. 그랬다간 그녀들이 죽도록 두드려맞을 게 뻔하거든. 그리고 여자들을 이용해먹는 나쁜 놈들 이름도 못 밝혔어. 그럼 내가 누구하고 인터뷰했는지 금방 눈치챌 거야. 그래서 내 연구는 전부 가명뿐인데다 인물에 관련된 정보도 상세히 밝히지 못했어."

"그런데 이 안톤이라는 자는 누구야?"

"본명은 '살라Zala'일 거야. 사실 그자의 정체를 알아내지는 못했어. 아마 폴란드나 유고슬라비아 출신일 테고, 살라도 진짜 이름은 아니겠지. 이리나 P.하고는 너덧 번 인터뷰를 했는데 마지막 만남에서야 살라라는 이름을 밝히더군. 자신의 지금 이런 삶을 정리하고 성판매 일을 그만두고 싶어했지. 살라라는 작자를 끔찍이도 두려워했었고."

"가만있자……" 다그가 턱을 만지며 무언가를 생각했다.

"왜 그래?"

"한두 주 전쯤에 살라라는 이름을 어디서 들은 것 같아서……"

"어디서?"

"그즈음에 페르오케를 만나서 대조 작업을 했었어. 자기도 알잖아. 맨날 성매매나 밝히는 그 신문기자인지 뭔지 하는 놈. 아, 그 자식 정말 나쁜 놈이야!"

"왜?"

"진짜 기자는 아니지. 기업 홍보용 잡지를 만드는 놈이니까. 그런데 녀석에게 고약한 취미가 하나 있더군. 가장 사악한 강간을 상상하면서 성판매 여성을 불러서는 그 비뚤어진 판타지를 역할극으로나마 맛보려고 하더라고."

"나도 알아. 내가 그녀를 인터뷰했었어."

"아, 그랬구나. 웃기는 건 그놈이 공공 의료기관에서 쓰는 성병 정보 책자까지 만들었더라고!"

"참 별일이군! 그건 몰랐네."

"여하튼 지난주에 그 자식을 만났어. 정말 썩어빠진 놈이더라고. 내가 자료를 들이대면서 왜 그런 썩어빠진 판타지를 실현하는 데 동유럽 미성년자들을 이용하느냐고 따지니까 꼼짝 못하더군. 나중엔 몇 가지 이야기도 털어놓았고."

"뭐랬는데?"

"과거에 자기가 섹스 마피아의 고객만이 아니라 하수인이기도 했대. 그러면서 아는 이름들을 몇 개 알려줬는데 그중 하나가 바로 살라였어. 이자에 대해 별다른 말은 안 했지만 그렇게 흔한 이름은 아니잖아?"

미아가 곁눈으로 그를 보며 눈살을 찌푸렸다.

"자긴 그자가 누군지 몰라?" 다그가 물었다.

"몰라. 알아내지 못했어. 그냥 가끔씩 불쑥 튀어나오는 이름일 뿐이야. 인터뷰했던 여자애들은 그를 엄청 무서워하면서 좀처럼 얘기하려 들지 않았어."

9장
3월 6일 일요일~3월 11일 금요일

A. 시바르난단 박사는 복도 유리벽 너머 식당에 홀게르와 리스베트가 앉아 있는 걸 보고는 걸음을 멈췄다. 둘은 체스판 위로 머리를 맞대고 있었다. 이제 그녀는 일주일에 한 번, 주로 일요일에 오는 편이었다. 언제나 오후 3시쯤 도착해 홀게르와 체스를 두면서 몇 시간을 보내곤 했다. 그리고 그가 잠자리에 드는 저녁 8시에 떠났다. 박사는 그녀가 환자를 불손하게 대하거나 중병 환자 취급하는 모습을 한 번도 보지 못했다. 오히려 둘이서 가볍게 티격태격하기도 했고, 노인이 불편한 몸으로 커피를 가져오겠다고 제안하면 기꺼이 받아들였다.

하지만 박사는 표정이 좋지 않았다. 홀게르의 양녀를 자처하는 이 기묘한 아가씨의 정체를 전혀 가늠할 수 없었기 때문이다. 외양도 특이할 뿐 아니라 항상 의심 가득한 눈빛으로 주위를 경계하는 기색이 역력했다. 농담을 주고받는 건 엄두도 못낼 것 같았다.

평범한 대화를 나누는 일 역시 거의 불가능해 보였다. 한번은 그녀에게 직업을 물었는데, 얼버무리듯 대답을 피하기만 했다.

첫번째 방문에서 며칠이 지난 뒤 그녀가 서류 한 뭉치를 들고 다시 나타났다. 홀게르의 회복을 위해 비영리재단을 설립해 이 재활센터를 지원한다는 내용이었다. 재단이사는 지브롤터에 있는 변호사라고 했다. 재단 사무국은 2인으로 구성되는데 한 명은 지브롤터에 주소를 둔 또다른 변호사였고, 다른 한 명은 스톡홀름에 거주하는 후고 스벤손이라는 회계감사원이었다. 250만 크로나에 달하는 재단기금은 박사가 마음대로 사용할 수 있었다. 그 돈이 홀게르에게 각종 치료를 제공하는 데 쓰여야 한다는 단서가 붙기는 했지만. 박사가 기금을 사용하려면 우선 회계감사원에게 요청서를 제출해야 했고 그러면 돈이 즉각 입금되는 방식이었다.

유일하다고 할 수는 없지만 솔직히 보기 드문 경우였다.

박사는 이러한 일이 윤리에 어긋나지 않는지 며칠간 고심했다. 하지만 특별히 문제 될 게 없었다. 박사는 결국 서른아홉 살인 요하나 카롤리나 오스카르손을 홀게르의 개인 간병인 겸 작업치료사로 채용했다. 학위가 있는 물리치료사이자 심리학을 부전공하고 재활 분야에서도 경험이 풍부한 전문가였다. 서류상 재단에 고용된 그녀가 계약서에 서명한 지 얼마 지나지 않아 첫 달치 월급이 미리 지급되는 것을 보고 박사는 또 한번 놀랐다. 그때까지만 해도 이 모든 게 혹여라도 사기극은 아닐지 반신반의하던 터라 놀라움이 클 수밖에 없었다.

그리고 효과가 나타나기 시작했다. 처음 한 달 사이 홀게르의 움직임과 전반적인 상태가 눈에 띄게 호전되었으며 매주 검사를 통해 이를 증명할 수 있었다. 박사가 볼 때 이 모든 결과가 작업 치료 덕분인지 아니면 리스베트의 방문 때문인지는 알 수 없었다. 어쨌든 산타클로스를 기다리는 아이처럼 홀게르가 그녀의 방문을 손꼽아 기다리고, 그녀를 기쁘게 해주고 싶어서 재활 치료에 온 정성을 쏟는다는 건 누가 봐도 분명했다. 체스를 판판이 지는 것조차 즐거워 보였다.

박사는 곁에 서서 게임을 구경했다. 아주 재미있는 한 판이었다. 백마를 잡은 홀게르가 정석대로 '시칠리아 진형'으로 판을 시작해 장고 끝에 한 수씩 두곤 했다. 뇌출혈 후유증으로 신체적 장애가 생겼지만 정신만큼은 멀쩡했기 때문에 체스를 두는 데는 아무 문제가 없었다.

한편 리스베트는 '무중력 상태에서의 전파망원경 주파수 측정'이라는 괴상한 주제의 책에 푹 빠져 있었다. 엉덩이 밑에는 쿠션을 깔고 있었는데 테이블과 높이를 맞추려 한 모양이었다. 그 상태에서 홀게르가 말을 움직이면 눈으로만 힐끗 쳐다보고는 무심한 표정으로 말을 하나 옮기고 다시 책으로 돌아갔다. 홀게르는 27수 만에 항복했다. 리스베트가 다시 고개를 들고 이마를 찌푸린 채 몇 초간 체스판을 쳐다보았다.

"아닌데……" 그녀가 말했다. "변호사님은 비길 수도 있었어요."

그러자 홀게르가 한숨을 내쉬고는 다시 오 분쯤 체스판을 뚫어지게 들여다보았다.

"뭔데? 가르쳐줘봐."

리스베트가 체스판을 돌려서 그의 말을 잡았다. 그러고는 39수 만에 비기기를 이끌어냈다.

"와, 엄청나네!" 박사가 감탄했다.

"저애는 항상 이래요. 절대 돈내기를 하면 안 되죠." 홀게르가 말했다.

박사는 어렸을 때부터 체스를 두었다. 십대 때에는 투르쿠시 대회에 나가 준우승까지 한 실력자로서 아마추어 중에서는 꽤 강자라고 자부하는 터였다. 그런 그에게도 리스베트는 무서운 기사棋士였다. 하지만 그녀는 클럽에서는 한 번도 두어본 적이 없는 모양이었다. 가령 이번 판이 라스커의 고전적 정석을 변형한 판이었다고 박사가 논평을 해도 어리둥절해할 뿐이었다. 그 유명한 체스기사 에마누엘 라스커에 대해 금시초문인 듯한 표정으로. '천재적인 체스 실력은 선천적인 것일까?' '그렇다면 심리학적으로도 흥미로운 재능들을 지니고 있지 않을까?' 박사는 목구멍까지 이런 질문들이 차올라 견딜 수 없었다.

하지만 그는 아무것도 묻지 않았다. 단지 그녀가 센터에 온 후로 홀게르의 상태가 훨씬 좋아지고 있다고 한마디 언급할 뿐이었다.

닐스 비우르만은 저녁 늦게 자신의 집으로 돌아왔다. 지난 사 주 내내 스탈라르홀멘 부근 별장에서 지낸 터였다. 그는 매우 의기소침해 있었다. 금발 거인이 별장에 찾아와 그자들이 이 일에 흥미를 보인다는 소식—비용은 모두 10만 크로나라고 했다—을 전해준 걸 제외하면 이 비참한 상황을 근본적으로 바꿔줄 만한 일은 전혀 없었다.

현관문을 열고 들어서자 덧날개가 달린 우편물 투입구 아래로 우편물이 산더미처럼 쌓여 있었다. 일단 그것들을 주워모아 주방 식탁 위에 올려놓았다. 깊은 공허감이 몰려왔다. 그는 자기 자신과 외부 세계에 대해 점점 흥미를 잃어가고 있었다. 밤늦은 시간쯤 비로소 그의 시선이 우편물 무더기로 향했고 그제야 무심코 그것들을 뒤적여보았다.

봉투 하나에 한델스방크의 주소가 스탬프로 찍혀 있었다. 봉투를 열어 내용물을 확인하는 그의 손이 갑자기 떨렸다. 리스베트가 9312크로나를 인출한 기록이 나와 있는 계좌명세서였다.

그녀가 돌아왔다.

닐스는 서재로 들어가 책상 위에 명세서를 올려놓고 증오에 가득 찬 눈으로 노려보았다. 비로소 정신이 좀 드는 듯했다. 이내 전화번호를 찾아내 수화기를 들고 누군가의 번호를 눌렀다. 선불로 사용하는 일회용 휴대전화 번호였고 소유자는 물론 익명이었다. 수화기 저편에서 가벼운 목소리가 들려오자 닐스의 눈앞에 금발 거인의 모습이 떠올랐다.

"여보세요?"

"닐스 비우르만입니다."

"왜 전화했소?"

"그년이 돌아왔어요. 스웨덴에."

수화기 너머에서 짧은 침묵이 흘렀다.

"좋소. 앞으로는 이 번호로 전화하지 마시오."

"하지만……"

"곧 지시사항을 전해주겠소."

전화가 툭 끊겼고, 닐스는 화가 치밀어 속으로 욕을 퍼부었다. 그러고는 미니바로 가서 버번위스키 반잔을 따라 두 모금에 다 비웠다. 술 좀 줄여야 하는데…… 하지만 그는 위스키를 또 한잔 가득 따라 들고 책상으로 돌아왔다. 그리고 한델스방크에서 온 계좌명세서를 뚫어지게 쳐다보았다.

미리암 우는 리스베트의 등과 목덜미를 마사지해주고 있었다. 이십 분 넘게 정성 들여 마사지를 해줘도 무뚝뚝하기 짝이 없는 이 여자는 단 두 차례 만족스러운 신음을 흘렸을 뿐이다. 하지만 리스베트는 밈미에게 마사지를 받을 때면 굉장히 기분이 좋았고 그 순간만큼은 마치 한 마리의 행복한 새끼 고양이가 된 느낌이었다. 그렇게 그대로 잠들고 싶었다. 아니면 새끼 고양이처럼 팔다리를 바둥거리며 시간을 보내거나.

밈미가 엉덩이를 툭툭 두드리며 이제 됐다고 말하자 리스베트는 실망의 한숨을 내쉬었다. 다시 또 해주지 않을까 하는 미련을 버리지 못해 움직이지 않고 엎드려 있었지만 와인잔을 집어드는 소리에 결국 몸을 뒤집어 돌아누웠다.

"고마워."

"하루종일 컴퓨터 앞에 꼼짝 않고 앉아 있으니 이렇게 등이 아픈 거야."

"근육이 좀 뭉쳤을 뿐이야."

두 여자는 룬다가탄의 아파트에서 밈미의 침대 위에 알몸으로 누워 있었다. 벌써 와인을 몇 잔 마신 뒤라 둘 다 조금씩 알딸딸했다. 밈미와 다시 만나기 시작한 후로 리스베트의 욕구는 봇물 터지듯 흘러나왔다. 시간만 나면 밈미에게 전화를 해대는 고약한 버릇까지 생겼다. 단순한 욕구라기엔 스스로도 과하게 느껴질 정도로 시도 때도 없이 밈미를 찾고 있었다. 그녀는 밈미를 바라보며 절대로 누군가에게 애착을 느껴서는 안 된다고 속으로 되뇌었다. 결국은 상처만 남을 테니까.

갑자기 밈미가 침대 밖으로 몸을 빼더니 옆에 있는 테이블의 서랍을 열었다. 그러고는 꽃무늬 포장지와 금빛 띠로 장식한 조그만 상자를 하나 꺼내 리스베트에게 휙 건넸다.

"이게 뭐야?"

"생일선물."

"내 생일은 아직 한 달 남았는데."

"작년 거야. 그때 네가 어디 있는지 알 수가 없었잖아. 그런데 이번에 이사하면서 짐을 정리하다가 나왔어."

리스베트는 잠시 아무 말이 없었다.

"열어봐도 돼?"

"당연하지. 원한다면 얼마든지."

리스베트는 와인잔을 옆에 내려놓고 상자를 흔들어본 다음 아주 천천히 선물을 풀기 시작했다. 청색과 흑색으로 칠한 법랑 재질 위에 한자가 새겨진 담배 케이스였다.

"넌 담배 끊어야 해." 밈미가 말했다. "하지만 꼭 피워야 한다면 담배들을 좀 보기 좋게 가지고 다니는 게 어떻겠어?"

"고마워. 내 생일 선물 챙기는 사람은 너밖에 없네. 그런데 이 글자들이 무슨 뜻인지 알아?"

"낸들 알겠니? 나 중국말 못하는 거 알잖아. 그냥 벼룩시장에서 우연히 발견한 거야."

"멋있어, 이 케이스."

"싸구려 장식품이지 뭐. 하지만 네가 좋아할 줄 알았어. 마실 게 다 떨어졌는데 어디 가서 맥주나 한잔 마실까?"

"그럼 또 일어나서 옷을 입어야 하잖아?"

"그렇게 나올 줄 알았다. 가끔 근사한 술집에 나가서 한잔씩 안 할 거라면 이 쇠데르 구역에 사는 의미가 뭐야?"

리스베트는 한숨을 쉬었다.

"자자, 일어나라고!" 밈미가 리스베트의 배꼽에 박힌 보석을 톡톡 건드리며 말했다. "넌 정말 섹스 집착증이 있어. 바에 갔다가 다시 돌아올 테니 걱정 말라고."

리스베트는 다시 한숨을 내쉬면서 한쪽 발을 바닥에 내려놓고는 바닥에 떨어진 팬티를 줍기 위해 팔을 뻗었다.

〈밀레니엄〉 사무실 한쪽에 마련된 책상에 앉아 있던 다그 스벤손은 출입구 열쇠 구멍이 달그락거리는 소리에 깜짝 놀라 고개를 들었다. 손목시계를 보니 벌써 밤 9시였다. 문을 열고 들어온 미카엘 역시 사무실에 누가 남아 있는 걸 알고 적잖이 놀란 얼굴이었다.

"아니, 미카엘! 야근이라도 하려고요? 난 원고 쓰다가 시간 가는 줄도 몰랐네요. 무슨 일이죠?"

"책을 한 권 잊고 간 게 있어서요. 작업은 생각대로 잘되나요?"

"음…… 아뇨. 그 빌어먹을 세포 요원 군나르 비에르크의 소재를 알아내려고 고생한 지 벌써 삼 주째예요. 외국 정보기관에 납치라도 당한 건지 도통 종적을 찾을 수가 없네요."

다그가 이어서 골치 아픈 사연을 들려주었다. 미카엘은 의자 하나를 당겨 앉은 다음 잠시 생각했다.

"혹시 '행운의 당첨'이란 거 시도해봤어요?"

"네?"

"아주 그럴듯하게 편지를 한 장 만드는 거예요. '축하합니다. 당신은 GPS가 장착된 최신 휴대전화를 받게 되었습니다'라고 쓴 다음 깨끗하게 출력해서 그가 사는 곳으로 보내는 거죠. 이 경우에는 그의 사서함 주소로 보내는 거예요. 이다음부터가 중요합니다. 그 편지에 덧붙일 내용이 있어요. 이미 휴대전화를 받게 된 행운의 당첨자인데다 보너스까지 있다고요. 즉 10만 크로나가 상금으로 걸린 추첨 이벤트에서 최종 후보자 스무 명 안에 들었다고 하는 겁니다. 조건은 단 하나, 자사 제품과 관련한 설문 조사에 응해야 하는데 전문 조사원이 찾아가 한 시간이면 끝날 일이다! 무슨 얘긴지 알겠죠?"

다그의 입이 딱 벌어졌다.

"지금 진심입니까?"

"진심 아닐 게 뭐 있어요? 모든 방법을 동원해도 못 찾았다면서요. 아무리 세포의 거물이라 한들 10만 크로나가 걸린 이벤트에서 최종 스무 명에 뽑혔다는 소리를 듣고는 가만히 있지 않을 거예요."

다그가 이번엔 배꼽을 잡고 웃었다.

"정말 말도 안 돼요! 그리고 혹시나 불법은 아닐까요?"

"휴대전화를 선물하는 게 불법이라는 말은 들어본 적이 없는데요?"

"아이고! 미카엘, 내가 졌습니다, 졌어요!"

그렇게 다그는 한동안 웃음을 멈추지 않았다. 그사이 미카엘은 잠시 망설였다. 원래 집으로 돌아갈 생각이었고 밤늦게 술집을 들락거리는 일도 좋아하지 않았지만 다그와 좀더 시간을 보내야겠다는 생각이 들었다.

"우리, 맥주 한잔 어때요?"

다그가 손목시계를 들여다보았다.

"왜 안 되겠어요! 좋습니다! 먼저 미아에게 전화 한 통 걸고요. 지금 밖에서 친구들을 만나고 있는데 날 데리러 온다고 했었거든요."

그들은 술집 '풍차'로 향했다. 사무실에서 가깝고 편안하다는 간단한 이유였다. 다그는 군나르에게 보내보라는 그 엉뚱한 편지를 생각하며 연신 킥킥거렸다. 미카엘은 별것도 아닌 농담에 이토록 웃어대는 동료가 오히려 의아했다. 풍차에 도착하자마자 마침 한 커플이 일어난 덕분에 입구 근처에 자리를 잡을 수 있었다. 둘 다 맥주를 한잔씩 시킨 후 요즘 다그의 머릿속을 꽉 채우고 있는 그 주제에 대해 이야기를 나누기 시작했다.

미카엘은 밈미와 함께 바에 서 있는 리스베트를 보지 못했다. 먼저 그를 알아본 리스베트가 자신과 미카엘 사이에 밈미가 서도록 한 걸음 뒤로 물러났다. 그러고는 밈미의 어깨 너머로 그의 모습을 관찰했다.

스웨덴에 돌아와 처음으로 저녁 데이트를 즐기는 와중에 그와 마주친 것이다. 아, 빌어먹을 칼레 블롬크비스트!

이렇게 그를 보는 것도 실로 일 년 만이었다.

"왜, 무슨 문제라도 있어?" 밈미가 물었다.

"아무것도 아냐."

둘은 이야기를 계속했다. 아니 정확히는 밈미가 이야기를 계속했다. 몇 년 전 런던 여행중에 만난 어느 여자애 이야기였다. 화랑에서 마주친 여자가 밈미를 유혹하려 했지만 갈수록 상황이 코믹해졌다는 내용이었는데, 리스베트는 이따금 고개를 끄덕일 뿐 이야기가 재미있어지는 부분에 이르러도 아무런 반응이 없었다. 뭐, 늘 그렇지만 말이다.

리스베트의 눈에 미카엘은 별로 변한 게 없어 보였다. 그리고 오늘 따라 유난히 매력적이었다. 여유가 있으면서도 어딘가 심각해 보이는 모습이었다. 그는 테이블에 함께 앉은 상대방의 말을 들으며 가끔씩 고개를 끄덕였다. 그렇게 가벼운 대화는 아닌 듯했다.

이번엔 그의 일행에게 시선을 옮겼다. 큰 키에 짧은 금발, 그리고 미카엘보다 몇 살 적어 보이는 사내가 심각한 얼굴로 무언가를 설명하고 있었다. 그녀가 한 번도 본 적 없는 남자인데다 누구인지 전혀 감을 잡을 수 없었다.

그때 갑자기 사람들 한 무리가 미카엘의 테이블로 몰려가더니 마구 악수를 나눴다. 그중 여자 하나가 그의 볼을 가볍게 치며 뭐라고 말하자 모든 이들이 웃음을 터뜨렸다. 미카엘은 당황한 표정을 지으면서도 그들과 함께 웃었다. 벤네르스트룀 사건을 성공시킨 덕분인지 사람들이 그를 유명인사처럼 대하는 모양이었다.

리스베트는 한쪽 눈썹을 찌푸렸다.

"지금 내 이야기 듣고 있어?" 밈미가 물었다.

"그럼, 듣고 있지."

"넌 술친구로는 꽝이야. 아, 그만둘래. 그냥 우리 들어가서 뽀뽀나 할까?"

"조금 있다가."

리스베트는 밈미에게 좀더 가까이 다가섰다. 그러고는 그녀의 골반 위에 한 손을 올려놓았다. 밈미가 자신의 파트너를 내려다보았다.

"네 입술에 키스하고 싶다." 밈미가 말했다.

"하지 마."

"사람들이 널 레즈비언으로 볼까봐?"

"그냥 지금은 이목을 끌고 싶지 않아."

"사람들이 쳐다보면 그냥 집으로 들어가버리면 되잖아. 난 좀 즐기고 싶은데."

"지금은 안 돼. 조금만 기다리라고."

그녀들은 그렇게 오래 기다릴 필요가 없었다. 들어온 지 이십 분 만에 미카엘의 일행인 남자에게 전화가 걸려왔다. 그들은 남은 맥주를 비우고 자리에서 일어났다.

"저 남자 좀 봐." 밈미가 말했다. "미카엘 블롬크비스트야. 벤네르스트룀 사건 이후로 로큰롤 스타보다 더 유명해졌지."

"그래?"

"몰랐구나. 네가 외국으로 나간 바로 그 무렵에 일어난 일이었어."

"나도 들은 적 있어."

리스베트는 오 분을 더 기다렸다가 이윽고 밈미를 올려다보았다.

"아까 내 입술에 키스하고 싶다고 그랬지?"

밈미가 놀란 표정으로 그녀를 쳐다보았다.

"장난으로 그랬던 거야. 널 좀 놀려주려고."

그때 리스베트가 발뒤꿈치를 들어 몸을 높였다. 그리고 밈미의 얼굴을 자신의 얼굴 앞으로 끌어내린 다음 밈미의 입술에 키스했다. 몇 분쯤 계속된 깊고도 끈적한 키스였다. 키스가 끝나자 사람들의 박수가 쏟아졌다.

"얘가 완전히 미쳤나봐!" 밈미가 말했다.

리스베트는 아침 7시쯤 집으로 돌아왔다. 티셔츠를 벗고 겨드랑이 냄새를 살짝 맡아본 후 샤워를 할까도 생각했지만 그냥 있기로 했다. 그러고는 벗은 옷들을 아무렇게나 바닥에 던져놓고 침대로 올라갔다. 그렇게 오후 4시까지 내리 잔 그녀는 뒤늦은 식사를 하러 쇠데르 시장으로 나갔다.

길을 걸으며 어제 갑자기 미카엘과 맞닥뜨렸을 때 자신이 보인 반응을 생각했다. 그가 신경쓰이는 건 사실이었지만 예전처럼 가슴이 아프거나 하는 느낌은 더이상 없었다. 이제 그의 존재는 지평선 저쪽에서 가물대는 작은 점 하나만큼 줄어들었다. 그녀의 삶에서 그는 가벼운 파문에 불과했다.

리스베트의 삶에는 그보다 훨씬 더 고약한 격랑과 골치 아픈 일들이 많았다.

하지만 불현듯 후회가 밀려왔다. 그에게 용기 있게 다가가 인사를 건넸어야 했는데.

아니, 가서 한 대 갈겨주기라도 했어야 하는 건데.

리스베트가 상반된 감정을 두고 머뭇거리는 사이 최후의 승자는 불쑥 일어난 호기심이었다. 미카엘이 지금 무슨 일을 하고 있을지 궁금해졌다. 그녀는 오후 내내 몇 가지 볼일을 처리하고 저녁 7시쯤 집으로 돌아왔다. 그리고 곧바로 노트북을 켜고 프로그램 아스픽시아 1.3을 실행했다. MikBlom/laptop(미카엘 블롬크비스트/노트북) 아이콘은 여전히 네덜란드 서버에 남아 있었다. 아이콘을 클릭해 미카엘의 하드디스크를 열었다. 이렇게 그의 컴퓨터에 들어가보는 것도 스웨덴을 떠났던 이후로 처음이었다. 리스베트는 그가 운영체제를 최신 버전으로 업데이트하지 않은 걸 확인하고 만족스러운 미소를 지었다. 만일 그랬다면 그의 컴퓨터에 심어둔 아스픽시아가 제거돼 해킹이 불가능했으리라. 운영체제를 업데이트해도 파괴되지 않는 해킹 프로그램을 만들어야겠다고 그녀는 생각했다.

지난번 방문 이후로 하드디스크에 저장된 자료는 6.9기가바이트 늘어나 있었다. 그중 대부분이 〈밀레니엄〉 각 호를 복사해둔 PDF 파일과 쿼크* 파일이었다. 이 파일들은 이미지 파일과 달리 용량을 많이 차지하지 않았다. 발행인으로 복귀한 이후 자신의 노트북에 〈밀레니엄〉 모든 호의 사본을 복사해 보관해두는 모양이었다.

---

* 미국 쿼크 사에서 개발한 출판편집 프로그램 '쿼크 익스프레스'.

리스베트는 그의 파일들을 날짜순으로 정리해 가장 옛날 것이 맨 위로 오게 했다. 그래놓고 보니 미카엘이 최근 몇 달간 관심 있게 열어본 파일들을 확인할 수 있었다. 'Dag Svensson'(다그 스벤손)이라 이름 붙인 폴더의 문서들로, 어떤 책을 내는 일과 관련이 있는 모양이었다. 이어서 미카엘의 메일함을 열어 발신인 명단을 죽 훑었다.

갑자기 그녀가 눈썹을 꿈틀거렸다. 그 빌어먹을 하리에트 방에르가 1월 26일에 보낸 메일이 눈에 들어왔다. 메일을 열어보니 곧 열릴 〈밀레니엄〉 주주총회에 대해 몇 마디 늘어놓고는 예전과 같은 호텔 방을 잡아놓았다는 말로 끝을 맺고 있었다.

리스베트가 이 정보를 소화하는 데는 시간이 조금 필요했다. 그녀는 어깨를 한번 으쓱하고는 뒤이어 그의 노트북에서 자료를 내려받았다. 이메일, 그리고 '거머리들'이라는 제목에 '성매매 산업의 수혜자들'이라는 부제가 붙은 다그의 원고였다. 그리고 미아 베리만이 쓴 '러시아에서 온 사랑'이라는 제목의 논문 사본도 찾아냈다.

인터넷 창을 닫은 뒤 주방으로 가 커피머신을 켰다. 그러고는 노트북을 가지고 새 거실 소파에 몸을 묻었다. 밈미가 준 담배 케이스를 열어 말보로 라이트 한 대를 꺼내 물고는 내려받은 파일들을 읽으며 남은 저녁을 보냈다.

미아의 논문을 다 읽고 나자 밤 9시쯤 되어 있었다. 그리고 한참을 깊은 생각에 잠겨 아랫입술을 잘근잘근 깨물었다.

10시 반경에는 다그의 원고를 끝냈다. 그리고 그녀는 〈밀레니엄〉이 또다시 특종을 터뜨릴 거라는 사실을 알게 되었다.

밤 11시 30분, 미카엘의 메일을 훑어보던 리스베트가 갑자기 눈을 크게 뜨며 몸을 곤추세웠다.

한줄기 전율이 등을 타고 흘러내렸다.

다그가 미카엘에게 보낸 메일 한 통 때문이었다.

다그는 자신이 지금 '살라'라는 동유럽 출신 악당에 대해 의혹을 품고 있는데, 어쩌면 저서의 한 장을 차지할 중요한 인물일지도 모른다고 했다. 그리고 원고 마감까지 시간이 촉박해 걱정이라는 말도 덧붙였다. 미카엘은 아직 답장하지 않은 상태였다.

살라.

리스베트는 그대로 얼어붙은 듯 생각에 잠겼다. 노트북 화면은 어느새 스크린세이버로 바뀌어 있었다.

다그는 공책을 펼쳐놓고 몹시 답답한 듯 신경질적으로 머리를 긁적거렸다. 그는 펼쳐놓은 페이지의 맨 위에 적힌 단어 하나를 물끄러미 내려다보았다.

살라.

그는 여전히 난감한 얼굴로 몇 분째 그 이름 주위에 속절없이 동그라미만 빙빙 그리고 있었다. 그러다 이내 몸을 일으켜 커피를 한잔 내리려고 탕비실로 갔다. 손목시계를 들여다보니 이제는 집에 들어갈 시간이었다. 〈밀레니엄〉 사무실은 조용하고 방해하는 사람도 없어서 일하기가 좋아 늦은 시간까지 남아 있기 일쑤였다. 하지만 원고 마감일은 째깍째깍 어김없이 다가오고 있었다. 원고에 자신이 없는 건 결코 아니었지만 이 프로젝트를 시작한 이래 처음으로 어렴풋하게 의구심이 들었다. 혹시라도 핵심적인 디테일을 놓치진 않았는지 걱정되기 시작했다.

살라.

지금껏 다그는 하루빨리 원고를 완성해 책이 출간되기만을 바라고 있었다. 하지만 지금은 좀더 시간을 갖고 싶을 따름이었다.

굴브란센 형사가 제공해준 부검 보고서를 다시 떠올려봤다. 쇠데르텔리에의 운하에서 발견된 이리나 P.에 관한 사건이었다. 그녀는 둔기로 잔혹하게 폭행을 당한 듯 얼굴과 가슴에 커다란 타박상이 남아 있었다. 직접 사인은 경추골절이었지만 다른 치명적인 상처가 적어도 두 군데는 더 있었다. 갈비뼈 여섯 개가 부러졌고 좌측 폐에 구멍이 뚫렸으며 끔찍한 폭행의 결과로 비장까지 터져 있었다. 하지만 폭행 방법이 확실하게 규명되지 않았다. 부검의는 천으로 감싼 나무망치를 썼을 거라는 가설을 내놓았다. 물론 살해범이 왜 무기를 천으로 감쌌는지는 설명하기 힘들었지만 통상적인 도구가 만들어낸 상처가 아니라는 사실만큼은 분명했다.

이 살인 사건은 여전히 미해결 상태였고 굴브란센은 범인을 찾아낼 확률이 극히 희박하다고 전망했다.

살라라는 이름은 미아가 지난 몇 년간 수집해온 자료에서 네 차례 등장했지만 매번 우연히 언급될 뿐이어서 그저 유령처럼 흐릿한 존재로 남아 있었다. 그가 누구인지 아는 사람이 아무도 없었고 심지어는 실제로 존재하는 인물인지조차 확실치 않았다. 어떤 소녀들은 마치 매를 때리는 아버지처럼 그를 언급했다. 그들의 말을 듣고 있으면 복종하지 않는 자에게 위협을 가하는 베일에 싸인 괴물이 머릿속에 떠올랐다. 다그는 살라를 더 캐보려고 일주일을 할애해 경찰과 기자, 그리고 성매매 사업과 관련해 그가 찾아냈던 정보제공자들을 탐문했다. 그렇게 접촉한 사람 하나가 페르오케 산스트룀 기자였다. 그런데 처음엔 크게 고민하지 않고 다 불어버릴 듯하던 그가 막상 구체적인 질문에 들어가자 상황의 심각성을 깨달았는지 오히려 다그에게 자기를 좀 봐달라고 사정하는 게 아닌가. 심지어는 돈을 줄 테니 눈감아달라고까지 했다. 하지만 다그에게는 그런 작자를 동정할 이유가 없었다. 결국엔 당국에 그를 고발할 수도 있는 자신의 위치를 이용해 최대한 정보를 빼낼 수밖에 없었다.

애석하게도 결과는 실망스러웠다. 페르오케는 섹스 마피아들과 은밀하게 어울려온 썩어빠진 개자식이었지만 살라를 만난 적은 한 번도 없다고 주장했다. 다만 자신과 전화 통화를 몇 번 했으니 실존

하는 인물일 거라고, 하지만 전화번호는 모른다고 했다. 누가 먼저 연락을 취했는지도 절대로 말할 수 없다고.

그 순간 다그는 깨달았다. 페르오케는 두려워하고 있었다. 부패하고 파렴치한 기자로 당국에 고발당하는 것보다 훨씬 더 두려운 일이었다. 그는 자신의 목숨을 걱정하고 있었다. 도대체 왜?

10장
3월 14일 월요일~3월 20일 일요일

홀게르가 있는 에르스타 재활센터까지 가는 데 대중교통을 이용
하면 시간이 너무 허비되었고, 그렇다고 매번 자동차를 빌리기도 여
의치 않았다. 3월 중순, 리스베트는 자동차를 한 대 사기로 마음먹고
우선 주차 공간을 마련하는 일부터 시작했다. 그런데 이게 차를 사는
일보다 더 복잡했다.

피스카르가탄 아파트 지하 주차장에 자리가 하나 있었지만 그걸
쓰고 싶은 마음은 전혀 없었다. 자신의 이름으로 산 차를 그곳에 두
면 이 아파트와 관계된 일까지 드러날 위험이 있었다. 그런데 몇 년
전, 훗날 차를 갖게 될 경우를 대비해 룬다가탄 아파트 차고에 자리
를 하나 신청해둔 적이 있었다. 혹시 아직도 대기 명단에 올라 있는
지 전화로 문의했더니 현재 일순위라는 게 아닌가. 그것도 다음달이
면 빈자리가 나온다고 했다. 이보다 더 좋을 수 없었다. 리스베트는
부리나케 서류를 작성한 후 밈미를 불러 서명하게 했다. 그리고 다음
날, 자동차를 찾아나섰다.

원한다면 롤스로이스나 오렌지색 페라리도 살 수 있었지만 이목을 끄는 요란한 차는 싫었다. 대신 나카에 있는 중고차 딜러 둘을 만나본 끝에 와인색 오토매틱 낡은 혼다를 골랐다. 그녀는 무려 한 시간 동안 엔진을 꼼꼼히 살폈다. 딜러로서는 속이 부글부글할 일이었다. 그러고는 나름의 원칙에 따라 흥정해 수천 크로나를 깎은 후에야 현금을 지불했다.

그렇게 혼다 한 대를 몰고 나온 그녀는 복사한 차 열쇠를 두러 밈미에게 들렀다. 미리 얘기만 하면 밈미 역시 얼마든지 차를 쓸 수 있다는 말도 덧붙였다. 다음달 초에 차고가 비워질 예정이라 우선은 근처 길가에 차를 세워두었다.

밈미는 누군가와 영화를 보러 간다고 했지만 리스베트에게는 국회의 예산 토론만큼이나 흥미 없는 일이었다. 게다가 리스베트가 들어본 적이 없는 여자와 간다고 했다. 밈미는 요란하게 화장을 하고 신경써서 차려입었는데 개목걸이 같은 걸 하고 있었다. 리스베트는 그 상대가 밈미가 말하는 '예쁜이' 중 하나일 거라고 짐작했다. 같이 가자는 권유는 거절했다. 어색하게 삼각관계를 연출하고 싶지 않았다. 게다가 분명 그 예쁜이는 긴 다리에 꽤나 섹시한 여자일 텐데 그 옆에서 자기 꼴이 우스워질 게 뻔했다. 결국 둘은 함께 집을 나와 회토리에트 전철역에서 헤어졌다.

리스베트는 스베아베겐에 있는 전자제품 전문점 '온오프'까지 걸어가 마감 직전의 매장에 들어갔다. 그리고 레이저프린터용 토너 두 개를 사서 배낭에 넣어 갈 수 있게끔 포장을 뜯어달라고 부탁했다.

매장에서 나오자 목이 마르고 배가 고팠다. 스투레플란 광장까지 걸어간 그녀는 무심코 헤돈 카페로 들어섰다. 이제까지 가본 적도 들어본 적도 없는 카페였다. 그런데 거기서 닐스 비우르만의 뒷모습을 보았다. 리스베트는 재빨리 출입구 쪽으로 몸을 돌려 카페 밖으로 나갔다. 그러고는 커다란 창가 근처 보도에 서서 카운터 너머로 보이는 자신의 후견인을 관찰하기 시작했다.

뜻밖에 맞닥뜨린 닐스 변호사의 모습이 그녀 내부에 별다른 감정을 불러일으키지는 않았다. 더이상 분노도 증오도 두려움도 느끼지 않았다. 물론 이 작자가 사라져준다면 세상은 훨씬 아름다운 곳이 되겠지만 이렇게 살아 있는 것도 쓸모가 있었으므로 일단은 살려둔 것이다. 이내 닐스와 마주앉은 사내 쪽으로 시선을 옮긴 순간 갑자기 일어선 그를 보고 흠칫 놀라지 않을 수 없었다. 클릭.

사내는 엄청나게 키가 컸다. 거의 2미터쯤 돼 보였다. 체격도 좋았다. 아니, 예외적으로 우람한 몸이었다. 얼굴 윤곽은 의외로 섬세했다. 금발은 관자놀이께에서 바짝 깎였고 짧은 앞머리가 이마를 커튼처럼 덮고 있었다. 전체적으로 매우 강한 인상이었다.

금발 거인이 몸을 굽혀 무언가를 속삭이자 닐스가 고개를 끄덕였다. 그리고 두 사내가 악수를 나눌 때 리스베트는 닐스가 재빨리 손을 거두는 모습을 보았다.

저 자식은 누구지? 저기서 닐스와 뭘 하는 거지?

리스베트는 재빨리 거리 아래쪽으로 내려가 담뱃가게 앞에 섰다. 그곳 가판대에 놓인 신문들을 들여다보는 척하는 사이 금발 거인이 카페에서 나와 곧장 그녀가 있는 방향으로 걸어왔다. 그러고는 등을 돌리고 선 그녀를 30센티미터쯤 지나쳐갔다. 사내가 15미터쯤 멀어졌을 때 리스베트는 그를 뒤쫓기 시작했다.

산책은 오래 걸리지 않았다. 금발 거인은 곧장 비리에르얄스가탄 역으로 내려가 자동판매기에서 전철표를 샀다. 리스베트 역시 가려고 했던 남쪽 방향 플랫폼에서 노르스보리 방면 열차에 올라탔다. 슬루센에서 내린 그는 파르스타 방면 열차로 갈아탔다가 스칸스툴역에서 내려 예트가탄에 있는 블롬베리 카페까지 걸어갔다.

리스베트는 들어가지 않고 밖에 서서 금발 거인과 함께 앉아 있는 또다른 사내를 물끄러미 바라보았다. 클릭. 그렇게 좋은 예감이 드는 사내는 아니었다. 얼굴에는 살이 없었지만 맥주깨나 밝히는 술꾼처럼 배가 불룩 튀어나온 작자였다. 금발은 뒤로 묶어 말총머리를 했고 콧수염도 금발이었다. 옷차림은 블랙진에 청재킷이었고 굽 높은 부츠를 신고 있었다. 오른쪽 손등에 문신이 있었지만 너무 멀어 무슨 그림인지 잘 보이지 않았다. 팔목에는 금 사슬 팔찌를 했고, 테이블 위에 놓인 담뱃갑을 보니 럭키스트라이크를 피우는 모양이었다. 흐릿한 눈빛은 마약을 하는 사람들의 흔한 특징이었다. 리스베트는 사내가 청재킷 안에 조끼를 입었다는 걸 알았다. 조끼가 보이진 않았지만 사내의 외양이 바로 오토바이 폭주족임을 말해주고 있었기 때문이다.

금발 거인은 아무것도 주문하지 않았다. 그리고 낮은 목소리로 무언가를 설명하는 듯했다. 청재킷의 사내는 규칙적으로 고개를 끄덕이면서도 이야기에 끼지는 않았다. 그 모습을 지켜보던 리스베트는 고감도 마이크를 하나 사야겠다고 생각했다.

오 분쯤 지났을 때 금발 거인이 자리에서 일어나 카페를 나왔다. 리스베트가 황급히 뒤로 물러섰고, 그는 그녀 쪽으로 눈을 돌리지도 않았다. 그러고는 40미터쯤 걸어 알헬고나가탄 거리로 들어가 거기 주차된 흰색 볼보의 차문을 열었다. 그리고 시동을 건 후 리스베트가 있는 쪽으로 천천히 차를 몰고 나왔다. 차가 아주 가까이 지나간 덕분에 그가 길모퉁이를 돌아 사라지기 전에 차량번호를 확인할 수 있었다.

리스베트는 볼보가 서 있던 자리를 몇 초쯤 물끄러미 쳐다보았다. 그러고는 몸을 돌려 급히 블롬베리 카페로 돌아갔다. 삼 분 정도 자리를 비운 사이에 테이블이 비어 있었다. 다시 몸을 돌려 보도 양쪽을 번갈아 보며 청재킷을 입은 말총머리 사내를 찾았다. 그러다 길 건너편을 바라보니 사내가 맥도날드 출입문을 밀면서 들어가고 있었다.

자세히 관찰하려면 그녀도 함께 따라 들어가야만 했다. 사내는 한쪽 구석에 또다른 남자 하나와 앉아 있었다. 말총머리 사내와 거의 비슷한 그 남자의 복장이 의미하는 건 명확했다. 다른 점이 있다면 그는 청재킷 위에 조끼를 입고 있었다. 리스베트는 조끼에 새겨진 글자를 읽었다. MC 스바벨셰. 오토바이 바퀴처럼 생긴 문양 하나가 그려져 있었는데 도끼 하나가 달린 켈트 십자가*와 흡사했다.

리스베트는 예트가탄 거리로 나왔다. 일 분쯤 망연한 얼굴로 서 있다가 이내 집에 돌아가기 위해 북쪽으로 걷기 시작했다. 그렇게 걷고 있는 그녀의 내부에서는 비상경보 시스템에 빨간불이 들어와 있었다.

우선 예트가탄에 있는 세븐일레븐에 들러 일주일치 장을 보았다. 냉동 피자 큰 것 하나, 냉동 생선 그라탕 세 개, 베이컨 파이 세 개, 사과 1킬로그램, 빵 두 덩이, 커다란 치즈 한 덩이, 우유, 커피, 말보로 라이트 한 줄, 신문…… 그리고 스바르텐스가탄을 지나 피스카르가탄으로 가 주의깊게 주위를 살핀 다음 아파트 건물의 비밀번호를 눌렀다. 집에 올라와서는 베이컨 파이 한 개를 전자레인지에 넣은 다음 우유를 팩째 들고서 마셨다. 커피머신을 켜놓고서 컴퓨터 앞에 앉은 그녀는 아스픽시아 1.3을 클릭해 네덜란드의 서버에 들어가 닐스의 하드디스크를 열었다. 그의 컴퓨터를 이잡듯 뒤지는 데 삼십 분쯤 걸렸다.

흥미를 끌 만한 건 전혀 없었다. 닐스는 이메일을 극히 드물게 사용하는 듯했다. 친구들 몇몇과 짧막하게 주고받은 개인적인 메일 십여 통이 전부였고 그 가운데 리스베트와 관련된 건 하나도 없었다.

이번에도 포르노 사진을 모아놓은 폴더를 발견할 수 있었다. 굴욕을 당한 여성들의 사진을 보니 이자는 아직도 가학적인 취미를 버리

---

* 십자가 주변을 원이 둘러싼 모양.

지 못한 모양이었다. 리스베트의 눈빛이 잠시 싸늘하게 굳었다. 닐스가 그녀와의 규칙을 위반했다고는 말할 수 없었다. 그가 여자들에게 직접 접근하는 걸 금지했을 뿐이니까.

이어서 후견인 업무와 관련된 문서들을 모아놓은 폴더에 들어가 그가 쓴 월례보고서들을 꼼꼼히 읽었다. 명령에 따라 매달 그녀에게 이메일로 보내준 복사본들과 내용이 정확히 일치했다.

모든 것이 정상이었다.

하지만 아주 미세한 변화 하나를 감지할 수 있었다. 지금까지 그는 매달 초 평균 네 시간씩 걸려 월례보고서를 작성한 다음 정확히 20일에 후견위원회로 발송했었다. 그런데 지금은 벌써 3월 중순인데도 보고서에 손도 대지 않고 있었다. 일을 잠시 소홀히 하는 걸까? 무슨 일로 늦어지는 거지? 바쁜 일이 있어서? 아니면 무언가 수상쩍은 일을 벌이는 걸까? 그녀의 이마에 깊은 주름 하나가 잡혔다.

결국은 노트북을 끄고 창가 구석에 앉아 밈미가 준 담배 케이스를 열었다. 담배 한 대를 피워 문 그녀는 바깥의 어둠을 응시했다. 문득 닐스를 통제하는 일에 소홀했다는 생각이 들었다. 이 개자식! 하이에 나보다 더 교활한 인간!

깊은 불안감이 그녀를 사로잡았다. 보기 싫은 인간들이 줄줄이 나타나는군. 빌어먹을 칼레 블롬크비스트에 이어 살라가 나타나더니 이제는 닐스 개자식까지 깝죽대다니. 게다가 약을 잔뜩 처먹어서 거인 같은 수컷 놈하고 너절한 폭주족 패거리는 또 뭐냐고! 그동안 리스베트가 애써 정돈해온 삶이 며칠 사이에 삐걱대는 소리가 들리기 시작했다.

다음날 새벽 2시 30분, 리스베트는 닐스가 살고 있는 건물의 출입문을 열었다. 그리고 그의 현관문 앞에 멈춰 서서 우편물 투입구를 막고 있는 덧날개를 살며시 들어올린 후 고감도 마이크를 집어넣었다. 런던 메이페어에 있는 '카운터스파이 숍'이라는 상점에서 산 마이크였다. 리스베트는 에베 칼손*에 대해서는 들어본 적이 없었다. 하지만 1980년대 말, 그로 하여금 당시 스웨덴 법무부 장관을 사임하게 만들었던 그 유명한 도청장치를 구입한 곳이 바로 카운터스파이 숍이었다.

우선 냉장고 모터 소리와 적어도 시계 두 대가 똑딱이며 돌아가는 소리가 들렸다. 그중 하나는 현관 왼쪽 거실에 걸린 벽시계이리라. 리스베트는 마이크 볼륨을 조정한 후 호흡을 멈추고 귀를 기울였다. 가구들이 삐걱이는 소리를 비롯해 온갖 잡음이 들렸지만 사람이 움직이는 소리는 느껴지지 않았다. 그렇게 일 분 정도 주의깊게 탐지한 끝에 마침내 원하는 소리를 찾아낼 수 있었다. 깊고도 규칙적으로 호흡하는 희미한 사람 소리였다.

닐스 비우르만은 잠들어 있었다.

리스베트는 마이크를 빼서 가죽재킷 안주머니에 집어넣었다. 오늘 그녀는 어두운색 청바지에 밑창이 고무로 된 테니스화 차림이었다. 소리를 내지 않으려고 극도로 조심하면서 구멍에 열쇠를 집어넣고 살그머니 문을 열었다. 그리고 문을 완전히 열기 전에 주머니에서 전기충격기를 꺼내 들었다. 다른 무기는 가져오지 않았다. 그를 제어하는 데는 전기충격기만으로 충분하다고 생각했다.

현관에 들어서 문을 닫은 뒤 살금살금 복도를 지나 침실에 이르렀다. 그 순간 그녀는 걸음을 멈췄다. 방안에서 불빛이 흘러나오고 있었다. 하지만 마이크를 쓰지 않아도 들릴 정도로 코 고는 소리가 나고 있었다. 살그머니 방안으로 들어가니 창턱 위에 불 켜진 램프가 하나 보였다. 닐스, 왜 불을 켜놨지? 어둠 속에서 자는 게 무서워진 거야?

침대 곁으로 다가가 자고 있는 그를 잠시 내려다보았다. 한결 노쇠

---

* 스웨덴 언론인. 법무부 장관의 지원 아래 비밀리에 올로프 팔메 암살 사건을 조사했다. 스캔들이 터지면서 그는 처벌받았고 법무부 장관은 사임했다.

하고 추레한 몰골이었다. 방안에 감도는 퀴퀴한 냄새는 그가 위생에 소홀함을 암시했다.

하지만 그녀는 일말의 동정심도 느끼지 않았다. 평소 무표정한 그녀의 눈에 순간적으로 반짝 불꽃이 일었다. 증오의 눈빛이었다. 협탁 위에 놓인 유리잔을 들어서 냄새를 맡아보니 알코올이었다.

리스베트는 침실을 떠났다. 주방에 잠시 들러 특별히 변한 게 없음을 확인하고서 거실을 점검한 후 서재로 갔다. 서재 앞에 멈춰 선 그녀는 호주머니에서 무언가를 꺼내 마룻바닥 여기저기에 뿌렸다. 비스켓 조각들이었다. 만약 그가 거실 쪽에서 다가오면 그걸 밟아 소리가 들릴 터였다.

우선 책상 앞에 앉아 전기충격기를 손이 닿는 거리에 놓았다. 그리고 차례차례 서랍들을 뒤지기 시작했다. 가장 먼저 닐스의 개인 계좌 명세서와 각종 행정 서류 따위를 간단히 훑어보았다. 예전보다 많이 느슨해졌고 서류들을 꼼꼼하게 정리해두지 않는다는 사실을 빼면 별다른 흥미로운 점은 눈에 띄지 않았다.

맨 마지막 서랍은 잠겨 있었다. 리스베트는 눈썹을 찌푸렸다. 지난번에 와서 봐두었던 서랍 속 물건들을 머릿속에 하나씩 떠올렸다. 카메라, 망원경, 올림푸스 소형 녹음기, 가죽 앨범, 보석과 목걸이 따위가 든 조그만 상자…… 상자 안에는 금으로 된 결혼반지도 하나 들어 있었는데, 거기에는 '틸다와 야코브 비우르만, 1951년 4월 23일'이라는 글자가 새겨져 있었다. 이미 작고한 그의 부모 이름이라는 것을 리스베트는 알고 있었다. 아마 기념으로 간직해둔 모양이었다. 마지막 서랍 속에 든 물건들은 대체로 어떤 정서적인 가치를 지니고 있었다. 닐스는 자신에게 귀중한 것들이 담긴 서랍을 이렇게 열쇠로 잠가 보관하는 듯했다.

이번에는 책상 뒤에 슬라이드 커튼으로 여닫게 되어 있는 책꽂이에서 문서철 두 개를 꺼냈다. 리스베트 자신에 관련된 문서들이었다.

십오 분쯤 걸려 모든 페이지들을 꼼꼼하게 살폈다. 흠잡을 데 없는 보고서들에서 리스베트는 아주 선량하고 착실한 사람으로 묘사되었다. 네 달 전에 제출한 보고서에서는 그녀가 이제 합리적인 사고와 자립능력을 갖췄기 때문에 내년 검토회의 때 이 후견 체제를 지속하는 게 과연 타당한지 심각하게 논의할 필요가 있겠다고 밝히기도 했다. 이 모든 내용이 아주 우아하게 표현된 그 보고서는 리스베트가 후견 체제에서 벗어나는 데 필요한 첫번째 요건이었다.

문서철에 포함된 종이 몇 장에 그가 직접 적은 메모들을 보니 후견위원회에 속한 울리카 폰 리벤스탈이라는 여자가 찾아왔던 모양이다. 아마도 피후견인의 전반적인 상태를 알아보려고 변호사를 만난 듯한데, '정신과의 평가가 필요할 것임'이라는 메모에 밑줄이 그어져 있었다.

리스베트는 코웃음을 치며 불쾌한 표정을 지었다. 그러고는 문서철을 제자리에 놓은 후 주위를 둘러보았다.

언뜻 보기에 이상한 점은 전혀 눈에 띄지 않았다. 오히려 자신이 내린 지시대로 행동하려고 아주 세심하게 정성을 기울이는 듯했다. 리스베트는 아랫입술을 잘근잘근 씹었다. 아무래도 수상쩍은 느낌을 완전히 떨쳐버릴 수 없었다.

결국 자리에서 일어나 스탠드를 끄려던 순간 그녀는 움직임을 멈췄다. 그리고 다시 문서철을 꺼내 훑어보았다. 이내 그녀는 헉하고 숨을 멈췄다.

문서철에 무언가가 빠져 있었다. 일 년 전 거기에는 어린 시절부터 그녀의 성장 과정을 기록한 후견위원회의 요약문이 들어 있었다. 그런데 지금 그게 보이지 않았다. 왜 그 서류를 빼냈을까? 그녀는 눈썹을 찌푸렸다. 아무리 생각해도 타당한 설명이 떠오르지 않았다. 어쩌면 몇 가지 자료를 다른 곳에 보관하고 있을지도 몰랐다. 그녀는 슬라이드 커튼으로 가려진 서가를 힐끗 쳐다본 다음 잠겨 있는 책상 서랍으로 시선을 옮겼다.

이날따라 마스터키를 가져오지 않았기에 다시 침실로 살금살금 걸어갔다. 열쇠꾸러미는 입식 옷걸이에 걸려 있는 재킷 주머니에 들어 있었다. 서랍에는 작년에 본 물건들이 그대로 들어 있었다. 하나만 빼고. 바로 콜트 45 매그넘 권총 사진이 붙어 있는 납작한 상자였다.

리스베트는 두 해 전에 닐스에 대해 조사한 내용들을 떠올려봤다. 그는 사격 클럽에서 권총사격을 즐겼고 콜트 45 매그넘 면허도 가지고 있었다.

그렇다면 권총 때문에라도 서랍을 잠가놓을 수 있는 일이었다.

이 모든 상황들이 석연치는 않았지만 현재로선 잠들어 있는 그를 깨워 면상을 박살내버릴 이유를 찾기가 힘들었다.

미아 베리만은 6시 반에 잠에서 깼다. 거실에는 TV를 켜놓았는지 아침 뉴스 소리가 희미하게 들려왔고 향긋한 커피 냄새도 났다. 다그 스벤손이 노트북 자판을 두드리는 소리도 함께. 그녀의 얼굴에 미소가 떠올랐다.

저 남자가 이렇게 열심히 일하는 모습을 일찍이 본 적이 없었다. 〈밀레니엄〉이 그에게 좋은 영향을 주고 있었다. 그는 항상 문제없다고 큰소리쳤지만 미아가 보기에 미카엘과 에리카를 비롯해 다른 사람들과 만나면서 큰 자극을 받는 듯했다. 특히 풀이 죽어서 들어오는 일이 잦아졌는데 그날은 보나마나 미카엘에게 결점을 지적받았거나 논리상 허점을 공격당한 게 분명했다. 그런 일이 있고 나면 그의 작업량은 두 배로 늘어나곤 했다.

미아는 자신의 배 위에 손바닥을 올려놓으며 저렇게 일에 집중한 사람에게 사실을 알리는 게 과연 좋을지 자문해봤다. 생리가 벌써 삼주째 늦어지고 있었다. 약국에서 임신 테스트기를 사서 확인해봐야 확실히 알 수 있는 일이었지만 가능성이 짙었다.

하지만 지금 이 사실을 밝히는 게 과연 좋을지 주저되는 것도 사실이었다.

그녀는 곧 서른 살이 된다. 그리고 한 달 후에는 논문을 발표할 예정이다. 베리만 박사! 그녀는 다시 미소를 지으며 확실히 알기 전까지는 다그에게 아무 말도 하지 않기로 마음먹었다. 어쩌면 그가 책을 끝내고 그녀 역시 논문이 통과돼 축하할 그날까지 기다리는 편이 좋을지도 몰랐다.

그렇게 십 분쯤 더 침대에 누워 있다가 일어난 그녀가 시트로 몸을 두르고 거실로 나갔다. 다그가 노트북에서 눈을 뗐다.

"알아? 지금 아침 7시도 안 됐어." 그녀가 말했다.

"미카엘이 별것도 아닌 것까지 시시콜콜하게 지적해대서 말이야."

"오, 그가 그렇게 못되게 굴었어? 하지만 기분 나쁘진 않잖아? 자긴 그 사람 좋아하는 것 같던데. 안 그래?"

다그가 몸을 벌렁 젖혀 소파에 기대며 미아를 바라보았다. 그러고는 고개를 끄덕였다.

"그래. 〈밀레니엄〉은 작업하기 괜찮은 곳이야. 사실 저번에 자기가 날 데리러 오기 전에 풍차에서 미카엘하고 한잔하면서 얘기했어. 이 프로젝트가 끝나고 나면 어떻게 할 계획이냐고 묻더군."

"그래서 뭐라고 대답했는데?"

"잘 모르겠다고 했지. 이렇게 프리랜서 기자로 박박 기고 있는 게 벌써 몇 년째라고. 그래서 좀 안정적인 직장을 갖고 싶다고 했지."

"예를 들어 〈밀레니엄〉 같은?"

그가 그렇다고 고갯짓을 했다.

"미카엘이 내 자리를 하나 만들어놓은 모양이야. 파트타임이라도 괜찮으냐고 묻더군. 헨리 코르테스나 로티 카림처럼 말이야. 〈밀레니엄〉이 책상을 하나 내주고 기본급을 주면 모자라는 돈은 내가 알아서 벌어 쓰는 거지."

"괜찮겠어?"

"구체적으로 제의를 해오면 받아들일 생각이야."

"좋아. 하지만 매일같이 7시도 안 돼 일어나서 부산 떨지는 말라고. 게다가 오늘은 토요일이야."

"원고에서 한 군데 고쳐야 해서 말이야."

"침대에도 뭔가 고쳐야 할 게 있는 듯한데?"

그녀가 생긋 미소를 지으며 몸을 감싼 시트 한 자락을 열어 보였다. 그는 노트북을 켜둔 채 그녀를 따라갔다.

리스베트는 이후 며칠 밤낮을 노트북 앞에 붙어 무언가를 조사하는 일에 골몰했다. 하지만 조사할 대상이 명확하지 않아 느낌 가는 대로 여기저기 들어가다보니 여러 갈래로 나뉘어 때로는 지금 자신이 무얼 찾는지조차 잊을 때도 있었다.

그렇게 모은 자료들은 비교적 단순했다. 리스베트는 언론기사를 참고해 MC 스바벨셰의 연혁을 정리했다. 이 클럽이 처음 단신으로 신문 지면에 오르내리기 시작한 건 1991년으로, 당시 '텔리에 호그라이더스'라는 이름으로 활동하며 아지트로 삼은 쇠데르텔리에 근처 폐교를 경찰이 급습하면서부터였다. 폐교에서 난데없이 총성이 들려와 불안해진 주민들이 경찰에 신고했던 것이다. 무장경찰이 출동해보니 사내들 한 무리가 질펀하게 맥주 파티를 벌이다가 흥을 주체할 수 없었던지 즉석에서 사격시합이 한창이었다. 그들이 사용한 AK4 소총은 1980년대 초 베스테르보텐의 보병 20연대에서 도난당한 총기로 밝혀졌다.

한 매체가 작성한 도표에 의하면 MC 스바벨셰는 정규 멤버 예닐곱 명과 주변인물 여남은 명으로 구성되어 있었다. 멤버들 모두 한차례 이상 전과가 있는 자들이었다. 비교적 가벼운 사건들이었지만 폭력범죄가 없는 건 아니었다. 그중 특히 두 사내가 눈에 띄었다. MC 스바벨셰의 우두머리는 일명 '마게'라고도 하는 칼망누스 룬딘 이었다. 2001년 경찰이 다시 한번 그들의 본거지를 급습했을 때의 정황은 〈아프톤블라데트〉 온라인판에 비교적 상세한 설명이 나와 있 었다. 칼망누스는 1980년대 말과 1990년대 초에 걸쳐 다섯 차례 유 죄판결을 받았다. 그중 네 건은 절도, 장물은닉, 마약범죄였고, 마지 막 하나는 좀더 심각한 특수 상해죄로 18개월을 감방에서 썩어야 했 다. 그리고 1995년에 석방되고 얼마 지나지 않아 텔리에 호그 라이 더스의 회장이 되었다.

후에 MC 스바벨셰로 개칭한 클럽의 이인자는 나이 서른일곱에 전과가 자그마치 스물세 건인 소니 니에미넨이었다. 그의 화려한 이 력이 시작된 건 열여섯 살 때, 보호처분 대상으로 소년원 신세를 지 던 시절이었다. 이후 십여 년간 소니는 끊임없이 형사처벌을 받았다. 절도 다섯 번, 특수 절도 한 번, 협박죄 두 번, 마약범죄 두 번, 공무원 협박 및 폭행 한 번, 불법무기소지 두 번, 특수 불법무기죄 한 번, 음 주운전 한 번, 폭행 최소 여섯 번…… 그때마다 리스베트로서는 이 해할 수 없는 법적인 잣대에 따라 보호처분과 벌금형 혹은 한두 달 짜리 징역형에 처해지기를 계속하다가 1989년에 특수 상해와 폭력 절도로 징역 10개월을 선고받는다. 몇 달 후 석방된 그는 잠시 조용 히 지내나 싶더니 1990년 10월에 쇠데르텔리에의 한 술집에서 난투 극을 벌여 폭행치사죄로 징역 6년을 받는다. 1995년에 다시 출감한 소니는 이후 마게 룬딘의 가장 가까운 친구가 된다.

그러다 1996년에 그는 또다시 체포된다. 이번에는 현금수송차를 무장탈취한 일에 공모한 혐의였다. 범행에 직접 가담하지는 않았지 만 젊은 친구 셋에게 무기를 공급했다. 이렇게 해서 두번째 장기 복 역이 시작됐다. 징역 4년을 선고받아 1999년에 석방됐다. 그후에 일 어난 일은 기적에 가까웠다. 소니는 한 번도 법망에 걸려들지 않았다. 하지만 2001년에 나온 한 신문기사는 여기에 다른 진실이 숨어 있음을 암시했다. 기사는 당사자의 이름을 직접 언급하지 않았지만 내용이 워낙 자세해 쉽게 짐작할 수 있었고, 라이벌 클럽의 멤버 하나가 살해된 일을 포함해 그가 적어도 한 건 이상의 살인 사건에 공모한 혐의가 있음을 밝히고 있었다.

리스베트는 마게와 소니의 사진을 다운로드했다. 소니는 갈색 곱슬머리에 미남이었지만 눈빛은 사나웠다. 반면 마게는 어디가 좀 모자란 사람 같은 인상이었다. 리스베트는 금발 거인이 블롬베리 카페에서 만난 사내가 바로 마게이며, 맥도날드에서 마게를 기다리던 이는 소니였음을 쉽게 확인할 수 있었다.

그러고는 정부의 차량 등록 데이터베이스에 침입해 금발 거인이 탔던 흰색 볼보의 소유주를 찾아냈다. 주소지가 에스킬스투나인 '오토 엑스퍼트'라는 렌터카 회사였다. 곧장 전화번호를 누르니 레피크 알바라고 자신을 소개하는 직원이 받았다.

"안녕하세요! 저는 구닐라 한손이라고 해요. 어제 우리 강아지가 어떤 자동차에 깔려 죽었어요. 운전한 자식이 뺑소니를 쳐버렸는데 차량번호를 알아보니 그곳에서 빌린 차더군요. 흰색 볼보였죠."

그러고는 차 번호를 불러주었다.

"죄송합니다."

"죄송하다는 말로 끝날 일이 아니잖아요? 그 자식 이름을 알고 싶어요. 그래야 손해배상청구서를 보내죠."

"경찰에 신고는 하셨나요?"

"아뇨. 그냥 쌍방 합의로 끝내고 싶어요."

"죄송합니다만, 경찰에 신고가 안 되어 있다면 고객의 이름을 알려드릴 수 없습니다."

리스베트의 목소리가 어두워졌다. 사건을 합의로 끝내지 않고 꼭 경찰에 신고하도록 몰아가는 게 회사를 위해 좋은 정책이겠느냐고 물었다. 그러자 직원은 다시 한번 사과하며 자기로서는 어쩔 수 없다고 대답했다. 몇 분을 더 따져봤지만 결국 금발 거인의 이름을 알아낼 순 없었다.

'살라'라는 이름도 막다른 골목에 부딪혔다. 피자로 요기를 하느라 잠깐씩 두 번 멈춘 걸 빼고는 꼬박 24시간을 1.5리터짜리 코카콜라 한 병과 함께 컴퓨터 앞에 붙어 있었지만 허사였다.

살라라는 이름은 수백 개였다. 이탈리아의 스포츠 스타부터 아르헨티나의 작곡가에 이르기까지. 하지만 그녀가 찾는 살라는 없었다.

'살라첸코'라는 이름으로도 검색해봤지만 만족스러운 결과를 얻을 수 없었다.

진이 빠진 그녀는 비틀거리며 침실로 들어가 내리 열두 시간을 잤다. 잠이 깬 건 다음날 오전 11시였다. 우선 커피머신을 켜놓고 욕조에 물을 틀고서 거품 오일을 풀었다. 그리고 다시 주방으로 가 커피와 샌드위치를 가져와서 물속에 몸을 담그고 느긋하게 아침을 즐겼다. 그렇게 여유를 누리고 있으려니 문득 옆에 밈미가 있으면 얼마나 좋을까 싶었다. 하지만 불가능한 일이었다. 아직 그녀에게는 지금 사는 집을 알려줄 수 없다.

정오가 다 돼서야 욕조에서 나온 리스베트는 가운을 걸치고 다시 컴퓨터 앞에 앉았다.

다그 스벤손과 미아 베리만에 대해서는 좀더 나은 자료를 얻을 수 있었다. 구글로 찾기 시작한 지 얼마 되지 않아 최근 몇 년간 두 사람이 해온 활동을 대략 알아낼 수 있었다. 다그와 관련된 기사 몇 건을 내려받은 후에 그의 사진도 한 장 찾아냈다. 예상대로 며칠 전 풍차에서 미카엘과 같이 있던 남자였다. 둘 중 적어도 한 사람의 이름과 얼굴은 확인된 셈이다.

미아가 쓴 글, 혹은 그녀와 관련된 글은 제법 많았다. 몇 해 전 그녀는 사법부가 남성과 여성을 대하는 방식에 차이를 둔다는 보고서를 발표해 세간의 이목을 받았다. 당시 수많은 여성단체가 소식지에 사설이나 특집기사를 실으면서 그녀의 보고서를 빈번히 인용할 정도였다. 그리고 그녀 자신도 기사를 여러 편 써서 개인적으로 논쟁에 참여했었다. 리스베트는 이 모든 글들을 주의깊게 읽어내려갔다. 어떤 페미니스트들은 그녀의 주장에 큰 중요성을 부여했고, 또다른 이들은 '부르주아적 환상을 유포'한다고 비판했다. 그러나 '부르주아적 환상'이란 게 정확히 무엇인지는 밝히지 않았다.

오후 2시 무렵 리스베트는 아스픽시아 1.3에 접속했다. 이번에는 MikBlom/laptop이 아닌 〈밀레니엄〉 사무실에 있는 미카엘의 컴퓨터 MikBlom/office를 클릭했다. 그녀는 경험을 통해 이 사무실 컴퓨터에는 별다른 내용이 없다는 사실을 잘 알고 있었다. 미카엘이 사무실 컴퓨터로는 가끔 인터넷 서핑만 할 뿐 거의 모든 작업은 노트북으로 했기 때문이다. 하지만 미카엘의 사무실 컴퓨터에는 〈밀레니엄〉 편집부의 모든 컴퓨터를 들여다볼 수 있는 권한이 있었다. 즉 내부 네트워크의 접속번호를 이용해 필요한 정보들을 재빨리 찾아낼 수 있다는 뜻이었다.

〈밀레니엄〉의 다른 컴퓨터에 들어가려면 네덜란드 서버에 있는 복제 디스크만으로는 충분치 않았다. 사무실에 있는 컴퓨터가 켜져 있어야 했고 내부 네트워크에도 연결되어 있어야 했다. 다행히 오늘 리스베트는 운이 좋았다. 그가 지금 사무실에 있는지 컴퓨터가 켜져 있었다. 우선 십 분쯤 컴퓨터를 주시하며 아무런 활동의 신호가 없음을 확인했다. 그가 사무실에 들어와 컴퓨터를 켜고서 잠시 인터넷을 하다가 아예 다른 일을 하거나 아니면 노트북으로 일하는 중이라고 짐작할 수 있었다.

이제 슬그머니 행동을 개시할 시간이었다. 〈밀레니엄〉의 컴퓨터들을 하나씩 해킹하면서 에리카, 크리스테르, 그리고 잘 모르는 말린의 이메일까지 모조리 다운로드하는 데 한 시간쯤 걸렸다. 마지막은 다그 차례였다. 시스템 정보를 확인해보니 하드메모리가 750메가바이트에 불과한 고물 컴퓨터로 문서 작업을 할 때나 가끔 사용할 만한 구석기 유물이었다. 접속되어 있는 걸 보니 다그 역시 사무실에 있는 모양이었다. 우선 이메일을 내려받은 후 다그의 하드디스크를 훑어봤다. 그리고 '살라A'라는 간단한 이름이 붙은 폴더를 찾아낼 수 있었다.

금발 거인은 기분이 별로 좋지 않았고 몸 상태도 엉망이었다. 방금 현금으로 20만 3천 크로나를 받아오는 길이었다. 1월 말에 마게 룬딘에게 넘겼던 메스암페타민 3킬로그램의 대금으로, 기대보다 많은 금액이었다. 불과 몇 시간 노동한 대가치고는 꽤 괜찮은 액수인 것도 사실이다. 그가 하는 일이란 중개상에게 가서 메스암페타민을 받아와 얼마 동안 보관했다가 마게에게 인도하면 끝이었다. 그리고 나중에 다시 가서 수익금의 50퍼센트를 받아오면 됐다. MC 스바벨셰는 아무런 문제 없이 매달 이 정도의 금액을 꼬박꼬박 만들어왔다. 게다가 마게의 패거리는 그가 거래하는 판매 조직 세 곳 중 하나일 뿐이었다. 다른 두 조직은 예테보리와 말뫼에 있었다. 이 세 조직에서 들어오는 돈을 합치면 매달 50만 크로나 이상의 순수익이 생겼다.

컨디션이 영 엉망인 거인은 도로변에 차를 세우고 시동을 껐다. 벌써 서른 시간째 한숨도 못 잔 탓에 머리가 어질거렸다. 우선 차문을 열고 밖으로 나와 다리를 좀 편 후에 도로변에서 노상 방뇨를 했다. 날씨는 차가웠고 하늘엔 별이 총총했다. 지금 그가 서 있는 곳은 예르나에서 멀지 않은 어느 들판이었다.

사실 더 힘든 건 육체적인 피로보다 사업에 대한 고민이었다. 스톡홀름을 중심으로 400킬로미터 이내의 지역에서 메스암페타민 수요는 거의 무제한이라 할 수 있었다. 스웨덴은 의심의 여지 없이 훌륭한 시장이었다. 남은 문제는 단 하나, 이른바 '물류'였다. A라는 지점에서 B라는 지점까지, 좀더 정확히 말하면 탈린에 있는 지하 사무실에서 스톡홀름의 자유 무역항까지 어떻게 큰 사고 없이 상품을 운반할 수 있을까?

물류는 끊임없이 제기되어온 문제였다. 에스토니아에서 스웨덴까지의 안정된 운송 루트를 어떻게 확보할 수 있을까? 이것이야말로 이 사업의 핵심인 동시에 진정으로 취약한 고리였다. 왜냐하면 수년간 상당히 애를 써왔음에도 여전히 그때그때 단기적으로 수배된 임시방편에 의존해야 하는 형편이었기 때문이다.

게다가 최근 들어 시스템이 너무 자주 삐걱거린다는 게 문제였다. 금발 거인은 조직을 관리하는 자신의 탁월한 능력에 자부심을 느끼고 있었다. 그는 정확한 계산하에 당근과 몽둥이를 투입함으로써 불과 몇 년 사이에 지극히 효율적인 시스템을 만들어냈다. 그리고 지금까지 이 모든 걸 훌륭하게 관리해왔다. 파트너를 찾아내는 일부터 협상을 통해 합의를 이끌어낸 후 물건을 제대로 인도하는 일까지.

당근은 마게 같은 파트너들에게 주어지는 인센티브였다. 즉 저위험 고수익의 사업 말이다. 그들 입장에서 보면 이보다 완벽한 시스템도 없으리라. 기막힌 물건들이 집 앞까지 딱딱 배달되므로 자신들은 손가락 하나 까딱할 필요가 없기 때문이다. 물건을 입수하려고 복잡하게 여행할 필요도 없고, 반드시 거쳐야 할 사람들과 골치 아프게 협상할 일도 없으니 얼마나 편한가. 사실 이러한 거래에서 모든 열쇠를 쥐고 있다고 할 수 있는 마약 단속반이나 러시아 마피아는 어수룩한 사람들을 완전히 사기쳐서 벗겨먹을 수 있는 놈들이었다. 마게는 금발 거인이 이 모든 일을 다 해주고 있다는 사실을 잘 알았다. 자신은 물건을 받아 판매 대금의 50퍼센트만 바치면 끝이었다.

한편 몽둥이가 필요해지는 경우도 점점 더 많아졌다. 시스템에 자꾸만 모래 부스러기들이 끼어들었기 때문이다. 한번은 동네에 있는 마약 딜러 가운데 제법 후각이 예민했던 한 놈이 이 사업의 공급망에 대해 너무 많이 알아버리는 바람에 MC 스바벨셰가 큰 타격을 입을 뻔한 일이 있었다. 그래서 어쩔 수 없이 금발 거인이 개입해 벌을 줄 수밖에 없었다. 그는 벌주는 일에 재능이 탁월했다.

금발 거인은 한숨을 내쉬었다. 사업의 규모가 너무 확장되고 있음을 느꼈다. 간단히 말해 지나치게 다양해지고 있었다. 그는 담배 한 대를 피워 물고 두 다리를 넓게 벌려가며 스트레칭을 했다.

메스암페타민은 훌륭한 수입원이었다. 다루기 편할 뿐 아니라 잘 드러나지도 않았고 큰 수익을 올릴 수 있으면서 위험은 적었다. 무기 장사? 그런대로 괜찮은 사업이라 할 수 있었다. 불합리한 몇 가지 영역들을 정확히 판단해 회피할 능력만 있다면. 예를 들어 동네 구멍가게나 털 생각을 하는 정신 나간 애새끼들에게 돈 몇 푼 벌겠다고 권총 두 정을 배달해주는 건 경제적으로 전혀 정당화될 수 없는 위험한 짓이었다.

산업스파이 활동이나 핵심적인 전자부품을 동유럽으로 밀반출하는 일 역시 해볼 만한 사업이었다. 최근 몇 년 사이에 시장이 급격히 줄어들긴 했지만 말이다.

반면 발트 연안국에서 들여오는 성매매 여성들은 경제적으로 보면 아무런 타당성이 없었다. 우선 그들을 통해 들어오는 건 푼돈에 불과했다. 게다가 일이 조금이라도 꼬이면 언제든지 위선적인 매체들의 표적이 될 수 있었다. 그뿐인가? 스웨덴 의회에서도 이 문제를 두고 금발 거인으로선 전혀 이해할 수 없는 모호한 규칙에 따라 토론회를 벌인다느니, 뭐를 한다느니 하며 법석을 떨 수도 있었다. 하지만 성매매 사업에 전혀 이점이 없는 건 아니었다. 이 일은 법적으로 골치 아픈 문제를 거의 일으키지 않았다. 모든 사람이 성매매를 좋아하기 때문이었다. 검사도, 판사도, 경찰도, 심지어는 국회의원도.

이 활동에 종지부를 찍고자 깊이 파고들려는 사람은 아무도 없었다.

혹여 성판매 여성 하나가 죽어도 반드시 문제가 생기는 건 아니었다. 사건이 일어나고 몇 시간 안에 경찰이 명백한 혐의자를 체포하거나 혐의자의 옷에 핏자국이 남아 있는 경우라면 어쩔 수 없다. 그렇다면 징역형을 받거나 어디 이름 없는 정신 치료소 같은 데서 얼마간 지내야 한다. 하지만 사건 발생 후 48시간 안에 혐의자를 찾지 못한다면? 금발 거인은 경험을 통해 잘 알고 있었다. 이럴 때 경찰은 보다 중요한 다른 사건에 관심을 돌린다는 사실을.

어쨌든 그는 성매매 장사를 그다지 좋아하지 않았다. 요란하게 화장한 얼굴에 술에 찌들어 찢어지는 목소리로 소리를 질러대는 여자들을 좋아하지 않았다. 요컨대 그녀들은 순수하지 않았다. 게다가 투자액에 비해 산출액이 형편없는 인적 자본이었다. 그뿐인가? 언제든지 일을 터뜨릴 수 있는 불안정한 존재들이었다. 그 계집들은 당장이라도 일을 때려치우고 경찰이나 기자처럼 이 사업을 들쑤시고 다니는 작자들에게 모든 걸 고발할 수 있다는 생각을 품고 있었다. 그렇다면 어쩔 수 없이 자신이 개입해 벌을 주어야 한다. 만일 여자들이 폭로한 내용이 충분히 정확할 경우엔 검사들과 경찰들이 움직일수밖에 없다. 그렇지 않으면 빌어먹을 의회가 가만히 있지 않을 테니까. 정말이지 이 장사에는 엿 같은 일이 수도 없이 많다.

아토 란타와 하리 란타 형제가 '엿 같은 일'의 전형적인 예였다. 기생충처럼 하등 쓸모없는 주제에 이 사업에 대해 너무 많이 알고 있어서 골치 아픈 인간들이었다. 생각 같아서는 그 작자들 목에 쇠사슬을 감아 항구로 끌고 가 바다 밑바닥에 처박아버리고 싶었다. 하지만 그는 그렇게 하는 대신 이 인간들을 직접 탈린행 페리 앞까지 데리고 가서 승선하는 모습을 확인하는 걸로 끝냈다. 이 형제의 강요된 휴가는 어떤 빌어먹을 기자 놈 때문이었다. 그자가 사업을 마구 쑤셔대기 시작하는 바람에 경계경보가 멎을 때까지 형제를 숨겨놓기로 했다.

그는 다시금 한숨을 내쉬었다.

하지만 그 무엇보다 리스베트 살란데르 같은 부수적인 일들이 더욱 싫었다. 그로서는 전혀 흥미가 없는데다 조금도 득 될 게 없는 일이었다.

게다가 닐스 비우르만도 마음에 들지 않았다. 거인은 왜 자신이 닐스의 의뢰에 응했는지 이해되지 않았다. 하지만 이미 시위를 떠난 화살이었다. 명령은 떨어졌고, MC 스바벨셰에게 하청도 넣은 터였다.

하지만 이 상황이 썩 마음에 들지 않았다. 왠지 예감이 나빴다.

금발 거인은 길가 도랑에 꽁초를 집어던지고서 어둠에 잠긴 들판쪽으로 눈을 돌렸다. 그런데 순간 언뜻 한쪽 구석에서 어떤 움직임이 보였다. 그가 흠칫하며 그쪽을 노려보았다. 천지를 밝히는 것이라곤 가느다란 초승달 하나뿐이어서 사방이 어두컴컴했다. 하지만 도로로부터 30미터쯤 떨어진 들판 위에서 그를 향해 기어오는 무언가의 윤곽을 구별할 수는 있었다. 그것은 잠시 멈췄다가 다시 기어오기를 반복하며 다가오고 있었다.

갑자기 이마에서 식은땀이 흘러내렸다.

들판에 있는 그 존재에게 증오를 느꼈다.

일 분이 넘는 시간 동안 몸은 거의 마비된 채 시선만 서서히, 그러나 꾸준하게 전진해오는 실루엣에 못박혀 있었다. 어느새 그 생명체가 아주 가까운 곳에 다가와 있었고, 어둠 속에서 빛나는 눈이 보였다. 금발 거인은 몸을 돌려 자동차 쪽으로 뛰기 시작했다. 왈칵 차문을 열고 뛰어들어가 떨리는 손으로 차 열쇠를 찾았다. 간신히 시동을 걸고 전조등을 켜는 데 성공했을 때 그의 공포는 최고조에 달했다. 이제 생명체는 도로 위에 올라와 있었고 전조등 불빛에 그 형상이 자세히 드러났다. 마치 땅 위를 기는 거대한 가오리 같았다. 전갈처럼 독침을 바짝 치켜들고 있는……

한 가지는 분명했다. 그건 이 세상에 속한 생명체가 아니었다. 마치 지옥에서 곧장 솟아나온 괴물 같았다.

그는 일단 기어를 넣고 전속력으로 출발했다. 차가 곁을 지날 때 놈이 공격을 시도했다. 그렇게 수 킬로미터를 도망치고 난 후에도 그는 여전히 떨고 있었다.

리스베트는 다그 스벤손이 여성인신매매에 대해 조사한 내용을 읽느라 밤을 꼬박 새웠다. 그녀가 볼 수 있는 건 다운로드한 이메일 가운데 흩어져 있는 단편적인 내용들에 불과했지만 이 퍼즐 조각들을 기반으로 충분히 명확한 그림을 그릴 수 있었다.

먼저 에리카가 미카엘에게 이메일을 보내 성구매자 사실 대조가 얼마큼 진척되었는지 묻자 '첩보경찰'을 찾아내는 데 어려움을 겪고 있다는 간략한 대답이 돌아갔다. 여기서 리스베트는 탐사보도에서 폭로할 인물 중 하나가 세포에서 근무했다는 사실을 짐작할 수 있었다. 한편 말린 에릭손이 자신이 쓴 보충기사를 요약해 다그, 미카엘, 에리카 등에게 보내자 다그와 우리의 '칼레 블롬크비스트'가 몇 가지를 논평한 후 계속 발전시키라는 답장을 보냈다. 미카엘과 다그는 하루에도 여러 통씩 메일을 주고받았고, 그중에는 다그가 페르오케 산스트룀이라는 기자를 만나 사실 대조 작업을 벌인 결과를 보고하는 내용이 있었다.

다그의 이메일 중에서는 그가 야후 계정을 쓰는 굴브란센이라는 인물과 연락을 취한다는 사실도 확인할 수 있었다. 그리고 얼마 지나지 않아 굴브란센이라는 자가 경찰이며, 기밀 유지를 위해 경찰 내부 계정이 아닌 야후를 이용한다는 사실도 알 수 있었다. 그렇다면 이자는 정보제공자임이 분명했다.

한심할 정도로 내용이 빈약한 '살라' 폴더에는 달랑 워드 문서 세 개가 들어 있었다. 그중 용량이 가장 큰 128킬로바이트짜리 파일에는 '이리나 P.'라는 제목이 붙어 있었고, 어느 성판매 여성의 생애에 관한 단편적인 사실들이 담겨 있었다. 그리고 다그가 첨부한 부검 보고서를 통해 그녀가 죽었음을 알 수 있었다. 이리나의 몸에 끔찍하게 폭행당한 흔적들이 남아 있었고 그중 치명적인 상처 세 군데로 인해 사망했다는 사실도 함께 말이다.

이 문서에는 미아 베리만의 논문을 일부 인용한 듯한 부분도 있었다. 논문에서는 문제의 여성을 '타마라'라고 지칭하는 점이 다를 뿐이었다. 이리나와 타마라가 동일 인물임을 직감한 리스베트는 미아의 논문에서 타마라의 인터뷰가 포함된 부분을 주의깊게 읽었다.

'산스트룀'이라는 이름의 두번째 문서는 훨씬 짧았다. 다그가 미카엘에게 보냈던 요약문과 같은 내용으로, 페르오케 산스트룀이라는 기자가 발트 연안국 출신 소녀를 성적으로 학대한데다 마약이나 성판매 여성을 제공받는 대가로 섹스 마피아의 심부름꾼 노릇을 했다는 것이었다. 거기에는 흥미롭다못해 기가 막힌 일들도 적혀 있었다. 주로 기업 홍보용 잡지를 만들면서 일간지에 기사도 몇 편 기고하던 그가 비분강개하며 성매매를 규탄했다는 게 아닌가. 더불어 그가 폭로했던 사실들 가운데에는 실명을 거론하진 않았지만 스웨덴 재계 인사 하나가 탈린의 사창가에 드나들었다는 내용도 있었다.

'산스트룀' 파일에도 '이리나 P.' 파일에도 살라의 이름은 없었다. 하지만 리스베트가 보기에 이 문서들이 살라라는 폴더에 들어 있는 이상 세 사람 사이에 어떤 관계가 있는 게 분명했다. 이 폴더에 든 마지막 문서의 이름 역시 '살라'였다. 여기에도 간단한 사실이나 단상이 목록 형태로 적혀 있었다.

다그에 따르면 살라라는 이름은 1990년대 중반부터 마약, 무기, 성매매 등과 관련해 아홉 차례 등장했다고 한다. 그가 정확히 누구인지 아는 사람은 아무도 없었지만 정보제공자들은 그를 유고슬라비아나 폴란드, 아니면 체코 출신일 거라고 말했다. 하지만 그들 역시 서로 다른 사람들에게서 들은 정보를 전할 뿐이었다. 다그가 만난 사람 가운데 그 누구도 살라를 직접 만난 이는 없는 듯했다.

다그는 '정보제공자 G'(굴브란센?)와 살라에 대해 폭넓게 논의한 끝에 그가 이리나 P.의 살인 사건에 깊이 연관되었을 거라는 가설을 내놓았다. 정보제공자 G도 이 가설에 동의하는지는 알 수 없었지만 리스베트는 일 년 전 살라가 '조직범죄 국가특별수사대' 회의에서 논의의 대상이 되었다는 사실을 확인할 수 있었다. 살라라는 이름이 하도 자주 나타나 경찰들도 그의 실체에 의문을 품고 문제를 제기하지 않을 수 없었던 모양이다.

다그가 조사한 바에 따르면 살라라는 이름이 처음 등장한 건 1996년 외르켈융아에서 일어난 현금수송차 무장탈취 사건 때였다. 무장탈취범들은 330만 크로나에 달하는 현금을 손에 넣었지만 그 와중에 얼마나 난리법석을 피웠던지 경찰이 이내 신원을 파악해내는 바람에 사건 발생 후 24시간도 안 돼 체포당했다. 그리고 다음날 한 사람이 더 체포됐는데 전문적인 범죄자이자 MC 스바벨셰의 멤버인 소니 니에미넨이었다. 그는 범행에 사용된 총기를 공급했다는 혐의로 사 년간 감방 신세를 졌다.

현금수송차 탈취 사건이 있은 지 일주일 후에는 공범 셋이 추가로 검거됐다. 이렇게 해서 일당 여덟이 모두 붙잡혔는데 그중 일곱은 검사 앞에서 굳게 입을 다물었다. 하지만 비리에르 노르드만이라는 열아홉 살 청년이 거친 심문을 견디지 못하고 모든 걸 불어버린 덕에 결국 검사는 손쉬운 승리를 거둘 수 있었다. 아마 이 일 때문에 훗날 비리에르가 비참한 최후를 맞은 거라고 다그의 정보제공자는 추측했다. 이 년 후 가석방된 그는 베름란드에 있는 어느 모래 채취장에 파묻힌 채 시체로 발견되었다.

G에 따르면 경찰은 소니 니에미넨을 조직 배후의 핵심인물로 의심했다. 비리에르 살해 역시 그의 지시였을 거라고 생각했지만 아무런 증거가 없었다. 경찰은 그를 극히 위험하고 무자비한 인물로 간주

했다. 감옥에 있는 동안 그가 아리안 형제단과 관계를 맺었기 때문이다. 교도소 내 나치 조직인 아리안 형제단은 '울프팩 형제단', 전 세계적 조직망을 가진 폭주족 갱단 '헬스 엔젤스 오토바이 클럽', 그리고 멍청하고도 난폭한 나치 조직 '스웨덴 저항운동' 같은 부류와 연계하고 있었다.

하지만 여기서 리스베트의 관심을 끈 건 소니가 아니었다. 무장탈취범 비리에르의 진술에 의하면 범행에 쓰인 무기는 소니에게서 받았지만 소니 역시 비리에르는 잘 모르는 살라라는 유고슬라비아인에게 물건을 받았다고 했다.

여기서 다그는 살라가 범죄계의 무대 뒤에서 아주 은밀하게 활동하는 인물이라는 결론을 끌어냈다. 그리고 주민등록부에 그 이름이 없는 걸로 보아 일종의 별명이거나 혹은 일부러 가명을 사용하는 용의주도한 범죄자일 거라고 추측했다.

문서의 마지막에는 살라에 대해 기자 페르오케가 제공한 정보를 짤막하게 적어놨는데 내용은 빈약했다. 다그에 따르면 페르오케가 살라라는 이름을 쓰는 인물과 한 번 통화한 일이 있다고 한다. 하지만 대화의 내용은 적혀 있지 않았다.

새벽 4시경, 리스베트는 노트북을 닫고 창가에 앉았다. 그리고 살트셴만을 바라보았다. 그렇게 앉아 줄담배를 피우며 두 시간을 깊은 생각에 잠겨 있었다. 이제 몇 가지 전략적인 결정을 내려야 했고, 그러려면 먼저 가능한 결과들을 분석해야 했다.

마침내 그녀는 결정을 내렸다. '살라'를 찾아내 이 모든 지저분한 이야기에 마침표를 찍어버리기로……

부활절을 앞둔 토요일 저녁, 미카엘은 호른스툴 근처 슬리프가탄에 사는 옛 애인을 방문했다. 그에겐 매우 드문 일이었지만 파티 초대에 응했기 때문이었다. 그녀는 이미 결혼한데다 미카엘과 관계를 유지할 마음도 전혀 없었지만 같은 언론계에 몸담고 있다보니 오다가다 마주치면 반갑게 인사 정도는 나누는 사이였다. 그녀는 최근에 '언론계가 여성을 바라보는 시각'이라는 약간 독특한 주제로 거의 십년간 준비해온 책을 출간했다. 미카엘이 이 책을 쓰는 데 조금 도움을 주었다는 이유로 이날 그를 초대했다.

미카엘의 도움이란 간단한 조사에 불과했다. TT 통신을 비롯해 〈다겐스 뉘헤테르〉〈리포트〉 같은 대표 매체들이 준수하고 있다고 주장하는 이른바 '사내 남녀평등 정책'을 입수한 후 이들 간부 가운데 실제로 남성과 여성이 몇 명인지 체크하는 일이었다. 회장―남성, 대표이사―남성, 편집국장―남성, 외신부장―남성, 편집부장―남성…… 결과는 처참했다. 크리스티나 유테르스트룀이나 아멜리아 아다모 같은 여성 언론인들이 가물에 콩 나듯 섞여 있을 뿐이었다.

비공식적이고 사적인 이날 파티에는 어떤 방식으로든 책을 집필하는 데 기여한 사람들이 초대받아 모였다.

사뭇 즐거운 파티였다. 음식은 훌륭했고 대화는 화기애애했다. 애초에 미카엘은 빨리 돌아올 생각이었지만 거기 온 대부분이 다들 오랜만에 만나는 옛 동료들인데다 더욱이 그 지겨운 벤네르스트룀을 들먹이며 달라붙는 사람이 없어서 좋았다. 미카엘은 파티를 좀더 즐겼고 일요일 새벽 2시가 되어서야 사람들이 하나둘 자리를 떴다. 파티 참석자들은 롱홀름스가탄까지 함께 걸어가 거기서 헤어졌다.

미카엘이 정류장에 도착했을 때 심야버스 한 대가 막 떠나고 있었다. 다음 버스를 기다릴 수도 있었지만 밤공기가 제법 훈훈해 집까지 그냥 걸어가기로 했다. 그는 회갈리스가탄 거리를 따라 걷다가 예배당 앞 광장을 돌아 룬다가탄으로 들어갔다. 리스베트의 아파트가 있는 거리에 들어서니 옛 추억이 떠올랐다.

지난 12월, 미카엘은 혹여나 리스베트를 볼 수 있을까 하는 마음에 룬다가탄을 돌아다니는 짓을 더는 하지 않기로 결심했었다. 그런데 이날 밤에는 마침 리스베트가 살던 건물 맞은편에 이르자 자신도 모르게 걸음을 멈췄다. 당장에라도 길을 건너가 초인종을 누르고 싶었다. 하지만 그녀가 지금이라고 갑자기 나타날 리도 없고, 새삼스레 자신과 얘기하고 싶어할 리도 없다는 생각에 애써 충동을 억눌렀다.

결국 그는 어깨를 한 번 으쓱하고서 싱켄스담 전철역 방향으로 산책을 계속했다. 그런데 한 50미터쯤 걸었을까, 어디선가 조그만 소리가 들려와 고개를 돌렸다. 그리고 그 순간 심장이 쿵쿵 뛰기 시작했다. 조그맣고 바짝 마른 몸…… 잘못 봤을 리 없었다. 리스베트 살란데르가 막 아파트 건물을 나와 길 반대편으로 멀어져가고 있었다. 그러다 어느 주차된 자동차 앞에 멈춰 섰다.

미카엘은 그녀를 부르려고 입을 벌렸지만 튀어나오려던 말이 목구멍에 딱 걸려버렸다. 길을 따라 주차된 자동차 한 대에서 실루엣 하나가 쑥 빠져나오는 모습이 보였기 때문이다. 한 남자가 리스베트를 향해 다가가고 있었다. 키가 크고 배가 불쑥 나와 있었다. 머리는 뒤로 묶은 말총머리였다.

리스베트는 와인색 혼다 차문에 열쇠를 집어넣으려는 순간 작은 소리를 들었고 이내 시야 끝에서 어떤 움직임을 감지했다. 누군가가 등뒤 45도 방향에서 다가오고 있었다. 그의 손이 닿기 직전 그녀가 몸을 홱 돌렸다. 상대가 누구인지는 즉각 알아볼 수 있었다. 칼망누스 룬딘, 일명 마게, 36세, MC 스바벨셰 회장. 며칠 전 블롬베리 카페에서 금발 거인이 만나던 자였다.

먼저 리스베트는 120킬로그램은 되어 보이는 마게의 큰 덩치를 확인한 후 그의 얼굴과 움직임을 보고서 사악한 의도를 감지했다. 그녀는 100분의 1초도 주저하지 않았다. 손가락 사이에 열쇠들을 호신용 너클처럼 끼우고 습격자의 얼굴을 향해 재빨리 휘둘렀다. 마치 파충류 같은 그녀의 몸놀림에 콧날 아래에서 귀에 이르는 그의 뺨에는 깊은 상처가 벌어졌다. 마게의 주먹은 허공을 쳤고 리스베트의 몸은 땅속으로 꺼져버린 듯 보였다.

미카엘은 리스베트가 괴한을 치는 광경을 목격했다. 괴한에게 타격을 입히자마자 그녀는 즉시 땅바닥에 엎드려 차체 밑으로 몸을 굴렸다.

몸을 굴린 리스베트는 순식간에 차 밑을 통과해 반대편에서 몸을 일으켰다. 이제는 싸우거나 도망치거나 그 어느 쪽도 가능한 상황이었다. 보닛을 사이에 두고 사내의 눈빛을 본 그녀는 두번째 옵션을 택했다. 사내의 뺨에서는 선혈이 흘러내렸다. 리스베트는 그자가 자신의 모습을 제대로 분간하기도 전에 회갈리드 교회당 쪽으로 냅다 뛰었다.

미카엘은 입을 멍하니 벌린 채 석상처럼 꼼짝 않고 바라만 보았다. 이내 괴한도 리스베트를 뒤쫓아 달렸다. 거대한 전차가 조그만 장난감을 추격하는 형국이었다.

리스베트는 룬다가탄 거리 끝자락에 있는 계단을 한 번에 네 개씩 뛰어올랐다. 위쪽에 다다라 어깨 너머로 돌아보니 마게가 첫번째 계단에 발을 올려놓고 있었다. 빌어먹을, 저 인간 엄청나게 빠르잖아! 그녀는 발을 잘못 디뎌 넘어질 뻔했다. 간신히 균형을 잡고 주위를 살피니 건설청이 공사를 하려고 쌓아놓은 모래 무더기들이며 표지판 따위가 보였다.

마게가 계단 위쪽에 이르렀을 때 그의 시야에 다시 리스베트의 모습이 들어왔다. 하지만 그녀가 자기를 향해 무언가 던지는 걸 보고서도 미처 피할 틈이 없었다. 벽돌 하나가 날아와 그의 관자놀이에에 부딪혔다. 정통으로 맞지는 않았지만 벽돌이 꽤나 무거워 그의 얼굴에 두번째 상처가 벌어졌다. 동시에 중심을 잃은 그는 휘청하며 네

활개를 벌린 채 계단 아래로 굴러떨어졌다. 간신히 난간을 붙잡아 추락을 멈췄지만 벌써 몇 초를 지체한 상황이었다.

괴한이 계단 근처에서 사라졌을 때에야 미카엘은 마비 상태에서 벗어났다. 그러고는 당장 멈추라고 고래고래 소리를 질렀다.

교회 안뜰을 반쯤 지난 리스베트의 귀에 미카엘의 목소리가 들렸다. 이 빌어먹을 건 또 뭐야? 그녀는 방향을 바꿔 뜰 가장자리를 둘러싼 난간 너머로 아래를 내려다보았다. 3미터쯤 아래에 난 길에서 누군가가 헐레벌떡 뛰어오고 있었다. 미카엘이었다. 그녀는 아주 짧은 순간 머뭇거리다가 다시 속도를 내 달리기 시작했다.

계단 쪽으로 후닥닥 뛰어가던 미카엘은 9인승 승합차 한 대가 시동을 걸고 출발하는 모습을 보았다. 조금 아까 리스베트가 아파트 앞에서 열려고 한 혼다 옆에 서 있던 차였다. 보도에서 튀어나온 승합차는 미카엘 앞을 지나 싱켄스담 전철역 쪽으로 굴러갔다. 차가 지나갈 때 운전석에 앉은 사람을 언뜻 쳐다봤지만 차 번호판은 가로등 불빛이 너무 희미해 잘 보이지 않았다.

미카엘은 승합차를 주시하면서 리스베트의 추격자를 뒤쫓아 계속 달렸다. 그리고 마침내 계단 위쪽에서 따라잡을 수 있었다. 그자는 등을 보인 채 멈춰 서서 주위를 두리번거리고 있었다.

거의 같은 위치에 이르렀을 때 그가 갑자기 몸을 돌려 손등으로 미카엘의 얼굴을 향해 날카로운 한 방을 날렸다. 완전히 허를 찔린 셈이었다. 미카엘은 머리를 아래로 떨어뜨린 채 계단 밑으로 굴렀다.

미카엘의 죽어가는 비명을 들은 리스베트는 거의 멈춰 설 뻔했다. 아, 빌어먹을! 이건 또 뭐냐고! 어깨 너머로 돌아보니 마게가 40미터쯤 뒤떨어져 전속력으로 달려오고 있었다. 나보다 더 빨라! 곧 따라잡히겠어!

그녀는 더이상 망설이지 않았다. 왼쪽으로 방향을 틀어 다시 몇 계단을 뛰어올라 아파트 건물들 사이에 난 정원으로 들어섰다. 숨을 곳이 전혀 없는 트인 공간이라 다음 건물 모퉁이까지 전속력으로 달려야 했다. 카롤리나 클뤼프트*도 이걸 보았다면 놀랐을 것이다. 건물 오른쪽 귀퉁이로 돌아선 그녀는 이내 막다른 골목임을 깨달았다. 다시 휙 몸을 돌려 옆 건물까지 달려갔지만 숨을 곳이 한 군데도 보이지 않았다. 게다가 어느새 계단을 다 올라온 마게가 정원에 발을 내딛고 있었다. 그의 시야가 미치지 않는 쪽으로 몇 미터 더 뛰어간 그녀는 건물을 따라 조성된 화단에 심어진 진달래 덤불 속으로 다이빙하듯 뛰어들었다.

곧이어 마게의 둔중한 발소리가 들렸다. 리스베트는 건물 벽에 몸을 바짝 대고 죽은듯이 꼼짝 않고 숨어 있었다.

마침내 마게가 그녀가 숨어 있는 근처에 이르렀다. 불과 5미터쯤 떨어진 곳이었다. 그는 거기서 십 초 정도 꾸물거리다 다시 정원 쪽으로 달려갔다. 그리고 일 분 후 다시 돌아와 조금 전과 같은 지점에 멈춰 섰다. 이번에는 거의 삼십 초를 꼼짝 않고 서 있었다. 리스베트는 발각되는 즉시 도망칠 준비를 하고 전신의 근육을 긴장시켰다. 이윽고 그가 다시 움직이기 시작했고 그녀에게서 2미터쯤 떨어진 곳을 지나갔다. 리스베트는 정원 쪽으로 멀어져가는 발소리를 듣고 있었다.

간신히 몸을 일으킨 미카엘은 목덜미와 턱에서 통증을 느꼈다. 찢어진 입술에서는 찝찔한 피맛이 느껴졌다. 지척지척 몇 발짝 옮겨봤지만 몸이 휘청거렸다.

---

* Carolina Klüft(1983~). 스웨덴 7종 경기 육상 선수.

그는 다시 계단을 올라가 사방을 둘러보았다. 길 저쪽 100미터쯤 떨어진 곳에서 괴한의 등짝이 보였다. 말총머리 사내는 걸음을 멈추고 건물 사이를 살피다 다시 달려갔다. 그러고선 몇 초 후 길 끝자락에서 모습을 감춰버렸다. 미카엘은 길 모퉁이로 다가가 눈으로 사내를 찾았다. 사내는 룬다가탄 거리를 건너 리스베트의 집 앞에서 출발했던 승합차에 올라타고 있었다. 차는 곧바로 건물 모퉁이를 돌아 싱켄스담 전철역 방향으로 사라졌다.

미카엘은 천천히 룬다가탄 거리를 따라 올라가며 리스베트를 찾았다. 그녀는 어디에도 보이지 않았다. 아니 새끼 고양이 하나 보이지 않았다. 3월의 일요일 새벽 3시에는 스톡홀름 거리가 이렇듯 텅 빈다는 사실이 새삼 놀라웠다. 이내 그는 리스베트가 살던 아파트 앞으로 돌아왔다. 괴한이 습격했던 장소를 지나는 순간 무언가 발에 밟혔다. 바로 리스베트의 열쇠꾸러미였다. 몸을 굽혀 열쇠를 주워들던 그는 차 아래 그녀의 숄더백까지 떨어져 있는 걸 보았다.

미카엘은 오랫동안 거기 서서 기다렸다. 어떤 행동을 취해야 할지 알 수 없었다. 결국 가지고 있는 열쇠로 건물 출입구를 열려고 해보았다. 하지만 맞는 열쇠가 아니었다.

리스베트는 이따금 손목시계를 들여다보는 걸 빼고는 거의 십오 분을 꼼짝 않고 덤불 속에 숨어 있었다. 3시가 조금 못 되었을 때 어디선가 문이 열리고 닫히는 소리가 난 후 뒤이어 정원의 자전거 거치대로 향하는 발소리가 들렸다.

소리들이 잦아들자 그녀는 천천히 무릎을 꿇은 다음 덤불 밖으로 머리를 내밀었다. 정원을 샅샅이 살폈지만 마게의 모습은 보이지 않았다. 그녀는 날렵한 걸음으로 거리를 향해 나왔다. 언제든지 몸을 돌려 도망칠 수 있도록 만반의 준비를 하고서. 계단 위에서 걸음을 멈추고 룬다가탄 거리를 내려다보던 그녀의 눈에 아파트 앞에 서 있는 미카엘이 들어왔다. 아까 떨어뜨린 숄더백이 그의 손에 들려 있었다.

그녀는 재빨리 가로등 뒤에 몸을 숨기고 꼼짝하지 않았다. 미카엘의 시선이 위쪽 정원의 측벽을 따라 올라오고 있었기 때문이다. 다행히 그는 그녀를 보지 못했다.

미카엘은 삼십 분 가까이 그렇게 서 있었다. 리스베트는 그가 마침내 단념하고서 싱켄스담 전철역 쪽으로 걸음을 옮기기 시작할 때까지 꼼짝 않고 서서 그 모습을 주시했다. 시야에서 그가 사라지고 난 후에도 한동안 그렇게 서 있었다. 그리고 비로소 숨을 돌릴 수 있게 됐을 때 방금 일어난 일들을 차근차근 되짚어봤다.

미카엘 블롬크비스트.

아무리 생각해도 이해되지 않는 일이었다. 왜 하필 그 순간에 그가 불쑥 나타났단 말인가? 반면 습격당한 일을 이해하는 건 별로 어렵지 않았다.

칼망누스 룬딘, 이 개자식!

마게는 금발 거인을 만났고, 그 금발 거인은 닐스 비우르만과 같이 있었다.

닐스 비우르만, 이 빌어먹을 개자식!

이 쓰레기 같은 놈이 나를 없애달라고 그 거인 자식한테 돈을 줬군. 이런 짓을 벌이면 어떤 최후를 맞을지 충분히 설명했는데도 말이야.

갑자기 리스베트의 내부가 거세게 끓어올랐다. 얼마나 격한 분노가 치밀었던지 입속에서 피맛이 느껴질 정도였다. 이번에야말로 그를 처벌하지 않을 수 없었다.

III 불가능한 방정식
3월 23일~4월 2일

어떠한 해도 갖지 못하는,
즉 등식이 성립되지 않는 방정식을 '불가능한 방정식',
불능不能이라고 한다.

$$(a+b)(a-b) = a^2 - b^2 + 1$$

11장

3월 23일 수요일~3월 24일 목요일

미카엘은 다그의 원고 여백에 사인펜으로 느낌표를 찍고서 그 옆에 '각주 필요'라고 적었다. 언급한 내용의 출처를 페이지 하단에 명기하라는 뜻이었다.

성목요일*을 하루 앞둔 수요일, 〈밀레니엄〉 직원들은 일주일 휴가를 받아 쉬는 중이었다. 모니카 닐손은 외국으로 나갔고, 로티 카림은 남편과 함께 산악지대로 떠난다고 했다. 사무실에서 전화 응대할 사람으로 헨리 코르테스가 나와 몇 시간 앉아 있었지만 미카엘이 그만 들어가보라고 했다. 전화 올 일도 거의 없고, 그가 사무실에 있을 작정이었기 때문이다. 헨리는 대번에 환한 미소를 지으며 최근 사귄 여자친구를 만나러 사라졌다.

다그는 모습을 보이지 않았고 미카엘 혼자 원고를 다듬고 있었다. 그들은 총 12장 구성에 288쪽 분량의 책을 만들기로 합의했다. 지금

---

* 부활절을 일주일 앞둔 성(聖)주간의 목요일.

까지 다그는 9장까지 최종 원고를 제출했고, 미카엘이 이를 꼼꼼하게 검토한 후 좀더 명확한 설명이 필요하거나 다른 식으로 표현하면 좋을 문장들을 표시해 그에게 되돌려주는 작업을 하고 있었다.

미카엘은 이미 다그의 필력을 높이 평가하고 있었기 때문에 여백에 간단한 논평을 남기는 정도로 작업을 이어갔다. 크게 손봐야 할 부분은 거의 눈에 띄지 않았다. 미카엘의 책상 위에 원고가 쌓여온 지난 몇 주간 두 사람이 의견 차이를 보인 곳은 단 한 군데뿐이었다. 한 페이지쯤 되는 그 부분을 미카엘은 삭제하기 원했고 다그는 강력하게 변호했다. 그런 문제는 사실 사소한 것이었다.

간단히 말해 〈밀레니엄〉이 인쇄소에 넘기려고 준비하는 이 책은 굉장한 내용을 담고 있었고, 미카엘은 이것이 사회에 큰 반향을 일으킬 것이라고 확신했다. 성구매자들을 가차없이 만천하에 노출하는 책을 다그가 너무도 완벽하게 준비해두었기 때문에 이제 그 누구도 이 나라의 어둠 속에 숨어 있는 구조적인 문제를 더는 부인하지 못할 터였다. 다그의 글은 완벽했으며 이 책의 핵심인 다양한 팩트들을 제시했다. 그야말로 요새는 천연기념물 같은 탐사 저널리즘이었다.

미카엘은 최근 몇 달간 다그를 만나면서 몇 가지 느낀 게 있었다. 우선 그는 모든 일을 철두철미하게 처리하는 꼼꼼한 기자였다. 그리고 그는 사회문제를 다루는 르포르타주를 아리송한 글로 만들어버리는 무의미한 수사를 쓰지 않았다. 마지막으로 그의 책은 르포르타주 이상이었다. 일종의 선전포고라 할 수 있었다. 미카엘은 빙그레 미소를 지었다. 나이로는 자신보다 열다섯 살 어린 이 열정적인 기자를 생각하니 자신의 지난 시절이 떠올랐다. 그 역시 자질 없는 경제 기자들과 맞서면서 세상을 떠들썩하게 만든 책을 출간해 지금까지도 일부 언론인들에게 미움을 사고 있으니 말이다.

문제는 다그가 이 책을 쓰겠다고 일단 칼을 빼든 이상, 끝까지 가야만 한다는 점이었다. 이처럼 불구덩이인지 뻔히 알면서도 뛰어드는 기자는 자신이 발을 내디딘 영역을 100퍼센트 완벽하게 파악하고 있어야 한다. 그렇지 않다면 처음부터 포기하는 게 좋다. 다그는 98퍼센트 정도에 와 있었다. 즉 미카엘이 보기에 아직 보충해야 할 약점이 남아 있었고, 몇 가지 주장에는 아직 만족할 만한 증거가 부족했다.

오후 5시 30분경, 그는 서랍을 열어 담배를 한 대 꺼냈다. 사무실 안에서는 절대 금연이라고 에리카가 못박아놓았지만 마침 혼자 있는데다 연휴 내내 아무도 나오지 않을 텐데 뭐 어떤가. 그는 사십 분쯤 더 작업한 뒤 원고를 한데 모아 에리카가 읽을 수 있도록 그녀의 책상 위에 올려두었다. 다그가 내일 아침까지 나머지 최종 원고를 보내준다고 했으니 주말 동안 그것들을 읽어볼 수 있을 터였다. 부활절이 지나고 화요일에는 다그, 에리카, 미카엘, 그리고 편집차장 말린이 모여 회의를 할 예정이다. 다그의 책과 〈밀레니엄〉 특집호에 실을 기사에 대해 최종 결정들을 내리는 자리다. 이제 남은 일은 크리스테르의 디자인뿐이었다. 그후엔 인쇄소로 넘기면 된다. 미카엘은 다른 인쇄소에 견적도 내보지 않고 이번에도 모론고바에 있는 할빅스 레클람 인쇄소에 맡기기로 했다. 벤네르스트룀 사건 때 제작을 맡았던 이 인쇄소는 가격이나 서비스를 볼 때 이 분야에서 독보적이었다.

미카엘은 시계를 한번 쳐다보고 나서 다시 한번 금지된 흡연을 즐겼다. 창가에 앉아 담배를 피우며 예트가탄 거리를 내려다보았다. 혀끝으로 입술 안쪽에 난 상처를 살그머니 건드려보니 조금씩 아무는 중이었다. 지금껏 수백 번도 넘게 해온 질문이 다시 머릿속에 떠올랐다. 룬다가탄에 있는 리스베트의 집 앞에서 과연 무슨 일이 벌어졌던 걸까?

그가 알 수 있는 유일한 사실은 리스베트가 죽지 않고 살아 있으며 지금은 스톡홀름에 돌아왔다는 것뿐이었다.

미카엘은 지난 일주일간 어떻게든 리스베트와 연락해보려고 애를 썼다. 일 년 전에 그녀가 사용하던 주소로 이메일을 보내봤지만 답신이 없었고, 매일같이 룬다가탄에도 들러보았다. 하지만 지금은 다시 희망을 잃어가고 있었다.

입구에 붙은 명패는 '살란데르 우'라는 이름으로 바뀌어 있었다. 주민등록부를 찾아보니 스웨덴에서 '우'라는 성을 쓰는 사람은 230명이었고 그중 140명 이상이 스톡홀름에 살고 있었다. 하지만 룬다가탄에 주소를 둔 사람은 하나도 없었다. 게다가 지금 리스베트의 집에 살고 있는 우라는 사람이 남자친구인지 아니면 세입자인지도 알 수 없었다. 집 앞으로 가 문을 두드려보기도 했지만 아무도 답이 없었다.

결국 미카엘은 그 옛날 흔했던 방식으로 종이에 편지를 써서 남겨두고 왔다.

잘 있었어, 살리?

지난해 우리 사이에 무슨 일이 있었던 건지 난 잘 모르겠어. 하지만 바보가 아닌 이상 지금 네가 나와의 관계를 완전히 끊어버렸다는 사실쯤은 충분히 이해하고 있어. 그래, 자신이 사귀고 싶은 사람을 선택하는 건 개인의 특권이야. 그러니 나는 군소리할 생각이 전혀 없어. 하지만 이 말만은 하고 싶어. 난 여전히 널 친구로 생각해. 널 그리워하고 있어. 그리고 네가 원하기만 하면 언제든지 커피라도 한잔 같이 하고 싶어.

지금 네가 어떤 골치 아픈 일에 빠져 있는지는 모르겠다. 하지만 룬다가탄에서 있었던 일은 몹시 걱정이 돼. 내 도움이 필요하면 언제든지 전화해줘. 너도 알다시피 내가 너한테 빚진 게 너무 많잖아.

그리고 네 숄더백을 보관하고 있어. 찾아가고 싶다면 살아 있다는 사실만이라도 알려줘. 날 만나는 게 싫으면 주소라도 알려줘. 그리로 보내줄게. 네가 나를 보고 싶지 않다고 분명히 표현했기 때문에 나도 가급적 널 찾아가지 않으려고 해.

미카엘

물론 답장은 없었다.

룬다가탄에서 습격을 목격하고 새벽에 집으로 돌아온 미카엘은 리스베트의 숄더백을 열어 그 안의 내용물을 주방 식탁 위에 죽 늘어놓았다. 우선 지갑에는 현금 600크로나와 200달러, 그리고 한 달짜리 대중교통 패스 등이 들어 있었다. 그리고 포장을 뜯은 말보로 라이트 한 갑, 일회용 라이터 세 개, 인후용 트로키제 한 갑, 휴대용 티슈 한 팩, 칫솔 하나, 치약, 탐폰 세 개, 뜯지 않은 콘돔 한 팩(붙어 있는 가격표를 보니 런던의 개트윅 공항에서 산 물건이었다), 하드커버로 된 A5 규격의 수첩 한 권, 볼펜 다섯 자루, 최루액 스프레이 하나, 립스틱과 화장품 따위가 든 작은 파우치 하나, 이어폰만 있고 건전지는 없는 소형 FM 라디오 하나, 그리고 전날에 산 〈아프톤블라데트〉 한 부 등이 있었다.

숄더백의 물건 중 가장 흥미로운 건 바깥쪽 주머니에 꺼내기 쉽게 들어 있던 망치였다. 하지만 괴한의 습격이 너무도 급작스러워 망치도 최루액 스프레이도 쓰지 못한 모양이었다. 대신 열쇠꾸러미를 호신용 너클처럼 손에 끼고 휘둘렀는지 거기에 혈흔과 살점까지 묻어 있었다.

열쇠는 모두 여섯 개였다. 그중 세 개는 전형적인 아파트 열쇠였다. 하나는 건물 출입문 열쇠였고 나머지는 현관문과 보조 자물쇠용인 듯했다. 하지만 그 어느 것도 룬다가탄 아파트에 맞지 않았다.

다음으로는 수첩을 펼쳐 한 장씩 넘겨보았다. 단순하면서도 깨끗한 그녀의 필체를 미카엘은 금방 알아보았다. 미카엘은 이 수첩이 비밀스러운 일기장은 아니라는 걸 금방 알 수 있었다. 수첩의 4분의 3이 알 수 없는 수학 기호로 채워져 있었는데, 맨 첫 페이지 상단에 쓰인 방정식만큼은 그도 아는 것이었다.

$$(x^3 + y^3 = z^3)$$

미카엘은 지금껏 숫자 계산에 어려움을 느껴본 적이 없었다. 대학 입학시험 때는 수학에서 최고점을 받기도 했다. 하지만 수학에 특별한 재능이 있었다기보다 단지 학교 다닐 때 수학 공부를 열심히 했을 뿐이었다. 그녀의 수첩에는 그로서도 알 수 없는 수학 기호들이 가득했지만 굳이 이해하려고 애쓸 생각은 없었다. 어떤 방정식 풀이 하나는 두 페이지에 걸쳐 이어졌고, 줄을 그어 삭제하거나 고쳐쓴 곳들도 여기저기 눈에 띄었다. 그것들이 정말로 중요한 수식이며 타당한 해답인지는 알 수 없는 노릇이었지만 그녀의 능력을 익히 알고 있었으므로 계산은 정확하리라 짐작했다. 그리고 거기에는 무언가 비밀스러운 의미가 숨어 있는 게 분명했다.

그렇게 한참 동안 수첩을 뒤적거렸다. 거기 적힌 방정식들은 한자만큼이나 이해하기 힘들었다. 하지만 그녀가 무얼 하려고 했는지는 알 것 같았다. $x^3 + y^3 = z^3$. 자신도 들어본 적 있는 페르마의 정리에 매료된 모양이었다. 미카엘은 깊은 한숨을 내쉬었다.

맨 마지막 페이지에는 짤막하고도 아리송한 메모가 한 줄 적혀 있었다. 수학과는 전혀 관계가 없었지만 마치 하나의 공식처럼 보였다.

(금발+마게)=NEB

밑줄을 긋고 동그라미까지 그려놓았지만 그로서는 전혀 그 뜻을 알 수 없었다. 그 페이지의 아래쪽에는 에스킬스투나에 있는 렌터카 대리점 오토 엑스퍼트의 전화번호가 적혀 있었다.

미카엘은 이 모든 것들의 의미를 애써 해석하려 하지 않았다. 그저 이런저런 생각을 하다 아무렇게나 끼적거린 낙서일 거라고 쳐두기로 했다.

미카엘은 담배를 비벼 끈 후 재킷을 걸쳤다. 그리고 사무실의 경보 시스템을 작동시킨 다음 슬루센의 정류장까지 걸어가 여피들이 몰려 사는 트렌디한 동네인 렌네르스타행 버스를 탔다. 이탈리아 남자 잔니니와 결혼한 그의 여동생 안니카 블롬크비스트의 마흔두번째 생일 파티에 초대받아 가는 길이었다.

에리카는 부활절 휴가를 조깅으로 시작했다. 하지만 호텔에서 출발해 살트셰바덴 선착장에 이르는 3킬로미터짜리 코스가 그다지 즐겁지 않았다. 괜시리 불안하면서 화도 났다. 최근 몇 달간 피트니스 클럽에 가는 걸 게을리한 탓에 온몸이 뻣뻣하고 컨디션이 안 좋기도 했다. 그래서 호텔까지는 그냥 걸어서 돌아왔다. 남편은 현대미술관에서 개최한 전시회 세미나에 참석하러 갔다. 저녁 8시는 지나야 돌아올 터였다. 에리카는 좋은 와인을 한 병 따고 사우나를 데워놓은 후 남편을 유혹해야겠다고 생각했다. 그러면 지금 속을 갉아먹고 있는 이 고민을 잠시나마 잊을 수 있을 것 같았다.
며칠 전 그녀는 스웨덴 최대의 언론 그룹 회장에게 점심 초대를 받았다. 전채 요리를 몇 술 뜨기가 무섭게 회장은 대뜸 본론으로 들어갔다. 그룹 내 최대 일간지이자 언론계에서는 '거룡巨龍'이라는 별명으로도 불리는 〈스벤스카 모르곤포스텐SMP〉의 편집국장으로 그녀를 스카우트하고 싶다는 얘기였다. 이사회에서 여러 사람들이 거론됐지만 결국 에리카 씨가 우리 신문을 위한 최고의 선택이라는 사실에 모두의 의견이 일치했소. 우린 당신을 원하오. 그리고 회장은 그녀가 〈밀레니엄〉에서 얻는 수입이 마치 장난처럼 느껴질 만큼 거액의 연봉을 제안했다.

그야말로 난데없는 제안에 에리카는 정신이 멍해지지 않을 수 없었다. 왜 나지?

처음에 회장은 속내를 잘 드러내지 않았지만 결국엔 에리카를 스카웃하려는 이유를 설명하기 시작했다. 그녀는 일단 유명했고, 많은 이들이 유능한 경영인으로 존경하는 인물이었다. 그리고 이 년 전 수렁에 빠진 〈밀레니엄〉을 구해내면서 많은 이들에게 깊은 인상을 남겼다. 회장은 뒤이어 '거룡'에 '젊은 피'가 필요하다고 털어놓았다. 구닥다리 냄새가 나는지 젊은 구독자들이 감소하는 추세라고 했다. 반면 에리카는 도전적인 언론인으로 명성이 높았다. 쉽게 말해 폼이 났다. 무게 잡는 남성들이 주요 구독자인데다 스웨덴에서도 가장 보수적인 신문의 수장으로 여자를, 그것도 페미니스트인 여자를 세우는 건 분명 큰 도전이었다. 어쩌면 무모한 아이디어였다. 하지만 모든 사람이 동의했단다. 정확히 말하자면 거의 모든 사람들이. 어쨌든 실력자들 간에는 합의를 본 모양이었다.

"하지만 저는 이 신문의 정치적 입장과는 견해가 다른데요?"

"상관없네. 그렇다고 해서 적은 또 아니잖은가. 당신이 맡을 자리는 보스이지 정치검열관은 아니니까. 논설과 관련해서는 원만하게 조정할 수 있을 걸세."

직접 언급은 없었지만 회장은 그녀가 속한 계층과 배경까지 고려하고 있는 듯했다. 에리카는 이름만 대면 다 아는 명문가 출신이었다.

일단은 제안에 마음이 끌리지만 당장 응할 수는 없다는 게 에리카의 대답이었다. 좀더 숙고해보고 그녀가 며칠 안에 답을 주기로 합의했다. 그리고 회장이 덧붙이기를 혹시 연봉 때문에 망설이는 거라면 협상을 거쳐 더 올려줄 여지도 있다고 했다. 거기에 아주 매력적인 퇴직 조건까지. 이제 슬슬 은퇴 이후를 생각해야 할 때가 아닌가?

그녀는 올해 마흔 다섯이었다. 풋내기 시절에는 고생도 많이 했지만 이제는 〈밀레니엄〉을 공동 창간하고 자신의 실력만으로 편집장 자리까지 올랐다. 그런데 이제 갈림길 앞에 선 것이다. 전화기를 들어 예스 아니면 노를 말해야 하는 시간이 가차없이 다가오고 있었다. 하지만 여전히 어떻게 대답해야 할지 알 수 없었다. 일주일 내내 그녀는 미카엘과 상의해보고 싶은 마음이 굴뚝같았지만 끝내 그러지 못했다. 아니, 솔직히 말하면 그에게 숨기고 싶은 마음이 더 커서, 죄책감마저 느끼고 있었다.

말해봤자 좋은 소리 듣지 못할 게 뻔했다. 제안을 수락하는 건 미카엘과의 동업관계도 끝남을 의미했다. 그는 결코 그녀를 따라 '거룡'으로 가지 않을 테니까. 그녀와 그들이 아무리 달콤한 제안을 한다 해도 마찬가지일 터였다. 그는 돈이 부족한 상황도 아니었고 자기 페이스대로 자기 글을 쓰는 일에 굉장히 흡족해하고 있었다.

그녀 역시 〈밀레니엄〉의 편집장 역할이 만족스러웠다. 그리고 그 덕분에 언론계에서도 스스로 과분하다고 생각하는 위치까지 갈 수 있었다. 그녀는 기사 생산자였던 적은 없었다. 그건 그녀의 영역이 아니었다. 스스로도 기자로서 글을 쓰는 일에는 별로 재주가 없다는 사실을 잘 알았다. 과거 라디오와 TV 방송국에서 일하던 시절에는 역량 있는 기자였으나 지금은 탁월한 편집장이다. 그녀는 그때그때 순발력을 발휘해 〈밀레니엄〉을 이끌어가는 편집부 수장의 역할을 즐기고 있었다.

그럼에도 지금 에리카는 흔들리고 있었다. 반드시 고액 연봉 때문만은 아니었다. 이 기회를 붙잡는다면 언론계에서 가장 영향력 있는 인물로 부상할 수 있었기 때문이다. 그 자리에서 회장은 말했었다. 이 제안을 두 번 하지는 않겠소.

살트셰바덴 호텔 앞에 다다른 그녀는 자포자기하는 심정이 되었다. 결국 자신이 '노'라고 말할 수 없음을 깨달았기 때문이다. 그리고 이 소식을 미카엘에게 알려야 한다고 생각하니 온몸이 떨렸다.

늘 그렇듯 잔니니 집안의 저녁식사는 시끌벅적하면서도 유쾌했다. 안니카는 아이가 둘이었는데, 모니카는 열세 살, 예니가 열 살이었다. 외국계 바이오테크놀로지 회사에서 북유럽 지사장으로 일하는 남편 엔리코 잔니니가 전처와의 사이에 낳은 아들 안토니아는 올해 열여섯 살이었다. 그 밖에 식탁에 둘러앉은 사람들은 엔리코의 모친 안토니아, 그의 동생 피에트로와 부인 에바로타, 그리고 그 집 아이들인 페테르와 니콜라이였다. 아이 넷을 데리고 같은 동네에 사는 엔리코의 누이 마르첼라도 있었다. 그리고 안젤리나 고모도 와 있었는데 가족 모두가 좀 괴상하게 여기는 이 고모는 새 남자친구와 함께였다.

식탁에 둘러앉은 이 많은 사람들이 이탈리아와 스웨덴 말을 섞어가며 정신을 차릴 수 없을 정도로 시끄럽게 떠들어댔다. 그 와중에 안젤리나는 저녁식사 내내 왜 싱글로 남아 있느냐고 꼬치꼬치 캐물으며 미카엘을 괴롭혔다. 게다가 자기가 아는 괜찮은 여자들이 많다면서 자꾸 추천하기까지 했다. 결국 미카엘은 기꺼이 결혼하고 싶지만 불행히도 현재의 애인이 유부녀라고 대답했다. 그는 이 말로 안젤리나의 수다스러운 입을 한동안 막아놓을 수 있었다.

저녁 7시 30분쯤 미카엘의 휴대전화가 울렸다. 전원을 꺼두었다고 생각했는데 누군가 현관 외투걸이에 걸어둔 미카엘의 재킷 안주머니에서 벨소리가 희미하게 들려왔다. 다그였다.

"혹시 방해했나요?"

"괜찮아요. 지금 여동생네 집에서 저녁 먹고 있어요. 이 집 식구들이 워낙에 사단 병력이라 좀 시끄러워요. 무슨 일이죠?"

"두 가지예요. 우선 크리스테르하고 얘기를 좀 해야 하는데 통 전화를 받지 않네요."

"아마 안 될 거예요. 오늘 저녁에 남자친구하고 연극 보러 간댔으니까."

"이런. 실은 내일 아침에 사무실에서 크리스테르를 만나 책에 실을 사진과 삽화를 전해주기로 했어요. 그래야 이번 연휴 동안 그가 검토할 수 있을 테니까요. 그런데 미아가 이번 부활절을 달라르나에 계신 부모님과 보내고 싶다고 해요. 겸사겸사 두 분께 논문도 보여드리고요. 그래서 내일 아침 일찍 떠나야 할 것 같은데."

"그렇군요."

"그런데 사진을 이메일로는 보낼 수가 없어요. 인화지로 뽑은 것들이라서요. 혹시 사진들을 크리스테르에게 전해줄 수 있겠어요? 오늘 밤에 내가 가져다줄게요."

"물론이죠. 그런데 가만 있자…… 난 지금 렌네르스타에 와 있어요. 조금 더 있다 집으로 갈 생각인데…… 그럼 내가 그쪽에 들러서 찾아가도록 하죠. 엔셰데로 돌아가도 그리 오래 걸리진 않으니까. 이따가 11시쯤 괜찮겠어요?"

다그가 아주 좋다고 말했다.

"그리고 한 가지 더 있어요…… 좋아하지 않을 소식이지만……"

"말해봐요."

"원고에 문제가 좀 있어요. 인쇄에 넘어가기 전에 꼭 확인하고 싶은 게 하나 있는데 도무지 해결이 안 되네요."

"뭔데요?"

"살라. Z로 시작하는 살라."

"살라가 뭐죠?"

"범죄자 이름이에요. 동유럽 출신. 어쩌면 폴란드 사람일지도 몰라요. 한두 주 전에 이메일로 얘기하지 않았던가요?"

"미안, 깜빡했어요."

"내가 조사한 사건들 가운데 이자가 안 끼는 곳이 없어요. 사람들이 그를 두려워하는 듯한데 절대로 입을 열려고 하지 않아요."

"음……"

"며칠 전에도 조사를 하는데 또 이자가 걸리더라고요. 아마 스웨덴에 있는 모양이에요. 7장에 들어가는 포주 리스트에 포함해야 할 것 같기도 하고요."

"다그, 설마 인쇄를 삼 주 남겨놓고 원고를 몽땅 바꾸려는 건 아니죠?"

"알아요. 하지만 이자는 카드 게임중에 끊임없이 튀어나오는 조커 같은 존재예요. 경찰 한 명하고도 얘기해봤는데 그도 살라를 알고 있었어요. 하여튼 다음주에 며칠만이라도 이자를 좀 조사해보는 게 좋을 것 같아요."

"굳이 왜요? 그런 쓰레기들은 다그 씨 원고에 얼마든지 나오잖아요?"

"그런데 이 쓰레기는 아주 특별해요. 물론 그의 진짜 정체를 아는 사람은 아무도 없지만요. 그런데 내 직감이 이자를 좀더 뒤져보라고 말하고 있다고요."

"직감을 무시해서는 안 되죠. 하지만 솔직히 말하면 더이상 마감을 미루기가 곤란해요. 인쇄 일정도 이미 잡혀 있는데다, 〈밀레니엄〉 특집호와 동시에 책이 나와야 한다는 거 알죠?"

"압니다." 다그가 풀죽은 목소리로 대답했다.

미아가 커피를 끓여 막 보온병에 따라 붓는데 누군가 초인종을 울렸다. 밤 9시가 다 된 시간이었다. 마침 미아보다 현관문에 가까이 있던 다그가 미카엘이 예정보다 일찍 온 걸로 생각하고는 문구멍으로 확인하지 않은 채 문을 열었다. 하지만 거기 서 있는 사람은 미카엘이 아니었다. 처음 보는 젊은 여자였다. 인형이 아닌가싶을 정도로 작은 체구의 그녀는 마치 십대처럼 보였다.

"다그 스벤손 씨와 미아 베리만 씨를 뵈러 왔습니다."

"내가 다그 스벤손입니다만."

"당신과 얘기하고 싶어요."

다그는 무의식적으로 손목시계를 들여다보았다. 현관으로 따라 나온 미아가 다그의 등뒤에서 호기심 어린 시선을 던졌다.

"이런 식으로 방문하기엔 좀 늦은 시간 같은데요." 다그가 말했다.

문앞의 그녀가 조용히 다그를 쳐다보았다. 지극히 차분하고도 냉철한 태도였다.

"무슨 얘기를 하고 싶은데요?" 다그가 물었다.

"당신이 〈밀레니엄〉에서 출간하려고 하는 책에 대해서요."

다그와 미아가 서로 눈빛을 주고받았다.

"그런데 당신은 누구죠?"

"그 주제에 관심이 있는 사람이에요. 들어가도 될까요. 아니면 현관에서 이렇게 얘기할까요?"

다그는 잠시 망설였다. 처음 보는 낯선 사람이 결코 일상적이지 않은 시간에 찾아왔는데, 그렇다고 문을 열어주지 못할 만큼 위험해 보이지는 않았다. 우선은 그녀를 들여 식탁 쪽으로 안내했다.

"커피 한잔 마실래요?" 미아가 물었다.

다그가 그건 곤란하다는 눈빛을 미아에게 던지며 방문객을 향해 거칠게 물었다.

"아직 내 질문에 대답하지 않았죠? 도대체 누구죠?"

"네, 커피 고마워요."

문앞의 그녀가 미아를 향해 대답하고는 다시 다그를 쳐다보았다.

"난 리스베트 살란데르예요."

미아는 어깨를 으쓱해 보이며 식탁 위에 놓여 있던 보온병을 열었다. 미카엘이 올 거라고 해서 커피잔도 미리 꺼내놓은 참이었다.

"내가 〈밀레니엄〉을 통해 책을 출간하려 한다는 걸 어떻게 알았죠?"

이렇게 묻는 다그의 얼굴에 짙은 경계의 빛이 떠올랐다. 리스베트

는 그의 말은 들리지 않는다는 듯 미아를 쳐다보고 있었다. 그런 그
녀의 입가가 미세하게 비틀려 있었다. 언뜻 미소처럼 보이기도 했다.

"논문이 아주 재미있던데요."

미아가 깜짝 놀라 입을 벌리고 말았다.

"내 논문을 알고 있어요?"

"어쩌다 사본을 하나 입수했어요." 아리송한 대답이었다.

다그는 점점 더 화가 났다.

"자, 이제 원하는 게 뭔지 말해보시죠!" 그가 더욱 거칠게 말했다.

리스베트는 조용히 그의 시선을 맞받아 쳐다보았다. 다그는 흠칫
했다. 홍채가 얼마나 어두운지 두 눈이 잉크를 가득 쏟아부은 듯 검
게 빛나고 있었다. 그는 자신이 그녀의 나이를 잘못 짐작했음을 깨달
았다. 처음 생각했던 것보다 훨씬 나이가 많은 여자였다.

"왜 당신이 쓴 글 곳곳에서 살라에 대해 의문을 제기하는지 그 이
유를 알고 싶어요. 알렉산데르 살라 말이에요. 특히 당신이 그에 대
해 알고 있는 것들을 정확하게 듣고 싶어요."

알렉산데르 살라! 다그는 순간 머리가 멍해졌다. 지금껏 한 번도 그
의 풀네임을 들어본 적이 없었기 때문이다.

다그는 자기 앞에 앉아 있는 여자를 자세히 관찰했다. 리스베트 역
시 그에게서 눈을 떼지 않은 채 커피잔을 들어 한 모금 마셨다. 그녀
의 눈에는 어떤 감정도 섞여 있지 않았다. 불현듯 막연한 불안감이
다그를 엄습했다.

안니카는 자신의 생일이었음에도 미카엘을 비롯한 다른 어른들
과 달리 마신 거라고는 맥주 한 잔이 전부였다. 저녁을 먹으면서도
아콰비트와 와인마저 거절했다. 이런 이유로 밤 10시 반이 되어서도
정신이 말짱했던 그녀가 엔셰데에 있는 다그네 집을 거쳐 미카엘을
집까지 데려다주겠다고 제안했다. 그녀는 어떤 점에 있어서만은 오

빠 미카엘을 보살핌이 필요한 좀 모자란 인간으로 여기고 있었다. 그 렇지 않아도 베름되베겐에 있는 버스 정류장까지는 태워줄 생각이 있었는데 스톡홀름 시내까지 다녀와도 큰 차이가 없었다.

"도대체 오빠는 왜 차를 안 사?" 미카엘이 안전벨트를 매는 모습을 지켜보며 그녀가 투덜거렸다.

"너랑은 다르잖아. 엎어지면 코 닿을 데가 회산데 뭐하러 사? 사봐 야 일 년에 한두 번밖에 안 쓸 차를. 그리고 오늘 같은 날은 차를 가 져와봤자 운전도 못했을 거라고. 네 남편이 아콰비트를 얼마나 먹여 대는지 봤잖아!"

"휴…… 그이는 이제 스웨덴 사람이 다 됐어. 십 년 전이었다면 오 빠에게 이탈리아 술만 권했을 텐데 말이야."

차를 타고 가면서 남매 사이에 허물없는 농담이 오고갔다. 연로한 고모 한 분, 그리고 못지않게 연로한 이모 두 분과 사촌 몇 명을 제외 하면 미카엘과 안니카에게 남은 가족이라곤 서로뿐이었다. 세 살 터 울인 두 사람은 어린 시절엔 그다지 가깝지 않다가 어른이 되면서 오히려 친구처럼 친해졌다.

안니카는 법학을 공부했다. 미카엘은 여동생이 자신보다 훨씬 똑 똑하다고 생각했다. 순풍에 돛 단 듯 학업을 마친 그녀는 지방법원에 서 몇 년을 재직하고 스웨덴으로 돌아와 꽤 유명한 변호사 아래에서 보조 변호사로 경력을 쌓았다. 그후엔 사표를 내고 나와 자신의 법률 사무소를 운영하고 있었다. 전문 분야는 가정법이었는데 그러다보니 남녀평등 문제에 깊은 관심을 갖게 되었다. 그렇게 해서 가정폭력에 희생당한 여성들을 변호하며 이 문제를 다룬 책도 한 권 썼는데 페 미니스트들 사이에서는 상당히 명성을 떨친 모양이었다. 그리고 이 모든 활동에 정점을 찍고 싶었는지 사회민주당에서 정치 활동까지 하고 있었다. 미카엘은 이를 두고 그녀를 기회주의자라고 놀렸다. 미 카엘은 젊은 시절부터 언론인의 '신뢰도' 유지를 위해 그 어떤 정당도 지지하지 않겠다고 결심했었다. 심지어는 투표도 하지 않았다. 어쩔 수 없이 하게 된 경우에는 누구에게 투표를 했는지—심지어 에리카에게도—결코 밝히지 않았다.

"그래, 오빠는 어떻게 지내?" 차가 스쿠루 다리 위를 지날 때 안니카가 물었다.

"뭐, 괜찮아."

"그럼 문제가 뭔데?"

"문제?"

"난 오빠 얼굴만 봐도 다 알아. 아까 저녁 내내 생각에 잠긴 표정이던데."

미카엘은 잠시 침묵했다.

"설명하자면 좀 복잡해. 실은 요즘 두 가지 일 때문에 머리가 아파. 하나는 어떤 여자 때문인데…… 이 년 전에 만났다가 벤네르스트룀 사건 때 날 도와줬어. 그런데 어느 날 아무 말도 없이 사라져버린 거야. 그렇게 일 년을 아무런 소식이 없다가 지난주에야 다시 봤었고."

미카엘은 룬다가탄에서 있었던 습격 사건에 대해 얘기했다.

"경찰에 신고했어?" 안니카의 입에서 곧바로 튀어나온 말이었다.

"아니."

"왜 안 했는데?"

"끔찍이도 자기 사생활에 예민한 사람이야. 신고를 하더라도 피습 당사자인 그녀가 직접 해야겠지."

하지만 리스베트는 죽었다 깨어나도 경찰에 신고 따위 안 할 사람이라는 걸 미카엘은 잘 알고 있었다.

"어휴, 답답한 우리 오빠!" 안니카가 미카엘의 볼을 어루만지며 말했다. "그렇게 이 사람 저 사람 다 돌봐주면 피곤해서 어떻게 살아? 좋아. 두번째 문제는?"

"지금 〈밀레니엄〉에서 깜짝 놀랄 만할 기사를 준비하고 있어. 요

며칠 밤마다 생각했지. 이 문제에 대해 네게 자문을 구해야 하나 하고. 물론 변호사로서."

안니카가 놀란 눈으로 그를 흘깃 쳐다보며 외쳤다.

"내게 자문을 구하겠다고? 정말 해가 서쪽에서 뜰 일이네!"

"여성인신매매와 여성폭력 문제야. 넌 피해 입은 여성들을 위해 일하는 변호사잖아. 그래서 인쇄 넘어가기 전에 원고를 한번 읽어보고 법적으로 문제될 내용이 없는지 봐달라고 할까 생각하고 있었어. 잡지에 낼 기사 몇 편하고 책 한 권이야. 읽을 게 꽤 많다고."

차가 함마르뷔 산업단지를 끼고 돌아 시클라 수문을 지날 때까지 안니카는 말이 없었다. 어느새 차는 뉘네스베겐 거리와 나란히 늘어선 좁은 길들을 타고 가다가 엔셰데로 접어들었다.

"오빠, 난 살면서 오빠한테 딱 한 번 정말로 화가 난 적이 있어."

"뭔데?" 미카엘이 놀란 얼굴로 물었다.

"벤네르스트룀 사건 때문에 명예훼손죄로 고소당해서 석 달을 감옥에서 살았잖아. 그때 오빠에게 얼마나 화가 났던지 그대로 터져버릴 것 같았어."

"왜? 난 그때 실수를 저지른 것뿐이야. 그게 전부라고."

"실수는 살아오면서 수도 없이 했잖아. 그때 오빠에겐 변호사가 한 사람 필요했을 뿐인데 유독 나한테는 도움을 청하지 않더라고. 대신 그대로 질질 끌려가서 진창 속에 처박히는 걸 받아들였지. 법원에서도 언론에서도 오빠는 자신을 변호하려고 하지 않았고. 그 꼴을 보고 있으려니 정말 속이 터지더군."

"특별한 상황이었어. 그땐 너도 어쩔 수 없었을 거야."

"그랬겠지. 하지만 난 그 사정을 일 년 후에야 알게 되었다고. 〈밀레니엄〉이 다시 일어서고 오빠가 벤네르스트룀을 걸레로 만들어버렸을 때 말이야. 그때까진 오빠에게 정말 실망했었어."

"그 재판에서는 너도 할 수 있는 게 없었을 거야."

"요점은 그게 아니라고! 그 재판은 오빠가 질 수밖에 없었다는 걸 이제 나도 알아. 판결문을 읽었으니까. 하지만 지금까지도 화가 나는 건 그때 왜 내게 도움을 청하지 않았느냐는 거야. 난 오빠 동생이잖아? '어이, 안니카! 나 지금 변호사가 필요해!' 이 한마디면 됐을 텐데 말이야. 그래서 내가 오빠 재판 때 한 번도 안 나가본 거라고."

미카엘은 잠시 생각했다.

"그래, 미안하다. 내가 잘못했어."

"잘못하긴 했지."

"그래, 그때 난 제정신이 아니었어. 그 누구하고도 얘기할 수 없었다고. 그저 죽고만 싶었으니까."

"하지만 안 죽었잖아."

"미안하다."

안니카의 얼굴에 문득 미소가 떠올랐다.

"좋아! 이렇게 이 년 후에라도 사과를 받으니 기분이 괜찮네. 그런데 내가 읽어야 한다는 원고 말이야, 급한 거야?"

"응. 곧 인쇄에 들어가. 자, 저기서 좌회전해줘!"

안니카는 다그와 미아가 사는 비에르네보리스베겐으로 접어들어 아파트 건물 맞은편에 차를 세웠다.

"금방 돌아올게." 미카엘은 종종걸음으로 길을 건너 출입구 비밀번호를 눌렀다.

건물 안에 들어서는 순간 이상한 느낌이 들었다. 그는 웅성웅성 계단통을 울려대는 소리를 들으며 다그와 미아가 사는 삼층까지 걸어 올라갔다. 그리고 그곳 계단참에 이르러서야 소리의 진원지가 그들의 아파트 앞임을 알 수 있었다. 주민 다섯 사람이 계단참에 서서 이야기하고 있었고 다그네 현관문이 반쯤 열려 있었다.

"무슨 일이죠?" 불안보다는 호기심 어린 마음으로 미카엘이 물었다.

계단참이 조용해졌다. 그리고 눈동자 열 개가 일제히 그를 향했다. 여자 셋과 남자 둘. 모두 은퇴했을 지긋한 나이들이었다. 여자 하나는 잠옷 차림이었다.

"총소리가 들렸소." 일흔 살쯤 되어 보이는 갈색 가운 차림의 남자였다.

"총소리요?" 미카엘이 멍한 얼굴로 되물었다.

"방금 전이오. 한 일 분이나 되었을까. 이 집에서 누군가 총을 쏜 것 같소. 문은 이렇게 열려 있었고."

미카엘이 성큼 나서서 초인종을 한 번 누르고는 곧장 안으로 들어갔다.

"다그? 미아?"

아무 대답이 없었다.

갑자기 한줄기 오싹한 한기가 목덜미를 훑고 지나갔다. 코끝에 유황 냄새 같은 게 느껴졌기 때문이다. 미카엘은 우선 거실 쪽으로 다가갔다. 그리고 눈에 처음 들어온 것은 오오…… 이런…… 빌어먹을…… 직경이 1미터에 달하는 엄청난 피 웅덩이였다. 그리고 그 위에 다그의 몸이 엎어져 있었다. 몇 달 전 에리카와 함께 초대를 받아 저녁을 먹었던 식탁 바로 앞이었다.

미카엘은 다그를 향해 달려가며 휴대전화를 꺼내 112*를 눌렀다. 곧바로 응답이 들려왔다.

"전 미카엘 블롬크비스트입니다. 구급차와 경찰을 보내주세요." 그는 주소를 말했다.

"무슨 일이죠?"

"남자 한 사람이 머리에 총상을 입었어요. 의식은 없고요."

미카엘은 몸을 굽혀 다그의 경동맥을 짚어 맥박을 찾아보려 했다.

---

* 스웨덴은 응급상황시 경찰·구급차·소방대원을 통합 번호 112로 요청한다.

하지만 이내 그의 뒤통수에 큰 구멍 하나가 뚫려있는 걸 발견했다. 뇌가 보일 정도로 깊숙이 열려 있었다. 미카엘은 천천히 손을 뗐다.

이 세상 그 어떤 구조대도 다그를 구해낼 수 없을 터였다.

그리고 불현듯 부서진 찻잔 조각들이 눈에 들어왔다. 미아가 할머니께 물려받았다며 애지중지하던 바로 그 찻잔이었다. 미카엘은 벌떡 일어나 주위를 둘러보았다.

"미아!"

갈색 가운을 입은 남자가 어느새 따라 들어와 현관에 서 있었다. 미카엘은 거실 문 앞에 서서 몸을 돌려 팔을 흔들었다.

"거기 그대로 계세요!" 미카엘이 악을 쓰듯 외쳤다. "계단으로 나가 있으라고요!"

이웃 남자는 뭐라고 항변하려는 듯하다 이내 그의 말에 따랐다. 미카엘은 몇 초간 꼼짝 않고 있었다. 그리고 피 웅덩이를 끼고 돌아 천천히 다그의 몸 앞을 지나 침실로 향했다.

침대 발치 아래에 미아가 누워 있었다. 안 돼, 안 돼, 안 돼! 오, 미아까지…… 젠장…… 총알이 얼굴을 관통했다. 왼쪽 귀 아래 턱으로 들어간 총알이 오른쪽 관자놀이로 나오면서 오렌지만큼이나 커다란 구멍을 뚫었다. 그리고 오른쪽 안구가 텅 비어 있었다. 다그보다 출혈이 심했다. 대단히 강력한 총알이었는지 미아에게서 몇 미터 떨어진 침대 머리맡의 벽이 핏자국으로 범벅이었다.

미카엘은 자신이 아직도 휴대전화를 꼭 쥐고 있다는 사실을 깨달았다. 여전히 112에 연결된 채였다. 그는 숨을 깊게 들이쉬고서 전화기를 들어올렸다.

"경찰이 와야겠어요. 두 사람입니다. 둘 다 사망한 것 같고요. 서둘러주세요."

전화기 너머에서 뭐라고 말소리가 들렸지만 그걸 알아들을 상태가 아니었다. 미카엘은 갑자기 청각이 마비된 듯했다. 주위의 모든 것이 고요했다. 뭔가를 말해보려 했지만 자신의 목소리마저 들리지 않았다. 이내 전화기를 쥔 손을 내려뜨리고서 뒷걸음치며 집을 빠져나왔다. 계단참에 이른 미카엘은 온몸이 덜덜 떨리면서 심장이 비정상적인 리듬으로 뛰었다. 그는 아무 말 없이 겁에 질려 굳어버린 이웃들을 헤치고 나가 계단에 털썩 주저앉았다. 그들이 질문을 퍼붓는 소리가 아득하게 들려왔다. 무슨 일이죠? 사람이 다쳤나요? 무슨 일이 일어났나요? 그 모든 소리가 마치 터널에서 흘러나오는 듯 기이하게만 들렸다.

미카엘은 온몸이 마비된 양 멍하니 앉아 있었다. 자신이 쇼크 상태에 빠졌음을 깨달았다. 그는 두 무릎 사이에 머리를 파묻었다. 그리고 생각하기 시작했다. 이런…… 다그와 미아가 살해당했어. 누군가가 그들을 향해 총을 쏜 거야. 살해범은 아직 저 안에 있을 수 있어…… 아냐, 그럼 내가 봤겠지. 크지도 않은 아파트인데. 몸의 떨림이 좀처럼 가라앉지 않았다. 다그는 바닥에 배를 깔고 엎드린 채라 얼굴을 볼 수 없었지만 처참하게 부서진 미아의 얼굴이 아직도 그의 망막에 맺혀 있었다.

마치 볼륨을 올린 듯 갑자기 청각이 회복됐다. 미카엘은 벌떡 일어나 갈색 가운을 입은 남자를 쳐다보았다.

"선생님, 여기 좀 서 계시면서 집안으로 아무도 들어가지 못하게 해주세요. 지금 경찰과 구급차가 오고 있습니다. 전 내려가서 기다리고 있다가 문을 열어주겠습니다."

미카엘은 한 걸음에 네 계단 씩 성큼성큼 내려갔다. 일층에 다다라 지하실 계단 쪽으로 눈길을 던진 순간 그는 그 자리에 그대로 딱 멈춰 섰다. 좀더 내려가보니 누구에게도 보일 만한 계단 중간에 리볼버 권총 한 자루가 떨어져 있었다. 콜트 45 매그넘—올로프 팔메 수상을 암살한 무기—처럼 보였다.

미카엘은 그것을 주워들고 싶은 충동을 억누르고 그대로 두었다.

다시 일층으로 올라온 그는 건물 출입문을 열어 고정해놓고 밖으로 걸어나왔다. 어디선가 짤막한 경적 소리가 들려왔다. 그제야 여동생이 차 안에서 기다리고 있었다는 사실이 기억났다. 그는 길 맞은편으로 건너갔다.

안니카는 또 이렇게 꾸물댈 줄 알았어, 하고 핀잔이라도 주려고 입을 열었지만 그 순간 오빠의 얼굴이 눈에 들어왔다.

"여기 있으면서 누군가 지나가는 걸 봤니?"

목소리는 잠겨 있었고 부자연스러웠다.

"아니. 누군데? 무슨 일이야?"

미카엘은 몇 초간 아무 말도 없이 주위만 살폈다. 거리는 고요하고 평화로웠다. 그는 이내 호주머니를 뒤져 구겨진 담뱃갑을 꺼냈다. 담배 한 개비가 남아 있었다. 막 불을 붙이는데 멀리서 사이렌 소리가 들렸다. 손목시계를 들여다보니 밤 11시 17분이었다.

"안니카, 오늘밤은 좀 길 것 같아." 경찰차가 거리로 들어설 때 미카엘은 동생의 얼굴을 보지 않은 채 말했다.

현장에 가장 먼저 도착한 경찰관은 망누손과 올손이었다. 그들은 장난 신고 때문에 뉘네스베겐으로 출동했다가 긴급 연락을 받고 오는 길이었다. 뒤이어 도착한 차 한 대에는 오스발드 모르텐손 형사가 타고 있었다. 그 역시 스칸스툴 전철역 부근에 있다가 중앙상황실의 연락을 받고 달려왔다. 각기 다른 구역에서 출발해 거의 동시에 도착한 그들은 약간 떨어진 거리 한가운데에서 청바지에 어두운 재킷을 입은 사내가 손을 쳐드는 모습을 보았다. 동시에 몇 미터 떨어진 자동차에서 여자 한 명이 내리는 것도 보았다.

세 경찰관은 잠시 기다렸다. 중앙상황실로부터 두 명이 살해되었다는 연락을 받고 달려온 터라 웬 남자 하나가 왼손에 거뭇한 물체를 들고 있는 게 보이자 경계심이 일었다. 물론 그것이 휴대전화라는 사실을 알아차리는 데는 몇 초 걸리지 않았다. 그들은 동시에 차에서 내려 권총집을 바로잡으면서 두 사람 쪽으로 다가갔다. 계급이 가장 높은 오스발드가 물었다.

"선생이 총격 사건을 신고했습니까?"

미카엘이 고개를 끄덕였다. 큰 충격을 받은 얼굴로 담배를 입으로 가져가는 손이 덜덜 떨리고 있었다.

"성함이?"

"미카엘 블롬크비스트입니다. 불과 몇 분 전에 이 건물 안에서 두 사람이 총으로 살해당했어요. 이름은 다그 스벤손과 미아 베리만입니다. 삼층에 있어요. 계단참에는 이웃들이 있고요."

"맙소사!" 안니카가 신음하듯 말했다.

"부인은 누구시죠?" 오스발드가 물었다.

"안니카 잔니니입니다."

"이곳에 사시나요?"

"아뇨." 미카엘이 대답했다. "제가 이 커플을 만나러 들른 길이었어요. 이쪽은 제 여동생입니다. 함께 저녁을 먹고서 저를 여기까지 태워다줬고요."

"두 사람이 총으로 살해당했다고 말씀하셨는데 그 일을 직접 목격하셨나요?"

"아니요. 죽어 있는 걸 발견했어요."

"어디 한번 올라가서 봅시다."

"잠깐만요." 미카엘이 말했다. "이웃들 말에 따르면 내가 여기 도착하기 바로 전에 총소리가 들렸다고 해요. 나 역시 도착한 지 얼마 안돼 신고를 했고요. 한 오 분밖에 되지 않았습니다. 그러니까 범인이 아직 이 근방에 있을지도 몰라요."

"혹시 범인의 인상착의를 보셨나요?"

"범인을 본 사람은 아무도 없었습니다. 이웃들이 뭔가를 봤을 가능성은 있네요."

오스발드가 무언가 지시하자 망누스가 무전기를 들어 낮은 목소리로 본부에 보고했다. 오스발드가 미카엘에게 몸을 돌리며 말했다.

"길을 안내해주시죠."

건물 출입문에 이르렀을 때 미카엘이 걸음을 멈추고 지하실 계단을 말없이 가리켰다. 이내 오스발드가 몸을 구부리고 무기를 들여다보았다. 그리고 계단 아래로 내려가 지하실 문을 확인해보니 굳게 잠겨 있었다.

"올손, 남아서 여길 잘 지키고 있어."

다그와 미아의 집으로 올라가보니 이웃들이 많이 떠나고 없었다. 두 사람은 집으로 돌아갔고, 갈색 가운을 입은 남자는 자리에 남아 문 앞을 지키고 있었다. 제복을 입은 경관들이 보이자 그의 얼굴에 안도의 빛이 떠올랐다.

"아무도 들어가지 못하게 했소." 그가 말했다.

"잘하셨습니다." 미카엘과 오스발드가 동시에 말했다.

"계단에 핏자국이 있군요." 망누손이 지적했다.

과연 계단에는 피 묻은 발자국이 찍혀 있었다. 미카엘은 자신의 이탈리아제 가죽단화를 내려다보았다.

"아마 내가 남긴 모양입니다." 미카엘이 말했다. "아파트에 들어갔었거든요. 안은 피바다예요."

오스발드는 미카엘에게 의심쩍은 눈길을 던졌다. 그리고 볼펜으로 현관문을 밀고 들어가 현관 바닥에도 다른 핏자국들이 있는 걸 확인했다.

"오른쪽으로 가세요. 다그 스벤손은 거실에 있고 미아 베리만은 침실에 있습니다."

오스발드는 집안을 간단하게 둘러본 후 곧바로 다시 나왔다. 그는 무전기로 당직자에게 지원 요청을 했다. 그리고 그사이 구급차가 도착했다. 오스발드는 무전기를 끄면서 집안으로 들어가는 구급대원들을 저지했다.

"안에 두 사람이 있는데 내 판단으로는 손쓸 필요가 없는 상태입니다. 다들 들어가면 범행 현장을 어지럽힐 수 있으니 한 분만 들어가서 확인하고 나오시겠어요?"

그의 말이 사실임을 확인하는 데는 오래 걸리지 않았다. 둘러보고 나온 구급대원은 저들을 병원으로 이송해 응급치료를 할 필요는 없다고 말했다. 전혀 희망이 없다고 했다. 미카엘은 갑자기 심한 욕지기를 느껴 오스발드를 향해 몸을 돌리며 말했다.

"좀 나가겠습니다. 바깥공기 좀 마셔야겠어요."

"죄송하지만 그렇게 떠나시면 안 될 것 같은데요?"

"걱정 마세요. 출입문 계단에 가서 잠시 앉아 있을 테니까."

"신분증 좀 보여주시죠."

미카엘은 지갑을 꺼내 그의 손에 던지듯 신분증을 쥐여주었다. 그리고 아무 말 없이 몸을 돌려 건물을 내려와 출입문 앞 계단에 털썩 주저앉았다. 거기서 올손 경관과 함께 기다리고 있던 안니카가 다가와 곁에 앉았다.

"오빠. 대체 무슨 일이야?"

"내가 너무나도 아끼는 두 사람이 살해당했어. 다그 스벤손과 미아 베리만. 아까 네게 읽어달라고 부탁한 원고를 쓴 사람들이야."

그녀는 지금 이런저런 질문을 해서 오빠를 힘들게 할 때가 아니라는 걸 알았다. 대신 그의 어깨에 팔을 둘러 꼭 안아주었다. 다른 경찰 차들이 도착하고 있었고 길 건너에는 호기심 많은 행인들이 모여들기 시작했다. 미카엘이 멍한 눈으로 그들을 바라보는 사이 경찰들이 테이프로 제한구역을 표시했다. 수사가 시작된 것이다.

미카엘과 안니카가 마침내 중앙범죄수사본부에서 나온 건 새벽

3시가 조금 지나서였다. 앞서 그들은 당직 검사가 예비수사를 하러 올 때까지 다그의 아파트 앞에 세워둔 차에서 한 시간을 기다려야 했다. 그후엔 미카엘이 두 희생자의 친구이면서 시체를 처음 발견하고 신고한 사람이라는 이유로 쿵스홀멘의 스톡홀름 경찰청으로 출두하라는 명령을 받았다.

거기서 안니카와 함께 또 한참을 기다리고 있으니 증인신문을 하러 수사관이 한 명 들어왔다. 아니타 뉘베리라고 하는 금발의 젊은 여자는 미카엘의 눈에 아직 십대처럼 보였다.

나도 이젠 늙어가나보군. 미카엘이 속으로 중얼거렸다.

3시 30분경, 미카엘은 연신 뜨거운 커피를 마셔댄 덕에 취기는 완전히 가셨지만 금방이라도 뭐가 튀어나올 듯 속이 메슥거렸다. 결국엔 신문을 중단하고서 화장실로 달려가 뱃속에 든 걸 몽땅 토했다. 미아의 처참한 얼굴이 계속 눈앞에 어른거렸다. 이내 물을 몇 잔 벌컥벌컥 들이켜고 세수를 한 다음 다시 취조실로 돌아왔다. 미카엘은 정신을 가다듬고 아니타 뉘베리의 질문에 가급적 정확하게 대답하려고 애썼다.

다그 스벤손과 미아 베리만에게 원한을 품은 사람이 있나요?

내가 아는 한은 없어요.

누군가에게 협박받은 일은?

내가 아는 한은 없어요.

두 사람의 관계는 어땠죠?

서로 사랑했습니다. 어느 날 다그가 말했어요. 미아가 박사과정을 마치면 아이를 가져보겠다고요.

그들이 마약을 했나요?

그건 전혀 모르겠어요. 하지만 아닐 겁니다. 만일 약을 했다면 특별한 기회에 재미 삼아 하는 정도였겠죠.

그런데 선생께선 왜 늦은 시간에 거길 찾아갔죠?

미카엘은 전후 사정을 설명했다.

그렇게 늦게 방문하는 일은 드물다고 할 수 있겠죠?

그렇죠. 처음 있는 일이었어요.

두 사람을 어떻게 알게 됐죠?

일 때문에요. 미카엘은 긴 설명을 늘어놓았다.

그다음엔 시간 순서대로 당시에 일어난 일들과 관련한 질문들이 이어졌다.

두 발의 총성은 건물의 모든 주민이 들었다. 그리고 두 총성 사이에 오 초 정도 간격이 있었다고 했다. 갈색 가운을 입은 칠순 남자는 은퇴한 해안경비대장으로, 그의 집이 범행 현장에서 가장 가까웠다. TV를 보고 있던 그는 두번째 총성을 듣고서 소파에서 일어나 즉시 계단으로 나왔다고 했다. 엉덩이 쪽이 아파 거동이 약간 불편한 그는 자신이 현관문을 열고 나오기까지 약 삼십 초가 걸렸을 거라고 증언했다. 그런데 그나 다른 이웃 가운데 범인을 본 사람은 한 명도 없었다.

이웃들의 대략적인 계산에 따르면 미카엘이 다그네 현관문 앞에 나타난 건 총성이 들리고 나서 약 이 분 후였다.

미카엘과 안니카가 거리로 차를 몰고 들어와 주차를 하고서 몇 마디 말을 나누는 데 걸린 시간은 삼십 초 정도였고, 그후 미카엘이 길을 건너 건물 계단을 올라갔다. 그렇다면 총성이 울린 시각과 그들이 거리 안으로 들어선 시각 사이에는 약 삼십 내지 사십 초의 공백이 있었다. 바로 이때 살해범은 집을 나와 계단을 내려가서 일층에 무기를 버린 후 건물을 빠져나와 안니카가 주차를 하기 전에 사라졌다는 얘기가 된다. 아무에게도 모습을 보이지 않고서.

결론적으로 미카엘과 안니카는 불과 몇 초 차이로 범인을 놓친 셈이었다.

그 순간 미카엘은 문득 깨달았다. 지금 아니타 형사는 미카엘이 범인일 수 있다는 가정하에 이 모든 질문을 하고 있었다. 즉 그가 범행 후 아래층에 내려갔다가 이웃들이 몰려들자 다시 올라가서 방금 현장에 도착한 척했다는 게 그들의 추측이다. 하지만 그의 행적은 합당했고 줄곧 함께 있었던 안니카가 알리바이를 증명해줄 수 있었다. 다 그와의 통화를 비롯해 그날 저녁에 그가 한 일들은 잔니니 가족에게 물어보면 확인될 터였다.

결국 안니카가 항변하고 나섰다. 이제껏 미카엘은 최선을 다해 수사에 협조했다. 그리고 지금은 매우 피곤한데다 몸 상태도 그리 좋아 보이지 않았다. 그들은 당장 이런 식의 심문을 그만두고 그를 집으로 보내주어야 한다고 했다. 안니카는 자신을 미카엘의 여동생이자 변호인이라고 소개하면서 그에게는 천부인권이 있으며 적어도 의회가 규정한 권리들이 있다고 주장했다.

밖으로 나온 남매는 한동안 안니카의 차 앞에 묵묵히 서 있었다.

"오빠, 이제 집에 가서 자."

미카엘은 고개를 흔들었다.

"에리카에게 가봐야겠어. 그녀도 두 사람을 알고 있었어. 전화로 전하기엔 너무 중대한 일이야. 아침에 일어나서 뉴스로 알게 하고 싶지도 않고."

안니카는 잠시 망설였지만 곧 그의 말에 동의했다.

"그 집이 살트셰바덴에 있지?" 그녀가 물었다.

"아직 힘이 남아 있어?"

"동생 뒀다 뭐하려고?"

"나카 시내까지 데려다주면 거기서 택시나 버스를 탈게."

"농담하지 마. 어서 타. 내가 데려다줄게."

12장

3월 24일 성목요일

안니카의 얼굴에도 피곤한 빛이 역력했다. 결국 렌네르스타를 거쳐도 한 시간은 족히 걸리는 살트셰바덴까지 가지 말고 나카 시내에 내려달라는 오빠의 말을 따르기로 했다. 미카엘은 동생의 볼에 입을 맞추며 밤사이 함께 있어준 데 대한 고마움을 전했다. 그리고 그녀가 차를 돌려 사라진 후에야 택시를 잡아탔다.

살트셰바덴에 와본 지도 거의 이 년 만이었다. 에리카네 집에는 아주 특별한 경우에만 가끔 들렀다. 미카엘은 자신이 여전히 유치한 놈이라서 그렇다고 생각했다.

미카엘은 에리카와 그레게르의 부부생활이 어떠한지 전혀 몰랐다. 에리카와는 1980년대부터 사귀었다. 미카엘로서는 다 늙어서 휠체어 신세를 지기 전까지 유지하고 싶은 관계였다. 만남이 중단된 적은 단 한 번, 그들이 각자 다른 사람과 결혼한 1980년대 말이었다. 하지만 일 년도 지나지 않아 둘은 다시 서로를 찾았다.

미카엘은 이 일로 이혼을 해야 했다. 하지만 그레게르의 반응은 달랐다. 그는 이 두 사람이 타고난 강한 본능에 따라 어쩔 수 없이 끌리는 것이므로 일반적인 관습이나 도덕으로 떼어놓을 수 있으리라는 생각부터가 환상에 불과하다고 판단했다. 그리고 이러한 관계 때문에 에리카를 잃고 싶지 않다고도 했다.

아내에게 직접 불륜 사실을 들은 그레게르는 미카엘을 찾아갔다. 미카엘은 그의 방문을 두려워하며 기다렸다. 하지만 그레게르는 미카엘의 얼굴에 주먹을 날리는 대신 술이나 한잔 마시자고 제안했다. 그렇게 쇠데르말름 거리에 있는 술집을 세 군데나 돌면서 얼근하게 취한 두 남자는 동이 틀 무렵에 마리아 광장 벤치에 앉아 서로의 흉금을 털어놓았다.

당시 미카엘은 자신의 귀를 의심하지 않을 수 없었다. 그레게르가 설명하기를, 만일 미카엘이 그들 부부 사이를 깨뜨릴 작정이라면 자신은 몽둥이를 들고 다시 찾아오겠지만 단순히 그녀의 살이 그리워서, 도저히 욕구를 참을 수 없어서 그렇다면 충분히 이해할 수 있다고 했다.

이렇게 해서 미카엘과 에리카는 그레게르의 허락하에 더이상 숨길 필요 없이 관계를 유지할 수 있었다. 미카엘이 알기로는 에리카와 그레게르 부부의 관계도 더없이 원만했다. 그레게르가 그들의 관계를 받아들인다는 사실을 미카엘 역시 받아들였다. 둘이서 밤을 보내고 싶을 때는 에리카가 그레게르에게 전화해 미카엘과 자고 간다는 말 한마디면 끝이었다.

그레게르는 미카엘에 대해 한 번도 나쁘게 말한 적이 없었다. 오히려 에리카와 미카엘의 관계가 자신에게도 좋은 점이 있다고 생각하는 듯했다. 한편으로는 아내의 존재를 나만의 당연한 것으로 여길 수 없으니 그녀를 향한 사랑이 더욱 강해지기도 했다.

반면 미카엘은 그레게르와 함께 있으면 결코 마음이 편치 않았다. 아무리 자유로운 관계라 할지라도 반드시 대가가 따른다는 고통스러운 반증이 아닐 수 없었다. 그래서 미카엘은 자신이 빠지면 오히려 어색해지는 큰 모임이 아니면 살트셰바덴에 거의 가지 않았다.

마침내 그가 250제곱미터에 달하는 그들의 저택 앞에 멈춰 섰다. 이처럼 고약한 소식을 전하는 일이 내키지 않았지만 마음을 굳게 먹고 초인종을 눌렀다. 사십 초가량 계속 눌러대고 있자니 그제야 발소리가 들려왔다. 문을 열어준 건 그레게르였다. 가운을 걸치고 나온 그는 꼭두새벽부터 잠이 깨 잔뜩 화난 얼굴이었다가 현관 앞에 선 아내의 애인을 보고는 놀라 입을 벌렸다.

"잘 있었나, 그레게르."

"그래, 미카엘. 그런데 지금 몇시지?"

그레게르는 금발에 마른 체격이었다. 가슴에는 털이 수북했지만 머리카락은 얼마 없었다. 일주일 정도 면도를 안 했는지 수염이 덥수룩했고, 오른쪽 눈 위에는 커다란 흉터가 있었다. 몇 해 전 하마터면 목숨을 잃을 뻔한 요트 사고가 남긴 흔적이었다.

"5시가 조금 넘었어. 에리카 좀 깨워줄 수 있을까? 할말이 있어."

그레게르는 평소 미카엘이 이곳에 오는 걸 몹시 꺼린다는 사실을 잘 알았기 때문에 분명 무슨 일이 일어났음을 직감했다. 더욱이 그의 몰골을 보니 당장 쓰러져 잠을 자거나 아니면 독한 술이라도 들이켜야 할 것 같았다. 그레게르는 문을 활짝 열고 미카엘을 들어오게 했다.

"무슨 일이야?"

미카엘이 미처 대답하기 전에 에리카가 하얀 나이트가운의 허리띠를 묶으며 계단을 내려왔다. 현관에 서 있는 미카엘을 본 그녀가 걸음을 멈췄다.

"미카엘! 무슨 일이야?"

"다그와 미아가……"

더이상 말하지 않아도 미카엘의 얼굴이 그가 전할 소식을 대신하고 있었다.

"아니 무슨!" 에리카가 경악하며 손으로 입을 막았다.

"지금 경찰서에서 오는 길이야. 오늘밤 다그와 미아가 살해됐어."

"살해됐다고?" 에리카와 그레게르가 동시에 외쳤다. 그녀가 믿기지 않는다는 눈으로 미카엘을 쳐다보았다.

"정말로 살해됐단 말이야?"

미카엘이 무거운 표정으로 고개를 끄덕였다.

"누군가가 엔셰데에 있는 다그네 집에 침입해서 머리에 총을 쐈어. 내가 시체들을 발견했고."

에리카가 그대로 계단에 주저앉았다.

"네가 이 소식을 아침뉴스로 알게 하고 싶지는 않았어."

성목요일 아침 6시 59분, 미카엘과 에리카는 〈밀레니엄〉 사무실에 도착했다. 그전에 에리카가 전화로 크리스테르와 말린을 깨워 간밤에 다그와 미아가 살해당했다는 소식을 전했다. 두 사람 모두 사무실에서 가까이 살았기 때문에 그들보다 먼저 도착해 탕비실에서 커피를 내리고 있었다.

"아니, 도대체 이게 무슨 일이야?" 그들을 보자마자 크리스테르가 물었다.

이때 말린이 조용히 하라고 손짓을 하며 라디오 볼륨을 높였다. 아침 7시 뉴스가 나오고 있었다.

어젯밤 엔셰데의 한 아파트에서 남성 한 명과 여성 한 명, 이렇게 두 사람이 총에 맞아 사망했습니다. 경찰은 이를 한 사람의 소행으로 단정짓고 있지만 동기는 전혀 밝혀지지 않았습니다. 현장에 나가 있는 한나 올로프손 기자를 연결해보겠습니다.

"어제 자정이 못 된 시각, 경찰은 이곳 엔셰데의 한 아파트 건물에서 총격이 발생했다는 신고를 접수했습니다. 한 주민에 따르면 건물 내부에서 여러 번 총성이 들렸다고 합니다. 현재 살해 동기는 전혀 밝혀지지 않고 있으며 체포된 용의자도 없는 상태입니다. 경찰은 사건이 발생한 아파트를 봉쇄하고 감식수사를 벌이고 있습니다."

"너무 간단하네요." 말린이 볼륨을 낮추며 말했다. 그러고는 울음을 터뜨렸다. 에리카가 다가가 그녀의 어깨를 감쌌다.

"아, 빌어먹을. 이게 무슨 끔찍한 일이야?" 크리스테르가 혼잣말하듯 소리쳤다.

"자, 모두들 앉자고." 에리카가 차분하게 말했다. "자, 미카엘."

미카엘은 간밤에 일어난 일을 다시 한번 정리해 설명했다. 죽은 다그와 미아를 자신이 발견했던 상황을 가급적 담담하게, 감정을 배제한 기자의 언어로 묘사했다.

"빌어먹을! 대체 이게 무슨 일인지." 크리스테르가 다시 한번 한탄했다. "이게 웬 날벼락이냐고!"

말린도 다시 격한 감정에 휩싸였다. 흘러내리는 눈물을 감추려 하지 않고 흐느껴 울었다.

"죄송해요." 그녀가 울먹였다.

"나도 울고 싶다." 크리스테르가 말했다.

미카엘은 이상하게도 눈물이 나지 않았다. 마취된 것처럼 머릿속이 휑했다.

"현재로선 우리가 아는 사실이 별로 없어." 에리카가 차분하게 말했다. "하지만 두 가지 문제를 논의하는 게 좋겠어. 우선 삼 주 후에 다그의 원고를 인쇄할 예정이었어. 그렇다면 우리는 여전히 이 책을 출간할 수 있을까? 아니, 출간하는 일이 가능할까? 이게 첫번째 문제야. 두번째 문제는 미카엘이 좀 설명해줘."

"현재로선 왜 두 사람이 살해당했는지 알 수 없어." 미카엘이 말을 받았다. "다그와 미아의 사생활과 얽힌 문제일수도 있고, 아니면 순전히 정신병자 하나가 우발적으로 벌인 소행일 수도 있어. 하지만 그들이 하던 작업과 관련되었을 수도 있다는 가정 역시 배제할 수 없겠지."

테이블 주위에 잠시 침묵이 감돌았다. 미카엘은 목을 고른 다음 말을 이었다.

"즉 우리가 출간하려는 책에는 상당히 껄끄러운 내용들이 담겨 있고, 이로 인해 자신의 이름이 밝혀질까 전전긍긍하는 자들이 있었겠지. 다그는 이 주 전부터 그들을 찾아다니며 대조 작업을 했었고. 내 생각으로는 그들 중 하나가……"

"잠깐만요." 말린이 끼어들었다. "그 사람들 나도 잘 알아요. 우선 경찰이 셋인데 그중 하나는 세포 소속이고 다른 하나는 성매매 단속반에서 근무하죠. 거기에 검사 하나와 판사 하나, 쓰레기 같은 늙은 기자도 몇 명 있고요. 그런데 과연 이런 사람들이 책 출간을 막으려고 살인까지 저질렀을까요?"

"글쎄, 잘 모르겠어……" 미카엘이 눈썹을 찌푸리며 말했다. "책이 나오면 많은 걸 잃게 될 사람들이긴 해. 하지만 물론 기자 하나 죽여서 모든 걸 덮어버릴 수 있다고 믿을 정도로 단순한 인간들도 아니겠지. 그런데 이 책에서 고발하는 건 그들만이 아니야. 성판매 여성들을 등쳐먹는 포주들도 있다고. 물론 책에서는 모두 가명으로 처리했지만 웬만한 사람이라면 다 알 수 있어. 그 가운데 몇은 폭행 전과까지 있는 흉악한 놈들이고."

"무슨 뜻인지 알겠어." 크리스테르가 말했다. "이 사건을 계획적인 암살로 본단 말이지? 그런데 다그가 말하기로는 그자들이 썩 머리가 좋은 친구들은 아니라고 했었어. 그런 자들이 사람을 둘씩이나 죽이고서 그렇게 감쪽같이 사라질 수 있을까? 과연 치밀하게 행동할 수 있는 자들일까?"

"아니, 꼭 머리가 좋아야만 총을 쏠 수 있나요?" 말린이 반문했다.

"자, 자, 우리가 알 수 없는 사실을 억측하지는 말자고." 에리카가 대화를 중단시켰다. "중요한 문제인 건 사실이야. 혹시라도 두 사람을 죽인 이유가 다그의 기사나 미아의 논문 때문이었다면 우리 편집부도 보안을 강화해야 하니까."

"여기서 세번째 문제가 제기되는군요." 말린이 말했다. "다그의 글에 거론된 이름들을 경찰에 알릴 것인가, 말 것인가? 간밤에 경찰서에서 뭐라고 말씀하셨어요?"

"그냥 물어보는 대로만 대답해줬어. 다그가 〈밀레니엄〉에서 무슨 일을 했는지도 말했는데 경찰이 더 자세하게 묻지는 않더군. 그래서 나도 책에 나오는 이름들에 대해선 입을 다물었어."

"그걸 밝혀야 하지 않을까?" 에리카가 말했다.

"그런데 그게 간단하지 않아." 미카엘이 대답했다. "경찰에게 명단을 넘길 수는 있지. 그런데 경찰이 이 이름들을 어떻게 알았느냐고 물으면 어떻게 할 거야? 익명으로 남고 싶어하는 정보제공자들을 밝힐 수는 없는 노릇이잖아. 특히나 미아에게 정보를 준 소녀들이 다칠 수 있어."

"아, 정말 엿 같은 일이네!" 에리카가 신음하듯 내뱉었다. "결국 맨 처음 문제로 되돌아왔잖아! 이 책을 내느냐 마느냐."

미카엘이 한 손을 들었다.

"잠깐. 물론 이 문제는 투표로 결정해야겠지. 하지만 난 〈밀레니엄〉의 발행인으로서 최초로 내 권한에 의거해 독단적으로 결정을 내릴 생각이야. 그리고 내 대답은 '노'야. 이번 특집호는 출간할 수 없어. 다시 말해서 우리가 예정했던 대로 밀고 나가는 건 불가능해."

테이블 주위에는 무거운 침묵이 내려앉았다. 미카엘이 말을 이었다.

"나 역시 특집호를 꼭 내고 싶어. 하지만 그러려면 내용을 꽤나 뜯어고쳐야 해. 다들 알다시피 기사에 실린 자료가 문제될 경우엔 다그와 미아가 책임지기로 되어 있었어. 그리고 미아는 기사에서 이름이 밝혀질 인물들을 검찰에 정식으로 고발할 예정이었고. 이렇게 실명을 밝히는 일은 그런 전제 아래에서만 가능하다고. 그녀는 이 분야에서 전문가였고 자료들의 출처도 확실히 알고 있었으니 겁날 것도 없었어. 하지만 우리는?"

그때 사무실 문이 쾅하고 열리면서 헨리 코르테스가 뛰어들어왔다. "다그와 미아 때문에 모인 겁니까?" 그가 숨이 턱끝에 찬 목소리로 물었다.

모두가 고개를 끄덕였다.

"이런 빌어먹을! 말도 안 되는……"

"헨리, 어떻게 알았지?" 미카엘이 물었다.

"어젯밤에 여자친구랑 데이트하고서 새벽녘에 택시를 타고 집으로 돌아가는 길이었어요. 경찰이 택시에 장착된 무선전화기를 통해서 인근 기사들에게 묻는 모양이더라고요. 혹시 저녁에 다그네 집으로 가는 승객을 태운 일이 있었느냐고. 주소를 들은 순간 바로 그 집인 줄 알았죠. 그래서 아침부터 여기로 달려왔어요."

너무도 격분한 헨리가 안쓰러웠던지 에리카가 일어나 그를 한번 안아주고서 자리에 앉게 했다. 그녀가 다시 입을 열었다.

"다그라면 우리가 자신의 글을 출간해주길 바랄 것 같아."

"당연히 그래야지. 특히 그의 책은 꼭. 하지만 지금 상황이 너무 미묘해서 당분간은 출간을 연기해야 돼."

"그럼 어떻게 하죠?" 말린이 물었다. "이건 단지 기사 하나를 빼는 문제가 아니에요. 5월호 전체를 다시 만들어야 한다고요."

에리카는 잠시 침묵을 지켰다. 그리고 미소를 지었다. 그날 처음 보인 웃음이었지만 완전히 기운이 빠져 힘없는 미소였다.

"말린, 이번 부활절에 여행을 가려고 했었지? 미안하지만 아무래도 힘들 것 같아. 이제 우리가 할 일을 정해보자. 말린과 나, 그리고 크리스테르는 빨리 5월호를 만들어야 해. 다그의 글을 뺀 완전히 새로운 5월호를. 6월호에 실으려고 준비해둔 기사들 중에 빼낼 게 있는지 보자고. 미카엘, 다그의 원고가 얼마나 들어왔어?"

"총 12장에서 9장까지를 최종본으로 갖고 있어. 그리고 최종본은 아니지만 10장과 11장도 있고. 다그가 이메일로 최종본을 보내준다고 했으니까 메일을 한번 확인해볼게. 하지만 마지막 12장은 전혀 없어. 책 전체를 요약하고 결론을 내려야 할 부분인데."

"그런데 예전에 다그하고 내용 전부를 얘기했다면서? 마지막 장까지 말이야."

"그가 무얼 쓰고 싶어했는지, 단지 그것만 알고 있을 뿐이야."

"좋아. 그럼 자기는 다그의 글을 맡아줘. 책과 기사 전부. 모자라는 부분은 얼마나 되는지, 다그가 끝맺지 못한 내용을 우리가 재구성하는 게 가능한지 알고 싶어. 오늘 안으로 정확하게 조사해서 알려줄 수 있겠어?"

미카엘이 고개를 끄덕였다.

"경찰에게 뭐라고 말해야 좋을지도 좀 생각해봐. 정보제공자들을 보호하려면 무엇을 말해야 하고, 무엇을 말하면 안 되는지. 앞으로 미카엘의 허락 없이는 아무도 입을 열어선 안 돼."

"좋은 생각이야." 미카엘이 대답했다.

"그런데 정말로 다그의 글이 살해 동기라고 생각해?"

"아니면 미아의 논문이거나…… 확신할 순 없지만 그 가능성을 배제할 수 없는 일이잖아."

에리카는 잠시 생각에 잠겼다.

"맞아. 그 가능성을 배제할 순 없지. 그럼 자기가 이 일을 맡아줘."

"무슨 일?"

"수사."

"무슨 수사?"

"우리의 수사 말이야, 제기랄!" 에리카가 갑자기 목소리를 높였다.

"다그는 기자였고 〈밀레니엄〉을 위해 일했어. 만일 그가 이 일 때문에 죽은 거라면 난 진실을 알고 싶어. 무슨 일이 있었는지 철저히 조사하고 싶단 말이야. 그 일을 자기가 맡아달라고. 우선 다그가 우리에게 준 자료를 모조리 검토해서 살해 동기를 짐작할 만한 단서가 있는지 찾아봐."

이어 그녀는 반쯤 몸을 돌려 말린에게 말했다.

"말린, 자기는 새 5월호의 초안만 좀 잡아줘. 나머지는 나랑 크리스테르가 알아서 할게. 대신 미카엘과 함께 경찰수사가 어떻게 진행되는지 파악해주면 좋겠어. 그동안 다그와 함께 일해왔으니 사정을 잘 알잖아."

말린이 고개를 끄덕였다.

"그리고 헨리…… 오늘 일할 수 있어?"

"물론이죠."

"그럼 나머지 직원들에게 연락해서 상황을 알려. 그리고 경찰에 전화해서 지금 상황이 어떻게 진행되는지 알아봐. 기자회견이라도 예정되어 있는지 말이야. 돌아가는 상황을 우리도 재빨리 파악하고 있어야 해."

"오케이. 직원들에게 전화를 돌리고 나서 일단 집에 가서 씻고 요기 좀 하고 올게요. 사십오 분 후에는 돌아오겠어요. 아니면 스톡홀름 경찰청으로 바로 가든지요."

"어쨌든 오늘 하루는 긴밀히 연락을 취하자고."

테이블 주위에 잠시 침묵이 감돌았다. 이내 미카엘이 침묵을 깼다.

"자, 그럼 다 된 건가?"

"그런 것 같아." 에리카가 대답했다. "바빠?"

"음, 전화 한 통 해야겠어."

헤데뷔에 있는 헨리크 방에르의 저택. 하리에트 방에르의 휴대전화가 울렸다. 통유리로 둘러싸인 베란다에서 오렌지잼과 치즈를 곁들인 토스트와 커피로 아침을 먹던 참이었다. 그녀는 화면에 뜬 이름을 보지 않은 채 전화를 받았다.

"하리에트, 나야."

"아니 웬일이야? 아침 8시 전에는 절대 일어나지 않는 사람이?"

"맞아. 전날 밤 제대로 잠들었다면 그렇지. 하지만 어젯밤은 아니었어."

"무슨 일이 있었어?"

"아침뉴스 못 봤어?"

미카엘은 전날 밤 있었던 일을 간략하게 말했다.

"너무 끔찍해! 그래, 당신은 괜찮아?"

"응, 고마워. 지금은 그나마 좀 나아졌어. 당신도 〈밀레니엄〉 이사진에 있으니까 무슨 일이 일어났는지는 알아둬야 할 것 같아서 전화했어. 얼마 안 있어 죽은 미아와 다그를 발견한 사람이 나라는 사실을 기자들이 알게 될 거야. 그러면 온갖 추측이 난무하겠지. 다그가 〈밀레니엄〉에서 엄청난 폭로기사를 준비하고 있었다는 걸 알게 되면 질문이 비처럼 쏟아질 게 뻔하고."

"그래서 나도 준비하고 있어야 한다는 뜻이군. 알겠어. 그럼 난 어떻게 말해야 하지?"

"사실만 말하면 돼. 난 이 사건을 전해 들었다. 야만스러운 살인방식에 큰 충격을 받았다. 편집부에서 하는 일은 잘 모르기 때문에 달리 논평하기가 어렵다. 살인 사건을 해결하는 건 경찰이지 〈밀레니엄〉이 아니다……"

"그래. 알려줘서 고마워. 내가 도울 일이 있을까?"

"아직은 없어. 혹시라도 생기면 연락할게."

"그래. 상황이 어떻게 되어가는지 알려줘."

13장

3월 24일 성목요일

성목요일 아침 7시, 엔셰데 살인 사건의 공식적인 수사 책임이 리샤르드 엑스트룀 검사에게 맡겨졌다. 전날 밤 현장에 뛰어나갔던 당직 검사는 경험이 적은 젊은 법관이었는데 자신이 처리할 만한 평범한 사건이 아님을 직감했다. 그는 즉시 전화를 걸어 자고 있던 지방검찰청 부장검사를 깨웠고, 부장검사는 다시 지방경찰청 부청장을 깨웠다. 그리고 이 두 사람은 경험 많고 유능한 검사에게 이 사건을 맡기기로 결정했다. 이렇게 해서 선택된 사람이 바로 마흔두 살의 리샤르드 엑스트룀이었다.

리샤르드는 신장 167센티미터에 호리호리하면서도 탄탄한 몸이었고, 결이 고운 금발에 짤막한 턱수염을 길렀다. 언제나 나무랄 데 없는 정장 차림에 작은 키를 감추려고 굽 높은 구두를 신고 다녔다. 그는 웁살라에서 검사보로 첫발을 내디뎠다. 당시 법무부는 스웨덴 헌법을 유럽연합 기준에 맞추기 위해 조사 작업을 벌이고 있었고, 이때 그가 조사관으로 채용됐다. 그리고 자신이 맡은 일을 훌륭하게 수행해낸 끝에 부서 책임자로 승진했다. 그는 특히 제대로 유지되지 못하는 법적안정성*에 대해 조사하면서 두각을 드러냈다. 그는 일부 경찰의 주장처럼 재원과 인력을 확충하기보다 법률 제정과 집행의 효율성을 늘리는 게 문제 해결에 도움이 된다고 주장했다. 이렇게 법무부에서 사 년간 근무하다가 스톡홀름 검찰청으로 자리를 옮긴 후에는 세상을 떠들썩하게 한 무장강도 사건이나 살인 사건 같은 강력범죄를 주로 다뤘다.

행정부 내에서 그는 사회민주당 지지자로 통했지만 사실 정치에는 큰 관심이 없었다. 언론이 그를 주목하기 시작했고 정권 역시 주시하고 있었다. 즉 고위직 후보자로서 물망에 오른 그는 정계와 사법부 안에서 광범위한 인맥을 형성한 인물이었다. 한편 경찰들의 평가는 양분됐다. 법적안정성을 보장할 최상의 방책이 경찰 인력 확충임을 주장하는 인사들이 그가 법무부에 제출한 보고서를 마음에 들어할 리 없었다. 하지만 한번 맡은 사건을 재판까지 밀고 나가는 강력한 추진력만은 정평이 나 있었다.

중앙범죄수사본부로부터 엔셰데에서 일어난 일을 보고받은 리샤르드는 이것이 언론을 떠들썩하게 할 사건임을 직감했다. 결코 평범한 살인 사건이 아니었다. 희생자 중 한 사람은 박사학위 취득을 눈앞에 둔 범죄학자였고, 나머지 한 사람은 기자였다. 그는 상황에 따라 '기자'라는 말을 증오하기도 좋아하기도 했다.

아침 7시가 조금 넘은 시간 리샤르드는 경찰청 범죄수사대 대장과 전화로 간단히 회의를 했다. 7시 15분에는 동료들 사이에서 '부블라'**라는 별명으로 통하는 강력계 형사 얀 부블란스키를 깨웠다. 그는 지

---

* 사회 구성원이 법의 보호 아래 안심하고 생활할 수 있는 것을 말한다. 필요한 법이 시행되지 않거나 법이 함부로 개폐되거나 그 내용이 모호해 사회질서가 어지럽다면 법적안정성이 부족하다고 할 수 있다.
** 스웨덴어로 '거품' '풍선'이라는 뜻.

난 한 해 과중한 업무에 지친 심신을 달래려고 부활절 주간에 휴가를 내고 쉬는 중이었다. 그런 그에게 리샤르드는 휴가를 중단하고 즉시 경찰청에 나와 엔셰데 수사를 지휘해달라고 요청했다.

쉰두 살의 얀은 스물세 살 때부터 지금까지 인생의 절반을 경찰관으로 살아온 사내였다. 풋내기 때는 순찰차에서 육 년을 보냈고, 그 후엔 절도 및 무기 단속반에서 일하다가 추가로 교육과정을 거쳐 스톡홀름 경찰청 범죄수사대 강력반에 들어오게 되었다. 지난 십 년간 그는 정확히 서른세 건의 살인 사건 수사에 참여했다. 그가 수사를 지휘한 열일곱 건 가운데 열네 건은 말끔히 종결됐고, 두 건은 '경찰의 관점'에서 볼 때 해결됐다고 할 수 있었다. 즉 경찰은 범인을 분명히 알고 있지만 증거 불충분으로 처벌하지 못한 경우였다. 그와 동료들이 해결하지 못한 사건은 단 하나였다. 육 년 전 말썽꾼이기로 악명 높았던 어느 알코올중독자 남성이 스톡홀름 근교 베리스함라에 있는 자기집에서 칼에 찔려 주검으로 발견된 적이 있었다. 현장에는 수년간 그 집에서 술을 퍼마시고 난투극을 벌였던 수십 명의 지문과 DNA가 가득 남아 있었다. 얀과 동료들은 술과 마약에 중독된 주변 인물 가운데 범인이 있으리라고 확신했다. 하지만 치밀한 수사에도 불구하고 살인범은 이리저리 빠져나가며 수사관들을 조롱할 뿐이었고 결국 사건은 미제로 종결됐다.

얀의 수사 성공률은 높은 편이었고 동료들 역시 그를 뛰어난 수사관으로 평가했다.

하지만 그를 약간 괴짜로 여기는 이들도 있었다. 한 예로 유대교도인 그는 유대교 절기 때 키파*를 쓰고서 경찰청 복도를 돌아다니기도 했다. 하루는 경찰청장이 이에 대해 논평을 내놓은 적이 있었다. 지금은 은퇴한 그 청장은 경찰관이 터번을 쓰고 경찰청 안을 돌아다

---

* 유대교도들이 관례적으로 쓰는 모자로 챙이 없고 둥글납작하게 생겼다.

니는 걸 받아들일 수 없다고 생각한다면서 키파 역시 적절치 않다고 말했다. 하지만 이 일이 큰 논란으로 이어지지는 않았다. 당시 그 말을 들은 기자 하나가 질문을 퍼붓자 청장은 황급히 자기 방으로 내빼고 말았다.

얀은 쇠데르 유대인 공동체에 속해 있었고 유대교 율법에 따라 조리된 고기 요리를 찾을 수 없을 땐 채식에 만족했다. 하지만 안식일에 일하지 않을 정도로 철저한 편은 아니었다. 처음부터 그는 엔셰데 살인 사건 수사가 그리 호락호락하지 않으리라는 걸 알았다. 8시가 조금 넘어 경찰청 안에 들어섰을 때 리샤르드가 다가와 낮은 목소리로 해준 말이 있었기 때문이다.

"좀 골치 아픈 사건인 듯합니다." 검사가 인사 대신 말했다. "살해당한 커플 중 하나는 기자고 다른 하나는 범죄학자예요. 게다가 시체를 발견한 건 또다른 기자이고."

얀이 고개를 끄덕였다. 즉 이 사건에 세상의 이목이 집중될 테고 언론까지 들러붙어 낱낱이 까밝힐 거라는 뜻이었다.

"더군다나 시체를 발견했다는 기자가 누군지 압니까? 바로 〈밀레니엄〉의 미카엘 블롬크비스트랍니다."

"이런!" 얀이 탄식했다.

"벤네르스트룀 사건으로 난리법석을 떤 그 기자 말입니다."

"살해 동기는 좀 찾아냈대요?"

"현재로선 아무것도. 둘 다 전과가 전혀 없고 아주 착실했어요. 여자는 얼마 후에 박사학위를 받을 예정이었고. 여하튼 최우선으로 봐야 할 사건입니다."

얀이 고개를 끄덕였다. 당연한 말이었다. 그에게 살인 사건은 언제나 최우선 과제였다. 검사가 말을 이었다.

"팀을 하나 만들어야겠어요. 수사를 빨리 진행해야 합니다. 필요한 모든 걸 지원해줄게요. 한스 파스테와 쿠르트 스벤손이 보조하게 하

죠. 예르케르 홀름베리도 보내줄게요. 지금 링케뷔 살인 사건에 투입
됐는데 범인이 외국으로 내뺀 모양입니다. 예르케르라면 현장감식
분야에서 타의 추종을 불허하니 꽤 도움이 될 겁니다. 만일 필요하면
중앙범죄수사본부에도 지원 요청을 할 수 있고."

"소니아 모디그가 필요합니다."

"그 여자는 너무 젊지 않아요?"

얀이 어깨를 으쓱하며 놀란 표정으로 리샤르드를 쳐다보았다.

"서른아홉입니다. 검사님보다 몇 살 어릴 뿐이죠. 상당히 똑똑한
친구예요."

"좋습니다. 원하는 사람으로 팀을 만들어요. 하지만 서둘러야 합니
다. 이 일 때문에 윗대가리들이 벌써부터 나와 있어요."

얀이 보기에 이 말은 좀 과장이 심했다. 이렇게 이른 시간에 윗대
가리들은 아직 아침 식탁에서 일어서지도 않았을 것이다.

실제로 경찰수사가 시작된 건 아침 9시가 조금 안 된 시간이었다.
얀 부블란스키 형사는 경찰청 회의실로 팀원들을 전부 소집했다. 한
데 모인 팀원들을 바라보는 그의 심정이 썩 만족스럽지만은 않았다.

소니아 모디그는 회의실에 모인 사람들 가운데 그가 가장 신뢰하
는 인물이었다. 경찰에 투신한 지 십이 년째인 그녀는 사 년간 강력
반에서 일하면서 얀 형사가 지휘하는 수사에 여러 번 참여했다. 그녀
는 꼼꼼하고도 논리적이었다. 하지만 얀이 가장 높게 평가하는 건 다
른 점이었다. 그녀는 어려운 수사에 필요한 가장 귀중한 재능, 즉 상
상력과 유추능력을 갖추고 있었다. 꽤나 복잡한 사건의 꽉 막힌 수사
과정에 출구를 열어준 적이 적어도 두 번은 되었다. 모두가 놓쳤던
아주 미세하고도 기이한 연관성을 그녀가 발견해낸 덕분이었다. 게
다가 재치와 유머 감각도 있어서 함께 일하기에 즐거운 사람이었다.

예르케르 홀름베리가 함께한다는 점도 마음에 들었다. 쉰다섯 살

인 예르케르는 옹에르만란드 출신으로 고지식하고도 지루한 사내였다. 다시 말해 소니아처럼 톡톡 튀는 상상력은 털끝만큼도 찾아볼 수 없는 사람이었다. 하지만 현장감식 분야에서는 스웨덴을 통틀어 일인자라 할 수 있었다. 여러 해 수많은 사건을 예르케르와 함께 수사해왔던 얀은 현장에 무언가 흔적이 남아 있다면 틀림없이 그가 찾아낼 거라고 확신했다. 엔셰데의 현장감식은 반드시 그가 지휘해야 했다.

반면, 쿠르트 스벤손에 대해서는 별로 아는 바가 없었다. 단단하고도 과묵한 사내였고, 금발머리를 어찌나 짧게 깎았던지 멀리서는 머리가 완전히 벗겨진 것처럼 보일 정도였다. 올해 서른여덟 살인 그는 후딩에 경찰서에서 조직범죄를 여러 해 담당하다가 최근에 이곳 범죄수사대로 옮겨 온 사람이었다. 불같은 성질과 억센 완력의 소유자라고 명성이 자자했는데 이는 그가 '고객'들에게 규정에 어긋난 방법을 쓰기도 한다는 사실의 완곡한 표현이었다. 실제로 십 년 전쯤, 업무상 폭행 혐의로 조사를 받은 적도 있었는데 그땐 다행히 혐의를 벗을 수 있었다.

쿠르트가 명성을 얻게 된 사건은 따로 있었다. 1999년 10월, 동료와 함께 알뷔 지역에 건달을 한 명 잡으러 갔을 때였다. 수년 전부터 아파트에 공포 분위기를 조성해온 그를 처벌해달라고 주민 몇 사람이 진정서를 제출했기 때문이었다. 그리고 그자가 노르스보리의 한 비디오 가게에서 있었던 무장강도 사건의 범인이라는 정보까지 입수한 터였다. 사내는 연행에 순순히 응하지 않고서 칼을 빼들고 난동을 부리기 시작했다. 제압을 시도하는 동료의 손에 상처를 입히더니 급기야는 그의 왼손 엄지손가락까지 싹둑 잘라버렸다. 그러고는 쿠르트를 덮칠 듯 몸을 돌렸다. 결국 그는 경찰 일을 시작한 이래 처음으로 총을 사용하지 않을 수 없었다. 세 발을 쐈다. 처음엔 경고탄이었고 그다음엔 사내를 조준했으나 빗나갔다. 둘 사이 거리가 3미터도 안 되었다는 사실을 감안하면 사내로선 보너스를 얻은 셈이었다. 하지만 결국 세번째 총알이 대동맥을 찢으면서 내출혈로 몇 분 만에 사망했다. 물론 사건의 책임을 묻는 조사가 뒤따랐으나 쿠르트는 무혐의 처분을 받았다. 하지만 언론들이 공권력의 폭력에 문제를 제기하는 논쟁을 벌이면서 급기야 오스모 발로* 사건에 연루된 폭력 경찰관들과 같은 부류로 언급되기 시작했다.

처음에 얀 형사는 쿠르트를 약간 의심쩍은 눈으로 보았다. 하지만 반년이 지나고 나서도 딱히 그를 비난하거나 화를 낼 만한 점을 발견할 수 없었다. 오히려 묵묵하게 자기 일을 확실히 해나가는 그에게 존경심마저 느끼기 시작했다.

마지막 멤버는 십오 년 전부터 범죄수사대에서 일해온 마흔일곱 살의 베테랑 형사 한스 파스테였다. 얀이 팀을 꾸리는 데 한 가지 불만이 있다면 그건 바로 한스 때문이었다. 그는 장단점이 명확한 사람이었다. 경험이 풍부하고 어려운 수사에 많이 참여해본 건 분명한 장점이었다. 반면 매사에 자기중심적인데다 즐기듯 내뱉는 거칠고도 무례한 농담은 특히 얀을 비롯해 상식적인 사람들의 눈살을 찌푸리게 했다. 하지만 냉정히 평가한다면 유능한 수사관인 것만은 사실이었다. 게다가 그의 거친 면을 별로 개의치 않아하는 쿠르트에게는 소위 '인생 선배' 역할까지 하는 모양이었다. 둘은 수사가 있을 때마다 단짝처럼 붙어다녔다.

이날 아침 미팅에는 아니타 뉘베리 형사가 나와 있었다. 지난밤 미카엘이 진술한 내용을 전해주러 온 것이다. 그리고 오스발드 모르텐손 형사도 참석해 지난밤의 일들을 보고했다. 둘 다 기진맥진해 어서 집으로 돌아가 자고 싶은 표정이 역력했다. 하지만 그 와중에 언제

---

* 1995년 5월 30일, 소란 신고를 받고 출동한 경찰이 피신고인 오스모 발로를 과잉 진압해 죽음에 이르게 한 사건.

가서 찍어 왔는지 아니타가 팀원들에게 현장 사진을 돌렸다.

대략적으로 사건의 윤곽을 파악하는 데 삼십 분 정도 걸렸다. 안 형사가 나서서 상황을 요약했다.

"현장감식을 해봐야 자세한 내용을 알겠지만 우선 이렇게 요약할 수 있겠어. 미지의 인물이 그 누구의 눈에도 띄지 않고 엔셰데의 한 아파트로 침입해 다그 스벤손과 미아 베리만 커플을 살해했다……"

"현장에서 발견된 총기가 범행에 사용됐는지는 아직 알 수 없지만 우선 과학수사 쪽으로 넘겼어요." 아니타가 끼어들었다. "그 총이야 말로 현재로선 최우선 수사 대상이죠. 다그를 맞힌 총알 파편도 찾아 냈어요. 비교적 온전한 상태로 벽에 박혀 있었죠. 반면 미아가 맞은 총알은 산산조각 나 있어서 뭘 알아내기는 힘들 것 같아요."

"고마워. 콜트 매그넘이라…… 서부영화에서 카우보이들이나 쓰 는 무식한 권총이지. 완전히 금지해야 할 물건인데 말이야. 일련번호 는 알아냈나?"

"아직 못했습니다." 오스발드가 답했다. "권총과 총알 파편도 과학 수사 쪽에 보냈습니다. 일 초라도 빨리 그쪽으로 보내는 게 현명할 듯싶어서."

"잘하셨습니다. 아직 시간이 없어서 현장에 가보지 못했는데 다녀 온 두 분이 내린 결론은 어떻습니까?"

아니타와 오스발드는 서로 시선을 교환했다. 그녀가 먼저 연장자 에게 대답을 양보했다.

"우선 이 사건은 살해범의 단독 범행이라고 생각합니다. 우발적인 살인이 아니라 그들을 제거하려고 치밀하게 계획한 범행으로 보여 요. 내 느낌으로는 누군가가 분명한 살해 동기를 갖고서 아주 침착하 게 범행을 저지른 것 같습니다."

"왜 그렇게 생각하죠?" 한스가 물었다.

"아파트 내부는 깨끗하게 정돈된 상태였습니다. 즉 단순 강도나 우

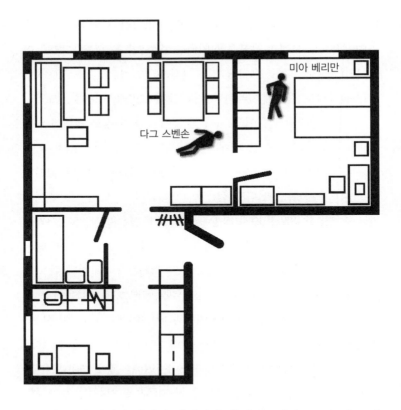

미아 베리만

다그 스벤손

발적인 폭행 따위가 아니란 말입니다. 총알 두 발이 목표물인 둘의
머리를 아주 정확하게 관통했죠. 범인은 분명 총기를 잘 다루는 인물
입니다."

"으흠."

"이 도면을 한번 보시죠. 당시 상황을 가상으로 그려봤습니다. 다
그는 아주 가까운 거리에서 저격당했어요. 어쩌면 머리에 총구를 대
고 쏴버렸을 수도 있죠. 총알이 들어간 자리에 명백한 화상이 있으니
까. 아마 다그가 먼저 총에 맞고서 식탁으로 튕겨나갔을 겁니다. 살
해범은 현관문 앞이나 거실 입구에 서 있었을 거고요."

"으흠."

"이웃 주민들에 따르면 총성 두 발이 몇 초 간격으로 울렸다고 합니다. 미아는 좀 떨어진 거리에서 저격당했죠. 침실 문 근처에 있다가 몸을 돌리려고 했던 모양입니다. 총알이 왼쪽 귀밑으로 들어가서 오른쪽 눈 바로 위로 빠져나갔으니까. 오른쪽 안구가 튀어나가 침실 한쪽에 떨어져 있었어요. 총알의 힘이 너무도 강력했겠죠. 총에 맞은 그녀는 일단 침대 가장자리에 쓰러졌다가 다시 방바닥으로 미끄러져내렸을 겁니다."

"총을 제법 다룰 줄 아는 놈이군." 한스가 중얼거렸다.

"그 이상이죠. 침실 안에는 살해범의 발자국이 없었습니다. 총을 쏘고 나서 제대로 죽였는지 확인하러 들어가지 않았다는 뜻이죠. 그만큼 자신이 있었으니까. 아마 그대로 몸을 돌려 아파트를 빠져나갔을 겁니다. 단 두 발로 두 사람을 끝내고서요."

"대단하군!"

"검사 결과가 나와야 알겠지만 살해범이 사냥용 탄환을 사용한 걸로 보여요. 둘 다 즉사했을 겁니다. 상처가 끔찍했으니까."

테이블 주위에 잠시 침묵이 감돌았다. 그 자리에 모인 사람들은 두 종류의 탄환에 대해 잘 알고 있었다. 하나는 전체가 금속으로 덮인 피복탄으로 몸을 관통하면서 비교적 약한 피해를 입힌다. 그보다 유연한 확장탄은 몸속에서 팽창하며 광범위한 피해를 입힌다. 직경 9밀리미터짜리 탄환과 2에서 3센티미터까지 확장될 수 있는 탄환이 야기하는 결과는 엄청나게 다르다. 후자는 '사냥용 탄환'이라 불리며 다량의 출혈을 유발할 때 쓰인다. 원래 의도는 짐승을 사냥할 때 가급적 빨리 숨이 끊기게 해 고통을 덜어주려는 것이었다. 다만 각종 국제 협약은 전쟁에서 이런 종류의 탄환을 쓰지 못하도록 하고 있다. 사람의 신체 어느 곳이든 일단 적중하기만 하면 즉사해버리기 때문이다.

그런데 이 년 전 스웨덴 경찰이 무슨 연유에선지 경찰 무기고에 이 사냥용 탄환을 들여놓았다. 아직까지 정확한 이유가 밝혀지지 않았지만, 예를 들어 2001년 예테보리 시위 때 배에 총상을 입은 활동가 한네스 베스트베리*가 사냥용 탄환에 맞았다면 살아남지 못했으리라는 사실만큼은 분명하다.

"역시나 죽이는 게 목적이었군요." 쿠르트가 말했다.

물론 그는 엔셰데 사건을 가리킨 것이지만 이 탄환을 도입한 스웨덴 경찰에 대해 이 자리에 모인 사람들이 품고 있는 생각을 표현한 것이기도 했다.

아니타와 오스발드가 고개를 끄덕였다.

"좋아요. 다음 문제로 넘어갑시다. 도대체 이해할 수 없는 타이밍 말입니다." 얀이 말했다.

"맞습니다. 총을 쏜 후 살해범은 즉시 집을 나와 계단으로 내려와서는 무기를 버리고 어둠 속으로 사라졌죠. 그리고 불과 몇 초 간격으로 미카엘 일행이 차를 타고 도착했고요."

"흠……" 얀이 눈썹을 찌푸렸다.

"살해범이 지하실로 빠져나갔을 가능성이 있습니다. 지하실 뒷문으로 나가면 뒤뜰을 가로질러서 골목길로 빠질 수 있죠. 하지만 이건 지하실 열쇠를 가지고 있을 때나 가능합니다."

"그렇게 빠져나갔다는 단서라도 있습니까?"

"없습니다."

"아무 자취도 없이 사라졌다는 말이군요." 소니아가 말했다. "그런데 한 가지 이상하네요. 왜 무기를 버리고 갔을까요? 무기를 챙기거나 아니면 적어도 건물 밖에 버린다면 경찰이 찾는 데 시간이 더 걸릴 텐데요."

다들 어깨를 으쓱했다. 그 질문에는 아무도 대답할 수 없었다.

---

* EU 정상회담을 반대하는 시위 도중 19세 스웨덴 활동가 한네스 베스트베리가 진압대에 돌을 던졌다가 경찰이 쏜 총에 맞아 심한 부상을 당했다.

"미카엘에 대해선 어떻게 생각해야 하죠?" 한스가 물었다.

"충격을 받은 모습이 역력했습니다." 오스발드가 말했다. "하지만 정확하고도 일관성 있게 행동했죠. 전체적으로 큰 문제가 없어 보였어요. 다그와 통화를 하고서 거기까지 차를 타고 온 부분은 그의 여동생이 확인해주었고요. 이 사건에 관련된 것 같진 않습니다."

"꽤 유명한 기자이죠." 소니아였다.

"분명 언론들이 난리법석을 떨 거야." 얀이 말했다. "그런 만큼 이 사건을 빨리 해결해야 한다고. 예르케르, 곧장 현장감식과 주변 탐문을 맡아줘. 한스와 쿠르트는 희생자들을 조사해주고. 어떤 사람들이 었는지, 무슨 일을 했는지, 어떤 지인들이 있는지, 그들을 살해할 동기를 가진 사람이 있는지 말이야. 소니아는 나하고 간밤에 수집된 증언들을 검토해보자고. 그러고 나서 다그와 미아가 살해되기 전 24시간을 어떻게 보냈는지 정리해줘. 자, 이따가 오후 2시 반에 다시 모이자고!"

미카엘은 봄 동안 다그가 사용하던 책상에 앉아 일을 시작했다. 처음엔 전혀 기운이 나지 않아 한동안 꼼짝 않고 앉아 있었다. 그러다 겨우 힘을 내 컴퓨터를 켰다.

다그는 대부분 자기 노트북을 가지고 집에서 일했다. 사무실에는 일주일에 이틀씩 나왔고 최근에는 그 빈도가 늘고 있었다. 사무실에서 그가 쓰던 컴퓨터는 가끔씩 들르는 프리랜서 기자들을 위해 마련해둔 낡은 파워맥 G3이었다. 미카엘은 컴퓨터를 켜고 다그가 작업하던 파일들을 찾아냈다. 다그는 주로 인터넷 검색 용도로 이 컴퓨터를 썼지만 자기 노트북에 있는 파일들을 이 컴퓨터에 옮겨놓기도 했다. 그리고 자신의 파일을 전부 외장하드에 백업해서 열쇠로 잠그는 서랍에 보관했다. 그리고 사무실에 나올 때마다 새로 찾은 자료나 업데이트한 파일까지 외장하드에 복사해두었다. 요 며칠 그가 사무실에 나오지 않았기 때문에 마지막 백업 날짜는 지난 일요일로 되어 있었다.

미카엘은 외장하드를 따로 복사한 뒤 자신의 보안 캐비닛에 넣었다. 원본을 훑어보는 데는 사십오 분쯤 걸렸다. 서른 개 정도 되는 폴더에는 또 무수한 하위 폴더들이 들어 있었다. 다그가 여성인신매매를 조사하며 사 년간 차곡차곡 모아온 자료들이었다. 미카엘은 폴더 이름을 죽 훑으면서 '일급 기밀', 즉 다그가 보호하고 있던 정보제공자들의 이름이 있을 만한 곳을 찾아보았다. 그리고 이내 '정보제공자/기밀'이라는 폴더를 발견했다. 다그는 거기에 제공자들의 정보를 매우 신중하게 모아두었다. 134개나 되는 파일들은 용량이 다 제각각이었지만 대부분 아주 작았다. 미카엘은 이 모든 파일을 삭제했다. 단순히 '휴지통'에 버리지 않고 번Burn 프로그램을 써서 완벽하게 없애버렸다.

이번에는 다그의 이메일을 열었다. 그는 millennium.se로 끝나는 임시 이메일 주소를 하나 부여받아 쓰고 있었는데, 개인 비밀번호를 설정해둔 건 문제될 게 없었다. 미카엘 자신이 서버 관리자였으므로 모든 이메일 계정에 얼마든지 들어갈 수 있었으니까. 그는 다그가 주고받은 이메일을 모두 복사해 CD 한 장에 저장해두었다.

마지막으로는 다그가 원고를 쓰면서 산더미처럼 쌓아놓은 참고자료, 노트, 신문 스크랩, 서신 따위를 살펴보았다. 그리고 그 가운데 조금이라도 중요해 보이는 건 모조리 복사했다. 이천 장에 달하는 문서를 복사하는 데만 꼬박 세 시간이 걸렸다.

그중에서도 정보제공자와 관련된 자료는 따로 추려냈다. 그렇게 해서 마흔 장 정도가 모였는데 다그가 잠가놓은 책상 서랍 안에 있던 노트 두 권에서 나온 게 대부분이었다. 미카엘은 큰 봉투에 이 종이 뭉치를 넣어 자신의 사무실에 가져다두었다. 그리고 마침내 다그의 책상을 정리하기 시작했다.

거기까지 하고 나서야 잠시 한숨을 돌리며 세븐일레븐으로 내려가 커피와 피자 한 조각을 들었다. 곧바로 경찰이 들이닥쳐 다그의 책상을 조사하리라는 미카엘의 예상은 보기 좋게 빗나갔다.

오전 10시가 조금 지난 시간, 예상 밖으로 수사가 빠르게 진전됐다. 얀은 린셰핑에 있는 스웨덴 국립과학수사연구소 렌나르트 그란룬드 부교수로부터 전화 한 통을 받았다.

"엔셰데 살인 사건 때문에요."

"벌써 결과가 나왔나요?"

"오늘 아침에 총기를 받아서 아직 분석이 끝나진 않았지만 흥미로운 정보를 하나 찾았습니다."

"그게 뭡니까?" 얀은 조급한 마음을 애써 억눌렀다.

"총기는 콜트 45 매그넘입니다. 1981년 미국에서 제조됐고요."

"그렇군요."

"거기서 지문을 몇 개 채취했는데, 어쩌면 DNA도 찾을 수 있을 듯합니다. 정확히 분석하려면 시간이 좀 걸리겠지만요. 탄환도 검사해보니 예상했던 대로 같은 총기에서 나온 겁니다. 범죄 현장에서 계단 같은 곳에 무기를 버리는 경우는 흔하죠. 총알 하나는 형체를 알아볼 수 없을 정도로 박살났었는데 다행히 조그만 조각 하나를 건질 수 있었어요. 역시 같은 총기에서 발사됐고요."

"아마 불법무기겠죠? 일련번호는 확인됐나요?"

"완전히 합법적인 무기였어요. 소유자는 닐스 에리크 비우르만이라는 변호사입니다. 1983년에 구입했고요. 경찰 사격 클럽 회원이더군요. 주소는 오덴플란 근처 우플란스가탄 가입니다."

"이런, 빌어먹을!"

"그런데 무기에 지문이 여러 개였어요. 적어도 두 사람이요."

"그렇습니까?"

"그중 하나는 닐스 변호사겠죠. 무기를 도난당했거나 다른 사람에게 팔지 않았다면요, 아직까지 그런 흔적은 없습니다."

"그러니까 단서를 하나 찾은 셈이군요."

"그런데 두번째 지문이 경찰 데이터베이스에 있더군요. 오른손 엄지와 검지요."

"그게 누구죠?"

"1978년 4월 30일생 여자. 1995년 감라스탄 전철역에서 폭행죄로 체포됐었어요. 그때 채취한 지문이네요."

"이름도 있습니까?"

"네. 리스베트 살란데르입니다."

일명 부블라는 눈썹을 꿈틀 치켜세우며 책상 위에 수첩을 펼치고 이름과 생년월일을 받아적었다.

늦은 아침을 먹고 편집부 사무실로 돌아온 미카엘은 사람들에게 방해하지 말아달라고 부탁한 후 자기 방으로 들어갔다. 시간이 부족해 다그의 노트와 이메일은 나중에 살펴보기로 하고 우선 그가 쓴 원고와 기사를 새로운 시각으로 다시 훑어보기로 했다.

미카엘은 책의 출간 여부를 최종 결정해야 했고, 다그가 남긴 자료 가운데서 살해 동기를 암시하는 게 있는지도 찾아봐야 했다. 그는 컴퓨터를 켜고 곧장 일을 시작했다.

얀은 리샤르드 검사에게 전화를 걸어 국립과학수사연구소에서 들은 내용을 보고했다. 그리고 두 가지를 결정했다. 첫째, 얀이 소니아와 함께 닐스 변호사를 접촉한다. 단순한 탐문이 되겠지만 경우에 따라서는 심문으로 발전할 수 있다. 둘째 한스와 쿠르트는 리스베트 살란데르를 검거하고 왜 범행 무기에 그녀의 지문이 있는지 해명을 요구한다.

닐스의 소재를 알아내는 일은 그리 어려워 보이지 않았다. 납세자 명부, 무기등록부, 운전면허등록부뿐 아니라 공공 전화번호부에까지 그의 주소가 실려 있었다. 우플란스가탄에 있는 닐스의 집 앞에 도착한 얀과 소니아는 한 청년이 출입구로 나오는 틈을 타 건물 안으로 들어갈 수 있었다.

그다음부터 일이 꼬이기 시작했다. 초인종을 여러 번 눌렀지만 아무도 나오지 않았다. 상트에릭스플란에 있는 변호사 사무실에서도 실망스러운 결과뿐이었다.

"아마 법원에 갔겠죠."

"두 사람을 총으로 쏴 죽이고서 브라질로 내뺐을지도 모르지." 얀이 반쯤 농담으로 말했다.

소니아가 곁눈으로 그를 쳐다보며 고개를 끄덕였다. 함께 있으면 즐거운 사람이었다. 만일 두 아이의 엄마가 아니라면, 현재의 결혼생활이 만족스럽지 않다면 기꺼이 애인으로 삼고 싶은 남자였다. 그녀는 다른 문들에 붙어 있는 황동판 명패를 살폈다. 치과 의사 노르만, N 컨설팅, 그리고 변호사 루네 호칸손 등이 같은 층을 쓰고 있었다.

그들은 루네 호칸손의 문을 두드렸다.

"안녕하세요. 경찰에서 나왔습니다. 저는 소니아 모디그이고, 이쪽은 얀 부블란스키입니다. 옆 사무실을 쓰는 닐스 변호사를 만나러 왔습니다만 혹시 지금 그가 어디 있는지 아시나요?"

루네는 고개를 저었다.

"요즘 통 보이지 않아요. 재작년쯤 중병에 걸렸다면서 그후로는 거의 활동하지 않았어요. 명패는 붙어 있는데 잘 나오지 않지요. 두 달에 한 번 정도?"

"중병에 걸렸다고요?" 얀이 물었다.

"잘은 몰라요. 아주 활동적인 사람이었는데 병에 걸렸다는군요. 암 같은 거겠죠. 나하곤 그렇게 친한 사이가 아니라서요."

"암에 걸렸다는 게 사실인가요, 아니면 추측인가요?" 소니아가 물었다.

"글쎄 잘 모르겠어요. 비서가 한 명 있었어요. 브리트 칼손인지 닐손인지 하는 나이가 꽤 지긋한 여자였죠. 지금은 해고됐는데, 예전에 그녀가 그러더군요. 닐스 변호사가 병에 걸렸다고. 정확히 무슨 병인지는 몰라요. 이 얘길 들은 게 2003년 봄이에요. 마지막으로 그를 본 건 작년 말이었는데, 한 십 년은 늙어버린 모습이더군요. 바짝 야윈데다 머리도 희끗희끗하고…… 그래서 혹시 암에 걸린 건가 했죠. 그런데 왜요? 무슨 잘못이라도 했나요?"

"아직 저희도 모릅니다." 얀이 대답했다. "다만 급히 그를 만나봐야 해서요."

그들은 다시 닐스의 집으로 돌아가 현관문을 두드렸다. 여전히 아무도 나오지 않았다. 결국 얀이 휴대전화를 꺼내 변호사의 번호를 눌렀다. 하지만 안내 멘트만이 흘러나올 뿐이었다. 지금 거신 번호를 연결할 수 없습니다. 나중에 다시 걸어주세요.

이번에는 집 전화로 걸어보았다. 현관문 너머에서 전화벨이 울렸지만 이내 지금은 부재중이니 메시지를 남겨달라는 자동응답기 소리만 희미하게 들려왔다. 둘은 서로를 쳐다보며 어깨를 으쓱할 뿐이었다. 오후 1시였다.

"커피 한잔 마실까?"

"점심시간인데 햄버거 어때요."

그들은 오덴플란 광장의 버거킹으로 향했다. 소니아는 와퍼를, 얀은 야채버거를 하나씩 먹은 다음 함께 경찰서로 돌아왔다.

오후 2시, 리샤르드 검사가 자신의 사무실로 수사팀을 소집했다. 얀과 소니아는 창가에 나란히 자리를 잡았다. 이 분 후에 도착한 쿠르트가 그들 맞은편에 앉았다. 예르케르는 커피가 든 종이컵들을 쟁반 위에 받쳐들고 들어왔다. 엔셰데에 잠깐 들렀다 온 그는 오후 늦게 다시 그쪽으로 돌아갈 예정이었다.

"한스는 어딨죠?"

"사회복지위원회에 있습니다. 오 분 전에 통화했는데 좀 늦겠다는군요." 쿠르트가 대답했다.

"좋아요. 우리끼리 시작하죠. 알아낸 게 좀 있나요?" 검사가 먼저 얀을 가리켰다.

"닐스 변호사를 찾아갔습니다만 집에도 사무실에도 없더군요. 옆 사무실의 변호사 말로는 이 년 전 중병에 걸린 후로는 활동을 거의 접은 상태랍니다."

소니아가 이어 말했다.

"닐스 비우르만, 55세, 전과는 전혀 없습니다. 주로 기업 변호사로 일했습니다만 자세한 과거 경력은 아직 알아보지 못했습니다."

"이자가 엔셰데에서 쓰인 총기의 소유자라는 거죠?"

"그렇습니다. 총기면허도 있고 경찰 사격 클럽 회원이기도 하죠." 얀이 고개를 끄덕이며 대답했다. "총기관리국의 군나르손이 클럽 회장이어서 닐스를 잘 알고 있더군요. 1978년에 클럽에 들어왔고, 1984년에서 1992년 사이에는 회계를 맡았다고 합니다. 군나르손이 묘사하기로는 사격 솜씨가 뛰어난데다 조용하고 침착하면서도 솔직한 사람이랍니다."

"무기에 관심이 있는 겁니까?"

"군나르손에 따르면 닐스가 사격보다는 클럽에서 사람들 사귀는 걸 더 좋아했다고 합니다. 물론 사격대회에 즐겨 참가하기도 했지만 지나치게 총기에 집착하진 않았다네요. 1983년 스웨덴 사격대회에서는 13위를 했답니다. 그리고 지난 십 년 사이에 점점 활동이 뜸해지다가 클럽 총회 같은 모임에만 얼굴을 비쳤다고 하고요."

"총기를 얼마나 가지고 있죠?"

"사격 클럽에 들어간 후로 권총 네 정에 대한 면허를 취득했습니다. 콜트 매그넘 외에 베레타 한 정, 스미스 앤드 웨슨 한 정, 래피드 사 시합용 권총 한 정이 있었죠. 십 년 전 이 권총 세 정이 클럽의 중개로 팔리면서 면허증 역시 다른 회원들에게 넘어갔습니다. 전부 합법적으로 처리됐고요."

"그런데 지금 그의 행방을 모른다고요?"

"네, 그렇습니다. 하지만 수사를 시작한 게 오늘 아침 10시입니다. 유르고르덴섬으로 산책하러 갔거나 병원에 입원했을지도 모르죠. 아니면 다른 일로 자리를 비웠을 수도 있고요."

그리고 바로 그때 한스 파스테가 도착했다. 급히 달려왔는지 숨이 턱끝까지 차 있었다.

"늦어서 미안합니다. 몇 가지 소식을 가지고 왔어요. 지금 알려 드릴까요?"

리샤르드가 손짓으로 어서 그러라고 했다.

"리스베트 살란데르, 이거 아주 재미있는 여자였어요. 여태 사회복지부하고 후견위원회에 있다가 오는 길입니다."

그는 가죽재킷을 벗어 의자 등받이에 걸친 다음 자리에 앉아 수첩을 펼쳤다.

"후견위원회?" 리샤르드가 눈썹을 찌푸렸다.

"상당히 골치 아픈 계집애더라고요." 한스가 말했다. "법적 무능력자 판정을 받고서 후견 체제 아래 있었어요. 그런데 그 후견인이 누군지 아십니까?" 그는 나름대로 웅변적인 효과를 내려고 잠시 뜸을 들였다. "닐스 비우르만 변호사입니다. 엔셰데에서 사용된 총기의 소유주."

방안에 있는 모두가 눈썹을 찌푸렸다.

뒤이어 그가 리스베트에 대해 알아낸 정보들을 보고하는 데는 십오 분쯤 걸렸다.

"요약해봅시다." 한스가 보고를 마치자 리샤르드가 나섰다. "범행에 쓰인 총기에 지문을 남긴 여자는 정신병원을 들락거리며 청소년기를 보냈다. 성판매를 한 것으로도 의심되고, 법원에서는 법적 무능력자 판정을 받았던데다 폭력적 성향까지 명확하다. 그래서 이 여자가 거리를 나다니며 한 짓이 뭡니까?"

"유치원 때부터 폭력적 성향을 보였답니다." 한스가 대답했다. "이거 진짜배기 사이코 같아요."

"그런데 희생자 커플과 연관지을 만한 단서는 아무것도 없잖습니까?" 리샤르드가 손가락 끝으로 테이블 위를 두드렸다. "어쨌든 그렇게 해결하기 어려운 사건이 아닐지도 모르겠네요. 이 여자 주소 있습니까?"

"기록상으로는 쇠데르말름 구역 룬다가탄에 거주하는 걸로 되어있습니다. 국세청에 알아봤더니 보안회사인 밀톤 시큐리티에서 일하기도 했다는군요."

"거기서 무슨 일을 했죠?"

"잘 모르겠어요. 몇 년간 쥐꼬리만한 봉급을 받았던데 청소 같은 거 아닐까요."

"그야 곧 알아낼 수 있겠지만 우선은 이 리스베트라는 여자를 찾는 일이 시급합니다." 리샤르드가 말했다.

"나도 그렇게 생각합니다." 얀이 호응했다. "자세한 건 나중에 알아보기로 하고, 우선 용의자 신병 먼저 확보하죠. 한스, 자네가 쿠르트하고 룬다가탄에 가서 즉각 리스베트를 검거하도록. 혹시 다른 무기를 갖고 있을지 모르니까 조심하고. 어느 정도로 정신이 이상한지도 잘 모르잖아."

"알겠습니다."

"부블라." 리샤르드가 말을 끊었다. "내가 몇 해 전에 사건 때문에 밀톤 시큐리티 대표인 드라간 아르만스키를 만난 적 있어요. 믿을 만

한 사람이니까 당신이 가서 리스베트에 대해 좀 물어봐요. 지금 달려
가면 퇴근하기 전에 만나볼 수 있을 겁니다."

얀은 기분 상한 표정을 지었다. 무엇보다 리샤르드가 자기 별명을
부른데다 마치 아랫사람 대하듯 명령했기 때문이다. 그는 고개만 한
번 까딱해 보이고는 소니아에게 시선을 돌렸다.

"소니아 자넨 계속 닐스 변호사를 찾아봐줘. 이웃들을 탐문해봐.
그를 찾는 일도 리스베트 못지않게 시급해 보이니까."

"알겠어요."

"예르케르, 리스베트와 엔셰데 커플 사이의 연관관계를 알아봐줘.
범행이 일어난 시각에 리스베트가 그 자리에 있었는지도. 그 여자 사
진을 구해서 오늘 저녁 집집마다 돌아다니며 보여주라고. 정복 경찰
도 몇 명 데려가고."

얀이 잠시 말을 멈추고 목덜미를 긁적였다.

"이거야, 원! 이 사건, 잘하면 오늘 저녁에 해결될 수도 있겠는데?
상당히 오래 끌 줄 알았더니."

"그리고 한 가지 더." 리샤르드가 나섰다. "벌써부터 매체들이 난리
예요. 그래서 오늘 오후 3시에 기자회견을 약속했습니다. 공보부에
서 한 사람 나올 거니까 내가 알아서 처리할게요. 그리고 직접 전화
를 걸어오는 기자들도 있을 텐데 당분간은 리스베트와 닐스에 대해
절대 입을 열면 안 됩니다."

모두 고개를 끄덕였다.

성목요일, 드라간은 평소보다 일찍 퇴근할 생각이었다. 아내와 함
께 블리되에 있는 별장에 가서 부활절 주말을 보낼 계획이었다. 이내
문서철을 덮고 외투를 입는데 로비에서 전화가 걸려왔다. 얀 부블란
스키라는 형사가 찾아왔다고 했다. 드라간은 얀 형사가 누구인지 몰
랐지만 경찰이 찾아왔다는 사실만으로 외투를 다시 옷걸이에 걸 이

유는 충분했다. 결코 반가운 방문객은 아니었으나 밀톤 시큐리티는 경찰을 무시할 수 없는 입장이었다. 그는 복도로 나가 엘리베이터에서 내리는 얀을 맞았다.

"바쁘실 텐데 시간을 내주셔서 감사합니다." 얀이 인사를 대신해 말했다. "제 상관인 리샤르드 엑스트룀 검사님이 안부 전해달라고 하더군요."

둘은 악수를 나눴다.

"예전에 한두 번 만난 일이 있습니다. 벌써 몇 년이 됐네요. 커피 한잔 하시겠습니까?"

드라간은 커피머신 앞에 서서 커피 두 잔을 내렸다. 그리고 사무실 문을 열고 들어가 창가에 있는 손님용 소파에 얀을 앉게 했다.

"아르만스키라…… 러시아 성인가요?" 얀이 호기심 가득한 표정으로 물었다. "내 성도 '스키'로 끝나거든요."

"저희 가족은 아르메니아 출신입니다. 형사님은요?"

"폴란드예요."

"제가 무슨 일을 도와드리면 좋겠습니까?"

얀이 수첩을 하나 꺼내 펼쳤다.

"지금 엔셰데에서 일어난 살인 사건을 수사중입니다. 오늘 아침 뉴스를 보셨겠죠?"

드라간이 고개를 살짝 끄덕였다.

"리샤르드 검사님 말로는 드라간 대표께서 과묵하신 편이라고……"

"제 입장에선 경찰하고 문제를 일으켜서 좋을 게 없죠. 입단속은 잘하는 편이니 걱정 안 하셔도 됩니다."

"좋습니다. 지금 저희는 이 회사에서 근무했던 사람을 하나 찾고 있습니다. 이름은 리스베트 살란데르. 이 여자를 아시나요?"

순간 드라간의 뱃속에서 바윗덩어리 하나가 쿵 하고 내려앉았다. 하지만 조금도 동요하는 기색을 내비치지 않았다.

"어떤 이유로 리스베트를 찾으시죠?"

"수사 도중에 그녀를 주시해야 할 이유가 몇 가지 드러났습니다."

뱃속의 바윗덩어리가 더욱 팽창했다. 물리적인 고통까지 느껴질 지경이었다. 리스베트를 처음 만난 날 이후로 그녀의 삶이 어떤 파국을 향해 가고 있다는 아주 강한 예감을 떨칠 수 없었다. 하지만 언제나 그녀를 희생자로 상상했을 뿐 죄인으로 여겨본 적은 없었다. 여전히 그의 얼굴에는 변화가 없었다.

"리스베트가 엔셰데의 두 사람을 살해했다고 의심하는 건가요? 그런 말씀인가요?"

얀은 잠시 머뭇거리다가 이윽고 고개를 끄덕였다.

"그녀에 대해 말씀 좀 해주시겠습니까?"

"뭘 알고 싶으시죠?"

"우선…… 그녀를 어떻게 찾을 수 있을까요?"

"룬다가탄에 삽니다. 정확한 주소는 확인해봐야겠지만요. 휴대전화 번호도 가지고 있습니다."

"주소는 우리도 있습니다. 휴대전화 번호는 좀 알고 싶군요."

드라간이 책상으로 가서 주소록을 뒤져 번호를 찾아냈다. 이내 큰소리로 불러주자 얀이 받아 적었다.

"이 회사에서 일한다면서요?"

"프리랜서일 뿐입니다. 1998년에 시작해서 일 년 반 전까지 이따금 일거리를 줬어요."

"어떤 일입니까?"

"조사 업무요."

얀은 수첩에서 눈을 들어올리며 어안이 벙벙한 표정을 지었다.

"조사 업무라고요?"

"정확히 말하자면 대인 조사 업무입니다."

"잠깐만요…… 지금 같은 여자 얘기하는 게 맞습니까? 우리가 찾는 리스베트 살란데르는 학교도 제대로 마치지 못한 법적 무능력자입니다만."

"요즘은 더이상 '법적 무능력자'라는 표현을 안 쓰죠." 드라간이 부드럽게 지적했다.

"표현이야 어떻든 상관없습니다. 우리가 조사한 바로는 정신장애가 상당히 심하고 폭력 성향까지 있는 여자입니다. 사회복지위원회가 내놓은 보고서에는 1990년대 말에 성판매를 했을 가능성도 있다고 쓰여 있고요. 이 모든 기록들을 보면 도저히 전문적인 일을 할 수 있는 사람이 아닌 듯한데요."

"기록과 실제 사람은 다르죠."

"지금 이 여자가 밀톤 시큐리티에서 대인 조사 업무를 수행할 자격이 있다고 말씀하시는 건가요?"

"그뿐이 아닙니다. 그녀는 제가 이제껏 만나본 사람 가운데 최고의 조사원입니다."

얀은 손에 쥔 볼펜을 천천히 내려놓고서 이마를 찌푸렸다.

"그녀를 꽤 존중하시는 모양이네요?"

드라간은 자신의 손을 내려다보았다. 이제는 선택의 갈림길에 섰다. 그는 항상 알고 있었다. 언젠가 그녀가 골치 아픈 일에 빠져들 거라는 사실을. 그로서는 그녀가 진범이든 아니면 다른 사정이 있어서든 도저히 이 살인 사건에 연루됐다고는 상상할 수 없었다. 하지만 자신이 그녀의 사생활에 대해 아는 바가 없는 것도 사실이었다. 리스베트! 도대체 어쩌다가 이런 일에 말려든 거야? 그녀가 갑자기 사무실을 찾아온 일이 떠올랐다. 그때 그녀는 살아갈 돈이 충분하니 더이상 일할 필요가 없다는 묘한 말을 했었다.

이 순간 그가 현명하고도 합리적인 태도를 취한다면 리스베트에 관련된 모든 일과 거리를 두어야 했다. 자신뿐 아니라 밀톤 시큐리티를 위해서도 필요한 일이었다. 게다가 그녀를 조금이나마 이해하는 사람은 자신뿐이라고 생각했다.

"전 그녀가 지닌 능력에 경의를 품고 있어요. 학교 성적표에도 개인 이력서에도 안 나타난 능력이죠."

"그럼 그녀의 과거도 알고 계시겠군요?"

"그녀에게 후견인이 있고, 힘든 청소년기를 보냈다는 사실 말인가요? 네, 알고 있죠."

"그럼에도 불구하고 그녀를 채용하셨군요."

"아니요, 바로 그렇기 때문에 채용했다고 할 수 있죠."

"무슨 말씀이신지?"

"그녀의 선임 후견인인 홀게르 팔름그렌 씨가 지금은 은퇴한 요한 프레드리크 밀튼 회장의 변호사였습니다. 리스베트가 사춘기에 접어들었을 무렵부터 그녀를 돌봐왔고요. 그러던 어느 날 그녀에게 일자리를 하나 주라고 나를 설득하더군요. 처음엔 우편물 분류나 복사 같은 자질구레한 일을 시켰는데 점차 그녀에게 의외의 재능이 있다는 사실을 알았습니다. 그녀가 성판매를 했을지도 모른다는 사회복지부의 보고서? 그딴 건 잊어버리세요. 엿 같은 소리입니다. 참혹한 청소년기를 보냈고 성격이 좀 거친 것도 사실이지만 그게 죄는 아니지 않습니까? 전 그녀가 성판매를 같은 일은 절대 할 수 없는 사람이라고 생각합니다."

"새 후견인 이름은 닐스 비우르만입니다."

"아직 만나보지 못했습니다. 홀게르 씨가 재작년에 뇌출혈로 쓰러졌어요. 그리고 얼마 안 있어 리스베트도 이곳에서 하던 일들을 줄였고요. 마지막으로 일한 게 일 년 반 전이었습니다."

"왜 더이상 그녀에게 일을 주지 않았죠?"

"제 뜻이 아니었습니다. 그녀가 먼저 연락을 끊고 아무 설명도 없이 외국으로 사라졌죠."

"외국으로 사라졌다고요?"

"일 년 넘게 나가 있었죠."

"이건 앞뒤가 맞지 않습니다. 닐스 변호사가 작년 내내 월례보고서를 제출했어요. 경찰청에도 사본들이 있고요."

드라간은 희미한 미소를 지으며 어깨를 으쓱해 보였다. 자기는 사정을 모른다는 뜻이었다.

"그녀를 마지막으로 본 건 언제입니까?"

"두 달 전, 2월 초였습니다. 인사하러 들렀다면서 유령처럼 불쑥 나타났죠. 일 년 넘게 소식을 끊었다가요. 아시아며 앤틸리스제도며 세계 각지를 마음 내키는 대로 떠돌아다녔다고 하더군요."

"죄송합니다만 전 지금 뭐가 뭔지 모르겠습니다. 여기 올 때만 해도 제가 상상한 리스베트는 학교도 제대로 못 마친데다 정신적 문제까지 있어서 후견을 받는 여자였어요. 그런데 지금 말씀하시는 건 영 딴판이군요. 꽤 유능한 조사원이면서 프리랜서로 일했고, 돈도 많아 세계 일주를 하며 일 년짜리 휴가를 즐겼다…… 그런데도 후견인은 거기에 대해 아무런 보고도 하지 않았다…… 뭔가 앞뒤가 맞지 않습니다만."

"그녀에겐 앞뒤가 맞지 않는 일이 그것 말고도 아주 많습니다."

"한 가지 여쭤볼게요…… 그녀를 어떻게 생각하십니까?"

드라간은 잠시 생각해보았다.

"지금껏 만난 사람 가운데 가장 뻣뻣했죠. 그래요, 사람을 좀 화나게 만드는 구석이 있어요."

"뻣뻣하다는 건?"

"원하지 않는 일은 절대로 안 해요. 사람들이 자기를 어떻게 생각하든 전혀 개의치 않죠. 반면 실력 하나는 엄청납니다. 한마디로 보통 사람들과는 전혀 다르죠."

"미쳤다는 건가요?"

"'미쳤다'는 말의 정의가 뭐죠?"

"눈 하나 까딱 안 하고 사람 둘을 죽일 수 있느냐는 뜻입니다."

드라간은 한동안 아무 말이 없었다.

"미안합니다. 그 질문에는 대답할 수 없군요. 제가 좀 비관적인 사람이라, 굳이 말하자면 모든 인간은 타인을 죽일 수 있다고 생각합니다. 절망이나 증오 때문에. 혹은 스스로를 방어하기 위해서."

"그렇다면 그 가능성을 전적으로 배제하진 않는다는 뜻이군요."

"리스베트는 해야 할 이유가 없는 일을 절대 하지 않습니다. 만일 누군가를 죽였다면 충분히 그럴 이유가 있다고 판단했기 때문이겠죠. 그런데 한 가지 물어도 될까요? 대체 왜 그녀가 이 살인 사건에 얽혀 있다고 혐의를 두는 겁니까?"

얀은 잠시 머뭇거리다 드라간의 눈을 쳐다보았다.

"이건 우리끼리 얘기입니다."

"물론입니다."

"범행에 쓰인 무기가 그녀의 후견인 것입니다. 게다가 그 무기에 그녀의 지문이 남아 있었고요."

드라간은 입을 꽉 다물었다. 그야말로 심각한 증거가 아닐 수 없었다.

"전 이 사건을 라디오로 잠깐 들었을 뿐입니다. 살해 동기가 무엇이었습니까? 마약인가요?"

"그녀가 마약에도 손을 댔나요?"

"제가 아는 한은 아닙니다. 이미 말했듯이 그녀는 매우 복잡한 어린 시절을 보낸데다 노상에서 만취 상태로 체포된 일도 있습니다. 마약에 빠졌다면 기록에 나와 있겠죠."

"현재로선 살해 동기를 전혀 파악할 수 없다는 게 문제입니다. 아주 모범적인 커플이었어요. 여자는 박사논문 심사를 목전에 둔 범죄학자였고, 남자는 기자였죠. 이름은 다그 스벤손과 미아 베리만입니다. 뭐, 생각나는 게 있습니까?"

드라간은 고개를 저었다.

"지금은 그 두 사람과 리스베트의 관계를 알아내려고 애쓰는 중입니다."

"그들에 대해서는 전혀 들어본 적이 없어요."

얀이 몸을 일으켰다. "귀한 시간 내주셔서 감사합니다. 아주 흥미로운 대화였어요. 수사에 진전이 있을지는 잘 모르겠습니다만 어쨌든 오늘 나눈 얘기는 우리끼리만 아는 겁니다."

"알겠습니다."

"필요한 일이 있으면 다시 찾아뵙겠습니다. 혹시 그녀가 모습을 보이면……"

"물론 알려드리죠." 드라간이 대답했다.

둘은 악수를 나눴다. 그러고는 문 앞까지 간 얀이 걸음을 멈추더니 드라간을 향해 몸을 돌렸다.

"혹시 그녀가 만나는 사람이라도 있습니까? 친구나 지인 같은……"

드라간이 고개를 저었다.

"전 그녀의 사생활을 전혀 몰라요. 몇 안 되겠지만 그녀가 중요하게 생각하는 사람이라면 홀게르 팔름그렌 변호사가 있습니다. 그분은 지금 에르스타 재활센터에 있죠."

"그녀가 여기서 일할 때 찾아오는 사람도 없었나요?"

"아뇨. 그녀는 집에서 일했습니다. 사무실에는 보고서를 제출할 일이 있을 때나 들렀죠. 고객을 직접 만나는 일도 극히 드물었고요. 다만……"

드라간의 머릿속에 문득 한 가지 생각이 스쳤다.

"뭔데요?"

"그녀가 연락할 만한 사람이 하나 더 있긴 해요. 이 년 전쯤 만나던 신문기자인데 그녀가 사라졌을 때 항상 내게 소식을 물었습니다."

"기자요?"

"미카엘 블롬크비스트라고 합니다. 벤네르스트룀 사건 기억하시죠?"

얀은 잡고 있던 문고리를 천천히 놓고 다시 드라간에게 다가갔다.

"엔셰데에서 죽은 커플을 발견한 사람이 바로 미카엘입니다. 지금 제게 중요한 걸 알려주셨네요. 리스베트와 희생자들 사이에 한 가지 연관성이 존재한다는 사실을요."

드라간은 뱃속의 바윗덩어리가 점점 더 무거워지는 걸 느꼈다.

14장
3월 24일 성목요일

소니아 모디그는 닐스 변호사에게 삼십 분간 세 번이나 전화를 걸었다. 그때마다 자동응답기의 메시지만 들려올 뿐이었다.

결국 오후 3시 반쯤 차를 몰고 우플란스가탄으로 가 현관문 초인종을 눌렀다. 하지만 이번에도 결과는 실망스러웠다. 그후 약 이십 분가량 같은 건물에 있는 이웃집들 문을 두드리며 돌아다녔다. 혹시라도 닐스의 소재를 아는 사람이 있는지 알아보기 위해서였다.

이웃집 열아홉 군데 중 열한 집은 아무도 문을 열어주지 않았다. 그녀는 손목시계를 들여다보았다. 하기야 집집마다 탐문하러 다니기에 좋은 시간은 아니었다. 그리고 부활절 연휴에도 사정은 나아지지 않을 게 뻔했다. 문을 열어준 여덟 집의 주민들은 모두 친절했다. 그중 다섯은 닐스를 알고 있었다. 누군가는 사층에 사는 예의바르고도 교양 있는 신사라고 했다. 하지만 그가 어디 있는지는 아무도 몰랐다. 닐스가 이웃에 사는 셰만이라는 사업가와 개인적으로 어울리는 사이라는 사실도 겨우 알아냈다. 하지만 셰만의 명패가 붙은 초인종을 눌러봐도 아무런 응답이 없었다.

이번에도 실망한 채 다시 휴대전화를 꺼내 닐스의 집에 전화를 걸었다. 역시나 자동응답기. 어쩔 수 없이 소니아는 자신의 이름과 전화번호를 남긴 다음 즉시 연락해달라는 메시지를 남겼다.

그리고 닐스의 집 앞으로 가 수첩을 한 장 뜯어 꼭 전화해달라고 쓴 다음 명함과 함께 우편물 투입구에 집어넣었다. 그런데 투입구에 달린 덧날개를 내리려는 그때, 집안에서 전화벨이 울렸다. 그녀는 몸을 굽혀 귀를 기울였다. 벨이 네 번 울리더니 자동응답기가 작동했다. 하지만 아무런 메시지가 들리지 않았다.

그녀는 덧날개를 내리고 문을 쳐다보았다. 그러고는 스스로도 설명할 수 없는 충동에 이끌려 현관문 손잡이를 잡아 돌렸다. 놀랍게도 문은 잠겨 있지 않았다. 이내 문을 열고서 현관 안을 들여다보았다.

"아무도 안 계세요?" 그녀는 너무 크지 않게 외치고 귀를 기울였다. 아무 응답이 없었다.

일단 현관 안으로 한 걸음 들어섰지만 이내 주저하며 걸음을 멈췄다. 이렇게 들어가면 무단가택침입으로 간주될 수 있었다. 그녀에겐 가택을 수색할 권한이 전혀 없었기에 다시 나가려고 하는 순간 문득 현관 서랍장 위에 놓인 무언가가 눈에 들어왔다. 콜트 매그넘 상자였다.

갑자기 알 수 없는 불안감에 휩싸인 그녀는 재킷을 열고 권총을 꺼내들었다. 지금껏 거의 해본 적 없는 행동이었다.

우선 안전장치를 풀고 바닥을 향해 총구를 내리고서 천천히 앞으로 나아갔다. 거실에서는 특별한 게 눈에 띄지 않았지만 불안감은 더욱 커져만 갔다. 뒷걸음질로 주방에도 들어가보았다. 텅 비어 있었다. 이번엔 짤막한 복도를 지나 침실 문을 열었다.

거기에 닐스 변호사가 있었다. 상체는 침대 위에 엎어져 있었고 무릎은 바닥에 닿은 채였다. 마치 저녁기도를 하려고 무릎을 꿇은 것 같은 자세로. 그리고 알몸이었다.

소니아는 그의 옆쪽에 서 있었다. 어느 정도 거리가 있었지만 그가 죽었다는 걸 알 수 있었다. 목덜미를 관통해 앞으로 빠져나간 총알에 이마 반쪽이 날아가 있었다.

다시 뒷걸음질로 계단까지 나온 그녀는 총을 든 채 한 손으로 휴대 전화를 열어 얀 형사에게 전화를 걸었다. 하지만 그가 응답하지 않아 다시 리샤르드 검사에게 전화했다. 시간을 확인했다. 오후 4시 18분이었다.

한스 파스테는 리스베트가 살고 있는 것으로 추정되는 룬다가탄 주소지의 건물 출입문을 응시했다. 그리고 쿠르트 스벤손을 힐끗 쳐다보고는 손목시계를 들여다보았다. 오후 4시 10분이었다.

이미 주택조합에 들러 출입문 비밀번호를 받아 건물 안에 들어갔다 나온 터였다. '살란데르 우'라는 명패가 붙은 현관문에 귀를 대보았지만 집안에서는 아무런 소리가 들리지 않았고 초인종을 눌러도 사람이 나오지 않았다. 하는 수 없이 차로 돌아와 건물 출입문을 감시하고 있었다.

그사이 주택조합 사무실에 전화해 알아보니 최근 '미리암 우'라는 사람이 추가로 계약해 그 집에 살고 있다고 했다. 1974년생이었고 이전에는 상트에릭스플란에 살았었다.

카 라디오 위에는 리스베트의 얼굴 사진이 스카치테이프로 붙어 있었다. 한스는 그녀가 못생겼다고 거리낌없이 내뱉었다.

"이거야 원! 요즘 창녀들은 갈수록 볼 만하단 말이야. 어지간히 굶지 않고서야 이런 애를 건들고 싶을까?"

쿠르트는 대답하지 않았다.

4시 20분, 얀이 전화를 걸어왔다. 드라간 아르만스키를 만난 후에 〈밀레니엄〉 사무실로 가고 있다고 했다. 그리고 한스와 쿠르트에겐 계속 룬다가탄에서 기다리라고 지시했다. 리스베트를 검거해 심문할 생각이었다. 하지만 리샤르드 검사는 아직 그녀가 엔셰데 살인 사건에 연루된 건 아니라고 생각한다는 말을 덧붙였다.

"이런 젠장! 검사들은 다 똑같아. 자백을 받아내지 않으면 고발하려 하지 않으니."

쿠르트는 아무 말이 없었다. 근처를 지나는 행인들을 그저 멍하니 관찰할 뿐이었다.

4시 40분, 한스의 전화가 울렸다. 리샤르드였다.

"일이 생겼어요. 닐스 변호사가 자택에서 총에 맞아 죽은 채로 발견됐습니다. 죽은 지 최소한 24시간은 된 것 같고요."

한스가 벌떡 몸을 일으켜세웠다.

"알겠습니다. 그럼 어떻게 하죠?"

"리스베트에 대해서는 지명수배령을 내렸습니다. 이제 그녀는 세 사람을 살해한 혐의가 있어요. 꼭 잡아야 합니다. 무기를 소지했을 수도 있는데다 위험하기까지 한 여자예요."

"알았습니다."

"룬다가탄에 기동대를 보내겠습니다. 그들이 건물에 진입해 집안을 수색할 겁니다."

"알겠습니다."

"얀은 소식이 있습니까?"

"지금 〈밀레니엄〉에 있습니다."

"아무래도 전화기를 꺼놓은 모양인데 그에게 연락해서 소식을 전해주세요."

한스와 쿠르트는 서로를 쳐다보았다.

"그녀가 나타나면 어떻게 하죠?" 쿠르트가 물었다.

"만약 혼자 있고 별문제 없어 보이면 우리가 잡아야지. 건물 안으로 들어가버리면 기동대가 개입해야 하고. 집안에 다른 무기를 숨겨났을지도 모르잖아. 완전히 맛이 간 계집애 같아."

　미카엘은 완전히 녹초가 된 몸으로 에리카의 책상 위에 원고 뭉치를 내려놓았다. 그러고는 예트가탄 거리 쪽으로 난 창가로 가 손님용 소파에 털썩 주저앉았다. 다그가 남긴 미완성 원고의 운명을 결정하기 위해 오후 내내 씨름했다.

　워낙에 민감한 일이었다. 다그가 죽은 지 불과 몇 시간밖에 안 되었는데 벌써부터 잡지사는 그가 남긴 글을 어떻게 써먹을지 궁리하고 있으니 말이다. 사람들은 냉혹하고 뻔뻔스러운 처사라고 비난하리라. 하지만 미카엘은 그렇게 생각하지 않았다. 그는 자신이 일종의 무중력 상태에 빠져 있음을 느꼈다. 이는 위기의 순간에 탐사기자들이 본능적으로 빠져드는 상태였다.

　다른 사람들이 슬픔에 잠겨 있을 때 탐사기자는 오히려 가장 민활하게 움직이는 법이다. 목요일 아침 〈밀레니엄〉의 직원들을 감당할 수 없는 충격에 빠뜨린 사건이 도리어 치열한 직업 정신을 발동시켜 오직 일에만 열중하게 한 셈이다.

　미카엘에게 이것은 명백한 사실이었다. 즉 입장이 바뀌어도 다그 역시 똑같은 행동을 취했을 게 분명하다. 죽은 미카엘을 위해 무엇이 최선의 길인지 자문했으리라. 다그는 폭탄과도 같은 내용이 담긴 원고를 남겼다. 그는 자료를 수집하고 옥석을 가리는 일에 몇 년을 바쳤다. 그렇게 영혼을 쏟아부은 일이건만 이제 스스로는 영원히 완성할 수 없게 되어버렸다.

　무엇보다도 그는 〈밀레니엄〉에서 일했다.

　다그와 미아의 죽음을 올로프 팔메 암살 사건과 같은 국가적 충격이라고 할 수는 없었다. 그들을 위한 국가적 애도도 없을 터였다. 하지만 〈밀레니엄〉 직원들에게 두 사람은 스웨덴 수상보다 중요한 존재였고, 그들의 죽음 역시 그 무엇보다 충격적이었다. 그리고 다그에게는 수많은 언론계 지인이 있었다. 그들은 이 죽음에 의문을 제기할 것이다. 그 질문에 대답을 해줘야 했다.

그렇다. 이제는 미카엘과 에리카의 차례였다. 다그의 일을 완성해서 '누가?' 그리고 '왜?'라는 질문에 답할 수 있어야 했다.

"다그의 책을 다시 손볼 수 있겠어." 미카엘이 말했다. "말린하고 같이 미완성된 부분을 꼼꼼히 읽으면서 부족하거나 불명확한 내용을 보충할게. 대부분 다그가 이것저것 적어놓은 노트들을 참고하면 되겠어. 그런데 4장과 5장에 문제가 좀 있어. 미아가 정보제공자들과 인터뷰했던 내용을 근거로 썼는데 그 이름들이 명기되어 있지 않아. 다행히 몇 가지 예외를 빼고는 그녀의 논문을 출처로 제시하면 될 듯해."

"마지막 장은 어떻게 하려고?"

"다그가 준 개요서가 있어. 생전에 이 결말을 두고서 충분히 이야기를 나눴기 때문에 그의 의도를 알고는 있어. 이렇게 하면 어떨까? 마지막 장에 우리의 후기를 집어넣는 거야. 내가 그의 생각을 소개하는 것처럼."

"좋아. 다만 반드시 내게 미리 보여줘. 그의 생각을 섣불리 소개할 수는 없으니까."

"걱정 마. 후기에는 내 개인적인 생각을 쓰고 서명까지 할 거야. 내가 쓴 글이라는 걸 분명히 밝힐게. 다그가 어떤 이유로 이 책을 썼는지, 그가 어떤 사람이었는지 적을 생각이야. 그리고 최근 몇 달간 열 번 넘게 만나면서 내게 들려준 이야기들로 결론을 대신할까 해. 거기다 그가 써둔 초고의 내용들까지 상당 분량 인용하면 제법 괜찮은 글이 될 거야."

"휴…… 정말이지 이 책은 무슨 일이 있더라도 내고 싶어!"

미카엘이 고개를 끄덕였다. 말 안 해도 그녀의 심정을 알 수 있었다. 그 역시 같은 마음이었으므로.

"새로운 소식이라도 있어?"

에리카는 독서용 안경을 벗어 책상 위에 내려놓고는 고개를 흔들었다. 그리고 이내 몸을 일으켜 보온병에서 커피 두 잔을 따른 다음 미카엘 앞에 앉았다.

"크리스테르랑 둘이서 5월호 개요를 잡아두었어. 6월에 실을 예정이었던 기사 두 편을 가져왔고 프리랜서들에게도 기사를 부탁할 거야. 어쩔 수 없이 뚜렷한 주제도 없는 잡탕이 되겠어."

잠시 침묵이 흘렀다.

"뉴스는 찾아봤어?"

미카엘이 고개를 저었다. "아니. 다들 뻔하지 않겠어?"

"맞아. 뉴스란 뉴스마다 이 사건 얘기뿐이야. 이것 말고는 중앙당의 입장 발표 소식뿐이고."

"그렇다면 이 나라에 엔셰데 사건 말고는 별다른 일이 없단 얘기군."

"경찰은 아직 다그와 미아의 이름을 밝히지 않았어. '모범적인 커플'이라는 표현만 쓰더군. 시체를 발견한 사람이 자기라는 사실도 아직 공개되지 않았고."

"경찰은 무슨 일이 있어도 그걸 숨기려 할 거야. 어쨌든 우리에겐 좋은 일이지만."

"왜 경찰이 그걸 숨기는데?"

"그자들은 기본적으로 언론이 떠들어대는 걸 싫어하잖아. 나만 해도 꽤 알려진 인물인데 괜찮은 기삿거리 아니겠어? 그래봤자 오늘밤이나 내일 아침이면 벌써 정보가 새어나가겠지만. 그게 세상일이지."

"젊은 사람이 왜 그렇게 염세적이야?"

"리키, 이제 우리도 그렇게 젊지 않다고. 지난밤에 심문하러 들어온 여자 형사를 보면서 느꼈지. 내 눈엔 꼭 중학생 같더라니까."

에리카가 공감한다는 듯 살짝 미소를 지어 보였다. 저녁에 몇 시간 눈을 붙였지만 조금씩 피곤이 밀려오기 시작했다. 한편 얼마 후면 그녀는 스웨덴 최대 일간지의 편집국장 자리에 올라 모두를 놀라게 할 터였다. 하지만 지금은 아니야. 미카엘에게 솔직히 털어놓기엔 타이밍이 좋지 않아……

"조금 전에 헨리가 전화했어. 예비수사를 지휘하는 리샤르드 엑스트룀이라는 검사가 오후 3시에 기자회견을 했대." 그녀가 말했다.

"리샤르드 엑스트룀?"

"아는 사람이야?"

"아주 정치적인 인간이지. 오히려 언론 플레이를 즐기는 검사야. 희생자가 외국에서 이민 온 뜨내기도 아니니 더욱 그러겠지. 이제 온 미디어가 난리가 나겠군."

"지금 경찰이 용의자 몇 사람을 쫓고 있으니 사건을 신속하게 해결할 수 있을 거라고 말했대. 하지만 구체적인 내용은 아무것도 없었고. 어쨌든 회견장이 기자들로 북새통을 이뤘다는군."

미카엘이 어깨를 으쓱했다. 그러고는 눈을 비비며 힘없이 말했다.

"죽은 미아의 모습이 머릿속을 떠나지 않아. 오래 알고 지낸 건 아니지만 참 좋은 사람들이었는데……"

에리카가 슬픈 얼굴로 고개를 주억거렸다.

"이제 와서 어쩌겠어. 수사 결과를 기다리는 수밖에. 아마 어떤 정신병자가 벌인 짓이겠지."

"정신병자? 글쎄…… 오늘 하루종일 생각해봤어……"

"뭘?"

"미아는 옆에서 총을 맞았어. 총알이 목으로 들어가서 이마 옆으로 나왔다고. 다그는 정면에서 맞아서 총알이 이마로 들어가 머리 뒤로 나왔고. 내가 본 바로는 발사된 총알이 단 두 발뿐이야. 정신병자의 소행으로 보기는 힘들어."

에리카는 자신의 파트너를 물끄러미 쳐다보았다.

"그래서 무슨 얘기를 하고 싶은데?"

"만일 정신병자의 소행이 아니라면 이 사건에는 분명 동기가 있어. 그리고 생각하면 생각할수록 이 원고가 그 빌어먹을 동기라는 느낌이 들어."

미카엘이 책상 위에 놓인 원고 뭉치를 가리켰다. 에리카도 그의 시선을 따라 원고를 쳐다보았다. 그리고 이내 그들의 눈이 마주쳤다.

"그 둘이 너무 깊게 파고드는 바람에…… 누군가가 위협을 느꼈겠지."

"그래서 킬러를 고용했다? 미케, 그런 스토리는 미국 영화에나 나오는 거라고. 더러운 성구매자들을 고발하는 이 책에 경찰, 정치가, 기자 몇 사람 이름이 실렸다고 해서 그들 중 하나가 다그와 미아를 죽였다는 거야?"

"모르겠어. 하지만 스웨덴에서 지금까지 여성인신매매를 다룬 책 가운데 가장 강력한 문제작이 삼 주 후면 나올 거라는 사실은 분명하지."

이때 말린이 열린 문 사이로 고개를 내밀었다. 얀 부블란스키 형사라는 사람이 미카엘을 찾아왔다고 했다.

얀은 두 사람과 악수를 나누고 창가 의자에 앉았다. 제일 먼저 미카엘의 얼굴을 살폈다. 눈은 퀭하니 들어갔고 한 이틀 면도를 안 했는지 두 뺨이 수염으로 덮여 있었다.

"뭐, 새로운 거라도 있나요?" 미카엘이 물었다.

"어쩌면요. 지난밤 엔셰데에서 시체를 발견하고 경찰에 신고한 게 미카엘 씨라고 들었습니다."

미카엘이 피곤한 표정을 지으며 고개를 끄덕였다.

"중앙범죄수사본부 형사에게 이미 모든 걸 얘기하신 걸로 압니다만 몇 가지 간단한 세부사항을 알고 싶어서 물으러 왔습니다."

"뭘 알고 싶으시죠?"

"왜 그렇게 늦은 시간에 다그와 미아 씨 집을 방문하셨죠?"

"그건 간단한 세부가 아니라 완전히 장편소설이라고요." 미카엘이 피곤한 미소를 지으며 말했다. "어제 여동생네 집에서 저녁을 먹었어요. 신흥 부호들이 모여 사는 스테케트에 집이 있습니다. 그런데 다그에게서 전화가 왔어요. 원래는 그가 오늘 사무실에 들르기로 되어 있었죠. 크리스테르 말름에게 사진 자료를 넘겨줄 게 있어서요. 그런데 그 커플이 미아네 부모님 댁에서 부활절을 보내기로 급히 결정하는 바람에 나더러 다음날 아침에 엔셰데에 들러 사진을 가져가달라는 부탁을 하더군요. 그때 제가 그리 멀지 않은 곳에 있어서 그날 밤 집으로 돌아가는 길에 들르겠다고 했고요."

"그래서 사진을 받으러 엔셰데에 갔군요."

미카엘이 고개를 끄덕였다.

"혹시 이 두 사람이 살해당할 만한 동기를 알고 계신가요?"

미카엘과 에리카는 슬며시 시선을 교환했다. 그리고 침묵을 지켰다.

"하실 말씀이 있으신 모양인데요?"

"물론 오늘 우리끼리 이 사건에 대해 얘기해봤습니다. 하지만 의견이 완전히 일치하지 않았어요. 설사 의견이 같더라도 확실한 사실은 아니죠. 근거 없는 억측을 늘어놓을 수는 없으니까요."

"괜찮습니다. 얘기해보세요."

미카엘은 다그가 쓰던 원고의 내용을 설명하면서 에리카와 함께 짐작해본 살인과의 연관성을 얘기했다. 얀은 잠시 아무 말 없이 새로 얻은 정보에 대해 곰곰이 생각해보았다.

"제가 제대로 이해했다면 다그가 경찰들을 고발하려 했었군요."

얀은 이 대화가 흘러가는 모양이 전혀 마음에 들지 않았다. 경찰에 혐의를 두었다면 또 한동안 미디어가 떠들썩할 게 분명했다. '엄청난 음모'니 뭐니 해서 황당무계한 이야기들을 쏟아내면서 말이다.

"아닙니다." 미카엘이 대답했다. "다그는 범죄자들을 고발할 작정이었고 그 가운데 경찰이 몇 명 포함됐을 뿐이죠. 거기엔 나 같은 기자들도 있어요."

"그럼 두 분께서는 그 책을 출간할 생각입니까?"

미카엘은 막연히 고개를 흔들며 에리카를 쳐다보았다.

"아니에요." 에리카가 대답했다. "저희는 오늘 내내 특집호를 대체할 기사들을 준비했어요. 언젠가 다그의 책을 출간하긴 하겠죠. 하지만 무슨 일이 있었는지 확실히 알고 난 후에 그렇게 할 생각입니다. 게다가 현재로선 원고를 많이 손질해야 해요. 저희의 두 친구를 살해한 진범을 찾으려고 애쓰는 경찰에게 딴죽을 걸 생각은 추호도 없습니다. 그러니 걱정하지 마세요."

"다그가 쓰던 책상을 한번 둘러보고 싶은데요. 물론 언론사 편집부라 수색당하는 일이 달갑지 않으시겠지만."

"필요한 자료라면 전부 다그의 노트북에서 찾아볼 수 있을 텐데요?" 에리카가 대꾸했다.

"제가 다그의 책상을 정리했습니다." 미카엘이 나서서 침착하게 설명했다. "그가 남긴 문서 중에서 익명을 요구한 정보제공자의 신원이 직접적으로 드러난 내용들만 제거했어요. 나머지는 원하는 대로 참고하세요. 직원들에게 절대로 옮기거나 건들지 말라고 당부해두었으니까요. 하지만 책이 출간되기 전까지 이 모든 내용은 비밀로 해주세요. 특히나 몇몇 경찰들의 실명을 밝히려고 준비중이었으니 이 원고가 그쪽으로 흘러들어가지 않으면 좋겠습니다."

이런 젠장! 얀은 속으로 탄식했다. 아침 일찍 여기로 사람을 보냈어야 했는데! 그는 일단 이 문제를 덮어두기로 했다.

"알겠습니다. 이번엔 이 사건과 관련된 인물에 대해 이야기를 좀 듣고 싶은데요. 미카엘 씨가 이 사람을 잘 알고 있다고 들었습니다.

리스베트 살란데르라는 여자에 대해서 알고 계신 걸 전부 말해주셨으면 합니다."

잠시 미카엘의 얼굴에 큰 물음표가 떠올랐다. 얀은 에리카가 그를 향해 날카로운 시선을 던지는 모습을 포착했다.

"무슨 말씀을 하시는지 잘 모르겠습니다만."

"리스베트 살란데르를 알고 계시죠?"

"네, 압니다."

"어떤 관계죠?"

"왜 제게 그걸 묻죠?"

얀은 약간 짜증 섞인 표정을 지었다.

"방금 말씀드렸지 않습니까. 살인 사건과 관련해서 그녀에 대한 이야기를 듣고 싶다고요. 그녀와 어떤 관계죠?"

"하지만…… 이건 말이 안 됩니다. 리스베트는 다그나 미아와 관계없는 사람이에요."

"그건 나중에 천천히 따져볼 수 있을 겁니다." 얀이 참을성 있게 말했다. "아직 질문에 답하지 않으셨어요. 어떻게 리스베트 살란데르를 아시죠?"

미카엘은 꺼칠한 뺨을 쓰다듬고서 잠시 두 눈을 비볐다. 머릿속에 오만 가지 생각이 왔다갔다했지만 이내 자신을 응시하고 있는 얀을 마주보았다.

"이 년 전에 전혀 다른 일 때문에 그녀를 고용한 적이 있습니다."

"무슨 일이었죠?"

"죄송합니다만 제 정보제공자를 보호하려면 대답할 수 없습니다. 대신 다그나 미아와는 아무 관계가 없는 일인 건 분명합니다. 완전히 다른 사건이었고, 지금은 다 끝난 일이죠."

얀은 떨떠름한 얼굴로 미카엘의 말을 듣고 있었다. 살인 사건을 수사하는 자신에게 밝힐 수 없는 비밀이 있다는 게 영 기분이 좋지 않왔다. 하지만 지금은 이것도 문제삼지 않기로 했다.

"리스베트를 마지막으로 본 게 언제입니까?"

미카엘은 잠시 생각하고서 대답했다.

"그러니까 이 년 전 가을부터 우리 둘은 자주 함께했습니다. 하지만 이 관계도 그해 크리스마스 무렵에 끝났죠. 그후로 그녀가 사라졌고요. 그렇게 일 년이 넘도록 보지 못하다가 일주일 전에야 만났습니다."

에리카가 한쪽 눈썹을 움찔 들어올렸다. 얀이 보기에 그녀도 이 사실은 몰랐던 눈치였다.

"자세히 말씀해주시겠어요?"

미카엘은 한숨을 길게 내쉬고서 그녀의 집 앞에서 있었던 일을 간략하게 이야기했다. 이야기가 계속될수록 얀의 놀라움은 점점 커져 갔다. 그가 지금 하는 말이 진실인지 아니면 꾸며낸 건지 의심스러울 정도였다.

"그럼 그녀와 아무런 얘기를 못한 거군요?"

"네. 그녀는 룬다가탄 언덕배기에 있는 주택들 사이로 사라져버렸습니다. 한참을 기다렸지만 돌아오지 않았어요. 그래서 소식을 좀 전해달라고 편지까지 한 장 써서 두고 왔습니다."

"그리고 미카엘 씨는 그녀가 엔셰데 커플과 아무런 관계가 없다고 말씀하시는 거고요."

"그렇습니다."

"그럼 주장하신 대로 그녀를 습격했다는 인물을 좀 묘사해주시겠어요?"

"주장하는 게 아니라 그자가 실제로 습격했어요. 리스베트는 방어를 하고 도망갔고요. 50미터쯤 떨어진 곳에서 분명히 그 장면을 목격했습니다. 한밤중이라 사방이 어둡긴 했지만요."

"술에 취했었나요?"

"몇 잔 마셨지만 필름이 끊길 정도는 아니었어요. 금발에 말총머리를 한 남자였습니다. 허리까지 오는 어두운 가죽재킷 차림이었고 배가 상당히 튀어나왔어요. 뒤를 쫓아 계단 위까지 뛰어올라갔는데 등을 보이고 서 있던 그가 갑자기 몸을 돌리면서 나를 쳤습니다. 아주 잠깐이었지만 마른 얼굴에 미간이 좁아 보였어요."

"그런데 왜 내게 말하지 않았어?" 에리카가 물었다.

미카엘은 어깨를 으쓱해 보였다.

"주말이었던데다 넌 무슨 빌어먹을 TV 토론인지 뭔지에 출연한다고 예테보리로 떠났잖아. 그래서 월요일에도 여기 없었고, 화요일에는 잠깐 얼굴만 마주쳤잖아. 그러다 흐지부지됐지, 뭐."

"하지만 엔셰데 사건도 일어났는데 왜 그 일을 경찰에 말하지 않았죠?" 얀이 물었다.

"아니, 내가 그걸 왜 이야기해야 합니까? 그럼 한 달 전 지하철에서 내 지갑을 슬쩍하려던 소매치기 이야기도 해야겠네요? 룬다가탄 습격과 엔셰데 사건 사이에는 아무런 연관도 없는데 말입니다."

"그럼 그 일을 경찰에 신고했습니까?"

"아뇨." 미카엘은 잠시 머뭇거렸다. "리스베트는 자기 사생활에 굉장히 민감합니다. 사실 저도 이걸 경찰에 신고할지 말지 고민했었죠. 하지만 결국 그녀가 결정할 문제라고 판단했습니다. 신고하기 전에 적어도 그녀와 상의하는 게 옳다고 생각했어요."

"그런데 상의하지 못했군요."

"네. 일 년 전 크리스마스 다음날 이후로는 한 번도 얘기해본 적이 없습니다."

"어째서 두 분의…… 이 표현이 적절할지는 모르겠습니다만…… 관계가 끝나게 됐나요?"

미카엘의 눈빛이 어두워졌다. 그는 묵묵히 생각하다가 이렇게 대답했다.

"잘 모르겠습니다. 그녀가 느닷없이 연락을 끊어버렸어요."

"무슨 일이 있었나요?"

"아뇨. 말다툼이나 불화 같은 건 전혀 없었습니다. 관계가 좋았어요. 그런데 하루아침에 태도가 돌변하더니 전화도 안 받더군요. 그러고는 제 삶에서 사라졌습니다."

얀은 지금껏 미카엘이 한 이야기를 곰곰이 생각해보았다. 거짓이 섞인 것 같지 않았고, 드라간이 진술한 대로 밀턴 시큐리티에서 그녀가 사라진 상황과도 일치하는 듯했다. 일 년 전 겨울, 그녀에게 무슨 일이 생긴 모양이었다. 이번에는 에리카 차례였다.

"에리카 씨도 리스베트를 아십니까?"

"단 한 번 만났어요. 그런데 엔셰데 사건을 수사하면서 왜 그녀에 대해 묻는지 이유를 밝힐 수 없나요?"

얀은 고개를 흔들었다.

"그녀는 이 사건과 관계가 있습니다. 현재로서는 이 말만 해드릴 수 있어요. 그런데 그녀에 대해 들으면 들을수록 점점 더 모르겠군요. 이 여자, 어떤 사람입니까?"

"어떤 측면에서요?" 미카엘이 물었다.

"그녀를 어떻게 보시느냐 말이죠."

"업무적으로 보면 지금껏 만나본 중 가장 뛰어난 조사원입니다."

에리카가 아랫입술을 잘근 깨물면서 미카엘을 흘깃 쳐다보았다. 얀은 이 둘이 무언가를 감추고 있다고 확신했다. 그가 보기에 그들은 리스베트와 관련된 퍼즐 조각 하나를 숨기고 있었다.

"그렇다면 인간적으론 어땠습니까?"

미카엘은 오랫동안 침묵했다.

"몹시 외롭고도 독특한 사람입니다. 사회와 담을 쌓고서 자기 안에 갇혀 있죠. 그녀는 자신에 대해 얘기하는 걸 좋아하지 않았습니다. 동시에 의지가 아주 강한 사람이고요. 윤리 감각 역시 아주 확고

합니다."

"윤리 감각이요?"

"그렇습니다. 그녀 자신만의 윤리죠. 자신이 원하지 않는 일을 절
대로 하지 않습니다. 그녀의 세계 안에서는 나름의 선과 악이 분명
하죠."

얀은 그가 드라간하고 똑같은 얘길 한다는 걸 알았다. 그녀를 아는
두 사람이 동일한 평가를 내린 셈이었다.

"드라간 아르만스키 씨를 아십니까?"

"두세 번 만났습니다. 작년에 한창 리스베트를 찾아다닐 때 만나서
맥주도 한잔 같이 마셨고요."

"그런데 이 여자가 유능한 조사원이라고요?"

"제가 만나본 중 최고의 조사원입니다." 미카엘은 아까 한 말을 반
복했다.

얀은 창문 너머 예트가탄 거리를 오가는 군중을 바라보며 잠시 손
가락 끝으로 소파 팔걸이를 톡톡 두드렸다. 대체 이를 어떻게 판단해
야 할지 알 수 없었다. 한스 파스테가 후견위원회에서 가져온 정신과
전문의의 소견을 보면 리스베트는 심각한 정신적 문제에 폭력적 성
향까지 있는 정신이상자에 가까운 인물이었다. 그런데 드라간과 미
카엘이 진술한 내용은 정신과 전문의들이 몇 년간 연구해 정리한 이
미지와 딴판이었다. 두 남자 모두 그녀를 별난 존재로 묘사했지만 그
들의 말투에는 일말의 경외심마저 배어 있었다.

게다가 미카엘은 그녀와 '자주 함께했다'고 말했다. 즉 성적인 관
계도 가졌다는 뜻이었다. 얀은 문득 '법적 무능력자'에게 어떤 법규
들이 적용되는지 궁금해졌다. 리스베트처럼 의존적 상태에 있는 사
람과 관계를 갖는 건 일종의 성적 학대였다.

"그녀가 사회적 장애를 지닌 점에 대해선 어떻게 생각하시죠?"

"장애라고요?" 미카엘이 되물었다.

"후견을 받고 있는데다 정신적 문제까지 있잖습니까?"

"후견이요?" 미카엘이 놀라 외쳤다.

"정신적 문제라고요?" 에리카도 물었다.

얀은 미카엘과 에리카를 번갈아 쳐다보았다. 이들은 아무것도 모르고 있다. 몰라도 이렇게 모를 수가! 얀은 갑자기 드라간과 미카엘에게 짜증이 치밀었다. 에리카는 또 어떤가. 우아하게 차려입고 예트가탄 거리가 내려다보이는 근사한 사무실에 앉아 폼을 잡고 있는 꼴이라니. 그리고 앉아서 사람들에게 이래라 저래라나 하는 여자…… 하지만 그는 미카엘을 향해 짜증을 부렸다.

"당신과 드라간 씨에게 무슨 문제가 있는 건지, 조금 이상하군요."

"뭐라고요?"

"리스베트 살란데르는 십대 때부터 정신병원을 들락거린 여자입니다. 정신과 전문의와 법원 모두 그녀가 스스로의 신변을 보살필 수 없다고 판정했어요. 한마디로 법적 무능력자라고요. 거기에 폭력적 성향이 뚜렷해서 지금껏 살면서 줄곧 공권력과 마찰을 빚었어요. 그리고 이번엔 살인 사건의 유력한 용의자고요. 이런 여자를 당신과 드라간은 무슨 공주님 모시듯 떠받드는데, 이게 정상입니까?"

미카엘이 석상처럼 굳어서 멍하니 얀을 쳐다보았다.

"자, 내가 한번 정리해보죠." 얀이 말을 이었다. "경찰은 리스베트 살란데르와 엔셰데 커플 사이의 연결점을 찾고 있습니다. 그런데 그 연결점이 다름아닌 희생자를 발견한 당신이고요. 이 사실이 무엇을 의미하는지는 말 안 해도 아시겠죠?"

미카엘은 몸을 뒤로 젖혔다. 두 눈을 감고 지금 이 상황을 정리해보려고 애썼다. 리스베트가 다그와 미아를 살해한 혐의를 받고 있다. 그럴 리가 없어. 이건 말이 안 된다고. 과연 그녀가 사람을 죽일 수 있을까? 미카엘의 머릿속에는 이 년 전 그녀의 모습이 떠올랐다. 마르틴 방에르게 미친듯이 골프채를 휘두르던 그 섬뜩한 얼굴이. 그래.

그때 리스베트라면 주저 없이 그를 죽였을 거야. 하지만 날 구하려고 그러지 않았지. 그는 본능적으로 마르틴에게 올가미로 졸렸던 목을 만졌다. 하지만 다그와 미아는…… 아냐, 이건 말이 안 돼.

미카엘은 형사가 자신을 유심히 살피고 있음을 깨달았다. 드라간처럼 그 역시 선택의 기로에 섰다. 조만간 리스베트가 살인죄로 기소되면 자신은 한쪽 링사이드를 선택해야만 한다. 그녀는 유죄인가, 무죄인가?

미카엘이 입을 열기 전에 책상 위에 있는 전화기가 울렸다. 에리카가 수화기를 집어들었다가 곧장 얀에게 건넸다.

"한스 파스테라는 분이 형사님을 찾네요."

그는 수화기를 받아들고 주의 깊게 들었다. 미카엘과 에리카는 형사의 표정이 점차 변해가는 모습을 지켜보았다.

"그래서 언제 도착한다고?"

잠시 침묵.

"주소가 뭐라고? 룬다가탄…… 알겠어. 가까운 곳에 있으니 곧 가지."

얀이 자리에서 벌떡 일어났다.

"죄송합니다만 여기서 대화를 중단해야겠습니다. 리스베트의 후견인이 총에 맞아 죽은 채로 발견됐다는군요. 이제 그녀는 지명수배된 상태입니다. 삼중살인 혐의로요."

에리카의 입이 떡 벌어졌다. 미카엘은 벼락이라도 맞은 사람 같았다.

룬다가탄의 아파트를 점거하는 일은 전술상 그리 복잡하지 않았다. 한스와 쿠르트는 자동차 보닛에 엉덩이를 기대고 서서 중무장한 특공대원들이 아파트 계단과 안뜰을 점령하는 모습을 지켜보았다.

대원들은 십 분이 채 안 돼 한스와 쿠르트가 이미 알고 있는 사실을 확인할 수 있었다. 초인종을 눌렀지만 역시나 아무도 나오지 않았다.

한스는 거리를 쳐다보았다. 66번 버스를 타는 승객들은 짜증이 좀 나겠지만 싱켄스담 전철역에서 회갈리드 교회까지 거리가 봉쇄된 참이었다. 심지어 운이 없는 버스 한 대는 봉쇄된 지역에 갇혀서 오도 가도 못하고 있었다. 결국 한스가 제복을 입은 대원 한 사람에게 다가가 버스는 나가게 해달라고 말했다. 룬다가탄 거리가 내려다보이는 언덕배기에는 행인들 한 무리가 모여서 이 혼란스러운 장면을 구경하고 있었다.

"이것보다 훨씬 간단한 방법이 있을 텐데 말이야." 한스가 말했다.

"무슨 말이죠?"

"깡패 하나 잡는 데 특공대까지 동원할 필요 있냐고."

쿠르트는 대꾸하지 않았다.

"기껏해야 키가 150센티미터에 40킬로그램밖에 안 나가는 계집애 아냐?"

특공대는 현관문을 부술 필요까지는 없다고 판단했다. 불려온 열쇠공이 문을 열려 하고 있을 때 도착한 얀은 대원들이 집안으로 진입할 수 있게끔 몸을 비켜주었다. 47제곱미터 남짓한 조그만 아파트를 샅샅이 둘러보는 데 팔 초가량 걸렸다. 침대 아래에도, 욕실에도, 벽장 속에도 리스베트가 없다는 사실을 확인한 대원이 얀에게 들어오라고 손짓했다.

세 형사는 깨끗하고도 세련되게 꾸민 집안을 호기심 어린 눈으로 둘러보았다. 가구는 단출했다. 주방 의자들은 다양한 파스텔 색으로 칠해져 있었고, 벽 여기저기에는 예술적인 흑백사진들이 걸려 있었다. 현관 쪽 공간에는 CD 플레이어와 앨범들이 빼곡히 꽂힌 선반이 있었다. 로큰롤에서 오페라까지 장르가 다양했다. 어쨌든 집안의 모든 물건들이 매우 전위적이고도 장식적이며 세련됐다.

쿠르트가 주방을 살펴봤지만 특별한 건 없었다. 신문 더미를 뒤적여보고 싱크대와 찬장을 살핀 후에 냉장고 안도 샅샅이 뒤졌다.

한스는 침실의 벽장과 서랍장을 살폈다. 이내 수갑과 꽤 많은 섹스 토이를 발견한 그가 휘익 하고 감탄의 휘파람을 불었다. 벽장에는 다양한 라텍스 옷들이 가득 걸려 있었다. 만일 자신의 어머니가 보았다면 당황해서 어쩔 줄 몰라할 요상한 물건들이었다.

"이 계집애들, 따분하게 지내진 않는 모양이야!" 한스가 도미노 패션이라는—도대체 이런 가게는 어디에 처박혀 있는 건지 모르겠지만—상표가 붙은 비닐 드레스를 한 벌 흔들어 보이면서 말했다.

얀은 현관 서랍장 위에 한 무더기 쌓여 있는 우편물로 눈길을 돌렸다. 리스베트 앞으로 온 우편물들이 개봉되지 않은 채 놓여 있었다. 대부분 공과금청구서나 계좌명세서였지만 그 가운데 미카엘이 넣어두고 간 편지도 있었다. 아직까진 그의 진술에 거짓이 없음을 확인한 셈이었다. 이어 얀은 몸을 굽혀 특공대원들의 발자국이 남아 있는 우편물을 주워 들었다. 〈타이 프로복싱〉이라는 잡지와 무가지인 〈쇠데르말름 소식지〉, 그리고 편지 세 통이었고 모두 미리암 우 앞으로 온 것들이었다.

불현듯 얀은 불길한 예감이 들었다. 당장 욕실로 들어가 개수대 위에 달린 욕실장을 열었다. 거기에는 조그만 진통제 한 상자와 반쯤 비어 있는 시토돈 병이 있었다. 시토돈은 의사 처방이 필요한 약이었고, 병에 붙은 종이에는 미리암 우라는 이름이 적혀 있었다. 욕실장 안에는 칫솔이 한 개뿐이었다.

"한스, 왜 명패에 '살란데르 우'라고 적혀 있지?"

"잘 모르겠는데요."

"좋아. 이렇게 물어보지. 왜 현관에 쌓여 있는 우편물들은 미리암 우라는 여자 앞으로 와 있으며, 어째서 욕실장 안 시토돈 병에는 미리암 우라는 이름이 적혀 있고, 칫솔도 한 개뿐이지? 게다가 리스베

트는 아이 같은 체구라는데 왜 자네가 들고 있는 가죽바지는 키가
175센티미터는 되는 여자에게나 맞을 법하냔 말이야."

 집안에는 당황스러운 정적이 감돌았다. 그걸 깬 사람은 쿠르트
였다.

 "에이, 빌어먹을!"

15장
3월 24일 성목요일

뜻하지 않게 온종일 일을 잔뜩 하고서 마침내 집으로 돌아온 크리스테르는 너무도 피곤하고 우울했다. 주방에서는 이국적인 요리의 향긋한 냄새가 새어나오고 있었다. 그는 주방으로 다가가 애인을 안았다.

"그래, 컨디션은 어때?" 아르놀드 망누손이 물었다.

"최악이야."

"하루종일 뉴스에서 떠들던데? 아직 이름은 미공개더라고. 정말 끔찍한 일이야."

"정말 엿 같아. 다그는 우리와 함께 일했어. 친구 같은 사람이었고 난 그를 엄청나게 좋아했다고. 여자친구라는 미아는 만나보지 못했지만 미케와 에리카가 그녀를 잘 알아."

크리스테르는 주방을 둘러보았다. 두 사람은 알헬고나가탄에 있는 이 아파트를 구입해 불과 석 달 전에 입주한 터였다. 불현듯 이 아파트가 낯선 세계처럼 느껴졌다.

전화벨이 울렸다. 둘은 서로를 쳐다보다가 결국 무시하기로 했다. 이윽고 자동응답기가 작동하자 낯익은 목소리가 들려왔다.

"크리스테르, 혹시 거기 있어? 전화 좀 받아줄 수 있어?"

에리카였다. 경찰이 미카엘의 옛 조사원을 다그와 미아를 죽인 진범으로 의심한다는 사실을 알리기 위해서였다.

너무도 극적인 일들이, 도무지 믿겨지지 않는 일들이 자꾸 일어났다. 크리스테르는 마치 꿈을 꾸는 듯했다.

헨리 코르테스는 룬다가탄 급습을 완전히 놓쳐버렸다. 무슨 정보라도 얻을 수 있을까 해서 경찰청 기자실에 죽치고 앉아 있었던 게 잘못이었다. 오후 3시에 있었던 기자회견 이후로 새로운 발표는 전혀 없었다. 그렇게 아무 소득도 없이 앉아 있으려니 피곤하고 배도 고팠다. 누구를 붙잡고 뭐라도 물어보려 하면 무시만 당해 짜증은 쌓여갔다. 그러는 사이 리스베트의 아파트 급습 작전이 이미 끝난데다 경찰이 용의자 하나를 확보했다는 소문까지 퍼졌다. 그 정보도 평소 알고 지내던 석간지 기자에게 간신히 얻은 참이었다. 그리고 얼마 안 있어 헨리는 리샤르드 검사의 개인 휴대전화 번호를 입수했다. 당장 전화를 걸어 자신을 소개한 다음 질문을 던졌다. 용의자는 누구인지, 왜 살인을 저질렀는지, 범행방식은 어땠는지.

"어디 소속이시죠?" 리샤르드가 되물었다.

"월간 〈밀레니엄〉입니다. 희생자 중 한 사람과는 개인적으로 아는 사이죠. 지금 경찰은 용의자를 한 명 쫓고 있다는데 일이 어떻게 되어가는 겁니까?"

"현재로선 아무것도 밝힐 수 없습니다."

"그럼 언제 말해주실 수 있죠?"

"오늘 저녁에 다시 한번 기자회견이 있을 예정입니다."

헨리가 보기에 검사는 뭔가를 숨기고 있었다. 헨리는 귓볼의 금 귀고리를 초조하게 만지작거렸다.

"기자회견은 즉시 발행될 기사를 쓰는 일반 기자들을 위한 거 아닙니까? 저는 월간지 기자이고, 현상황을 꼭 알아야 하는 이유도 있습니다."

"당신을 도와줄 수 없어요. 다른 기자들처럼 기다리시죠."

"제가 입수한 정보에 따르면 경찰이 쫓는 용의자가 여자라고 하던데요. 누구입니까?"

"아무것도 말할 수 없습니다."

"그럼 여자가 아니란 말입니까?"

"말했잖습니까! 아무것도 말할 수 없다고요."

침실 입구에 선 예르케르 홀름베리는 죽은 미아가 누워 있던 자리에 고여 있는 엄청난 면적의 피 웅덩이를 물끄러미 쳐다보았다. 움직이지 않고 그 자리에서 고개만 옆으로 돌려보니 다그가 엎어져 있던 자리에도 비슷한 크기의 피 웅덩이가 보였다. 그는 이 엄청난 피의 양에 대해 생각해보았다. 여태껏 총상을 당해 피를 흘린 현장을 많이 봐왔지만 이렇게 양이 많은 경우는 드물었다. 다시 말해 끔찍한 손상을 일으키는 탄환이 쓰였다는 의미다. 살해범이 사냥용 탄환을 썼으리라는 오스발드 형사의 추측을 뒷받침할 증거이기도 했다. 집안 바닥에는 피 묻은 발자국들이 어지럽게 널려 있었다. 어느새 피 웅덩이가 검붉게 응고된데다 그 면적이 넓기도 해 지나가면서 밟지 않기가 쉽지 않았다. 예르케르는 신고 있는 운동화 위에 파란 비닐 커버를 덧씌웠다.

이제 그가 현장감식을 시작할 시간이었다. 두 희생자의 시체는 이미 치워졌다. 감식반 요원 둘이 떠난 현장에는 예르케르 혼자 남아 있었다. 요원들은 시체를 촬영한 후 벽에 튄 핏방울의 거리와 높이를 측정하고 '핏방울이 퍼진 면적'과 '날아간 속도' 따위를 계산한 후에 떠났다. 이를 토대로 그들이 작성할 방대한 보고서가 살해범이 희생자들에게서 어디에 얼마나 떨어져 있었는지, 두 발의 충격 가운데 어떤 게 먼저였는지, 그리고 어떤 지문이 중요한 증거가 될지 따위를 세밀하게 밝혀낼 터였다. 하지만 예르케르에게 이 모든 것들은 관심 밖이었다. 감식수사는 살인범의 정체나 그녀—지금 용의자가 여자이므로—가 범죄를 저지른 동기에 대해서는 아무것도 밝혀주지 못한다. 그리고 바로 이러한 문제를 규명하는 일이 그의 임무였다.

먼저 침실부터 시작했다. 그는 껍데기가 허옇게 닳은 문서철을 의자 위에 내려놓은 다음 녹음기, 디지털카메라, 수첩 따위를 꺼냈다.

우선 침실 문 뒤쪽에 있는 서랍장부터 열어보았다. 맨 위 서랍 두 개에는 속옷과 티셔츠 그리고 미아의 것으로 보이는 보석함이 들어 있었다. 보석함에 든 물건들을 하나씩 침대 위에 내려놓으며 살펴보았지만 크게 값나가는 건 눈에 띄지 않았다. 맨 아래 서랍에는 사진 앨범 두 권과 가계부를 포함해 문서철 두 개가 있었다. 그는 녹음기를 켰다.

비에르네보리스베겐 8번지 압수물 보고. 침실. 서랍장 맨 아래 서랍. A4 규격 사진 앨범 두 개. 검은색 문서철 하나. '가계부'라고 적혀 있음. 파란색 문서철 하나. '집 서류'라고 적혀 있고 등기부등본, 아파트 대출 서류 등이 들어 있음. 손 편지, 우편엽서, 개인 사물이 든 조그만 상자 하나.

그는 물건들을 현관으로 가져가 길쭉한 여행가방 안에 집어넣었다. 더블베드 양쪽에 있는 협탁 서랍을 열어봤지만 관심을 끌 만한 물건은 없었다. 이번에는 침실 옷장을 열었다. 걸려 있는 옷들을 살핀 후에 호주머니와 신발 속을 뒤져 거기 두고 잊었거나 감춘 물건이 있는지 살폈다. 종이상자며 조그만 정리함까지 열어보았다. 그리고 그 가운데서 찾아낸 서류와 갖가지 물건을 여러 가지 이유로 압수물에 포함시켰다.

침실 한쪽에는 책상이 하나 있었다. 아주 조그만 작업대로 그 위에 컴팩 컴퓨터와 낡은 모니터가 한 대씩 놓여 있었다. 그 아래에는 바퀴 달린 서랍장이 있었고 옆에는 낮은 책꽂이가 있었다. 이 집에 뭔가 있다면 바로 이 부근에서 나올 게 분명했다. 예르케르는 이곳을 맨 나중에 살펴보기로 하고 거실로 돌아와 감식을 계속했다. 장식장을 열고서 그 안에 있는 그릇 하나, 서랍 하나, 선반 하나 빼놓지 않고 꼼꼼히 살폈다. 뒤이어 그의 시선은 외벽과 욕실 벽 사이에 있는 커다란 책꽂이로 향했다. 의자를 갖다놓고 올라서서 그 위에 숨겨둔 물건이라도 있는지 살핀 후에 선반을 전부 확인했다. 책들을 한 권씩 빼내 빨리 넘겨본 다음엔 꽂힌 책들 뒤쪽까지 살폈다. 사십오 분가량이 지나서야 그는 마지막 책을 서가에 다시 꽂았다. 식탁 위에는 이런저런 이유로 관심을 끄는 책이 몇 권 쌓여 있었다. 다시 녹음기를 켜고 기록을 남기기 시작했다.

거실 책꽂이. 미카엘 블롬크비스트의 저서 한 권. 제목은 '마피아 금융인'. '국가와 아우토노멘*'이라는 독일 책 한 권. '혁명 테러리즘'이라는 스웨덴 책 한 권. 그리고 '이슬람 지하드'라는 영어로 된 책 한 권.

미카엘의 책은 거의 기계적으로 뽑은 셈이었다. 예비수사중에 나왔던 그의 이름을 기억하고 있었기 때문이다. 나머지 세 권을 뽑아든 이유는 조금 애매했다. 현재로선 이 살인 사건에 어떤 정치적인 문제가 숨어 있는지 전혀 알 수 없었다. 그가 가진 자료에도 다그와 미아가 정치적 활동을 했다는 단서는 없었다. 따라서 이 책들은 그들의 평범한 정치적 관심사일 수도 있고, 혹은 기사를 쓰려고 갖다놓은 참고 자료일 수도 있다. 하지만 예르케르는 시체 두 구가 나온 방에서 테러리즘에 관련된 책들이 발견됐다면 기록해둘 만한 가치가 있다고 판단했다. 이 책들 역시 압수물 가방으로 들어갔다.

---

* 자본, 계급, 차별, 사회 억압에서 벗어나 노동자와 개인의 자율을 구축하려는 자율주의 운동.

다음엔 여기저기가 닳고 닳은 오래된 서랍장을 뒤지는 데 몇 분쯤 걸렸다. 서랍장 위에는 CD 플레이어가 있었고 서랍 안에는 CD들이 빼곡히 들어 있었다. CD 케이스들을 일일이 열어 모두 제짝이 들어 있음을 확인하는 데 또 삼십 분이 걸렸다. 제목이 없는 CD 여남은 개는 집에서 만들었거나 해적판일 터였다. 그것들을 하나씩 플레이어에 넣어 돌려봤지만 모두 음악이었다. 비디오테이프가 가득 꽂혀 있는 침실 문 근처 TV 선반 앞에서도 한동안 머물렀다. 거기에 모인 비디오들은 실로 다양했다. 액션 영화부터 자질구레한 TV 프로그램들, 그리고 〈콜드 팩트〉 〈인사이더〉 〈조사 임무〉 같은 르포에 이르기까지. 그는 비디오테이프 서른여섯 개를 압수물 리스트에 넣었다. 이번엔 주방으로 갔다. 거기서 잠시 쉬며 보온병에 담아온 커피를 마신 후에 다시 조사를 시작했다.

주방 찬장에는 의약품으로 보이는 조그만 유리병들과 상자들이 가득했다. 이것들 역시 비닐백에 담겨 압수물 가방으로 들어갔다. 뒤이어 찬장과 냉장고에서 음식물을 모두 꺼냈고 단지, 커피통, 마개병 따위는 모두 열어 내용물을 확인했다. 창턱 위에 놓인 조그만 화분에는 현금 1220크로나와 영수증 몇 장이 들어 있었다. 아마 마트에서 장을 본 영수증인 듯했다. 흥미를 끌 만한 건 전혀 보이지 않았다. 욕실에서는 압수할 게 아무것도 없었다. 빨래 바구니를 가득 채운 옷들도 일일이 꺼내 확인해보고 현관 벽장에 걸린 외투와 재킷의 호주머니도 뒤져보았다.

그 와중에 재킷 하나에서 나온 다그의 지갑 역시 압수물에 포함시켰다. 지갑에는 피트니스 클럽 회원증, 한델스방크 신용카드, 그리고 400크로나가 조금 안 되는 현금이 들어 있었다. 뒤이어 발견한 미아의 핸드백에는 다그와 같은 피트니스 클럽 회원증, 은행 인출카드, 콘숨 슈퍼마켓 회원카드, 그리고 지구 모양 로고가 그려진 '클럽 호리손트'라는 곳의 회원카드가 있었다. 2500크로나쯤 되는 꽤 많은 현금도 있었는데 이들이 주말에 여행할 계획이었다는 걸 감안하면 특별히 이상하다고 볼 수는 없었다. 그리고 지갑에 돈이 남아 있는 걸 보니 금품을 노린 단순범죄일 가능성이 적었다.

현관 선반 위. 미아 베리만의 핸드백. 포켓 스케줄북 하나, 작은 주소록 하나, 메모용 검은 수첩 하나.

다시 커피를 마시며 휴식을 취하던 예르케르의 머릿속에 문득 생각 하나가 스쳤다. 이 커플의 아파트에는 그 어떤 어두운 구석이나 개인적이고도 내밀한 부분이 보이지 않았다. 숨겨놓은 섹스 토이나 낯뜨거울 정도로 야한 속옷이나 포르노 영화 따위는 나오지 않았다. 마약을 비롯해 그 어떤 범죄의 흔적이라고는 조금도 볼 수 없었다. 교외에 사는 한 평범한 커플의 아파트였으며 정상적이다못해 경찰의 관점에서는 약간 따분하기까지 한 장소였다.

마침내 예르케르는 침실로 돌아가 책상 앞에 자리를 잡았다. 책상 서랍에 든 문서들을 분류하는 데 한 시간이 걸렸다. 책상과 책꽂이에 가득 쌓여 있는 것들은 미아의 박사 논문 『러시아에서 온 사랑』에 관련된 자료들과 참고 서적들이었다. 각 자료들은 색인화되어 있었는데 그 꼼꼼함이 마치 경찰수사를 방불케 했다. 그렇게 정리된 자료들이 꽤나 흥미로운 나머지 예르케르는 한동안 그것들을 열중해서 읽었다. 미아 베리만이라는 여자는 경찰에 들어오면 딱이었을 텐데. 아주 **훌륭한 수사관이 됐을 거야.** 나머지 책꽂이 한 칸은 다그의 것으로 보이는 자료들로 절반쯤 차 있었다. 대부분 다그가 기고했던 글들과 따로 오려둔 기사들이었다.

컴퓨터도 훑어보았다. 그 안에 든 문서 파일, 서신, 기사, PDF 파일 따위가 무려 5기가바이트에 달했기 때문에 하룻저녁에 다 볼 수 있는 분량이 아니었다. 그는 압수물 목록에 컴퓨터와 각종 CD, 서른여 개의 외장하드를 추가했다.

예르케르는 한동안 멍한 얼굴로 앉아 있었다. 그가 보기에 이 컴퓨터에는 미아의 자료만 들어 있었다. 다그 역시 반드시 컴퓨터를 써야 하는 기자였다. 하지만 이 컴퓨터에는 그에게 온 이메일 한 통 눈에 띄지 않았다. 즉 어딘가에 그의 개인 컴퓨터가 있다는 얘기였다. 예르케르는 곧장 일어나서 집안을 다시 돌아다녔다. 현관에 검은 배낭이 하나 있었지만 노트북을 넣는 자리는 비어 있었고 대신 다그의 공책이 몇 권 들어 있었다. 집안 어디에도 그의 노트북은 보이지 않았다. 열쇠를 꺼내 건물 안뜰로 내려가 미아의 차와 지하실까지 뒤져보았지만 그곳에도 노트북이 없었다.

친애하는 왓슨, 개가 짖지 않으면 이상한 거라네……*

그는 입에 녹음기를 대고 현재 노트북 하나가 증발한 듯하다고 말했다.

6시 30분, 얀과 한스는 룬다가탄에서 돌아오자마자 리샤르드 검사의 방으로 갔다. 쿠르트는 얀의 전화를 받은 뒤 미아 베리만의 지도교수를 만나러 스톡홀름 대학교에 간 터였다. 예르케르는 여전히 엔셰데에 있었고, 소니아는 현장감식을 하러 닐스의 아파트에 남아 있었다. 얀이 수사팀장으로 임명된 지 열 시간이 조금 넘었고, 리스베트를 추적하기 시작한 지는 일곱 시간이 되어가고 있었다. 얀이 룬다가탄에서 있었던 일을 간단하게 보고했다.

"미리암 우는 누굽니까?" 리샤르드가 물었다.

"현재로선 그녀에 대해 아는 게 별로 없습니다. 경찰 기록에는 없는 사람이에요. 한스가 내일 아침부터 그녀를 찾아 나설 겁니다."

"그럼 리스베트가 룬다가탄에 없단 말입니까?"

"그녀가 그 집에 산다는 증거가 아무것도 없습니다. 옷장에 걸린 옷만 봐도 그렇고요. 전혀 그녀의 사이즈가 아니었어요."

---

* 아서 코넌 도일의 단편소설 「실버 블레이즈」에서 셜록 홈스의 대사를 따온 말.

"그 옷들을 한번 보셔야 했는데!" 한스가 끼어들었다.

"뭐, 특별한 거라도 있었습니까?"

"어버이날에 입을 만한 옷들은 아니었죠."

"현재로선 미리암 우에 대해 아무것도 모릅니다."

"제기랄! 더이상 뭘 알아야 한단 말입니까? 옷장에 그렇게 창녀 옷들이 가득했는데." 한스가 이죽거렸다.

"창녀 옷?" 리샤르드가 놀라 물었다.

"옷장엔 가죽 옷, 비닐 옷, 가터벨트가 주렁주렁하고 서랍은 음란한 잡동사니며 섹스 토이로 그득하지 뭡니까. 싸구려 같아 보이지도 않더라고요."

"그럼 미리암 우가 성판매 여성이란 말입니까?"

"현재로선 미리암 우에 대해 아무것도 모릅니다."

얀이 사실을 명확히 하려고 한번 더 말했다.

"몇 년 전 사회복지부가 조사한 바로는 리스베트가 그런 일을 했다던데요?" 리샤르드가 물었다.

"그쪽 사람들이라면 믿을 만하죠!" 한스가 맞장구쳤다.

"보고서를 쓴 사회복지부 직원이 직접 검문이나 수사를 한 게 아닙니다." 얀이 대답했다. "리스베트가 열일곱 살 때 탄토룬덴 공원에서 불심검문을 받았을 당시에 나이 지긋한 남자와 함께 있었죠. 같은 해 만취된 상태로 또 불심검문을 받았을 때도 나이든 남자와 함께였고요. 만약 두 남자가 동일 인물이라면……"

"그러니 성급하게 결론을 내려서는 안 된단 말씀이군요." 리샤르드였다. "좋습니다. 하지만 난 미아의 논문 주제가 여성인신매매와 성매매 산업이었다는 사실에 주목하고 있어요. 이 논문 때문에 그녀가 리스베트와 미리암이라는 여자를 만났을 수 있어요. 이때 그녀가 어떤 연유에서든 이 여자들을 도발했다면 그게 바로 살해 동기일 수 있겠죠."

"그렇네요! 아니면 미아가 리스베트의 후견인을 접촉했다가 끔찍한 눈사태를 촉발했을 수도 있고요." 한스가 거들었다.

"가능한 얘기입니다." 얀이 대꾸했다. "하지만 모든 사실은 수사를 통해 밝혀내야겠죠. 지금 중요한 건 리스베트를 찾는 일입니다. 아무래도 룬다가탄에 살지 않는 듯한데…… 그렇다면 우선 미리암 우를 찾아서 심문해야겠죠. 왜 거기 살고 있는지, 리스베트와는 어떤 관계인지."

"그럼 리스베트는 어떻게 찾을 겁니까?"

"분명 스웨덴 어딘가에 있습니다. 여태껏 가진 주소가 달랑 룬다가탄에 있는 그 아파트뿐이라는 게 문제죠. 바뀐 주소를 신고하지 않았어요."

"그녀가 상트스테판 정신병원에 입원했다가 위탁가정을 여러 차례 전전한 사실을 빠뜨렸네요."

"아뇨, 잊지 않고 있습니다." 얀이 가져온 자료를 들추며 말했다. "열다섯 살 때 위탁가정을 세 번 옮겼죠. 적응을 잘 못했나봅니다. 그리고 열여섯이 되기 전부터 열여덟 살 때까진 헤게르스텐에 사는 프레드리크 굴베리와 모니카 굴베리 부부 집에서 지냈습니다. 쿠르트가 미아의 지도 교수를 만나고 나서 오늘 저녁에 그 부부를 방문할 예정입니다."

"그럼 기자회견에서 별로 말할 거리도 없겠군요!" 한스가 투덜거렸다.

저녁 7시, 에리카의 사무실 분위기는 납덩이처럼 무거웠다. 얀 형사가 떠난 후로 미카엘은 마치 석상처럼 꼼짝 않고 앉아서 아무 말이 없었다. 말린은 경찰이 급습한 룬다가탄 아파트 쪽을 취재하러 자전거를 타고 나갔다. 그러고는 얼마 있다 돌아와 체포된 사람은 없으며 차량 통행도 재개됐다고 보고했다. 헨리는 전화를 걸어와 경찰이 어떤 여자를 찾고 있다는 소식을 전했다. 에리카는 그 여자가 누구인지 알려주었다.

에리카는 말린과 함께 〈밀레니엄〉이 취해야 할 입장에 대해 논의해봤지만 뚜렷한 방향이 보이지 않았다. 상황이 복잡했기 때문이다. 미카엘과 에리카는 벤네르스트룀 사건 때 리스베트가 어떤 역할을 했는지 잘 알고 있었다. 특급 해커인 그녀는 당시 미카엘의 정보제공자로 나섰었다. 그런 사정을 모르는 말린은 이 일이 터지기 전까지 리스베트라는 이름조차 들어본 적이 없었다. 에리카와의 대화가 이따금 알 수 없는 침묵으로 중단됐던 것도 바로 이런 연유 때문이었다.

"집에 들어가봐야겠어." 미카엘이 갑자기 일어서며 말했다. "너무 피곤해서 아무런 생각도 안 나. 좀 자야겠어."

그는 말린을 쳐다보았다.

"지금 우리가 할 일이 너무 많아. 내일이 성금요일이지? 난 집에서 잠 좀 자고 자료를 정리할게. 말린, 이번 주말에 일할 수 있겠어?"

"물론 선택권은 없죠?"

"그래, 없어. 토요일 정오에 시작하자고. 그냥 우리집으로 와서 일하는 게 어때?"

"알겠어요."

"난 우리가 오늘 아침에 정했던 방향을 좀 바꾸고 싶어. 이제 더는 다그의 폭로가 이 살인 사건과 관계가 있는지 알아내는 게 문제가 아냐. 다그와 미아를 죽인 자를 찾아내야 해."

말린은 도대체 무슨 수로 살인범을 찾아낼 수 있는지 이해되지 않았지만 그 생각을 입 밖에 내지 않았다. 미카엘은 말린과 에리카에게 손을 흔들어 작별인사를 대신하고는 말없이 사라졌다.

저녁 7시 15분, 수사팀장 얀은 도살장에 끌려가는 심정으로 예비수사 책임자 리샤르드를 따라 기자실 단상 위로 걸어올라갔다. 원래 7시에 예정된 기자회견이 십오 분 정도 늦어졌다. 리샤르드와 달리 얀은 쏟아지는 조명 속에서 여러 대의 카메라 앞에 서는 일이 질색이었다. 수많은 사람들의 시선이 자신에게 집중되는 것만큼 세상에 당황스러운 일도 없었다. TV에 나오는 자신의 모습은 언제 봐도 어색했다. 뿐만 아니라 이런 일에서 즐거움을 느끼는 건 영원히 불가능하리라.

반면 물 만난 고기처럼 신이 난 리샤르드는 안경을 똑바로 하며 짐짓 심각하고도 그럴듯한 표정으로 앉아 있었다. 그는 폭포수처럼 쏟아지는 기자들의 질문을 묵묵히 듣고 있다가 이윽고 손을 들어 정숙을 요청했다. 그리고 마치 준비해온 원고를 읽듯 낭랑한 목소리로 기자회견을 시작했다.

"기자 여러분, 안녕하십니까. 조금 급하게 기자회견을 연 까닭은 어젯밤 엔셰데에서 발생한 살인 사건과 관련해 몇 가지 새로운 정보를 전하기 위함입니다. 저는 리샤르드 엑스트룀 검사입니다. 이쪽은 이번 수사를 지휘하는 경찰청 범죄수사대 강력반의 얀 부블란스키 형사입니다. 우선 제가 먼저 발표한 후에 질문해주세요."

리샤르드는 잠시 입을 다물고 기자들을 잠시 둘러보았다. 기자회견 소식을 전하자마자 삼십 분 만에 모여든 이들이었다. 엔셰데 살인 사건은 온 국민의 이목이 집중된 톱뉴스였고 앞으로 계속 그럴 가능성이 짙었다. 그는 방송 〈악투엘트〉 〈리포트〉와 TV4나 TT 통신 같은 매체의 리포터들을 비롯해 유력 주간지와 일간지 기자들이 모두 와 있는 모습을 흐뭇한 눈으로 확인했다. 얼굴을 모르는 기자들도 여럿 해서 총 스물네 명의 기자들이 공간을 꽉 채우고 있었다.

"다들 아시다시피 지난밤 자정이 조금 못 된 시각에 엔셰데에서 난폭한 방식으로 살해된 시체 두 구가 발견되었습니다. 현장에서 콜트 45 매그넘 한 정이 나왔고, 국립과학수사연구소의 분석 결과 이 총기가 범행에 사용된 사실을 알아냈습니다. 총기 소유자의 신원을 확보한 저희 수사팀은 곧장 검거에 나섰습니다."

그는 웅변적 효과를 내려고 잠시 말을 멈췄다.

"그런데 오늘 오후 5시, 총기 소유자가 오텐플란에 있는 자택에서 시체로 발견됐습니다. 사인은 총상이며 엔셰데 커플과 비슷한 시간에 살해된 것으로 추정됩니다. 경찰은—리샤르드는 몸을 약간 돌려 얀을 가리켰다—이를 동일범의 소행으로 보고 있습니다. 즉 동일 인물이 세 사람을 살해했다고 생각합니다."

기자들이 웅성거리기 시작했다. 벌써부터 본사에 전화를 걸어 낮은 목소리로 보고하는 이들도 여럿 있었다. 리샤르드는 목소리를 약간 높여야 했다.

"용의자가 있나요?" 한 라디오 방송 기자가 소리쳤다.

"순서대로 말씀드릴 테니 중간에 말 끊지 말아주세요! 오늘 저녁 현 상황에서 용의자 한 명이 확인되었고, 경찰은 이 세 건의 살인과 관련해 용의자를 심문할 예정입니다."

"그게 누구죠?"

"지금 경찰이 찾고 있는 용의자는 총기 소유자와 관련 있는 26세의 여성입니다. 경찰이 입수한 자료에 따르면 엔셰데의 범행 장소에 있었습니다."

얀은 미간을 잔뜩 찌푸린 채 굳은 얼굴을 하고 있었다. 어느새 발표할 내용이 조금 전 서로 의견 일치를 보지 못한 부분에 이르렀기 때문이다. 바로 용의자의 이름을 밝힐지 말지의 문제였다. 얀은 발표를 미뤄야 한다고 주장했지만 리샤르드는 기다릴 수 없다는 입장이었다.

검사의 논리엔 빈틈이 없었다. 지금 경찰이 쫓는 용의자는 정신질환 증세가 있으며 세 건의 살인을 저질렀다고 강력히 의심되는 여성이다. 게다가 스톡홀름 전 지역에 수배령이 내려졌고 곧 전국적으로 확대될 예정이다. 이런 상황에 리스베트는 위험한 인물로 간주되어야 하며 선량한 시민의 안전을 위해 그녀의 이름을 조속히 공개해야 한다……

이에 비하면 얀의 논리는 약간 애매했다. 오직 한 가지 가설만을 따라 수사 방향을 일방적으로 몰고 나가기보다 우선 닐스의 자택 감식 결과부터 기다리는 게 좀더 신중한 태도가 아니겠느냐고 그는 주장했다.

리샤르드는 반박했다. 지금까지 수집한 모든 자료로 미루어 볼 때 리스베트는 폭력적 성향이 있는 정신병자이며 지금은 어떤 이유로 살인 광증이 촉발된 상태다. 폭력적 행동을 멈출 거라는 보장이 전혀 없는 상황에서 그녀를 더이상 방치하는 일은 극히 위험하다.

"만일 향후 24시간 이내에 그녀가 또 어딘가에 침입해 사람을 죽인다면 그 책임은 누가 집니까?" 리샤르드가 얀에게 물었다.

얀은 대꾸할 말이 없었다. 리샤르드는 비슷한 전례까지 들어 여기에 응수했다. 당시 경찰이 옴셸레에서 삼중살인을 저지른 유하 발리아칼라의 이름과 사진을 일반에 공개하고 전국 수배령을 내린 까닭은 그를 공공의 적으로 간주했기 때문이었다. 리스베트에게도 얼마든지 동일한 논리를 적용할 수 있는 상황이므로 그녀의 이름을 공개해야 한다고 리샤르드는 결정했다.

검사가 한 손을 들어올리자 와글거리던 실내가 이내 조용해졌다. 삼중살인의 용의자가 여성이라는 사실에 기자들은 흥분을 금치 못했다. 그야말로 엄청난 빅뉴스였다. 리샤르드가 얀에게 마이크를 넘겼다. 얀은 두어 번 헛기침을 해서 목을 고르고 안경을 똑바로 했다. 그리고 어쩔 수 없이 합의한 내용이 적힌 종이를 뚫어지게 쳐다보았다.

"경찰이 쫓는 용의자는 나이 26세 여성, 리스베트 살란데르입니다. 곧 그녀의 사진이 전국에 배포될 예정입니다. 현재 경찰은 그녀의 행방을 파악하지 못했지만 아직 스톡홀름에 남아 있으리라 추측합니다. 최대한 용의자를 빨리 찾을 수 있도록 시민들의 협조를 요청하는 바입니다. 리스베트 살란데르는 신장 150센티미터에 체격은 가냘픈 편입니다."

그는 심호흡을 하며 불안한 마음을 가라앉히려고 애썼다. 땀이 흘러내렸고 테이블 위에 기댄 팔뚝 아래가 축축이 젖었다.

"리스베트 살란데르는 정신병원에서 치료를 받은 전력이 있으며 그녀 자신이나 타인에게 위험을 초래할 수 있는 인물로 간주됩니다. 현재로선 그녀를 살인범이라고 단정할 수 없지만 특별한 상황임을 감안해 가급적 빨리 엔셰데와 오덴플란에서 발생한 살인 사건에 대한 그녀의 진술을 듣고자 합니다."

"도대체 종잡을 수가 없네요!" 일간지 기자 하나가 소리쳤다. "그녀가 이 사건의 용의자라는 겁니까, 아니라는 겁니까?"

얀이 당황한 얼굴로 리샤르드를 쳐다보았다.

"경찰은 다각도로 수사를 진행하고 있으며 여러 가지의 시나리오를 상정하고 있습니다. 하지만 현재로선 이 여성이 주된 용의자이기 때문에 시급히 검거할 필요가 있다는 겁니다. 그녀에게 혐의를 두는 까닭은 범죄 현장에서 몇 가지 기술적 증거들이 발견됐기 때문입니다."

자동적으로 다음의 질문이 나왔다.

"어떤 증거죠?"

"현재로선 말씀드릴 수 없습니다."

이젠 기자들이 한꺼번에 질문을 쏟아냈다. 리샤르드가 손을 들어 〈다겐스 에코〉에서 나온 기자를 지목했다. 예전에도 본 적 있는 비교적 무난한 사람이었다.

"용의자가 정신병원에서 치료를 받았다고 했는데 그 이유가 뭐죠?"

"이 여성은…… 불우한 유년기를 보냈고 성장하면서도 문제가 많 았습니다. 지금은 후견을 받고 있으며 총기 소유자가 바로 그녀의 후 견인이었습니다."

"그게 누구죠?"

"오덴플란에서 살해된 인물입니다. 유족에게도 아직 알리지 않았 기 때문에 현재로선 이름을 밝힐 수 없습니다."

"이 모든 살인행각의 동기가 뭘까요?"

얀이 마이크를 잡았다.

"현재로선 범행 동기에 대해 말씀드릴 수 없습니다."

"용의자가 경찰 기록에 오른 적이 있나요?"

"그렇습니다."

뒤이어 여러 기자들의 목소리 위로 굵고도 독특한 목소리 하나가 질문을 던졌다.

"그녀는 위험한 인물인가요?"

리샤르드가 잠시 머뭇거리더니 고개를 끄덕였다.

"용의자의 과거를 참고하면 스스로 절망적인 상황에서 폭력에 호 소할 수 있는 인물이라고 판단됩니다. 따라서 경찰은 가급적 빨리 그 녀와 접촉할 필요가 있다고 판단해 그녀를 공개수배합니다."

얀은 아랫입술을 깨물었다.

밤 9시가 넘은 시간이었지만 소니아는 아직 닐스 변호사의 아파트 에 남아 있었다. 이미 남편에게는 전화로 집에 들어가지 못하는 사정 을 말해두었다. 남편은 십일 년간의 결혼생활 끝에 부인의 직장이 결 코 '9시부터 5시까지'의 규칙적인 일상을 허용하지 않는다는 사실을 받아들인 터였다. 그녀가 닐스의 책상에 앉아 서랍에서 발견한 서류 들을 분류하고 있을 때 누군가 문을 두드렸다. 고개를 들어보니 얀이 서 있었다. 커피 두 잔과 근처 빵집에서 산 시나몬롤이 담긴 파란 봉투를 들고서. 그녀가 지친 얼굴로 고갯짓했다.

"이제 이 방 물건에 손대도 되나?" 얀이 물었다.

"감식반이 이 방은 끝냈어요. 침실과 주방은 아직 작업중이에요. 시체도 아직 거기 있고요."

얀이 의자 하나를 끌어다가 동료와 마주앉았다. 소니아는 봉지를 열어 조그만 빵 하나를 꺼냈다.

"고마워요. 커피가 너무나 고팠는데."

그들은 아무 말 없이 달콤한 간식을 즐겼다.

"룬다가탄에서는 일이 잘 안 됐다면서요?" 마지막 부스러기까지 다 삼키고 난 소니아가 손가락에 묻은 빵 껍데기를 핥으며 물었다.

"아무도 없더군. 리스베트 앞으로 온 우편물은 뜯지도 않은 채로 잔뜩 쌓여 있고, 대신 미리암 우라는 여자가 살고 있었어. 그 여자도 아직 못 찾았고."

"그게 누구죠?"

"모르겠어. 한스가 전력을 조사하고 있어. 한 달 전쯤 리스베트의 입주계약서에 추가됐다는데 실제로는 미리암 우 혼자 살고 있는 것 같아. 리스베트는 새 주소를 신고하지도 않고 어디론가 이사 가버린 모양이고."

"어쩌면 그녀가 이 모든 걸 계획했을 수도 있겠어요."

"뭘? 삼중살인을?" 얀은 고개를 절레절레 흔들었다. "아, 정말 거름통 속에 빠진 기분이야. 리샤르드는 뭐가 그리 급한지 서둘러 기자회견을 열었어. 이제 한동안 매체들이 우리 등뒤에서 난리를 칠 거야…… 그래, 뭐 찾아낸 거라도 있어?"

"침실에 있는 닐스의 시체 말고는…… 아, 빈 콜트 매그넘 권총상자를 발견했어요. 이미 지문 분석에 들어갔죠. 닐스가 후견위원회에 보냈던 리스베트의 월례보고서 사본을 모아둔 문서철도 하나 있었고요. 그런데 보고서에는 리스베트가 그야말로 천사처럼 묘사되어 있던데요."

"뭐야, 후견인까지?" 얀이 외쳤다.

"뭐가요?"

"리스베트 예찬론자가 또 한 사람 나타났단 말이군!"

얀은 드라간과 미카엘을 만나 들은 얘기를 짧게 들려주었다. 소니아는 묵묵히 끝까지 들었다. 그가 이야기를 마치자 그녀는 피곤한 얼굴로 손가락을 빗 삼아 머리를 쓸어올리고는 두 눈을 비볐다.

"정말 희한한 얘기들을 하고 있군요."

얀이 조용히 고개를 흔들며 아랫입술을 불쑥 내밀었다. 소니아는 그런 그의 모습을 곁눈으로 훔쳐보며 웃음을 참았다. 그렇잖아도 울퉁불퉁한 얼굴이 마치 원시인처럼 변했다. 얀은 고민이 있거나 곤혹스러운 일에 빠질 때면 복어처럼 볼을 잔뜩 부풀리고 입을 삐죽 내민 채 뚱한 표정을 지었다. 이런 때 보면 '부블라'라는 별명이 정말 잘 어울렸다. 소니아는 한 번도 그렇게 불러본 적도 없고, 그가 왜 이런 별명을 얻었는지도 잘 몰랐다. 하지만 그에게 꼭 들어맞는 별명이었다.

"오케이. 그런데 그녀가 진범인 건 확실한가요?"

"검사는 자신이 있어 보여. 그래서 오늘 저녁에 전국적으로 지명수배령을 내렸지. 외국으로 도주할 가능성도 있어. 지난 한 해 동안 외국에 나가 있었다는군."

"그녀가 범인인 게 확실하냐고요."

그는 어깨를 으쓱해 보였다.

"뭐…… 이것보다 훨씬 빈약한 증거를 가지고 범인을 체포한 적도 있으니까."

"좋아요. 그럼 한번 정리해보죠. 엔셰데 범행에 쓰인 무기에는 그녀의 지문이 남아 있어요. 그녀의 후견인 역시 살해됐고요. 분명 같은 무기를 썼겠죠? 아직 분석 결과가 나오진 않았지만. 감식반이 침대 아래에서 비교적 온전한 탄환을 찾아냈으니 내일 결과가 나올 거예요."

"좋아."

"이 책상 맨아래 서랍에 탄환상자가 몇 개 들어 있었어요. 납 탄환에 탄두는 텅스텐 탄화물이었고요."

"오케이."

"수많은 자료들이 리스베트가 미쳤다고 암시하고 있어요. 닐스는 그녀의 후견인이자 총기의 소유자이고요."

"음······" 부블란스가 잔뜩 찌푸린 얼굴로 신음했다.

"리스베트와 엔셰데 커플 사이에는 미카엘이라는 연관성이 있고요."

"음······"

"그렇게 끙끙거리는 걸 보니 확신이 없는 모양이네요."

"리스베트의 이미지가 명확하게 떠오르지 않아. 그녀에 관한 기록들이 드라간과 미카엘의 진술한 내용과 전혀 다르니까. 기록들만 보면 그녀는 정신지체자에다 사이코패스야. 그런데 이 두 남자는 둘도 없이 탁월한 조사원이라고 했어. 이 간극은 엄청난 거라고. 게다가 닐스의 살인에는 뚜렷한 동기가 없어. 게다가 그녀가 엔셰데 커플을 알고 있었다는 증거도 전혀 없단 말이야."

"그녀는 정신병자예요. 무슨 동기가 필요하겠어요?"

"글쎄······ 그러고 보니 아직 난 침실은 살펴보지도 못했네. 어땠어?"

"내가 그를 발견했을 땐 바닥에 무릎을 꿇고 상체는 침대 위에 엎어져 있었어요. 마치 저녁기도를 드리는 듯한 자세로요. 알몸인 채로 머리에 총알을 한 발 맞은 듯했어요."

"단 한 발? 엔셰데에서처럼?"

"내 판단으론 단 한 발이에요. 그녀가 범인이라고 가정한다면 이번엔 총을 쏘기 전에 강제로 그를 침대 앞에 무릎 꿇게 한 것 같아요. 총알이 머리 뒤쪽으로 들어가서 이마 앞으로 빠져나왔죠."

"목덜미에 대고 쐈다. 전형적인 처형방식이군."

"바로 그거예요."

"누군가 총성을 듣지 않았을까?"

"침실은 뒤뜰을 향해 나 있고 위층과 아래층 사람들 모두 부활절 연휴를 보내러 떠났어요. 창문은 닫혀 있었고요. 게다가 베개를 써서 소리를 줄였죠."

"흠, 약았군."

이때 감식반의 군나르 사무엘손이 열린 문틈으로 삐죽 고개를 들이밀었다.

"안녕하쇼, 부블라!" 이렇게 인사하고는 소니아에게 몸을 돌렸다. "시체를 옮기려고 몸을 돌려놨는데 재미있는 게 하나 나왔으니 와서 보라고."

둘은 그를 따라 침실로 갔다. 닐스의 시체가 들것 위에 놓여 있었다. 우선 법의학센터로 직행하겠지만 사망 원인은 누가 봐도 뻔했다. 이마에 직경 10센티미터에 달하는 상처가 벌어져 있고 너덜거리는 피부에는 커다란 이마뼈 조각이 붙어 있었다. 침대와 벽에 온통 튄 피가 당시의 상황을 생생하게 증언했다.

얀은 다시 입을 삐죽 내밀고 얼굴을 찌푸렸다.

"뭘 보란 얘기죠?" 소니아가 묻자 군나르가 닐스를 덮은 천을 들어올렸다. 얀이 안경을 쓰고서 그의 복부에 새겨진 문신을 읽기 위해 소니아와 함께 몸을 굽혔다. 삐뚤빼뚤 엉성한 글씨를 보니 전문 기술자의 작품은 아니었다. 하지만 메시지만큼은 더없이 분명했다.

나는 가학증 걸린 돼지요, 개자식이요, 강간범입니다.

둘은 멍하니 입을 벌린 채 서로를 쳐다보았다. 이윽고 소니아가 간신히 입을 뗐다.

"이게 바로 범행 동기의 실마리일까요?"

미카엘은 집으로 돌아오는 길에 세븐일레븐에 들러 400그램짜리 냉동 마카로니를 사왔다. 전자레인지에 마카로니를 넣고서 버튼을 누른 다음 욕실로 들어가 삼 분 만에 샤워를 마쳤다. 다 데운 음식은 선 채로 상자째 들고 퍼먹었다. 배는 고팠지만 식욕은 없었다. 그저 빨리 위장을 채우고 싶을 뿐이었다. 그런 다음 베스트뢴 맥주를 따서 병째 들고 마셨다.

미카엘은 실내 조명을 켜지 않은 채로 스톡홀름 구시가가 내려다보이는 창가에 섰다. 그리고 가급적 아무런 생각도 하지 않으려고 애쓰며 오랫동안 꼼짝 않고 거기 머물러 있었다.

지금부터 정확히 24시간 전, 여동생네 집에서 저녁을 먹고 있을 때 다그가 전화를 걸어왔었다. 그때…… 다그와 미아는 아직 이 세상에 있었다.

벌써 36시간째 잠을 못 자고 있었다. 하룻밤을 새워도 끄떡없던 시절은 이미 지났음을 잘 알았다. 또한 그는 알았다. 앞으로 잠들 때면 어젯밤 목격한 장면이 침대 위 어둠 속에 나타나리라는 사실을. 그의 망막에 각인된 엔셰데의 영상들은 영원히 지워지지 않으리라.

미카엘은 노트북을 끄고서 이불 속으로 기어들어갔다. 그렇게 밤 11시가 되어도 잠이 오지 않았다. 결국 몸을 일으켜 커피머신을 켰다. 그리고 CD 플레이어를 켜서 데비 해리가 부르는 〈마리아〉를 들었다. 몸에 담요를 두르고 거실 소파 위에 앉은 그는 커피를 마시면서 리스베트를 생각했다.

난 그녀에 대해 과연 무얼 알고 있을까? 사실 거의 없지 않은가.

그녀는 사진기억력을 지녔고 악마가 부러워할 정도로 유능한 해커였다. 자신에 대해선 결코 이야기하는 법이 없는 특이하고도 내성적인 여자였다. 그리고 공권력을 전혀 신뢰하지 않는 사람이기도 했다.

게다가 경우에 따라서는 극도로 난폭해질 수도 있었다. 바로 그 점 때문에 자신이 지금 이렇게 살아 있는 것이다.

하지만 미카엘은 그녀가 후견을 받고 있었고 십대 때 정신병원에서 지낸 적도 있다는 사실을 전혀 몰랐다.

그는 이제 한쪽을 택해야 했다.

자정이 조금 지났을 때 마침내 그의 마음은 리스베트를 향해 기울었다. 이유는 간단했다. 그녀가 다그와 미아를 살해했다는 경찰의 결론을 결코 믿고 싶지 않았기 때문이다. 유죄판결을 내리기 전에 적어도 그녀가 자신을 변호할 기회를 주어야 하지 않겠는가.

미카엘은 자신도 모르게 깜빡 잠이 들었다가 새벽 4시에 소파 위에서 깼다. 그러고는 비틀거리며 침대로 걸어가 쓰러져서는 곧바로 다시 잠들었다.

16장
3월 25일 성금요일~3월 26일 부활절 전날

말린은 미카엘의 거실 소파에 앉아 비스듬히 몸을 뒤로 기댔다. 그리고 별생각 없이 집에서 하던 대로 테이블 위에 두 다리를 올렸다가 실례라고 생각해 곧바로 다시 내렸다. 그런 그녀에게 미카엘은 너그러운 미소를 지어 보였다.

"괜찮아. 남의 집이라고 생각하지 말고 편하게 있으라고."

그녀는 미소로 화답하며 다시 두 다리를 올렸다.

금요일에 미카엘은 편집부 사무실에서 복사해둔 다그의 문서들을 집으로 옮겨 왔다. 그리고 거실 바닥에 전부 늘어놓고서 분류했다. 토요일에는 말린과 함께 여덟 시간에 걸쳐 다그의 이메일을 포함해 노트에 적힌 메모며 단상들, 그리고 특히 책으로 나올 원고를 검토했다.

오전에는 여동생 안니카가 찾아왔다. 어제 자 신문을 두 부 가져왔는데 1면에는 대문짝만한 리스베트의 사진과 함께 매우 선정적인 헤드라인이 굵직하게 쓰여 있었다. 그중 하나는 그나마 객관적이었다.

삼중살인 용의자를 추적중

다른 하나는 보다 자극적이었다.

사이코패스 연쇄살인범을 경찰이 추적중

남매는 한 시간쯤 얘기를 나눴다. 미카엘은 리스베트와 자신의 관계, 그리고 왜 자신이 그녀의 혐의를 의심하는지를 설명하면서 만일 그녀가 체포된다면 변호를 맡아줄 의향이 있느냐고 물었다.

"오빠. 난 강간이나 가정폭력에 희생된 여성들을 변호하는 일을 하지 형사사건 변호사는 아니잖아."

"넌 내가 아는 가장 똑똑한 변호사야. 그리고 리스베트에게는 자신이 신뢰할 수 있는 사람이 필요할 테고. 난 그녀가 너라면 받아들이리라 생각해."

안니카는 잠시 생각했다. 그러고는 머뭇거리며 일이 닥칠 경우 그녀와 한번 얘기해보겠노라고 약속했다.

토요일 오후 1시, 소니아 형사가 전화를 걸어와 지금 당장 리스베트의 숄더백을 가지러 가도 되겠느냐고 물었다. 미카엘이 룬다가탄에 두고 온 편지를 경찰이 뜯어본 모양이었다.

미카엘은 이십 분쯤 있다 도착한 소니아를 말린과 함께 식탁에 잠시 앉아 있게 했다. 그러고는 전자레인지 옆 선반 위에 올려둔 리스베트의 숄더백을 가지러 갔다. 미카엘은 잠시 망설이다가 가방을 열고서 망치와 최루액 스프레이를 꺼냈다. 증거물 은닉. 최루액 스프레이는 불법무기로 분류되어 있어서 소지하면 처벌이 가능한 물건이었다. 망치 역시 리스베트의 공격적인 성향과 연결될 게 뻔했다. 굳이 가방에 남겨놓을 필요가 없겠다고 그는 생각했다.

뒤이어 미카엘이 소니아에게 커피를 대접했다.

"몇 가지 질문을 해도 될까요?"

"그러시죠."

"룬다가탄 아파트에서 발견된 편지를 보면 미카엘 씨가 리스베트에게 어떤 빚이 있다고 썼던데, 그게 뭘 말하는 거죠?"

"그녀가 날 크게 도와준 일이 있다는 뜻입니다."

"어떻게요?"

"순전히 사적인 일이라 말하고 싶지 않습니다."

소니아는 그를 물끄러미 쳐다보았다.

"지금 우리는 살인 사건을 수사하고 있습니다. 알고 있죠?"

"나 역시 당신네들이 다그와 미아를 죽인 개자식을 어서 빨리 잡아줬으면 합니다."

"그럼 리스베트가 범인이 아니라고 생각하시는군요?"

"네."

"그렇다면 누가 그들을 죽였다고 생각하죠?"

"모릅니다. 하지만 다그가 꽤 많은 인물을 고발할 참이었으니 많은 걸 잃게 될 자들이 있었겠죠. 그들 중 하나가 범인일 수 있겠고요."

"그렇다면 닐스 변호사까지 살해한 이유는 뭘까요?"

"거기에 대해선 아무것도 모릅니다. 아직은요."

확고한 신념에 찬 그의 눈빛을 본 소니아는 피식 미소를 지었다. 그가 '칼레 블롬크비스트'라는 별명을 얻게 된 이유를 문득 이해할 수 있었다.

"그럼 개인적으로 진범을 찾아볼 의향이 있는 건가요?"

"가능하다면요. 이 사실을 얀 형사에게 전해도 괜찮습니다."

"네, 꼭 전해드리죠. 그리고…… 만일 리스베트가 소식을 전해온다면 물론 저희에게도 그 사실을 알려주시겠죠?"

"나한테 연락해서 자기가 사람을 죽였다고 고백할 인물이 아닙니다. 만일 연락이 닿는다면 숨어 있지 말고 경찰을 찾아가라고 최선을 다해 설득할게요. 하지만 다른 한편으로는 최선을 다해 그녀를 도울 겁니다. 그녀에겐 도와줄 사람이 필요할 테니까요."

"만일 그녀가 무죄를 주장한다면요?"

"그렇다면 그녀가 사건의 진상을 밝혀줄 수 있기를 바랄 뿐입니다. 자신도 모른다면야 할 수 없는 일이지만."

"미카엘 씨! 우리끼리니까 터놓고 얘기할게요. 지금은 리스베트가 반드시 체포되어야 한다는 사실을 분명히 알아쳤으면 합니다. 그리고 그녀가 접촉해올 경우 당신이 어리석은 행동을 하지 않기를 빌고요. 만일 지금 당신 생각이 틀려서 그녀가 정말로 살인범이라면 당신까지 극히 위험한 상황에 처할 수 있어요."

미카엘이 고개를 끄덕였다.

"미카엘 씨가 경찰의 감시 대상이 되는 일이 없기를 바랍니다. 지명수배자를 도우면 위법이라는 사실을 잘 알 거예요. 범죄자 은닉죄로 처벌받을 수도 있는 문제입니다."

"그렇다면 나도 한 가지 바람을 말하죠. 당신네 경찰들도 단 몇 분이나마 시간을 내서 다른 용의자들을 검토해주면 좋겠어요."

"네, 그렇게 하죠. 자, 그럼 다음 질문을 할게요. 다그가 쓰던 노트북이 무엇이었는지 혹시 아시나요?"

"중고 아이북 500이었어요. 흰색에 14인치 모니터였죠. 내 것도 같은 모델인데 화면만 좀더 크고요."

미카엘은 테이블 위에 있는 자신의 노트북을 가리켰다.

"그가 노트북을 어디에 보관했는지 아세요?"

"보통 검정 배낭에 넣고 다녔어요. 아직 그 집에 있을 텐데요?"

"없었습니다. 혹시 편집부 사무실에 있을까요?"

"아뇨. 다그가 쓰던 책상을 확인했는데 없었어요."

둘은 잠시 아무 말이 없었다.

"그럼 다그의 노트북이 사라졌다는 말인가요?" 마침내 입을 연 미카엘이 물었다.

미카엘과 말린이 찾아본 결과, 이론적으로 다그를 살해할 동기가 있는 사람은 상당수였다. 미카엘은 거실 벽에 커다란 백지를 여러 장 잇대어 스카치테이프로 붙인 다음 그 위에 의심할 만한 인물들의 이름을 적었다. 전부 다그의 책에 나오는 성구매자들과 포주들, 이렇게 두 부류로 구성됐다. 저녁 8시, 마침내 완성한 37명의 목록 가운데 29명은 신원을 확인했지만 나머지 8명은 책에 가명으로 나와 있었다. 신원이 확인된 사람 가운데 20명은 이런저런 상황에서 미성년자를 성적으로 이용한 이른바 '고객'이었다.

둘은 다그의 책을 출간할 가능성에 대해서도 논의했다. 문제는 이 책에 실린 주장 가운데 상당수가 그들 커플이 개인적으로 보유했던 정보에 근거한다는 사실이었다. 다시 말해서 그들만큼 상세한 지식과 정보가 없다면 책을 내기 전에 그 주장들을 좀더 신중하게 확인하고 더 깊게 공부할 필요가 있었다.

원고의 팔십 퍼센트는 문제없이 출간할 수 있었지만 나머지 이십 퍼센트는 상당한 보충 조사가 필요했다. 그 내용을 전혀 의심하지는 않았지만 이들에겐 정보가 부족했다. 바로 여기에 고민이 있었다. 만일 다그가 살아 있었다면 조금도 주저하지 않고 책을 출간할 수 있었다. 누군가 반박하거나 비판해도 다그와 미아가 자신들이 가진 정보로 얼마든지 방어해줄 테니까.

미카엘은 창밖을 내다보았다. 밤의 어둠이 드리워진 도시에 비가 내렸다. 말린에게 커피를 더 마시겠느냐고 물었더니 그녀는 괜찮다고 했다.

"자, 이제 원고를 전부 훑어보았어요." 말린이 말했다. "하지만 다그와 미아를 죽인 진범이 누구인지는 전혀 감을 잡을 수 없군요."

"이 벽에 적힌 이름 중 하나일 수 있어."

"이 책과 아무런 관련이 없는 사람일수도 있죠. 아니면 그 친구일 수도 있고요."

"리스베트?"

말린은 곁눈으로 슬그머니 눈치를 살폈다. 그녀는 일 년 반 전, 그러니까 벤네르스트룀 사건으로 어지럽던 그 격동의 시절에 〈밀레니엄〉에 들어와 지금까지 일해왔다. 여러 해 이곳저곳을 떠돌며 임시 기자 생활을 하다가 처음으로 얻은 정규직 자리였다. 그리고 이 직장에 꽤 만족하고 있었다. 〈밀레니엄〉에서 일한다는 사실 자체는 어떤 사회적 후광을 의미했다. 그리고 에리카를 비롯해 모든 직원들과도 좋은 관계를 유지하고 있었다. 하지만 이상하게도 미카엘과 함께 있으면 뭔가 어색하고도 불안한 기분이 들었다. 그래야 할 이유는 전혀 없었지만 왠지 동료 가운데서도 가장 다가가기 힘든 사람으로 느껴졌다.

지난 한 해를 되돌아보면 그는 항상 느지막이 출근해서 좁은 자기 방에 처박혀 있거나 에리카의 방에서 시간을 보내곤 했다. 가끔 보면 멍하니 생각에 잠겨 있을 때가 많았고, 그녀가 입사하고 처음 몇 달은 편집부에 붙어 있기보다 방송국에만 뻔질나게 드나들었다. 여행을 떠나거나 다른 일에 묶여 있는 경우도 많았다. 그러다 한 번씩 자리를 함께한다 해도 그렇게 편안하지 않은 사람이었다. 동료들이 가끔씩 하는 말에 따르면 최근 들어 그의 성격이 많이 바뀌었다고 했다. 전보다 과묵해지고 다가가기 어려운 사람이 되었다고 말이다.

"제가 다그와 미아가 살해된 이유를 찾으려면 리스베트에 대해 좀더 알아야 해요. 전 그녀를 전혀 모르는데 어떻게……"

말린이 말꼬리를 흐렸다. 미카엘은 그러는 그녀를 흘깃 쳐다보고는 아무 말 없이 소파 옆에 있는 안락의자에 몸을 묻었다. 그리고 갑자기 의외의 말을 꺼냈다.

"〈밀레니엄〉에서 일한 지도 벌써 일 년 반이지? 작년에 내가 너무 바쁘게 지낸 탓에 서로를 깊이 알아갈 시간도 없었네."

"전 여기서 일하는 게 정말 즐거워요. 기자님도 제 업무에 만족하세요?"

미카엘은 미소를 지었다.

"그렇잖아도 에리카하고 여러 번 얘기했었어. 지금껏 우리가 경험한 편집차장 가운데 최고라고. 말린은 우리에게 보물 같은 사람이야. 이 말을 좀더 일찍 해주지 못해서 미안해."

말린의 얼굴에도 만족한 미소가 떠올랐다. 온 세상이 다 아는 대기자에게 칭찬을 받으니 마음이 흐뭇했다.

"하지만 전 그걸 물어보려는 게 아니에요."

"리스베트와 〈밀레니엄〉이 어떤 관계인지 궁금하겠지?"

"에리카 편집장님도 기자님도 정보를 주는 데 참 인색해요. 같은 직원들에게도 말이에요."

미카엘이 고개를 끄덕이며 그녀의 두 눈을 쳐다보았다. 물론 에리카와 자신은 말린을 전적으로 신뢰했지만 그래도 털어놓을 수 없는 일들이 있었다.

"그래, 맞아. 엔셰데 사건의 비밀을 캐려면 자네한테 더 많은 정보가 필요할 거야. 내가 바로 그녀를 많이 아는 사람이면서 다그와 미아, 그리고 리스베트 사이의 연결고리인 것도 사실이고. 그러니 좋아. 궁금한 게 있으면 물어봐. 가능한 범위에서 모두 대답할게. 그리고 불가능할 경우에는 그렇다고 말하겠어."

"왜 이렇게 숨기는 게 많죠? 그럼 리스베트라는 여자는 누군가요. 〈밀레니엄〉과는 어떤 관계죠?"

"이 년 전에 내가 굉장히 복잡한 일을 맡게 되면서 조사원으로 리스베트를 고용했었어. 하지만 그녀가 날 위해서 어떤 일을 했는지는 밝힐 수 없어. 에리카는 내막을 알고 있지만 직업상 비밀로 하기로 약속했고."

"이 년 전이면 벤네르스트룀 사건을 아직 끝내지 못했을 때군요. 그럼 그 사건 때문에 그녀를 고용했다고 생각해도 되나요?"

"아니. 그렇게 성급히 결론짓지는 말아줘. 이 질문엔 긍정도 부정도 하지 않겠어. 시인도 부인도 안 하겠단 소리야. 난 그녀를 전혀 다른 일 때문에 고용했고, 그녀는 기가 막히게 일을 잘해냈다는 것만 말할 수 있어."

"알겠어요. 그때 기자님은 마치 은둔자처럼 헤데스타드에 처박혀 지냈었죠? 그해 여름엔 그 시골 마을이 언론의 관심을 받았고요. 죽은 하리에트 방에르가 부활했다면서 세상이 떠들썩했으니까요. 그런데 이상하게도 〈밀레니엄〉은 그녀의 부활에 대해 기사 한 줄 쓰지 않았어요. 그렇다면 리스베트가 그 사건하고?"

"뭐…… 긍정도 부정도 안 하겠다니까. 상상은 자유지만 제대로 맞힐 가능성은 거의 없다고 봐." 미카엘은 미소를 지었다. "그때 우리가 기사를 쓰지 않은 이유는 하리에트가 우리 이사진이었기 때문이야. 그녀의 비밀을 캐는 건 다른 매체들의 몫이었지. 그리고 말린, 이건 정말 진심으로 말하는 거야. 당시 리스베트가 날 위해 해준 일은 이번 엔셰데 사건하고 털끝만치의 관계도 없어. 정말 아무런 연관성도 없다고."

"알았어요."

"한 가지만 말할게. 어설픈 추측으로 성급하게 결론을 내리지 말아줘. 그저 그녀가 날 위해 일했지만 나로선 그 일이 무엇인지 밝힐 수 없다는 사실만 알아둬. 하나 더 얘기해두자면 리스베트는 다른 일도 했었어. 그러니까, 내 생명을 구해줬어. 말 그대로 내 목숨을 구해줬다는 뜻이야. 그래서 그녀에게 엄청난 빚을 진 셈이고."

말린은 놀라 눈썹을 치켜세웠다. 전혀 몰랐던 사실이었다.

"다시 말해서 기자님은 그녀를 꽤 깊이 알고 있단 말이군요."

"남들이 아는 만큼만 안다고 할 수 있어. 내가 지금껏 만나본 사람 가운데 가장 비밀스러운 존재야."

미카엘은 몸을 일으켜 바깥의 어둠을 바라보았다.

"라임 보드카 한잔 마시려는데 생각 있어?" 마침내 입을 연 그가 물었다.

"그러죠. 커피를 또 마시는 것보단 낫겠어요."

드라간은 부활절 주말 내내 블리되에 있는 별장에서 리스베트를 생각하며 시간을 보냈다. 별장에는 그들 부부 둘뿐이었다. 이미 성인이 된 자녀들은 부모와 함께 부활절을 보내지 않기로 했다. 이십오 년을 함께 살아온 아내 리트바는 요즘 그가 정신을 딴 세상에 팔고 있음을 눈치챘다. 이따금 깊은 생각에 빠져서는 말을 걸어도 우물우물 건성으로 대답할 뿐이었으니 말이다. 드라간은 매일 아침 차를 몰고 식료품점에 가서 신문을 한아름 사왔다. 그러고는 베란다 창가에 앉아 경찰에 쫓기고 있는 리스베트에 관한 기사를 읽었다.

그는 스스로에게 실망감이 들었다. 그렇게까지 리스베트를 잘못 알았던 자신이 한심스럽기 그지없었다. 그녀에게 심리적인 문제가 있다는 건 이미 여러 해 전부터 알고 있었다. 그리고 누군가가 자신을 위협하려 들면 갑자기 난폭해지면서 사람을 해칠 수도 있다는 사실도 잘 알았다. 그렇기에 그녀가 정말로 후견인을 공격했다면 궁극적으로 이해할 수 있는 일이었다. 어쩌면 그녀는 후견인을 자신의 사생활과 행동에 간섭하는 존재로 여겼는지도 모른다. 평소 자신의 삶을 간섭하려 드는 타인의 모든 시도를 도발이나 적대적인 공격으로 간주하던 그녀였으니까. 그래서 설사 후견인을 공격했다 해도 그건 드라간이 알고 있는 리스베트와 크게 다르지 않은 모습이었다.

반면 어째서 그녀가 엔셰데까지 가서 전혀 연고가 없는 두 사람에게 총을 쏘았는지는 도저히 이해할 수 없었다. 그야말로 미친 사람의 행동이었다. 그건 그가 아는 리스베트가 아니었다.

그렇기에 드라간은 리스베트와 엔셰데 커플의 관계가 하루빨리 밝혀지기를 기다렸다. 리스베트와 그들 사이에 무슨 일이 있었다거나, 그들 중 하나가 리스베트를 격노하게 만들었다…… 차라리 이런 설명이 나온다면 납득할 수 있을 것 같았다. 하지만 신문들은 그런 내용을 전혀 언급하지 않았다. 다만 정신병자인 그녀가 갑자기 광기를 일으켜 그런 잔인무도한 짓을 저질렀을 거라는 억측만이 지면을 가득 채웠다.

수사가 어떻게 진행되고 있는지 알아보려고 드라간은 얀 형사에게 두 번이나 전화를 걸었다. 하지만 그 역시 리스베트와 엔셰데 커플 사이에 아무런 연관성도 찾지 못하고 있었다. 비록 미카엘이라는 연결고리가 있었지만 제대로 작동하지 않았다. 미카엘이 이 세 사람을 다 알고 있다고 해서 결코 리스베트가 엔셰데 커플과 알고 지냈다거나 이름이라도 들어본 적이 있다는 증거가 될 수는 없었다. 따라서 경찰은 사건이 전개된 과정을 명쾌하게 밝히는 일에서부터 상당히 애를 먹고 있었다. 그나마 그녀의 지문이 묻은 무기가 나온데다 첫번째 희생자인 닐스 변호사와의 부인할 수 없는 관계가 밝혀졌기에 망정이지 그렇지 않았다면 경찰은 완전한 어둠 속을 헤맸을 터였다.

화장실에 다녀온 말린이 다시 소파에 앉으며 말했다.

"자, 결국 정리하자면 우리가 할 일은 과연 리스베트가 경찰의 주장대로 다그와 미아를 죽였는지 밝혀내는 거예요. 맞죠? 하지만 어디서부터 시작해야 할지 전혀 모르겠어요."

"경찰이 수사를 하고 있는 상황에 우리가 따로 수사를 하자는 게 아냐. 단지 경찰수사 내용을 입수해서 그걸 기반으로 우리 나름대로 따져보자는 거지. 평소 우리가 기삿거리를 조사하던 대로 하면 돼. 차이가 있다면 찾아낸 내용을 반드시 발표할 필요가 없다는 점이지."

"이해하겠어요. 그런데 만일 리스베트가 범인이라면 그녀와 엔셰데 커플 사이에는 반드시 연관성이 있어야 해요. 그리고 경찰이 찾아낸 연관성이라고는 기자님 하나뿐이고요."

"그런데 지금 난 전혀 연관성이 될 수 없어. 일 년 넘게 그녀를 보지 못하고 있는 형편이야. 그녀가 그들의 존재를 알아낸 게 신기할 따름이라고."

이내 미카엘은 입을 다물었다. 자신만이 리스베트가 국제적인 거물 해커라는 사실을 알고 있었기 때문이다. 문득 그 순간 머릿속에 생각 하나가 스쳤다. 자신의 노트북에는 다그에 관련된 문서들이 잔뜩 들어 있었다. 다그와 주고받은 이메일이며 다그가 쓴 원고들, 거기에 미아의 논문 사본까지. 그녀가 그동안 이 노트북에 들어왔었는지는 알 수 없지만 이걸 통해 다그를 알게 될 가능성은 충분했다.

그렇다면 문제는 왜 리스베트가 엔셰데에 가서 다그와 미아를 죽였느냐는 점이다. 그럴 만한 동기가 전혀 없었다. 오히려 그들 커플이 여성폭력을 고발하는 르포르타주를 만들고 있었으니 리스베트가 알았다면 백방으로 도왔을 가능성이 더 컸다.

"뭘 생각하세요?" 말린이 물었다.

미카엘은 리스베트의 뛰어난 컴퓨터 실력을 밝힐 생각이 추호도 없었다.

"아니, 그냥 좀 피곤해서 그래. 머리가 뒤죽박죽이거든."

"좋아요. 그럼 다음 문제로 넘어가죠. 이제 그녀는 다그와 미아뿐 아니라 후견인까지 죽인 혐의를 받고 있어요. 그런데 여기서는 연관성이 좀더 뚜렷하죠. 혹시 그 후견인을 아시나요?"

"전혀. 이름도 못 들어봤어. 그녀에게 후견인이 있는지조차 몰랐으니까."

"하지만 그녀가 아닌 다른 사람이 이 셋을 죽였을 개연성은 극히 작아요. 만일 다그와 미아가 폭로할 글이 두려워 살인을 저질렀다면 그자가 리스베트의 후견인까지 죽여야 할 이유가 전혀 없잖아요."

"알아. 나도 그 점을 머리가 터지도록 생각해봤어. 하지만 다른 인물이 다그 커플과 리스베트의 후견인까지 죽였다는 시나리오를 상상해볼 순 있지."

"예를 들면요?"

"성매매와 관련된 치부를 파헤친다는 이유로 누군가가 다그와 미아를 죽였고, 이 일에 리스베트가 어떤 연유로 얽혔을 수 있어. 그리고 그녀가 후견인인 닐스에게 모든 사실을 털어놓자 살해범은 비밀을 알게 된 닐스까지 제거할 필요가 있었던 거야."

말린은 잠시 생각했다.

"무슨 말인지는 알겠어요. 하지만 그 시나리오에는 전혀 증거가 없잖아요?"

"없지. 전혀 없어."

"그럼 기자님 생각은 어때요? 그녀가 범인이라고 생각해요?"

미카엘은 한참 뜸을 들이다 입을 열었다.

"그보다는 질문을 바꿔보는 편이 낫겠어. 과연 그녀는 살인할 수 있는 사람인가, 아닌가. 일단 답은 예스야. 분명히 리스베트는 난폭한 면이 있어. 아, 정말 그때의 그 모습은……"

"그녀가 목숨을 구해줬을 때요?"

미카엘은 고개를 끄덕였다. "무슨 일이 있었는지 얘기할 순 없지만…… 어떤 남자 하나가 막 나를 죽이려는 순간 그녀가 끼어들었어. 골프채로 그 남자를 정말 사정없이 후려패더군."

"경찰에 신고하지 않았나요?"

"전혀. 이건 말린 네게만 하는 얘기야."

"알겠어요."

미카엘은 매우 심각한 얼굴로 그녀를 쳐다보았다.

"믿어도 되겠지?"

"오늘 저녁에 오간 얘기는 누구에게도 말하지 않을게요. 물론 남편에게도요. 그저 기자님이 제 상관이라서가 아니에요. 개인적으로 존경하는 사람에게 해가 될 행동을 할 생각은 추호도 없어요."

미카엘이 고개를 끄덕였다.

"미안해."

"미안하다는 말은 이제 그만하세요."

잠시 껄껄 웃고 난 그는 다시 심각해졌다.

"나는 확신해. 날 보호하는 데 필요한 일이었다면 그녀는 그 남자를 죽일 수도 있었을 거야. 리스베트는 그런 여자야."

"그렇군요."

"하지만 동시에 매우 이성적인 사람이기도 해. 분명 특이하긴 하지만, 자신만의 원칙이 있고 그에 따라 합리적으로 행동하지. 그녀가 폭력을 사용한다면 그 상황에서 반드시 필요하기 때문이지 원해서가 아니야. 만약 누군가를 죽였다면 반드시 이유가 있었을 거야. 극도의 위협이나 도발을 당했을지도 모르고."

그는 다시 깊은 생각에 잠겼다. 말린은 그가 입을 열기만을 기다렸다.

"그녀의 후견인에 대해서는 나도 할말이 없어. 전혀 아는 바가 없으니까. 하지만 리스베트가 다그와 미아를 죽이고 있는 모습은 도저히 상상할 수 없어. 절대로 못 믿겠어."

둘은 오랫동안 아무 말이 없었다. 말린이 손목시계를 흘깃 내려다보니 밤 9시 반이었다.

"시간이 늦었네요. 집에 가봐야겠어요."

미카엘이 고개를 끄덕였다.

"이 일 때문에 하루가 다 지나갔군. 골치 아픈 건 내일 다시 시작하자고. 아냐, 그릇은 놔둬. 내가 치울게."

부활절 토요일에서 일요일로 넘어가는 밤, 드라간은 잠을 이루지 못한 채 옆에서 자고 있는 리트바의 숨소리를 듣고 있었다. 그 역시 이 사건을 명확하게 정리하지 못했다. 결국 벌떡 일어나 슬리퍼를 신고 가운을 걸친 다음 거실로 나갔다. 날이 제법 쌀쌀해서 난로에 장작을 몇 조각 집어넣었다. 이내 맥주 한 병을 따서 들고 소파에 앉은 그는 푸루순드 운하 위에 내려앉은 밤을 응시했다.

과연 내가 아는 게 뭘까?

리스베트가 괴팍하고 종잡을 수 없는 여자라는 사실은 의심할 수 없었다.

2003년 겨울, 그러니까 그녀가 갑자기 일을 중단하고 외국으로 일 년간 긴 휴가를 떠났던 그 무렵, 드라간은 그녀에게 분명 무슨 일이 일어났음을 알고 있었다. 처음엔 그 일이 어떤 연유로든 미카엘과 관련되었을 거라고 확신했다. 하지만 미카엘 역시 무슨 일이 있었는지, 왜 그녀가 갑자기 사라졌는지 전혀 모르고 있었다.

이런 그녀가 유령처럼 불쑥 찾아왔다. 그러고는 뜬금없이 '경제적으로 자유롭다'는 말을 했다. 그땐 그 말을 그저 얼마간 그럭저럭 살아갈 돈이 있다는 뜻으로 받아들였다.

그리고 봄에 그녀는 홀게르 팔름그렌을 방문하면서 시간을 보냈다. 여전히 미카엘을 만나지 않은 상태로.

그런데 난데없이 그녀가 세 사람을 죽였다니. 게다가 그중 둘은 전혀 모르는 사람이었다.

뭔가 이상해. 전혀 논리가 없잖아.

그는 맥주를 병째 들고 한 모금 삼키고서 담배를 피워 물었다. 주말 내내 그 어떤 죄책감 때문에 마음이 편치 않은 터였다.

얀 형사가 찾아왔을 때는 리스베트를 체포하는 데 도움이 될 만한 정보를 아낌없이 내놨다. 드라간은 현실주의자였다. 만일 경찰이 누군가에게 살인 혐의가 있다고 주장한다면 실제로 그럴 가능성이 크다고 생각했다. 따라서 리스베트 역시 그들 말대로 유죄일 테고 그렇기 때문에 그녀를 잡아야 한다고 믿었다. 그것도 가급적 빨리.

이러한 이유로 드라간은 경찰에 최대한 협조했지만 마음 한쪽이 영 편치 않았다. 경찰의 주장을 아무런 이의 없이 그대로 받아들인다면 그녀를 형편없는 인간으로 단정짓는 것이었다. 리스베트가 정말로 살인을 저질렀다면 거기에는 분명 이유가 있었을 것이다. 하지만 경찰은 알아보려 하지도 않았다. 정상을 참작할 만한 상황이 있었는지, 격렬하게 행동하지 않을 수 없었던 피치 못할 사정이 있었는지 따위는 그들의 관심 밖이었다. 오직 그녀를 잡아 정말로 총을 쐈다는 사실을 증명하는 데만 몰두할 뿐 그녀의 심리를 따져보거나 정확한 이유를 알아내려 하지 않았다. 지금 그들은 적당한 설명으로 만족하려 한다. 그리고 그런 설명조차 찾을 수 없다면 그녀를 정신 나간 미치광이로 몰려고 한다. 그렇게 리스베트를 전형적인 사이코패스 살인범으로 만들려는 거군…… 드라간은 고개를 저었다.

그는 이런 식의 설명이 마음에 들지 않았다.

리스베트가 미쳐서 아무 생각 없이 이런 짓을 했을 리 없다. 그녀는 모든 일을 자기 의지대로 하는 사람이었다. 반드시 결과를 생각하고 행동하는 사람이었다.

리스베트는 특이한 여자야. 하지만 절대 정신병자는 아니지.

즉 거기에는 이유가 있다는 뜻이다. 사람들이 모르는 사정이 숨어 있는 게 분명했다.

새벽 2시경, 그는 마침내 결심했다.

17장
3월 27일 부활절 일요일~3월 29일 화요일

일요일 아침, 복잡한 생각들로 잠을 설친 드라간이 일찌감치 일어났다. 아내를 깨우지 않으려고 살금살금 일층으로 내려가 커피를 끓이고 샌드위치를 몇 개 만들었다. 그리고 노트북을 꺼내 무언가를 쓰기 시작했다.

밀톤 시큐리티에서 대인 조사 보고서를 작성할 때 쓰는 양식이었다. 드라간은 거기에 리스베트에 대해 알고 있는 모든 정보를 적었다.

아침 9시 무렵, 리트바가 커피를 마시러 침실에서 내려왔다. 그녀가 아침부터 무얼 하느냐고 물었지만 드라간은 화면에서 눈을 떼지 않은 채 건성으로 대답했다. 남편이 어떤 사람인지 익히 알고 있는 그녀는 직감했다. 오늘 하루종일 그에게는 말 한마디 붙일 수 없을 거라는 사실을.

죽은 다그 커플을 발견한 다음날, 미카엘은 곧바로 기자들이 하루

살이떼처럼 몰려들 거라고 예상했다. 하지만 아니었다. 부활절 휴가 기간이라 경찰서에 기자들이 별로 없었던 탓에 정보가 유출되는 데 시간이 조금 걸렸을 뿐이다. 매체들은 다그와 미아의 시체를 처음 발견한 사람이 다름아닌 미카엘이라는 사실을 일요일이 되어서야 알게 되었다. 미카엘에게 가장 먼저 전화를 걸어온 사람은 오래전부터 알고 지내온 〈아프톤블라데트〉의 기자였다.

"안녕하신가, 미카엘! 나야 니클라손."

"그래, 웬일이야?"

"엔셰데 커플을 처음 발견한 사람이 자네라며?"

미카엘은 그렇다고 대답했다.

"듣자하니 그들이 〈밀레니엄〉에서 일했다고 하던데?"

"자네 소식통은 반만 맞고 반은 틀렸어. 다그 스벤손은 프리랜서 기자로 들어와 〈밀레니엄〉에 실을 탐사기사 한 편을 쓰고 있었어. 미아 베리만은 아무 관계 없고."

"이런, 사실이었잖아! 이거 엄청난 특종인데!"

"뭐, 맘대로 생각해……" 미카엘은 피곤한 말투로 대답했다.

"왜 지금껏 아무 발표도 하지 않았지?"

"다그는 우리의 동료이자 친구였어. 뭘 발표하더라도 그들 가족이 먼저 소식을 안 후에 하는 게 도리 아니겠어?"

니클라손의 기사에 이 말은 인용되지 않으리라는 걸 미카엘은 잘 알고 있었다.

"오케이. 다그가 하던 일이 뭐였는데?"

"〈밀레니엄〉에 실을 기사 하나."

"그게 대체 무슨 내용이냐고?"

"야! 대체 무슨 특종을 때려보겠다고 그렇게 캐묻는 거야?"

"정말 특종은 특종인가봐?"

"니클라손, 엿이나 먹어."

"이봐, 블롬만.* 혹시 이번 살인 사건이 다그가 쓰던 주제하고 관련이 있다고 생각해?"

"한 번만 더 블롬만이라고 부르면 당장 전화 끊는다. 한 일 년은 얼굴 볼 생각도 말고."

"아, 미안. 어쨌든 다그가 탐사기자로서 하던 작업 때문에 살해됐다고 생각해?"

"다그가 왜 살해된 건지는 나도 전혀 몰라."

"그 주제가 리스베트라는 여자와 관련이 있었어?"

"없어. 아무런 연관성도."

"다그는 그 미친 여자를 알고 있었고?"

"몰라."

"알아보니까 다그가 예전에는 사이버 범죄에 관한 글을 꽤 썼던데, 혹시 〈밀레니엄〉에서 작업했다는 주제도 그거 아냐?"

아, 이 자식 정말 끈질기네…… 미카엘은 이제 그만 꺼지라고 소리를 지를 뻔했다. 그런데 바로 그 순간, 목구멍까지 올라온 욕지거리를 다시 삼키고 침대에서 몸을 일으켰다. 두 가지 생각이 동시에 뇌리를 스쳤다. 니클라손은 아직도 뭐라고 지껄이고 있었다.

"잠깐, 니클라손! 곧 돌아올 테니 전화 끊지 말고 있어."

미카엘은 벌떡 일어나 앉아 손바닥으로 수화기 아래를 덮었다. 갑자기 눈앞에 신세계가 펼쳐진 기분이었다.

살인 사건이 일어난 후로 미카엘은 리스베트와 접촉할 방법을 찾아내려고 그야말로 머리를 싸매고 고민해왔다. 그런데 지금 기막힌 묘안이 떠오른 것이다. 매체를 이용하면 될 일이었다. 미카엘이 무엇이든 발표하면 어디에 있든지 그녀가 볼 가능성이 컸다. 하지만 그렇다고 그가 '나는 리스베트 살란데르라는 사람을 모른다'고 부인하면

---

* 블롬크비스트를 변형한 별명으로 스웨덴어로 '꽃'을 뜻한다.

그녀는 이것을 자신을 버리는 행위, 혹은 배신하는 행위로 해석할 수 있었다. 반대로 그녀를 변호하고 나서면 사람들은 그가 이 사건에 대해 꽤 많은 걸 알고 있다고 받아들일 게 뻔했다. 그런데 이런 위험들을 피하면서 그녀에게 연락해달라고 암시할 수 있는 적절한 표현 수단이 있었던 것이다. 그리고 지금 그 암시를 전달할 절호의 기회를 발견했다. 이제 미카엘은 말해야 했다. 그런데 무엇을?

"미안해, 니클라손. 아까 뭐라고 했더라?"

"다그가 사이버 범죄에 관한 글을 썼느냐고 물었잖아."

"우리 쪽 입장 발표를 원해? 그럼 넘겨줄게."

"좋았어!"

"단, 내 말을 한 글자도 고치지 말고 그대로 인용해줘."

"아니, 인용이 그런 거지 다른 인용도 있어?"

"그 말엔 대답하지 않을래."

"무슨 말이야?"

"십오 분 후에 메일을 하나 보낼게."

"뭐라고?"

"십오 분 후에 메일을 확인하라고!" 미카엘은 이렇게 말하고 전화를 끊었다.

그는 곧장 책상에 앉아 노트북을 켜고 워드 프로그램을 열었다. 그리고 이 분쯤 곰곰이 생각에 잠겼다가 글을 쓰기 시작했다.

〈밀레니엄〉 편집장 에리카 베리에르는 프리랜서 기자이자 본지의 협력자였던 다그 스벤손의 죽음에 대해 깊은 유감의 뜻을 표했다. 그녀는 이 살인 사건이 조속히 해결되기를 바란다고 말했다.

성목요일 밤, 살해된 커플을 발견한 사람은 다름아닌 본지 소속 기자 미카엘 블롬크비스트였다. 〈아프톤블라데트〉 기자에게 그는 이렇게 밝혔다.

"다그 스벤손은 뛰어난 기자였고 인간적으로도 매우 좋은 사람이었습니다. 그는 탐사기사를 여러 편 구상하고 있었습니다. 그중에서도 보안과 불법 해킹에 대해 심도 있게 취재하고 있었습니다."

하지만 미카엘 블롬크비스트와 에리카 베리에르는 살인범이나 살인 동기에 대한 억측은 삼가고 싶다고 말했다.

미카엘은 수화기를 집어들고 에리카에게 전화를 걸었다.

"리키. 내가 자기 이름으로 인터뷰 기사를 하나 썼어. 〈아프톤블라데트〉에 실릴 거야."

"아, 그래?"

그는 방금 쓴 글을 재빨리 읽어주었다.

"왜 그랬어?"

"사실이니까. 다그는 십 년 전부터 프리랜서 기자로 일했고, 주요 관심사 역시 정보 보안 문제였잖아. 안 그래도 이 문제에 대해 나와 여러 번 이야기를 나눴어. 여성인신매매 특집을 마친 후에 이 기사를 실을까도 논의했었고."

그는 잠시 기다렸다 말을 이었다.

"그런데 에리카, 해킹에 관심 많은 사람이 또하나 있잖아? 우리가 해킹을 주제로 기사를 내면 아주 민감하게 반응할 사람……"

에리카는 잠시 침묵을 지켰다. 그러고는 마침내 미카엘의 꿍꿍이가 무엇인지 이해했다.

"그래, 아주 좋은 생각이야! 정말로 기가 막힌 생각이네! 밀어붙여보자고."

미카엘의 메일을 받은 니클라손이 60초 만에 전화를 걸어왔다.

"이건 입장 발표라기엔 너무 약하잖아?"

"그게 내가 줄 수 있는 전부야. 아무것도 없는 다른 신문에 비하면 대단한 거 아냐? 그 글을 고스란히 싣든지, 아니면 아무것도 싣지 마."

니클라손에게 이메일을 보내고 난 미카엘은 곧바로 다시 책상에 앉았다. 그러고는 잠시 생각에 잠겼다가 자판을 두드리기 시작했다.

안녕, 리스베트.
지금 내가 쓰는 이 편지를 조만간 네가 찾아 읽을 수 있도록 내 노트북에 남겨둘게. 재작년에 네가 어떻게 벤네르스트룀의 하드디스크를 접수했는지 내가 잘 기억하고 있거든. 그때 내 것도 해킹했겠지? 본론으로 들어갈게. 네가 나와 그 어떤 관계도 맺고 싶어하지 않는다는 건 충분히 이해했어. 어째서 네가 그런 식으로 우리의 관계를 끊었는지 난 아직도 잘 몰라. 하지만 그 이유를 물을 뜻은 없으니 너 역시 설명할 필요 없어.
그런데 불행하게도 네가 원하든 원치 않든 지난 이틀간 일어난 사건들이 우리를 다시 마주치게 만드네. 경찰이 주장하기를 내가 정말 아끼는 두 사람을 잔혹무도하게 살해한 용의자가 바로 너라는 거야. 얼마나 참혹했는지 나 자신이 더 잘 알아. 다그와 미아가 총을 맞고 몇 분 지나지 않아 그들을 발견한 게 바로 나였으니까. 하지만 난 네가 그들을 쏘았다고 생각하지 않아. 아니, 도저히 믿을 수 없어. 경찰은 네가 정신병자에 살인범이라고 주장하고 있지. 그게 사실이라면 내가 널 제대로 잘못 봤거나, 아니면 지난 일 년 사이에 네가 완전히 변했거나, 둘 중 하나라고 생각해. 반대로 네가 살인범이 아니라면 경찰은 지금 엉뚱한 사람을 쫓고 있는 거겠지. 난 후자가 맞다고 믿어.
지금 이 상황에서 내가 어떻게 해야 할까? 네게 더이상 숨어 지내지 말고 경찰을 찾아가라고 충고해야겠지. 하지만 분명 넌 지금 이 글을 읽으면서 코웃음 치고 있을 거야. 리스베트! 그렇다면 꼭 한 가지 전해주고 싶은 말이 있어. 넌 지금 이 상태를 오래 유지할 수 없을 거야. 즉 조만간 체포될 거라고. 만약 체포되면 너한테는 우군이 필요할 거고. 만일 나를 상대하기 싫다면 내 여동생이 있어. 이름은 안니카 잔니니이고 변호사야. 여동생에게 너에 대해 말해두었고, 그녀는 네 법적 대리인으로 나설 준비가 되어 있어. 신뢰할 수 있는 사람이니 제발 안니카에게 연락해봐.

〈밀레니엄〉은 다그와 미아의 죽음에 대해 나름대로 조사를 벌이고 있어. 지금 난 다그의 입을 막아야 할 필요가 있었던 사람들을 추려내는 중이고. 이 방향이 올바른지는 모르겠지만 어쨌든 목록에 오른 사람들을 하나씩 검토하고 있어.

한 가지 문제는 왜 닐스 비우르만 변호사가 이 사건에 등장했는지 도저히 이해할 수 없다는 점이야. 그는 다그의 자료에도 나오지 않는 사람이거든. 그와 다그 커플 사이에도 아무런 관계가 없어 보이고.

나 좀 도와줘. Please. 무슨 연결 고리가 있는 거지?

미카엘

P.S. 증명사진 다시 찍어야겠더라. 너무 이상하게 나왔어.

미카엘은 잠시 생각하다가 파일명을 '살리에게'라고 입력했다. 그러고는 노트북 바탕화면에서 눈에 잘 띄는 곳에 '리스베트 살란데르'라는 폴더를 만들어놓았다.

화요일 아침, 밀톤 시큐리티 사옥. 드라간이 자신의 사무실에서 회의를 소집했다. 회의 테이블로 불려온 사람은 모두 셋이었다.

예전에 솔나 경찰서 소속 형사였던 예순두 살의 요한 프레클룬드는 밀톤 시큐리티의 출동팀 팀장으로서 기획과 분석을 총괄하는 인물이었다. 공직에서 일하다가 십 년 전 스카우트된 그는 이후 시간이 흐르면서 이 회사에 없어서는 안 될 최고의 직원으로 자리를 잡아갔다.

마흔여덟 살의 소니 보만과 스물아홉 살인 니클라스 에릭손도 회의에 불려왔다. 소니 역시 요한처럼 전직 경찰이었다. 1980년대 노르말름 경찰기동대에서 근무하며 잔뼈가 굵은 그는 이후 경찰청 강력반에 들어가 굉장히 극적이었던 사건을 십여 건 맡아 지휘했다. 그가 핵심적으로 활약했던 케이스 가운데 하나가 1990년대 초 세상을 떠들썩하게 했던 '면도칼 사나이' 사건이었다. 그런 그를 1997년에 드라간이 설득해 고액 연봉을 조건으로 밀톤 시큐리티에 영입했다.

니클라스 에릭손에게는 이런 화려한 이력이 없었다. 그저 경찰학교를 다닌 경력뿐이었고 그마저 제대로 마치지 못했다. 졸업시험을 앞두고 심장에 선천적인 문제가 있는 걸 발견했기 때문이다. 이는 단지 대수술이 필요하다는 사실뿐 아니라 경찰관으로서 그의 미래가 전부 무너져버렸음을 뜻했다.

이런 니클라스에게 기회를 한번 달라고 드라간한테 부탁해온 이가 니클라스의 부친과 동료 사이였던 요한 프레클룬드였다. 마침 출동팀에 자리가 하나 비어 있던 터라 드라간은 그를 고용하기로 했다. 그리고 지금까지 밀톤에서 니클라스가 일해온 오 년 동안 드라간은 자신의 결정을 한 번도 후회한 적이 없었다. 대부분의 출동팀 요원들과 달리 현장 경험이 없었지만 날카로운 두뇌 회전만은 특출난 친구였다.

"자, 다들 앉으시죠. 그리고 이것 먼저 읽어보세요." 드라간이 말했다.

그는 문서철 세 부를 가져와 하나씩 나눠주었다. 거기에는 리스베트에 관한 신문기사 오십여 건과 그녀의 과거를 정리한 세 쪽짜리 요약문이 들어 있었다. 그가 월요일 내내 고생해서 준비한 자료들이었다. 니클라스가 가장 먼저 다 읽고 문서철을 내려놓았다. 드라간은 소니와 보만이 다 읽기를 기다렸다.

"여러분도 이 사건을 잘 알고 있겠죠? 지난 주말 내내 신문들마다 온통 이 얘기뿐이었으니까."

"후! 리스베트 살란데르." 요한이 음울한 목소리로 말했다.

소니도 고개를 설레설레 저었다.

니클라스는 서글픈 미소와 함께 의미를 알 수 없는 기이한 얼굴로 허공을 응시했다.

드라간은 이 삼인조를 한 명씩 물끄러미 쳐다보았다.

"우리 직원이죠. 혹시 그녀가 여기서 일했던 몇 년 동안 친해지는 데 성공한 분 있습니까?"

"한번 농담을 걸어보려고 했었죠." 니클라스가 씁쓸한 표정으로 말했다. "잘 안 됐어요. 내 목을 따버릴 것처럼 노려보더군요. 분위기를 죽이는 데는 따라갈 사람이 없죠. 그녀랑 해본 말이라는 게 다 해서 열 문장이나 될까요?"

"좀 특이하잖아요." 요한이 맞장구쳤다.

소니가 어깨를 으쓱해 보이면서 대꾸했다.

"특이하긴요! 완전히 미친 여자죠. 정말 재수없어요. 머리가 이상한 줄은 알았지만 그 정도일 줄이야."

"썩 유쾌하진 않았어요." 요한이 말을 이었다. "별로 마주칠 일도 없었지만 관계가 아주 좋았다고 할 수 없어요."

드라간이 고개를 끄덕였다.

"자기만의 길을 가는 사람이죠. 그래서 다루기 쉽지 않고요. 하지만 내가 그녀를 채용한 까닭은 내가 겪어본 조사원 가운데 최고였기 때문이에요. 일을 시키면 언제나 범상치 않은 결과를 가져왔으니까."

"그게 참 이해가 안 됐어요." 요한이었다. "그렇게 사회성이 없는 여자가 어쩜 그리 유능한지, 아무리 생각해도 모르겠더라니까요."

나머지 세 남자 모두 고개를 끄덕였다.

"물론 해답은 그녀의 심리 상태에서 찾아봐야 할 겁니다." 드라간이 파일을 펼쳤다. "그녀는 법적 무능력자 판정을 받았습니다."

"전혀 몰랐네요." 니클라스였다. "하긴 '난 후견을 받고 있다'라고 등에다 써 붙이고 다니지는 않으니까요. 드라간 대표님도 아무 말씀 없으셨고요."

"벌써 한 번 낙인찍힌 사람인데 또 그럴 필요가 없다고 생각했어요. 누구에게나 기회가 주어져야 하니까요."

"그 실험 결과가 엔셰데에서 분명히 나타났군요." 소니가 대꾸했다.

"어쩌면 그럴 수도."

드라간은 잠시 머뭇거렸다. 호기심에 가득한 눈으로 자신을 바라보는 이 세 전문가 앞에서 리스베트에 대한 자신의 약한 마음을 드러내고 싶지 않았기 때문이다. 조금 전 그들의 대화에는 별다른 감정이 섞여 있지 않았다. 하지만 드라간은 잘 알고 있었다. 밀톤 시큐리티의 다른 직원들과 마찬가지로 이 세 사람 역시 그녀를 혐오해왔다는 사실을. 이런 사람들 앞에서 약하거나 당황한 모습을 보이는 건 금물이었다. 무엇보다도 그들에게 열정과 프로 의식을 불어넣는 방식으로 설명하는 게 중요했다.

"밀톤 시큐리티에서 처음 있는 일입니다만 회사 내부 문제를 해결하는 데 인력과 재원을 투입하기로 했습니다. 물론 지나치게 예산을 퍼부을 생각은 없어요. 우선 소니와 니클라스를 이 일에 투입하겠어요. 우리가 흔히 쓰는 표현대로 말하자면 둘의 임무는 리스베트 살란데르에 대한 '진실을 밝히는 것'입니다."

그들이 의심 가득한 눈빛으로 드라간을 쳐다보았다.

"요한 팀장이 이 조사를 지휘해주세요. 실제로 무슨 일이 있었는지, 어떤 연유로 리스베트가 자신의 후견인과 엔셰데 커플을 살해했는지 알고 싶습니다. 분명히 설명 가능한 이유가 있었을 겁니다."

"죄송합니다만 이건 완전히 경찰 업무인데요?" 요한이 이의를 제기했다.

"그렇죠." 드라간이 곧바로 대답했다. "하지만 우리가 경찰보다 유리한 점도 있어요. 우리는 리스베트를 알고 그녀의 행동방식을 알죠."

"글쎄요." 소니가 지극히 회의적으로 입을 열었다. "과연 우리 회사

안에 그녀를 제대로 아는 사람이 있을까요? 그 조그만 머릿속에 무슨 생각이 들어 있는지 아무도 모를 겁니다."

"어쨌거나 상관없어요." 드라간이 대꾸했다. "리스베트는 밀톤 시큐리티를 위해 일했습니다. 그러니 진실을 정확하게 밝힐 책임이 우리에게 있다고 생각해요."

"그녀가 여기서 일하지 않은 지가 벌써…… 얼마나 됐더라…… 그래, 벌써 이 년입니다." 요한이 말했다. "그녀가 무슨 짓을 저질렀든 우리가 책임질 필요는 없다고 봐요. 경찰 역시 우리가 수사에 끼어드는 걸 탐탁지 않아 할 테고요."

"오히려 그 반대입니다." 이제 드라간이 숨기고 있던 비장의 카드를 내놓을 때였다. 하지만 아주 노련하게 꺼내야 했다.

"무슨 말씀이시죠?" 소니가 물었다.

"어제 예비수사 책임자인 리샤르드 검사, 그리고 수사팀장 얀 형사와 함께 장시간 이야기를 나눴어요. 지금 리샤르드 검사는 큰 심적 부담을 느끼고 있습니다. 동네 깡패들 싸움이 아니라 변호사, 범죄학자, 기자가 계획적으로 살해된, 그야말로 엄청난 미디어적 폭발력을 지닌 대형 사건이니까요. 그래서 이렇게 설명했습니다. 과거 밀톤 시큐리티에서 일했던 직원이 용의자로 지목된 만큼 우리 쪽에서도 조사에 착수하겠다고요."

드라간은 잠시 멈췄다가 말을 이었다.

"지금 이 시점에 중요한 건 그녀가 스스로나 타인에게 더 이상 피해를 입히지 못하도록 조속히 체포하는 일이라는 데 의견이 일치했죠. 게다가 인간 리스베트를 더 잘 아는 우리가 당연히 수사에 기여할 여지가 있고요. 그래서 리샤르드 검사와 함께 결정했습니다. 소니와 니클라스를 경찰청 얀 형사 팀에 합류시키기로 말입니다."

세 사람 모두 너무 놀라 어리둥절한 얼굴로 드라간을 쳐다보았다.

"잠깐만요! 바보 같은 질문일지 모르지만…… 우리는 민간인 아닙니까?" 소니가 입을 열었다. "경찰이 이런 중요한 수사를 하면서 우리 같은 민간인을 마음대로 드나들도록 놔두겠다는 겁니까?"

"두 사람은 얀의 지휘를 받을 겁니다. 동시에 내게도 보고해주세요. 경찰의 수사 내용을 임의로 열람할 수 있는 대신 우리가 입수한 자료 역시 전부 얀에게 전달되어야 합니다. 경찰로서는 손해볼 게 없죠. 공짜로 증원군을 얻었으니. 그리고 여러분이 그냥 민간인은 아니잖아요? 요한 팀장과 소니는 이곳에 오기 전에 경찰에서 오래 일했고 니클라스도 경찰학교를 다녔으니까."

"하지만 경찰 규정에 어긋나는 일일 텐데요……"

"천만에요. 경찰이 수사를 하면서 민간인에게 자문을 구하는 일은 빈번합니다. 성범죄 수사는 심리학자에게, 외국인이 연루된 사건은 통역가에게도 도움을 받죠. 여러분도 용의자에 대한 정보를 제공하는 자문역으로 이 수사에 개입하는 겁니다."

요한이 고개를 천천히 끄덕였다.

"알겠습니다. 밀톤 시큐리티가 경찰수사에 합류해 리스베트를 체포하도록 돕겠습니다. 다른 건 없습니까?"

"내가 원하는 건 단 한 가지예요. 밀톤 시큐리티의 임무로 간주하고 진실을 밝혀주세요. 단지 그뿐입니다. 리스베트가 정말로 그 셋을 죽였는지, 죽였다면 왜 그랬는지 알고 싶습니다."

"그녀의 혐의에 의심 가는 점이라도 있나요?" 니클라스가 물었다.

"경찰이 확보한 단서들이 그녀에게 매우 불리한 게 사실이지만 나는 이 사건 속에 혹시라도 다른 차원의 이야기가 있는 건지 알고 싶어요. 우리가 모르는 공범이나 혹은 실제로 총을 쐈을지도 모르는 진범이 존재하는지, 아니면 우리가 알지 못하는 특수한 상황들이 있었는지 말입니다."

"이런 삼중살인 사건에서 정상참작이 될 만한 상황을 찾아내는 건 아주 어렵다고 봅니다." 요한이 말했다. "그녀에게 아무런 죄가 없다는 가정에서 출발한다면 모를까. 하지만 난 그렇게 생각하지 않습니다."

"사실 나도 그렇게 생각하지 않아요." 드라간이 인정했다. "어쨌든 조속히 그녀를 체포할 수 있도록 가능한 모든 방법을 동원해 경찰을 도와주세요."

"예산은 어떻게 됩니까?" 요한이 물었다.

"소요되는 경비만큼. 중간에 시간을 내서 지출 내역을 보고해주세요. 만약 비합리적으로 지출이 커져간다면 그땐 포기해야겠죠. 일단 지금부터 적어도 일주일은 이 일에 풀타임으로 착수한다고 알고 계시도록."

드라간은 잠시 머뭇거리다가 덧붙였다.

"난 리스베트를 가장 잘 아는 사람입니다. 다시 말해서 여러분은 나까지 수사 대상에 포함시켜야 합니다."

소니아는 뛰다시피 복도를 지나 팀원들이 모두 자리에 앉았을 때에야 간신히 심문실에 도착했다. 회의 테이블에는 리샤르드 검사를 비롯해 얀이 소집한 수사팀 전원이 모여 있었다. 그녀가 얀 형사 옆에 자리를 잡자 보고를 시작하려던 한스가 늦은 것을 책망하는 듯한 눈빛을 보냈다. 실은 그의 요청으로 이뤄진 모임이었다.

지난 며칠 그는 사회복지부의 관료 체제와 무수한 충돌을 빚어온 리스베트의 전력을 깊이 파헤치면서, 그의 표현에 따르면 '사이코패스적 방향'으로, 범죄 동기를 나름껏 조사했다. 그리고 그리 길지 않은 시간에 꽤 방대한 자료를 모아온 것도 사실이었다. 한스는 헛기침으로 목을 고른 다음 입을 열었다.

"여러분에게 페테르 텔레보리안 박사님을 소개합니다. 웁살라에 있는 상트스테판 정신병원 수석 의사이시죠. 리스베트 살란데르에 대해 잘 아는 분으로, 우리 수사에 도움을 주시고자 오늘 일부러 스톡홀름까지 걸음해주셨습니다."

소니아는 페테르 박사에게 시선을 옮겼다. 작달막한 체구에 금속
테 안경을 썼고, 갈색 곱슬머리, 턱에는 짧막한 염소수염을 하고 있
었다. 베이지색 코듀로이 재킷과 청바지, 그리고 단추를 하나 푼 줄
무늬 셔츠 등 캐주얼 차림이었다. 이목구비는 예리한 인상이었는데
왠지 모르게 소년 같은 느낌도 났다. 소니아는 페테르 박사를 여러
번 보긴 했지만 직접 대화해본 적은 없었다. 경찰학교 시절 그녀는
각종 정신이상 증세를 주제로 한 그의 수업을 들었고, 경찰에 들어와
연수를 받을 때에는 다양한 사이코패스 유형과 청소년기의 사이코
패스적 행동에 관한 강의에 참석했었다. 그리고 박사가 전문가 자격
으로 나와 증언했던 연쇄강간범에 대한 재판을 참관한 적도 있었다.
그는 여러 해 수많은 공개 토론에 참여하면서 스웨덴에서 가장 유명
한 정신과 전문의로 자리매김한 인물이었다. 특히 주목을 받게 된 계
기는 정부가 정신병원 예산을 대폭 삭감했을 당시 그 야만스러운 정
책을 맹렬히 비판하면서부터였다. 박사는 이러한 정책이 수많은 정
신병원들을 문 닫게 만듦으로써 정신적 문제가 명백한 사람들이 방
치된 끝에 노숙자나 사회적 문제아로 내몰린다고 주장했다. 더불어
외무부 장관 안나 린드* 살인 사건 이후에는 정신병원의 황폐화 실태
를 조사하는 국회 자문위원으로 활동했었다.

페테르 텔레보리안은 가볍게 목례한 다음 자기 앞에 놓인 플라스
틱 컵에 물을 따랐다.

"자, 내가 얼마나 도움이 될지 한번 봅시다." 그는 자못 신중하게
말을 시작했다. "사실 내 예측이 이런 식으로 실현되는 게 너무 싫
어요."

---

* Anna Lindh(1957~2003). 외무부 장관 재직 당시 백화점에서 쇼핑중에 칼을 든
괴한에게 살해당했다.

"예측이라고요?" 얀이 물었다.

"그래요. 참 아이러니했죠. 엔세데에서 살인이 일어났던 바로 그날 저녁에 어느 방송 프로그램에 패널로 참석했어요. 우리 사회 도처에 깔려 있는 시한폭탄 같은 존재들에 대해 토론했죠. 생각하면 정말 섬뜩하기까지 합니다! 그때 구체적으로 리스베트를 떠올리진 않았지만, 어쨌든 자유롭게 길거리를 돌아다니기 전에 치료기관에서 보호를 받아야 할 환자들의 예를—물론 익명으로—거론하고 있었죠. 장담하건대 수적으로는 얼마 안 되는 이 환자들이 올 한 해 적어도 대여섯 건의 살인을 저지를 겁니다."

"그럼 리스베트도 그 미치광이들 중 하나란 뜻인가요?" 한스가 물었다.

"미치광이란 표현이 아주 적절하지는 않지만 어떤 의미에선 맞습니다. 그녀는 사회가 내팽개친 환자 중 하나죠. 우리 사회에 절대 풀어놓아선 안 되는 불행한 개인들이에요. 그리고 누가 내 의견을 묻는다면 바로 그녀가 이들 중 하나라고 주저 없이 말할 수 있습니다."

"그럼 박사님은 그녀가 범죄를 저지르기 전에 어딘가에 가둬놨어야 옳았다고 말씀하시는 건가요?" 소니아가 물었다. "그건 인권 사회의 원칙에서 벗어나는 일 아닌가요?"

한스가 눈살을 찌푸리며 그녀에게 사나운 시선을 던졌다. 소니아는 그런 그를 보며 속으로 혀를 찼다. '저 인간은 왜 저렇게 날 못 잡아먹어서 안달이지?'

"전적으로 옳은 말씀입니다." 페테르가 이렇게 대답하며 그녀를 구해주었다. "물론 법치 사회, 최소한 현재 우리가 알고 있는 인권 사회의 원칙에서 벗어날 수 있는 조치입니다. 하지만 사회가 개인을 존중하는 만큼 정신질환자로 인해 혹시 있을지 모를 잠재적 희생자도 동등하게 존중해야 하지 않을까요? 그렇다면 그럴 소지가 있는 위험한 개인의 자유는 제한하는 게 옳지 않을까요? 정신질환자라고 해서 다 똑같지 않습니다. 환자마다 제각각인 증상에 따라 다른 방식으로 보살펴야 합니다. 그런데 요즘 정신병원들은 종종 실수를 저지르죠. 즉 거리에 돌아다니면 안 되는 사람들을 아무 생각 없이 풀어놓는 겁니다."

"사회 정책에 관한 심층 토론은 나중으로 미루면 어떨까요?" 얀이 적절하게 둘의 대화를 중단시켰다.

"맞습니다." 페테르가 수긍했다. "오늘은 일반적인 문제가 아니라 특수한 케이스에 대해 의논하는 자리니까요. 하지만 이것만은 말하고 싶습니다. 리스베트는 치통이나 심장병을 앓는 사람처럼 치료가 필요한 환자입니다. 그녀는 치료될 수 있습니다. 치료가 아직 효과를 보고 있었을 때 적절한 도움을 받았다면 진즉 나았을 수도 있는 사람이죠."

"박사님이 그녀의 담당의셨죠." 한스가 말했다.

"난 리스베트가 거쳐 간 수많은 사람들 중 하나일 뿐입니다. 리스베트가 사춘기에 접어들 무렵 담당의였죠. 성년이 된 그녀가 후견 판결을 받을 당시 의견서를 제출했던 의사 중 하나였고요."

"그녀에 대해 좀 얘기해주세요." 얀이 입을 열었다. "왜 그녀는 엔셰데에 가서 전혀 알지도 못하는 두 사람을 죽이고 자신의 후견인까지 죽였을까요?"

페테르가 피식 웃음을 터뜨렸다.

"그건 말씀드릴 수 없습니다. 그녀를 못 본 지 벌써 여러 해예요. 지금 그녀의 증상이 어느 단계에 와 있는지 제가 어떻게 알겠습니까? 하지만 한 가지는 당장 말씀드릴 수 있죠. 엔셰데 커플과 전혀 모르는 사이라고 하셨는데 아마 그렇지 않을 겁니다."

"왜 그렇게 생각하시죠?" 한스가 물었다.

"리스베트를 치료하는 데 어려웠던 점 하나는 그녀의 병명을 완전히 진단해낼 수 없었다는 겁니다. 치료에 지극히 비협조적이었기 때문이죠. 무슨 질문을 해도 대답하지 않았고 어떤 치료법에도 참여하기를 거부했어요."

"그렇다면 박사님은 그녀에게 실제로 병이 있는지 없는지 모른다는 말 아닙니까?" 소니아가 물었다. "제대로 진단을 내릴 수 없었다면 말이죠."

"뭐, 그렇게 생각한다면 할 수 없죠." 페테르가 대꾸했다. "내가 리스베트를 처음 본 건 열세 살이 되기 직전이었어요. 정신병 증세가 있었죠. 온갖 강박증에 뚜렷한 피해망상 소견이 보였습니다. 내 치료를 받은 이 년간 상트스테판 정신병원에 강제 입원해 있었고요. 초등학교 시절 내내 친구와 교사를 비롯해 주변 사람들에게 특별히 폭력적인 행태를 보였기 때문입니다. 학교에서 사람을 공격해 상처를 입힌 일이 여러 번이었죠. 하지만 언제나 자신이 아는 사람, 그러니까 자신에게 공격적인 언행을 했다고 여긴 사람에게만 폭력을 행사했습니다. 전혀 모르는 사람을 공격한 경우는 한 번도 없어요. 그렇기 때문에 그녀와 엔셰데의 커플 사이에 분명 어떤 관계가 있으리라고 믿는 겁니다."

"예외도 있죠. 열일곱 살 때 전철에서 처음 보는 승객을 폭행했습니다." 한스가 이의를 제기했다.

"그 사건은 그녀가 먼저 공격을 당한 후에 방어한 행동으로 봐야 할 겁니다." 페테르가 설명했다. "문제의 승객은 악명 높은 성범죄자였어요. 하지만 여기서 그녀의 전형적인 행동방식을 엿볼 수 있습니다. 보통은 치한에게서 떨어져 열차 안에 있는 다른 승객들에게 도움을 청할 수도 있겠죠. 하지만 대신 폭행상해죄를 범하는 길을 택한 겁니다. 그녀는 스스로 위협받고 있다고 느끼면 폭력으로 반응하죠."

"그러면 대체 그녀의 정확한 병명이 뭡니까?" 얀이 물었다.

"말씀드렸다시피 아직 정확한 진단을 내리지 못했습니다. 내가 보기엔 정신분열 증세가 있으면서 정신이상과 정상 상태의 중간에 걸처 있는 듯합니다. 타인에 대한 공감능력이 전혀 없는 걸로 보아 여러 가지 이유에서 비사회성 정신질환자로 규정할 수 있습니다. 성년이 된 후로 지금까지 어떻게 사회생활을 해왔는지 신기할 따름이죠. 다시 말해 고소나 체포의 원인이 될 만한 행동을 전혀 하지 않고 팔 년을 지내왔다는 건데, 그녀가 후견을 받고 있다는 사실을 감안해도 참 놀라운 일입니다. 다만 내가 생각하는 예후를 말씀드리자면……"

"그래요, 어떻게 예상하십니까?"

"지금까지 그녀는 어떤 치료도 받지 않고 지내왔어요. 십 년 전에 제대로 치료를 받았다면 고쳤을 수도 있는 병증이 분명 지금은 고스란히 성격의 일부로 고착됐을 겁니다. 만일 그녀가 체포된다면 징역형을 받는 대신 치료기관에 입원시켜야 할 듯합니다."

"결국 이렇게 될 일을 왜 법원은 그녀를 사회에 내보낸 거야?" 한스가 불만을 내비치며 투덜댔다.

"당시에 여러 요인이 겹친 상황 탓이겠죠. 잘 아시잖습니까? 예산 축소를 주장하는 정부, 사회에 흐른 자유주의적 경향, 여기에 번드르르 말 잘하는 변호사까지 끼었으니 완벽했죠. 하지만 법의학센터에서 의견을 물어왔을 때 난 법원의 결정에 반대했어요. 그 결정에 아무런 권한은 없었지만."

"그렇다면 아까 박사님이 말씀하신 예후란 것이 결국은 추측에 불과하네요." 소니아가 말했다. "그녀가 성인이 된 후에 일어난 일을 전혀 모른다고 하셨으니까요."

"그건 추측 이상의 것입니다. 내 경험에 근거하니까요."

"그녀가 자해할 위험이 있을까요?" 다시 소니아가 물었다.

"자살할 가능성이 있냐는 말이죠? 아뇨, 그렇게 생각하지 않아요. 그녀는 극단적으로 자기중심적인 정신질환자입니다. 중요한 건 자신뿐이죠. 그녀에게 타인들은 조금도 중요하지 않아요. 그러니 죄책감이나 수치심으로 자살할 이유가 없죠."

"아까 그녀가 폭력으로 반응한다고 하셨는데," 한스가 말했다. "다시 말해 그녀를 위험인물로 간주해야 한다는 뜻이겠죠?"

페테르는 그의 얼굴을 물끄러미 한참 쳐다보더니 이윽고 몸을 앞으로 숙이며 이마를 문지르다 대답했다.

"사람의 행동을 정확히 예측하는 일이 얼마나 어려운지 잘 모르실 겁니다. 물론 여러분이 리스베트를 체포할 때 그녀가 다치지 않기를 바랄 뿐입니다. 하지만…… 나 같으면 체포 작전에 지극히 신중을 기하겠어요. 만일 그녀가 무장했다면…… 무기를 사용할 가능성이 아주 크니까요."

18장
3월 29일 화요일~3월 30일 수요일

엔셰데 살인 사건을 두고 동시에 세 군데에서 수사가 진행되고 있었다. 얀 형사가 지휘하는 수사팀에는 국가의 권위라는 이점이 있었다. 그가 보기에 사건 해결의 실마리가 보이는 듯했다. 용의자가 있고 그녀와 연관된 범행 무기까지 확보되었으니까. 게다가 그녀는 첫 번째 희생자와 직접적인 관계가 있었고, 다른 희생자들과도 미카엘 블룸크비스트라는 고리를 통해 연결되고 있었다. 이제 리스베트 살란데르를 찾아내 크로노베리의 유치장에 넣기만 하면 모든 게 끝날 것처럼 보였다.

드라간의 수사팀은 형식적으로 경찰의 공식수사에 부속됐으나 드라간 나름대로 계획이 있었다. 가급적 리스베트를 보호하려는 게 그의 개인적인 의도였다. 즉 진실을 알아낸 후 정상참작이 될 만한 사실들을 찾아낼 심산이었다.

이 가운데 가장 막막한 수사팀은 〈밀레니엄〉이었다. 이 작은 잡지사에 경찰이나 밀톤 시큐리티처럼 막강한 수사력이 있을 리 없었다.

그리고 미카엘은 경찰이나 드라간과는 추구하는 목적이 달랐다. 리스베트가 엔셰데 커플을 살해한 동기에는 관심이 없었다. 이유는 간단했다. 그 이야기 자체를 믿을 수 없기 때문이다. 만에 하나 리스베트가 어떤 방식으로든 이 사건에 연루되어 있다면 분명 경찰의 주장과는 전혀 다른 이유가 있었을 것이다. 무기를 잡은 진범이 따로 있거나 아니면 리스베트가 통제할 수 없는 어떤 일이 일어났을 거라고 그는 믿고 있었다.

슬루센에서 경찰청이 있는 쿵스홀멘까지 가는 택시 안에서 니클라스 에릭손은 시종 말이 없었다. 느닷없이 실제 경찰수사에 개입하게 되다니 약간 얼떨떨한 기분이었다. 그는 드라간이 준 요약문을 다시 한번 읽고 있는 소니 보만을 곁눈으로 힐끗 쳐다보았다. 그러고는 씩 웃음을 지었다.

어쩌면 이번 임무는 드라간이나 소니는 짐작조차 못할 그만의 야심을 실현할 뜻밖의 기회였다. 그 은밀한 야심이란 바로 리스베트를 파멸시키는 일이었다. 그는 이 체포 작전에 기여하고 싶었다. 체포된 그녀가 종신형을 선고받기를 간절히 바라고 있었다.

그녀가 밀톤 시큐리티 내부에서 그다지 인기가 없다는 사실은 모두가 알았다. 한 번이라도 직접 겪어본 동료 대부분은 그녀를 눈엣가시처럼 여겼다. 하지만 니클라스가 얼마나 그녀를 증오하는지 소니나 드라간은 짐작조차 할 수 없었을 것이다.

니클라스에게 삶은 언제나 불공평했다. 그는 잘생긴 청년이었다. 한창 피어나는 꿈 많은 젊은이였다. 게다가 총명했다. 하지만 어린 시절부터 품어온 꿈, 즉 경찰이 될 수 있는 가능성이 산산조각 나버렸다. 심장 판막에 나 있는 아주 미세한 흠집이 심장잡음을 유발한 탓이었다. 수술을 통해 문제를 바로잡았지만 심장에 결함이 있었다는 기록이 꼬리표로 남아 그는 영원히 열등한 인간으로 분류되었다.

밀톤 시큐리티에서 일해보겠느냐는 제안이 왔을 때 그는 일단 받아들였지만 조금도 신나지 않았다. 그의 눈에 그곳은 퇴물 경찰 같은 인간 폐품들이 모인 쓰레기통에 지나지 않았다. 그 역시 불량품 중 하나였고. 하지만 그에겐 아무런 잘못이 없었다!

밀톤에 들어와서 그가 처음 맡았던 임무는 출동팀을 보조하는 일이었다. 좀더 구체적으로 말하면 세계적으로 유명한 중년 여가수의 개인 경호 업무에서 보안상 문제점을 분석하는 일을 했다. 그녀는 어느 열광적인—게다가 정신병원에서 탈출한 환자였던—팬으로부터 끊임없는 위협에 시달리고 있었다. 밀톤은 쇠데르퇴른에 있는 그녀의 저택에 감시 및 경보 장치를 설치하고 특별 경호원까지 한 사람 상주시켰다. 그러던 어느 늦은 밤, 그 열성팬이 마침내 무단침입을 시도했다. 하지만 곧바로 경호원에게 제압당했고, 협박 및 가택침입 죄를 선고받은 후 정신병원으로 되돌려보내졌다.

그 사건을 전후해 이 주간 니클라스는 다른 직원들과 함께 그 저택을 여러 차례 방문했다. 거기서 만난 가수는 매우 속물적이고 거만한 인상이었다. 자신의 매력을 어필해보려던 그를 향해 그녀가 매우 어이없다는 듯한 시선을 보냈던 것이다. 아직도 기억해주는 팬이 있다는 사실만으로도 감사해야 할 것 같은 여자가.

니클라스는 그녀에게 온갖 아첨을 떠는 다른 직원들을 경멸했다. 하지만 물론 그런 감정을 겉으로 드러내지는 않았다.

열성팬이 체포되기 며칠 전 오후, 가수와 밀톤 시큐리티 직원 둘이 집 뒤뜰에 있는 조그만 풀장 주변에서 노닥거릴 때, 그는 보강이 필요해 보이는 문이며 창문을 사진으로 찍어두고 있었다. 그렇게 이 방 저 방을 돌아다니다 침실에 들어섰을 때였다. 문득 거기 있는 서랍장 하나를 열어보고 싶은 충동이 솟았고, 이내 그 유혹에 굴복해버렸다. 그 안에는 사진첩 여남은 개가 들어 있었다. 1970년대와 80년대, 그러니까 그녀가 한창 인기를 구가하던 시절에 밴드를 이끌고 전 세계 순회공연을 다니면서 찍은 사진들이었다. 그리고 서랍에는 작은 상자도 하나 있었다. 그 안에는 지극히 개인적인 사진들이 따로 담겨 있었다. 어떻게 생각하면 비교적 순진한 사진들이었지만 상상력을 조금만 가미해서 보면 에로틱한 습작으로 여겨질 수도 있었다. 어라, 이년 봐라? 그는 그중 가장 대담한 사진 다섯 장을 골라 호주머니에 챙겼다. 아마 젊은 시절에 애인이 찍어준 것들을 추억 삼아 간직하고 있던 모양이다.

그는 그 사진들을 다시 촬영한 다음 원본은 제자리에 갖다놓았다. 그러고는 다섯 달을 기다렸다가 영국의 한 타블로이드 신문에 그 사본들을 팔아넘겼다. 그는 9천 파운드의 짭짤한 돈을 챙겼고, 가수는 난데없이 터진 스캔들로 큰 곤욕을 치러야 했다.

그런데 지금 생각해도 이해할 수 없는 일이 벌어졌다. 사진이 공개되고 얼마 지나지 않아 리스베트가 찾아왔다. 그녀는 그가 사진을 팔았다는 사실을 알고 있었다. 그리고 그따위 짓을 한 번만 더 하면 드라간에게 모든 사실을 알리겠다고 위협했다. 만일 사실을 입증할 자료가 있었다면—다행히 그건 없는 듯했다—실제로 고발했을 여자였다. 하지만 그날 이후로 니클라스는 그녀가 자신을 감시하고 있다는 걸 느낄 수 있었다. 몸을 돌려보면 언제나 자신을 응시하고 있던 그녀의 작고 새카만 두 눈과 마주쳤다.

마치 덫에 갇힌 쥐처럼 답답하고도 절망적인 심정이었다. 유일한 반격수단이라면 직원 휴게실에서 험담이나 소문을 늘어놓으며 그녀의 신뢰도를 떨어뜨리는 것이었지만 그다지 효과적인 대책은 아니었다. 게다가 드러내놓고 행동할 수도 없는 노릇이었다. 온 회사가 알고 있듯 그녀는 어떤 알 수 없는 이유로 드라간의 비호를 받고 있었기 때문이다. 니클라스는 도대체 그녀가 어떤 수단을 써서 드라간을 구워삶았는지 궁금했다. 어쩌면 그 늙다리가 남몰래 그년과 재미를 보는지도 몰랐다. 직원들은 리스베트를 그다지 좋아하지 않았지만 보스인 드라간을 충분히 존경했기 때문에 그가 보호하는 이상한 그 여자의 존재도 받아들이고 있었다. 이런 연유로 니클라스는 그녀가 밀톤에서 사라졌을 때 그야말로 안도의 한숨을 내쉬었다.

그런데 지금, 당한 만큼 되돌려줄 기회가 찾아왔다. 게다가 자기 자신에게는 아무런 위험도 없이. 그 어떤 말로 자신을 비난하든 이제는 아무도 그녀의 말을 믿지 않을 터였다. 드라간마저도 이 사이코패스 살인범의 말을 믿지 않으리라.

얀 형사는 한스가 밀톤 시큐리티의 소니와 니클라스를 대동하고 엘리베이터에서 내리는 모습을 보았다. 경찰서에 찾아온 두 사람을 한스가 일층 로비로 내려가 데려온 참이었다. 얀은 살인 사건의 수사 자료를 외부인에게 공개한다는 사실이 달갑지 않았지만 그의 뜻과는 상관없이 윗선에서 내린 결정이었다. 하기야 저기 오는 소니는 잔뼈가 굵은 베테랑 경찰이기도 했다. 같이 오는 니클라스 역시 경찰학교 출신이라고 하니 전혀 맹탕은 아닐 터였다. 얀은 앞쪽의 회의실을 가리켜 안내하며 두 사람을 맞이했다.

리스베트를 뒤쫓기 시작한 지도 벌써 엿새째였다. 이제 분명하게 중간 결산을 해야 할 때였다. 리샤르드 검사는 오늘 회의에 참석하지 않을 예정이다. 회의실에는 소니아, 한스, 쿠르트, 예르케르가 이미 앉아 있었고 그들을 지원해주는 중앙범죄수사본부 수사팀에서 온 동료 넷도 보였다. 얀이 밀톤 시큐리티에서 온 협력자들을 먼저 소개한 후에 그 둘에게 하고 싶은 말이 있는지 물었다. 소니가 큼큼 목을 고른 뒤 입을 열었다.

"내가 이 건물을 떠난 지도 벌써 꽤 됐군요. 여러분 가운데 날 아는 분도 계실 겁니다. 민간 회사에 들어가기 전에 여러분 같은 경찰이었거든요. 오늘 우리가 왜 여기에 나타났는지 궁금하실 겁니다. 지난 몇 년간 리스베트 살란데르가 우리 회사에서 일했습니다. 그런 이유로 회사에서도 일말의 책임을 느끼고 있습니다. 우리의 임무는 가지고 있는 모든 정보를 제공해 하루빨리 그녀를 체포할 수 있도록 여러분을 돕는 겁니다. 예를 들어 인간 리스베트에 관한 정보를 드릴 수 있겠죠. 우리가 여러분의 수사를 방해한다거나 은근슬쩍 엿을 먹이는 일은 없을 겁니다."

"그 여자, 직장 동료로서는 대체 어땠습니까?" 한스가 물었다.

"호감 가는 사람은 분명 아니었죠." 니클라스가 나서며 대답하다가 얀이 한 손을 들어올리는 걸 보고 멈췄다.

"세부사항은 이따가 충분히 얘기할 수 있을 겁니다. 지금은 수사 상황을 일관성 있게 파악하도록 차례차례 해나갑시다. 두 분은 회의가 끝나면 리샤르드 검사에게 가서 기밀 준수 서약에 서명해주세요. 자, 소니아부터 시작하지."

"지금까지의 결과는 실망스럽습니다. 우린 사건이 발생한 후 불과 몇 시간 만에 확실한 방향을 잡았다고 생각했죠. 리스베트라는 용의자를 알아냈고, 그녀의 거주지까지 찾았으니까요. 알고 보니 그녀가 사는 곳이라고 추측한 것에 불과했지만 말입니다. 그리고 그후로 조금도 진전이 없습니다. 지금까지 제보 전화가 삼십여 건은 걸려왔지만 모두 잘못된 것들이었고요. 지금 상황에서는 그녀가 증발했다고 볼 수 있습니다."

"참 이해가 안 되는군요." 쿠르트가 말했다. "아주 특징적인 외모 아닙니까? 게다가 문신까지 했고. 이런 사람은 금방 눈에 띌 텐데 말입니다."

"어제 웁살라 경찰이 제보를 받고 요란하게 출동해 집 하나를 급습한 모양입니다. 리스베트와 비슷하게 생긴 열네 살짜리 소년에게 잔뜩 겁을 주는 걸로 끝나버렸지만요. 아이는 새파랗게 질렸고 부모들은 물론 난리를 쳤겠죠."

"'열네 살처럼 보이는 성인 여자'에 초점을 맞추는 건 수사에 별 도움이 안 될 듯합니다. 십대 소녀 패거리에 섞여버리면 어떻게 찾아내 겠습니까?"

"하지만 매체를 통해서도 공개했으니 누구든 보게 되지 않겠어 요?" 쿠르트가 반론을 폈다. "이번주에는 매체들이 수배란에 공고를 띄운다 하니 결과가 어떨지 좀더 지켜보죠."

"정말 믿기지 않아요! 이 나라 신문마다 1면에 대문짝만하게 사진 이 실렸는데 말입니다." 한스가 말했다.

"어쩌면 지금까지 고수한 접근방식을 바꿔야 한다는 뜻일지도 모르지." 얀이 말했다. "이미 외국으로 빠져나갔을 수도 있으니까…… 아니, 그보다는 어딘가에 꼼짝 않고 숨어 있을 가능성이 더 크겠어."

소니가 의견을 말하려고 손을 들었다. 얀이 고개를 끄덕였다.

"우리가 아는 그녀는 결코 자기 파괴적인 여자가 아닙니다. 교묘한 전략가예요. 마치 체스기사처럼 행동을 계산하죠. 결과를 분석하지 않고는 아무것도 하지 않습니다. 드라간의 의견에 따르면 그렇습니다."

"과거에 그녀를 담당했던 정신과 의사도 같은 의견이었죠. 하지만 그녀의 성격 분석은 뒤로 미룹시다." 얀이 말했다. "예르케르, 그녀의 재정 상태는?"

"그게 꽤 흥미롭더군." 그가 대답했다. "몇 년째 한델스방크 계좌를 쓰고 있어. 거기에 들어 있는 돈이 그녀가 신고하는 액수지. 더 정확히 말하자면 닐스 변호사가 신고해온 돈. 일 년 전 이 계좌에 잔금이 10만 크로나였는데, 2003년 가을에 전부 인출했더군."

"아마 돈이 좀 필요했을 겁니다. 그 무렵에 밀톤 시큐리티 일을 중단했다고 하니까요." 소니가 설명했다.

"어쨌든 이 주쯤 그렇게 계좌가 비어 있다가 다시 똑같은 금액이 들어왔고."

"어딘가에 돈을 쓰려고 인출했다가 그럴 일이 없어져서 다시 넣은 걸까요?"

"그럴 수 있겠지. 2003년 12월에는 그 계좌에 있는 돈으로 각종 공과금을 지불했어. 예를 들어 돌아오는 일 년 치 아파트 관리비를 한꺼번에 냈다던가. 그래서 7만 크로나 정도 남았고. 그후 일 년간 계좌에는 아무런 변동이 없었지. 9천 크로나 조금 넘는 돈이 한 번 들어온 거 말고는. 확인해보니 모친이 남긴 유산이었어."

"오케이."

"올해 3월, 이 유산에 해당하는 9312크로나를 정확하게 인출했어. 이 계좌에 손을 댄 유일한 경우였지."

"아니 그럼 돈도 없이 어떻게 살았대요?"

"자, 들어봐. 올해 1월에 그녀가 새 계좌를 하나 개설했어. SEB은행에. 그리고 거기에 200만 크로나를 입금했지."

"뭐라고요?"

"아니, 그 돈은 또 어디서 났죠?" 소니아가 물었다.

"영국 채널제도의 한 은행에서 개설한 본인 계좌에서 이체된 거야."
순간 회의실에 정적이 감돌았다.

"무슨 소린지 하나도 모르겠네요." 소니아가 겨우 입을 뗐다.

"그러니까 신고하지 않은 돈이란 말인가?" 안이 물었다.

"그렇지. 하지만 법적으로 올해 말까지는 신고할 필요가 없어. 그런데 여기서 특기할 점은, 닐스가 매달 작성하는 리스베트의 재정 보고서에 이 사실이 빠져 있다는 거야."

"그렇다면 후견인이 이 사실을 몰랐거나, 아님 둘이 공모해서 못된 짓을 저질렀다는 말이네. 오케이. 감식수사는 어디까지 진척됐지?"

"어제 리샤르드 검사하고 그동안의 결과를 정리해봤어. 자, 지금까지 우리가 아는 사실은 이렇지. 첫째, 리스베트를 두 범죄 장소와 연결할 수 있어. 범행 무기, 그리고 엔셰데 아파트에서 발견한 깨진 찻잔 조각에 그녀의 지문이 있으니까. 현장에서 채취한 DNA도 곧 검사 결과가 나올 거야. 즉 그녀가 아파트에 있었다는 사실에는 의문의 여지가 거의 없다고."

"오케이."

"둘째, 닐스 변호사 자택에 있는 권총상자에도 그녀의 지문이 남아 있고."

"오케이."

"셋째, 엔셰데의 범행 장소에 그녀가 있었다는 걸 확인해준 증인이 드디어 나타났어, 인근 담뱃가게 주인인데, 그날 저녁에 말보로라이트 한 갑을 사 갔다고 증언했지."

"그 양반은 왜 그렇게 늦게 나타났답니까?"

"주말엔 다들 연휴를 보내러 떠났으니까. 어쨌든 그 가게는 범행 장소에서 약 190미터 떨어진 코너에 있어." 에르케르가 지도 한 장을 꺼내 가리켰다. "밤 10시, 그러니까 담뱃가게가 문을 닫기 직전에 들어왔다고 해. 주인이 그녀의 인상착의를 정확하게 묘사했어."

"목에 있는 문신도 말했나요?" 쿠르트가 물었다.

"그건 약간 애매한 모양이야. 문신을 하나 본 것 같다고는 하는데. 어쨌든 눈썹에 박은 피어싱만큼은 확실히 봤다는군."

"다른 건 없나요?"

"순수하게 기술적인 증거로는 더이상 별다른 게 없어. 하지만 이 정도면 충분하지."

"한스, 룬다가탄 아파트는 어떻지?"

"거기서도 지문이 나왔습니다만 아무래도 거기 살지는 않는 것 같습니다. 아파트를 탈탈 털어봐도 죄다 미리암 우의 물건들이에요. 올해 2월 입주계약서에 추가된 여자입니다. 전에는 거기 안 살았죠."

"그녀에 대해서 알아낸 건?"

"전과는 전혀 없어요. 유명한 레즈비언이고요. 이따금 '게이 프라이드' 같은 행사의 쇼에 참여하기도 합니다. 겉으로는 사회학을 공부하는 척하면서 텡네르가탄에 있는 포르노 가게를 동업으로 운영한 답니다. '도미노 패션'이라나 뭐라나."

"포르노 가게라고요?" 소니아가 눈썹을 치켜세우며 물었다.

언젠가 남편을 즐겁게 해주려고 그녀도 도미노 패션에서 란제리를 산 적이 있었다. 하지만 회의 테이블에 둘러앉은 사내들에게 그 사실을 밝힐 의향은 없었다.

"그래. 수갑이나 깃털 옷 같은 걸 파는 가게 있잖아. 혹시 자네도 채찍 필요해?"

"거긴 포르노 가게가 아니에요. 섹시한 란제리를 좋아하는 사람들을 위한 부티크라고요."

"뭐, 그게 그거 아냐?"

"자, 계속하지!" 얀이 약간 역정을 내며 말을 끊었다. "그러니까 미리암 우의 행방에 대해서는 전혀 모른다?"

"전혀 몰라요."

"부활절 연휴에 어디 여행이라도 떠난 건 아닐까요?" 소니아가 추측했다.

"아니면 리스베트가 그녀까지 죽였을 수도." 한스가 말했다. "자기가 아는 사람들을 깡그리 제거해버릴 생각 아닐까?"

"미리암이 레즈비언이라면 리스베트와도 커플이라는 건가?"

"둘이 서로 자는 사이였다는 건 어렵지 않게 결론 낼 수 있을 듯한 데요." 쿠르트였다. "몇 가지 근거가 있어요. 우선 침대 주변 여기저기에 리스베트의 지문이 묻어 있습니다. 노리개로 썼을 게 분명한 수갑에도 남아 있었고요."

"그럼 내가 마련해놓은 수갑도 고것이 좋아하겠는걸?" 한스가 말했다.

소니아는 푹 한숨을 내쉬었다.

"자, 보고나 계속하지." 얀이 말했다.

"그리고 또다른 정보에 의하면 미리암이 술집 풍차에서 인상착의가 리스베트로 추정되는 젊은 여자와, 남들이 다 보는 데서 낯뜨거운 장면을 연출했다고 합니다. 약 보름 전 일이고, 소식통 말로는 그 술집에서 리스베트를 여러 번 봤기 때문에 그녀를 알아볼 수 있었다고 해요. 다만 작년에는 통 보지 못했다고 하고요. 시간이 없어서 그곳 종업원들에게는 아직 확인을 안 했는데 오늘 오후에 들러보려고 합니다."

"사회복지부 기록에 그녀가 레즈비언이라는 말은 없었지. 청소년기에는 위탁가정에서 가출해 술집을 전전하며 사내들을 유혹했다고 되어 있고. 나이든 남자들과 같이 있다가 체포된 적도 여러 번이지."

"고거, 분명히 길거리에서 행인을 상대로 성판매를 했을 겁니다!" 한스가 끼어들었다.

"쿠르트, 지인들에 대해서 뭐 알아온 거라도 있나?"

"거의 없습니다. 열여덟 살 이후로는 경찰 심문을 받은 적이 없어서 기록 역시 없거든요. 뭐, 드라간이나 미카엘과 아는 사이란 건 다들 아실 테고, 미리암 우하고도 친구죠. 술집 풍차에서 있었던 일을 전해준 소식통 말로는 예전에 어떤 여자들 무리하고 같이 몰려다녔다고 합니다. '이블 핑거스'라나 뭐라나."

"이블 핑거스? 그게 뭐지?" 얀이 호기심에 차 물었다.

"오컬트 집단 같은 거겠죠, 뭐. 종종 그 술집에 모여서 질펀하게 파티를 벌인답니다."

"설마 리스베트가 빌어먹을 사탄주의자는 아니겠지?" 얀이 되물었다. "그런 말이라도 나오면 기자들이 아주 환장을 할걸."

"'사탄주의 레즈비언 그룹', 이런 제목은 어떻습니까?" 한스가 또 거들었다.

"한스, 정말이지 당신은 중세적인 여성관에서 못 벗어나고 있군요." 소니아가 쏘아붙였다. "그 이블 핑거스는 나도 들어서 아는 이름이라고요."

"어, 그래?" 얀이 놀란 얼굴로 물었다.

"1990년대에 활동한 여성 록그룹이죠. 톱스타 그룹은 아니었지만 한때는 그래도 알려진 이름이었다고요."

"그럼 하드록을 하는 사탄주의 레즈비언들이군." 한스가 비꼬았다.

"자, 자, 그만들 합시다! 그럼 한스와 쿠르트가 이블 핑거스 멤버들을 찾아서 심문하도록. 쿠르트, 다른 지인은?"

"선임 후견인 홀게르 팔름그렌 외에는 별로 없습니다. 그는 상당히 심각해 보이는 뇌출혈로 쓰러진 후에 장기간 요양을 하고 있고요. 아직 그녀의 거주지도 알아내지 못했고, 개인 주소록 같은 것도 못 찾았으니 정확하게 말할 순 없습니다만, 가까이 지내는 지인이 많아 보이진 않습니다."

"요즘 세상에 유령처럼 아무 흔적도 남기지 않고 돌아다닐 수는 없는 법 아닌가? 미카엘에 대해선 어떻게 생각하지?"

"미행을 붙이지는 않았지만 주말에 가끔씩 연락은 해봤죠." 한스가 대신 대답했다. "리스베트가 나타났는지 확인하려고요. 퇴근해서 돌아간 후에는 주말 내내 집밖을 나서지 않은 듯했고요."

"난 그가 살인에 연루됐다고 생각하지 않아요." 소니아가 말했다. "증언에 일관성이 있고 그날 저녁 알리바이도 모두 설명 가능해요."

"하지만 그는 리스베트를 알고 있어. 그녀와 엔셰데 커플 사이의 연결고리이기도 하고. 게다가 사건 일주일 전에 남자 둘에게 그녀가 습격당하는 장면을 목격했다고 증언했잖아. 거기에 대해선 어떻게 생각해야 하지?"

"사실 미카엘 말고는 그 습격 사건을 아는 증인이 없죠……" 한스가 대답했다.

"그럼 미카엘이 이야기를 지어냈다고 생각하는 건가? 거짓말을 했거나?"

"낸들 어찌 알겠습니까. 하지만 왠지 꾸며낸 냄새가 나요. 성인 남자가 40킬로그램도 안 되는 계집애 하나를 제압하지 못했다니, 어디 그게 말이나 됩니까? 난 안 믿어요."

"그럼 왜 그가 거짓말을 했을까?"

"리스베트에게 집중된 초점을 다른 데로 돌리려고 그랬을지도 모르죠."

"미카엘은 엔셰데 커플이 살해당한 게 다그가 집필하던 책 때문일 수 있다는 가설을 내놓던데?"

"웃고 있네." 한스였다. "살인범은 리스베트예요. 다그의 입을 막으려 했다면 그녀의 후견인은 왜 죽였죠? 그리고 누가 그랬다는 거죠? 경찰이?"

"아무튼 그자가 그 가설을 발표하기라도 하면 골치 아프겠어요. 우리가 경찰 내부를 뒤져대야 한다는 말 아닙니까?" 쿠르트가 입을 열었다.

모두가 고개를 끄덕였다.

"그건 그렇고요," 소니아가 말했다. "그럼 그녀가 후견인을 죽인 이유는 뭘까요?"

"그리고 이 문신의 의미는?" 얀이 닐스의 복부 촬영 사진을 가리키며 물었다.

나는 가학증 걸린 돼지요, 개자식이오, 강간범입니다.

무리 가운데 잠시 침묵이 감돌았다.

"의사들은 뭐랍니까?" 소니가 물었다.

"새긴 지 일 년 내지 삼 년 된 문신이라고 해요. 출혈 부위의 깊이를 보면 대충 알 수 있다는군요." 소니아가 설명했다.

"자의로 새겼다고 보이진 않는군요."

"세상에 하도 이상한 인간들이 많아 속단할 수는 없지만 이건 아무래도 일반적인 문신이 아니야. 아무리 문신에 미친 마니아라 하더라도 이렇게는 안 하겠지."

소니아가 검지를 들어 좌우로 흔들었다.

"안 하죠. 법의학자는 기술적인 관점에서 볼 때 형편없는 문신이라고 평했고, 저 역시 두 눈으로 직접 확인했어요. 결론적으로 아마추어가 시술한 겁니다. 바늘이 들어간 깊이가 들쑥날쑥하고, 지극히 민감한 부위임에도 문신한 면적이 엄청나죠. 한마디로 닐스는 그 과정에서 끔찍한 고통을 느꼈을 겁니다. 특수 상해에 해당하는 잔혹행위예요."

"그런데 정작 닐스는 고소를 안 했단 말씀이야." 한스가 말했다.

"이런 문구를 내 배에 새겼다면 나라도 고소하고 싶은 마음이 안들 것 같은데요." 쿠르트도 덧붙였다.

"보여줄 게 하나 더 있어요. 이걸 보면 문신의 의미를 대충 이해할수도 있을 듯해요." 소니아가 서류 파일에서 인쇄해 온 사진들을 꺼내 돌려보게 했다.

"견본으로 몇 장만 인쇄해 왔습니다. 닐스의 컴퓨터에서 찾았어요. 인터넷에서 내려받은 이런 사진이 수천 장 들어 있었어요."

불편한 자세로 난폭하게 결박당한 여성의 사진을 한스가 흔들어 보이며 휘익 휘파람을 불었다.

"이거야말로 도미노 패션이나 이블 핑거스에 딱 어울리는 그림이군!"

얀이 짜증난 얼굴로 손을 흔들어 한스에게 입을 다물게 했다.

"이 모든 걸 어떻게 해석해야 할까요?" 소니가 물었다.

"이 문신이 이 년 된 거라고 해봅시다." 얀이 말했다. "닐스가 병에 걸린 시기와 거의 일치하죠. 법의학자 소견과 의료 기록을 따르면 경미한 고혈압 말고는 큰 병이 있었다는 흔적이 없고요. 그렇다면 여기에 어떤 관계가 있다고 봐야겠죠."

"그해에 리스베트의 삶에도 변화가 있었죠." 소니가 지적했다. "갑자기 밀톤에서 일을 그만두고 외국으로 나갔으니까요."

"그럼 이 모든 일들 사이에 연관성이 있다고 가정할 수 있을까요? 문신의 내용이 사실이라면 닐스는 누군가를 강간했습니다. 그 상대로는 리스베트가 유력하고요. 이런 경우라면 그녀에게 살해 동기가 충분하죠."

"다른 해석도 가능하지 않겠습니까?" 한스가 말했다. "리스베트와 중국 년같이 생긴 미리암 우가 팀을 이뤄서 변태적인 서비스를 제공하는 애들이라고 해봅시다. 닐스는 어린 계집애들한테 얻어맞을 때 쾌감을 느끼는 미친놈 중 하나고요. 따라서 어떤 방식으로든 그는 리스베트에게 의존적이었고, 어쩌다가 일이 이상한 방향으로 흘렀다고 볼 수도 있죠."

"하지만 그건 리스베트가 왜 엔셰데에 갔는지를 설명하지 못하지."

"천만에요. 다그와 미아가 성매매의 실상을 폭로하려 하지 않았습니까? 그렇다면 조사하다가 그녀들을 알았을 가능성이 있죠. 이 경우에도 리스베트가 그들을 살해할 동기는 충분하고요."

"그건 또하나의 억측에 지나지 않아요." 소니아였다.

회의는 한 시간 더 계속되었다. 그 가운데 사라진 다그의 노트북도 거론됐다. 점심시간이 다 되어 회의를 중단할 무렵에는 모두 좌절에 빠졌다. 수사를 정리하기 위해 시작한 회의가 더 많은 의문점만 남긴 것이다.

화요일 아침, 에리카는 〈밀레니엄〉 사무실에 출근하자마자 〈SMP〉 회장인 망누스 보리셰에게 전화를 걸었다.

"회장님 제안에 관심 있습니다."

"그럴 줄 알았네."

"부활절 연휴가 끝나자마자 말씀드리려고 했는데, 아시겠지만 지금 여기 상황도 혼돈 그 자체여서……"

"다그 스벤손 살인 사건 말인가? 조의를 표하네. 정말 끔찍한 일이야."

"그럼 왜 제가 지금 당장 이 배를 떠날 수 없는지 이해하시겠죠?"

그는 잠시 침묵을 지켰다.

"그런데 문제가 하나 있네."

"뭔데요?"

"지난번에 만나 얘기할 때 말했었지. 8월 1일에 자리가 날 거라고. 그런데 지금 편집국장인 호칸 모란데르가 건강이 아주 좋지 않아. 심장에 문제가 있어서 활동을 대폭 줄여야 한다는군. 일주일 전에 의사를 만나고 와서 7월 1일에 사임해야겠다고 알려왔고. 난 그가 가을까지는 남아 있으리라 생각했는데. 그래서 8월부터 두 달간 자네가 같이 일하면서 자연스럽게 인수인계하기를 바랐었고. 그런데 상황이 아주 급하게 됐네. 에리카, 우린 5월 1일부터 당신이 필요해. 늦어도 5월 15일까지는."

"맙소사! 그럼 몇 주 안 남았네요."

"그래도 관심이 있는가?"

"그렇긴 하지만…… 한 달 안에 〈밀레니엄〉에서 모든 걸 정리해야 한다는 말인데……"

"자네 사정도 알겠고, 미안하네. 하지만 이렇게 재촉할 수밖에 없는 게 또 내 사정이니. 직원이 열두 명인 잡지사에서 보따리를 싸가지고 나오는 데 한 달이면 충분하지 않은가?"

"하지만 이곳이 난리통인데 혼자만 빠져나간다는 건……"

"어차피 해야 할 일이야. 단지 몇 주 앞당기는 것뿐이지."

"…… 좋아요. 그런데 조건이 있어요."

"얘기해보게."

"〈밀레니엄〉 이사직은 유지하겠어요."

"그렇게 적절한 판단이라고 보이지 않는데? 물론 〈밀레니엄〉은 월간지인데다 우리보다 훨씬 규모가 작지. 하지만 엄밀하게 따지면 경쟁자 중 하나인 셈이야."

"상관없어요. 편집부 일에서 완전히 손을 떼니까요. 다만 내 지분을 팔 생각은 전혀 없어요. 따라서 이사회에 남아야겠고요."

"알겠네. 방법을 한번 찾아보지."

두 사람은 계약의 세부를 의논하고 계약서를 작성하기 위해 4월 첫째 주에 〈SMP〉 이사진과 회합하기로 약속을 정했다.

미카엘은 주말 동안 말린과 함께 만든 용의자 리스트를 훑어보다가 불현듯 데자뷰를 느꼈다. 용의자 37명은 다그가 자신의 저서에서 인정사정없이 파헤친 인물들이었다. 그중 21명은 미카엘이 신원을 확인한 성구매자들이었다.

곧이어 그는 어째서 데자뷰를 느꼈는지 깨달았다. 이 년 전 헤데스타드에서 살인자를 추적할 때 작성했던 50여 명의 용의자 리스트가 무의식 속에 떠올랐기 때문이다. 그렇게 용의자를 적어놓고서 한 사람씩 그 가능성을 억측해나갔지만 그야말로 모래사장에서 바늘 찾기라 결국엔 포기하지 않을 수 없었던 막막한 리스트……

화요일 오전 10시경, 그는 말린에게 자기 방으로 건너오라고 손짓했다. 이내 문을 닫고 그녀에게 자리를 권했다.

둘은 한동안 침묵 속에서 커피만 홀짝거렸다. 이윽고 그가 주말에 만들었던 리스트를 그녀 쪽으로 내밀었다. 37개의 이름 가운데는 본명도 있었고 가명도 있었다.

"어떻게 하시게요?"

"조금 있다 이 리스트를 에리카에게 보여줄 거야. 그러고 나서 한 명씩 이잡듯이 조사해봐야지. 이들 중 누군가가 살인 사건에 연관됐을 수 있으니까."

"구체적으로 무얼 조사한다는 거죠?"

"이들 가운데 21명은 책에 본명이 명시된 성구매자들이야. 여기 37명 중에서도 잃을 게 가장 많지. 그들을 집중적으로 조사해보려고. 다그가 하던 대로 하나하나 찾아가볼 생각이야."

"네."

"말린에겐 두 가지를 부탁하고 싶어. 우선, 이 리스트에서 신원 확인이 안 된 사람이 일곱이야. 둘은 성구매자, 다섯은 포주. 앞으로 며칠간 이들의 신원을 확인해줘. 어떤 이름은 미아의 논문에도 나오더군. 아마 본명을 짐작하는 데 도움이 될 구절들이 있을 거야."

"알았어요."

"그리고 우린 아직 리스베트의 후견인 닐스에 대해 아는 바가 거의 없어. 요즘 신문에 그의 약력이 나오기도 하지만 그게 진짜 모습은 아니겠지."

"알았어요. 그의 과거를 조사해보죠."

"바로 그거야. 알아볼 수 있는 건 전부 다 캐보라고."

오후 5시경, 하리에트가 미카엘에게 전화를 걸었다.

"지금 얘기 좀 해도 돼?"

"그래. 길게는 못하고."

"경찰이 찾는 용의자…… 자기가 날 찾을 때 도와준 아가씨 맞지?"

하리에트와 리스베트는 한 번도 직접 만난 적이 없었다.

"맞아. 미안해. 자기에게도 전화로 알렸어야 했는데 시간이 없었어. 그녀야."

"이 일이 내게는 뭘 의미하지?"

"자기에게는…… 아무런 영향도 없을 거야."

"하지만 그녀가 내 모든 과거와 이 년 전 일을 알고 있잖아."

"맞아. 모든 걸 알고 있지."

수화기 너머에서 하리에트는 한동안 아무 말이 없었다.

"하리에트…… 난 그녀가 결백하다고 생각해. 왜냐면 리스베트 살 란데르를 신뢰하니까."

"하지만 신문에서 떠드는 말이 사실이라면……"

"그걸 믿어선 안 돼. 신문들은 흑백논리에 따라 세상을 너무 단순하게 본다고. 리스베트는 네 비밀을 밝히지 않겠다고 약속했어. 난 그녀가 죽을 때까지 이 약속을 지키리라고 믿어. 내가 아는 한 자신의 원칙을 철저하게 지키는 사람이야."

"하지만 만일 그게 아니라면?"

"모르겠어. 어쨌든 하리에트, 난 무슨 수를 써서라도 사건의 진상을 알아낼 작정이야."

"오케이."

"너무 걱정하지 말라고."

"걱정하지 않아. 단지 최악의 상황에 대비하고 싶을 뿐. 그런데 자기는 어떻게 지내?"

"형편없지 뭐. 사건이 일어난 후로 여긴 완전히 전쟁터야."

하리에트는 잠시 말이 없었다.

"미카엘…… 나 지금 스톡홀름에 있어. 내일 호주행 비행기를 타. 한 달간 여기 없을 거야."

"아, 그래?"

"같은 호텔에 와 있어."

"어떻게 대답해야 할지 모르겠네. 지금 정말 정신이 하나도 없어서 말이야. 오늘밤에도 일해야 하고. 같이 있어봐야 즐겁게 해주지 못할 것 같아."

"즐겁게 해주려고 노력할 필요 없어. 그냥 잠깐 들러서 차나 한잔 마시고 가."

미카엘이 집으로 돌아온 건 새벽 1시가 다 돼서였다. 피곤했다. 모든 걸 팽개치고 그냥 누워서 자버리고 싶었다. 하지만 기계적으로 노트북을 켜고 이메일을 확인했다. 새로운 건 눈에 띄지 않았다.

뒤이어 '리스베트 살란데르' 폴더를 열었다. 그런데 거기에 새로운 파일이 하나 생겨 있었다. '살리에게'라는 이름으로 그가 만들어둔 파일 옆에 붙어 있는 새로운 파일의 이름은 '미크블롬에게'였다.

갑자기 자신의 컴퓨터에서 그런 파일을 보게 되다니, 말 그대로 충격이었다. 그녀가 여기에 있어! 리스베트가 내 컴퓨터 안에 들어왔다고! 어쩌면 아직 이 안에 있을지도 몰라. 그는 파일을 더블클릭했다.

파일에 어떤 내용이 들어 있을지 알 수 없었다. 편지? 답변? 결백에 대한 주장? 해명? 하지만 파일을 열어본 미카엘은 그저 실망할 수밖에 없었다. 메시지는 너무도 간단했다. 단 한 단어, 알파벳 네 개짜리 한 단어였다.

살라Zala.

미카엘은 그 이름을 뚫어지게 쳐다보았다.

살해되기 두 시간 전, 다그가 전화로 언급한 바로 그 이름이었다.

그녀는 무슨 말을 하려는 걸까? 살라가 닐스와 다그 커플 사이의 연결 고리라는 뜻인가? 어떻게? 왜? 대체 누군데? 리스베트는 이 사람을 어떻게 아는 거지? 그녀가 어떻게 다그의 일에 연루된 거지?

파일 속성 창을 열어보니 불과 십오 분 전에 작성된 문서였다. 미카엘의 입가에 빙그레 미소가 떠올랐다. 파일 작성자의 이름이 미카엘 블롬크비스트로 되어 있었기 때문이다. 그녀가 이 컴퓨터 안에 들어와 그의 프로그램을 사용해 이 문서를 작성했다는 의미였다. 그렇다. 이메일보다 훨씬 나은 방법이었다. 이렇게 하면 추적할 수 있는 IP 주소도 그 어떤 흔적도 남지 않으니까. 설사 다른 IP 주소를 썼다해도 인터넷을 통해서는 결코 그녀를 찾아낼 수 없을 테지만. 즉 리스베트는 그의 컴퓨터에 대해―그녀의 표현에 따르면―적대적 인수*를 행한 셈이다.

그는 창가로 다가가 시청 건물을 바라보았다. 지금 이 순간 그녀가 자신을 관찰하고 있다는 느낌을 떨쳐버릴 수 없었다. 꼭 그녀가 이 방 안에 있는 듯, 저 노트북 화면을 통해 자신을 응시하고 있는 듯했다. 이론적으로 보면 그녀는 지금 전 세계 어느 장소에도 있을 수 있었다. 하지만 훨씬 가까운 곳에 있을지도 모른다는 의심이 들었다. 스톡홀름 중심가의 어느 곳. 지금 자신이 있는 자리에서 반경 몇 킬로미터 안의 어느 곳.

미카엘은 잠시 생각하다 책상에 앉아 워드 파일을 하나 더 만들었다. 그리고 '살리 - 2'라는 이름으로 바탕화면에 올려두었다.

리스베트,

정말이지 넌 지독하게 복잡한 애야. 도대체 살라가 누구야? 이자가 연결 고리야? 다그와 미아를 누가 죽였는지 넌 알고 있는 거야? 그렇다면 제발 좀 알려줘! 이 엿같이 골치 아픈 문제를 해결하고 이젠 잠 좀 자게 말이야. /미카엘.

과연 그녀는 미카엘의 노트북 안에 있었다. 일 분도 안 돼 답장이 도착했으니까. 폴더 안에 또다른 파일 하나가 나타났다. 이번 파일명은 '칼레 블롬크비스트'였다.

당신은 기자잖아요. 혼자서도 얼마든지 찾아낼 수 있을 텐데.

---

* 밀레니엄 1권 『여자를 증오한 남자들』에서 등장한 개념. 리스베트와 플레이그가 쓰는 용어로, 타인의 컴퓨터에 해킹 프로그램을 심어 해커가 마음대로 제어할 수 있는 상태를 뜻한다.

미카엘은 얼굴을 잔뜩 찡그렸다. 지금 그녀는 약을 올리고 있었다. 자신이 얼마나 그 별명을 싫어하는지 익히 아는 그녀가 아닌가. 그러고는 아무런 단서도 남기지 않았다. 그는 손가락을 바삐 놀려 '살리-3'이라는 파일을 만들어 바탕화면에 저장했다.

리스베트,
내가 아무리 기자라 해도 사실을 아는 사람들에게 물어야 알 수 있는 거야. 그리고 지금 네게 그걸 묻고 있잖아. 다그와 미아는 왜 살해당했고, 누가 죽었는지 알고 있는 거야? 그렇다면 내게 말해줘. 한 걸음이라도 나아갈 수 있게끔 단서를 하나라도 던져줘. /미카엘.

미카엘은 잔뜩 풀이 죽은 채, 또다른 답장이 도착하기를 몇 시간이고 기다렸다. 새벽 4시, 결국 미카엘은 모든 것을 포기하고 잠자리에 들었다.

19장

3월 30일 수요일~4월 1일 금요일

수요일에는 특별히 흥미로운 일은 없었다. 미카엘은 다그가 남긴 자료를 이잡듯이 뒤지며 살라라는 이름과 관련이 있을 만한 부분들을 찾아보기로 했다. 예전에 리스베트가 그러했듯 미카엘 역시 다그의 컴퓨터를 복사한 자료 중에 '살라'라는 폴더가 존재하며 그 안에 다시 '이리나 P.' '산스트룀' 그리고 '살라'라는 세 파일이 들어 있다는 걸 발견했다. 또한 다그에게 '굴브란센'이라는 경찰 내 정보제공자가 있었다는 사실도 알게 되었다. 미카엘은 굴브란센이 쇠데르텔리에 경찰서에 근무한다는 걸 알아내 전화를 걸었다. 하지만 그가 현재 출장중이며 다음주 월요일에나 출근할 거라는 대답이 돌아왔다.

미카엘은 다그가 이리나 P. 사건에 많은 시간을 할애했다는 걸 알 수 있었다. 부검 보고서를 읽어보니 그 여자는 서서히 고통스러운 방식으로 살해당했다. 살인은 2월 말에 일어났다. 경찰은 살해범에 대해 아무런 단서도 찾아내지 못했다. 하지만 그들은 이리나 P.가 성판매 여성인 이상 살해범은 필시 그녀의 고객 중 하나일 거라는 가정하에 수사하고 있었다.

미카엘은 다그가 어째서 이리나 P.에 관한 자료를 '살라' 폴더에 넣어두었는지 그 이유가 궁금했다. 이는 분명 살라와 이리나 P. 사이에 모종의 관계가 있다는 뜻이었으나, 그가 쓴 원고에서는 이를 암시하는 부분이 보이지 않았다. 다시 말해 다그는 이 둘의 연관관계를 그저 자신의 머릿속에만 담아두고 있었다.

'살라'라는 이름의 파일은 그 내용이 너무도 간단해서 마치 작업 중에 떠오른 몇 가지 단상을 끼적거린 걸로밖에 보이지 않았다. 이제 미카엘은 살라가 (실재하는 인물이라고 가정한다면) 범죄 세계를 떠다니는 유령 같은 존재로만 느껴졌다. 현실 속 인물이라고 여겨지지 않았다. 게다가 다그 역시 그를 언급하는 부분에서 아무런 출처를 밝히지 않았다.

미카엘은 파일을 닫고 머리를 긁어댔다. 다그와 미아의 살해범을 찾아내는 일은 생각보다 훨씬 복잡했다. 그리고 여전히 그의 뇌리를 떠나지 않는 의문. 하지만 문제는 리스베트가 살인에 연루되지 않았음을 명백하게 말해주는 단서가 전혀 나타나지 않고 있다는 점이다. 그가 리스베트의 결백을 믿는 유일한 근거는 그녀가 엔셰데에 가서 다그 커플을 죽일 이유가 전혀 없다는 사실뿐이었다.

더군다나 그가 알기로 그녀는 어떤 물질적인 필요 때문에 범죄를 저질러야 할 만큼 어려운 처지도 아니었다. 천재적인 해킹 실력으로 수십억 크로나에 달하는 거금을 손에 쥔 그녀 아니던가. 그가 이 비밀을 알고 있다는 사실을 리스베트는 모른다. 컴퓨터 실력에 대해서는 피치 못할 사정으로 (리스베트 역시 이를 허락했다) 에리카에게 설명했지만, 그것 말고는 그녀의 어떤 비밀도 누설한 적이 없었다.

미카엘은 그녀가 살인범이라는 얘기를 믿고 싶지 않았다. 믿기를 거부한다고 말하는 편이 더 정확할 터였다. 그는 그녀에게 영원히 갚을 수 없는 빚을 지고 있었다. 마르틴 방에르에게 살해당할 위기에서 살려준 것뿐 아니라 그의 기자로서의 경력까지 구해준 사람이었다. 썩어빠진 금융인 벤네르스트룀의 목을 가져와 휘청거리던 〈밀레니엄〉을 구해준 은인 역시 그녀였다.

이렇게 큰 빚을 졌는데 어떻게 저버릴 수 있겠는가. 죄가 있든 없든 미카엘은 그녀를 돕기 위해 모든 걸 할 준비가 되어 있었다.

한편으로는 자신이 그녀에 대해 거의 아는 바가 없다는 사실 또한 인정했다. 정신과 전문의들의 일치된 의견, 이 나라에서 신뢰도 높은 의료기관에 강제 입원한 이력, 그리고 법적 무능력자 판정 등은 그녀의 정신이 온전치 않음을 명확히 증명하고 있었다. 매체들은 상트스테판 정신병원 수석 의사인 페테르 텔레보리안 박사의 의견을 비중 있게 다뤘다. 그는 리스베트에 대한 자신의 의견을 특별하게 표명하지는 않았다. 하지만 현재 스웨덴에서 정신질환자를 치료하고 관리하는 시스템이 붕괴하는 양상을 논할 때는 어김없이 그녀를 언급하곤 했다. 정신과 전문의로서 그의 명성은 비단 스웨덴뿐 아니라 전 세계적으로 퍼져 있는 상황이었다. 논리는 매우 설득력이 있었고, 희생자와 유족에게 동정심을 표하는 동시에 한편으로는 리스베트의 안위에 대해 큰 염려를 내비치곤 했다.

미카엘은 이런 그를 만나 도움을 요청해볼까 생각했었다. 하지만 결국 그러지 않기로 마음먹었다. 리스베트가 체포되고 난 다음에 도움을 요청해도 결코 늦지 않을 터였다.

미카엘은 탕비실로 가서 머그잔에 커피를 따라 에리카의 방으로 들어갔다.

"다그가 원고에서 언급한 성구매자들과 포주들의 명단을 뽑아봤어. 꽤 되더군. 모두 찾아다니며 인터뷰할 생각이야."

에리카가 걱정스러운 표정으로 고개를 끄덕였다.

"아마 한두 주 걸릴 거야. 이자들이 스트렝네스에서 노르셰핑까지 퍼져 있으니. 스톡홀름에서 그렇게 먼 거리들은 아니지만 그래도 다 돌아다니려면 시간 좀 걸리겠어. 차가 한 대 필요해."

그녀가 핸드백을 열어 BMW 열쇠를 꺼냈다.

"내가 써도 돼?"

"물론이지. 나도 종종 전철로 출퇴근한다고. 급한 일이 있으면 그 레게르에게 차를 빌리면 돼."

"고마워."

"조건이 하나 있어."

"무슨 조건?"

"이 목록에 적힌 사람 중에는 짐승같이 난폭한 자들도 있어. 다그와 미아의 살해범을 찾아내겠다고 포주들을 상대로 십자군 원정을 떠나는 뜻이야 가상하지만, 안전도 생각해야 할 거 아냐? 이걸 줄 테니 꼭 호주머니에 넣고 다녀."

그녀가 최루액 스프레이 하나를 책상 위에 꺼내놓았다.

"이건 어디서 났어?"

"작년에 미국 갔을 때 사온 거야. 여자가 밤중에 혼자 다닐 땐 방어 수단 하나는 필요하지 않겠어?"

"이런 걸 가지고 다니는 건 불법인데 경찰에 걸리기라도 하면……"

"그래도 내가 자기 부고를 쓰는 일보다야 낫겠지. 미카엘, 내 마음 이해할지 모르겠지만…… 때로는 자기가 몹시 걱정 돼."

"오, 그래?"

"한번 옳다고 생각하면 물불 안 가리는 사람이잖아? 너무도 고집이 세서 한번 시작하면 아무리 명청한 일이라도 절대 물러서지 않고 말이야."

미카엘은 미소를 짓고서 에리카의 책상 위에 스프레이를 다시 올려놓았다.

"마음은 고마워. 하지만 필요없겠어."

"미케, 제발."

"네 맘 잘 알겠지만 나도 벌써 준비해두었다고."

그가 재킷 주머니에 손을 넣어 또다른 최루액 스프레이를 꺼냈다. 리스베트의 가방에서 발견한 이후로 계속 몸에 지니고 다니는 것이었다.

얀은 소니아의 사무실 문틀을 가볍게 두드리고 들어가 책상 앞에 놓인 손님용 의자에 앉았다.

"다그 스벤손이 쓰던 노트북 말이야," 그가 말했다.

"그건 나도 생각해봤어요. 다그와 미아의 마지막 24시간을 재구성해봤죠. 여전히 구멍이 많지만 한 가지는 확실해요. 그날 다그는 〈밀레니엄〉 편집부에 가지 않았어요. 대신 시내를 돌아다니다가 오후 4시경에 학교 동창을 만났어요. 드로트닝가탄의 한 카페에서 우연히요. 그런데 이 친구 말로는 그때 다그가 분명히 배낭 안에 노트북을 가지고 있었다고 해요. 자신이 직접 본데다 둘이서 노트북에 대해 얘기까지 나눴다는군요."

"그런데 살해당한 후 밤 11시에는 아파트에 노트북이 없었단 말이지."

"맞아요."

"여기서 어떤 결론을 끌어낼 수 있을까?"

"그가 다른 곳에 갔었다. 그리고 어떤 이유로 거기에 두고 왔거나 잊어버리고 왔다."

"개연성이 있는 일일까?"

"개연성이 그렇게 크지는 않지만 점검이나 수리를 맡겼을지도 모르죠. 아니면 우리가 모르는 작업실이 또 있을지도 모르고요. 예전에 그는 상트에릭스플란에 있는 프리랜서 기자 센터에서 사무실을 하나 임대한 적이 있어요."

"그렇군."

"물론 살해범이 노트북을 가져갔을 가능성도 있고요."

"드라간 말로는 리스베트가 컴퓨터 도사라던데?"

"맞아요." 소니아가 고개를 끄덕이며 대답했다.

"음. 그런데 미카엘이 가정하기로는 다그가 조사하던 일 때문에 그 둘이 살해당했다고 했어. 그렇다면 범인은 노트북 안의 자료에 등장하는 인물이겠지."

"사실 지금 우리는 너무 느려요. 물론 희생자가 셋이나 되니 수사 방향이 여러 곳으로 분산된 탓도 있지만. 다그가 일했던 〈밀레니엄〉 사무실도 진즉에 수색했어야 하는 건데."

"그 일은 오늘 아침에 에리카와 얘기했어. 여태껏 우리가 그의 물건들을 수색하러 오지 않아 오히려 놀랐다는군. 그간 리스베트를 추적하는 데만 정신이 팔려서 사건 동기를 규명하는 걸 너무 소홀히 한 게 사실이야. 자네가……"

"내일 〈밀레니엄〉에 방문하겠다고 에리카에게 벌써 말해두었어요."

"고마워."

목요일, 미카엘이 말린과 대화를 나누고 있을 때 편집부 전화벨이 울렸다. 그는 반쯤 열린 문틈으로 헨리가 사무실에 있는 걸 확인하고서 더는 벨소리에 신경쓰지 않았다. 그때 어떤 생각이 머릿속을 번개처럼 스쳤다. 지금 울리는 건 다그가 쓰던 책상 위에 놓인 전화였다. 미카엘이 이내 하던 말을 끊고 벌떡 일어나 고함을 질렀다.

"스톱! 그 전화기에 손대지 마!"

헨리가 막 수화기에 손을 올리려던 참이었다. 미카엘은 사무실을 가로질러 뛰어갔다. 가만있자! 그 인간 이름이 뭐였더라……?

우선 수화기를 들었다.

"안녕하세요. '인디고 마케팅'의 미카엘입니다. 누굴 찾으시죠?"

"어…… 안녕하시오. 군나르 비에르크라는 사람인데 그쪽에서 편지를 한 통 받았소. 뭐, 내가 휴대전화 경품에 당첨됐다고……"

"아, 축하드립니다! 소니 에릭손의 최신 모델이죠."

"공짜요?"

"100퍼센트 무료입니다. 다만 선물을 받기 전 인터뷰에 한 번만 응해주시면 되고요. 저희는 다양한 기업들을 위해 시장을 조사하고 분석하는 일을 합니다. 아주 잠시만 시간을 내서 질문에 답해주시기만하면 됩니다. 그리고 2차 추첨을 통해 상금 10만 크로나를 타실 수도있고요."

"알겠소. 전화로도 가능하오?"

"아, 죄송합니다. 조사에는 저희가 보여드리는 회사들의 로고를 알아맞히는 과정이 있거든요. 가장 마음에 드는 광고 이미지를 고르는질문도 있고요. 저희 직원 한 사람이 방문할 겁니다."

"아, 그렇소? 그런데 어떻게 내가 선택된 거요?"

"저희는 일 년에 두세 차례 이런 조사를 합니다. 이번에는 선생님처럼 연세도 있으시고 경제적으로도 여유 있는 분들께 초점을 맞추고 있죠. 후보군을 추린 후 무작위로 선발하는 겁니다."

결국 군나르 비에르크는 '인디고 마케팅' 직원의 방문을 허락했다. 그는 지금 자신이 병가를 내고 스모달라뢰의 한 시골별장에서 요양중이라고 설명했다. 그리고 찾아오는 길도 알려주었다. 약속은 금요일 오전으로 정했다.

"빙고!" 수화기를 내려놓은 미카엘이 환성을 질렀다.

허공에 힘찬 어퍼컷도 한 방 날렸다. 말린과 헨리는 그저 어안이 벙벙해 서로를 쳐다볼 뿐이었다.

파올로 로베르토는 목요일 오전 11시 30분에 스톡홀름 아를란다 국제공항에 도착했다. 뉴욕발 비행기를 타고 오는 동안 거의 잠을 자는 것으로 시간을 보낸 덕분에 시차로 피곤하지는 않았다.

한 달간 미국에서 머물다 오는 길이었다. 복싱에 관한 토론에 참석하고 시범 경기를 몇 회 관람하면서 스트릭스 TV에 판매할 제작물 아이디어도 얻을 겸 떠난 여행이었다. 그는 복서로서 자신의 커리어가 이제는 완전히 끝나버렸다는 사실을 씁쓸하지만 잘 알고 있었다. 가족이 은근히 압력을 준데다 한편으로는 물론 나이 탓도 있었다. 이제 그가 할 수 있는 건 일주일에 최소 한 번씩 고강도 트레이닝을 받으면서 체력을 유지하는 일 정도였다. 하지만 여전히 복싱계에서는 알아주는 인물이니 어떤 방식으로든 이 스포츠와 관계된 일을 하며 여생을 보내리라고 예상하고 있었다.

그는 수하물 컨베이어에서 가방을 찾았다. 그러고서 세관을 통과하려는데 짐을 검사한다며 줄 옆으로 불려 나갔다. 세관원 중 하나가 그를 알아보았다.

"아니 이게 누구야? 파올로 로베르토 아닙니까? 가방 안에는 권투 글러브만 들어 있겠죠?"

파올로가 밀수품 같은 건 없다고 말하자 그들은 검사를 생략한 채 그를 보내주었다.

그렇게 입국장을 빠져나와 셔틀버스를 타러 걸어가던 그가 갑자기 걸음을 딱 멈췄다. 신문들의 굵직한 헤드라인과 함께 실린 커다란 사진에서 리스베트 살란데르의 얼굴이 보였기 때문이다. 처음엔 자신이 제대로 본 건지 의아했다. 시차 때문에 잠시 헛것을 본 줄 알았다. 이윽고 그는 헤드라인을 다시 읽어보았다.

리스베트 살란데르를 추적중

그리고 두번째 신문의 헤드라인으로 시선을 옮겼다.

독점 취재! 삼중살인 혐의로 수배중인 용의자는 여성 정신이상자

파올로는 반신반의하는 심정으로 공항 서점에 들어가 석간과 조간 신문들을 있는 대로 사서 가장 먼저 눈에 띄는 카페테리아로 들어갔다. 그리고 멍한 눈으로 기사를 읽어내려갔다.

목요일 밤 11시경, 벨만스가탄에 있는 자신의 아파트로 돌아온 미카엘은 심신이 지쳐 있었다. 그냥 곧장 침대로 기어들어가 부족한 잠을 보충하고 싶은 마음뿐이었다. 하지만 결국 인터넷을 켜고 메일함을 열어보고 싶은 유혹에 굴복하고 말았다.

메일함에 별다른 건 없었다. 그리고 혹시나 하는 심정으로 '리스베트 살란데르' 폴더를 열었다. 그 순간, 그의 가슴이 두근거리기 시작했다. 'MB2'라는 이름의 새 파일이 보였다. 그는 재빨리 더블클릭했다.

E 검사가 매체들에 정보를 넘기고 있어요. 그에게 한번 물어봐요. 왜 옛 경찰 보고서는 넘기지 않고 있는지.

미카엘은 이 알쏭달쏭한 메시지를 멍하니 쳐다보았다. 대체 이게 무슨 뜻일까? '옛 경찰 보고서'란 무얼 말하는 걸까? 그녀가 무얼 암시하고 있는지 도통 이해할 수 없었다. 아, 정말로 복잡한 인간! 왜 항상 메시지를 수수께끼처럼 전하는 거냐고! 잠시 후 그는 '알쏭달쏭'이라고 이름 붙인 파일을 하나 작성했다.

안녕, 살리. 난 지금 굉장히 피곤해. 살인 사건 이후로 계속 쉬지 못하고 있다고. 그러니 지금 수수께끼 장난 하고 놀 기분이 아니야. 넌 지금 남들이 어떻든 상관하지도 않고 상황을 심각하게 보지도 않는 모양인데, 난 누가 내 친구들을 죽였는지 알고 싶어. /M.

그는 잠시 화면을 쳐다보며 기다렸다. 일 분쯤 지나자 '알쏭달쏭 2'라는 답장이 도착했다.

만일 당신이 나라면 어떻게 하겠어요?

그는 '알쏭달쏭 3'으로 답변했다.

리스베트. 네가 정말로 미쳐버린 게 맞다면, 낸들 어쩌겠어? 아마도 페테르 텔레보리안 박사만이 널 도울 수 있겠지. 하지만 난 네가 다그와 미아를 죽였다고 믿지 않아. 그리고 내가 잘못 생각한 게 아니기를 바라고. 다그와 미아는 성매매 산업을 고발하려고 했어. 그들의 이 계획이 살인의 빌미가 되었다는 게 내 가설이고. 하지만 내겐 이 가설을 뒷받침할 증거가 하나도 없어.

우리 사이에 뭐가 잘못됐던 건지 난 잘 모르겠어. 언젠가 둘이서 우정에 관해 얘기한 적이 있었지? 그때 난 우정의 기반이 상대에 대한 존중과 신뢰라고 말했어. 리스베트, 날 사랑하지 않는다 해도 최소한 신뢰할 수는 있잖아? 날 전적으로 믿으라고. 난 한 번도 네 비밀을 누설한 적이 없어. 벤네르스트룀의 억만금이 어떻게 되었는지 난 세상에 알리지 않았어. 날 신뢰하라고. 내가 너의 적은 아니잖아? /M.

이번엔 답신이 너무도 늦어 미카엘은 거의 희망을 잃어가고 있었다. 그러다 오십 분쯤 지나 '알쏭달쏭 4'라는 파일이 나타났다.

생각해보죠.

미카엘은 마침내 한숨을 내쉬었다. 미약하나마 희망의 빛이 불현듯 보였다. 메시지의 의미는 문자 그대로였다. 그녀는 생각해볼 것이다. 그의 삶에서 갑자기 그녀가 사라져버린 이후 처음으로 대화를 수락한 셈이었다. '생각해보겠다'는 말은 그에게 얘기하기 전에 우선 일의 득실을 따져보겠다는 의미였다. 그는 '알쏭달쏭 5'를 썼다.

좋아, 기다리겠어. 하지만 너무 꾸물거리진 마.

금요일 아침, 출근하기 위해 룅홀름스가탄에서 차를 몰고 베스테르브론 쪽으로 향하던 한스 파스테의 휴대전화가 울렸다. 경찰은 인력이 부족해 룬다가탄 아파트 앞에 상시 감시조를 배치하지 못했다. 대신 같은 층에 사는 퇴직 경찰에게 협조를 구해 리스베트의 집을 주시하게 했다.

"그 중국 여자같이 생긴 아가씨가 들어왔소." 노인이 알렸다.

한스는 마침 딱 알맞은 위치에 있었다. 헬레네보리스가탄 거리의 다리 직전에 있는 버스 정류장 앞에서 불법 유턴을 한 후 회갈리스가탄을 거쳐 룬다가탄으로 달렸다. 그렇게 해서 전화를 받은 지 이 분 만에 목적지에 도착했다. 차에서 내린 그는 도로를 뛰어 건너가 옆문을 통해 아파트 안뜰로 들어섰다.

미리암 우가 아직 현관문 앞에 서 있었다. 휘둥그레진 눈으로 부서진 자물쇠며 문 앞에 쳐진 접근금지 테이프를 바라보던 그녀는 계단을 뛰어올라오는 발소리를 듣고 몸을 돌렸다. 건장한 남자 하나가 그녀를 뚫어질 듯 응시하며 다가오고 있었다. 왠지 모를 적의를 감지한 그녀는 여행가방을 바닥에 내려놓고서 여차하면 뜨거운 킥복싱맛을 보여주기로 마음먹었다.

"미리암 우?"

놀랍게도 사내가 쑥 내민 건 경찰 신분증이었다.

"그런데요. 무슨 일이에요?"

"일주일간 어디 갔다 왔죠?"

"여행 다녀왔는데요. 무슨 일이 있었죠? 도둑이 들었나요?"

한스는 미리암의 얼굴을 빤히 훑었다. 그러고는 그녀의 어깨에 손을 올리며 말했다.

"쿵스홀맨 경찰청으로 같이 좀 가야겠수다."

얀과 소니아는 잔뜩 화가 난 얼굴로 한스에게 이끌려 심문실로 들어오는 미리암 우를 보았다.

"앉으세요. 난 얀 부블란스키 형사이고, 여기는 내 동료 소니아 모디그입니다. 이런 식으로 여기까지 오게 해서 죄송합니다. 하지만 몇 가지 물을 게 있어서 어쩔 수 없었습니다."

"아, 그래요? 왜죠? 저 사람은 아무것도 말해주지 않던데."

미리암이 엄지손가락을 뒤로 젖혀 한스 쪽을 가리켰다.

"일주일째 당신을 찾았어요. 어디에 있었는지 말씀해주시겠습니까?"

"물론 말해줄 순 있죠. 하지만 지금은 그럴 기분이 아니네요. 당신네하고는 상관없는 일이에요."

얀이 한쪽 눈썹을 꿈틀 움직였다.

"집에 돌아왔더니 문이 부서져 있고 접근금지 테이프로 봉쇄됐더군요. 그러더니 저 고릴라 같은 수컷이 날 여기까지 끌고 왔고요. 자, 먼저 설명 좀 해주시겠어요?"

"그래, 넌 수컷을 싫어하는 모양이지?" 한스가 물었다.

미리암은 기가 막힌 듯 그를 쳐다보았다. 얀과 소니아도 그를 매섭게 노려보았다.

"지난주 내내 신문도 안 본 모양이군요. 외국에 가 계셨나요?"

미리암은 순간 자신감이 사라졌다.

"네. 신문을 못 읽었어요. 부모님을 뵈러 보름 동안 파리에 가 있었거든요. 지금 막 역에서 오는 길이고요."

"기차를 타고 왔나요?"

"비행기를 좋아하지 않아서요."

"그럼 신문 1면에 헤드라인도 못 봤습니까?"

"밤차를 타고 왔어요. 기차역에서 집까지는 전철로 왔고요."

안은 잠시 생각했다. 사실 오늘 자 조간신문들이 전부 리스베트의 기사를 실은 건 아니었다. 이내 자리에서 일어나 심문실을 나간 그가 잠시 후 부활절판 〈아프톤블라데트〉를 한 부 가지고 돌아왔다. 1면 가득 리스베트의 얼굴 사진으로 뒤덮여 있었다.

미리암은 정신이 아득해졌다.

미카엘은 군나르 비에르크가 알려준 대로 차를 몰아 스모달라뢰에 있는 별장으로 찾아갔다. 주차를 한 뒤 둘러보니 그가 말한 '조그만 집'이란 게 실은 멋들어진 현대식 별장이었다. 멀리 융프루피에르덴만 일부가 내려다보이는 전망도 기가 막혔다. 미카엘은 자갈이 깔린 작은 길을 걸어올라가 초인종을 울렸다. 예순두 살인 군나르의 실물은 다그가 구해놓은 증명사진과 크게 다르지 않았다.

"안녕하십니까." 미카엘이 말했다.

"집 찾기가 어렵지 않았소?"

"쉽게 찾아왔습니다."

"들어오시오. 주방에 가서 앉읍시다."

"좋습니다."

군나르는 다리를 약간 저는 것 말고는 건강이 꽤 좋아 보였다.

"난 지금 병가중이오."

"심각한 건 아니겠죠?"

"디스크 탈출 때문에 수술을 받을 예정이지. 커피 한잔 하시겠소?"

"괜찮습니다."

미카엘은 식탁 앞에 앉아 어깨에 매고 다니는 노트북 가방을 열어 문서철을 하나 꺼냈다. 군나르도 그의 맞은편에 앉았다.

"그런데 얼굴이 낯설지가 않수다? 전에 어디서 본 적 있소?"

"아니요."

"아니, 정말 낯익은 얼굴인데."

"아마 신문에서 보셨을 겁니다."

"성함이 어떻게 되시는데?"

"미카엘 블롬크비스트입니다. 월간 〈밀레니엄〉에서 기자로 일하고 있습니다."

군나르는 호기심 어린 표정을 지었다. 그리고 마침내 퍼즐 조각들이 제자리를 찾아갔다. 아하, 칼레 블롬크비스트! 벤네르스트룀 사건! 하지만 그는 아직 상황을 백 퍼센트 이해하지 못했다.

"〈밀레니엄〉이라? 그 잡지사에서 시장조사도 하오?"

"예외적인 경우에만 하죠. 여기 사진 세 장이 있으니 한번 보시고 어느 모델이 가장 마음에 드는지 말씀해주시죠."

미카엘이 세 여자의 사진을 식탁 위에 늘어놓았다. 그중 하나는 포르노 사이트에서 내려받아 출력한 것이었다. 다른 두 장은 컬러 증명사진을 확대한 것이었다.

순간 군나르의 얼굴이 납빛으로 변했다.

"무슨 말을 하는지 모르겠소만……"

"모르겠어요? 이 소녀는 리디아 코마로바입니다. 열여섯 살이고 벨라루스의 민스크 출신이죠. 그 옆은 미앙 소 친, 일명 '요요'라고 하는 태국 아가씨. 스물다섯 살이고요. 마지막으로 이쪽은 탈린 출신의 열아홉 살 옐레나 바라소바. 모두 당신이 돈 주고 산 여자들 아닙니까? 자, 셋 중에서 누가 제일 좋았는지 어서 말해보시죠. 이게 바로 우리가 하는 시장조사니까."

얀은 미리암을 의심스러운 눈으로 훑었고, 그녀는 그런 그의 눈을 똑바로 쳐다보았다.

"자, 정리해봅시다. 그러니까 당신이 리스베트를 알게 된 건 삼 년이 조금 넘었다. 그리고 올해 봄에 아무 대가 없이 거주계약서에 당신을 넣어준 다음 자신은 다른 곳으로 가버렸다. 잊을 만하면 한번씩 나타났고, 그럴 때마다 당신은 그녀와 잠자리를 했다. 하지만 당신은 그녀가 어디에 사는지, 직업이 뭔지, 어떻게 먹고사는지조차 모르고 있다…… 이 모든 이야기를 나보고 믿으란 소립니까?"

"당신이 어떻게 생각하든 상관없어요. 난 조금도 지은 죄가 없고, 내 삶과 섹스 파트너를 어떻게 선택하든 당신이 전혀 상관할 문제가 아니에요. 당신이든 그 누구든 말이죠."

얀은 한숨을 내쉬었다. 미리암 우가 나타났다는 소식을 들었을 때 이제는 됐다 싶었다. 드디어 꽉 막힌 수사에 한줄기 빛이 들어오겠구나. 하지만 그녀의 답변은 아무런 빛을 던져주지 못했다. 아니, 그 답변들은 너무도 이상했다. 문제는 그녀의 말을 믿지 않을 수 없다는 사실이었다. 그녀는 조금도 머뭇거림 없이 대답했다. 그녀는 언제 어디서 리스베트와 만났는지 정확하게 진술했다. 게다가 룬다가탄으로 이사하게 된 상황을 너무도 상세하고 구체적으로 묘사했기 때문에 그와 소니아는 이 모든 기이한 이야기가 사실임을 의심할 수 없었다.

미리암의 진술을 옆에서 듣고 있던 한스는 속에서 화가 치밀어올랐지만 내색하지 않았다. 대체 얀은 왜 이 중국 년같이 생긴 계집애를 이토록 물렁하게 대한단 말인가? 저렇게 이런저런 설명을 길게 늘어놓는 건 정작 중요한 유일한 질문, 즉 그 더러운 리스베트가 어디 숨어 있는지 물어볼까봐 그걸 피하려고 계속 딴청을 피우는 게 아니겠는가?

미리암은 리스베트가 어디 있는지 모른다고 했다. 리스베트의 직업이 무엇인지 전혀 모르며, 밀톤 시큐리티에 대해서도 들어본 적이 없다고 했다. 다그 스벤손과 미아 베리만에 대해서도 들어본 적이 없으니 가장 중요한 질문에도 역시 대답할 수 없다고 했다. 그녀는 리스베트가 후견을 받고 있으며 청소년기에는 강제로 정신병원에 수용되었다는 사실도, 수많은 정신과 전문의들이 그녀에게 정신적인 문제가 있음을 인정했다는 사실도 정말이지 까맣게 몰랐다고 주장했다.

반면 리스베트와 함께 술집 풍차에 가서 서로 키스하고 룬다가탄으로 돌아와 다음날 아침에 헤어졌다는 사실은 인정했다. 그로부터 며칠 있다 파리행 기차에 올랐기 때문에 그후에 나온 스웨덴 신문을 전혀 못 봤다는 것이다. 술집에서 해프닝이 있었던 저녁 이후로는 자동차 복사 열쇠를 전해주려고 잠시 들른 적 말고는 한 번도 나타나지 않았다고 했다.

"차 열쇠?" 얀이 물었다. "리스베트는 차가 없을 텐데?"

미리암은 그녀가 와인색 중고 혼다를 샀으며 지금 아파트 앞에 주차되어 있다고 설명했다. 얀이 자리에서 일어서며 소니아를 돌아보았다.

"자네가 심문을 계속해주겠어?" 그러고는 방을 나갔다.

예르케르를 찾아 와인색 혼다에 대한 감식수사를 지시할 참이었다. 하지만 무엇보다도 혼자서 조용히 생각해보고 싶었다.

멋진 바다 전경이 내다보이는 주방에서 세포의 '외국인 담당 특별부' 차장이자 지금은 병가중인 군나르 비에르크의 얼굴이 유령처럼 잿빛으로 변해가고 있었다. 미카엘은 그런 그를 냉정한 시선으로 관찰했다. 이제 그가 엔셰데 살인 사건과 전혀 관계가 없음을 확신할 수 있었다. 다그는 결국 그를 만나보지 못했던 것이다. 군나르 역시 성구매자들을 고발하는 탐사기사에 자신의 이름과 사진이 실릴 예정이었다는 사실을 까맣게 모르고 있었다.

그에게 얻어낸 정보는 단 하나였지만 사뭇 흥미로웠다. 그는 닐스 변호사와 개인적인 친구였다. 둘은 군나르가 이십육 년간 적극적으로 활동했던 경찰 사격 클럽에서 만났다. 한때는 닐스와 함께 클럽 임원을 맡은 적도 있었다. 깊은 우정이라고까지 할 수는 없었지만 그래도 두세 번 저녁식사까지 함께한 사이였다.

그는 벌써 몇 달째 닐스를 보지 못했다고 했다. 마지막으로 본 게 지난여름이 끝날 무렵 둘이서 어느 카페 테라스에 앉아 맥주를 한잔 마셨을 때라고 했다. 그는 닐스가 정신이상자에게 살해당한 일은 유감이지만 장례식에 참석할 뜻은 없다고 말했다.

미카엘은 이러한 우연의 일치가 무엇을 의미하는지 잠시 생각해보았지만 이내 포기했다. 닐스는 폭넓게 사회활동을 하던 변호사였기 때문에 생전에 수백 명의 사람들을 알고 있었을 터였다. 이런 그가 다그의 명단에 포함된 누군가를 안다는 사실은 확률적으로 볼 때 불가능한 일도 이상한 일도 아니었다. 명단에 포함된 어느 기자 역시 미카엘과 몇 차례 마주친 적이 있는 사람 아닌가.

이제 끝내야 할 시간이었다. 미카엘이 예상했던 대로 군나르는 별짓을 다 했다. 처음에는 완강히 부인하다가 미카엘이 자료를 일부 제시하자 화를 내기도 하고, 협박을 하다가도 눈감아달라며 대가를 제시하기도 했다. 하지만 이도 저도 통하지 않자 결국 읍소하기 시작했다. 미카엘은 시종 눈 하나 꿈쩍하지 않았다.

"그걸 발표하면 한 사람의 인생이 무너질 거라는 사실을 아시오?" 군나르가 물었다.

"압니다."

"그런데도 하겠다고?"

"당연하죠."

"왜지? 나 같은 사람을 좀 동정해줄 수도 있잖소? 난 병든 몸이라고."

"당신이 '동정'이라는 말을 하니 상당히 재미있네요."

"날 조금만 인간적으로 대해 줄 수 없소? 돈 드는 일도 아닌데……"

"맞는 말입니다. 그런데 지금 인생이 파괴될 거라고 징징 짜는 당신은 무슨 짓을 했죠? 거리낌없이 법을 어겨가면서 수많은 소녀들의 인생을 파괴해오지 않았습니까? 지금 이들 셋에 대해서는 증거가 확실하지만 실제로 당신 손을 거쳐간 여자들이 몇 명일지는 신만이 알겠죠. 그런 당신이 인간적인 동정을 운운하다뇨?"

미카엘은 벌떡 일어나 자료를 주워들고 노트북 가방에 집어넣었다.

"배웅할 필요는 없습니다. 출구가 어디인지 아니까."

그렇게 문을 향해 걸어가던 그가 문득 걸음을 멈추고 군나르를 향해 다시 몸을 돌렸다.

"그런데 혹시 살라라는 사람에 대해 들어봤습니까?"

군나르는 멍하니 미카엘을 쳐다보고 있었다. 너무 혼란스러워 미카엘의 말이 귀에 들어오지 않았다. '살라'고 뭐고 그에게는 아무 의미가 없는 말이었다. 그런데 다음 순간, 그의 두 눈이 휘둥그레졌다.

살라?!

말도 안 돼!

닐스 비우르만!

어떻게 그럴 수가?

변화를 감지한 미카엘이 다시 식탁 쪽으로 다가갔다.

"왜 내게 살라를 묻는 거요?"

큰 충격을 받은 듯한 표정이었다.

"내가 그 인간에게 관심이 많으니까."

주방에 무거운 정적이 내려앉았다. 군나르의 머릿속에서 째깍째깍 톱니바퀴 돌아가는 소리가 미카엘의 귀에까지 그대로 들려왔다. 결국 그는 창턱에 올려둔 담뱃갑을 집어들었다. 미카엘을 집안에 들인 후로 처음 피워 무는 담배였다.

"내가 살라에 대해 뭔가를 알고 있다면…… 당신은 뭘 얻는 건데?" 갑자기 그의 말투에 자신감이 묻어났다.

"당신이 무얼 아느냐에 따라 달라지겠죠."

군나르는 잠시 머리를 굴려보았다. 이런저런 생각들이 머릿속에서 바삐 움직였다.

이 미카엘이란 놈이 어떻게 살라첸코를 알았지?

"정말 오랜만에 들어보는 이름이군." 마침내 군나르가 입을 뗐다.

"그럼 그자를 안단 말이군요?" 미카엘이 물었다.

"그렇게 말하진 않았소. 당신이 찾는 게 뭔데?"

미카엘은 잠시 머뭇거렸다.

"내 목록에 오른 인물 중 하납니다. 즉 다그가 관심을 가진 사람 중 하나."

"그러니까 당신이 무슨 이득을 보는 거냐고?"

"그게 무슨 상관인데요?"

"내가 당신을 살라에게 데려다주면…… 당신네 기사에서 내 이름을 지워줄 수 있겠소?"

미카엘은 천천히 의자에 앉았다. 헤데스타드 일을 겪고 난 후로 다시는 기사를 가지고 흥정하지 않기로 굳게 결심했던 그였다. 따라서 군나르와 거래할 생각은 추호도 없을 뿐더러 어떤 일이 일어나든 결국은 그를 고발할 심산이었다. 하지만 미카엘은 일단 협정을 맺기로 했다. 쉽게 말해 그를 속일 생각이었지만 이제 그는 이런 책략에 아무런 죄책감도 느끼지 않았다. 결국 이자는 쓰레기가 아니던가. 만일 그가 유력한 용의자를 알고 있다면 경찰에 몸담고 있는 사람으로서 직접 잡아들여야 옳았다. 그런데 이렇게 자신의 이익을 위해 흥정의 재료로 삼는 후안무치한 자인 것이다. 또다른 쓰레기를 넘김으로써 자신은 빠져나갈 수 있다고 생각하는 모양이었다. 미카엘은 이런 군나르에게 잠시나마 희망을 갖게 해줄 용의가 얼마든지 있었다. 이내 그는 재킷 주머니에 손을 넣어 아까 자리에서 일어나며 꺼두었던 녹음기를 다시 작동시켰다.

"자, 얘기해보시죠."

소니아는 한스 때문에 속이 부글부글 끓어올랐지만 불편한 기색을 내비치지는 않았다. 얀이 나간 이후로 미리암에 대한 심문이 한스 때문에 난장판이 되고 있었다. 소니아가 그런 그를 여러 차례 노려보았지만 그는 번번이 무시할 뿐이었다.

한편으로 소니아는 놀라지 않을 수 없었다. 마초 기질이 다분한 한스를 좋아해본 적은 한 번도 없었지만 그래도 경찰관으로서는 능력 있는 인물이라고 생각했었다. 그런데 오늘은 그 '능력'마저 모습을 감췄다. 아름답고 똑똑하며 자신이 레즈비언임을 당당하게 밝히는 이 여자가 자신을 도발한다고 느끼는 건지 지금 그는 완전히 이성을 잃어버렸다. 게다가 미리암은 또 그녀대로 한스의 이런 기분을 눈치채고 인정사정없이 그를 자극해대고 있었다.

"당신이 내 서랍에서 딜도를 찾았다면서요? 그걸 보니까 어때요?"

미리암이 호기심에 찬 미소를 머금으며 물었다.

한스는 폭발 직전이었다.

"입 닥치고 묻는 질문에나 대답해!"

"내가 리스베트와 함께 그걸 썼느냐고 물었죠? 그래, 대답하죠. 그건 당신이 상관할 바 아닙니다!"

소니아가 한 손을 들어올렸다.

"미리암 우에 대한 심문, 11시 12분에 잠시 중단함."

그러고는 녹음기를 끄고 말했다.

"미리암, 잠깐 여기 앉아 있어요. 한스, 할말이 좀 있어요."

자신을 죽일 듯이 노려본 후 소니아를 따라 복도로 나가는 한스를 향해 미리암은 짐짓 천진한 미소를 지어 보였다. 복도로 나선 소니아는 몸을 홱 돌려 한스의 코앞에 바짝 얼굴을 가져다댔다.

"얀 팀장님이 내게 이 심문을 맡겼어요. 그런데 왜 옆에서 방해합니까?"

"뭐가 어때서? 저 빌어먹을 레즈비언이 뱀장어처럼 이리저리 빠져나가잖아."

"뱀장어라…… 상당히 프로이트적인 은유에 집착하는군요."

"뭐라고?"

"이해 못하면 됐어요. 그렇게 마초적인 본능을 폭발시키고 싶으면 쿠르트나 찾아서 신나게 한판 붙어보지 그래요? 아님 사격장에 가서 총이나 미친듯이 쏘던지. 제발 이 심문에만은 끼어들지 마요!"

"소니아, 왜 넌 그따위야?"

"지금 당신이 내 심문을 훼방하고 있잖아요!"

"어때, 미리암 우를 보니 너도 '필'이 꽂히나보지? 그래서 둘만 있고 싶은 거야?"

소니아는 자기도 모르게 손이 너무도 빨리 나가는 바람에 미처 제어할 틈이 없었다. 그녀는 한스의 따귀를 갈겼다. 그 순간 자신이 저지른 행동을 후회했지만 이미 엎질러진 물이었다. 이윽고 복도 양쪽을 힐끗 돌아보았지만 다행히 본 사람은 아무도 없었다.

맨 처음 한스는 놀란 표정을 짓더니 이내 뭐라고 이죽거리며 점퍼를 어깨에 걸치고 사라졌다. 소니아는 사과를 할까도 했지만 그냥 놔두기로 했다. 대신 잠시 그렇게 서서 흥분을 가라앉혔다. 그런 다음 자판기에서 커피 두 잔을 뽑아 미리암에게 돌아왔다.

두 여자는 한동안 아무 말도 하지 않았다. 이윽고 소니아가 미리암을 보며 입을 열었다.

"미안해요. 아마 이 경찰청 유사 이래 최악의 심문이었을 거예요."

"저치 같은 사람이 동료라니, 참 피곤하시겠네요. 내가 보기에 저 작자는 이혼한 이성애자예요. 자판기 앞에서 게이들을 비웃는 저질

농담이나 늘어놓으며 낄낄대겠죠."

"그야말로 고리타분한 인간이에요."

"당신은 아닌가요?"

"난 적어도 동성애자를 혐오하는 사람은 아니에요."

"오케이."

"미리암. 난…… 아니 우리 모두는 벌써 열흘 전부터 녹초가 된 채 수사를 계속하고 있어요. 엔셰데 사건과 그에 못지않게 끔찍한 오덴플란 사건을 해결하려고요. 그런데 범행이 일어난 두 장소에 모두 당신의 여자친구가 연관되어 있어요. 이미 기술적인 증거를 확보한데다 전국적으로 수배까지 내린 상태죠. 우리는 그녀가 타인에게나 자기 자신에게 해를 끼치기 전에 반드시 찾아내야 해요. 미리암, 무슨 말인지 알겠죠?"

"난 리스베트를 알아요…… 그애가 누군가를 죽였다고는 도저히 믿기지 않네요."

"믿을 수 없는 건가요, 아님 믿고 싶지 않다는 건가요? 미리암, 경찰이 전국 수배령을 내릴 때는 충분한 이유가 있기 때문이에요. 하지만 수사팀장인 얀 형사 역시 그녀의 혐의를 백 퍼센트 확신하진 못하고 있죠. 우린 공범이 있을 가능성, 혹은 그녀가 이 모든 일에 살인이 아닌 다른 방식으로 연루됐을 가능성도 배제하지 않고 있어요. 어쨌거나 진상을 밝히려면 그녀를 찾아내야 해요. 당신은 그녀가 결백하다고 믿고 있지만 만일 그 생각이 틀렸다면 어떻게 되겠어요? 리스베트에 대해 아는 게 별로 없다고 당신 입으로 말했잖아요."

"사실 지금 뭐가 뭔지 하나도 모르겠어요."

"그럼 진실을 밝힐 수 있게끔 우릴 도와줘요."

"내게 무슨 혐의라도 있나요?"

"전혀 없어요."

"그럼 원하면 지금 당장 이곳을 떠나도 된단 말이겠군요."

"이론적으로는 그렇죠."

"이론적이 아니라면?"

"우린 당신에게 물어볼 게 많아요."

미리암은 그녀의 말뜻을 곰곰이 생각해보았다.

"좋아요. 질문하세요. 하지만 짜증나는 질문이면 대답하지 않겠어요."

소니아는 다시 녹음기를 켰다.

20장

4월 1일 금요일~4월 3일 일요일

미리암은 한 시간가량 소니아와 함께 있었다. 심문이 끝나갈 즈음 돌아온 얀은 옆에 앉아 말없이 듣기만 했다. 미리암은 그에게 정중히 인사를 한 다음 소니아와 계속 대화를 이어갔다.

심문이 끝나자 소니아가 얀에게 고개를 돌리며 따로 질문할 것이 있는지 물었다. 그는 고개를 저었다.

"미리암 우, 심문 종료. 현재 시간 오후 1시 09분."

그녀는 녹음기를 껐다.

"한스와 문제가 좀 있었던 모양이던데?" 얀이 물었다.

"좀 산만했어요." 외부인이 옆에 있었기 때문에 소니아는 감정을 숨기며 대답했다.

"완전 멍청이던데요." 미리암이 덧붙였다.

"형사로서 장점이 많은 사람이긴 한데 젊은 여성을 심문하는 일에 아주 적합하다고는 하기 힘들죠." 얀이 미리암의 두 눈을 똑바로 쳐다보며 말했다. "이 일을 맡겨선 안 됐는데…… 여하튼 미안합니다."

미리암은 놀란 표정을 지었다.

"사과를 받아들이겠어요. 나도 처음엔 당신에게 좀 거칠었죠."

얀은 괜찮다는 뜻으로 손을 내저었다. 그러고는 그녀를 쳐다보았다.

"이제 우리끼리 사적으로 몇 가지 물어도 괜찮겠습니까? 녹음기 없이 말입니다."

"물론이죠."

"솔직히 이 리스베트라는 여자를 알면 알수록 당황스러워요. 주변 사람들이 묘사하는 그녀가 사회복지부 문서나 의료 기록에 나타나 있는 공식적인 이미지와 너무나도 다르니까."

"아, 그래요?"

"그러니 내 질문에 솔직하게 대답해주면 좋겠어요."

"물어보세요."

"그녀가 열여덟 살 때 작성된 정신과 소견서에는 정신적 지체와 장애가 있다고 적혀 있던데……"

"웃기는 소리네요. 그앤 아마 당신과 날 합친 것보다도 머리가 더 좋을 거예요."

"학교도 다 못 마친데다 성적표를 보면 제대로 읽고 쓰지도 못하는 듯한데……"

"읽기와 쓰기 능력은 나보다 뛰어나요. 때로는 수학 공식 같은 걸 끼적거리며 놀았죠. 순수 대수학이요. 너무 복잡한 수학이라 난 이해도 못하겠지만."

"수학?"

"일종의 취미인 셈이죠."

얀과 소니아는 아무 말도 못했다.

"취미?" 조금 있다 겨우 입을 연 얀이 물었다.

"방정식 비슷한 것들 있잖아요. 난 그 기호들이 무엇을 의미하는지 조차 모르지만."

얀은 한숨을 내쉬었다.

"사회복지부 보고서에 따르면 그녀는 열일곱 살 때 탄토룬덴 공원에서 어떤 나이 많은 사내와 함께 있다가 체포된 일이 있어요. 보고서에는 성판매를 했을 거라는 암시가 있었고."

"리스베트가 입에 풀칠하려고 몸을 팔아요? 웃기는 소리 하고 있네! 난 그애 직업이 뭔지 전혀 아는 바가 없지만 밀턴 시큐리티에서 일했다는 말을 듣고도 조금도 놀라지 않았어요."

"그럼 무슨 일을 해서 먹고삽니까?"

"모른다니까요."

"그녀는 레즈비언인가요?"

"아뇨. 나와 가끔 잠자리를 했지만 그렇다고 해서 동성애자는 아니에요. 내 생각으로는 아직 자신의 성정체성을 확실히 모르는 것 같아요. 아마 양성애자일 거예요."

"당신네들은 수갑 같은 물건을 쓰던데 혹시 리스베트에게 가학적인 성향이라도 있었나요?"

"하여튼 모든 걸 삐딱하게만 보는군요. 가끔 장난삼아 역할 놀이 같은 걸 할 때나 수갑을 쓰죠. 사디즘이라든지 폭력이나 성적 학대 따위는 전혀 관계없다고요. 그냥 단순한 놀이에요."

"그녀가 당신을 난폭하게 대한 적은?"

"아뇨. 우리가 놀 땐 내가 주로 지배적인 역할을 하죠."

미리암은 천진한 미소를 머금었다.

오후 3시에 열린 회의는 수사가 시작된 이래 처음으로 심각한 언쟁을 벌이다 막을 내렸다. 얀은 현재 상황을 요약한 다음 수사 방향을 확대할 필요가 있음을 설명했다.

"수사 첫날부터 우리는 리스베트 살란데르를 찾는 데 모든 수사력을 집중했습니다. 객관적인 근거를 따르면 혐의는 강력합니다만 우리가 생각했던 그녀의 이미지가 그녀를 아는 모든 사람들의 진술과는 백팔십도 다르다는 사실이 드러났습니다. 드라간, 미카엘, 그리고 이제는 미리암까지도 그녀를 사이코패스 살인마로 보지 않는단 말이죠. 그렇기 때문에 난 우리의 사고를 약간 확장해 다른 용의자가 있을 가능성을 염두에 두어야 한다고 생각합니다. 그리고 공범이 있거나 혹은 그녀가 사건 현장에 있었지만 직접 총을 쏘지는 않았을 가능성도 고려해야겠죠."

이러한 얀의 발언은 격렬한 논쟁을 야기했다. 특히 한스와 밀톤 시큐리티의 소니만이 강력하게 반발했다. 두 사람은 대부분 가장 간단한 설명 가운데 정답이 있다고 주장했다. 만일 다른 범인을 상정한다면 이 사건 뒤에 어떤 거대한 음모라도 숨어 있다고 생각하느냐고 반문했다.

"그럼 경찰 가운데 범인이 숨어 있다는 미카엘의 주장을 따라야겠군요!" 한스가 신랄하게 쏘아붙였다.

이 논쟁 가운데 얀을 지지한 사람은 소니아뿐이었다. 쿠르트와 예르케르는 애매한 논평만 몇 마디 흘릴 뿐이었다. 밀톤의 니클라스는 격론이 계속되는 내내 한마디도 하지 않았다. 마침내 리샤르드 검사가 손을 들어 이를 중단시켰다.

"얀, 설마 리스베트를 수사 대상에서 삭제하자는 말은 아니겠죠?"

"물론 아닙니다. 그녀의 지문이 있는데 어떻게 그러겠습니까? 하지만 지금까지 우리는 그녀의 살해 동기를 머리가 터져라 추적해봤지만 아직 찾아내지 못했습니다. 그러니까 가능한 다른 방향들도 고려해보고 싶은 겁니다. 다른 사람들이 연루된 건 아닌지, 혹은 이 사건이 다그가 저술하던 성매매 산업에 대한 책과 관련된 건 아닌지 등등을 말입니다. 미카엘이 이 책 가운데 언급된 사람들에게 충분한 살해 동기가 있다고 지적했는데 난 그 말에 일리가 있다고 생각합니다."

"그럼 어떤 식으로 수사를 진행해나갈 생각입니까?" 리샤르드가 물었다.

"여러분 중 두 사람이 가능성 있는 다른 용의자들을 조사해줬으면 해요. 소니아하고 니클라스, 둘이서 수고 좀 해줘."

"제가요?" 니클라스가 놀란 얼굴로 되물었다.

얀이 그를 선택한 건 그중에서 그가 가장 젊기 때문에 경직되지 않은 사고를 할 수 있을 거라고 믿었던 까닭이다.

"그래, 자네가 소니아와 함께 작업해줘. 우리가 알고 있는 모든 사실을 다시 검토해서 혹시라도 놓친 게 있는지 살펴보라고. 한스, 쿠르트, 소니, 이렇게 셋은 계속 리스베트를 추적하고. 그건 절대적인 우선 사항이니까."

"그럼 난 뭘 하지?" 예르케르가 물었다.

"닐스 변호사에게 집중해줘. 자택을 다시 한번 살펴보고 뭔가 빠뜨린 점이 있는지 찾아봐. 자, 질문 있습니까?"

아무도 질문하지 않았다.

"좋습니다. 미리암 우의 존재에 대해서는 입을 다물도록 하죠. 아직 그녀에게 더 얻어낼 정보가 남아 있는 판에 매체들이 개떼처럼 달려들면 곤란하니까."

리샤르드는 얀의 계획을 승인했다.

"자, 그럼……" 니클라스가 소니아를 쳐다보며 말했다. "당신이 경찰이니까 할 일을 정해주세요."

그들은 회의실 앞 복도에 서 있었다.

"우선 미카엘을 만나 다시 한번 얘기를 들어봐야겠죠." 그녀가 말했다. "그런데 내가 얀과 할말이 있으니 일단 헤어집시다. 지금이 금요일 오후잖아요. 마침 내가 토요일과 일요일 비번이에요. 뭐를 해도 월요일에나 시작할 수 있다는 말이죠. 우리가 확보한 정보들을 가지고 주말 동안 각자 생각해보도록 합시다."

둘은 인사를 나누고 헤어졌다. 소니아가 얀의 방에 들어섰을 때 리샤르드가 그와 대화를 마치고 막 떠나던 참이었다.

"잠시 시간 좀 있어요?"

"거기 앉아."

"한스가 사람을 얼마나 열불나게 하던지, 그만 내가 폭발해버렸어요."

"자네가 공격했다고 씩씩대더군. 하지만 안 봐도 뻔하지. 그래서 내가 미리암에게 사과하려고 들어갔던 거야."

"내가 그녀에게 '필'이 꽂혀서 둘만 있으려 한다나 뭐라나."

"뭐, 자세한 얘기는 그만두고. 아무튼 그의 언행이 성희롱의 모든 조건을 충족시키는데. 어때, 고소할 텐가?"

"귀싸대기 한 대 날렸으니 그걸로 됐어요."

"그 인간이 자네를 제대로 폭발시켰군!"

"그렇다니까요."

"한스가 주관이 강한 여자들하고는 문제가 있어."

"나도 눈치챘어요."

"자넨 주관이 강한데다 훌륭한 경찰관이기도 하지."

"고마워요."

"하지만 앞으로 사람을 구타하는 일만은 삼가줘."

"네, 다신 안 그럴게요. 그런데 오늘은 다그가 쓰던 책상을 수색하러 〈밀레니엄〉에 갈 시간이 없을 듯해요."

"이미 늦어진 일이지…… 좋아, 오늘은 집에 들어가 주말 잘 보내라고. 월요일부터 새로운 힘으로 다시 시작하자고."

니클라스는 커피를 한잔 마시려고 중앙역 앞에 자리잡은 카페 '조지'에 들렀다. 기분이 이상하게 우울했다. 일주일 내내 그는 리스베트가 곧 체포되리라는 기대 속에 지냈다. 만일 체포당할 때 그녀가 반항이라도 하면 어느 멋진 경찰관이 벌집을 내버리는 상큼한 일이 벌어질 수도 있을 텐데…… 이러한 환상에 그는 기분이 좋았다.

하지만 리스베트는 여전히 자유롭게 돌아다니고 있었다. 게다가 이제 얀은 다른 용의자들을 생각하고 있다. 상황이 좋은 방향으로 흐르지 않고 있었다.

그는 자기가 소니 밑에서 일해야 한다는 사실이 지겨웠다. 소니는 밀톤에서도 가장 상상력이 빈곤해 지루하기 짝이 없는 인간 아니던가? 그런데 그것도 모자라 이제 소니아의 부하 신세가 되다니!

리스베트를 용의자로 수사하는 방향을 가장 문제시하는 사람이 바로 그녀였다. 어쩌면 지금 얀을 망설이게 하는 장본인일지도 몰랐다. '부블라'라 불리는 그가 혹시 이 멍청한 년과 내연관계는 아닌가 하는 생각마저 들었다. 그게 사실이라 해도 놀라운 일은 아니리라. 외부인사인 자기까지 종 부리듯 하는 여자이니 그 멍청한 얀도 휘둘리고 있겠지. 그가 보기에 이 수사팀에서 그래도 배짱 있게 그녀와 맞서는 사람은 한스 파스테뿐이었다.

니클라스는 잠시 생각했다.

오전에 그와 소니, 그리고 요한 세 사람은 밀톤 사무실에서 드라간과 간단하게 회의를 했다. 드라간은 실망했다. 일주일간의 수사가 아무 소득을 내지 못한 채 두 살인 사건은 여전히 안개 속에 잠겨 있기 때문이다. 요한은 이 임무가 회사를 위해 과연 필요한지 재고해야 한다고까지 말했다. 다른 할 일이 많은 소니와 니클라스가 무상으로 공권력에 도움을 제공하는 이 상황이 인력 낭비가 아니냐는 뜻이었다.

드라간은 잠시 생각하더니 소니와 니클라스가 일주일 더 조사를 계속한다는 결정을 내렸다. 그래도 결과가 없으면 계획을 접겠다고 했다.

니클라스로선 일주일의 유예기간을 얻은 셈이었다. 그후엔 영영
이 수사에 참여할 수 없으리라. 그는 어떻게 할지 잠시 망설였다.

잠시 후 그는 휴대전화를 꺼내 토니 스칼라에게 전화를 걸었다. 남
성 잡지에 가십기사를 쓰는 프리랜서 기자로, 여러 번 만나본 적 있
는 사람이었다. 간단한 인사를 나눈 후 니클라스는 자기에게 엔셰데
수사에 관련된 정보가 있다고 말했다. 그리고 올해 들어 가장 큰 화
제가 된 경찰수사의 핵심부에 들어가게 된 경위를 설명했다. 예상대
로 토니는 덥석 미끼를 물었다. 유력지에 팔아넘길 만한 기삿거리를
얻을 수 있는 절호의 기회였으니까. 그들은 한 시간 후 쿵스가탄에
있는 카페 '아베뉘'에서 만나기로 약속했다.

토니 스칼라라는 인물의 가장 큰 특징을 꼽으라면 뚱뚱하다는 거
였다. 그는 어마어마하게 뚱뚱했다.

"내가 정보를 넘기는 데는 두 가지 조건이 있어."

"말해봐!"

"첫째, 밀톤 시큐리티에 관계된 이야기가 절대 기사에 들어가선 안
돼. 밀톤이 언급되면 정보를 유출한 장본인이 나라고 의심할 사람이
있을 거라고."

"하지만 리스베트가 밀톤에서 근무했다는 건 특종이야!"

"그냥 청소나 잔심부름을 했을 뿐이야." 니클라스가 말을 잘랐다.
"그게 특종이랄 것까지 있나."

"알았어."

"둘째, 정보를 유출한 사람이 마치 여자인 듯한 느낌이 들게 기사
를 써."

"왜지?"

"그래야 내가 의심을 사지 않을 것 아냐."

"오케이. 자, 넘기겠다는 정보가 대체 뭐야?"

"리스베트의 레즈비언 애인이 나타났어."

"와우! 룬다가탄 거주계약서에 올라 있다는 그년? 사라져버렸다는?"

"미리암 우. 뭐, 기삿거리 좀 되겠어?"

"그럼, 물론이지. 그동안 어디 있었대?"

"외국에. 살인 사건 얘기는 듣지도 못했다고 주장하더군."

"그녀에게 무슨 혐의라도 있어?"

"현재로는 없어. 오늘 심문을 받고서 세 시간 전에 풀려났지."

"아하! 너도 그 여자 얘기를 믿는 거야?"

"내가 보기엔 불여우 사기꾼 같은 년이야. 분명히 뭔가를 알고 있다니까."

"으흠. 적어두지."

"그녀의 과거를 캐봐. 평범한 년은 아니야. 리스베트와 사도마조 섹스를 즐기던 년이니까."

"그런데 그걸 어떻게 알았는데?"

"심문할 때 자백했어. 가택 수색 때 수갑, 가죽옷, 채찍 같은 온갖 지저분한 물건들이 발견됐대."

채찍이 발견됐다는 건 순전히 니클라스가 지어낸 거짓말이었다. 하지만 분명 그 더러운 중국 년은 채찍도 가지고 놀았을 테니 상관없었다.

"설마…… 농담은 아니겠지?" 토니가 대꾸했다.

파올로 로베르토는 도서관 문이 닫힐 때까지 가장 늦게 남아 있던 이용객 가운데 하나였다. 리스베트에 대한 기사를 하나도 빠짐없이 읽느라 오후를 다 보내버렸다.

스베아베겐 거리로 나온 그는 허탈하고도 심란했다. 배도 고팠다. 그래서 우선 맥도날드로 들어가 햄버거 하나를 주문하고 구석자리에 앉았다.

삼중살인범 리스베트 살란데르…… 믿기지 않는 사실이었다. 조금 엉뚱하기는 하지만 그 연약하고 조그만 여자가 어떻게 그런 엄청난 짓을 저지를 수 있단 말인가? 문제는 자신이 그녀를 도와야 하는가였다. 그렇다면 무엇을?

택시를 잡아타고 룬다가탄으로 돌아온 미리암은 집안에 들어가 망연한 눈으로 실내를 둘러보았다. 개조한 지 얼마 되지 않은 공간이 처참한 모습으로 변해버렸다. 옷장, 벽장, 수납장, 서랍이 텅텅 비어 있었고 끄집어낸 물건들은 분류돼 바닥에 널려 있었다. 게다가 온 사방이 지문을 채취한다고 발라놓은 분말 때문에 얼룩덜룩했다. 그녀의 내밀한 섹스 토이들은 침대 위에 무더기로 널브러져 있었다. 그래도 없어진 물건은 보이지 않았다.

가장 먼저 한 일은 부서진 문에 새 자물쇠를 달기 위해 쇠데르말름의 열쇠공을 부르는 것이었다. 열쇠공은 1시 이전에 도착한다고 했다.

미리암은 커피머신을 켜고 나서 폭격 맞은 폐허처럼 변한 주방 한가운데 앉아 고개를 흔들었다. 리스베트, 리스베트, 도대체 너 무슨 짓을 한 거야?

휴대전화를 꺼내 리스베트에게 전화를 걸어보았지만 들려오는 건 '요청하신 번호는 지금 연결할 수 없습니다'라는 멘트뿐이었다. 그녀는 오랫동안 주방 식탁에 앉아 생각을 정리해보려고 애썼다. 자신이 아는 리스베트는 사이코패스 살인마가 아니었다. 하지만 한편으로는 그녀를 아주 잘 안다고 할 수도 없었다. 리스베트가 침대에서 격렬한 건 사실이지만 기분이 변하면 물고기처럼 차가울 수도 있는 사람이었다.

결국 리스베트를 만나 직접 설명을 듣기 전에는 판단하지 않는 게 좋겠다고 생각했다. 갑자기 눈물이 터져나올 것만 같아 미친듯이 집안 정리에 뛰어들었다.

저녁 7시 무렵, 마침내 문에 새 자물쇠가 달렸고 집안은 겨우 평소의 모습을 되찾을 수 있었다. 샤워를 하고 검정색과 황금색이 어우러진 동양풍 실크가운을 걸치고 식탁에 앉아 있는데 초인종 소리가 들렸다. 나가서 문을 열어보니 웬 사내가 서 있었다. 엄청나게 비대한 몸집에 면도도 하지 않은 모습이었다.

"안녕, 미리암! 토니 스칼라 기자예요. 몇 가지 질문에 대답 좀 해주겠어요?"

그를 따라온 사진기자가 다짜고짜 카메라를 들이대고 플래시를 터뜨리기 시작했다.

미리암은 그들에게 드롭킥을 한 방 날린 다음 팔꿈치로 코를 짓이겨버리고 싶은 충동을 느꼈다. 하지만 그러한 행동은 저들이 찍어대는 사진에 양념을 뿌려주는 일이나 마찬가지라는 생각이 들어 애써 자제했다.

"리스베트 살란데르와 함께 여행을 떠났었나요? 지금 그녀가 어디 있는지 압니까?"

그녀는 세차게 문을 닫고서 새로 단 자물쇠를 철컥 잠갔다. 토니가 우편물 투입구 덧날개를 쳐들고는 손가락을 들이밀어 그 틈 사이로 지껄여댔다.

"미리암, 어차피 매체들이 몰려올 텐데 다 얘기하게 될 거 아닙니까. 내가 도와줄게."

결국 그녀는 주먹을 망치처럼 휘둘러 힘을 다해 덧날개를 내리쳤다. 토니가 고통에 울부짖었다. 그러고는 침실로 뛰어들어가 침대 위에 누워 눈을 꽉 감았다. 리스베트, 잡히기만 해봐! 목을 졸라버릴 거야!

스모달라뢰 방문을 마친 미카엘은 그날 오후 다그가 이름을 공개하려 했던 또다른 성구매자를 찾아갔다. 그렇게 해서 주말이 될 때까지 37명 가운데 여섯을 만나볼 수 있었다. 마지막으로 만난 사람은 툼바에 사는 퇴직 판사였다. 과거 성매매와 관련된 공판을 여러 건 주재한 적도 있는 작자였다. 그런데 이 뻔뻔한 노인네는 조금도 당황하지 않았다. 사실을 부인하지도, 위협하거나 애걸하려 들지도 않았다. 오히려 자신이 동유럽 출신의 성판매 여성들을 건드렸다고 담담하게 인정했다. 아니, 게다가 전혀 후회하지 않는다고도 했다. 그 여성들 역시 존경할 만한 직업인이며 자신이 고객이 됨으로써 그네를 도와준 셈이라고 생각한다는 게 아닌가.

그렇게 이곳저곳을 돌아다니다 릴리에홀멘 부근에 와 있을 때였다. 말린이 밤 10시쯤 전화를 걸어왔다.

"그 찌라시 신문 있잖아요. 혹시 온라인판 보셨어요?"

"아니, 왜?"

"리스베트의 애인이 돌아왔대요."

"뭐? 그게 누군데?"

"미리암 우. 룬다가탄 아파트에 사는 레즈비언."

우…… 미카엘의 뇌리에 퍼뜩 그 이름이 떠올랐다. 맞아, 명패에 적혀 있던 '살란데르 우'.

"고마워. 내가 곧 가보지."

결국 미리암은 집 전화 코드를 뽑고 휴대전화도 꺼놓았다. 저녁 7시 30분, 그녀에 관한 기사가 한 일간지의 웹사이트에 올랐다. 그러다 잠시 후에는 〈아프톤블라데트〉에서 전화가 걸려왔고, 삼 분쯤 지나자 〈엑스프레센〉이 그녀의 논평을 요구해왔다. TV 프로그램 〈악투엘트〉는 그녀의 실명을 밝히지 않고 뉴스를 내보냈다. 그렇게 그녀와 인터뷰를 하려고 아우성치는 열여섯 군데 매체의 기자들 때문에 9시 무렵까지 전화통에 불이 났다.

기자 둘은 직접 찾아와 문을 두드려댔다. 미리암은 문을 열지 않왔다. 그리고 집안의 전등을 모두 꺼버렸다. 다음번에 또 기자가 찾아온다면 코를 짓이겨버리고 싶은 심정이었다. 결국 그녀는 휴대전화를 다시 켜고는 걸어서 갈 만한 호른스툴에 사는 친구에게 전화해 물었다. 오늘밤 거기에 가서 자도 되겠느냐고.

미카엘이 룬다가탄 아파트의 초인종을 누른 건 그녀가 건물 출입문을 빠져나간 지 오 분 후였다.

토요일 아침 10시, 얀은 소니아에게 전화를 걸었다. 9시에 겨우 일어난 그녀는 잠시 아이들과 투닥거리다가 남편이 애들을 데리고 주말 동안 먹을 과자며 초콜릿을 사러 근처 상점에 다녀온다며 나가준 덕에 잠시 한숨을 돌리던 참이었다.

"오늘 신문 봤나?"

"아뇨. 한 시간 전에 일어나서 애들을 보고 있었어요. 무슨 일이 있었나요?"

"우리 팀 누군가가 언론에 정보를 흘렸어."

"다 아는 사실 아닌가요? 며칠 전에도 누가 리스베트의 법의학 보고서를 흘렸잖아요."

"그건 리샤르드 검사였어."

"아, 그래요?"

"뻔하지. 물론 그는 절대 인정하지 않겠지만. 이런 식으로 여론의 관심을 끌려는 거야. 그게 출세에 유리하니까. 하지만 이번 일은 그가 아니야. 토니 스칼라라는 기자가 어떤 경찰하고 인터뷰를 했는데 미리암 우에 대해 왕창 다 쏟아낸 모양이야. 특히 어제 있었던 심문 내용도 다 불었어. 우리끼리만 알고 있으려고 했던 내용들 말이야. 리샤르드는 지금 펄펄 뛰고 있고."

"젠장!"

"기자는 출처가 누구인지는 밝히지 않았어. '수사에서 핵심적인 위치'에 있는 사람이라고만 말했지."

"빌어먹을!"

"그런데 기사 한 부분에서 그게 마치 여자인 것처럼 암시하더군."

소니아는 한 이십 초쯤 침묵을 지켰다. 방금 들은 정보의 의미를 충분히 이해하는 데 필요한 시간이었다. 수사팀에서 여자는 그녀뿐이었다.

"얀…… 난 아무 말도 안 했어요. 기자를 만난 적도 없고요. 경찰서 복도 밖에서는 그 누구와도 이 수사에 대해 말한 적 없다고요. 심지어 남편한테도 말 안 해요."

"난 자네를 믿어. 단 한 순간도 그게 자네라고 믿지 않았어. 하지만 불행히도 리샤르드의 생각은 달라. 하필 이번 주말에 당직을 선 한스가 검사에게 이런저런 헛소리를 속닥거리지 않았겠어?"

소니아는 몸에 힘이 쭉 빠지는 걸 느꼈다.

"그럼 앞으로 어떻게 되나요?"

"리샤르드가 요구하겠지. 혐의를 검토할 동안 수사에서 자네를 제외시키라고."

"정말 말도 안 돼요! 그걸 내가 무슨 수로 증명하겠어요?"

"자넨 아무것도 증명할 필요 없어. 조사 담당자가 증명할 거니까."

"알아요. 하지만…… 아, 이런 빌어먹을! 그 조사란 게 얼마나 걸리나요?"

"조사는 벌써 끝났어."

"뭐라고요?"

"내가 질문했잖아? 그리고 자네는 정보를 유출한 적이 없다고 대답했고. 조사는 끝났어. 내가 보고서만 한 장 쓰면 돼. 월요일 아침 9시에 리샤르드 검사 방에서 만나서 지금 우리 둘이 나눈 대화를 다시 한번 반복하면 돼."

"얀, 고마워요."

"천만에."

"하지만 문제가 남았네요."

"알아."

"유출한 사람이 내가 아니라면 우리 팀의 다른 누군가라는 말이죠."

"의심 가는 사람이라도 있나?"

"금방 떠오른 건 한스지만…… 왠지 그는 아닐 것 같아요."

"내 생각도 비슷해. 하지만 정말 고약한 짓도 할 수 있는 인간이야. 어제는 정말로 화가 나 있더군."

얀은 시간 나는 대로, 그리고 날씨가 허락하는 대로 산책을 즐겼다. 산책은 그가 하는 거의 유일한 운동이었다. 그는 쇠데르말름의 카타리나방가타에 살았다. 〈밀레니엄〉 사무실과 리스베트가 일했던 밀톤 시큐리티, 그리고 그녀의 주소지인 룬다가탄에서 별로 멀지 않은 곳이었다. 상트파울스가탄에 있는 유대교회당에도 걸어서 갈 수 있는 거리였다. 토요일 오후, 그는 모처럼 여유 있는 시간을 즐기며 발길 닿는 대로 이곳들을 돌아다녔다.

처음에는 아내 앙네스와 같이 산책했다. 그들은 이십삼 년간 결혼 생활을 하면서 한 번도 서로를 속이거나 사이가 틀어져본 적이 없었다.

두 사람은 잠시 회당에 들러 랍비와 대화를 나눴다. 얀은 폴란드계 유대인이었고 앙네스의 가족—그중 많은 수가 아우슈비츠에서 학살당했지만—은 헝가리 출신이었다.

회당을 나와서 부부는 헤어졌다. 앙네스는 장을 봐야 했고 얀은 계속 걷기를 원했다. 그는 혼자 있고 싶었다. 혼자 산책하면서 힘들기 짝이 없는 이번 수사에 대해 생각해보고 싶었다. 지난 성목요일 아침, 자신의 사무실에 이 수사 건이 떨어지고 난 후로 지금까지, 즉 구일간 자신이 일을 제대로 해왔는지 곰곰이 따져보았다. 크게 소홀한 점은 눈에 띄지 않았다.

한 가지 실수를 했다면 사건 직후 〈밀레니엄〉 편집부에 사람을 보내 다그가 쓰던 책상을 즉각 수색하지 않은 점이었다. 마침내 수색을 결정을 했을 때는 이미 미카엘이 깨끗이 정리해 무언가를 감춰둔 후였다.

굳이 또 한 가지 실수를 들자면 리스베트가 구입한 승용차를 놓친 일이었다. 하지만 뒤늦게 차량을 살펴본 예르케르로부터 조금도 이상한 점이 없다는 보고를 받은 터였다. 따라서 이 방치된 승용차를 제외한다면 지금까지의 수사는 더없이 깔끔했다고 말할 수도 있었다.

그는 싱켄스담 거리의 한 가판대 앞에 멈춰 서서 진열된 신문들의 1면 제목을 물끄러미 들여다보았다. 이제 리스베트의 얼굴 사진은 작은 딱지만하게 줄어들어 지면 한구석에 들어가 있었다. 대신 따끈따끈한 새 소식을 전하는 기사 제목이 굵직하게 강조되어 있었다.

경찰은 사탄주의 레즈비언 그룹을 추적중

얀은 신문을 사서 관련 기사가 있는 면까지 페이지를 넘겼다. 먼저 눈에 들어온 건 십대 후반 소녀 다섯 명의 모습을 담은 대문짝만한 사진이었다. 모두 까마귀처럼 시커먼 복장을 하고 있었다. 징 박힌 가죽재킷, 찢어진 블랙진, 그리고 금방이라도 터져버릴 듯 꼭 달라붙는 티셔츠…… 그중 한 명은 펜타그램*이 그려진 깃발을 흔들고 있었고, 다른 한 명은 검지와 새끼손가락을 세워 뿔 모양으로 치켜들고 있었다. 그는 기사를 읽어내려갔다.

---

* 선 다섯 개로 이루어진 오각별.

리스베트 살란데르는 소규모 클럽에서 공연하던 한 헤비메탈 그룹과 친분이 있었다. 1996년, 이 그룹은 '사탄의 교회'에 경의를 표했으며 〈악의 에티켓〉이라는 노래를 히트시키기도 했다.

이블 핑거스 멤버들의 실명은 공개되지 않았고 얼굴 역시 뿌옇게 처리됐다. 하지만 이 그룹의 멤버들을 아는 사람이라면 누구인지 뻔히 알아볼 수 있었다.

뒤이은 두 지면에는 미리암 우에 초점을 맞춘 기사와 베른스*에서 어느 쇼에 참가한 그녀의 사진이 실려 있었다. 아래쪽에 자리잡은 카메라에 포착된 그녀는 가슴을 드러내고 러시아 장교 모자를 쓴 모습이었다. 이블 핑거스 멤버들처럼 얼굴이 역시 뿌옇게 처리됐고 실명은 밝혀지지 않은 채 그저 '31세 여성'으로 소개됐다.

살란데르의 친구이자 레즈비언과 사도마조히즘에 관련된 글을 여러 편 쓴 이 31세 여성은 스톡홀름의 전위적인 바에서 꽤 알려진 인물이다. 그녀는 자신이 여자들을 유혹하고 파트너를 지배하기를 즐긴다는 사실을 굳이 숨기려 들지 않았다.

어디서 찾아냈는지는 모르겠지만 심지어 기자는 "리스베트의 애인의 유혹을 받았다"는 사라라는 여성까지 소개하고 있었다. 사라의 남자친구가 그녀의 뻔뻔한 행동 때문에 몹시 "속을 썩었다"고 했다. 기사에 의하면 이 여자들은 게이 운동 주변부에서 활동하는 비밀스럽고 엘리트주의적인 페미니스트들로, 주로 게이 프라이드 페스티벌 같은 행사에서 '본디지 워크숍' 같은 공연을 통해 정체성을 표현하는

___
* 1863년 완공된 스톡홀름의 유서 깊은 호텔 겸 공연장.

무리라고 했다. 기자는 자신의 주장을 뒷받침하기 위해 미리암이 썼던 기사 하나를 여러 군데에서 인용하고 있었다. 육 년 전 그녀가 어느 페미니스트 팬진*에 발표한 기사로, 시각에 따라 도발적으로 보일 수도 있는 내용을 담고 있었다. 기사를 훑어본 얀은 쓰레기통에 신문을 던져버렸다.

그러고는 잠시 한스와 소니아에 대해 생각했다. 둘 다 유능한 수사관이었다. 다만 한스는 문제를 일으키며 이 사람 저 사람의 신경을 긁고 있었다. 그와는 한번 심각하게 대화를 나눠야 할 터였다. 하지만 아무리 생각해봐도 그가 정보를 유출한 장본인이라고는 믿기 어려웠다.

문득 눈을 들어보니 어느덧 얀은 리스베트의 아파트 건물 앞에 와 있었다. 자기도 모르게 어느 틈에 거기까지 와 있었다. 요즈음 그의 심리가 잘 드러난 무의식적인 행동이었다. 이 기묘한 여자가 계속 그의 정신을 사로잡고 있었기 때문이다.

일단은 룬다가탄 거리 위쪽 언덕배기로 통하는 계단을 걸어올라갔다. 그리고 거기 난간에 팔꿈치를 기대고 서서 이곳에서 리스베트가 습격을 당했다는 미카엘의 이야기를 떠올려봤다. 그 이야기 역시 황당하기는 마찬가지였다. 신고한 사람도 구체적인 증거도 전혀 없었다. 미카엘은 괴한을 싣고 떠나는 승합차의 차량번호를 확인하지 못했다고 주장했다.

하지만 과연 그 사건이 일어나기는 한 걸까?

다시 말해 이 이야기는 그 자체가 또다른 미궁으로 들어가는 문이었다.

그는 도로변에 여전히 주차되어 있는 와인색 혼다 승용차를 바라보았다. 그 순간, 홀연 그의 시야에는 아파트 건물 입구를 향해 걸어

---

* 팬과 매거진의 합성어로 특정 분야의 팬들이 모여 만드는 잡지.

가는 미카엘의 모습이 나타났다.

이불을 둘둘 말고 새우처럼 웅크린 미리암이 잠에서 깼을 땐 바깥이 훤한 대낮이었다. 간신히 몸을 일으켜 침대 위에 앉은 그녀는 자신이 있는 낯선 방을 둘러보았다.

자신을 귀찮게 괴롭히는 기자들을 피한다는 핑계로 친구에게 전화를 걸어 얼마간 묵게 해달라고 부탁을 한 터였다. 하지만 이건 일종의 피신임을 그녀는 잘 알았다. 사실 그녀는 리스베트가 갑자기 룬다가탄으로 찾아와 문을 두드릴까봐 무서웠다.

경찰 심문과 신문기사들은 그녀의 마음속에 생각보다 훨씬 깊은 각인을 남겼다. 리스베트의 설명을 듣기 전까지 섣불리 판단하지 않으리라 결심했지만 이제는 그녀가 정말 사람을 죽였을지도 모른다는 생각이 들었다.

미리암은 빅토리아 빅토르손에게 눈길을 돌렸다. '더블 V'라는 별명을 가진 이 서른일곱 살의 여인은 백 퍼센트 레즈비언이었다. 그녀는 침대에 배를 깔고 자면서 웅얼웅얼 잠꼬대를 했다. 미리암은 살그머니 욕실로 가서 샤워를 한 후 빵을 사러 밖으로 나왔다. 그런데 베르크스타스가탄의 카페 '시나몬' 옆 편의점 계산대에서 그녀는 점원 뒤에 진열된 일간지들의 헤드라인을 보고 말았다. 그러고는 황급히 가게를 나와 '더블 V'의 집으로 쫓기듯 달려갔다.

와인색 혼다 옆을 지나 아파트 건물 앞에서 멈춰 선 미카엘은 비밀번호를 눌러 문을 열더니 안으로 사라져버렸다. 그리고 이 분쯤 후에 다시 거리로 나왔다. 집에 아무도 없는 걸까? 미카엘은 어떻게 해야 할지 몰라 망설이는 기색으로 거리 양쪽을 두리번거리고 있었다. 얀은 미간을 찌푸린 채 그의 모습을 바라보았다.

정말이지 이 미카엘이란 인물은 심각한 고민의 근원이었다. 만일

이 룬다가탄에서 리스베트가 습격을 당했다는 증언이 거짓이라면, 그가 꿍꿍이를 갖고 연극을 하고 있다는 말이 된다. 최악의 경우엔 그가 모종의 방식으로 살인 사건에 연루된 공범일 수도 있었다. 하지만 그의 증언이 진실이라면—사실 그의 말을 의심해야 할 이유는 조금도 없었다—이 모든 드라마 뒤에 뭔가 '지극히 복잡한 방정식'이 숨어 있다는 걸 의미한다. 다시 말해 현재 눈앞에 드러난 인물들 외에 '다른 주인공들'이 감춰져 있으며, 그렇다면 이 살인 사건은 단순히 발광한 일개 정신병자의 소행이 아니라 훨씬 더 복잡한 내막을 감추고 있는 그 무엇이었다.

미카엘이 싱켄스담 쪽으로 움직이기 시작했을 때 얀이 소리쳐 그를 불렀다. 이내 걸음을 멈춘 그가 형사를 발견하고 걸어왔다. 둘은 계단 발치에서 악수를 나눴다.

"안녕하쇼, 미카엘 씨. 리스베트를 찾으십니까?"

"아뇨, 미리암 우를 보러 왔습니다만."

"여기 없어요. 어떤 인간이 그녀가 나타났다는 정보를 매체에 흘렸거든."

"그녀는 별로 얘기할 것도 없을 텐데요?"

얀은 미카엘을 물끄러미 쳐다보았다. 칼레 블롬크비스트…… 당신은 무슨 이야기를 숨기고 있지?

"잠시 좀 걷겠습니까?" 얀이 말했다. "차나 한잔 마십시다."

둘은 말없이 회갈리드 교회당 앞을 지났다. 얀이 그를 데려간 곳은 릴리에홀멘 다리 근처에 있는 카페 '릴라쉬스테르'였다. 얀은 우유 한 스푼을 넣은 더블 에스프레소를, 미카엘은 카페라테를 주문했다. 그러고서 그들은 흡연 구역에 자리를 잡았다.

"정말이지 이렇게 골치 아픈 사건을 다뤄보기도 오랜만입니다." 얀이 말했다. "한데 지금 이 대화가 내일 아침 〈엑스프레센〉에 실리는 건 아니겠죠?"

"내가 일하는 곳은 〈엑스프레센〉이 아닌데요?"

"내가 무슨 뜻으로 이런 말 하는지 잘 아실 겁니다."

"한마디로 탁 까놓고 얘기하고 싶다는 말씀이군요. 형사님의 공식적인 입장마저 내려놓고서."

"그렇소."

"좋습니다. 난 리스베트가 범인이라고 생각하지 않습니다."

"그래서 이렇게 개인적으로 수사하는 겁니까? 칼레 블롬크비스트 씨?"

미카엘은 미소를 지었다.

"형사님 별명도 만만치 않던데요. 뭐, '부블라'라고 했던가?"

얀이 머쓱한 미소를 지었다.

"어째서 그녀가 범인이 아니라고 생각하는 거죠?"

"그녀의 후견인에 대해선 잘 모르겠습니다만, 적어도 다그와 미아를 살해할 이유는 전혀 없습니다. 특히 미아는요. 리스베트는 여자를 학대하는 남자들을 몹시 싫어해요. 그런데 미아가 하던 일이 뭐였죠? 성판매 여성을 괴롭히는 인간들을 꼼짝 못하게 하는 일 아니었습니까? 바로 리스베트가 원하던 일이었습니다. 그녀는 나름의 윤리를 가진 여자예요."

"솔직히 그녀를 어떻게 정의해야 할지 모르겠습니다. 중증 정신질환자입니까, 아니면 유능한 조사원입니까?"

"리스베트는 그저 조금 다를 뿐입니다. 극도로 비사회적인 건 맞아요. 하지만 정신이상자는 절대 아닙니다. 천만에요. 나나 형사님보다 훨씬 더 똑똑한 여자예요."

얀은 기가 찬 듯 푸 하고 한숨을 내쉬었다. 미카엘도 미리암과 똑같은 말을 하는 게 아닌가.

"어쨌든 그녀를 잡아야 합니다. 자세한 건 밝힐 수 없지만 그녀가 범행 장소에 있었고 무기와도 관련 있다는 기술적인 증거를 확보했으니까."

미카엘은 고개를 끄덕였다.

"아마 그녀의 지문을 찾아냈다고 말씀하시는 것 같군요. 하지만 그렇다고 해서 반드시 그녀가 총을 쏘았다고 말할 순 없죠."

얀도 고개를 끄덕였다.

"드라간도 비슷한 의혹을 품은 듯하더군요. 신중한 사람이라 속내를 드러내진 않았지만 역시나 그녀의 결백을 밝히려고 애쓰는 모양이었고."

"그럼 형사님은요? 어떻게 생각하시죠?"

"나는 경찰이에요. 그저 용의자를 체포하고 심문할 뿐이죠. 내가 보기에 현재 리스베트가 몹시 불리한 건 사실입니다. 이보다 훨씬 가벼운 증거로도 살인죄 판결을 받은 경우가 있으니까."

"내 질문에 아직 대답하지 않으셨습니다."

"모르겠습니다. 만일 그녀에게 죄가 없다면…… 그렇다면 당신은 그녀의 후견인과 당신의 두 친구를 살해할 이유가 과연 누구에게 있다고 봅니까?"

미카엘이 담뱃갑을 꺼내 얀에게 내밀자 그는 고개를 흔들었다. 미카엘은 경찰에게 거짓말하고 싶지 않았다. 하지만 그러려면 '살라'라는 인물에 대해 자신이 생각하는 바를 밝혀야 했다. 그리고 세포의 군나르 비에르크에 대해서도.

하지만 얀과 그의 동료들 역시 '살라' 파일이 포함된 다그의 자료를 가지고 있을 터였다. 파일을 열고 한번 들여다보기만 하면 충분히 짐작할 수 있는 일이었다. 하지만 그들은 앞뒤 생각하지 않고서 불도저처럼 리스베트만을 용의자로 몰아붙이며 매체들에 내밀한 사생활까지 마구 공개하고 있었다.

미카엘은 몇 가지 의심 가는 구석이 있었지만 아직은 막연한 상태였다. 우선 확신이 서기 전에는 군나르 비에르크를 언급하고 싶지 않앞다. 살라첸코…… 미카엘은 살라첸코야말로 다그와 미아, 그리고 닐스 사이의 연결점이라고 생각하고 있었다. 문제는 군나르가 아직 구체적으로 밝힌 게 아무것도 없다는 사실이었다.

"지금은 조사중이니 조금만 기다리세요. 곧 리스베트가 아닌 다른 가설을 들려드릴 테니."

"설마 그 방향이 경찰을 향하는 건 아니겠죠?"

미카엘은 미소를 지었다.

"아닙니다, 아직은. 그런데 미리암은 뭐라고 말하던가요?"

"당신이 진술한 것과 거의 비슷했어요. 리스베트와 사귀었던 모양이던데."

얀은 이렇게 말하고 미카엘의 표정을 살폈다.

"나하고는 전혀 상관없는 일입니다."

"둘이서 한 삼 년간 만났던 모양이에요. 그런데 미리암은 리스베트의 과거에 대해선 아무것도 몰랐죠. 심지어는 그녀가 어디서 일했는지조차 말입니다. 믿기 어려웠지만 거짓말하는 것 같지는 않았고."

"리스베트는 도깨비 같은 여자예요. 자기 신상에 대해서는 전혀 입을 열지 않죠."

둘은 잠시 침묵을 지켰다.

"혹시 미리암의 전화번호를 갖고 있습니까?" 미카엘이 물었다.

"그렇습니다."

"내게 좀 줄 수 있어요?"

"그건 안 됩니다."

"왜죠?"

"미카엘 씨, 이건 경찰수사입니다. 어설픈 가설을 가지고 덤비는 사립 탐정 따위 필요 없단 말이에요."

"내게 확실한 가설이 있는 건 아닙니다. 단지 다그가 남긴 자료 가운데 이 모든 수수께끼에 대한 해답이 있다고 생각할 뿐이죠."

"미리암의 전화번호를 알고 싶다면 혼자서도 어렵지 않게 찾아낼 수 있을 겁니다."

"그렇겠죠. 하지만 이미 알고 있는 사람에게 묻는 게 가장 간단한 방법 아닙니까?"

얀은 어이없다는 듯 푸 하고 한숨을 내쉬었다. 미카엘 역시 울컥 화가 치밀었다.

"조금 아까 '사립 탐정'이라고 하셨는데, 그럼 경찰이 '보통 사람들'보다 훨씬 똑똑하다고 생각하십니까?"

"그렇진 않습니다. 하지만 경찰은 전문적인 교육을 받았고, 범죄수사는 경찰의 임무라는 사실을 알아주면 좋겠어요."

"전문적인 교육이라면 우리 '사적인' 인간들도 받습니다." 미카엘은 또박또박 말했다. "그리고 사적인 수사자가 범죄수사에서 경찰보다 훨씬 뛰어난 재능을 보이는 경우도 있죠."

"그건 당신 생각이고."

"아뇨, 확실합니다. 조위 라만의 예를 한번 보죠. 무고한 그가 한 노인을 살해했다는 혐의로 삼 년간 옥살이를 했어요. 그런데 경찰은 뭘 했죠? 엉덩이로 의자만 데우면서 졸고 있었죠. 한 여자 교사가 몇 년을 들여 치열하게 '사적으로' 조사하지 않았다면 그는 지금 이 순간에도 감방에서 썩고 있겠죠. 그녀는 당신네 경찰들과 달리 빈손으로도 훌륭하게 해냈어요. 조위 라만의 무죄를 입증했을 뿐 아니라 진범일 가능성이 큰 용의자까지 지목해냈죠."

"라만 사건 때는 경찰 체면이 좀 깎인 게 사실이죠. 당시 검사가 명확한 사실 증거에 귀를 기울이지 않았으니."

미카엘은 오랫동안 얀을 빤히 쳐다보았다.

"얀 형사님…… 한 가지만 말하죠. 지금 리스베트의 경우에도 당신네 체면은 깎이는 중입니다. 난 그녀가 다그와 미아를 죽이지 않았다고 단언합니다. 그리고 내가 그걸 증명하겠어요. 당신에게 다른 살해법을 찾아주겠다, 이 말씀입니다. 그러고 나서 이 모든 일에 대해 기사를 한 편 쓸 겁니다. 당신과 동료들 모두가 상당히 읽기 괴로울 그런 기사를."

얀은 집으로 돌아가는 길에 이 문제에 대해 신과 대화를 나눠야겠다고 느꼈다. 이번엔 유대교회당 대신 폴쿵아가탄에 있는 가톨릭 성당으로 갔다. 그러고는 맨 구석에 있는 벤치에 자리를 잡고 한 시간 넘게 앉아 있었다. 유대인인 그는 가톨릭 성당과 아무런 관계가 없었지만 이따금 생각을 정리할 일이 있을 때면 이렇듯 조용한 성당을 찾곤 했다. 그에게 성당은 조용히 생각하기에 적합한 장소 중 하나일 뿐이었고 이렇게 가끔 이용한다 해서 신께서 뭐라고 하실 것 같지도 않았다. 그가 생각하기에 유대교와 가톨릭 사이에는 큰 차이가 있었다. 그가 유대교회당에 가는 목적은 다른 사람들과 함께 있기 위함이었다. 반면 가톨릭 신도들이 성당에 가는 건 하느님과의 평화를 이루기 위함이었다. 성당은 사람들을 침묵으로 이끌고, 사람들은 신과 대화하기 위해 혼자만의 정적을 원한다.

그는 리스베트와 미리암에 대해 생각했다. 에리카와 미카엘이 자신에게 숨겼을 무언가에 대해서도 짐작해봤다. 이 둘은 리스베트에 대해 뭔가를 알고 있지만 숨기고 있는 게 분명했다. 리스베트가 미카엘을 위해 했었다는 '조사 업무'에 관련된 일일까? 그렇다면 그 '조사 업무'란 과연 무엇이었을까? 그녀는 미카엘이 벤네르스트룀 사건을 터뜨리기 직전에 그를 위해 일했다고 했다. 그렇다면 벤네르스트룀의 비리를 폭로하는 일에 모종의 방식으로 관여했을까? 하지만 얀은 곧 이 가능성을 배제했다. 리스베트 같은 여자가 그런 복잡한 금융 사건에 무언가를 기여할 수 있다는 사실 자체가 어불성설로 느껴진 까닭이다. 그녀가 제아무리 뛰어난 '대인 조사' 능력을 지녔다 하더라도.

얀은 미간을 잔뜩 찌푸렸다.

리스베트의 결백을 백 퍼센트 확신하는 미카엘의 태도가 영 마음에 들지 않았다. 물론 자신도 갖가지 의구심이 드는 건 사실이었다. 하지만 미카엘과는 경우가 달랐다. 자신은 경찰관이고, 경찰이 하는 일은 끊임없이 의심하는 것이다. 하지만 그는 민간인이었다. 일개 민간인이 사립 탐정이라도 되는 양 경찰에게 도전하는 형국이었다.

얀은 이런 사적인 수사자들이 경찰수사에 끼어들어 왈가왈부하는 것이 싫었다. 그들이 내놓는 의견 대부분이 음모론적 가설에 지나지 않을 때가 많았다. 신문기자들에겐 군침 도는 기삿감일지 몰라도 경찰 입장에서 보면 쓸데없이 할 일만 늘려주는 헛소리일 뿐이었다.

정말이지 이번 수사는 그가 경험한 것 중 가장 형편없는 꼴이 되어갔다. 완전히 방향을 잃고 허둥대고 있었다. 이제껏 이런 적이 거의 없었다. 그에게 살인 사건 수사란 반드시 논리적인 절차에 따라 진행되어야 하는 것이었다.

마리아 광장에서 17세 청소년이 칼에 찔려 피살된 채 발견됐다고 하자. 당연히 사건 발생 한 시간 전 광장 주변, 혹은 쇠드라역 주변에 모습을 드러냈던 스킨헤드 패거리, 혹은 다른 어린 패거리가 있었는지 알아봐야 한다. 그러다 보면 친구, 지인, 증인 등이 차례로 나오다가 얼마 안 있어 용의자의 윤곽이 저절로 드러나게 된다.

42세 남성이 셰르홀멘의 한 술집에서 총알 세 발을 맞고 사망했다. 그리고 그가 유고슬라비아 마피아의 하수인이라는 사실이 밝혀졌다. 이 경우엔 담배 밀수 시장에서 통제권을 장악하려는 야심을 품은 신흥 조직들 가운데서 용의자를 찾아봐야 한다.

평범한 가정에서 비교적 안정된 삶을 영위하던 26세 여성이 자신의 아파트에서 목 졸려 죽은 채 발견됐다고 하자. 이때에는 그녀의 애인이 누구인지, 전날 저녁 술집에서 마지막으로 대화를 나눈 사람은 누구인지를 알아봐야 한다.

이런 유형의 수사라면 너무도 많이 해왔기 때문에 얀은 이제 자면서도 사건을 해결할 수 있을 정도였다.

이번 수사도 시작은 사뭇 순조로워 보였다. 사건 발생 후 몇 시간 만에 용의자를 확신했으니까. 리스베트는 이 용의자 배역에 딱 부합하는 인물이었다. 살아오는 내내 통제 불가능한 폭력적 성향을 보인 공인된 정신질환자였으니 더이상 의심할 필요도 없었다. 남은 건 그저 그녀를 붙잡아 자백을 받아낸 후 정신감정 결과에 따라 자해 방지용 쿠션 벽이 설치된 감방으로 보내는 일뿐이었다. 그런데…… 지금 모든 것이 이상하게 흘러가고 있었다.

리스베트는 등록된 주소지에 살고 있지 않았다. 드라간이나 미카엘 같은 사회적 지위가 있는 인사들을 지인으로 두기도 했다. 게다가 수갑 같은 장난감을 써가며 섹스에 탐닉하는 레즈비언과 관계를 가진 바람에 매체에선 연일 선정적인 기사들을 쏟아내고 있다. 하는 일은 전혀 없지만 은행계좌에는 무려 200만 크로나가 들어 있고, 그것도 모자라 지금 미카엘은 여성인신매매인지 무슨 음모인지 운운하며 골치 아프기 짝이 없는 황당한 이론을 들고 나왔다. 꽤나 유명한 기자인 그가 그럴듯한 기사 한 편만 발표하는 날이면 세상은 난리가 날 테고, 그때는 이 수사가 완전한 혼돈의 늪으로 빠져들 게 불 보듯 뻔했다.

무엇보다도 속 터지는 건 용의자를 찾아내지 못하는 현실이었다. 땅콩만한 체구에 외모는 특이한데다 온몸이 문신투성이라는 여자를 말이다. 사건이 발생한 지도 어느덧 이 주가 다 되어가지만 경찰은 그녀의 털끝만한 흔적도 찾아내지 못하고 있었다.

디스크 탈출 증상으로 병가중인 세포의 '외국인 담당 특별부' 차장 군나르 비에르크는 미카엘이 다녀간 후로 비참한 하루를 보내고 있었다. 그를 보내고 등에서 시작된 뻐근한 통증이 갈수록 심해졌다.

뜨거운 가마 속 개미처럼 안절부절못하며 집안을 서성거렸지만 가슴만 답답할 뿐 도대체 무얼 해야 할지 알 수 없었다. 생각을 정리해보려고 애썼지만 퍼즐 조각들은 제자리를 찾지 못하고 어지러이 떠다니기만 했다.

한마디로 그는 지금 자신이 어떤 상황에 처했는지, 그리고 이 상황이 무얼 의미하는지 명확하게 파악하지 못했다.

닐스 비우르만이 살해당했다는 뉴스를 들었을 때, 그러니까 변호사의 시체가 발견된 다음날에 군나르는 경악에 빠졌다. 하지만 이내 리스베트가 주요 용의자로 지목되면서 추적이 시작됐다는 소식을 들었을 때는 그리 놀라지 않았다. 그는 뉴스를 주의깊게 시청했고, 때마다 외출해 신문을 종류별로 사가지고 들어와 관련 기사들을 한 자도 빼놓지 않고 샅샅이 읽어나갔다.

리스베트가 정신질환자인데다 사람을 죽일 수도 있다는 사실을 그는 단 일 초도 의심하지 않았다. 그에겐 그녀의 혐의와 경찰수사 결과를 의심할 하등의 이유가 없었다. 오히려 자신이 리스베트에 대해 알고 있는 모든 사실이 그녀가 중증 사이코패스임을 말해주고 있었다. 심지어는 수화기를 들어 경찰에 전화를 걸고 싶은 충동까지 느꼈다. 유익한 충고를 해서 수사에 기여하거나, 최소한 이 사건이 올바른 방향으로 처리되도록 영향력을 행사하고 싶었다. 하지만 결국 그녀의 문제가 더는 자신과 무관하다는 사실을 상기했다. 그녀는 더이상 그의 소관이 아니었다. 그러니 다른 유능한 사람들이 이 일을 관리할 터였다. 더욱이 쓸데없이 전화를 했다가 사람들의 이목이 자신에게 쏠릴 수도 있었다. 그야말로 무슨 일이 있더라도 피하고 싶은 상황이었다. 결국 군나르는 모든 긴장을 풀고 TV에서 흘러나오는 뉴스들을 건성으로 듣기 시작했다.

그런데 미카엘의 방문이 이러한 평화를 완전히 뒤흔들어놓은 것이다. 이 광란의 살인극에 자신이 개인적으로 연루될 수 있는데다 희생자 중 하나가 스웨덴 전역에 자신을 고발하려 한 옛 같은 기자였다니…… 정말이지 그로서는 상상도 할 수 없는 일이었다.

아니, 그보다 더 충격적인 사실이 있었다. 이 일로 '살라'라는 이름이 안전핀 뽑힌 수류탄처럼 불쑥 튀어나오리라고는 정말 꿈에도 생각 못했다. 게다가 미카엘이 그 이름을 알고 있으리라고는…… 이 모든 건 그의 이해 범위를 벗어나 너무나도 말이 안 되는 일들이었다.

미카엘이 다녀간 다음날, 군나르는 옛 상관에게 전화를 걸었다. 지금은 라홀름에 살고 있는 일흔여덟 살의 노인이었다. 그는 무슨 일이 있어도 지금 이 상황이 어떻게 돌아가는 건지 이해하고 싶었다. 다만 옛 상관과 대화를 이어가면서도, 자신이 전화를 한 건 단순한 호기심, 혹은 과거 이 업무에 관여했던 사람으로서 염려 때문이라는 느낌을 주려고 애썼다. 대화는 비교적 짧게 끝났다.

"군나르입니다. 신문은 보셨겠지요?"

"그래. 그녀가 다시 나타났더군."

"많이 변하지 않았더군요."

"더이상 우리와는 상관없는 일이지."

"그렇다면 이 사건은 그것과……"

"그래. 그것과는 상관없다고 생각하네. 이미 죽어 땅속에 묻혀버린 일이니까. 이 둘을 연결지을 사람은 아무도 없을 거야."

"하지만 죽은 사람이 다름아닌 닐스 아닙니까? 그가 그녀의 후견인이 된 것도 우연이 아니라고 봅니다만……"

수화기 저편에 잠시 침묵이 흘렀다.

"그렇네. 우연이 아니었지. 삼 년 전엔 그렇게 하는 게 괜찮아 보였으니까. 이렇게 될 줄 누가 알았겠나?"

"닐스는 무얼 알고 있었던 거죠?"

옛 상관이 갑자기 킬킬거리며 웃었다.

"그자가 어떤 인물인지는 잘 알잖나. 뛰어난 연극배우는 못 되는 인간이야."

"그러니까 내 말은…… 닐스가 그 관계를 알고 있었냐는 겁니다. 혹시 그가 남긴 서류 때문에 그 사실이 세상에 드러날 위험은……"

"없어. 물론 그런 위험은 없어. 자네가 무얼 알고 싶어하는지 잘 이해하겠네. 하지만 걱정할 필요 전혀 없네. 이 모든 일 가운데서 리스베트는 항상 통제할 수 없는 요소였지. 그래서 우리가 닐스를 후견인으로 붙인 거야. 그리고 그를 택한 이유는 단 하나, 우리가 언제나 가까이서 지켜볼 수 있는 인물이기 때문이었어. 미지의 카드를 쓰는 것보다 그편이 훨씬 나았으니까. 만약 그녀가 뭐라도 지껄였다면 닐스는 분명히 우리에게 달려왔을 거야. 오히려 지금 이렇게 끝난 건 아주 잘된 일이지."

"왜죠?"

"이 모든 사건이 해결되고 나면 리스베트는 다시 정신병원에 감금될 테니까. 이번에는 아주 오랫동안 있겠지."

"그렇겠죠."

"그러니 불안해할 필요 없단 말일세. 마음 편하게 몸이나 돌보라고. 자네 지금 병가중이지 않은가?"

하지만 결코 마음 편하게 있을 수 없었다. 바로 미카엘 때문이었다. 그는 주방 식탁에 앉아서 창밖의 융프루피에르덴만을 바라보며 자신이 처한 상황을 정리해보려 애썼다. 지금 그는 두 방면으로 위협받고 있었다.

우선 미카엘은 자신이 성구매를 했다는 사실을 고발하려 한다. 성매매법을 위반했음이 밝혀지면 경찰로서의 경력은 끝난다.

하지만 더 심각한 문제는 미카엘이 살라첸코를 추적하고 있다는 사실이었다. 아무래도 이번 사건에 살라첸코가 모종의 방식으로 연관된 듯했다. 만약 살라첸코의 정체가 드러나면 자신에게까지 그 불똥이 튈 게 분명했다.

옛 상관은 닐스가 남긴 서류로 문제될 일은 전혀 없다고 확신하고 있었다. 하지만 잘못된 생각이었다. 거기에는 1991년의 보고서가 섞여 있다. 군나르야말로 그 사실을 잘 알고 있었다. 왜냐면 바로 자신이 그걸 닐스에게 넘겨줬으니까.

그는 9개월 전 닐스를 만났던 일을 떠올려봤다. 둘은 스톡홀름 구시가에서 만났다. 그날 오후 닐스가 그의 사무실로 전화해 맥주나 한잔 마시자고 한 참이었다. 둘은 권총사격을 비롯해 이런저런 잡다한 일들에 대해 얘기를 나눴지만 닐스가 그를 불러낸 데는 다른 목적이 있었다. 부탁할 게 있었던 것이다. 이윽고 그가 살라첸코에 대해 묻기 시작했다……

군나르는 일어나서 주방 창문으로 다가갔다. 그날 그는 술을 약간 마셨다. 아니, 사실은 상당히 취해 있었다. 그때 닐스가 무엇을 물었더라?

"그런데 말입니다…… 지금 사건을 하나 맡고 있는데 아는 이름이 하나 다시 튀어나와서……"

"그렇소? 누군데 그럽니까?"

"알렉산데르 살라첸코. 그 사람, 기억합니까?"

"물론이요. 쉽게 잊을 수 있는 인물은 아니지."

"그 사람 지금 어떻게 됐죠?"

엄밀히 말하자면 살라첸코는 닐스와 전혀 관계없는 문제였다. 만일 다른 사람이 살라첸코에 대해 물어왔다면 그 순간 경계심을 품었을 터였다. 하지만 리스베트의 후견인이기 때문에 당연히 알고 있으려니 하고 별생각 없이 넘어갔다. 닐스는 옛날 보고서가 하나 필요하다고 했다. 그리고 난 그에게 그걸 주었어……

군나르는 엄청난 실수를 범해버렸다. 그는 닐스가 사실을 알고 있다고 생각했었다. 그렇지 않은 게 오히려 이상한 일이라고 느꼈으니까. 그때 부탁을 하던 그는 이렇게 설명했다.

"알다시피 관청에서는 뭐가 그리 복잡한지 죄다 기밀 도장이 찍혀 있어요. 한번 열람하려면 신청하고 몇 달을 기다려야 하죠. 특히 살라첸코에 관련된 문서 말입니다. 그러니 당신이 편의 좀 봐주면 좋겠는데……"

그래서 내가 일급 기밀 도장이 찍힌 그 보고서를 닐스에게 주었지. 하지만 그때 그에겐 정당하고도 납득할 만한 이유가 있었어. 쉽게 비밀을 누설할 인간은 아니었다고. 그래, 좀 덜 떨어진 건 사실이지만 입단속은 할 줄 아는 놈이었어. 그 많은 세월이 흘렀는데 이게 무슨 문제를 일으킬 수 있겠나 생각했었지……

그렇다. 닐스는 그를 속였다. 당시엔 그저 행정상 불편함을 피하고자 부탁한다는 인상을 풍겼다. 하지만 그때 일을 곱씹어볼수록 분명해졌다. 닐스는 한마디 한마디를 아주 조심스럽고도 지극히 계산적으로 내뱉었다.

그는 무엇을 원했던 걸까? 그리고 왜 리스베트는 그를 죽인 걸까?

미카엘은 토요일 하루에만 룬다가탄 아파트를 네 번이나 더 찾아가보았지만 미리암은 없었다.

그리고 그날 많은 시간을 호른스가탄 거리의 한 카페에서 보냈다. 가져간 노트북을 켜고 다그가 millennium.se 계정으로 받은 이메일들과 '살라'라고 이름 붙인 폴더를 다시 한번 훑어보았다. 살해되기 전의 마지막 몇 주 동안 다그는 살라를 조사하는 일에 점점 더 많은 시간을 쏟아부었다.

미카엘은 당장에라도 그에게 전화를 걸어서 대체 왜 '이리나 P.' 파일이 '살라' 폴더에 있는지 그 이유를 묻고 싶은 심정이었다. 미카엘이 생각할 수 있는 유일한 설명은, 다그가 이리나를 살해한 범인으로 살라를 의심했으리라는 것이었다.

오후 5시경, 갑자기 얀에게 전화가 와서 받아보니 미리암의 휴대전화 번호를 주는 게 아닌가. 대체 무슨 바람이 불어 이 형사가 생각을 바꿨는지 알 수 없는 노릇이었지만 어쨌든 미카엘은 번호를 받자마자 거의 삼십 분마다 한 번씩 전화를 걸었다. 마침내 그녀가 응답한 건 그날 밤 11시가 다 되어서였다. 대화는 짧았다.

"안녕하세요, 미리암. 난 미카엘 블롬크비스트라고 합니다."

"당신은 또 누구야?"

"기자예요. 〈밀레니엄〉이라는 잡지사에서 일하고 있죠."

미리암은 자신의 감정을 사뭇 격렬하게 표현했다.

"아, 그래서? 바로 그 유명한 블롬크비스트? 상관없으니 꺼지라고, 이 쓰레기 같은 기자 놈들아!"

그러고는 미카엘이 미처 용건을 설명하기도 전에 전화를 끊어버렸다. 그는 속으로 토니 스칼라에게 욕설을 퍼부으며 다시 한번 전화를 걸었다. 그녀는 응답하지 않았다. 어쩔 수 없이 절망적인 심정으로 문자메시지를 보냈다.

제발. 아주 중요한 일입니다.

그녀는 응답하지 않았다.

토요일에서 일요일로 넘어가는 밤늦은 시간, 마침내 미카엘은 컴퓨터를 껐다. 그러고는 옷을 벗고 이불 속으로 기어들어갔다. 만사가 피곤하기만 했다. 그저 옆에 에리카가 있었으면 하는 마음뿐이었다.

IV 터미네이터 모드
3월 24일~4월 8일

방정식에서 근이란 미지수의 자리에 들어가
등식을 성립시키는 수를 말한다.
이때 근은 방정식을 만족시킨다고 말한다.
방정식을 푼다는 것은 모든 근을 찾아낸다는 뜻이다.
미지수에 어떤 값을 대입해도 성립하는 방정식을
항등식이라고 한다.

$$(a+b)^2 = a^2 + 2ab + b^2$$

21장

3월 24일 성목요일~4월 4일 월요일

리스베트는 이 모든 극적인 사건들과 멀찌감치 떨어져 도피생활
의 첫 주를 보냈다. 모세바케 광장 옆 피스카르가탄에 있는 자신의
아파트에 느긋하게 숨어 있었다. 휴대전화는 꺼놓았고 SIM 카드도
뺐다. 더이상 휴대전화를 사용할 생각이 없었다. 대신 각종 신문의
온라인판과 TV 뉴스는 빠짐없이 챙겨 보았다. 새로운 소식이 나올
때마다 그녀의 눈은 점점 더 휘둥그레졌다.

맨 처음엔 인터넷에 증명사진이 뜨더니 곧이어 TV 뉴스에도 때마
다 나오기 시작했다. 리스베트는 미간을 잔뜩 찌푸렸다. '빌어먹을,
꼭 이런 사진을 써야만 했나?' 잘 나온 사진도 아니었지만 그렇게 보
여주니 자신이 보기에도 영락없는 정신병자였다.

아무도 모르는 익명의 존재로 조용히 살아보려고 그토록 오랜 세
월을 노력했는데 이제 그녀는 스웨덴 왕국에서 가장 유명하고도 공
적인 인물이 되어버렸다. 참으로 흥미로운 일이 아닐 수 없었다. 삼
중살인 혐의를 받고 있다고는 하나 기껏해야 체구가 조그만 여자에

게 전국 수배령까지 내릴 정도로 온 나라를 뒤흔드는 일대 사건이라니! 그녀의 이야기는 크누트뷔 종교 사건[*]과 거의 같은 수준으로 취급되고 있었다. 어쨌든 리스베트는 매체들이 쏟아내는 논평들이며 기사들을 호기심 어린 눈으로 읽어나갔다. 대체 어디서 알아냈는지 철저히 기밀이 보장되어야 할 정신적 문제까지 온갖 신문마다 떠들고 있는 사실이 사뭇 놀랍기도 하고 재미있기도 했다. 그중 어느 제목 하나는 오랫동안 잊고 있었던 추억을 되살려주었다.

감라스탄에서 폭행 혐의로 검거됨

과거 그녀는 감라스탄 전철역에서 한 승객의 면상에 발길질을 한 후 체포됐었다. 그 사건에서 작성된 법의학 보고서 사본을 TT 통신의 기자 하나가 발 빠르게 입수해 발표한 것이다.

리스베트는 그날 전철 안에서 있었던 일을 아주 잘 기억하고 있었다. 헤게르스텐에 있는 임시 위탁가정으로 귀가하던 중이었다. 로드만스가탄역에서 남자 하나가 열차에 올라탔다. 그런데 술 한 방울 안 마신 듯 멀쩡해 보이던 그가 다짜고짜 리스베트를 노려보기 시작했다. 나중에 알게 된 바로, 그는 52세의 칼 에베르트 블룸그렌이라는 사람이었다. 예블레에 살았고 왕년에 밴디[**] 선수였다. 열차 내 좌석이 반쯤 비어 있었는데 그가 하필 옆자리에 와 앉더니 대뜸 그녀를 괴롭히기 시작했다. 무릎 위에 손을 올리며 "나랑 같이 가면 200크로나 줄게" 같은 말로 대화를 시도하면서. 아예 무시하며 대꾸하지 않는데도 그는 계속 추파를 던지며 아예 리스베트를 창녀 취급했다. 여전히 대꾸하지 않으며 센트랄렌역에서 다른 자리로 옮겼지만 한번

---

[*] 2004년 1월 스웨덴 웁살라 근처 크누트뷔에서 일어난 이중살인 사건. 한 신흥 종교 목사가 유모를 부추겨 자신의 부인과 이웃 남자를 살해하도록 했다.

[**] 아이스하키의 원형으로 일컬어지는 빙상 경기.

끓어오른 그의 열기는 쉽사리 가라앉지 않았다.

열차가 감라스탄역에 이르자 그가 뒤에서 팔을 두르며 리스베트의 스웨터 안으로 손을 집어넣었다. 그러면서 귀에 대고 속닥거리기까지 했다. 너는 창녀라고. 전철 안에서 생면부지의 사내에게 창녀라는 말을 들으니 기분이 썩 좋지 않았다. 그래서 대답 대신 팔꿈치로 그의 눈을 가격한 다음 양손으로 기둥을 붙잡고 발뒤꿈치로 콧등을 내리찍었다. 그는 엄청나게 피를 흘렸다.

열차가 플랫폼에 섰을 때 재빨리 빠져나갈 수 있었지만 펑크족 옷차림에 머리를 파랗게 물들인 게 잘못이었다. 무엇보다 자신이 몸집작은 여자라는 게 문제였다. 결국 의협심 강한 행인 하나가 덮쳐오더니 경찰이 올 때까지 꼼짝 못하게 바닥에 눕혀 제압해버렸다.

리스베트는 자신이 여자라는 사실과 자신의 작은 체구를 저주했다. 만일 그녀가 남자였다면 누가 감히 덮치려 들었겠는가?

당시 그녀는 어째서 칼 에베르트 블롬그렌의 면상에 발길질을 했는지 해명조차 하지 않았다. 제복을 입은 인간들에겐 아무것도 설명할 필요가 없다고 생각했기 때문이다. 심리학자들이 정신 건강을 평가한답시고 여러 질문을 던졌지만 그녀는 자신의 원칙에 따라 대답을 거부했다. 다행히 사건을 옆에서 지켜본 사람들이 있었다. 특히 헤르뇌산드에 사는 여성 하나가 즉각 증언을 자청했다. 나중에 중도파 국회의원으로 밝혀진 그녀는 리스베트의 공격을 받기 전 남자가 먼저 접근해 자극했다고 증언했다. 그리고 얼마 후 그가 이미 성범죄로 두 번이나 처벌받은 적이 있다는 사실까지 드러나면서 검사는 고소를 포기했다. 그렇다고 해서 사회복지부가 그녀에 대한 조사를 중단한 건 아니었다. 오히려 이 사건으로 조사가 한결 힘을 받았고, 결국 얼마 안 있어 지방법원은 그녀를 법적 무능력자로 판결했다. 이에 따라 처음에는 홀게르 팔름그렌을, 그리고 나중에는 닐스 비우르만을 후견인으로 맞아야 했다.

그런데 지금, 이 모든 내밀한 개인적 사실들이 인터넷 기사에 올라 만인의 눈앞에서 발가벗겨지고 있었다. 게다가 초등학교 때부터 주변 사람들과 마찰을 빚은 일들이며, 십대 초반 소아정신병원에 강제로 입원한 사실 등이 더해지며 다채롭게 윤색되고 있었다.

매체들은 리스베트의 정신 상태에 대해 다양한 진단을 내놓았다. 때로는 정신질환자로, 때로는 피해망상이 심각한 정신분열증 환자로 그녀를 묘사했다. 어쨌든 신문들이 한결같이 내세운 건 그녀가 정신적 발달장애자라는 표현이었다. 학교 수업을 제대로 따라가지 못했고, 그 결과 성적표도 받지 못한 채 중퇴했다는 이유였다. 대중들로선 그녀가 폭력 성향이 있는 불안정한 정신의 소유자임을 확인하지 않을 수 없었다.

게다가 그녀가 미리암 우라는 유명한 레즈비언의 애인이라는 사실이 밝혀지자 매체들은 앞다투어 두 여자에 대한 합법적인 린치에 동참했다. 미리암은 게이 프라이드 페스티벌 때 베니타 코스타 쇼에 출연한 적이 있었다. 이 도발적인 쇼에서 멜빵 달린 검정 가죽바지에 반들거리는 굽 높은 부츠 차림으로 가슴을 드러낸 모습이 카메라에 찍히기도 했다. 매체들이 빈번히 인용하는 유명한 게이 잡지에도 기사를 여러 편 기고했으며, 도발적인 쇼들에 참여한 일로 인터뷰 요청에도 꽤 응했다. 매체들은 신이 나서 이러한 사실들을 떠들어댔다. 레즈비언, 연쇄살인범, 사도마조 섹스의 조합이 발행부수를 늘리는 최고의 비방이라 생각한 모양이었다.

극적인 첫 주 동안 미리암 우가 발견되지 않았기 때문에 리스베트에게 희생당했거나, 혹은 그녀가 공범일지 모른다는' 다양한 추측이 난무했다. 하지만 이런 추측은 인터넷 채팅 사이트 '엑실렌Exilen'에서만 나돌았을 뿐 주요 언론에는 나오지 않았다. 한편으로는 성매매 산업을 다룬 미아 베리만의 논문이 리스베트에게 범죄를 부추겼다고 주장하는 신문들도 여럿 있었다. '사회복지부 담당자의 말에 따르면' 그녀가 성판매 여성이었기 때문이다.

주말 무렵에 매체들은 리스베트가 사탄주의를 표방하며 깝죽대는 젊은 여자 패거리와도 관계가 있다는 사실을 발견했다. 어느 나이 지긋한 문화부 남자 기자는 '이블 핑거스'라는 그룹 이름에서 영감을 받아 장문의 기사를 썼다. 요즘 젊은이들의 불안정성과 스킨헤드에서 힙합에 이르기까지 이 사회 곳곳에 숨어 있는 위험 요소들을 개탄하는 내용이었다.

이제 스웨덴 국민들은 그녀에 대해서라면 모르는 게 없을 정도였다. 여러 매체들의 주장들을 종합해보면, 현재 경찰은 사도마조 섹스를 권장하며 사회 전반과 특히 남성들을 증오하는 사탄주의 여성 그룹에 속한 정신이상자 레즈비언을 추적하고 있었다. 리스베트가 지난해 외국에 있었다는 점을 감안하면 국제적 사건일 가능성도 있었다.

호들갑 떠는 기사들을 읽어나가던 리스베트는 딱 한 번 격렬한 감정적 반응을 보였다. 눈길을 끈 헤드라인 하나 때문이었다.

"우리는 그녀가 무서웠다."
―교사와 급우 들의 증언, 그녀가 그들을 죽이겠다고 위협

여기서 증언했다는 사람은 전직 교사에 지금은 실크페인팅 일을 하는 비르기타 미오스라는 여자였다. 그녀는 리스베트가 급우들을 위협했었고 심지어는 교사들까지 그녀를 두려워했다고 떠들어댔다.

실제로 리스베트는 비르기타를 알았다. 하지만 그들의 만남은 그렇게 순수하지 않았다.

리스베트는 당시 자신이 불과 열한 살이었다는 사실을 떠올리며 아랫입술을 꼭 깨물었다. 수학 실력이 엉망이었던 대체 교사 미오스가 질문했을 때 자신은 제대로 답변을 했었다. 그런데 교과서에 나온 정답과 달랐다. 실은 교과서에 결함이 있던 것이다. 리스베트는 당연히 모두가 그 사실을 알리라고 생각했다. 하지만 미오스가 점점 집요하게 정답을 요구하자 더는 그 문제를 토론하는 것 자체가 싫어졌다. 결국 아랫입술을 불쑥 내민 채 입을 꾹 다물고 꿈쩍도 하지 않았고, 답답해진 비르기타가 대답을 요구하며 어깨를 붙잡고 흔들기에 이르렀다. 결국 참다못한 리스베트가 선생 얼굴에 책을 집어던져버렸다가 약간의 소동이 벌어졌다. 반 애들이 달려들어 리스베트를 제압했을 땐 침을 뱉고 사방에 발길질을 해댔다……

이 사건을 전하는 석간지는 꽤나 넓은 지면을 할애했다. 뿐만 아니라 기사 옆에는 당시 그녀의 급우였던 청년 하나가 그들이 다녔던 학교 정문에 서서 포즈를 취한 사진까지 실려 있었다. 사진 밑에는 그의 증언을 인용한 설명이 붙어 있었다. 다비드 구스타브손은 현재 금융 컨설턴트로 일한다고 자신을 소개했다. 그러면서 주장하기를 어느 날 그녀가 "모두 죽여버리겠다"고 위협했기 때문에 급우들이 두려움에 떨었다고 했다. 리스베트는 그를 잘 기억하고 있었다. 학창 시절 자신을 가장 심하게 괴롭힌 녀석 중 하나였다. 뚱뚱한 몸집에 최소한의 지능을 겸비한 이 난폭한 소년은 틈만 나면 욕을 해댔고 복도에서 마주칠 때면 팔꿈치로 리스베트를 치고 지나가곤 했다. 그러던 어느 날 점심시간이었다. 녀석이 체육관 뒤뜰에서 공격해오는 바람에 언제나처럼 방어하려고 맞서 싸웠다. 덩치를 보면 상대가 되지 않는 싸움이었지만 항복하느니 차라리 죽는 게 낫다고 생각했었다. 그렇게 해서 대수롭지 않았던 가벼운 충돌이 큰 싸움으로 번져버렸다. 많은 아이들이 둘러서서 다비드가 리스베트를 한없이 구타하는 장면을 구경했다. 처음에 아이들은 싸움 구경에 재미있어했다. 하지만 멍청하게도 몸을 돌보지 않았던 리스베트는 땅바닥에 뒹굴면서도 저항했다. 울거나 빌지도 않았다.

얼마 못 가 아이들은 그 잔인한 광경을 더이상 견디지 못했다. 체격이 훨씬 우월한 다비드에게 리스베트가 속수무책으로 얻어맞고만 있자 오히려 그의 점수가 깎이기 시작했다. 녀석은 자기 힘으로 끝맺을 수 없는 일을 시작한 꼴이었다. 결국 그가 크게 날린 주먹 두 방에 리스베트는 입술이 찢어졌고 숨막히는 고통을 느꼈다. 만신창이가 되어 체육관 뒤뜰에 널브러진 그녀를 남겨놓고 아이들은 웃으면서 건물 모퉁이를 돌아 사라져갔다.

일단은 상처를 치료하러 집으로 돌아갔다. 그리고 이틀 후에 야구방망이를 들고 학교에 갔다. 운동장 한가운데 서 있는 다비드에게 다가가 귀 쪽을 후려쳤다. 녀석은 그대로 땅바닥에 무너져내렸다. 마침내 야구방망이 끝으로 그의 목을 누르면서 몸을 굽혀 속삭였다. 두 번 다시 내 몸에 손대면 죽여버리겠다고. 일이 벌어진 걸 안 어른들이 달려와 다비드를 양호실로 데려갔고, 리스베트는 교장실로 끌려가 선고를 받아야 했다. 처벌, 학생기록부의 특별 기록, 사회복지부 조사 따위가 이어졌다.

십오 년간 리스베트는 한 번도 그들을 떠올려본 적이 없었다. 하지만 신문을 읽다보니 새로운 관심이 생겼다. 조금 한가해지면 이 두 사람이 현재 하는 일을 좀더 자세히 조사해볼 수 있을 테다.

이러한 모든 기사들이 그녀를 전국적인 유명인사로 만들었다. 모든 과거가 낱낱이 밝혀지고 해부됐으며 지극히 상세한 부분마저 일반에 공개됐다. 초등학교 시절에 보였던 발작적인 행동들부터 웁살라 근처 상트스테판 정신병원에 이 년 넘게 강제 입원했던 일까지.

리스베트는 이 병원 수석 의사 페테르 텔레보리안이 방송에 나와 인터뷰하는 모습을 보고 귀를 쫑긋 세웠다. 그를 마지막으로 본 건 팔 년 전 자신에 대한 법적 무능력자 판정을 위해 법원의 심의가 열렸을 때였다. TV 화면에 등장한 그는 이마에 굵은 주름이 잔뜩 지도록 눈을 치켜뜨고 짧막한 염소수염을 매만지며 자못 심각한 표정으로 리포터에게 답했다.

"전 업무상 비밀을 공개할 수 없는 입장입니다. 어떤 특별한 환자에 대해 구체적으로 언급할 수 없죠. 다만 다음 사실을 지적할 수 있을 뿐입니다. 즉 리스베트 살란데르는 특별한 치료를 요하는 매우 복잡한 경우였습니다. 따라서 전 그녀를 적절한 시설에 수용해 필요한 보살핌을 제공해야 한다고 권고했죠. 하지만 법원은 이를 무시하고 후견인을 붙여 사회에 내보냈습니다. 정말이지 한심한 일이 아닐 수 없습니다……"

그는 이러한 법원의 실수로 무고한 시민 셋이 희생된 일을 개탄했다. 그리고 말이 나온 김에 지난 수십 년간 정부가 무리하게 추진해 온 정신치료기관에 대한 예산삭감 정책까지 신랄하게 비난했다.

여기서 리스베트는 한 가지 흥미로운 사실을 발견했다. 박사가 이끄는 소아정신병원에서 가장 흔하게 쓰는 치료법이 '과민한 중증 환자들'을 이른바 '모든 자극이 제거된' 독방에 가두는 것임을 밝힌 신문은 하나도 없는 게 아닌가. 그 방에는 가죽끈이 달린 좁다란 간이침대가 있었다. 박사가 내세운 의학적 설명에 따르면, '자극'이 발작을 유발할 수 있으므로 과민한 아동들은 이를 피해야만 했다.

나중엔 이러한 치료법을 지칭하는 용어가 따로 있다는 걸 알았다. 감각 박탈…… 전쟁 포로를 감각 박탈 상황에 노출시키는 것은 이미 제네바협약 때 비인도적 행위로 분류됐다. 역대 독재 정권들이 이른바 '뇌 세탁' 실험을 할 때 즐겨 썼던 방법이기도 했다. 또 어떤 자료에 따르면, 1930년대 모스크바를 휩쓴 스탈린 대숙청 때 정치범이 겪었던 기상천외한 고문 가운데 이 잔혹한 '요법'이 있었다고 한다.

화면에서 페테르의 얼굴을 본 순간, 그녀의 심장은 차디차게 얼어붙었다. 아직도 그 구역질나는 애프터셰이브 로션을 바르는지 궁금했다. 당시 리스베트에게 그 요법을 쓴 장본인이 바로 페테르였다. 그땐 그들이 무얼 하려는 건지 전혀 이해하지 못했다. 그저 리스베트 자신의 잘못을 깨닫게 해주려고 요법을 쓰는 거라고만 생각했다. 다만 한 가지만은 금방 깨달을 수 있었다. 이른바 '과민한 중증 환자'란 페테르의 생각이나 지식에 문제를 제기하는 환자를 의미한다는 사실이었다.

덕분에 리스베트는 16세기에 가장 흔하게 쓰였던 정신질환 치료법이 21세기로 접어든 이 시대에도 상트스테판에 버젓이 살아 있다는 사실을 알게 되었다.

그녀는 상트스테판에서 보낸 시간 중 거의 절반을 '모든 자극이 제거된' 방의 간이침대 위에서 보내야 했다. 일종의 신기록이라 할 수 있었다.

페테르는 그녀를 성적으로 건드리지 않았다. 의심을 살 만한 상황에서는 결코 그녀와 접촉하지 않았다. 단 한 번, 그녀가 독방 안에 묶여 있을 때 마치 무언가를 꾸짖는 듯하면서 그녀의 어깨에 손을 올린 적은 있었다. 그녀는 그때 자신이 새긴 이빨 자국이 아직도 그의 엄지손가락에 남아 있을지 궁금했다.

둘의 관계는 마치 결투의 양상을 띠었다. 페테르가 손에 모든 패를 쥐고 있는 불공정한 결투. 이에 맞서는 리스베트의 방법은 자기 속에 숨어 나오지 않거나 방안에 있는 그의 존재를 철저히 무시하는 것이었다.

두 여경에게 이끌려 상트스테판에 이송됐을 때 그녀는 불과 열두 살이었다. '모든 악'이 일어난 지 몇 주 후였다. 그녀는 당시의 일을 아주 세세한 것까지 모두 기억하고 있었다. 처음엔 모든 일이 잘 해결되리라고 기대했다. 그래서 사람들을 붙잡고 왜 이 사건이 일어나게 됐는지 나름대로 설명해보려 애썼다. 경찰관들에게, 사회복지부 사람들에게, 병원 직원들에게, 간호사들에게, 의사들에게, 심리학자들에게, 심지어는 기도해주러 온 목사에게까지. 자신을 뒷자리에 실은 경찰차가 벤네르그렌 센터*를 지나 웁살라로 향하는 도로로 접어들 때까지 그녀는 지금 자신이 어디로 끌려가고 있는지조차 몰랐다. 아무도 말해주지 않았다. 다만 그제야 무언가 일이 잘 풀리지 않으리라는 걸 예감했다.

페테르를 만났을 때 그에게도 설명해보려고 했다. 하지만 이 모든 노력의 결과로 그녀는 간이침대에 묶여 열세 살이 되는 밤을 보내야 했다.

페테르는 그녀가 평생 만나본 사람 가운데 가장 구역질나는 비열한 사디스트였다. 추악하기로는 닐스보다 몇 배 더한 자였다. 물론 닐스도 난폭하고 교활한 인간이었지만 어쨌든 제어할 수 있었다. 하지만 페테르는 달랐다. 그는 각종 문서와 사회적 존경과 학문적 명성, 그리고 알쏭달쏭한 심리학 용어들로 겹겹이 쳐진 장막 뒤에 몸을 숨기고 있었다. 즉 그의 모든 행동은 이 세상의 비판과 고발로부터 철저히 보호받고 있었다.

그래. 반항하는 여자아이들을 가죽끈으로 묶어놓도록 그에게 임무를 부여한 건 바로 이 나라였어!

그가 간이침대 위에 누운 자신의 몸을 가죽끈으로 고정할 때마다 둘의 시선이 마주치곤 했다. 그리고 그 눈빛 속에서 그가 흥분했음을 읽어냈다. 리스베트는 알고 있었다. 그 역시 그녀가 알고 있다는 사실을 알았다. 그렇다면 메시지는 전달됐다.

열세 살이 되던 날 밤, 리스베트는 페테르와 아니 이 세상의 그 어떤 심리학자나 정신과 전문의와는 더이상 한마디도 나누지 않으리라 결심했다. 그것은 스스로에게 준 생일선물이었다. 그리고 그녀는 그 약속을 철저히 지켰다. 그리고 알고 있었다. 이로 인해 페테르의

---

* 스톡홀름 북부 스베아베겐 거리에 있는 고층 건물.

욕구가 좌절됐다는 사실을. 이로 인해 자신이 독방에 묶여 지내는 밤들이 더 늘어났다는 사실을. 하지만 이미 그 정도 대가는 치를 준비가 충분히 되어 있었다.

리스베트는 자신을 완벽하게 제어하는 법을 배웠다. 더는 발악하지도 않았고 독방에서 나오는 날 사방에 물건을 집어던지는 일도 없었다.

하지만 의사들과는 말하지 않았다.

반면, 간호사와 식당 직원, 혹은 청소부에게는 스스럼없이 그리고 예의바른 태도로 말을 건넸다. 이러한 행동이 사람들 눈에 띄지 않을 리 없었다. 어느 날 그녀가 조금 호감을 느끼고 있었던 카롤리나라는 상냥한 간호사가 물었다. 왜 그렇게 행동하느냐고.

왜 의사들하고는 말하려고 하지 않니?

그들은 내가 말하는 걸 안 들으니까요.

사실 계산된 대답이었다. 그리고 이것이 리스베트가 의사들과 소통하는 방식이었다. 그녀는 자신이 하는 모든 말이 기록된다는 사실을 잘 알았고, 이런 식으로 자신의 침묵이 이성적인 결정의 결과임을 그들에게 알렸던 것이다.

상트스테판에서의 마지막 해, 리스베트가 독방에 갇히는 횟수는 점점 줄어들었다. 물론 전혀 없지는 않았다. 페테르의 자존심을 무참하게 짓뭉개놓았을 때를 빼고는. 그는 리스베트의 집요한 침묵을 부수고 자신이 존재한다는 사실을 인정하게 하려고 끊임없이 노력했다. 하지만 그런 기대를 품고 시선을 던지는 그에게 리스베트는 쓰라린 좌절감만 안겨주었다.

어느 날 페테르는 그녀에게 일종의 안정제를 투여하기로 결정했다. 호흡 곤란을 유발하고 아무 생각도 할 수 없게 만들다가 결국에는 고통스러운 불안감을 느끼게 하는 약이었다. 그녀가 이 약을 거부하자 1일 3회씩 그 알약들을 강제로 삼키게 하라는 결정이 떨어졌다.

저항이 너무도 격렬해 직원들은 그녀를 붙잡고 강제로 입을 벌려 약을 집어넣지 않으면 안 되었다. 맨 처음 리스베트는 목구멍에 손가락을 집어넣고 휘저어서 옆에 있던 간호보조사의 몸에 그날 점심에 먹은 걸 죄다 쏟아냈다. 그러자 사람들은 그녀를 꽁꽁 묶어놓고서 알약들을 삼키게 했다. 하지만 리스베트 역시 손가락을 목구멍에 집어넣지 않고도 토하는 법을 터득해 저항했다. 너무 거세게 저항하며 거부하는데다 약 하나 먹이는 데 많은 수고와 인력이 필요하게 되자 결국 투약 시도는 중단됐다.

그녀가 병원을 나와 스톡홀름의 한 위탁가정으로 들어가게 된 건 열다섯 살 생일이 조금 지나서였다. 느닷없이 일어난 변화였다. 당시 페테르는 수석 의사가 아니었고, 리스베트는 이 사실만이 갑작스러운 해방을 설명해준다고 확신했다. 만일 그때 그가 단독으로 결정할 수 있는 위치에 있었다면 리스베트는 아직도 독방의 간이침대 위에 묶여 있는 신세였으리라.

그리고 지금 그녀는 TV 뉴스에 나오는 그를 보고 있다. 갑자기 궁금해졌다. '아직도 저 인간은 나를 환자로 데리고 있고 싶어할까? 아니면 자신의 성적 환상을 만족시키기엔 내가 너무 나이들었다고 생각할까?' 페테르는 그녀를 퇴원시킨 법원의 결정을 그럴듯한 논리로 비판하고 있었다. 이에 감동한 리포터는 법원의 잘못에 대해 함께 분개만 할 뿐 그에게 응당 해야 할 질문들을 잊고 있었다. 지금 페테르에게 감히 반박하려는 사람은 아무도 없다. 상트스테판의 전 수석 의사는 작고하고 없었다. '살란데르 케이스' 심의를 주재했고 이 모든 드라마에서 본의 아니게 악역을 맡아버린 지방법원 판사는 은퇴했다. 그는 언론에 자신의 의견을 밝히기를 거부했다.

리스베트는 스웨덴 중부지방의 어느 신문사 웹사이트에서 가장 황당한 기사를 발견했다. 결국 기사를 세 번이나 읽은 후 컴퓨터를 꺼버리고 담배를 한 대 피워 물었다. 그러고는 창가에 쿠션을 내려놓고 등을 기대고 앉아 바깥 야경을 내려다보았다.

어린 시절 친구의 증언, "그녀는 양성애자였다!"

삼중살인 혐의로 쫓기고 있는 이 26세의 여성은 고독하고도 내성적인 인물로, 학교생활에 적응하는 데 큰 어려움을 겪었다고 한다. 주변에서 그녀를 사회화해보려는 시도가 많았음에도 불구하고 항상 친구들과 동떨어져 외톨이로 지냈다.

"그녀는 자신의 성정체성을 확립하는 데 큰 어려움을 느끼는 듯했어요." 학창 시절 그녀의 몇 안 되는 친구 중 하나였던 요하나는 이렇게 회상했다. "아주 어린 시절부터 다른 아이들과는 달랐고 양성애적 성향을 드러냈죠. 우리는 그런 그녀를 많이 걱정해주었어요."

이어 기사는 요하나가 기억해낸 몇 가지 일화를 소개했다. 리스베트는 눈썹을 찌푸렸다. 그녀로선 그 일화들도, 요하나라는 이름의 친구도 기억할 수 없었다. 아무리 기억을 더듬어봐도 '친한 친구'라고 할 만한 사람, 그리고 그 시절 자신을 사회화시키려고 시도했던 사람이 전혀 생각나지 않았다.

기사는 그 일화들이 일어난 시기를 명확히 밝히지 않았다. 하지만 그녀는 열두 살 때 학교를 떠났다. 그렇다면 그녀를 걱정했다는 학교 친구는 아직 사춘기도 안 된 아이에게서 양성애적 성향을 발견했다는 말인가!

일주일 동안 그야말로 봇물터지듯 쏟아져나온 기사 가운데 요하나의 인터뷰가 가장 어처구니없었다. 날조된 게 분명했다. 기자가 허언증 환자를 만난 게 아니라면 직접 꾸며낸 말일 터였다. 리스베트는 기자의 이름을 적어놓고 장차 연구해볼 대상에 포함시켰다.

그녀에게 동정적인 태도를 보이는 기사도 전혀 없진 않았다. '이 사회의 파행' 혹은 '그녀는 필요한 도움을 받은 적이 한 번도 없었다' 같은 제목을 단 이런 기사들은 사회 시스템 전반을 가볍게 비판하고 있었다. 하지만 이런 기사들마저 리스베트를 최악의 공공의 적—광기에 휩싸여 선량한 시민 셋을 죽인 살인마—으로 간주한다는 점은 다른 기사들과 별반 다르지 않았다.

매체들이 자신의 삶에 대해 쏟아내는 갖가지 해석들을 흥미롭게 읽어가던 리스베트는 일반적으로 알려진 사실들 가운데 큰 공백이 하나 있음을 알게 되었다. 매체들은 자신의 삶에서 가장 사적이고도 비밀스러운 세부들을 거의 무한하게 확보한 반면, 열세 살이 되기 직전에 일어난 '모든 악'을 완전히 놓치고 있었다. 자신에 대한 기사들은 유치원에서부터 열한 살 때까지 이어지다가 정신병원에서 나와 어느 위탁가정에 들어가게 된 열다섯 살 때부터 다시 시작되었다.

이를 통해 판단해보건대 매체에 정보를 제공하는 경찰의 누군가가 그녀 자신은 알 수 없는 어떤 이유로 '모든 악'과 관련된 내용을 제외시키기로 결정한 듯했다. 이 사실이 그녀의 흥미를 끌었다. 분명히 지금 경찰은 용의자의 폭력적인 성향을 부각시키려고 애쓰고 있었다. 그렇다면 자신의 파일에 기록된 것 중 가장 무거운 범죄일 수 있는 그 사건, 학교에서 저질렀던 모든 자질구레한 비행들을 무한히 뛰어넘는 그 엄청난 사건은 왜 빼놓고 있는가? 상트스테판 정신병원에 강제 입원하게 된 계기였던 사건인데 말이다.

부활절 일요일, 리스베트는 경찰수사 상황을 나름대로 정리해보기 시작했다. 매체들이 제공하는 정보 덕분에 수사팀의 윤곽을 파악할 수 있었다. 예비수사를 책임지는 이는 리샤르드 엑스트룀 검사로, 기자회견 때 보통 마이크를 잡는 이가 그였다. 실제로 수사를 이끄는 이는 얀 부블란스키 형사였다. 약간 뚱뚱한 몸집에 후줄근한 재킷을 입고 다니는 그는 기자회견 때 더러 검사 옆에 앉아 있었다.

며칠 후엔 수사팀에 소니아 모디그라는 여자 형사가 있으며 닐스의 시체를 발견한 사람이 바로 그녀라는 사실을 알았다. 한스 파스테와 쿠르트 스벤손이라는 이름도 찾아냈으나, 신문에 전혀 나오지 않은 예르케르 홀름베리의 존재는 놓치고 있었다. 리스베트는 컴퓨터에 각 형사들의 폴더를 하나씩 만들어 새로운 정보가 생기는 대로 그 안에 저장하기 시작했다.

수사 상황에 관한 정보들이 모여 있는 곳은 물론 담당 형사들이 사용하는 업무용 컴퓨터였다. 그리고 그 데이터들은 모두 경찰청 중앙 서버에 백업되고 있었다. 리스베트는 경찰 인트라넷을 해킹하는 일이 극도로 어렵긴 하지만 전혀 불가능한 건 아니라는 사실을 잘 알았다. 사실 이번이 처음도 아니었고.

사 년 전, 드라간에게 임무 하나를 받았을 때였다. 경찰 인트라넷 조직도를 만들어놓고 수사 기록에 접근할 수 있는 가능성을 궁리할 필요가 있었다. 하지만 그때의 불법 침투는 처참한 실패로 끝났다. 방화벽이 너무 정교한데다 느닷없이 불쾌한 광고가 튀어나오는 등 갖가지 함정들이 여기저기 도사리고 있었다.

경찰 인트라넷은 그들 고유의 규칙에 따라 자체 케이블망으로 구축돼 인터넷 같은 외부 접속으로부터 격리돼 있었다. 다시 말해 인트라넷 접속 권한이 있는 경찰관을 찾아 그녀 대신 조사하게 만들든지, 아니면 그녀에게 접속 권한이 있는 것처럼 인트라넷이 믿게 만들어야 했다. 이런 관점에서 보면 경찰의 보안 전문가들은 다행스럽게도 커다란 구멍을 남겨놓았다. 스웨덴 전역에는 중앙 네트워크와 연결된 수많은 파출소들이 있는데 이들 중 상당수가 밤에 문을 닫는다. 게다가 제대로 된 감시장치도 설치되어 있지 않은 조그만 건물들이었다. 베스테로스 근방 롱비크 마을에 있는 파출소도 그중 하나였다. 마을 도서관과 건강보험센터와 함께 130제곱미터 남짓한 공간을 쓰는 이 파출소에는 낮에 세 명의 경찰관이 상근하고 있었다.

리스베트는 당시 진행하던 조사를 위해 경찰 인트라넷에 침투하려다가 실패했었다. 하지만 포기하지 않고서 장차 맡을 다른 임무들을 생각해서라도 얼마간 시간과 정력을 투자해 접근할 방법을 찾아보기로 했다. 우선 자신에게 주어진 가능성들을 곰곰이 따져본 끝에 룽비크 마을 도서관에 청소부 지원서를 냈다. 대걸레와 양동이를 들고 이 방 저 방 돌아다닐 수 있게 된 그녀는 십 분도 되지 않아 건물의 상세 도면을 찾아냈다. 건물 열쇠도 구할 수 있었지만 파출소 열쇠는 없었다. 하지만 이층에 난 화장실 창문을 통하면 어렵지 않게 파출소로 침입할 수 있다는 사실을 알게 되었다. 무더운 여름밤에는 환기를 하려고 그 창문을 반쯤 열어놓기 때문이다. 파출소에 야간 근무자는 없었고 대신 민간 보안업체인 '세큐리타스' 직원이 두세 차례 들러 돌아보는 게 경비 업무의 전부였다. 그녀 눈에는 가소로운 수준이었다.

그녀는 오 분도 안 돼 그곳 파출소에서 근무하는 한 경찰관의 아이디와 책상 고무판 밑에 숨겨놓은 비밀번호를 찾아냈다. 이어 하룻밤 사이 시험해본 끝에 경찰 네트워크의 구조, 그리고 그곳 경관들이 접속할 수 있는 데이터의 종류와 한계를 파악할 수 있었다. 그리고 보너스로 다른 두 경찰관의 아이디와 비밀번호도 찾아냈다. 그중하나가 마리아 오토손이라는 서른두 살의 여경이었다. 그녀의 컴퓨터를 뒤지다가 스톡홀름 경찰청의 사기범죄수사대로 옮기고자 신청서를 내놓은 상태라는 사실도 알게 되었다. 마침내 리스베트는 이 마리아에게서 잭팟을 터뜨렸다. 이 순진한 경관이 자신의 개인 노트북을 잠그지도 않은 책상 서랍에 넣어둔 게 아닌가! 즉 마리아는 직장에서 개인 컴퓨터를 사용하고 있었다. 정말이지 기가 막힌 일이 아닐수 없었다. 리스베트는 즉시 그 노트북을 켜고서 직접 개발한 스파이웨어의 최신판인 '아스픽시아 1.0'의 CD를 밀어넣었다. 그리고 두 곳에 이 프로그램을 심었다. 하나는 인터넷 익스플로러에, 다른 하나는 마리아의 개인 주소록에 백업 파일 형태로. 몇 주 후 그녀가 스톡홀름 사기범죄수사대로 전근할 경우—특히 그녀가 새 컴퓨터를 구입하기라도 한다면—이 주소록 전체를 그곳에 통째로 옮겨놓을 가능성이 크다고 판단했기 때문이다.

다른 경관들의 컴퓨터에도 스파이웨어를 깔아놓았다. 이제 그들의 컴퓨터를 자유로이 드나들며 수사 기록을 뒤져보는 일이 가능해졌다. 하지만 극도로 신중을 기해야 했다. 사이버경찰대가 자동경보장치를 갖추고 있었기 때문이다. 예를 들어 어떤 지방 경찰관이 업무 이외의 목적으로 수사 기록에 접근하진 않는지, 이런 행위가 반복되거나 조회수가 현격히 증가하진 않는지를 항상 감시하고 있었다. 지방 경찰이 관여할 이유가 없는 수사 정보를 열람하는 일이 잦아진다면 자동적으로 경보가 발동할 터였다.

이런 문제를 해결해보려고 그 이듬해에 동료 해커인 플레이그와 협력해 경찰 네트워크 전체를 통제하려는 시도를 해보았다. 하지만 극복하기 힘든 난점들에 봉착하는 바람에 결국은 포기하고 말았다. 대신 그 과정에서 백여 개에 달하는 경찰관의 아이디를 수집해 필요한 경우에 사용할 수 있었다.

이후에도 둘의 해킹 작업에 한 차례 큰 진전이 있었다. 플레이그가 사이버경찰대 책임자의 개인 노트북을 해킹하는 데 성공한 것이다. 그 책임자가 경제 분야를 담당하는 민간 전문가라 경찰 내 정보통신과 관련한 전문적인 자료는 없었지만 그래도 꽤 괜찮은 정보들을 건질 수 있었다. 덕분에 둘은 경찰 네트워크 전체를 해킹할 수는 없을지라도 최소한 다양한 바이러스를 심어 감염시켜버릴 수는 있었다. 하지만 둘 다 그런 일에는 전혀 흥미가 없었다. 자신들은 해커지 바이러스 유포자가 아니었기 때문이다. 그들이 원하는 건 네트워크 파괴가 아니라 그것에 접근하는 일이었다.

리스베트는 과거에 자신이 아이디와 비밀번호를 훔쳤던 경찰관들의 컴퓨터를 뒤져보았다. 예상했던 대로 그들 가운데는 이번 삼중살인 수사에 직접 참여하는 사람이 한 명도 없었다. 다만 자신을 포함한 지명수배자들에 관한 상세한 정보를 얻어낼 수 있었다. 알고 보니 웁살라, 노르셰핑, 예테보리, 말뫼, 헤슬레홀름, 칼마르 등 그야말로 스웨덴 각지에서 자신을 목격했다는 증언들이 접수되어 있었다. 그리고 그 증언을 토대로 모핑* 기술을 써서 보다 정확한 사진을 만들어 전국에 배포했음을 알게 되었다.

매체들의 눈이 일제히 리스베트에게 쏠려 있는 상황에서 유리한 점이 하나 있다면 그들이 구할 수 있는 사진이 몇 장 되지 않는다는 사실이었다. 운전면허증 사진으로도 쓰고 있는 사 년 전 낡은 여권 사진 하나, 경찰 기록에 남은 열여덟 살 때—지금 모습과는 전혀 다른—사진 하나, 열두 살 때 나카 자연보호구역에 소풍 간 풍경을 한 교사가 찍었다가 낡은 앨범에 보관해둔 사진들에서 찾아내 제공한 몇 장이 전부였다. 이때 찍은 사진들에서는 다른 아이들과 동떨어져 외톨이로 서 있는 그녀의 모습이 흐릿하게 보였다.

여권 사진 속 그녀는 조그만 입을 꼭 다물고서 머리는 약간 삐딱하게 옆으로 기울인 채, 부릅뜬 눈으로 카메라를 뚫어져라 응시하고 있었다. 영락없는 비사회적 사이코패스 살인범의 얼굴이었고, 역시나 매체들은 이 웅변적인 이미지를 앞다퉈 보여주고 있었다. 하지만 이 사진에도 긍정적인 측면이 있었으니, 지금 그녀의 실제 모습과는 너무도 달라 누구도 실물을 알아볼 수 없을 게 분명하다는 점이었다.

리스베트는 매체들이 세 희생자의 프로필을 소개하는 과정을 흥

---

* 이미지를 서서히 변형시키는 컴퓨터그래픽 기술.

미롭게 지켜보았다. 화요일, 리스베트 사냥과 관련해 별다른 새 소식이 나오지 않자 기삿거리 부족에 봉착한 매체들의 시선이 다시 희생자들을 향했다. 한 석간지는 장문의 기사를 통해 다그 스벤손, 미아 베리만, 그리고 닐스 비우르만을 소개했다. 존경할 만한 이 세 시민이 왜 그렇게 무참히 피살되어야 했는지 도무지 이해할 수 없다는 게 기사의 골자였다.

여기서 닐스는 그린피스 회원이자 '청소년을 위한 봉사'를 하며 활발한 사회 활동을 펼친 존경받던 변호사로 소개됐다. 기사는 한 단을 할애해 그의 가까운 친구이자 동료이며 같은 건물에 사무실이 있는 루네 호칸손 변호사의 인터뷰를 실었다. 그는 닐스야말로 힘없는 사람들의 권리를 보호하기 위해 헌신한 인물이었다고 주장했다. 후견위원회 소속 공무원 역시 '피후견인 리스베트 살란데르에 대한 그의 진정한 봉사'에 대해 이야기했다.

그날 처음으로 리스베트의 입가에 피식, 기묘한 미소가 떠올랐다.

이 참극에서 여성 희생자인 미아에게 큰 관심이 쏠리고 있었다. 그녀는 아름다울 뿐 아니라 비범하게 총명한 여성, 인상적인 성취를 이루며 전도유망했던 젊은 인재로 묘사됐다. 충격에 휩싸인 친구들과 학교 동기들, 그리고 지도 교수의 말도 인용됐다. 대부분의 사람들은 '왜?'를 궁금해했다. 함께 실린 사진들은 엔셰데 건물 앞에 쌓인 꽃다발이며 촛불들을 보여주고 있었다.

이에 비하면 다그에게 할애된 지면은 보잘것없었다. 통찰력과 용기를 지닌 기자로 묘사되긴 했지만 스타가 된 애인 옆에서 빛을 잃었다.

다그가 〈밀레니엄〉에 실을 장문의 탐사기사를 준비하고 있었다는 사실이 부활절 일요일이 되어서야 밝혀진 것을 보고 리스베트는 가볍게 놀랐다. 더욱 놀라운 건 그가 정확히 어떤 주제를 조사하고 있었는지 아무런 언급이 없다는 점이었다.

리스베트는 〈아프톤블라데트〉 온라인판에 실린 미카엘의 발언에 대해서는 전혀 모르고 있었다. 그러다 화요일 늦게 어느 방송에서 그 내용이 다시 언급되는 걸 보고서야 그가 매체에 완전히 잘못된 정보를 흘렸다는 사실을 알았다. 다그가 〈밀레니엄〉에 싣기 위해 집필하던 탐사기사의 주제는 바로 '보안과 불법 해킹'이었다고 미카엘은 주장했다.

리스베트는 눈썹을 찌푸렸다. 이 주장이 거짓임을 잘 아는 그녀는 대체 〈밀레니엄〉이 무슨 꿍꿍이를 꾸미는 건지 궁금했다. 하지만 이내 그녀의 입가에 다시 미소가 떠올랐다. 미카엘이 이를 통해 자신에게 어떤 메시지를 보내려 했는지 이해했기 때문이다. 일단 네덜란드 서버에 접속해 'MikBlom/laptop' 아이콘을 더블클릭했다. 뒤이어 그의 노트북 화면이 뜨자 한가운데에 놓인 '리스베트 살란데르' 폴더와 '살리에게' 파일이 눈에 들어왔다.

미카엘의 편지를 열어본 그녀는 한동안 꼼짝도 하지 않고 화면을 응시했다. 그녀의 내부에서 상반된 감정들이 뒤얽혔다. 지금까지는 스웨덴 전체가 자신의 적이었다. 그녀로서도 별반 이상할 것 없는 당연한 사실이었다. 그런데 갑자기 연합군이 한 명 튀어나왔다. 더 정확히 말하자면 그녀의 결백을 믿는다고 단언하는 잠재적 연합군이었다. 다만 아이러니하게도 이 연합군은 그녀가 스웨덴에서 죽어도 보고 싶지 않은 유일한 남자였다. 리스베트는 한숨을 내쉬었다. 미카엘은 여전히 순진하기 짝이 없는 빌어먹을 착한 인간이었다. 그렇다면 그녀 자신은 어떤가? 열 살 이후로는 스스로 죄가 없다고 말할 수 없는 존재였다.

죄 없는 사람? 그딴 건 세상에 존재하지 않아. 책임지는 정도가 사람마다 다를 뿐.

닐스가 죽은 건 자신이 부과한 규칙을 따르지 않기로 선택했기 때문이다. 이미 충분히 기회를 주지 않았던가. 하지만 자신을 해치려고 웬 빌어먹을 고릴라를 고용했으니 어쩔 수 없는 일이었다.

하지만 갑자기 등장한 칼레 블롬크비스트를 완전히 무시해버릴 수도 없었다. 그는 쓸모가 있을 터였다.

미카엘은 수수께끼 푸는 일에 재능이 있는데다 지독하게 끈질긴 사람이었다. 헤데스타드에서 이런 사실을 충분히 알 수 있었다. 마치 불도그처럼 한번 입에 물면 죽을 때까지 놓지 않는 남자…… 얼마나 순진한 인간인지! 그는 자신이 이 나라를 조용히 뜰 때까지 이용해먹을 수 있는 사람이기도 했다. 그래, 조만간 이 나라를 떠나야 할 테다.

하지만 불행히도 쉽게 통제할 수 있는 사람은 아니었다. 그는 본인 의사가 아니면 아무것도 하지 않았다. 어떤 윤리적인 동기가 있어야만 행동했다.

반대로 말하면 충분히 예측 가능한 사람이기도 했다. 리스베트는 잠시 생각해본 다음 새 파일을 하나 만들어 '미크블롬에게'라고 이름 붙였다. 그리고 거기에 한 단어를 썼다.

살라.

이걸 보면 생각나는 게 있으리라.

그렇게 해놓고 다시 생각에 잠겨 있는데 그가 컴퓨터를 켜는 게 눈에 들어왔다. 그는 메시지를 읽은 후 곧바로 답신을 보내왔다.

리스베트,
정말이지 넌 지독하게 복잡한 애야. 도대체 살라가 누구야? 이자가 연결고리야? 다그와 미아를 누가 죽였는지 넌 알고 있는 거야? 그렇다면 제발 좀 알려줘! 이 엿같이 골치 아픈 문제를 해결하고 이젠 잠 좀 자게 말이야. /미카엘.

오케이. 이제 미끼를 던질 때다.

리스베트는 파일을 하나 더 만들어 '칼레 블룸크비스트'라고 이름 붙였다. 이 파일명이 그의 신경을 긁으리라는 사실을 뻔히 알면서. 그리고 짧은 메시지를 썼다.

당신은 기자잖아요. 혼자서도 얼마든지 찾아낼 수 있을 텐데.

예상했던 대로 그는 곧바로 답신을 보내 제발 좀더 자세히 설명해 달라고 애원했다. 그녀는 미소를 지으며 미카엘의 하드디스크를 닫았다.

리스베트는 여기서 멈추지 않고 이번엔 드라간의 하드디스크를 열었다. 그가 월요일에 직접 작성한 리스베트 자신에 대한 보고서를 신중하게 읽어내려갔다. 보고서에 수신자 이름은 없었지만 분명 자신을 잡을 생각으로 경찰과 협력하는 모양이었다.

뒤이어 그의 이메일들을 훑어보는데, 흥미로운 건 없었다. 그렇게 드라간의 하드디스크를 닫으려는 순간 문득 밀톤의 기술팀장에게 보낸 메일이 눈에 띄었다. 그의 사무실에 감시카메라를 설치하라는 지시였다.

이런, 젠장!

날짜를 확인해보니 메일이 발송된 건 지난 1월 말, 자신이 인사하러 방문한 후 한 시간도 지나지 않아서였다.

이는 그의 사무실을 다시 방문할 때 그곳의 자동감시장치를 재조정해야 함을 의미했다.

22장

3월 29일 화요일~4월 3일 일요일

화요일 오전, 리스베트는 중앙범죄수사본부의 전과 기록 데이터베이스에 침입해 알렉산데르 살라첸코를 찾아보았다. 그는 기록상에 존재하지 않았다. 하지만 그리 놀랄 일도 아니었다. 그녀가 알기로 그는 스웨덴에서 유죄판결을 받은 일이 없었고, 심지어는 주민등록 번호도 없었다.

이 해킹을 하려고 그녀는 말뫼 지방 경찰에 소속된 쉰다섯 살 더글러스 시엘드 형사의 명의를 도용했다. 그런데 어느 순간 자기도 모르게 흠칫했다. 컴퓨터에서 갑자기 조그만 음향이 나더니 바탕화면에 아이콘 하나가 나타나 깜빡거리기 시작했다. 누군가가 ICQ 메신저에서 그녀를 찾고 있다는 신호였다.

그녀는 잠시 망설였다. 순간적으로 취하려던 반응은 즉시 컴퓨터를 꺼버리는 것이었다. 하지만 다시 생각해보았다. 더글러스의 컴퓨터에는 ICQ가 없었다. 젊은층이나 채팅 마니아들이 주로 사용하는 프로그램이라 이 경찰처럼 어느 정도 나이가 있는 사람이 설치해놓는 경우는 거의 없었다.

즉 지금 누군가가 그녀를, 바로 그녀를 찾고 있다는 뜻이었다. 그리고 그렇게 할 가능성이 있는 사람은 극히 제한적이었다. 그녀는 ICQ 창을 열었다.

"무슨 일이지, 플레이그?"

"안녕, 와스프. 찾아내기 되게 힘들군. 넌 메일 확인도 안 하고 살아?"

"날 어떻게 찾아냈어?"

"더글러스. 내게도 같은 리스트가 있잖아. 거기에 포함된 경찰들 중에서도 최대한 접근 권한이 큰 사람을 이용할 거라고 생각했지."

"용건이 뭔데?"

"네가 찾고 있는 살라첸코가 누구야?"

"ㅅㄱㄲ."

"?"

"남의 일에 신경 꺼."

"요즘 대체 무슨 일이냐고?"

"귀찮게 굴지 말고 꺼져, 플레이그."

"너도 항상 말했지. 내가 사회적 장애인이라고. 나도 그런가보다 하고 생각했었지. 그런데 요즘 신문을 보니까, 너에 비하면 난 너무도 정상이더군."

"엿 먹어."

"내게 엿 같은 소리를 그렇게도 해대더니 이젠 피장파장이군. 그런데, 혹시라도 도움이 필요하진 않아?"

리스베트는 잠시 머뭇거렸다. 처음에는 미카엘이 달려오더니 이제는 플레이그였다. '오호, 사방에서 날 구해주겠다고 지원군이 몰려든다?' 하지만 플레이그에게서 무얼 기대할 수 있을까? 160킬로그램에 달하는 몸집에 주위 사람들과는 인터넷으로만 소통하는 고독한 괴물…… 리스베트마저도 그에 비하면 기적적인 사회적 능력의 소유자로 보일 정도였으니…… 그녀에게서 대답이 없자 플레이그는 다시 한 줄을 두드렸다.

"보고 있어? 이 나라를 뜨는 데 도움이 필요하지 않아?"

"아니."

"왜 그들을 쐈어?"

"귀찮게 굴지 말라고!"

"다른 사람도 쏠 생각이 있는 건가? 그럼 난 내 목숨을 걱정해야 하는 거야? 이 세상에서 오직 나만이 널 추적할 수 있을 것 같은데 말이야."

"남에 일에 신경 꺼. 그러면 걱정할 일 없을 거야."

"걱정이라니, 내가 그럴 리는 없고. 뭔가 필요한 게 있으면 핫메일로 날 찾아. 무기 필요해? 새 여권은?"

"이 사회 부적응자 같으니!"

"넌 아니고?"

리스베트는 ICQ를 닫고 소파에 앉아 생각에 잠겼다. 그리고 십분 후, 컴퓨터로 돌아와 플레이그의 핫메일 주소로 메일을 한 통 보냈다.

예비수사를 지휘하는 리샤르드 엑스트룀 검사가 테비에 살고 있어. 결혼해서 자녀가 둘이고. 그의 집에 인터넷 케이블선이 들어가. 그의 노트북이나 개인 데스크톱에 접속하고 싶어. 실시간으로 확인해둬야 할 필요가 있거든. 허스타일 테이크오버Hostile takeover, 그러니까 적대적 인수를 해서 그의 하드디스크 '미러'를 확보하고 싶어.

그녀는 플레이그가 순드뷔베리에 있는 자신의 아파트에서 거의 나오는 일이 없다는 사실을 잘 알았다. 하지만 현장 작업을 시킬 만한 여드름투성이 십대를 한 명쯤은 거느리고 있을 수 있었다. 리스베트는 메일에 자신의 이름을 남기지는 않았다. 누군지 뻔히 알 테니까. 약 십오 분 후, 플레이그가 다시 ICQ에서 그녀를 불렀다.

"얼마 낼 거야?"

"너에게 1만 크로나 + 경비, 그리고 네 동료에게 5천 크로나."

"다시 연락하지."

목요일 아침, 플레이그로부터 메일이 한 통 왔다. 내용은 ftp 주소 하나가 전부였다. 리스베트는 몹시 놀랐다. 결과를 받으려면 최소 이 주는 기다려야 할 거라고 예상했기 때문이다. '적대적 인수'는, 플레이그가 만든 기가 막힌 프로그램들과 이 목적을 위해 특별히 제작된 소프트웨어의 도움을 받는다 하더라도 하루아침에 이루어질 일이 아니었다. '적대적 인수'의 대상이 될 컴퓨터에 간단한 프로그램 하나를 생성시키려면 물이 한 방울 한 방울 떨어지듯 몇 킬로바이트짜리 소량의 정보들이 조금씩 조금씩 흘러들어가야 하기 때문이다. 이 모든 과정이 이뤄지는 시간은 해킹 대상자가 컴퓨터를 얼마나 빈번하게 사용하느냐에 달려 있다. 게다가 이게 끝이 아니다. 그다음엔 컴퓨터 하드디스크의 정보가 외부에 있는 미러디스크에 전송되어야 하며, 이 과정 또한 며칠이 걸린다. 그런데 이것을 48시간 내에 마친다는 건 단지 엄청난 정도가 아니라 이론적으로 불가능한 일이었다. 리스베트는 입을 딱 벌리지 않을 수 없었다. 이내 ICQ에서 그를 불렀다.

"대체 어떻게 했어?"

"검사네 집에서는 컴퓨터 한 대를 식구 네 명이서 쓰더군. 게다가 방화벽도 없어! 보안 상태가 빵점이었지. 그냥 케이블을 타고 들어가서 전송만 하면 됐어. 경비는 6천 크로나. 너무 많은가?"

"괜찮아. 신속히 처리해줬으니 보너스도 지급하지."

리스베트는 잠시 생각하다 플레이그의 계좌에 3만 크로나를 인터넷으로 송금했다. 더 줄 수도 있었지만 지나친 액수로 나쁜 버릇을 들이고 싶지 않았다. 그런 다음 편안한 자세로 의자에 앉아 예비수사 책임자, 리샤르드 검사의 노트북을 열어보았다.

한 시간도 안 돼 얀 형사가 그에게 보낸 보고서들을 모두 읽었다. 경찰 규정상 이러한 보고서들은 경찰서 밖으로 나갈 수 없었다. 그런데 검사는 방화벽으로 보호도 안 된 개인 인터넷을 통해 아무 생각없이 일거리를 자기집으로 전송해왔다. 외부인인 그녀가 보기에도 한심한 일이 아닐 수 없었다.

보안 시스템이 아무리 철저해도 멍청이가 하나 섞여 있으면 아무 소용 없다는 사실을 웅변적으로 보여주는 경우였다. 여하튼 리스베트는 그의 컴퓨터 덕분에 귀중한 정보들을 얻어낼 수 있었다.

우선 그녀는 드라간이 협력자 두 명을 파견해 얀의 수사팀에 합류시켰다는 사실을 알았다. 구체적으로 말하자면 경찰들이 그녀를 잡기 위해 벌이는 수사 작업을 밀톤 시큐리티가 무상으로 지원하고 있다는 뜻이었다. 그들의 임무는 가능한 모든 방법을 동원해 리스베트의 체포에 기여하는 일이었다. 고마워요, 드라간. 이 은혜는 절대 잊지 않을게…… 이어 협력자들의 이름을 발견한 그녀의 얼굴이 어두워졌다. 소니 보만…… 조금 답답하기는 해도 그렇게 무례한 사람은 아니었다. 하지만 니클라스 에릭손…… 이자는 밀톤 시큐리티에서 자신이 맡은 직무를 이용해 어느 여성 고객을 골탕 먹인 형편없는 쓰레기였다.

리스베트의 윤리는 선택적이었다. 회사의 고객들을 골탕 먹이는 일, 그럴 만한 가치가 있다면 마다하지 않았다. 하지만 기밀 준수를 전제로 임무를 부여받았을 때는 절대 그런 짓을 하지 않는 그녀였다.

뒤이어 리스베트는 매체에 정보를 흘리는 사람이 다름아닌 예비수사 책임자 자신이라는 사실을 알게 되었다. 이는 과학수사 결과에 대한, 그리고 그녀와 미리암 우의 관계에 대한 매체의 질문들에 답해준 검사의 메일들을 살펴보면 분명히 알 수 있는 일이었다.

세번째 중요한 정보는 얀의 수사팀이 리스베트가 숨어 있는 장소에 대해 아무런 단서도 찾아내지 못했다는 사실이었다. 그녀는 경찰이 취한 조처들과 산발적이나마 감시하에 두고 있는 장소들을 열거한 보고서를 매우 관심 있게 읽었다. 리스트는 간단했다. 우선 룬다가탄의 아파트와 미카엘의 집, 그리고 상트에릭스플란 근처 미리암의 옛 주소와 술집 풍차 등이었다. 그 술집에서 자신이 목격됐다는 사실도 적혀 있었다. 빌어먹을! 그날 내가 대체 무슨 정신으로 미리암하고 그 쇼를 벌였담? 정말 멍청하기 짝이 없는 짓이었어!

금요일엔 리샤르드 휘하의 수사관들이 이블 핑거스 멤버들의 소재도 파악해냈다. 그렇다면 이제 새로운 장소들도 감시 대상에 포함되리라. 리스베트는 눈썹을 찌푸렸다. 이제는 이블 핑거스 여자애들을 지인 리스트에서 삭제해야 한다. 물론 스웨덴에 돌아온 후로 한번도 본 일은 없지만.

아무리 생각해도 이해되지 않는 점이 하나 있었다. 검사는 그녀와 관련된 온갖 지저분한 사연들을 매체에 흘려대고 있었다. 이런 행동의 목적이야 뻔했다. 엽기녀 리스베트가 세간의 화제에 오를수록 자기 이름도 뜰 테니까. 또한 이는 훗날 그녀를 기소해야 할 때를 위한 포석이기도 했다.

하지만 왜 1991년의 경찰 보고서는 넘기지 않았을까? 그 사건이야말로 그녀가 상트스테판 정신병원에 갇히게 된 직접적인 이유가 아니었던가. 어째서 그는 이 사건을 은폐하고 있는 걸까?

그녀는 리샤르드의 컴퓨터에 들어간 후 한 시간 동안 그의 자료들을 샅샅이 확인했다. 다 마치고 나서는 담배를 한 대 피워 물었다. 그의 컴퓨터에는 1991년에 일어난 일을 언급한 자료가 전혀 없었다.

그렇다면 기이한 결론에 이르게 된다. 그는 이 보고서에 대해 모르고 있다는 말이다.

리스베트는 어떻게 해야 할지 잠시 생각했다. 순간, 그녀의 시선이 노트북 위로 향했다. 그래, 그 빌어먹을 '칼레 블롬크비스트'에게 딱 맞는 일거리야! 그녀는 다시 컴퓨터를 켜고 미카엘의 하드디스크로 들어가 'MB2'라는 파일을 만들었다.

> E 검사가 매체들에 정보를 넘기고 있어요. 그에게 한번 물어봐요. 왜 옛 경찰 보고서는 넘기지 않고 있는지.

이렇게 해놓으면 그가 알아서 뛸 터였다. 스스로 궁금해서 견딜 수 없을 테니까. 그녀는 미카엘이 접속할 때까지 두 시간을 참을성 있게 기다렸다. 마침내 접속한 그가 우선 메일을 체크했고 십오 분쯤 지나 그녀가 남긴 파일을 발견하더니 다시 오 분 후에 '알쏭달쏭'이라는 파일을 만들어 답신을 보내왔다. 하지만 예상 밖으로 그는 미끼를 물지 않았다. 대신 누가 자신의 두 친구를 죽였는지 알고 싶다는 질문만 되풀이하고 있었다.

리스베트도 그의 심정을 어느 정도 이해할 수 있었다. 이번엔 약간 말투를 누그러뜨려 '알쏭달쏭 2'를 보내 되물었다.

> 만일 당신이 나라면 어떻게 하겠어요?

매우 개인적인 성격의 질문이었다. 그는 '알쏭달쏭 3'으로 답변을 보내왔다. 거기엔 그녀를 크게 동요시키는 내용이 담겨 있었다.

> 리스베트. 네가 정말로 미쳐버린 게 맞다면, 낸들 어쩌겠어? 아마도 페테르 텔레보리안 박사만이 널 도울 수 있겠지. 하지만 난 네가 다그와 미

아를 죽였다고 믿지 않아. 그리고 내가 잘못 생각한 게 아니기를 바라고. 다그와 미아는 성매매 산업을 고발하려고 했어. 그들의 이 계획이 살인의 빌미가 되었다는 게 내 가설이고. 하지만 내겐 이 가설을 뒷받침할 증거가 하나도 없어.

우리 사이에 뭐가 잘못됐던 건지 난 잘 모르겠어. 언젠가 둘이서 우정에 관해 얘기한 적이 있었지? 그때 난 우정의 기반이 상대에 대한 존중과 신뢰라고 말했어. 리스베트, 날 사랑하지 않는다 해도 최소한 신뢰할 수는 있잖아? 날 전적으로 믿으라고. 난 한 번도 네 비밀을 누설한 적이 없어. 벤네르스트룀의 억만금이 어떻게 되었는지 난 세상에 알리지 않았어. 날 신뢰하라고. 내가 너의 적은 아니잖아? /M.

처음엔 미카엘이 페테르를 운운하는 걸 보고 불같은 분노가 치솟았다. 하지만 이윽고 지금 그가 비아냥대려고 이런 말을 한 게 아님을 깨달았다. 그는 페테르가 어떤 인간인지 전혀 모르고 있지 않은가. 단지 방송을 통해서만 보고서 소아정신의학계의 세계적 권위자로만 알고 있을 터였다.

하지만 정말로 충격적인 것은 '벤네르스트룀의 억만금'을 언급한 부분이었다. 도대체 어떻게 그 사실을 알아냈단 말인가? 아무리 생각해봐도 자신이 실수한 부분은 전혀 없었다. 그러니 이 세상 그 누구도 자신이 한 일을 몰라야 했다.

리스베트는 편지를 여러 차례 읽어보았다.

우정에 대해 언급한 부분은 그녀를 불편하게 만들었다. 어떻게 대답해야 할지 알 수 없었다.

결국 그녀는 '알쏭달쏭 4'를 만들었다.

생각해보죠.

그녀는 접속을 끊고 창문 옆 구석에 웅크리고 앉았다.

리스베트가 모세바케 광장 옆에 있는 자신의 아파트를 나온 것은 살인 사건이 일어난 지 구 일 후인 금요일 밤 11시였다. 사다놓은 빌리스 팬피자들은 물론이고 빵과 치즈까지 부스러기 하나 없이 떨어져버린 게 이미 며칠 전이었다. 마지막 사흘은 오트밀 한 봉지로 연명했다. 어느 날 이제는 좀 제대로 먹고 살아야겠다는 생각에 충동적으로 사놓았던 것들이다. 그녀는 오트밀 반 컵에 건포도 몇 알을 올리고 거기에 물을 부은 다음 전자레인지에 넣고 60초 동안 돌리면 그런대로 먹을 만한 음식이 된다는 사실을 발견했다.

외출한 이유가 단지 식량 부족 때문만은 아니었다. 누군가를 만나봐야 했다. 하지만 모세바케 광장 옆 아파트에 틀어박혀서는 불가능한 일이었다. 그녀는 벽장을 열고 금발 가발과 '이레네 네세르' 명의의 노르웨이 여권을 꺼냈다.

이레네 네세르는 실존하는 인물이었다. 리스베트와 외모가 비슷한 그녀는 삼 년 전에 여권을 분실했다. 그리고 플레이그 덕분에 그녀의 여권을 손에 넣을 수 있었던 리스베트는 지난 일 년 반 동안 필요에 따라 아주 유용하게 사용해왔다.

리스베트는 눈썹과 코에 박힌 피어싱 고리를 빼낸 다음 욕실 거울 앞에서 화장을 했다. 그러고는 블랙진에 노란색 바늘땀으로 장식된 갈색 스웨터—단순하지만 따뜻한 옷이었다—를 걸치고 굽이 높은 부츠를 신었다. 호신용 최루가스탄 몇 개가 들어 있는 상자에서 한 개를 꺼내들었고 일 년 동안 쓰지 않았던 전기충격기도 충전시켰다. 나일론으로 된 숄더백에는 만약의 경우에 바꿔 입을 수 있는 옷을 챙겼다. 이렇게 만반의 준비를 마치고는 저녁 늦은 시간에 집을 나섰다. 먼저 들른 곳은 호른스가탄에 있는 맥도날드였다. 슬루센이나 메드보리아르플랏센의 맥도날드를 피한 까닭은 거기서 밀톤 시큐리티의 옛 동료를 만날 수도 있었기 때문이다. 그녀는 빅맥 하나를 먹고 코카콜라를 제일 큰 컵으로 들이켰다.

식사를 끝낸 그녀는 4번 버스를 타고 베스테르브론에서 상트에릭스플란까지 갔다. 오덴플란까지는 걸었고, 자정을 조금 남기고 우플란스가탄에 있는 닐스 변호사의 아파트 앞에 도착했다. 예상대로 아파트를 감시하고 있는 경찰은 없었지만 같은 층 옆집의 창문 하나에 불이 들어와 있었다. 그녀는 시간을 보내고 오려고 바나디스플란 쪽으로 산책을 떠났다. 한 시간 후 다시 돌아왔을 때 이웃집 창문 역시 어둠에 잠겨 있었다.

리스베트는 살금살금 깃털처럼 가벼운 걸음으로 불 꺼진 어두운 계단을 올라 닐스의 집 앞에 섰다. 그리고 경찰이 문 앞에 쳐놓은 접근금지 테이프를 커터로 절단한 후 소리 없이 안으로 들어갔다.

우선 현관의 전등을 켰다. 그 불빛은 건물 외부에서 보이지 않는다는 사실을 잘 알고 있었다. 이어 준비해 간 손전등을 켜들고 곧장 닐스의 침실로 들어갔다. 불빛을 비춰보니 침대 위에는 온통 흩뿌려진 핏자국이 여전했다. 문득 그녀는 이 침대 위에서 자신이 죽을 수도 있었다는 생각이 들었고, 닐스가 자신의 삶에서 영원히 사라져버렸다는 사실에 갑자기 깊은 만족감을 느꼈다.

그녀가 범죄 현장을 찾아온 건 두 가지 질문에 대한 해답을 찾기 위해서였다. 첫째, 그녀는 닐스와 살라 사이에 대체 어떤 관계가 있는지 알고 싶었다. 그녀가 확신하기에 두 사람 사이에는 분명 어떤 관계가 있었다. 그래서 닐스의 컴퓨터를 조사해보았지만 별다른 단서를 찾을 수 없었다.

둘째, 얼마 전부터 질문 하나가 그녀의 머릿속을 계속 맴돌았다. 몇 주 전, 한밤중에 이 아파트에 왔을 때 닐스가 '리스베트 살란데르'라는 제목의 문서철에서 자신과 관련된 자료 일부를 빼놓은 것을 발견했었다. 없어진 페이지들은 후견위원회가 후견인으로서 닐스의 임무를 규정해놓은 문서의 일부인데, 거기에는 리스베트의 심리적 상태가 극히 간략하게 요약되어 있었다. 어쩌면 그에게는 전혀 필요 없는 부분이라 문서철을 정리하다 그 부분만 빼내버렸을 수도 있다. 하지만 이러한 가정은, 보통 변호사들이라면 계류중인 사건과 관련된 서류를 절대 버리지 않는다는 사실에 어긋났다. 물론 전혀 필요 없는 서류일지는 모르지만 그것을 일부러 빼내버린다는 건 아무리 생각해도 비논리적인 일이었다. 그런데 그때 그 몇 페이지가 분명히 문서철에 남아 있지 않았고 책상 주변 어디에서도 보이지 않았다.

그런데 이번에는 그 문서철마저 눈에 띄지 않았다. 경찰이 그녀에 관련된 문서철들과 다른 서류들까지 몽땅 압수해 가버렸다. 그래도 두 시간쯤 들여 혹시 경찰이 빠뜨리고 간 것이 있는지 집안을 샅샅이 뒤져보았다. 하지만 그렇지 않다는 사실을 확인하고는 가벼운 실망감을 느꼈다.

주방에서는 각종 열쇠가 들어 있는 상자를 발견했다. 자동차 열쇠들이 있었고, 고리에 걸려 있는 열쇠도 두 개 보였는데 그중 하나는 건물 열쇠였고 다른 하나는 자물쇠 열쇠였다. 리스베트는 공동창고실로 가 그 안을 살금살금 돌면서 칸막이 방들마다 자물쇠에 열쇠를 넣어본 끝에 닐스의 개인 창고를 찾아낼 수 있었다. 그는 거기에 낡은 가구들, 헌옷이 든 옷장 하나, 스키, 자동차 배터리, 서적이며 기타 잡동사니가 든 상자 따위를 쟁여놓았다. 하지만 아무런 흥미로운 물건이 보이지 않자 이내 계단을 내려와 이번에는 건물 열쇠로 차고를 열었다. 거기에는 닐스의 벤츠가 있었다. 그곳도 잠시 뒤져보았지만 역시 건질 만한 게 없다는 결론을 내렸다.

서재는 그냥 슬쩍 들여다보기만 했다. 몇 주 전 야간에 찾아왔을 때 한번 둘러보았기 때문이다. 아마 그는 이 년 전부터 그 방을 사용하지 않는 모양이었다. 모든 것이 허옇게 먼지를 뒤집어쓰고 있었다.

다시 집안으로 돌아온 그녀는 소파에 앉아 생각에 잠겼다. 그리고 몇 분 있다 일어나 주방으로 열쇠상자를 다시 보러 갔다. 하나하나 꺼내 자세히 살펴보았다. 보안키처럼 특수한 열쇠들도 있었고 시골 냄새가 나는 녹슨 구식 열쇠도 있었다. 그녀는 눈썹을 찌푸렸다. 그리고 눈을 들어 싱크대 옆 보관함을 올려다보았다. 닐스가 올려놓은 스무 개 남짓한 씨앗 봉지들이 눈에 들어왔다. 그녀는 그것들을 내려서 살폈다. 허브 정원에 심을 씨앗들이었다.

그래, 그에겐 시골별장이 있었어! 채마밭이 딸린 방갈로 같은. 내가 놓친 게 바로 이거였군.

리스베트는 몇 분도 되지 않아 닐스의 가계부에서 원하는 것을 찾아냈다. 육 년 전 그의 소유로 된 땅에 성토盛土 작업을 해준 업체에게 공사비를 지불하고서 받은 영수증이었다. 그리고 다시 일 분쯤 후에는 어느 건물의 보험증서를 찾아냈다. 주소는 마리에프레드 근처 스탈라르홀멘으로 되어 있었다.

새벽 5시, 그녀는 프리드헴스플란 근처 한트베르카르가탄에서 24시간 영업하는 세븐일레븐에 들렀다. 그리고 상당한 양의 빌리스 팬피자, 우유, 빵, 치즈, 생필품을 구입했다. 조간신문도 한 부 샀다. 1면을 장식한 헤드라인이 꽤나 흥미로웠다.

수배중인 여성은 이미 출국했는가?

이 신문은 리스베트로서는 알 수 없는 이유로 그녀의 실명을 쓰지 않았다. 그냥 '26세의 여성'이라고만 썼다. 기사는 한 '경찰 관계자'의 주장에 따라 그녀가 아마 스웨덴을 떠나 현재 베를린에 있을 가능성이 크다고 밝혔다. 그녀가 도주 장소로 베를린을 택한 이유에 대해서는 아무런 설명이 없었다. 대신 이 역시 경찰 관계자에 따르면 베를린 크로이츠베르크 거리에 있는 '페미니스트─무정부주의자' 클럽에서 그녀를 목격했다는 제보자들이 있었다고 했다. 그리고 이 클럽은 정치적 테러리스트에서부터 반세계화주의자와 사탄주의자에 이르기까지, 온갖 종류의 젊은 광신도들의 집합소라는 설명이 뒤따랐다.

아침 버스를 타고 쇠데르말름으로 돌아온 리스베트는 로센룬스가탄에서 내려 집까지 걸어왔다. 커피를 끓여 샌드위치와 함께 아침을 먹은 다음 침대 속으로 기어들어갔다.

리스베트는 오후까지 계속 잤다. 잠에서 깨어나서는 이불 속에서 쿵쿵 냄새를 맡아보고서 이제 이불을 갈아야 할 때임을 깨달았다. 토요일 오후는 그렇게 집안 정리를 하며 보냈다. 휴지통들을 모두 비우고, 쌓인 신문은 비닐봉지 두 장에 넣어 현관 벽장에 집어넣었다. 빨래도 했다. 세탁기를 두 번 돌렸는데 속옷과 티셔츠를 먼저 빨았고, 청바지는 다음 차례였다. 그리고 식기세척기에 그릇을 가득 채워 돌렸고, 마지막으로 진공청소기와 대걸레로 바닥을 닦았다.

밤 9시 무렵 그녀는 땀으로 흠씬 젖어 있었다. 욕조에 물을 가득 채운 뒤 입욕제를 넉넉히 풀었다. 물에 몸을 담근 후 두 눈을 감고 다시 생각에 잠겼다. 그러다 깜빡 잠이 들었던지 문득 정신을 차려보니 벌써 자정이었고 물은 차갑게 식어 있었다. 이내 물에서 나와 몸을 말린 후 침대로 갔다. 눕자마자 다시 잠이 들었다.

일요일 아침, 노트북을 켜고 인터넷 창을 띄운 리스베트는 순간 불같이 화가 치밀었다. 인터넷에는 미리암 우에 대한 말도 안 되는 헛소리들이 떠돌고 있었다. 기분이 참담했고 말할 수 없는 죄책감이 밀려왔다. 세상 사람들이 미리암에게까지 달려들어 이렇게 물어뜯어댈지 미처 상상하지 못했다. '대체 밈미에게 무슨 죄가 있길래? 나의…… 친구? 애인? 혹은 정부였기 때문에?'

리스베트는 밈미와 자신과의 관계를 어떤 식으로 표현해야 할지 알 수 없었다. 하지만 그 관계가 무엇이든 이제는 모두 끝났다. 미리암의 이름 역시 자신의 지인 리스트에서 지워야 할 것이다. 너무나도 오래 사귀어온 그녀를 말이다. 멍청한 인간들이 써갈긴 말도 안 되는 기사들로 이 모든 치욕들을 당하고서도 밈미에게 리스베트라는 정신병자를 보고 싶은 마음이 남아 있겠는가?

너무나도 분통 터지는 일이었다.

그녀는 미리암을 겨냥해 마녀사냥을 시작한 토니 스칼라 기자의 이름을 기억해두었다. 그리고 특별히 불쾌한 기사를 쓴 어느 석간지 기자 녀석의 이름도 기억해두기로 했다. 사람들에게 그녀를 웃음거리로 만들 의도가 역력한 그 글에는 '사도마조 레즈비언'이라는 표현이 수도 없이 반복되고 있었다.

나중에 리스베트가 손을 봐줘야 할 인간들의 리스트가 상당히 길어지기 시작했다.

하지만 우선은 살라부터 찾아야 했다.

그를 찾고 나서는? 그다음에는 어떤 일이 일어날지 그녀도 정확히 알 수 없었다.

일요일 아침 7시 30분, 미카엘은 전화벨 소리에 잠에서 깼다. 잠이 덜 깬 상태로 수화기를 집어들었다.

"좋은 아침!" 에리카였다.

"으음……"

"혼자야?"

"불행히도."

"그러면 지금 당장 일어나서 샤워하고 커피를 준비해. 십오 분 후에 손님이 한 사람 찾아갈 테니."

"뭔 말이야?"

"파올로 로베르토."

"복싱선수? 링의 황제?"

"바로 그 사람. 그가 전화를 해와서 거의 삼십 분간 대화를 나눴어."

"왜지?"

"왜 내게 전화했냐고? 길 가다 우연히 마주치면 반갑게 인사 정도 나누는 사이야. 힐데브란드 감독이 만든 〈스톡홀름스나트〉 알아? 파올로의 삶과 길거리 젊은 애들의 폭력을 다룬 영화. 그때 그와 길게 인터뷰를 한 적이 있어. 벌써 몇 년 전 얘기인데 그후로 알고 지내는 사이야."

"그랬었군. 그런데 날 찾아오는 이유가 뭐야?"

"그건…… 그 사람한테 직접 설명을 듣는 편이 나을 거야."

미카엘이 막 샤워를 마치고 나와 바지를 꿰어 입고 있을 때 파올로 로베르토가 초인종을 눌렀다. 그는 문을 열어 전직 복서를 집안으로 들인 후 주방 식탁에 앉아 잠시만 기다려달라고 부탁했다. 그러고는 셔츠를 찾아 걸친 다음, 우유 한 티스푼을 넣은 더블 에스프레소 두 잔을 만들어 식탁에 내려놓았다. 파올로가 커피를 내려다보며 흐뭇한 표정을 지었다.

"내게 할말이 있으시다고요?" 미카엘이 물었다.

"에리카가 그러라고 해서."

"오케이. 얘기해보세요."

"난 리스베트 살란데르를 알아요."

미카엘의 눈썹이 꿈틀 올라갔다.

"정말입니까?"

"당신도 리스베트를 안다는 말을 에리카에게 듣고서 나도 놀랐소."

"처음부터 자세히 설명해주시는 게 이해하기에 편하겠군요."

"알겠소. 난 한 달간 뉴욕에 머물다가 그저께 귀국했소. 그런데 웬

개 같은 신문들마다 1면에 리스베트의 사진이 대문짝만하게 실려 있더군. 엿 같은 얘기들만 잔뜩 늘어놓고. 거지발싸개 같은 기자들 중에 그녀에 대해 좋게 얘기하는 놈이 한 놈도 없더라고."

"브라보! 짧은 문장 안에 '개'와 '엿'과 '거지발싸개'를 아주 적절하게 배열하셨어요!"

파올로가 너털웃음을 터뜨렸다.

"하하하, 말이 좀 험했다면 미안하오. 내가 지금 아주 열이 받쳐 있거든. 사실 에리카에게 전화를 한 까닭은 누구하고 얘기를 좀 하고 싶은데 마땅한 사람이 없어서였소. 그런데 엔셰데에서 살해당했다는 그 기자가 〈밀레니엄〉에서 일했다고 해서 에리카에게 전화를 한 거요."

"그랬군요."

"내가 하고 싶은 말은 이거요. 리스베트가 정말로 미친데다 경찰 주장대로 범죄를 저질렀다고 칩시다. 그래도 페어플레이를 해야 하지 않겠소? 우린 인권 사회에서 살고 있다고. 그녀를 단죄하기 전에 먼저 해명할 기회를 줘야 한단 말이지!"

"내 말도 바로 그겁니다!"

"에리카도 그렇게 말하더군. 사실 〈밀레니엄〉에 전화를 걸 때만 해도 거기 사람들은 모두 리스베트에게 이를 갈고 있으리라 생각했었소. 다그가 당신들 동료였으니까. 하지만 에리카 말로는 오히려 당신이 그녀의 결백을 믿는다고 하는 거요."

"난 리스베트를 압니다. 그녀가 사이코 살인마라고는 믿기 어려워요."

파올로는 다시 한번 너털웃음을 터뜨렸다.

"으하하하, 완전히 골때리는 여자애긴 하지…… 하지만 괜찮은 면도 없지 않소. 난 인간적으로 그녀를 꽤 좋아하오."

"어떻게 알게 됐죠?"

"리스베트가 열일곱 살 때부터 같이 복싱을 하면서 지낸 사이요."

미카엘은 십 초쯤 눈을 꾹 감고 있다가 다시 눈을 떠 파올로를 쳐다보았다. 정말이지 이 리스베트 살란데르는 그를 끝없이 놀라게 했다.

"아하, 그러시겠죠! 리스베트가 파올로 로베르토하고 복싱을 한다…… 물론 둘은 같은 체급일 테니까."

"지금 농담하는 게 아니오."

"알겠어요, 당신 말을 믿어요. 언젠가 내게도 말한 적이 있어요. 어떤 복싱 클럽에서 남자애들하고 스파링 좀 한다고."

"자, 내가 자세히 얘기해드리지. 십 년 전 싱켄 스포츠 클럽에서 내게 요청을 해왔어요. 그 지역 젊은 애들을 위해 보조코치로 봉사 좀 해달라고. 복서로 이름깨나 날리던 때라 내가 코치로 있으면 애들이 몰려들 거라고 생각했던 거지. 그래서 오후에 나가 애들한테 스파링 파트너가 되어주곤 했소."

"그랬군요."

"그해 여름 내내, 그리고 가을에 잠깐 거기서 일했소. 클럽에선 젊은 애들을 모으려고 포스터를 붙여가며 이런저런 홍보를 많이 했지. 그렇게 해서 열대여섯 살에서 스무 살 사이의 남자애들을 꽤나 모았소. 이민자 가정 출신도 많았고. 복싱은 거리에서 쓸데없는 짓을 하고 다닐 만한 청소년들을 건전하게 이끌 수 있는 좋은 방법이지. 경험상 내가 잘 아니까."

"이해합니다."

"그런데 어느 여름날, 그 땅딴지같은 리스베트가 불쑥 나타난 거요. 상상이 가지 않소? 갑자기 체육관에 떡하니 들어오더니만 복싱을 배우고 싶다는 거야."

"안 봐도 눈에 선하군요."

"거기엔 그녀보다 체중이 두 배는 되는 사내애들이 대여섯 명 있었는데 모두들 그 모습을 보고 배꼽을 잡았소. 나 역시 낄낄대며 농담을 던졌고. 뭐, 그리 심한 건 아니었지만 좀 짓궂게 놀려댔지. '우리 공주님들에겐 목요일에만 복싱을 시킨단다'라고. 클럽에 여성부도 있었거든. 어쨌든 멍청한 농담이었소."

"그 농담에 그녀는 별로 웃지 않았을 텐데요."

"안 웃었지. 대신 새카만 눈으로 나를 노려보더군. 그러더니 누군가가 의자 위에 벗어놓은 글러브를 잡아 손에 끼었소. 그 가냘픈 팔에 비하면 엄청나게 큰 글러브였지. 사내애들은 다시 낄낄거렸고. 상상이 가오?"

"점점 더 흥미진진해지는군요."

파올로는 또다시 웃어댔다.

"어쨌든 내가 지도자였으니 앞으로 나서서 그녀에게 잽을 몇 방 날리는 시늉을 했소."

"아이구야!"

"물론 장난이었소. 그런데 갑자기 그녀가 내 얼굴에다 스트레이트를 한 방 날리지 뭐야."

그는 다시 한번 웃어댔다.

"그 장면이 상상이 가오? 나는 당연히 가볍게 장난을 치던 거라 공격에 전혀 대비하지 않고 있었소. 그런데 피할 틈도 없이 내 얼굴에 두세 방 적중시키는 게 아니오. 다만 근력은 거의 제로에 가까워서 꼭 솜방망이로 맞는 듯했지. 내가 피하기 시작했더니 그녀도 작전을 바꾸더군. 본능적으로 주먹을 내뻗는데 또 몇 방 맞았지. 그때부터 진지한 자세로 피하기 시작했는데 그녀는 도마뱀보다도 몸이 빨랐소. 조금만 더 몸이 크고 힘이 셌다면 한번 정식으로 붙어보고 싶을 정도였으니까. 무슨 말인지 아시겠소?"

"그 심정 이해합니다."

"그녀는 다시 한번 작전을 바꾸더니 이번에는 내 사타구니에 호되게 한 방 날렸소. 아, 그때는 정말로 충격을 받았지!"

미카엘이 고개를 끄덕였다.

"내가 본능적으로 잽을 날려서 그녀의 얼굴을 맞혔소. 결코 강한 타격은 아니었고 그냥 살짝 닿은 정도. 그러자 그녀가 발로 내 무릎을 걷어차더군. 정말 어처구니가 없었지. 세 배나 덩치가 크고 무거운 내게 자신이 어떻게 상대나 되겠소? 그런데도 마치 목숨 걸고 덤비는 것처럼 미친듯 날뛰더라고."

"당신이 그녀를 조롱했으니까요."

"그건 나중에 가서야 깨달았소. 알고 나니 좀 부끄럽더군…… 우리가 젊은 애들을 모으려고 포스터도 내걸고 홍보도 한 걸 보고서 그녀도 찾아와 아주 진지하게 복싱을 배우고 싶다고 요청한 건데…… 막상 자신의 겉모습만 보고 낄낄거리는 멍청이들만 잔뜩 모여 있었으니. 나 역시 누가 날 그렇게 대접했다면 뚜껑이 열렸겠지."

미카엘은 고개를 끄덕였다.

"어쨌든 그녀는 한동안 그렇게 날뛰었소. 결국 내가 제압해서 바닥에다 엎드리게 해놓고 발악을 멈출 때까지 꼭 붙잡고 있어야만 했지. 그런데…… 그녀가 눈물 젖은 눈으로 나를 노려보는데…… 그 눈빛이 얼마나 살벌하던지, 어휴!"

"그렇게 해서 그녀하고 복싱을 시작하게 됐군요."

"겨우 진정한 그녀를 풀어주고서 물었지. 진심이냐고, 정말로 복싱을 배우고 싶으냐고. 그랬더니 글러브를 내 얼굴에 집어던지고는 입구 쪽으로 걸어가더군. 그래서 따라가 앞을 막아섰지. 이번엔 정식으로 사과하고서 말했소. 정말로 진지하게 배울 마음이 있다면 가르쳐줄 용의가 있으니 다음날 오후 5시에 나오라고."

그는 잠시 입을 다물었다. 흐릿해진 시선은 먼 과거를 더듬고 있었다.

"다음날 저녁에 여성부 훈련을 하는데 그녀가 정말로 찾아왔소. 일단 그녀를 링에 세우고 예니 칼손이라는 애를 스파링 파트너로 붙여 줬지. 복싱을 시작한 지 일 년 정도 된 열여덟 살짜리 애였소. 게다가 리스베트보다 훨씬 무거웠고. 그때 클럽엔 열두 살 위로 그녀와 같은 체급인 애가 없었거든. 난 예니에게 살짝 귀띔했었소. 완전 초보이니 때리는 시늉만 하면서 살살 다뤄주라고."

"그래서 어떻게 됐습니까?"

"한 십 초 지났을까…… 예니의 입술이 터져버렸소. 1라운드 내내 리스베트는 여러 번 적중을 시키면서도 예니의 주먹은 죄다 피하더 군. 태어나서 링 위에 한 번도 올라와본 적 없는 여자애가 말이야! 2라운드 땐 예니도 성질이 나서 제대로 주먹을 뻗었소. 하지만 한 방 도 맞히지 못했지. 기가 막혀 말이 안 나오더군. 프로복서도 그렇게 움직이는 사람은 못 봤거든. 내가 그녀의 반만큼만 빨라도 더이상 바 랄 게 없겠더라고."

미카엘은 묵묵히 고개를 끄덕였다.

"문제는 그녀의 주먹에 전혀 위력이 없다는 거였소. 그래서 내가 훈련을 시키기 시작했지. 그렇게 여성부에 몇 주 데리고 있었는데 이 내 일이 생기더군. 이제 그녀의 특성을 어느 정도 파악한 상대들이 시합 때 그녀를 맞히기 시작하니까 난리를 치는 게 아니겠소. 물고 차고 미친듯이 주먹을 휘둘러대고…… 결국 그녀의 패배를 선언하 고 탈의실에 가둬놓는 수밖에 없었지."

"그게 바로 리스베트 살란데르의 진면목이죠."

"절대 포기라는 건 안 하더군! 그녀 때문에 화가 난 여자애가 한둘 이 아니어서 결국 코치가 그녀를 쫓아낼 수밖에 없었소."

"에그!"

"그래요. 그녀와 복싱을 한다는 건 전혀 불가능했소. 그녀의 복싱 스타일은 오로지 하나, 이판사판으로 주먹을 휘둘러대는 거지. 선수 들 은어로는 '터미네이터 모드'. 워밍업을 할 때나 친선 스파링을 할 때나 항상 똑같았소. 그녀의 발길질에 맞아 여자애들은 퍼렇게 멍들어서 집에 돌아가는 경우가 비일비재했고, 대체 이 문제아를 어떻게 해야 하나 고민하는데, 갑자기 생각이 하나 떠오르더군. 제자 중에 사미르라는 남자애가 있었소. 열일곱 살짜리 시리아 출신. 괜찮은 복서였지. 몸집도 좋고 주먹도 세고…… 문제가 하나 있다면 움직임이 굼뜨다는 거였소. 몸이 막대기같이 뻣뻣했거든."

"그래서요?"

"사미르가 훈련하는 날에 맞춰 그날 오후에 리스베트더러 나오라고 했소. 옷을 갈아입게 하고서 링에 세웠지. 헤드기어랑 마우스피스 같은 보호장비를 죄다 갖춰서. 물론 사미르는 스파링을 거절했소. 체면이 있지 어떻게 저런 빌어먹을 계집애하고 스파링을 하느냐면서 마초들이나 노상 지껄이는 말을 늘어놓더군. 그래서 내가 모든 사람이 듣게끔 큰 소리로 말했지. '이건 스파링이 아니고 정식 시합이다, 그리고 저 여자애가 널 박살낸다에 500크로나 걸겠다'고. 그리고 리스베트에게는 이렇게 말했소. '이건 연습이 아니다. 사미르는 진짜로 펀치를 날릴 거고, 넌 KO패 할지도 모른다.' 그랬더니 비웃는 듯한 표정으로 날 힐끗 쳐다보더군. 알잖소, 그 특유의 표정. 사미르 녀석이 아직도 뭐라고 떠드는데 공이 울렸소. 마치 목숨이라도 건 사람처럼 그녀가 먼저 돌진하더니 녀석의 얼굴 한가운데에 일격을 날렸소. 남자애는 벌렁 나자빠졌지. 여름 내내 훈련시킨 덕분인지 몸에 근육이 약간 붙어 펀치에도 제법 무게가 실리기 시작했거든."

"하하하, 사미르가 아주 흐뭇했겠군요."

"글쎄…… 어쨌든 그후 몇 달 동안 클럽에선 그 스파링 얘기뿐이었소. 한마디로 사미르는 개망신을 당했지. 리스베트가 포인트에서 월등히 앞섰소. 조금만 더 힘이 있었으면 녀석 얼굴을 떡을 만들어놨겠지. 시합이 시작되고 나서 얼마쯤 지나자 사미르가 분통이 터져서 미친듯 주먹을 휘둘러대기 시작하더군. 난 겁이 덜컥 났소. 저러다

저 조그만 여자애가 한 방 맞으면 구급차를 불러야 하지 않을까 하고. 리스베트가 어깨 가드를 써서 날아오는 주먹을 흘려보냈지만 그래도 여기저기 멍이 들더군. 녀석은 힘으로 그녀를 로프까지 밀어붙이는 데 성공했는데 한 번도 제대로 맞히지는 못했소."

"빌어먹을! 그 장면을 직접 봤어야 하는 건데!"

"그날 이후로 클럽 남자애들은 리스베트를 존중하기 시작했소. 특히 사미르가. 그리고 난 훨씬 무겁고 덩치 큰 애들에게 그녀를 스파링 파트너로 붙여줬소. 일테면 나의 비밀병기였던 셈이지. 그녀 덕분에 멋진 훈련을 할 수 있었고. 난 리스베트에게 상대방의 여러 부위를 공격하게 했소. 턱, 이마, 복부…… 이런 식으로. 그러면 남자애들은 그 부위를 방어하고 피하는 연습을 했지. 결국엔 모두가 그녀와 훈련하는 걸 영광으로 여기게 되었소. 그녀와 싸우면 말벌하고 싸우는 것과 마찬가지였으니까. 실제로 모두들 그녀를 말벌이라 불렀소. 어느새 우리 클럽의 마스코트가 됐지. 그런데 그녀도 별명이 마음에 들었던 모양이야. 어느 날 목에다 말벌 문신을 하고 나타난 걸 보면."

미카엘은 미소를 지었다. 그 역시 말벌 문신을 잘 기억하고 있었다. 그리고 그 문신은 지명수배문에 쓰인 그녀의 인상착의이기도 했다.

"그렇게 얼마나 갔습니까?"

"삼 년 동안 일주일에 한 번씩. 내가 클럽을 풀타임으로 지도한 건 그해 여름뿐이었고 그후로는 드문드문 나갔소. 그래서 내 뒤를 이어 푸테 칼손이 그녀를 지도했고. 그러다가 그녀가 일을 하게 되면서 전처럼 자주 올 수 없게 됐지. 하지만 작년까지는 적어도 한 달에 한 번은 나타났소. 난 일 년에 대여섯 번 만나 그녀를 지도했고. 정말이지 그녀와의 훈련은 기똥찼소! 둘 다 땀을 엄청 쏟곤 했으니까! 그녀는 누구하고도 전혀 말을 나누지 않았소. 파트너가 없으면 두 시간 동안 샌드백만 두드려댔지. 마치 철천지원수처럼!"

23장

4월 3일 일요일~4월 4일 월요일

미카엘은 에스프레소를 두 잔 더 만들었다. 그리고 담배를 피워 물면서 양해를 구했다. 파올로는 그냥 어깨만 으쓱해 보였다. 미카엘은 그런 그를 지그시 쳐다보았다.

파올로 로베르토는 자기 생각을 거리낌없이 내뱉는, 입이 거친 사람으로 널리 알려져 있었다. 이렇게 사석에서 만나보니 역시나 듣던 대로였다. 하지만 그뿐 아니었다. 그는 제법 똑똑하면서도 겸손하기까지 했다. 미카엘은 그가 사회민주당 소속으로 국회의원에 출마한 적도 있다는 사실을 떠올렸다. 그리고 대화를 나누면 나눌수록 생각이 제대로 박힌 사람이라는 걸 느낄 수 있었다. 미카엘은 어느덧 이 사내에게 호감을 느끼고 있는 자신을 발견했다.

"그런데 오늘 나를 찾아온 진짜 이유가 뭡니까?"

"지금 리스베트는 완전히 똥통에 빠져 허우적대고 있소. 어떻게 해야 할지 아직 구체적으로는 모르겠소만 그녀에게도 자기편이 한 사람쯤 필요할 거라는 생각이 들었소."

미카엘이 고개를 끄덕였다.

"그런데 당신은 왜 그녀가 결백하다고 믿는 거요?" 파올로가 물었다.

"글쎄, 설명하기가 좀 어렵군요. 사실 리스베트가 무서운 사람이긴 해요. 하지만 그녀가 다그와 미아를 죽였다고는…… 간단히 말해서 난 그 사실을 못 믿겠습니다. 특히 미아를 죽일 수는 없다고 생각해요. 우선, 그녀에겐 아무런 동기가 없어요……"

"그렇지. 우리가 아는 한은 전혀 동기가 없지."

"그래요. 리스베트는 그럴 만한 가치가 있다고 생각하는 사람에겐 아무 거리낌 없이 폭력을 행사할 수 있죠. 하지만 다그와 미아는…… 글쎄요, 모르겠네요. 여하튼 난 수사를 지휘하는 얀 부블란스키 형사에게 도전장을 냈어요. 다그와 미아가 살해된 사건 뒤에 어떤 분명한 이유가 숨어 있다고 믿기 때문이죠. 즉 이건 아무 이유 없이 사람을 죽이고 다니는 '정신병자'의 소행이 아니라, 구체적인 동기를 지닌 자의 계획적인 범죄일 겁니다. 그리고 그 동기는 다그가 준비하던 탐사기사 속에 들어 있다고 생각해요."

"만일 당신 생각이 옳다면 지금 리스베트에게 필요한 건 체포된 후에 변호사를 대주는 그런 도움 정도가 아니오. 전혀 다른 종류의 도움이 필요하다고!"

"동감입니다."

파올로의 두 눈에 번쩍하고 위험스러운 빛이 일었다. 그것은 분노의 불길이었다.

"만일 그녀가 결백하다면, 역사상 가장 더러운 사법 스캔들의 희생자가 되는 셈이오! 지금 매체들과 경찰이 앞다투어 그녀를 살인마로 몰고 있잖소? 그러면서 만들어내는 그 모든 엿 같은 이야기들……"

"여전히 동감입니다."

"자, 그럼 우리가 무얼 할 수 있겠소? 내가 도움이 될 만한 일이 있겠소?"

미카엘은 잠시 생각했다.

"우리가 줄 수 있는 최상의 도움은 물론 진짜 용의자를 잡는 거겠죠. 내가 지금 그 작업을 하고 있습니다. 그리고 경찰이 리스베트를 찾아 사살해버리기 전에 우리가 먼저 찾아내야 합니다. 리스베트가 두 손 들고 걸어나오는 스타일은 전혀 아니잖아요."

파올로가 고개를 끄덕였다.

"그런데 어떻게 그녀를 찾아야 하오?"

"모르겠어요. 하지만 파올로 씨가 해줄 수 있는 일이 하나 있습니다. 그럴 용의가 있다면, 그리고 시간이 조금 있다면 충분히 할 수 있는 일이죠."

"지금 아내가 집에 없어서 다음주까진 홀아비 신세요. 시간은 있소. 뜻도 있고."

"오케이. 파올로 씨는 복서이지 않습니까?"

"그래서?"

"리스베트에게 친구가 하나 있어요. 미리암 우라고, 요즘 매체들에 많이 오르내리고 있는 여자죠."

"사도마조 레즈비언이라고 알려진…… 맞아, 신문에서 많이 봤소."

"그녀의 휴대전화 번호를 입수해서 통화해보려고 했죠. 그런데 나를 기자라고 소개했더니 그대로 전화기를 꺼버렸어요."

"그 여자 심정 충분히 이해하오."

"난 지금 그녀를 따라다닐 만큼 시간이 되지 않아요. 그런데 그녀가 킥복싱을 한다는 기사를 봤어요. 그래서 말인데, 유명 복서인 당신이 그녀를 접촉하면……"

"무슨 말인지 알겠소. 그러니까 그녀가 리스베트 있는 곳을 알려주리라 기대하는군."

"경찰 심문 때는 리스베트가 있는 곳을 전혀 모른다고 대답했대요.

하지만 우리로서는 시도해볼 만한 가치가 있죠."

"그녀의 번호를 주시오. 내가 찾아가보지."

미카엘은 미리암 우의 전화번호와 룬다가탄 집 주소를 파올로에게 건넸다.

군나르 비에르크는 자신의 상황을 분석하며 주말을 보냈다. 그의 미래는 아주 가느다란 실에 아슬아슬하게 매달려 있었고, 자신이 지닌 빈약한 카드패들을 교묘하게 사용하지 않으면 만사가 끝장날 터였다.

미카엘이 원수 같은 놈이었다. 하지만 자신이 그 빌어먹을 창녀들의 서비스를 받은 건 엄연한 사실이었다. 그러니 미카엘을 설득해 눈 감게 할 수 있느냐 없느냐에 모든 것이 달려 있었다. 그가 한 일은 충분히 형사처벌을 받을 수 있는 행위였고, 그것이 밝혀진다면 당장에 해임될 일은 불 보듯 뻔했다. 그뿐이랴. 매체들이 자신을 찢어발기려 개떼처럼 달려들리라. 십대 성판매 여성을 학대한 세포 요원이라고 떠들어대겠지…… 아, 그 빌어먹을 년들이 그렇게 어리지만 않았더라도……

하지만 그저 수수방관하면 침몰하는 자신의 운명에 확인 도장을 찍는 거나 마찬가지였다. 그는 현명하게도 그날 미카엘에게 아무것도 말해주지 않았다. 시종 그의 얼굴을 살피며 속내를 떠보았다. 미카엘 역시 다급해 보이는 기색이었다. 그는 정보를 원하고 있었다. 하지만 그걸 얻으려면 대가를 지불해야 할 터였다. 그리고 군나르는 그 대가로 침묵을 요구할 생각이었다. 그것이 유일한 출구였다.

살라는 이 살인 사건 수사라는 방정식에 커다란 변화를 일으키고 있었다.

다그 스벤손은 살라를 추적했다.

닐스는 살라를 찾았다.

그리고 군나르 비에르크 차장은, 살라와 닐스가 서로 연결될 수 있다는 사실, 다시 말해 엔셰데와 오덴플란이 서로 연결될 수 있으며, 그 연결점이 바로 살라라는 사실을 아는 유일한 인물이었다.

　　그렇다면 군나르의 평온한 여생을 위협할 수 있는 문제가 하나 더 생겨난 셈이었다. 닐스에게 살라에 대한 정보를 제공한 사람이 바로 군나르 자신이었기 때문이다. 국가기밀로 봉인된 문서를 둘 사이의 친분을 빌미로 별생각 없이 내주었다. 어쩌다 보면 대수롭지 않게 넘어갈 수도 있겠지만, 엄밀히 따지면 심각한 범법행위였다.

　　더욱이 금요일에 미카엘이 다녀간 후로 그에게는 범법행위가 하나 더 추가됐다. 그는 경찰이면서 이번 살인 사건에 관련된 중요한 정보를 알고 있었다. 그렇다면 의무적으로 이 정보를 즉각 경찰에 알려야 하지만 지금 그는 그러지 않고 있다. 이 정보를 얀 형사나 리샤르드 검사에게 준다면 자신을 고발하는 행위나 마찬가지였다. 그러면 모든 것이 공개될 터였다. 창녀들이 아니라, 살라첸코를 둘러싼 그 모든 이야기가.

　　토요일 낮, 군나르는 쿵스홀멘의 세포 본부에 있는 자신의 사무실에 들렀다. 거기서 살라첸코에 관련된 옛 서류들을 꺼내 다시 한번 읽어보았다. 아주 오래전에 자신이 직접 작성한 보고서들이었다. 가장 오래된 게 삼십여 년 전, 가장 나중 것도 십여 년은 되었다.

　　살라첸코.

　　염병할 놈의 뱀처럼 언제나 미끌미끌 손에서 빠져나가던 인간.

　　살라……

　　자신이 보고서에 적어놓은 그의 별명이었다. 하지만 어떻게 해서 이 별명을 알았는지는 좀처럼 기억나지 않았다.

　　그러나 한 가지 사실은 수정처럼 명백했다. '살라'는 흩어진 세 가지 항에 모두 연결되었다. 엔셰데, 닐스, 그리고 리스베트.

　　군나르는 눈썹을 잔뜩 찌푸렸다. '대체 이 모든 퍼즐 조각들은 정확히 어떤 관계일까?' 하지만 리스베트가 엔셰데에 찾아간 이유만큼은 이해할 수 있을 듯했다. 다그와 미아가 협조하기를 거부했거나 혹은 도발해오자 맹렬한 분노에 사로잡힌 리스베트가 그 둘을 쏘아 죽이는 장면도 쉽게 상상할 수 있었다. 그렇다. 그녀에겐 동기가 있었다. 군나르 자신을 포함해 이 나라에서 단 두세 사람만이 이해할 수 있는 어떤 동기가.

완전히 미친년이지. 경찰이 체포할 때 아예 사살해버린다면 얼마나 좋을까. 그년은 다 알고 있으니까. 그년이 입을 연다면 그 모든 이야기가 만천하에 까발려진단 말이야⋯⋯

아무리 생각해봐도 결론은 하나였다. 결국 열쇠를 쥐고 있는 사람은 미카엘이었고, 지금 상황에서 가장 중요한 문제는 어떻게 그의 입을 막느냐였다. 하지만 결코 쉽지 않은 일이었다. '그래, 내가 익명의 정보제공자가 되겠다고 하자⋯⋯ 그 염병할 창녀들하고 장난 몇 번 친 것도 좀 덮어달라고 하고⋯⋯ 어떻게 놈을 구슬리지? 아, 리스베트가 미카엘의 머리통까지 날려준다면 얼마나 좋을까!'

그는 살라첸코의 전화번호를 물끄러미 내려다보았다. 전화를 하는 게 좋은가, 안 하는 게 좋은가⋯⋯ 결정하기가 쉽지 않았다.

조사한 내용들을 그때그때 정리해놓는 건 미카엘의 훌륭한 습관 중 하나였다. 파올로가 떠난 후 그는 한 시간 동안 이 일에 매달렸다. 일기 쓰기를 방불케 하는 작업이었다. 그는 모든 대화와 만남과 조사의 내용을 꼼꼼히 기록하고 자신의 생각을 자유롭게 적었다. 나아가 이렇게 매일 기록한 문서를 PGP 프로그램으로 암호화해 에리카와 말린에게 이메일로 전송했다. 자신의 작업이 얼마나 진척됐는지 동료들과도 상황을 공유하기 위해서였다.

다그는 죽기 전 몇 주 동안 살라를 집중적으로 조사하고 있었다. 살해당하기 불과 두 시간 전에 미카엘과 나눴던 마지막 대화에서도 살라라는 이름이 튀어나왔다. 그리고 군나르는 자신이 살라에 대해 무언가를 알고 있다고 주장했다.

미카엘은 자신이 군나르에 대해 수집한 정보들을 십오 분가량 걸려 정리해봤다. 막상 적어놓고보니 내용이 빈약하기 짝이 없었다.

군나르 비에르크는 팔룬 출신이며, 62세의 독신이다. 스물한 살에 순경으로 경력을 시작해 이후 법학을 공부한 뒤 스물예닐곱 되는 나이에 첩보경찰에 스카우트되었다. 당시 세포 국장이었던 페르 군나르 빙에의 임기가 중단된 1969년에서 1970년 사이의 일이었다.

당시 페르 빙에는 노르보텐 주지사인 랑나르 라시난티와 대화하던 중에 올로프 팔메 수상이 러시아를 위해 스파이 활동을 하고 있다고 주장했다가 해임되었다. 그러고 나서 IB 사건, 홀메르 사건, 이른바 '우체부' 사건, 팔메 수상 암살 사건 등 세포와 관련된 굵직굵직한 스캔들이 차례로 터졌었다. 미카엘은 지난 삼십 년간 첩보경찰 내부에서 일어난 이 모든 드라마들 가운데 군나르 비에르크가 어떤 역할을 했는지에 대해선 아무런 정보가 없었다.

1970년에서 1985년 사이 군나르의 경력은 완전한 베일에 싸여 있다. 모든 일이 비밀리에 이뤄지는 조직인 세포에 속한 사람이니 어쩌면 당연한 일일 수 있었다. 그동안 사무실에서 펜대만 굴렸을 수도 있고, 혹은 중국에서 첩보원으로 활동했을 수도 있다. 두번째 가정은 개연성이 극히 희박하지만 말이다.

1985년 군나르는 미국 워싱턴으로 가서 이 년간 스웨덴 대사관에서 근무했다. 그리고 1988년에 스톡홀름 세포의 자기 자리로 돌아왔다. 1996년에는 이른바 '공인'이 된다. 다시 말해 세포의 '외국인 담당 특별부'(정확히 무슨 일을 하는 곳인지는 전혀 모르겠지만) 차장이 되었다. 1996년 이후로는 어느 아랍인을 국외추방한 사건과 관련해 여러 차례 미디어에 오르내렸으며, 1998년에 이라크 외교관 여럿이 국외추방당했을 때도 집중적인 비난의 대상이 되었다.

세포의 이 모든 사실들과 엔셰데 사건은 도대체 어떤 관계일까? 상식적으로 보자면 어떤 관계도 있을 리 없었다.

하지만 세포의 군나르는 살라에 대해 무언가를 알고 있다고 했다. 그렇다면 거기에 반드시 어떤 관계가 있다는 말이었다.

에리카는 아직 아무에게도 얘기하지 않았다. 심지어는 평소에 아무것도 숨기지 않는 남편에게까지 자신이 곧 〈SMP〉로 자리를 옮긴다는 사실을 감추고 있었다. 이제 〈밀레니엄〉에서 남아 있을 시간은 불과 한 달이었고 그후에는 '거룡'에서 일해야 한다. 그녀는 알고 있었다. 한 달이라는 시간은 또 금세 지나갈 것이고 곧 그 괴로운 마지막날을 대면해야 하리라는 사실을.

미카엘에 대해서도 걱정이 많았다. 그가 마지막으로 보낸 이메일을 읽는 그녀의 마음은 무겁기 그지없었다. 또다시 신호들이 나타나고 있었다. 이 년 전 헤데스타드의 미궁 사건 때 보여준 집요함, 벤네르스트룀을 공격할 때 드러난 강박증과 똑같았다. 지난 목요일 이후로 그에게는 오직 한 가지 생각뿐인 듯했다. 누가 다그와 미아를 죽였는지 알아내는 것, 그리고 리스베트의 혐의를 벗기는 것.

그녀 역시 이런 심정을 이해 못하는 건 아니었다. 다그와 미아는 에리카 자신의 친구들이기도 했으니까. 하지만 미카엘에겐 뭔가 그녀를 불안하게 하는 점이 있었다. 그는 한번 피냄새를 맡으면 앞뒤 안 가리는 저돌적인 인간으로 돌변하고야 말았다.

어제 그는 전화를 걸어와 얀 형사에게 도전장을 내밀었다고 밝혔다. 무슨 카우보이라도 되는 양 호승심에 사로잡혀 얀과 한판 붙겠다고 씩씩대는 모습에서 그가 앞으로 리스베트를 추적하는 일에 푹 빠지게 되리라는 걸 예감할 수 있었다. 문제를 해결하기 전까지는 그 누구의 말도 듣지 않으리라는 사실도 그녀는 경험을 통해 잘 알고 있었다. 한동안은 강렬히 몰두한 상태와 의기소침한 상태를 왔다갔다하리라. 또 그러다가 중간에는 전혀 불필요할 수도 있는 위험한 일들까지 시도하게 되리라.

그렇다면 리스베트 살란데르는 어떤 여자인가? 에리카는 지금껏 단 한 번 만나본 이 기묘한 여자에 대해 아는 바가 거의 없었다. 따라서 그녀가 결백하다는 미카엘의 믿음을 공유할 수가 없었다. 만일 얀의 말이 맞다면? 정말로 그녀가 범인이라면? 천신만고 끝에 미카엘이 찾아낸 사람이 손에 총을 들고 기다리는 정신이상자라면?

아침에 파올로로부터 걸려온 예상 밖의 전화도 그녀를 완전히 안심시키지 못했다. 물론 그녀의 결백을 믿는 사람이 미카엘 말고 또 있다는 건 반가운 사실이었다. 하지만 파올로 역시 단순하고도 무모한 카우보이였다.

고민거리는 미카엘만이 아니었다. 자신의 뒤를 이어 〈밀레니엄〉을 이끌어갈 경영자를 찾아야 했다. 이제는 시급해진 일이다. 크리스테르를 불러 상의해볼까도 생각했다. 하지만 미카엘에게 숨긴 채 그리할 수는 없는 노릇이라는 걸 재빨리 깨달았다.

미카엘은 탁월한 기자였다. 하지만 경영자로서는 빵점이었다. 경영 수완 측면에서 보자면 오히려 크리스테르가 나았지만, 그가 자신의 직위를 이어받겠다고 수락할지는 미지수였다. 말린은 너무 젊고 결단력이 없었다. 모니카는 자기중심적이었다. 헨리는 훌륭한 기자이지만 역시 젊고 경험이 없었다. 로티는 마음이 여렸다. 외부인사를 영입하는 방안도 생각해보았지만 크리스테르와 미카엘이 받아들일지 알 수 없었다.

한마디로 모든 게 엉망이었다.

정말 그녀는 〈밀레니엄〉의 마지막 시간을 이런 식으로 보내고 싶지 않았다.

일요일 저녁, 리스베트는 다시 아스픽시아 1.3을 열어 'MikBlom /

laptop'의 미러디스크로 들어갔다. 미카엘이 아직 인터넷에 접속하지 않은 상태임을 확인한 후 최근 며칠 동안 그가 추가해놓은 글들을 읽어보았다.

그의 조사일지를 훑고 있으려니 의문이 한 가지 떠올랐다. '나 보라고 이렇듯 자세하게 써놓는 걸까? 그렇다면 그 의도가 뭘까?' 그는 자신이 이 컴퓨터에 들어온다는 사실을 잘 알고 있었다. 그렇다면 당연히 보이려는 목적으로 이 모든 걸 써놓는 것이리라. 하지만 과연 그가 지닌 정보를 '모두 다' 적어놓았을까? 오히려 나름의 꿍꿍이를 가지고 정보를 적당히 조절하거나 심지어는 조작하고 있지는 않을까? 어쨌든 그녀가 보기에 그의 개인적 조사에는 그다지 큰 진척이 없었다. 기껏해야 리스베트가 결백하다고 주장하며 안에게 도전장을 던졌다는 사실 정도였다. 그리고 이 사실이 그녀를 짜증나게 했다. 지금 그는 사실보다 개인적 감정에 입각해 결론을 내려버렸다. 정말 이 남자의 순진함은 경이로울 정도군!

하지만 살라에게 초점을 맞춘 건 기특했다. 그래, 칼레 블롬크비스트. 제대로 짚었어! 그리고 문득 궁금해졌다. 만일 자신이 이름을 알려주지 않았어도 미카엘이 살라에게 관심을 가졌을지.

다음 순간, 리스베트의 눈이 둥그레졌다. 그의 자료에서 파올로 로베르토의 이름이 불쑥 튀어나왔기 때문이다. 즐거운 소식이었다. 얼굴에 환한 미소가 떠올랐다. 그녀는 입이 험한 이 사내를 좋아했다. 살속에 뼛속까지 마초인 이 거친 사내를. 링에서 둘이 만날 때면 그는 사정을 봐주지 않고 그녀를 두드려패곤 했다. 물론 그렇다고 해서 가만히 맞고만 있을 그녀가 아니었지만.

그러다 리스베트가 의자에서 벌떡 일어섰다. 미카엘이 에리카에게 보낸 이메일을 읽으면서였다.

세포의 군나르 비에르크가 살라에 대한 정보를 갖고 있어.

군나르는 닐스도 알고 있어.

모니터에 꽂혀 있던 그녀의 시선이 순간 흐려졌다. 그리고 머릿속에 삼각형 하나를 그렸다. 살라, 닐스 비우르만, 군나르 비에르크······ 아니, 이거 말이 되네! 리스베트는 지금껏 한 번도 이런 각도에서 이 문제를 생각해본 적이 없었다. 미카엘이 생각만큼 그렇게 바보는 아니었던 모양이다. 하지만 그는 이 세 사람의 관계에 대해 전혀 감을 잡지 못하고 있었다. 물론 그녀 역시 크게 다를 바 없었지만 그래도 미카엘보다는 많은 것을 알고 있었다. 그녀는 잠시 닐스에 대해 생각해봤다. '그가 군나르를 알고 있었다고?' 그렇다면 닐스는 그녀가 생각했던 것보다 훨씬 더 중요한 인물이었다.

'어쩌면 스모달라뢰를 한번 방문해야 할지도 모르겠군.' 그녀는 미카엘의 하드디스크로 들어가 '리스베트 살란데르' 폴더 안에 새 파일을 하나 만들었다. 파일명은 '링 코너'였다. 그가 노트북을 켜면 이 파일을 보게 되리라.

1. 페테르 텔레보리안은 가까이하지 않는 게 좋아요. 나쁜 놈입니다.

2. 미리암 우는 이 사건과 전혀 무관해요.

3. 살라에게 초점을 맞추는 건 옳아요. 그가 열쇠죠. 하지만 어떤 기록에서도 그를 찾을 수 없을 겁니다.

4. 닐스와 살라는 서로 연결돼요. 나도 무슨 관계인지는 모르지만 알아내려고 합니다. 군나르가 연결점일까요?

5. 이건 중요합니다. 1991년 2월에 작성된 보고서가 하나 있어요. 내게는 치명적일 수 있는 내용이 들어 있죠. 일련번호는 모르겠고 어디 있는지도 몰라요. 하지만 왜 리샤르드가 그걸 매체에 넘기지 않았을까요? 해답: 그의 컴퓨터 안에 없기 때문에. 결론: 즉, 그는 그 보고서의 존재를 모른다. 그런데 이런 일이 어떻게 가능할까요?

그녀는 잠시 생각한 후에 한 문단을 추가했다.

P.S. 미카엘, 난 그렇게 깨끗한 사람이 아니에요. 하지만 다그와 미아를 죽이지 않았어요. 난 그들의 죽음과는 전혀 관계가 없어요. 살해된 날 저녁에 그들을 보긴 했죠. 하지만 내가 떠나고 난 후에 살해당했어요. 날 믿어줘서 고마워요. 파올로에게 내가 솜방망이 레프트훅을 한 방 날린다고 전해줘요.

하지만 그녀는 아직 메일을 끝맺을 수 없었다. 자기 같은 정보중독자가 진실을 모르고 지내야 한다는 게 너무도 고통스러웠다. 결국 한 줄을 덧붙이고야 말았다.

P.S.2 벤네르스트룀 일은 어떻게 알아냈죠?

미카엘이 리스베트의 파일을 발견한 건 그로부터 세 시간 후였다. 그는 메시지를 읽었다. 한 줄씩 빼놓지 않고 적어도 다섯 번을 반복해서 읽었다. 처음으로 그녀가 다그와 미아를 죽이지 않았다고 분명히 밝혔기 때문이다. 그는 그녀의 말을 믿었고, 동시에 깊은 안도감을 느꼈다. 마침내 그녀가 자신에게 말하기 시작했다. 항상 그렇듯 신비스럽기 짝이 없는 표현들을 통해서지만.
그런데 다그와 미아를 살해한 혐의는 부인하면서도 닐스에 대해서는 말하지 않았다. 어쩌면 자신이 예전에 보낸 메일에서 다그와 미아에 대해서만 얘기했기 때문일 수도 있었다. 그는 잠시 생각한 후에 '링 코너 2'라는 파일을 만들었다.

안녕, 살리.
드디어 결백하다고 밝혀줘서 고마워. 널 믿었지만 매체들이 여기저기서 시끄럽게 떠들어대니 솔직히 마음 한쪽에 의혹이 있었던 것도 사실이야.

그런데 네 입으로 직접 설명을 들으니 속이 다 후련해.

이제 우리에게 남은 건 진짜 범인을 찾는 일이겠지. 이런 일은 우리 둘이 한번 해본 적이 있잖아? 네가 그 '신비주의'를 조금만 벗어버리면 일이 훨씬 쉬워질 텐데 말이야…… 어쨌든 넌 내 조사일지를 보고 있겠지? 그렇다면 현재 내가 무얼 하고 있는지, 어떤 식으로 사고를 진행하는지 대충 알고 있을 거야. 난 군나르가 뭔가를 알고 있다고 생각해. 며칠 안에 다시 한번 그를 만나볼 계획이야.

그리고 지금 성구매자들도 조사하고 있는데, 이건 틀린 방향일까?

경찰 보고서 얘기는 아주 흥미롭군. 동료 말린에게 찾아보라고 시킬게. 당시에 넌 열두 살이나 열세 살이었을 것 같은데, 맞아? 무슨 일이 있었던 거지?

페테르 박사에 대한 네 의견은 메모해놓겠어. /M.

P.S. 벤네르스트룀을 조사할 때, 넌 한 가지 실수를 했어. 우리가 산드함에서 함께 크리스마스를 보냈을 때, 난 그 사실을 이미 알고 있었지만 네가 말을 꺼내지 않길래 가만히 있었지. 그 실수가 뭔지 알고 싶으면 내게 커피 한잔 대접하라고.

세 시간 후에 답신이 도착했다.

성구매자들은 잊어버려요. 관심을 가져야 할 인물은 살라죠. 그리고 금발 거인도 한 명 있고요. 경찰 보고서가 흥미로운 이유는 누군가가 그것을 은폐하려고 한다는 느낌이 들기 때문이에요. 이건 분명히 우연이 아니에요.

월요일 오전. 회의를 하려고 얀의 수사팀을 소집한 리샤르드 검사는 기분이 영 구질구질했다. 지명수배령을 내린 지 벌써 일주일이 넘었다. 그것도 매우 특이하다고 알려진 인상착의까지 다 공개하면서. 그런데 아직 아무런 결과가 없었다. 게다가 주말에 당직을 선 쿠르트 스벤손에게 그동안 있었던 일들을 보고받은 후에는 기분이 한층 더 구겨졌다.

"뭐야, 침입했다고?" 검사가 깜짝 놀라며 소리쳤다.

"일요일 저녁에 이웃이 전화로 신고했어요. 닐스의 아파트에 쳐둔 접근금지 테이프가 잘린 걸 본 모양입니다. 제가 가서 확인했고요."

"그래, 어떻던가?"

"세 군데가 잘려 있었어요. 면도칼이나 커터를 사용한 듯하고요. 훌륭하게 작업했더라고요. 잘린 자국이 거의 보이지 않을 정도였죠."

"절도범인가? 초상집만 전문적으로 터는 놈들이 있다던데……"

"도둑은 아닙니다. 들어와서 아파트를 뒤졌어요. 비디오 같은 값나가는 물건은 모두 남아 있었죠. 닐스의 차 열쇠가 주방 식탁 위에 놓여 있었고요."

"차 열쇠?" 검사가 되물었다.

"혹시 우리가 놓친 게 있는지 살펴보려고 예르케르가 지난 목요일 아파트에 들렀습니다. 그때 자동차도 조사했죠. 그런데 이날 일을 마치고 떠날 때 주방 식탁 위에 차 열쇠는 없었다고 단언했습니다."

"열쇠를 제자리에 놓는 걸 잊었을 수도 있잖아. 누구나 실수하는 법이니까."

"예르케르는 그 열쇠를 쓰지 않았습니다. 우리가 이미 압수한 닐스의 열쇠꾸러미에 달린 복사본을 사용했죠."

"그렇다면 일반적인 절도범은 아니란 뜻이군." 턱을 만지작거리며 듣고 있던 얀이 끼어들었다.

"누군가 닐스의 아파트를 뒤지러 들어온 거죠. 그건 분명히 수요일부터 이웃이 잘린 테이프를 발견한 일요일 사이에 일어난 일입니다."

"즉 누군가가 무언가를 찾고 있었다…… 예르케르, 뭐 할말 있습니까?"

"이미 우리가 다 압수해 온 터라 거기에 남은 물건 중에 흥미로운 것은 전혀 없었어요."

"우리 생각으로 없는 거겠죠. 이번 사건의 동기는 아직 안개 속에 싸여 있어요. 우린 리스베트가 정신질환자라는 가정에서 출발하고 있지만 정신질환자라 할지라도 동기는 필요한 법입니다."

"그래서요?"

"누군가가 닐스의 아파트에 들어가서 뭔가를 찾으려고 열심히 뒤져댔습니다. 그렇다면 여기서 우린 두 가지 질문에 대답해야 합니다. 첫째, 누가 들어갔는가? 둘째, 왜 들어갔는가? 즉 우리가 놓친 것은 무엇인가?"

회의실에는 잠시 침묵이 흘렀다.

"예르케르……"

"그래, 알겠습니다. 다시 가서 한번 꼼꼼하게 살펴보죠."

리스베트가 잠에서 깬 건 월요일 아침 11시경이었다. 그러고는 한 삼십 분을 이불 속에서 뒹굴거리다 일어나 커피머신을 켜고서 샤워실로 들어갔다. 서둘러 샤워를 마친 그녀는 큼직한 샌드위치 두 개를 만들어서 노트북 앞에 앉았다. 리샤르드 검사의 컴퓨터에 새로운 거라도 있는지, 일간지들 웹사이트에 흥미로운 기사라도 있는지 살펴보기 위해서였다. 그리고 이내 엔셰데 사건에 대한 매체들의 관심이 확연히 줄어들고 있음을 확인할 수 있었다. 리스베트는 다그의 조사 파일을 열었다. 그가 페르오케 산스트림 기자, 그러니까 섹스 마피아의 앞잡이 노릇을 한데다 살라에 대해서도 뭔가를 알고 있는 이 추악한 성구매자를 만난 후에 메모해둔 내용을 주의깊게 읽었다. 다 읽고 나서는 커피잔을 들고 창가 구석에 앉아 생각에 잠겼다.

그리고 오후 4시경, 그녀는 오랜 생각을 끝냈다.

돈이 필요했다. 그녀에겐 신용카드가 세 개 있었다. 제일 먼저 리스베트 자신의 명의로 된 카드는 현재 사용할 수 없었다. 두번째 카드는 이레네 네세르의 명의로 되어 있었지만 역시 사용하지 않기로 마음먹었다. 이 카드를 쓰려면 이레네의 신분증을 제시해야 하는데 여기엔 약간 위험이 따랐다. 세번째 카드는 '와스프 엔터프라이즈' 명의였다. 300만 크로나가 예치되어 있으면서 잔고가 줄어들 때마다 인터넷 뱅킹을 통해 자동적으로 결손액이 채워지는 계좌와 연결된 카드였다. 그 누구라도 사용할 수 있었지만 대신 신분증을 제시해야 했다.

리스베트는 주방에 가서 양철로 만든 비스킷통을 열어 지폐 한 묶음을 꺼냈다. 950크로나에 불과한 보잘것없는 액수였다. 불행 중 다행으로 스웨덴에 귀국할 때 남은 돈이 있었다. 어느 환전소에서나 익명으로 교환할 수 있는 미화 1800달러였다. 조금이나마 숨통이 트였다.

그녀는 이레네의 가발을 쓰고 세심하게 신경써서 옷을 갈아입었다. 그리고 배낭에 화장품 파우치와 만약의 경우에 갈아입을 옷가지를 넣었다. 그렇게 만반의 준비를 마치고 두번째로 집을 나섰다. 일단 걸어 폴쿵아가탄까지 간 다음 거기서 다시 에르스타가탄으로 가 막 문을 닫으려는 '바트스키숍'에 뛰어들어갔다. 전선용 접착테이프와 8미터짜리 질긴 무명 밧줄이 달린 도르래 장치를 사기 위해서였다.

돌아올 때는 66번 버스를 탔다. 버스가 메드보리아르플랏센에 이르렀을 때 그녀의 눈에 한 여자가 버스를 기다리고 있는 모습이 들어왔다. 처음에는 무심히 쳐다보다가 이내 머릿속에서 경보음이 울리기 시작했다. 다시 한번 자세히 살펴보니 그 여자는 다름아닌 밀턴 시큐리티 경리과에서 근무하는 이레네 플렘스트뢈이었다. 요즘 유행하는 헤어스타일로 머리를 바꿔 금방 알아보지 못했던 것이다. 그녀가 버스에 오를 때 리스베트는 살그머니 거리로 내렸다. 혹시 낯익은 사람은 없는지 주위를 조심스럽게 살피면서. 그러고는 보필 빌딩 앞을 지나 쇠드라 전철역까지 걸었고, 거기서 북쪽 교외로 가는 기차에 올랐다.

소니아 형사와 악수를 나눈 에리카는 곧바로 커피를 권했다. 커피를 내리려고 편집부 탕비실에 들어간 에리카는 거기 줄지어 놓여 있는 머그잔들을 보고 미소를 지었다. 제각기 다른 정당, 노조, 혹은 기업의 로고가 찍힌 각양각색의 머그잔들이었다.

"선거운동 모임에 가거나 인터뷰를 하고 나면 꼭 이런 걸 하나씩 준답니다." 에리카는 이렇게 설명하면서 자유청년당의 로고가 그려진 잔을 하나 내밀었다.

소니아는 세 시간 동안 다그의 책상에 앉아 작업했다. 말린은 옆에 앉아 다그가 썼던 원고와 기사의 내용을 그녀에게 설명하면서 그가 남긴 자료들을 훑어보는 일을 도왔다. 소니아는 엄청난 자료의 양에 깜짝 놀랐다. 지금까지 수사팀은 다그의 노트북이 실종되었다는 사실에 지레 실망해 그가 작업하던 내용을 조사하는 건 불가능하다고 믿고 있었다. 그런데 이게 웬일인가? 자료 대부분이 백업되어 〈밀레니엄〉 편집부에 보관되어 있었다.

미카엘은 거기 없었다. 대신 미카엘이 다그의 책상에서 따로 빼냈던 자료의 리스트―대부분 정보제공자들의 신원에 관련된 것들이었다―를 에리카가 그녀에게 넘겨주었다. 그러면서 그 자료들을 따로 보관할 수밖에 없는 이유도 설명했다. 소니아는 즉시 얀에게 전화를 걸어 이 상황을 알렸다. 그러자 얀이 결정을 내렸다. "다그의 책상에 있는 모든 자료는―〈밀레니엄〉에 속한 컴퓨터까지 포함해― 수사를 위해 압수한다. 만일 미카엘이 따로 빼낸 자료가 수사에 필요하다고 판단되면 얀 형사 자신이 압수영장을 가지고 직접 방문한다."
소니아는 압수물 목록을 작성한 후 헨리의 도움을 받아 자료가 담긴
상자들을 자신의 자동차로 날랐다.

월요일 아침, 미카엘은 몹시 의기소침해 있었다. 지난 한 주간 그
는 다그가 공개할 예정이었던 성구매자들 중 열 사람을 찾아갔었다.
그리고 그가 만난 건 난데없이 찾아온 불행의 저승사자 앞에서 불안
에 떨거나 성을 내거나 충격받은 모습을 보이는 사내들이었다. 미카
엘의 추산으로 그들의 평균 연봉은 대략 40만 크로나에 달했다. 그
야말로 이 안락한 삶이 하루아침에 무너질까 무서워 벌벌 떨고 있는
형편없는 무리였다.
하지만 이 불쌍한 인간들 가운데 살인 사건과 관련해 뭔가를 숨기
고 있다고 짐작할 만한 사람은 아무도 없었다.
미카엘은 노트북을 열어 혹시 리스베트에게서 온 메시지가 있는
지 살펴보았다. 아무것도 없었다. 다만 성구매자들을 조사하는 건 시
간낭비라고 한 그녀의 예전 메일이 눈에 들어왔다. 그는 어딘가에 몸
을 감춘 채 알쏭달쏭한 말만 툭툭 던지는 리스베트에게 욕을 퍼부었
다. 에리카가 들었다면 참 야하면서도 참신한 표현이라고 평가했으
리라. 그는 배가 고팠지만 요리하고 싶은 마음은 없었다. 근처 미니
슈퍼에서 사온 우유 말고는 보름 전에 장을 봐둔 것도 다 떨어졌다.
결국 재킷을 걸치고 호른스가탄에 있는 그리스 음식점으로 가서 구
운 양고기를 주문했다.

리스베트는 먼저 아파트 계단통을 점검했다. 그리고 저녁 어스름
속에서 아파트 주변을 두 차례 돌며 옆 건물들을 주의깊게 살폈다.
모두가 작고 나지막한 주거용 건물들로 방음 상태가 형편없어 보였
다. 그녀의 목적을 생각한다면 반갑지 않은 사실이었다. 페르오케 산

스트룀 기자의 집은 건물 맨 꼭대기 사층이었다. 계단통은 창고로 사용되는 지붕 밑 다락까지 이어져 있었다. 이 점은 마음에 들었다.

문제는 아파트 창문에 불이 꺼져 있다는 점이었다. 즉 집주인이 집에 없다는 말이었다.

그녀는 몇 블록 떨어진 곳에서 피자 가게를 하나 발견했다. 가게에 들어가 하와이안 피자를 주문한 후 구석자리에 앉아 석간신문을 펼쳐들었다. 밤 9시를 조금 앞둔 시간, 그녀는 가판점에서 카페라테 한 잔을 사 들고 아파트 건물로 돌아왔다. 그러고는 계단을 올라가 다락 앞의 층계참에 앉았다. 반 층 아래에 있는 기자의 집 현관문이 내려다보이는 곳이었다. 그녀는 커피를 마시며 참을성 있게 기다렸다.

한스 파스테 형사가 마침내 이블 핑거스의 리드보컬을 찾아냈다. 스물여덟 살인 실라 노렌은 엘브셰 산업지구의 한 건물에 있는 '리센트 트래시 레코즈' 녹음 스튜디오에 있었다. 이곳에 들어서면서 그가 느낀 문화적 충격은 카리브제도 원주민을 처음 대면한 포르투갈 선원들의 그것과도 비교할 수 있으리라.

실라 노렌의 부모를 여러 차례 접촉했지만 별 소득을 얻지 못한 한스는 결국 그녀의 여동생을 통해 소재를 추적해낼 수 있었다. 여동생의 말에 따르면 현재 그녀는 볼렝에 출신 '콜드 왁스'란 그룹의 음반 녹음을 '도와주고 있다'고 했다. 한스는 한 번도 이름을 들어본 적 없는 그룹으로, 스무 살 전후의 젊은 멤버들로 구성된 듯했다. 스튜디오로 통하는 복도에 들어서니 벌써부터 귀청이 떨어질 듯 요란한 소리가 들려왔다. 그는 유리벽을 통해 콜드 왁스를 쳐다보면서 이 요란한 음향의 커튼 사이에 잠시 조그만 틈이 날 때까지 기다렸다.

실라 노렌의 외모는 콜드 왁스의 음악만큼이나 요란했다. 칠흑 같은 머리에는 군데군데 빨간색과 초록색으로 물들인 가닥이 섞여 있었고 눈 주위와 입술은 새카맣게 칠해져 있었다. 몸집은 약간 뚱뚱한 편이었고, 스커트와 짧은 티셔츠 사이로 노출된 배꼽에는 피어싱이 박혀 있었다. 골반에 징 박힌 벨트까지 두른 그녀는 공포영화에 출연하면 딱 어울릴 듯한 모습이었다.

한스는 경찰신분증을 제시한 다음 그녀와 잠시 대화하고 싶다고 말했다. 실라는 껌을 질겅질겅 씹으며 의심 가득한 눈으로 그를 훑어보았다. 결국 문을 하나 가리키며 식탁과 의자들이 널려 있는 걸로 보아 주방인 듯한 공간으로 그를 안내했다. 한스는 문 뒤에서 뒹굴고 있는 묵직한 쓰레기봉지에 발이 걸려 넘어질 뻔 했다. 실라는 플라스틱 병에다 물을 가득 채워 거의 절반을 들이켠 다음 테이블에 걸터앉아 담배를 한 대 피워 물었다. 그러고는 새파란 눈으로 한스를 빤히 쳐다보았다. 약간 당황한 그는 무슨 말부터 시작해야 할지 알 수 없었다.

"리센트 트래시 레코즈란 게 뭐요?"

그녀는 따분한 질문에 대답해야 하는 게 지겨워죽겠다는 표정을 지었다.

"신인 그룹을 발굴하는 프로덕션."

"여기서 당신이 하는 일이 뭐요?"

"음향기술자."

한스가 그녀를 쳐다보았다.

"자격증은 땄소?"

"아니. 독학으로 배웠어요."

"그거 가지고 먹고살 수 있소?"

"그런 질문에 꼭 대답해야 하나요?"

"그냥 알고 싶었을 뿐이오. 당신, 요즘 리스베트에 대해 나온 신문 기사들을 읽었을 텐데?"

그녀는 그렇다고 고개를 까딱했다.

"우리 정보에 따르면 당신이 그녀를 알고 있다는데, 맞소?"

"그럴 수 있죠."

"그럴 수 있다니? 안다는 거요, 모른다는 거요?"

"당신네들이 무얼 찾고 있느냐에 따라 다르다는 거죠."

"난 지금 삼중살인 혐의를 받고 있는 정신이상자를 찾고 있소. 내가 원하는 건 리스베트 살란데르에 대한 정보이고."

"작년부터 리스베트한테서는 아무 소식도 없었어요."

"마지막으로 본 건 언제요?"

"이 년 전 가을, 술집 풍차에서. 가끔 거기 들렀어요. 그후로는 보이지 않았죠."

"그녀와 접촉해보려고 시도했소?"

"휴대전화로 몇 번 걸어봤죠. 이젠 번호도 없어졌어요."

"그러니까 지금 어디 있는지 모르신다?"

"몰라요."

"이블 핑거스란 게 대체 뭐요?"

실라는 재미있다는 표정을 짓더니 이렇게 되물었다.

"당신, 신문 읽어요?"

"그건 왜 묻소?"

"사탄주의자 그룹이라고들 써놨잖아요."

"그게 맞는 말이오?"

"내가 사탄주의자 같아 보여요?"

"음…… 난 사탄주의자가 어떻게 생겼는지 모르니까……"

"여봐요! 경찰하고 신문하고 정말 어느 쪽이 더 멍청한지 우열을 가리기 힘드네."

"여봐, 아가씨! 지금 난 심각하게 질문하고 있다고."

"우리가 사탄주의자인지 아닌지 말이에요?"

"자꾸 말 돌리지 말고 묻는 말에나 대답하라고!"

"그러니까 당신 질문이 뭔데요?"

한스는 잠시 눈을 꼭 감고서 몇 년 전 휴가 때 방문했던 그리스 경찰을 생각했다. 여러 문제들은 있었지만 그래도 그곳 경찰은 스웨덴 경찰보다 훨씬 행복한 사람들이었다. 만일 실라 노렌이 거기서도 지금처럼 싸가지 없는 태도를 보인다면 당장에 수갑을 채워 뜨거운 곤봉맛을 보여줄 텐데. 한스는 그녀를 쳐다보았다.

"리스베트가 이블 핑거스 멤버요?"

"몰라요."

"그게 무슨 뜻인데?"

"리스베트는 내가 본 사람 중에 최악의 음치예요."

"음치?"

"트럼펫 소리와 드럼 소리는 구별하죠. 음악에 대한 재능은 그게 전부일 거예요."

"내 질문은 그녀가 이블 핑거스의 일원이냐는 거였소."

"나도 대답했는데? 그래, 당신은 이블 핑거스가 뭐라고 생각해요?"

"대답해주시지."

"당신들은 지금 멍청한 신문기사 나부랭이를 읽고서 수사를 해나가고 있어요."

"내 질문에 대답하라고."

"이블 핑거스는 록그룹이죠. 1990년대 중반에는 그냥 음악이 좋아 만나서 재미 삼아 즐기는 여자애들 모임이었고. 그러다가 몇 가지 독특한 펜타그램과 〈악마를 위한 교향곡〉이라는 타이틀로 조금씩 대중에게 알려졌죠. 이후엔 모두가 활동을 중단했고 나만 아직 이 바닥에 남아 있는 거예요."

"리스베트는 그룹 멤버가 아니었소?"

"방금 대답했잖아요."

"그럼 우리측 정보제공자들은 왜 그녀가 이 그룹에 속했다고 했지?"

"왜냐면 당신네 정보제공자들이 신문들만큼이나 멍청하니까."

"뭐라고?"

"우리 그룹은 모두 다섯 명이고, 아직도 가끔씩 만나는 사이예요. 전에는 일주일에 한 번씩 풍차에서 만났지만 지금은 한 달에 한 번 정도로 줄었죠. 그래도 물론 다들 서로 연락은 하고 지내요. 무슨 말인지 아직도 이해 못하겠어요?"

"그럼 만나서 뭘 하는데?"

"사람들이 풍차에서 만나면 보통 뭘 하죠?"

한스는 한숨을 내쉬었다.

"만나서 술 마신단 소리군."

"맥주 한잔 하면서 이런저런 수다를 떨죠. 당신네 남자들은 친구끼리 만나면 다른 특별한 걸 하나요?"

"그럼 리스베트가 당신네 이블 핑거스와는 어떻게 연결된 거요?"

"내가 열여덟 살 때 콤북스에서 만났죠. 가끔씩 풍차에 나타나서 우리와 함께 술을 마셨어요."

"그럼 이블 핑거스가 어떤 단체는 아니란 말이지?"

실라는 이상한 동물 바라보듯 그를 쳐다보았다.

"좋아. 그럼 당신네들 레즈비언이야?"

"정말 얼굴에 주먹 한 방 맞고 싶어?"

"묻는 질문에나 대답하라고."

"우리가 무슨 짓을 하든 당신네하고는 상관없는 일이잖아?"

"어허, 진정해. 자꾸 그런 식으로 날 도발하지 말라고!"

"이거야 원, 세상에! 리스베트가 사람을 셋이나 죽였다고 내세우는 경찰이 갑자기 들이닥쳐서는 뜬금없이 내 성적 취향을 묻다니? 에이, 엿이나 처먹어라!"

"이런! 확 감방에 처넣어버릴까보다!"

"그래, 무슨 죄목으로? 아참, 한 가지 잊었네. 난 삼 년 전부터 법학

과에 재학중이야. 우리 아빠는 그 유명한 로펌 '노렌 앤드 크나페'의 울프 노렌이고. 우리 법정에서 다시 보지?"

"음악 일을 하는 걸로 아는데?"

"그야 좋아서 하는 일이지. 내가 이걸로 먹고살 수 있다고 생각했나?"

"난 당신이 어떻게 먹고사는지 전혀 모르지."

"그럼 설명해주지. 당신네 표현대로 하자면 난 '사탄주의 활동' 혹은 '레즈비언 활동'으로 먹고살지는 않아. 그런 가정하에서 리스베트를 추적하고 있다면, 왜 당신네들이 지금까지 그녀를 못 잡고 있는지 이해할 만하군."

"지금 그녀가 어디 있는지 아나?"

갑자기 실라가 사시나무처럼 몸을 떨며 두 손을 모아 하늘로 들어올렸다.

"오, 그분이 오신다, 오신다! 잠깐, 신께서 리스베트가 있는 곳을 가르쳐주신단다!"

"엿 같은 짓거리 집어치워!"

"리스베트한테서 소식이 끊어진 지 벌써 이 년째라고 분명히 말했어. 그녀가 어디 있는지 전혀 모른다고! 자, 다른 볼일 있어?"

소니아는 다그의 컴퓨터를 켜고 하드디스크와 외장하드에 담긴 자료들의 목록을 작성하며 저녁을 보냈다. 그러고는 밤 10시 반까지 사무실에 남아 다그의 원고를 읽어내려갔다.

여기서 그녀는 두 가지 사실을 발견했다. 우선 다그는 뛰어난 르포 기자였다. 객관성이 견고한 그의 글은 성매매 산업의 메커니즘을 가차없이 파헤쳤다. 이런 사람이라면 경찰학교에서 강연을 해도 괜찮았겠다는 생각이 들었다. 그가 갖춘 지식과 객관적인 사고방식이라면 정규과목을 보충해줄 훌륭한 수업을 제공할 수 있을 터였다. 예를 들어 한스 같은 사람은 많은 것을 배울 수 있으리라.

그리고 다그의 작업을 좀더 깊이 들여다보면 살해 동기를 짐작할 수 있다는 미카엘의 관점이 금방 이해됐다. 다그가 계획했던 성구매자 고발로 인해 타격을 입을 대상은 잔챙이 몇 사람이 아니었다. 이 것은 엄청난 폭로였다. 성범죄 재판에서 직접 판결을 내렸거나 공개 토론회에서 열변을 토했던 사회적 저명인사들이 졸지에 모든 것을 잃게 될 판이었다. 미카엘이 옳았다. 이 책은 충분한 살해 동기가 될 수 있었다.

문제는 고발당할 위험에 처한 성구매자가 다그를 살해할 결심을 했다손 치더라도 닐스 비우르만과는 그 어떤 연관성도 없다는 점이 었다. 다그의 자료에서 닐스는 언급조차 되지 않았다. 이건 미카엘의 설득력을 떨어뜨리는 동시에 오히려 리스베트가 유일한 용의자라는 가정에 힘을 실어주었다.

다그와 미아를 살해한 동기가 명확하지 않은 건 사실이었지만 리 스베트는 범행 장소, 그리고 범행 무기와 직접적으로 연관되어 있 었다. 그녀가 엔셰데의 아파트에 있었다는 사실과 권총에 남아 있는 그녀의 지문을 달리 해석하기는 어려웠다. 이러한 기술적인 단서들 이 그녀가 바로 엔셰데의 아파트에서 총을 쏜 사람임을 증명하고 있 었다.

게다가 이 무기는 그녀와 닐스 변호사의 살인 사건을 직접적으로 연결해주었다. 닐스와 그녀 사이에 모종의 개인적 관계가 존재했다 는 사실에는 의문의 여지가 없어 보였다. 닐스의 복부에 새겨진 문신 이 바로 둘 사이에 성적 학대 내지는 사도마조 관계가 있었음을 암 시하고 있지 않은가? 닐스가 자기 몸에 이런 기괴한 문신을 새기는 일을 기꺼이 받아들였다고는 상상하기 어려웠다. 즉 그는 굴욕적인 상황에서 쾌감을 느꼈거나, 아니면 리스베트가—시술자가 그녀였다 고 가정한다면—그를 꼼짝 못하게 해놓고 이런 짓을 했거나, 둘 중 하나였다. 시술방식은 분명 끔찍했겠지만, 구체적인 내용에 대해선 별로 생각해보고 싶지도 않았다.

한편 페테르 박사의 의견에 따르면, 리스베트는 자신에게 위협적이거나 공격적이라고 간주하는 상대에게 서슴없이 폭력을 행사한다고 하지 않았는가?

그는 과거에 자신이 치료했던 환자를 진정 염려하는 마음으로 그녀가 다치는 걸 원치 않는 듯했다. 그리고 지금 경찰은 그녀가 사이코패스에 가까운 비사회적 이상성격자라는 페테르의 분석을 수사의 출발점으로 삼고 있었다.

하지만 소니아 자신은 왠지 모르게 미카엘의 이론에 끌리고 있음을 느꼈다.

그녀는 아랫입술을 잘근잘근 깨물며 리스베트가 '유일한' 용의자라는 시나리오를 대체할 만한 다른 가능성을 생각해보았다. 이윽고 그녀는 볼펜을 들어 앞에 놓인 노트에 한 줄을 적었다.

서로 완전히 다른 두 동기? 서로 다른 두 살인범? 그리고…… 하나의 범행 무기?

하나의 어렴풋한 생각, 하지만 명확하게 포착되지 않는 어떤 생각이 그녀의 머릿속에서 어른대고 있었다. 그녀는 다음번 아침회의 때 얀에게 이 문제를 제기해보리라고 마음먹었다. 한편으로는 리스베트가 유일한 용의자라는 가정이 왜 이렇게 갑자기 불편하게 느껴지는지 스스로도 이해할 수 없었다.

어느새 머리가 아파진 그녀는 컴퓨터를 끈 후 서랍 안에 외장하드를 넣고 열쇠로 잠갔다. 뒤이어 재킷을 걸치고 책상 램프를 끈 다음 사무실을 나가 열쇠로 문을 잠그려는데 복도 저쪽에서 무슨 소리가 들려왔다. 그녀는 눈썹을 찌푸렸다. 오늘 저녁 이 층에 남아 있는 건 자기 혼자뿐이라고 생각했기 때문이다. 이내 복도를 걸어 한스의 사무실 앞에 이르렀다. 사무실 문이 반쯤 열려 있었고, 그가 누군가와 통화하는 소리가 들려왔다.

"맞습니다. 이제 둘을 연결할 수 있다는 사실에 의문의 여지가 없어요!"

그녀는 잠시 망설이다 이윽고 숨을 깊게 들이마시고는 문틀을 두드렸다. 한스가 놀란 눈으로 그녀를 쳐다보았다. 그녀는 인사를 대신해 손가락 두 개를 들어 보였다.

"소니아가 퇴근하지 않았네요." 그가 전화에 대고 말했다. 소니아에게서 눈을 떼지 않고 수화기에 귀를 기울인 채였다. "오케이. 다시 소식 드리죠." 그리고 수화기를 내려놓았다.

"부블라하고 통화했어. 그런데 무슨 일이야?"

"둘을 연결할 수 있다니, 그게 무슨 말이죠?"

그가 소니아를 물끄러미 쳐다보았다.

"항상 그렇게 문 뒤에 서서 남의 말을 엿듣나?"

"아뇨. 이미 문은 열려 있었어요. 노크하려는데 말소리가 들렸고요."

한스가 어깨를 으쓱했다.

"과학수사 애들이 드디어 쓸 만한 걸 찾아냈어. 그래서 부블라에게 전화로 알려줬지."

"그래요?"

"다그가 콤빅* SIM 카드가 든 휴대전화를 썼는데 그의 통화목록을 빼내는 데 성공했어. 우선 미카엘과 그날 오후 8시 12분에 통화했다는 사실이 확인됐지. 그 시간에 그는 아직 여동생 집에 있었고."

"좋아요. 하지만 난 미카엘이 이 살인 사건들과 관계있다고 생각진 않아요."

"나 역시 그래. 그런데 다그가 그날 저녁에 통화한 사람이 하나 더

---

* 스웨덴 통신사.

있어. 밤 9시 34분부터 삼 분간."

"그런데요?"

"그가 전화한 곳이 바로 닐스 비우르만의 집이었어. 즉 두 사건 사이에는 연관성이 있다는 말씀이지."

소니아는 한스의 손님용 의자에 무너지듯 천천히 주저앉았다.

"오호호, 그래, 그래! 거기 앉으라고!"

그녀는 비아냥 섞인 그의 말에 아무런 대꾸도 하지 않았다. 대신 이렇게 말했다.

"좋아요. 그럼 한번 정리해봅시다. 8시가 조금 넘은 시간, 다그가 미카엘에게 전화해서 얼마 후 저녁 시간에 만나기로 약속을 정했어요. 그리고 9시 30분, 다그가 닐스에게 전화를 했고요. 10시 폐점 시간을 조금 남기고는 리스베트가 엔셰데의 담뱃가게에서 담배를 샀죠. 11시가 조금 넘은 시간, 미카엘이 여동생과 함께 엔셰데에 도착했고, 11시 11분에 112에 신고했어요."

"아주 정확하오, 미스 마플.*"

"그런데 앞뒤가 안 맞는데요? 부검의 말로는 닐스가 살해된 시각이 10시에서 11시 사이라고 했어요. 이때 리스베트는 벌써 엔셰데에 와 있었고요. 여태까지 우리의 가정은 리스베트가 닐스를 먼저 죽이고 그다음에 엔셰데 커플을 살해했다는 것 아니었나요?"

"그건 아무런 문제가 안 돼. 나도 그 부검의하고 다시 얘기해봤지. 우리가 닐스의 시체를 발견한 건 이튿날 저녁, 그러니까 거의 24시간이 지난 후였어. 부검의 말로는 사망 시간에 한 시간 정도 편차가 있을 수 있다는 거야."

"하지만 엔셰데에 범행 무기가 버려져 있는 걸로 봐선 닐스가 첫 번째 희생자인 게 분명해요. 그렇다면 그녀는 닐스가 다그와 통화를

---

* 애거서 크리스티의 추리소설에 등장하는 할머니 탐정.

마친 9시 34분 이후 어느 시점에서 그를 쏘고는 곧바로 엔셰데로 달려가 상점에서 담배를 샀다는 말이 되겠네요. 그 짧은 시간에 오덴플란에서 엔셰데까지 가는 게 가능할까요?"

"그럼, 충분해. 우리가 처음 생각한 것처럼 그녀는 대중교통을 이용하지 않았어. 자동차가 있었단 말씀이야. 내가 소니 보만하고 직접 실험해봤지. 그 시간이면 충분히 가능하더라고."

"그렇다면 그녀가 다그와 미아를 죽이기 전에 한 시간을 기다렸다…… 그동안 그녀는 무얼 했죠?"

"뭐하긴? 그들과 커피를 마셨지. 찻잔에 지문이 남아 있었잖아. 자, 어때?"

그는 의기양양해 소니아를 쳐다보았다. 그녀는 답답한 듯 한숨을 내쉬었다. 그러고는 한동안 침묵을 지켰다.

"한스, 당신은 이번 사건을 무슨 신나는 마술 게임 정도로 생각하고 있군요. 그래요. 정말이지 당신은 때로 너무나 엿 같은 모습으로 사람을 홱 돌게 만들죠…… 하지만 지금은 전에 따귀 때린 것 사과하러 왔어요. 어쨌거나 잘못된 행동이었으니까."

그는 그녀를 오랫동안 쳐다보았다.

"소니아. 그래, 나를 엿 같은 인간으로 생각하라고. 하지만 나 역시 자네를 그리 좋아하진 않아. 프로정신이 부족한데다 경찰에 있어서는 안 될 사람이야. 최소한 이런 업무를 맡아서는 안 되지."

소니아는 어떻게 대꾸해줄까 생각하다가 결국 그저 어깨만 으쓱하고는 일어섰다.

"오케이. 이제 서로의 입장을 확실히 한 셈이네요." 그녀가 말했다.

"확실히 알게 됐지. 하지만 자네는 여기 오래 남지 못할 거야."

방을 나서는 소니아는 가급적 문을 살살 닫으려고 했지만 생각대로 되지 않았다. 저런 인간 말에 신경쓸 필요 없다고! 그녀는 차를 타러 차고로 내려갔다. 한스는 닫힌 문을 바라보며 만족한 미소를 지었다.

미카엘이 막 집에 들어왔을 때 전화벨이 울리기 시작했다.

"여보세요? 나 말린이에요. 지금 통화할 수 있어요?"

"물론이지."

"어제 한 가지 발견한 게 있어요."

"말해봐."

"편집부 사무실에서 이번 수사에 관련된 신문 스크랩을 읽었어요. 그중 정신병원과 관련해 그녀의 과거를 분석한 펼침기사가 있더군요."

"응."

"관계가 있는 건지는 모르겠지만 하여튼 그녀의 과거 이야기에 큰 구멍이 하나 있다는 생각이 들더군요."

"구멍?"

"그래요. 그녀가 학교에서 일으켰던 사건들은 모두 아주 상세하게 소개됐어요. 교사들이나 다른 학생들과의 문제 같은 것 말이에요."

"그래, 나도 기억해. 리스베트가 열한 살 때 그녀를 무서워했다는 교사가 있었지."

"비르기타 미오스죠."

"맞아."

"그리고 그녀가 소아정신병원에 입원했을 때 있었던 일들도 아주 상세하게 소개됐죠. 청소년기에 위탁가정에서 있었던 일들이며, 감라스탄 전철역에서 벌어졌던 폭행 사건도 마찬가지고."

"그래. 그런데 하고 싶은 말이 뭐지?"

"그녀는 열세 살이 되기 바로 전에 정신병원에 강제 입원당했어요."

미카엘은 잠시 침묵을 지켰다.

"그러니까 자네 말은……"

"내 말은, 만일 열두 살짜리의 어린아이를 정신병원에 강제로 입원시킬 정도라면 그 이유가 될 만한 어떤 일이 일어났었다는 거예요. 그리고 리스베트의 경우엔 무언가 엄청난 것, 어떤 중대한 사건이 터졌겠죠. 그런데 이렇게 중요한 사건이 그녀의 과거에 대한 장문의 기사는 빠져 있어요."

미카엘은 눈썹을 찌푸렸다.

"말린. 확실한 정보제공자에게 들은 건데 말이야, 리스베트가 열두 살 되던 해인 1991년 2월에 작성된 경찰 보고서가 하나 있어. 그런데 이게 경찰 기록에는 존재하지 않는대. 실은 이걸 한번 찾아보라고 부탁하려던 참이었어."

"그런 보고서가 존재한다면 반드시 경찰기록에 등록되어 있을 텐데요? 아니라면 그건 위법이에요. 정말 확인해봤나요?"

"아니. 하지만 정보제공자 말로는 이 보고서가 경찰기록에 존재하지 않는대."

말린은 잠시 아무 말도 없었다.

"그 정보제공자…… 확실한 사람인가요?"

"그럼! 아주 확실해."

말린은 다시 한번 침묵을 지켰다. 그리고 다음 순간, 그녀와 미카엘은 동시에 동일한 결론에 도달했다.

"세포!" 말린이 말했다.

"군나르!" 미카엘이 말했다.

24장

4월 5일 화요일

마흔일곱 살의 프리랜서 기자 페르오케 산스트룀은 자정이 조금 넘은 시간에 솔나에 있는 자신의 집으로 돌아왔다. 약간 술에 취했지만 뱃속에는 서늘한 공포가 차오르고 있었다. 하루종일 절망감에 사로잡혀 아무 일도 할 수 없었다. 간단히 말해서 그는 두려워하고 있었다.

다그 스벤손이 엔셰데에서 살해된 지도 벌써 보름이 되어가고 있었다. 사건이 일어난 다음날, 페르오케는 놀란 눈으로 TV 뉴스를 시청했다. 일단 느낀 감정은 깊은 안도와 희망이었다. 다그가 죽었다! 그렇다면 자신을 성범죄자 중 하나로 고발하는 내용이라는 여성인 신매매에 대한 그자의 책 역시 묻혀버릴 터였다! 염병할! 창녀 하나 잘못 건드렸다가 이렇게 거름통에 빠지다니!

그는 다그 스벤손을 증오했다. 그 개자식 앞에서 그는 애원하고, 벌레처럼 기어야 했다.

사건 다음날, 그는 너무도 기쁜 나머지 상황을 냉철하게 파악하지 못했다. 그다음날이 되어서야 그는 비로소 생각해보기 시작했다. 만일 다그가 남긴 원고에 정말로 자신이 소아성애자 강간범으로 언급되면 경찰은 자신이 저질렀던 '작은 탈선행위들'까지 조사하기 시작할 것이다. 오, 젠장…… 그렇다면 바로 자신이 두 살인 사건의 용의자로 몰릴 수도 있는 일이었다!

그의 공황감은 스웨덴 모든 일간지에 리스베트 살란데르의 얼굴이 실리기 시작하면서 조금씩 진정되었다. 리스베트 살란데르? 이게 누구지? 한 번도 들어본 적 없는 이름이었다. 하지만 경찰은 그녀를 용의자로 간주하고 있는 듯했고, 수사를 담당한 검사 말로는 살인 사건이 거의 해결되어가고 있다고 했다. 그렇다면 우려했던 사태, 그러니까 세상의 눈이 자신에게 향하는 일은 일어나지 않을지도 모른다. 하지만 그는 개인적인 경험을 통해 잘 알고 있었다. 기자 놈들이란 자신들의 자료와 메모를 항상 보관한다는 사실을…… 〈밀레니엄〉, 잔뜩 부풀려진 명성을 누리고 있는 개똥 같은 잡지. 그놈들도 다른 기자들하고 똑같아. 사람들을 쑤셔대고 욕하고 해칠 생각만 하고 있지. 그는 다그의 원고가 얼마나 진척되었는지 알 수 없었다. 〈밀레니엄〉 기자들이 사실을 어디까지 알고 있는지도 그로서는 파악 불가능했다. 이에 대해 물어볼 사람이 아무도 없었다. 그저 대책 없이 천 길 낭떠러지 아래로 떨어지고 있는 기분이었다.

지난 일주일 내내, 그는 공황 상태와 만취 상태 사이를 오갈 뿐이었다. 아직 경찰은 그의 현관문을 두드리지 않았다. 어쩌면—거의 바라기도 힘든 일이지만—운좋게 이 곤경에서 빠져나갈 수도 있으리라. 하지만 재수가 없으면 그의 인생은 끝장날 터였다.

그는 열쇠를 집어넣고 문손잡이를 돌렸다. 그런데 문을 여는 순간 뒤에서 바스락거리는 소리가 들리더니 동시에 등 아래쪽에서 온몸을 마비시키는 고통이 느껴졌다.

전화벨이 울렸을 때 군나르는 아직 잠자리에 들지 않고 있었다. 그는 파자마에 가운을 걸치고 어두운 주방에 앉아 자신의 딜레마를 곱씹고 있었다. 경찰로서 여태껏 경력을 쌓아오면서 이처럼 빠져나오기 힘든 상황에 처한 적이 없었다.

처음에 그는 전화를 받지 않을 생각이었다. 손목시계를 들여다보니 벌써 자정이 넘은 시간이었다. 하지만 계속 울려대는 전화벨 소리가 열 번이 넘어가자 더이상 버틸 수 없었다. 무언가 중요한 용건인 모양이었다.

"납니다. 미카엘 블롬크비스트." 수화기 저쪽에서 목소리가 들려왔다.

이런, 염병할!

"지금 몇시인 줄 아시오? 자정이 넘었소! 자고 있었다고!"

"미안합니다. 하지만 꼭 전해주고 싶은 말이 있어서요."

"무슨 일이오?"

"내일 오전 10시, 엔셰데 커플 살인 사건과 관련해서 기자회견을 열 예정입니다."

군나르는 침을 꿀꺽 삼켰다.

"다그가 마무리중이던 성매매 산업에 관한 책의 내용을 상세하게 밝힐 생각이고요."

"내게 시간을 주겠다고 약속했잖……"

그는 자신의 목소리가 떨리는 걸 느끼고는 말을 중단했다.

"벌써 여러 날이 지났어요. 부활절 주말이 지나고 나서 내게 전화하겠다고 약속했잖습니까? 내일이면 화요일이에요. 지금 말하든지, 안 그러면 내일 기자회견을 열 겁니다."

"만일 기자회견을 하면 살라에 대해 알 수 있는 기회가 영영 사라져버릴 텐데?"

"그럴 수도 있겠죠. 하지만 더는 내 문제가 아닙니다. 당신이 경찰의 정식 수사관들하고 얘기하면 될 테니까. 물론 이 나라 매체들도 전부 상대해야 할 테고."

더이상 협상의 여지는 없었다.

그는 미카엘의 만남 제안을 받아들이는 수밖에 없었다. 그나마 약속을 수요일로 미루는 데 성공했다. 조금 여유를 얻은 셈이다. 하지만 그는 각오하고 있었다.

죽기 아니면 살기로 모든 것을 걸 작정이었다.

페르오케는 자신이 얼마나 오랫동안 의식을 잃었었는지 알지 못했다. 정신을 차려보니 거실 바닥에 누워 있었다. 온몸이 고통스럽게 아파오면서 움직일 수 없었다. 잠시 후 자신의 두 손이 등뒤에서 접착테이프 같은 걸로 묶인데다 두 다리 역시 칭칭 결박당했다는 사실을 깨달았다. 입에는 접착테이프가 붙어 있었다. 거실에 있는 모든 조명이 켜져 있고 블라인드는 완전히 내려진 채였다. 도대체 무슨 일이 일어났던 걸까? 전혀 이해할 수 없었다.

서재에서 무슨 소리가 들리는 듯했다. 꼼짝 않고 귀를 기울였다. 서랍이 열리고 닫히는 소리 같았다. 도둑인가? 종이를 뒤적이는 소리도 들렸다. 누군가 서랍을 뒤지고 있는 모양이었다.

영원처럼 길게만 느껴지는 시간이 흐른 후, 마침내 그의 뒤에서 발소리가 들렸다. 고개를 뒤로 돌려보려 했지만 아무도 보이지 않았다. 그는 침착함을 유지하려 애썼다.

갑자기 질긴 무명 밧줄이 그의 목을 감았다. 올가미가 서서히 목을 죄어왔다. 극도의 공포에 질려 괄약근의 긴장이 그대로 풀릴 지경이었다. 그는 눈을 들어올렸다. 밧줄을 따라가보니 상들리에가 매달려 있던 천장 고리에 설치된 도르래가 보였다. 뒤이어 적의 모습이 시야에 나타났다. 맨 처음 눈에 들어온 것은 검정 부츠 두 개였다.

이윽고 시선을 들어올렸을 때 그는 심장이 얼어붙는 충격을 느꼈다. 지난 부활절 주말부터 신문가판대를 도배한 사이코패스의 모습을 처음에는 금방 알아보지 못했다. 그녀는 신문에 실린 여권 사진과 달리 짧은 머리였다. 옷차림은 머리에서 발끝까지 검정 일색이었다. 청바지, 앞섶이 열린 짧은 면 재킷, 티셔츠, 그리고 장갑까지 온통 검은색이었다.

하지만 가장 섬뜩한 건 그녀의 얼굴이었다. 화장이 굉장히 진했다. 검은 립스틱과 아이라이너에 아이섀도는 천박하고도 요란한 암녹색이었다. 나머지 얼굴은 새하얬다. 그리고 왼쪽 이마에서 시작해 콧등을 지나 오른쪽 턱까지 굵고 붉은 줄이 가로지르고 있었다.

기괴한 가면을 연상시키는 얼굴이었다. 완전한 광기에 사로잡힌 여자 같았다.

페르오케는 머릿속으로 안간힘을 썼다. 마치 어떤 악몽 속에서 허우적대는 느낌이었다.

리스베트가 밧줄을 잡아당겼다. 그는 목이 조여오는 것을 느꼈고 몇 초도 안 돼 호흡이 곤란해졌다. 그리고 이내 비틀거리며 두 다리로 일어섰다. 그녀는 도르래의 힘을 빌려 손쉽게 남자를 일으켜세웠다. 마침내 그가 두 다리로 똑바로 서자 리스베트는 당기기를 멈춘 후 라디에이터에 밧줄을 두 번 돌려 감고서 매듭을 지어 고정시켰다.

이어 그녀는 그를 내버려두고 시야에서 사라졌다. 그렇게 십오 분가량 보이지 않다가 거실로 다시 들어와서는 의자를 하나 끌어다 그를 정면으로 마주보고 앉았다. 그는 기괴한 화장이 뒤덮인 얼굴을 마주보지 않으려고 피해봤지만 그럴 수 없었다. 이내 그녀가 테이블 위에 권총 한 정을 내려놓았다. 그 자신의 것이었다. 옷장 안 신발상자에 감춰놓은 걸 찾아낸 모양이었다. '콜트 1911 거번먼트' 모델로 몇 해 전에 구입한 불법무기였다. 친구 하나가 샀던 걸 판다고 해서 별생각 없이 덥석 가져오긴 했지만 한 번도 써본 적은 없었다. 시험 사격

조차 해보지 않았다. 리스베트는 그가 보는 앞에서 탄창을 빼내 총알 한 발을 밀어넣었다. 그는 그대로 기절할 것만 같았다. 하지만 횡해지는 정신을 애써 붙잡으며 그녀를 마주했다.

"아무리 생각해도 모르겠단 말이야…… 왜 남자들은 변태 짓을 하고 나서 꼭 그 기념물을 간직하고 싶어하는 걸까?"

그녀의 목소리는 자못 부드러웠지만 얼음처럼 차가웠다. 낮고도 명확한 목소리였다. 그녀가 그의 하드디스크에서 출력한 사진 한 장을 들어올렸다.

"에스토니아에서 온 이네스 함무예르비 같은데? 열일곱 살, 나르바시 근처 리에팔루 출신. 재미좋았어?"

순전히 수사적인 질문이었다. 어차피 페르오케는 대답할 수 없었기 때문이다. 입은 여전히 접착테이프로 막혀 있었고, 그의 정신 역시 어떤 대답을 생각해낼 상태가 아니었다. 그 사진에는…… 빌어먹을, 왜 내가 저 사진들을 보관하고 있었을까!

"내가 누군지 알아? 알면 고개를 끄덕여."

그가 고개를 끄덕였다.

"넌 가학증 걸린 돼지에 개자식에 강간범이야."

이번에 그는 움직이지 않았다.

"고개를 끄덕이라고."

고개를 끄덕이던 그는 갑자기 눈물이 핑 돌았다.

"자, 먼저 규칙을 분명히 정해두지." 리스베트가 말했다. "내 생각에 너 같은 인간은 지금 당장 사살당해야 옳아. 내일 아침 네가 죽어 있든 살아 있든 나하고는 아무 상관없다고. 무슨 말인지 알아듣겠어?"

그는 고개를 끄덕였다.

"넌 분명히 알고 있겠지. 내가 사람 죽이는 걸 몹시 즐기는 미친년이라는 사실을. 특히 남자를 말이야."

그녀는 최근 며칠 동안 그가 테이블 위에 쌓아둔 석간지들을 가리켰다.

"자, 이제 네 입에서 테이프를 떼어줄게. 소리지르거나 목소리를 높인다면 이걸로 지져주겠어."

그녀는 전기충격기를 흔들어 보였다.

"이 고약한 물건이 7만 5천 볼트의 전류를 방전하지. 두번째로 쓸 때는 6만 볼트 정도고. 이해하겠어?"

그는 어리둥절한 표정을 지었다.

"네 근육들이 더이상 움직이지 않게 될 거라는 뜻이야. 조금 아까 집에 들어오면서 직접 체험해봤잖아?"

그녀가 미소를 지었다.

"그러니까 다리에 힘이 풀리면서 네 스스로를 목매다는 셈이 되는 거라고. 난 자리에서 일어나 그냥 아파트를 떠나버리면 되는 거야."

그는 고개를 끄덕였다. 오, 맙소사, 정말로 미친년이야! 완전 살인광이라고! 그러더니 갑자기 자신도 모르게 눈물이 솟구쳐나와 뺨을 타고 흘러내렸다. 그는 흐느꼈다.

리스베트가 일어나 접착테이프를 뗐다. 그 기괴한 얼굴이 불과 몇 센티 앞에 있었다.

"입 다물고 있어. 한마디도 하지 말라고. 만일 내 허락 없이 말하면 그대로 지져버릴 거야."

그녀는 남자가 훌쩍이는 걸 멈추고 자신의 눈을 마주볼 때까지 기다렸다.

"오늘밤 네가 살 수 있는 가능성은 단 하나야. 두 개가 아니라 하나. 내가 질문을 몇 가지 하겠어. 제대로 대답하면 살려주지. 이해했으면 고개를 끄덕여봐."

그는 고개를 끄덕였다.

"만일 한 질문이라도 대답을 거부하면 그대로 지져버릴 거야."

다시 한번 고개를 끄덕였다.

"난 너하고 협상하지 않을 거야. 기회를 두 번 주지도 않을 거고. 내 질문에 재깍재깍 대답하지 않으면 죽어. 제대로 대답하면 살고. 아주 간단해."

그가 고개를 끄덕였다. 그리고 그녀의 말을 믿었다. 다른 선택의 여지가 없었으니까.

"제발……" 마침내 그가 입을 열었다. "난 죽고 싶지 않아……"

리스베트는 단호한 눈빛으로 그를 쳐다보았다.

"살고 죽고는 네 자신이 정하는 거야. 그런데 지금 넌 내 허락 없이 말할 수 없다는 첫번째 규칙을 위반했어."

그는 입술을 깨물었다. 빌어먹을! 완전히 미친년이야!

미카엘은 너무도 의기소침하고 불안해져서 아무 일도 손에 잡히지 않았다. 결국 재킷과 스카프를 걸치고 집을 나와 쇠데르역 방향으로 걸었다. 발길 닿는 대로 걷다보니 보필 빌딩을 지나 어느덧 예트가탄에 있는 〈밀레니엄〉 편집부 건물에 이르렀다. 사무실은 방마다 불이 꺼져 있었다. 모든 것이 적막했다. 그는 우선 커피머신을 켜고 창가에 우두커니 선 채 커피 물이 필터를 통과하기를 기다리며 창밖 풍경을 내려다보았다. 헝클어진 생각을 정리해보려고 애썼다. 다그와 미아 살인 사건의 수사는 마치 깨져버린 모자이크 같았다. 어떤 조각들은 아직 분간할 수 있는 형태로 남아 있지만 나머지는 완전히 사라져버린 모자이크. 어떤 그림이 어렴풋이 보일 듯하다가도 너무 많은 조각들이 빠져 있어 다시 흐릿해지기 일쑤였다.

불쑥 의혹이 솟아올랐다. 미카엘은 그 의혹을 떨쳐버리려고 중얼거렸다. 아냐. 그녀는 절대 정신이상자 살인마가 아니야. 리스베트는 자신이 다그와 미아를 죽이지 않았다고 분명히 밝혔다. 그는 그녀를 믿었다. 하지만 어쨌든 기묘하게도 그녀가 두 살인 사건과 밀접하게 연관된 것 역시 사실이었다.

그는 자신이 엔셰데의 아파트에 들어섰던 날 이후로 줄곧 주장해 왔던 이론을 다시 천천히 생각해봤다. 그는 다그가 쓰고 있던 여성인 신매매에 관한 르포르타주가 이 살인 사건에서 유일하게 타당한 동기라고 확신해왔다. 하지만 늦게나마 지금은 이 가설이 닐스의 죽음을 설명하지 못한다는 얀 형사의 주장을 받아들이기 시작했다.

리스베트는 자신에게 보낸 메세지에서 성구매자들 조사는 내려놓고 살라에게 집중해야 한다고 말했다. 왜? 그녀는 대체 무슨 말을 하려 했을까? '빌어먹을, 복잡하군!' 왜 모든 걸 알기 쉽게 말해줄 수 없단 말인가?

미카엘은 탕비실로 돌아가 '좌익청년연합'의 로고가 찍힌 머그잔에 커피를 따랐다. 그러고는 편집부 중앙에 있는 긴 소파에 앉아 테이블 위에 두 다리를 올려놓고 금지된 담배를 한 대 피워 물었다.

군나르는 성구매자 리스트에 올라 있었다. 닐스는 리스베트의 후견인이었다. 그리고 둘 다 세포를 위해 일했다. 게다가 리스베트와 관련된 경찰 보고서 하나가 사라졌다고 했다.

혹시 또다른 동기가 있는 게 아닐까?

그는 지금까지 계속하던 사고를 멈추고 갑자기 떠오른 이 생각을 응시했다. 그리고 다음 순간, 그의 시각이 백팔십도 뒤집어졌다.

리스베트 살란데르, 그녀 자신이 바로 동기라면?

그는 머릿속에 어렴풋하게 어떤 생각이 떠올랐지만 명확하게 표현해낼 수 없었다. 리스베트 자신이 살해 동기라는 생각에는 분명 새로운 무언가가 있었지만 미카엘은 그 내용이 정확히 무엇인지 제대로 설명할 수 없었다. 단지 칠흑 같은 어둠 가운데서 어떤 계시의 빛이 새어나오려 한다는 느낌만 언뜻 스칠 뿐이었다.

지금 자신이 몹시 피곤하다는 걸 깨달은 미카엘은 남은 커피를 개수대에 쏟아버린 다음 집으로 돌아갔다. 그리고 어두운 침실에 누워

두 시간 동안 그 어렴풋한 생각의 정체를 이해해보려고 애썼다.

리스베트는 담배를 한 대 피워 물고 페르오케 앞에 놓인 의자에 편안히 자리를 잡았다. 그러고는 다리를 꼬고 앉아 그를 응시했다. 그는 이렇게 강렬한 시선을 받아본 적이 없었다. 그녀가 입을 열자 여전히 나지막한 목소리가 흘러나왔다.

"2003년 1월, 넌 노르스보리에 있는 이네스 함무예르비의 아파트를 처음 방문했어. 그때 그녀는 갓 열여섯을 넘긴 나이였지. 왜 그녀를 보러 간 거지?"

페르오케는 대답할 말이 잘 생각나지 않았다. 자신도 그 일이 어떻게 시작됐는지 제대로 정리할 수 없었기 때문이다. 리스베트가 전기 충격기를 쳐들었다.

"모…… 몰라. 그녀를 원했어. 너무 예뻐서."

"예뻐?"

"그래. 예뻤어."

"예뻐서 네 마음대로 침대에다 묶어놓고 그 짓을 할 수 있다고 생각한 건가?"

"그녀도 동의했어. 정말이야! 그녀도 동의했다고!"

"그녀에게 돈을 지불했어?"

페르오케는 자기 혀를 깨물었다.

"아니."

"왜? 그 여잔 창녀야. 보통 창녀에겐 돈을 지불하잖아."

"그녀는…… 선물이었어."

"선물?" 리스베트가 되물었다. 그 목소리에서 갑자기 위험한 기운이 느껴졌다.

"내가 누군가에게 봉사를 해준 대가로 제공받은 거였어."

"페르오케," 그녀가 자못 부드럽게 말했다. "설마 지금 내 질문을 슬슬 비껴가려는 건 아니겠지?"

"정말이야! 네가 알고 싶다면 다 대답할게. 거짓말하지 않겠어."

"좋아. 누구에게 무슨 봉사를 했지?"

"아나볼릭 스테로이드*를 스웨덴에 밀반입했어. 탐사기사를 쓰러 에스토니아에 갔을 때. 친구 몇몇이랑 같이 갔었고, 약은 내 차에 실었어. 함께 여행한 사람 중에 하리 란타도 있었고. 내 차에 같이 타지는 않았지만."

"하리 란타는 어떻게 알게 됐지?"

"오래전부터 알고 지내는 사이였어. 1980년대부터. 그냥 친구야. 가끔 술이나 한잔 마시는 사이."

"그래서 하리 란타가 네게 이네스를…… 뭐라고 했더라? 그래, '선물'로 제공했단 말이지?"

"응…… 아니, 아니, 미안해. 그건 좀더 나중이었어. 여기 스톡홀름에서 그의 형 아토 란타가 선물해줬어."

"그러니까 네 말은, 어느 날 아토 란타가 찾아와서 널더러 혹시 노르스보리에 가서 이네스에게 그 짓할 생각이 없는지 물어봤다는 거야?"

"아니…… 난…… 아니, 우리가 어떤 파티에 있었는데…… 아, 빌어먹을! 잘 생각이 안 나……"

페르오케가 갑자기 스스로를 제어하지 못하면서 경련을 일으켰다. 무릎에 힘이 빠지기 시작하더니 주저앉지 않으려고 온몸을 뻣뻣이 세우느라 안간힘을 썼다.

"자, 차분하게 대답하라고." 리스베트가 말했다. "생각을 정리하는 데 시간 좀 들인다고 해서 목매달진 않을 테니까. 대신 조금이라도 수작 부리는 기미가 보이면 그때는…… 팍!"

---

* 근육강화제의 일종.

리스베트는 눈썹을 치켜세웠다가 갑자기 천사 같은 표정을 지었다. 그 기괴한 화장 뒤에서도 섬뜩하게 환한 표정이 선연하게 느껴졌다.

페르오케가 고개를 끄덕이고는 침을 꿀꺽 삼켰다. 목이 탔고 입안은 바짝 말라 있었다. 목둘레로는 밧줄이 강하게 조여오는 게 느껴졌다.

"좋아…… 어디서 술을 처마셔댔는지는 생략하자고. 그러면 무슨 일로 아토 란타가 네게 이네스를 제의했지?"

"우리는 그때…… 아니 내가…… 그에게 원한다고 말했어……"

갑자기 그가 더이상 감정을 억제하지 못하고 흐느껴 울기 시작했다.

"그의 창녀 중 하나를 원한다고 말했군."

"난 그때 술에 취했어. 그가 말하기를, 그녀는…… 그녀는……"

"그녀가 뭐?"

"아토 말로는 그녀의 버르장머리를 고쳐줘야 할 필요가 있다고 했어. 문제를 일으키고 있다고. 그가 원하는 대로 하지 않는다고."

"그가 원하는 게 뭐였는데?"

"거리에 나가서 몸을 파는 거. 그래서 그가 내게 제의했어…… 그때 난 취해서 내가 뭘 하는지도 잘 몰랐다고. 난 그렇게까지…… 미안해." 그는 훌쩍거렸다.

"네가 용서를 구할 사람은 내가 아니지. 그래서 아토에게 이네스의 버르장머리를 고쳐주겠다고 말하고서 같이 그녀의 집에 갔군."

"아니, 아니, 그렇게 된 건 아니고……"

"그럼 대체 어떻게 된 건지 똑바로 얘기해! 왜 아토를 따라 이네스에게 갔지?"

리스베트가 전기충격기로 그의 무릎을 탁탁 쳤다. 그는 다시 떨기 시작했다.

"내가 원해서 간 거야. 거기 가면 돈 주고 그녀를 살 수 있다고 해서. 이네스는 하리 란타의 애인과 함께 살고 있었어. 그 여자 이름은 생각이 잘 안 나지만. 하여튼 아토가 이네스를 침대에 묶었고, 난…… 그녀와 섹스를 했어. 아토가 보는 앞에서."

"아니지. 넌 그녀와 섹스를 한 게 아니고, 그녀를 강간한 거야."

그는 대답하지 않았다.

"안 그래?"

이번엔 고개를 끄덕였다.

"그녀는 뭐라고 했어? 이네스 말이야."

"아무 말도 없었어."

"저항했어?"

그는 고개를 저었다.

"그러니까 나이 오십 먹은 징글맞은 늙은이가 자기를 묶어놓고 그짓을 하는데도 그 여자애가 좋아했단 말이지?"

"그녀도 취했었어. 무슨 짓을 하든 상관 안 했지."

리스베트는 할말이 없다는 듯 한숨을 내쉬었다.

"오케이. 그렇게 해서 이후로도 이네스를 계속 찾아갔군."

"그녀는 너무나…… 그애가 나를 원했어."

"놀고 있네!"

그는 리스베트에게 절망 어린 시선을 던졌다. 그러고는 고개를 끄덕였다.

"그래…… 난 그녀를 강간했어. 하리와 아토가 허락해줬지. 그들은 그녀를…… 훈련시키기 원했어."

"그들에게 돈은 냈어?"

그가 고개를 끄덕였다.

"얼마나?"

"친구끼리니까 싸게 해줬어. 밀수하는 데 도와준 일도 있었다고."

"얼마냐고 묻잖아."

"다 합해서 몇천 크로나 정도."

"이 사진들 가운데 하나를 보니까 이네스가 네 아파트에 와 있는데?"

"하리가 오게 했어." 그는 다시 훌쩍거렸다.

"그러니까 몇천 크로나를 가지고서 계집애 하나를 네 마음대로 가지고 놀 수 있었단 말이네. 몇 번이나 강간했지?"

"잘 몰라…… 몇 번 정도……"

"좋아. 그럼 이 패거리에서 두목은 누구야?"

"내가 말하면 그들이 날 죽일 거야."

"죽이든 말든 난 상관없어. 하지만 적어도 지금 이 순간에 너한텐 내가 더 큰 문제일 텐데?" 그녀가 전기충격기를 들어올렸다.

"아토가 두목이야. 그가 형이니까. 하리는 행동책이고."

"패거리에는 아토와 하리 말고 또 누가 있지?"

"난 그 둘밖에 몰라. 가끔 아토의 애인도 끼고. 어떤 사내도 하나 있는데 이름이 뭐더라…… 펠레인가 뭐였어. 스웨덴 사람이고. 누군지 잘 모르겠어. 마약중독자인데, 자질구레한 일들을 해주고 있어."

"아토의 여자는?"

"실비아. 창녀야."

리스베트는 잠시 침묵을 지키며 생각에 잠겼다. 그러고는 다시 눈을 들어올렸다.

"살라는 누구지?"

페르오케의 얼굴이 새하얘졌다. 다그가 그를 괴롭혔던 질문이 또다시 나왔다. 그는 오랫동안 대답하지 않았다. '미친년'의 얼굴에 노기가 오를 때까지.

"몰라. 난 그가 누구인지 몰라."

리스베트의 얼굴이 어두워졌다.

"지금까지는 잘해왔어. 네 기회를 허비하는 일이 없으면 좋겠어."

"정말이야! 신을 걸고, 아니 우리 어머니를 걸고 맹세할게! 난 그가 누구인지 모른다고. 네가 죽인 그 기자도……"

그는 하던 말을 삼켰다. 이 미친 여자에게 엔셰데에서 벌어진 살인 행각을 언급하는 게 현명하지 못하다는 생각이 들어서였다.

"기자도?"

"그도 같은 질문을 했어. 난 몰라. 안다면 말했을 거야. 맹세해. 지금 물어본 그 사람에 대해서는 아토가 알고 있어."

"살라와 얘기해본 적 있어?"

"전화로 일 분쯤. 살라라고 하는 사람하고 통화했었어. 더 정확히 말해서 난 그의 말을 듣고만 있었고."

"왜?"

페르오케는 눈을 깜빡거렸다. 구슬 같은 땀방울들이 눈 속으로 흘러들어갔고 턱 위로는 콧물 흐르는 게 느껴졌다.

"그들은…… 내가 봉사를 한 가지 해주기를 원했어."

"이야기가 점점 늘어지는 경향이 있네?" 리스베트가 경고했다.

"그들은 내가 탈린에 가서 이미 준비된 차를 한 대 몰고 와주기를 원했어. 암페타민이 실린 차. 하지만 난 하고 싶지 않았어."

"왜 하고 싶지 않았지?"

"너무 위험해서. 그들은 진짜 범죄자들이야. 난 그만 몸을 빼고 싶었어. 내 일이 있으니까."

"넌 프리랜서 범죄자에 불과했다는 말이군."

"사실 난 그런 일하고는 맞지 않는다고." 그는 보기에도 한심스러운 표정으로 훌쩍거렸다.

"아하, 그러서?"

그녀의 목소리에 너무도 분명한 경멸이 담겨 있어서 페르오케는 눈을 감고 말았다.

"계속해봐. 살라는 왜 나타난 거지?"

"…… 그건 악몽이었어."

그는 입을 다물더니 갑자기 눈물을 뚝뚝 흘리기 시작했다. 그러고는 얼마나 세게 입술을 깨물었던지 입술이 다 터져 피가 흘러내렸다.

"또 이야기가 늘어지고 있어." 리스베트가 말했다.

"아토가 내게 여러 번 요구해왔어. 하리는 내게 경고했고. 그러다 아토가 화를 내기 시작했으니 계속 그런 식으로 가다가는 무슨 일이 벌어질지 몰랐지. 결국 난 아토를 만났어. 작년 8월에. 그후 하리와 함께 노르스보리에 갔고……"

그는 입을 계속 오물거렸지만 말소리가 잘 들리지 않았다. 이윽고 리스베트의 두 눈이 가늘어지자 그가 다시 목소리를 높였다.

"아토는 완전히 미친놈이었어. 아주 흉폭했지. 얼마나 흉폭했는지…… 상상할 수 없을 거야. 그가 내게 말했어. 이제 몸을 빼기에는 너무 늦었다고. 시키는 대로 하지 않으면 난 살아남지 못할 거라고. 그리고 내게 본때를 보여주겠다고 했어."

"그래서?"

"나를 끌고 갔어. 쇠데르텔리에로. 아토가 나보고 두건을 쓰라고 했어. 눈 위로 덮어씌워서 끈으로 묶는 자루였어. 정말이지 무서워서 죽는 줄 알았어."

"그래서 자루를 뒤집어쓰고 그들과 함께 갔군. 그다음엔?"

"자동차가 멈췄어. 난 그게 어딘지 전혀 몰랐고."

"그들이 네게 자루를 뒤집어씌운 게 어디부터지?"

"쇠데르텔리에 조금 못 미친 곳."

"그러고 나서 얼마나 더 갔어?"

"아마…… 삼십 분 더 넘게 갔어. 그러고는 차에서 내리게 했는데 어떤 창고 같은 곳이었고."

"계속해."

"하리와 아토가 나를 안으로 들어가게 했어. 안은 환하게 불이 밝혀져 있었고. 거기서 내 눈에 처음 들어온 건 시멘트 바닥에 누워 있는 불쌍한 사내였어. 꽁꽁 묶여 있었어. 처참하게 얻어맞은 몰골이었지."

"누구였는데?"

"켄네트 구스타프손이라는 자야. 하지만 그 이름은 나중에 알게 된 거지. 그땐 그들이 이름을 말하지 않았으니까."

"그래서?"

"그리고 거기에 또 한 사내가 있었어. 내가 본 중에 가장 큰 거인이었어. 엄청난 체구였어. 온몸은 근육덩어리였고."

"인상착의를 묘사해봐."

"금발이야. 꼭 악마의 화신 같았어."

"이름은?"

"그의 이름은 아무도 말하지 않았어."

"오케이. 금발 거인. 거기 다른 사람은 없었어?"

"남자가 하나 더 있었어. 몹시 초조해하는 모습이었고. 역시 금발에 말총머리."

마게 룬딘이군.

"또다른 사람은?"

"나, 그리고 하리와 아토."

"계속해봐."

"금발…… 거인이 의자 하나를 밀어줬어. 내게 말은 한마디도 안 했고. 대신 아토가 말했지. 바닥에 있는 사내는 밀고자라고. 그러면서 말썽을 일으킨 자에게 어떤 일이 기다리고 있는지 보여주고 싶다고 했어."

페르오케가 어린애처럼 통곡했다.

"또 늘어지는군."

"…… 금발 사내가 바닥에 누운 남자를 일으켜서 내 앞에 있는 의자에다 앉혔어. 그렇게 1미터쯤 거리를 두고 마주앉았지. 그래서 그의 눈을 똑바로 들여다볼 수밖에 없었고. 이어서 금발 사내가 그의 뒤에 서더니 두 손으로 목을 쥐었어. 그리고…… 그리고……"

"목을 졸랐겠지." 리스베트가 도왔다.

"그래…… 아냐…… 쥐어짰어. 그 남자가 죽을 때까지. 손아귀 힘만으로 목뼈를 으스러뜨렸어. 곧 목뼈 부러지는 소리가 들리더니 그가 죽었고, 내 앞에서."

페르오케가 밧줄을 흔들었다. 주체하지 못할 만큼 눈물이 쏟아졌다. 그는 전에 이런 얘기를 한 적이 없었다. 리스베트는 그가 마음을 추스를 때까지 기다려주었다.

"그다음에는?"

"말총머리 사내가 전기톱을 켜더니 남자의 머리와 양손을 잘라냈어. 그가 일을 끝내니까 거인이 내게 다가왔고, 그러고는 내 목둘레에 손을 가져다댔지. 난 그 손을 떨치려고 애썼어. 있는 힘을 다했지만 1밀리미터도 움직일 수 없었지. 하지만 그는 내 목을 조르지 않았어…… 그냥 오랫동안 두 손으로 감고 있을 뿐이었어. 그러고 있는데 아토가 휴대전화를 꺼내 누군가와 통화를 했어. 그러더니 살라가 나하고 얘기하고 싶어한다면서 내 귀에 전화기를 대주었고."

"그래, 살라가 뭐라고 했지?"

"간단했어. 아토가 부탁하는 일을 나더러 해줬으면 좋겠다고. 그러면서 아직도 몸을 빼기를 원하느냐고 묻더군. 나는 당장 탈린으로 가서 암페타민이 실린 자동차를 몰고 오겠다고 약속했어. 선택의 여지가 없었거든."

리스베트는 오랫동안 침묵을 지켰다. 줄에 매달려 훌쩍거리는 기자를 물끄러미 바라보면서 무언가를 생각했다.

"그의 목소리는 어땠지?"

"그건…… 잘 모르겠어. 아주 평범한 목소리였어."

"낮은 목소리? 아니면 맑은 목소리?"

"낮았어. 평범하면서 약간 쉰 듯한."

"둘이서 무슨 언어로 대화했지?"

"스웨덴어."

"특이한 억양이 있었나?"

"응…… 약간. 하지만 유창했어. 아토와 말할 때는 러시아어로 했고."

"넌 러시아어를 알아들어?"

"조금. 전부 알아듣는 건 아니고."

"아토가 그에게 뭐라고 했지?"

"시범이 끝났다고 했어. 그뿐이었어."

"이 모든 사실을 누군가에게 말한 적은?"

"없어."

"다그 스벤손이 너를 보러 왔다고 하던데."

그는 고갯짓으로 그렇다고 시인했다.

"소리가 안 들려."

"왔었어."

"왜지?"

"그는 내가…… 창녀들과 어울렸다는 걸 알고 있었어."

"그가 네게 뭘 물었지?"

"그가 알고 싶어했던 건……"

"알고 싶어했던 건?"

"살라였어. 살라에 대해 이것저것 물었어. 두번째 방문이었지."

"두번째 방문?"

"그가 죽기 이 주 전에 나를 찾아왔었어. 그게 첫번째였어. 그러고 나서 이틀 전에, 그러니까 네가 그를……"

"내가 그를 쏴 죽이기 이틀 전?"

"맞아."

"그때 살라에 대해 물었단 말이지?"

"그래."

"그래서 넌 뭐라고 대답했는데?"

"아무것도. 난 아무것도 얘기해줄 수 없었어. 단지 살라라는 자와 한 번 통화한 일이 있다는 사실만 말했지. 그게 다였어. 그 금발 괴물에 대해서도, 그들이 켄네트 구스타프손에게 한 짓에 대해서도 말하지 않았어."

"오케이. 그럼 다그가 네게 정확히 뭘 물었지?"

"…… 살라에 대해 알고 싶어했어. 그게 다야."

"그리고 넌 아무것도 말하지 않았고?"

"별다른 걸 얘기해줄 수 없었어. 사실 아무것도 모르니까."

리스베트는 아랫입술을 잘근잘근 깨물며 그를 쳐다보았다. 그래, 이자는 분명 뭔가를 숨기고 있어.

"다그가 찾아온 사실을 누구에게 얘기했지?"

그의 얼굴이 창백해졌다.

리스베트는 전기충격기를 흔들어 보였다.

"하리 란타에게 전화했어."

"언제?"

그는 침을 삼켰다.

"다그가 처음 찾아왔던 날 저녁."

질문은 이후로도 삼십 분간 계속되었다. 하지만 그는 했던 말을 반복하면서 기껏해야 별로 중요하지 않은 세부를 몇 가지 덧붙일 뿐이었다. 마침내 리스베트는 몸을 일으켜 밧줄에 손을 가져다댔다.

"넌 내가 지금껏 만나본 인간 중에 가장 형편없는 쓰레기야. 이네스에게 한 짓만으로도 사형감이라고. 하지만 내 질문에 대답하면 살려주겠다고 했으니 약속은 지키겠어."

그녀가 몸을 굽혀 매듭을 풀었다. 페르오케는 초라한 무더기가 되어 바닥에 나뒹굴었다. 동시에 황홀에 가까운 안도감을 느꼈다. 그렇게 마룻바닥에 누운 채 리스베트가 소파 테이블에 스툴을 올려놓고 그 위에 서서 도르래를 빼내는 모습을 쳐다보았다. 그녀는 밧줄을 모아 배낭에 집어넣었다. 그러고는 욕실로 들어가 십 분쯤 머물렀다. 그의 귀에 수돗물 흐르는 소리가 들렸다. 다시 돌아온 그녀의 얼굴에는 화장이 지워져 있었다.

박박 문질러 닦은 듯한 얼굴은 벌거숭이 같은 느낌마저 주었다.

"줄은 너 혼자도 풀 수 있을 거야." 리스베트가 부엌칼 하나를 바닥에 던졌다.

뒤이어 현관방에서 부스럭거리는 소리가 오랫동안 들려왔다. 아마 그녀가 옷을 갈아입는 모양이었다. 그리고 문이 열렸다 닫히는 소리. 삼십 분 후, 페르오케는 자신의 손을 묶은 접착테이프를 자르는 데 성공했다. 그러고는 거실 소파에 주저앉을 때에야 그녀가 콜트 1911 거번먼트를 가져갔다는 사실을 알아차렸다.

리스베트는 새벽 5시가 되어서야 집에 돌아올 수 있었다. 그녀는 이레네 네세르의 가발을 벗고 곧장 잠자리에 들었다. 과연 미카엘이 사라진 경찰 보고서의 수수께끼를 풀어냈는지 컴퓨터를 켜고 확인하지도 않은 채로.

불과 네 시간 후인 아침 9시에 잠이 깬 그녀는 아토와 하리 란타 형제에 대한 자료를 뒤지면서 그날 하루를 보냈다.

아토 란타는 정말이지 한심한 범죄 기록의 소유자였다. 에스토니아계 핀란드 시민인 그는 1971년에 스웨덴으로 들어왔다. 1972년부터 1978년까지는 건설업체에서 목수로 일했다. 한 공사장에서 절도죄로 걸려 해고되면서 징역 7개월을 선고받았다. 1980년에서 1982년까지는 예전보다 훨씬 작은 회사에 근무했다. 하지만 공사장에서 술에 취한 모습이 여러 차례 발견되면서 이곳에서도 해고당했다. 이후 1980년대 말까지 술집 경호원, 보일러 관리회사 기술자, 설거지 인부, 초등학교 경비원 등을 전전하며 생계를 유지했지만 새 직장을 얻을 때마다 대낮부터 얼근히 취한 얼굴로 나타나거나 온갖 싸움에 연루돼 해고당하는 일이 반복되었다. 특히 초등학교 경비원으로 일할 때는 채용되고 나서 몇 달 되지 않아 쫓겨났다. 한 여교사가 그를 성희롱과 위협적 행동을 이유로 고소한 것이다.

1987년에는 자동차 절도와 음주운전 및 장물은닉죄로 벌금과 징역 1개월에 처해졌다. 이듬해에는 불법무기소지죄로 벌금형을 받았다. 1990년에는 성범죄로—그 정확한 성격이 무엇인지는 수사 기록에 밝혀지지 않았다—유죄판결을 받았다. 1991년, 협박죄로 고소당하지만 무죄방면된다. 그리고 같은 해에 주류 밀수로 벌금형 및 집형유예를 받았다. 1992년에는 애인에 대한 폭행상해 및 그녀의 여동생에 대한 협박죄로 징역 3개월을 살고 나왔다. 이후 몇 해 동안 그런대로 얌전하게 지내다가 1997년에 절도 및 폭행상해로 또 유죄판결을 받는다. 이번에는 좀 길게 징역 10년이었다.

그의 동생 하리는 먼저 간 형을 따라 1982년에 스웨덴으로 들어와 1980년대 내내 창고 관리인으로 일했다. 경찰 기록에는 세 번의 전과가 있었다. 1990년 보험사기에 이어 1992년에는 폭행과 절도 및 강간으로 2년형을 살았다. 핀란드로 추방됐다가 1996년에 스웨덴으로 돌아온 그는 상해 및 강간으로 다시 10개월형을 받는다. 다만 항소심에서 법원이 하리의 손을 들어주어 강간 혐의가 무죄로 판결나면서 상해죄만으로 징역 6개월을 선고받았다. 2000년, 하리는 또다시 협박 및 강간죄로 고소된다. 하지만 원고가 고소를 철회하면서 사건이 종결되었다.

리스베트는 그들의 최근 주소를 확보했다. 아토 란타는 노르스보리에, 하리는 알뷔에 살고 있었다.

파올로 로베르토는 힘이 쭉 빠지는 느낌이었다. 미리암 우에게 정확히 오십번째 전화를 거는 중이었지만 이번에도 자동응답기 멘트만이 들려왔다. 미카엘에게 그녀를 찾아보라는 임무를 받은 이후로 룬다가탄 아파트에도 하루에 몇 번씩 찾아갔다. 하지만 문은 계속 닫혀 있었다.

손목시계를 들여다보았다. 저녁 8시가 조금 넘은 시간, 화요일이었다. 이제는 집에 돌아올 때도 되지 않았는가? 세상의 이목으로부터 떨어져 있고 싶은 미리암의 심정은 충분히 이해할 수 있었다. 하지만 이제는 매체들도 한결 잠잠해지지 않았는가? 그는 작전을 바꾸기로 했다. 자기집에서 이곳까지 계속 왔다갔다하느니 아예 아파트 건물 앞에서 진을 치고 기다리기로 한 것이다. 옷을 갈아입거나 아니면 다른 용무 때문에라도 그녀가 들를지 몰랐다. 그는 커피를 채운 보온병과 샌드위치를 준비했다. 그리고 집을 나설 때 벽에 걸린 십자가에 성호까지 그었다.

룬다가탄 아파트 정문에서 30여 미터 떨어진 곳에 차를 세운 그는 좌석을 뒤쪽으로 밀고 두 다리를 쭉 뻗었다. 그러고는 라디오를 약한 볼륨으로 틀어두고 어느 석간지에서 오려낸 미리암의 사진을 계기판 위에 스카치테이프로 붙여놓았다. '와, 대단한 미인인데!' 그는 속으로 감탄했다. 그는 인내심을 가지고 가끔씩 오가는 행인들을 관찰했다. 미리암은 보이지 않았다.

십 분마다 전화를 걸어보았다. 그러나 밤 9시 무렵에는 그 짓마저 포기할 수밖에 없었다. 곧 배터리가 모두 방전된다고 휴대전화에 경고 메시지가 떴기 때문이다.

페르오케는 거의 넋이 나간 상태로 화요일 하루를 보냈다. 리스베트가 떠나고 난 후 침대에 들어갈 힘도 없어 거실 소파에 쓰러져 잠이 들었다. 이따금 억제할 수 없는 오열이 터져나와 몸을 흔들었다. 화요일 아침, 그는 솔나 시내의 주류 상점에서 1리터짜리 아콰비트 한 병을 사온 터였다. 그걸 들고 소파로 돌아와서는 거의 반을 마셨다.

저녁이 되어서야 정신이 조금 돌아온 그는 자신이 할 수 있는 일들을 생각해보았다. '빌어먹을 란타 형제와 갈보년들하고는 어쩌다 알게 되어서 이 고생이란 말인가! 대체 왜 그런 멍청한 짓을 했을까? 어째서 노르스보리의 그 아파트까지 쭐레쭐레 따라갔단 말인가?' 그날 아토는 마약에 취해 해롱거리는 열여섯 살 이네스 함무예르비를 침대에 묶어 두 다리를 벌려놓았다. 그리고 둘 중 누가 자기 것을 더 크게 세우는지 시합하자고 했다. 그날 밤 페르오케는 자신의 모든 기량을 다 발휘해 챔피언에 등극했다.

그러다 어느 순간 정신을 차린 이네스가 저항하기 시작했다. 아토는 삼십 분간 그녀를 구타한 후 억지로 술을 퍼먹였다. 마침내 그녀가 잠잠해지자 아토는 그에게 하던 일을 계속하라고 말했다.

빌어먹을 더러운 년!

하지만 나 역시 얼마나 한심한 놈이었던가.

〈밀레니엄〉으로부터 동정을 바란다는 건 불가능했다. 원래 이런 스캔들로 먹고사는 자들이 아니던가.

그리고 그 미친년 리스베트가 너무도 무서웠다.

금발 거인은 말할 것도 없고.

경찰에 도움을 청할 수도 없는 형편이다.

요컨대 혼자서는 도저히 헤쳐나갈 방도가 없었다. 이 모든 문제들이 저절로 사라져버릴 거라고 믿는다면 그건 환상이었다.

다만 실낱같은 희망이 하나 남아 있었다. 타인의 동정심, 그리고 어쩌면 모종의 해결책을 찾을 수 있을지도 모르는 털끝만한 가능성.

그 가능성에 기대는 건 지푸라기에 매달리는 일이나 다름없었지만 다른 선택은 없었다.

그날 오후 그는 용기를 내 하리의 전화번호를 눌렀다. 하리는 응답하지 않았다. 그는 계속 통화를 시도하다가 밤 10시에 이르러 결국 포기했다. 다시 한참을 고민하다가—그리고 병에 남은 아콰비트의 힘을 빌려—이번에는 아토에게 전화를 걸었다. 동거녀 실비아가 전화를 받았다. 이내 그는 란타 형제가 휴가를 보내러 탈린에 갔다는 사실을 알게 되었다. 실비아는 그들에게 어떻게 연락해야 할지도, 그들이 언제 돌아올지도 전혀 모른다고 했다. 아마 오랫동안 에스토니아에 머물 것 같다고 했다.

하지만 이렇게 말하는 실비아의 목소리에는 왠지 기쁨이 묻어나고 있었다.

페르오케는 소파에 털썩 주저앉았다. 아토에게 자신의 처지를 설명할 수 없게 되어 낙담해야 할지 안도해야 할지 알 수 없었다. 하지만 메시지는 명확했다. 란타 형제는 어떤 이유로 스웨덴을 잠시 떠나 탈린에서 '휴식'을 취하기로 결정한 것이다. 그의 불안감은 더욱 커져갔다.

25장
4월 5일 화요일~4월 6일 수요일

파올로는 자고 있지 않았다. 다만 너무도 골똘히 생각에 잠겨 있던 터라 밤 11시 무렵 회갈리드 교회당 쪽에서 한 여인이 걸어오고 있는 걸 즉시 알아차리지 못했다. 그는 백미러로 그녀를 발견했다. 처음에는 별생각 없이 그 모습을 보고 있었다. 그러다 그녀가 차 뒤로 60미터쯤 떨어진 가로등 아래에 이르렀을 때 재빨리 고개를 돌려보고는 미리암 우임을 바로 알 수 있었다.

그는 앉아 있던 자동차 좌석에서 몸을 벌떡 일으켜세웠다. 처음엔 곧바로 차에서 내리려고 했다. 하지만 그녀가 겁을 낼 수도 있으니, 그녀가 아파트 건물 앞에 이를 때까지 기다리는 게 낫겠다는 생각이 들었다.

그런데 이때 어두운색 승합차 한 대가 거리 아래쪽에서 시동을 걸고 굴러오더니 미리암 옆에 멈춰 서는 게 보였다. 뒤이어 한 사내가—몸집이 어마어마한 금발 야수라고나 할까—슬라이딩 도어를 열고 나와 미리암의 팔을 낚아챘다. 파올로는 크게 놀라 그 모습을 바라보았다. 그녀가 전혀 예상치 못한 습격을 받고 있는 게 분명했다. 뒷걸음치면서 벗어나보려 하는데 금발 거인은 그녀의 팔을 꽉 잡고 놔주지 않았다.

그때였다. 미리암이 오른쪽 다리를 휙 올리며 번개 같은 곡선을 그리자 파올로는 자기도 모르게 입이 벌어졌다. 맞아, 그녀는 킥복싱을 한다고 했지! 그녀의 킥이 금발 거인의 머리에 적중했다. 하지만 거인은 마치 깃털에 맞은 듯 꿈쩍도 하지 않았다. 오히려 손을 번쩍 쳐들어 미리암의 따귀를 후려쳤다. 제법 멀리 떨어진 거리였지만 뺨을 치는 소리가 파올로의 귀에까지 들려왔다. 벼락에 맞은 듯 미리암이 땅 위로 쓰러져 나뒹굴었다. 뒤이어 금발 거인이 몸을 굽혀 한 손으로 그녀를 가볍게 들어올리더니 승합차 안으로 집어던졌다. 그제야 파올로는 벌린 입을 다물고 정신을 차렸다. 그러고는 차 밖으로 뛰쳐나가 승합차를 향해 달려갔다.

하지만 몇 걸음 달리지 않아 자신의 행동이 무익하다는 걸 깨달았다. 마치 감자 자루 내던지듯 미리암을 실은 승합차는 천천히 움직이기 시작하더니 제자리에서 유턴해 파올로가 속도를 내기도 전에 거리 저쪽으로 멀어져갔다. 그러고는 회갈리드 교회당 쪽으로 사라졌다. 파올로는 재빨리 몸을 돌려 자동차로 달려가 핸들 뒤로 몸을 던졌다. 급발진으로 출발한 그 역시 유턴을 해 교회당 쪽으로 차를 몰았다. 교차로에 이르러보니 승합차는 이미 사라지고 없었다. 그는 브레이크를 밟고서 우선 회갈리스가탄 쪽을 한번 쳐다본 다음, 왼쪽을 선택해 호른스가탄 쪽으로 차를 돌렸다.

호른스가탄 도로에 들어서자 신호가 빨간불이었다. 마침 지나가는 차들이 없어서 그는 정지선 밖으로 차머리를 반쯤 내밀고서 길 양쪽을 살폈다. 왼쪽에는 아무것도 보이지 않았고, 오른쪽 롱홀름스가탄 쪽에는 릴리에홀멘 다리 방향으로 막 좌회전해 사라지는 차의 후미등이 보였다. 아까 그 승합차인지는 알 수 없었지만 어차피 지금 시야에 들어온 유일한 차였다. 그는 액셀을 밟았다. 롱홀롬스가탄 도로도 빨간불이었다. 게다가 이번엔 릴리에홀멘 다리 쪽에서 달려오는 차량들 때문에 귀중한 몇 초를 허비해야 했다. 여전히 빨간불이었지만 차들이 지나가자 그는 액셀을 최대한으로 밟았다. 이 심각한 순간에 경찰이 차를 멈춰 세우는 일이 없기만을 빌 뿐이었다.

릴리에홀멘 다리 위를 건널 때 이미 제한속도를 넘어선 그는 다리를 빠져나가자마자 한층 속도를 냈다. 아까 본 승합차가 어디에 있는지, 방향을 틀었다면 그뢴달 쪽인지 오르스타 쪽인지조차 알지 못했다. 하지만 그는 직진하기로 결정하고 다시 액셀을 끝까지 밟았다. 이미 시속 150킬로미터를 넘긴 그의 차는 법규를 준수하며 천천히 달리고 있는 다른 차들을 휙휙 앞질렀다. 그의 차량번호를 메모해둔 운전자들이 한둘은 아닐 터였다.

그렇게 달려 브레뎅에 이르니 다시 승합차가 보였다. 파올로는 50미터 뒤까지 바짝 따라가 바로 그 차임을 확인했다. 그러고는 시속 90킬로미터로 속도를 줄인 다음 200미터로 간격을 유지했다. 그제야 그는 숨을 쉴 수 있었다.

승합차 안으로 떨어지는 순간 미리암은 피가 목을 타고 흘러내리는 것을 느꼈다. 코에서 나온 피였다. 거인에게 입은 타격으로 입술속이 찢어지고 어쩌면 코뼈도 부러진 듯했다. 너무도 뜻밖에 일어난 기습이라 그녀는 몇 초도 안 돼 완전히 제압당하고 말았다. 거구의 괴한이 슬라이딩 도어를 닫기도 전에 차가 움직이는 게 느껴졌다. 차가 유턴하자 금발 거인이 순간적으로 균형을 잃고 기우뚱거렸다.

미리암은 몸을 돌려 바닥에 엉덩이를 대고 앉았다. 그리고 금발 거인이 자신을 향해 몸을 돌리는 순간 발차기 한 방을 날렸다. 그녀의 발뒤꿈치가 그의 관자놀이에 꽂혔다. 맞은 부위에 벌건 자국이 남았다. 보통의 경우라면 심각한 타격을 입었어야 옳았다.

거인이 놀란 표정으로 그녀를 쳐다보았다. 그러고는 씩 웃었다.

뭐야, 이 빌어먹을 괴물은?

미리암이 다시 한번 발길질을 했지만 이번에는 그가 그녀의 다리를 잡고 발을 비틀었다. 얼마나 인정사정없이 비틀어대는지 그녀는 고통으로 울부짖으며 다시 차 바닥에 엎어질 수밖에 없었다.

거인이 그녀 위로 몸을 굽히더니 손바닥으로 다시 뺨을 후려쳤다. 마치 해머에 맞은 듯 눈앞이 캄캄해지면서 별똥이 수십 개씩 튀었다. 이어 그가 그녀의 등 위에 말 타듯 올라탔다. 그를 떨어뜨리려고 안간힘을 썼지만 단 1밀리미터도 움직일 수 없었다. 거인이 그녀의 두 팔을 등뒤로 꺾어 수갑을 채웠다. 이제 그녀는 완전한 무방비 상태가 되었다. 전신이 마비될 만큼 지독한 공포가 엄습해왔다.

튀레쇠에서 돌아오는 미카엘의 차는 에릭손 글로브 경기장 앞을 지나고 있었다. 성구매자 리스트에 올라 있는 세 남자를 찾아다니며 오후와 저녁 시간을 보내고 돌아오는 길이었다. 성과는 전혀 없었다. 그를 맞이한 건 다그의 방문에 전전긍긍하고 있다가 또다른 사람이 나타나자 이제는 정말 세상이 끝났다는 듯 덜덜 떠는 작자들이었다. 그들은 빌고 애원했다. 미카엘로서는 그들 모두를 살인 용의자 명단에서 지워버리지 않을 수 없었다.

스칸스툴 다리 위를 지날 때 그는 휴대전화를 꺼내 에리카에게 전화를 걸었다. 그녀는 응답하지 않았다. 이번에는 말린에게 걸었다. 그녀 역시 연결되지 않았다. 하긴 너무 늦은 시간이었다. 하지만 누군가와 얘기하고 싶었다.

그러다 문득 파올로가 미리암에 대해 뭐라도 알아냈는지 궁금한 생각이 들어서 그의 번호를 눌렀다. 발신음이 다섯 차례 들린 후 파올로가 답했다.

"파올로요."

"납니다, 미카엘. 일이 어떻게 되어가는지 궁금해서……"

"미카엘, 난 지금…… 지지직 지지직…… 승합차에 탄 미리암을…… 지지직…… 하고 있소."

"잘 안 들려요!"

"지직, 지지직, 지지직."

"수신음이 점점 멀어지고 있어요. 아무것도 안 들린다고요!"

그러고는 연결이 끊겼다.

파올로는 욕을 퍼부어댔다. 피티아를 지나고 있을 때 휴대전화 배터리가 다 나가버렸다. 그는 다시 시작 버튼을 눌러 전화기를 잠시 되살리는 데 성공했다. 그리고 112를 눌렀다. 하지만 그쪽에서 응답하는 순간 전화기가 다시 꺼져버렸다.

빌어먹을!

그는 담배 라이터 잭에 연결해 쓸 수 있는 휴대전화 충전기를 보유하고 있었지만, 문제는 지금 그게 자신의 집 현관 서랍장 위에 있다는 것이었다. 어쩔 수 없이 휴대폰을 뒷좌석으로 집어던지고 쫓고 있는 승합차 후미등 불빛에 시선을 집중했다. 그가 몰고 있는 차는 기름을 가득 채운 BMW였으므로 승합차가 그를 따돌릴 가능성은 전혀 없었다. 하지만 누군가가 뒤따르고 있다는 사실을 들켜서는 안 되었으므로 차간 거리를 몇백 미터로 넉넉하게 유지했다.

스테로이드로 근육을 부풀린 거인 녀석이 내가 보는 앞에서 여자를 때렸단 말이지! 내 이 개자식을 그냥 두나봐라!

만일 에리카가 거기 있었다면 이런 그를 마초 카우보이라고 놀려댔으리라. 하지만 파올로는 단지 몹시 화가 났을 뿐이었다.

미카엘은 차를 몰고 다시 룬다가탄으로 가보았다. 미리암의 아파트에는 불이 꺼져 있었다. 파올로와 다시 한번 통화를 시도했다. 하지만 지금은 연결될 수 없다는 멘트가 흘러나왔다. 그는 투덜거리면서 집으로 돌아가 커피와 샌드위치를 만들었다.

드라이브는 파올로가 생각한 것보다 길어지고 있었다. 승합차는 쇠데르텔리에를 지난 다음 고속도로 E20을 타고 스트렝네스 쪽으로 향했다. 뉘크바른을 지난 후에는 왼쪽으로 꺾어 쇠름란드의 전원 풍경 위로 구불구불 이어진 좁은 도로들을 달리기 시작했다.

이제는 앞차에서 파올로의 차를 발견하고 추격당한다는 사실을 의식할 위험이 커졌다. 그는 엑셀에서 발을 떼고 차간 거리를 좀더 넓혔다.

파올로는 지리에 능통한 편이 아니었지만 지금 저들이 지나는 곳이 윙에른호수 서쪽임을 짐작할 수 있었다. 그 순간, 승합차가 시야에서 사라졌다. 그는 황급히 엑셀을 밟았다. 이내 길게 뻗은 직선도로가 나타나자 이번에는 브레이크를 밟았다.

승합차는 사라지고 없었다. 직선도로에서 갈라진 곁길이 한두 개가 아니었다. 그중 하나를 통해 어디론가 새어버렸으리라. 그 개자식들을 놓쳐버린 것이다.

미리암은 목덜미와 얼굴이 욱신욱신 쑤셨다. 자신은 지금 낯모르는 괴한에게 납치돼 한 치 앞을 예측할 수 없는 상황이었다. 하지만 그녀는 침착함을 잃지 않았다. 남자는 더이상 구타하지 않았다. 그녀는 좌석에 앉아 운전석 등받이 뒤쪽에 등을 기대고 있었다. 두 손은 등뒤에서 수갑에 채워져 있었고, 입은 커다란 접착테이프로 막혀 있었다. 한쪽 콧구멍에는 피가 차서 숨쉬기가 곤란했다.

미리암은 금발 거인을 살펴보았다. 그녀의 입을 막아놓은 후로는 아무 말도 없었다. 아니 전혀 거들떠보지도 않고 있었다. 그녀는 자신의 발길질이 그의 관자놀이에 남긴 자국을 쳐다보았다. 보통 사람

같으면 심각한 타격을 입었으리라. 하지만 그는 자신이 어디를 맞았는지조차 모르는 기색이었다.

엄청난 체구의 소유자였다. 몸을 덮고 있는 근육들은 그가 매주 많은 시간을 체육관에서 보낸다는 사실을 짐작게 했다. 하지만 보디빌더처럼 울퉁불퉁한 몸은 아니었고 오히려 자연스러운 근육이었다. 손은 프라이팬만큼이나 컸다. 그녀는 아까 그가 자신의 뺨을 후려쳤을 때 어째서 해머로 맞은 듯한 느낌이 들었는지 이해할 수 있었다.

승합차는 여기저기 움푹 패인 길 위를 덜컹거리면서 달려갔다.

그녀는 지금 자신이 어디에 있는지 전혀 짐작할 수 없었다. 다만 아까 E4 고속도로를 타고 한동안 남쪽으로 내려가다가 좀더 좁은 시골길로 접어들었다는 사실만 알고 있을 뿐이었다.

그녀는 만약 자신의 손이 자유롭다 할지라도 저 금발 거인과 상대해서는 전혀 승산이 없으리라는 사실을 깨달았다. 거대한 무력감이 엄습해왔다.

미카엘이 11시쯤 집에 들어와 주방에서 커피머신을 켜고 샌드위치를 만들고 있을 때였다. 말린이 전화를 걸어왔다.

"늦은 시간에 죄송해요. 여러 번 전화했었는데 계속 안 받더라고요."

"미안해. 낮 동안 성구매자들을 인터뷰하러 다니느라고 전화기를 꺼두었어."

"흥미로운 사실을 하나 찾아냈어요."

"뭔데?"

"닐스에 관한 거예요. 기자님이 그의 과거를 뒤져보라고 했었잖아요."

"응."

"닐스 비우르만. 1950년생이고 1970년에 법학 공부를 시작했어요.

1976년에 법조인 자격시험에 통과한 후 1978년에 클랑 앤드 레이네 법률사무소에서 일을 시작했고요. 1989년에는 자신의 사무실을 열었죠."

"음."

"그사이에 다른 몇 군데에서도 일했어요. 우선 1976년에 지방법원에서 수습서기로 근무했죠. 기간은 몇 주에 불과했고요. 같은 해 자격시험에 통과한 후에는 이 년간, 그러니까 1976년에서 1978년까지 국립경찰청에서 변호사로 근무했어요."

"으흠!"

"그가 한 일이 정확히 무엇이었는지도 확인해봤어요. 알아내기가 쉽지는 않았죠. 그는 세포에서 법무와 관련된 일들을 처리했어요. 더 정확히는 '외국인 담당 특별부'에서 근무했죠."

"뭐라고? 다시 한번 얘기해봐!"

"그러니까 군나르 비에르크와 같은 시기에 일했다는 거예요."

"이런 빌어먹을 자식! 군나르 말이야. 자신이 닐스와 같이 일했다는 사실은 조금도 내비치지 않았어."

승합차는 분명 근처 어딘가에 있을 터였다. 지금까지 파올로는 승합차와 꽤 거리를 두고 뒤따랐기 때문에 이따금 시야에서 놓치기도 했지만 몇 분 안 있어 다시 찾기를 반복해왔다. 그는 도로변에서 유턴해 다시 북쪽으로 올라갔다. 차를 천천히 몰면서 나타나는 곁길마다 주의깊게 살펴보았다.

그렇게 150미터쯤 나아갔을까. 커튼처럼 늘어선 숲 가운데 난 틈으로 깜빡이는 불빛이 언뜻 눈에 들어왔다. 그는 도로 반대쪽에 좁은 숲길이 나 있는 것을 보고는 그쪽으로 차를 돌렸다. 그러고는 20미터쯤 더 들어가 으슥한 곳에 차를 세웠다. 그는 차문을 잠글 생각도 않은 채 내리달려서 도로를 건넌 후 도랑을 뛰어넘었다. 울창한 관목들이며 낮은 가지들을 헤치고 지나갈 때는 손전등을 가져오지 않은 게 후회스러웠다.

아까 숲이라고 생각했던 건 사실 도로변에 좁게 늘어선 나무들에 지나지 않았다. 그곳을 통과하니 자갈 깔린 너른 마당이 갑자기 눈앞에 나타났고, 거기에 어두운 건물 몇 채가 웅크리고 있었다. 그쪽으로 천천히 다가가는 사이, 어느 창고 하역장 위에 달린 조명에 불이 들어왔다.

파올로는 재빠르게 몸을 웅크리고 움직이지 않았다. 곧바로 창고 내부에도 불이 켜졌다. 길이가 30미터쯤 되어 보이는 창고 전면에 작은 창문들이 줄지어 나 있었다. 마당에는 컨테이너가 잔뜩 쌓여 있고, 그 오른쪽에 노란 트럭 한 대가 서 있었다. 트럭 옆으로는 흰색 볼보 한 대가 보였다. 외부 조명등이 밝히는 불빛 아래 무언가 그의 눈에 들어왔다. 불과 25미터 앞에 그가 지금까지 뒤쫓아온 승합차가 주차되어 있었다.

마주보이는 창고 전면에서 하역장 문이 열렸다. 금발머리에 배가 불룩 튀어나온 사내 하나가 창고에서 나와 담배에 불을 붙였다. 사내가 옆으로 고개를 돌리는 사이 파올로는 하역장 불빛 아래 드러난 그의 말총머리를 보았다.

파올로는 무릎을 땅에 붙인 채 꼼짝도 않고 있었다. 불과 20미터 정도 거리라 충분히 눈에 띌 수 있었지만 다행히 말총머리 사내가 라이터 불빛에 잠시 눈이 멀어 그를 보지 못하고 있었다. 다음 순간, 파올로는—말총머리도 마찬가지인 듯했다—승합차 안에서 반쯤 억눌린 비명소리가 흘러나오는 걸 들었다. 사내가 승합차 쪽으로 걸어가자 파올로는 그 틈을 타 천천히 땅바닥에 배를 깔고 엎드렸다.

승합차의 슬라이딩 도어 열리는 소리가 들려오고 이내 금발 거인이 문에서 뛰어내린 다음 차 안으로 몸을 굽혀 미리암을 끌어내는 모습이 눈에 들어왔다. 금발 거인은 버둥거리는 그녀를 마치 갓난아이 다루듯 가볍게 들어올려 옆구리에 끼었다. 두 사내가 몇 마디 대화를 나누었지만 파올로의 귀에는 잘 들리지 않았다. 곧이어 말총머리 사내가 운전석 문을 열고 올라탔다. 그리고 시동을 걸고 차를 돌리느라 마당에 커브를 그렸다. 전조등 불빛이 파올로에게서 불과 몇 미터 떨어진 곳을 훑으며 지나갔다. 승합차는 진입로 쪽으로 사라졌고 뒤이어 멀어져가는 엔진 소리만 들려왔다.

미리암 우를 옆구리에 낀 금발 거인이 하역장 문으로 들어갔다. 파올로는 창고 창문들 너머에서 어른거리는 금발 거인의 실루엣을 보았다. 건물의 더 안쪽으로 들어가는 모양이었다.

파올로는 전신의 신경을 바짝 긴장시킨 채 천천히 일어섰다. 옷은 죄다 젖어 축축했다. 안도와 불안이 교차했다. 승합차와 미리암을 찾아내서 마음이 놓였지만 금발 거인은 꽤 불안한 존재였다. 미리암을 마치 슈퍼마켓에서 장 봐 온 비닐봉지처럼 가볍게 다루는 거인은 분명 만만치 않은 상대였다. 그 거대한 체구 속에 엄청난 힘이 숨어 있다는 게 충분히 느껴졌다.

가장 논리적인 선택은 조용히 물러나서 경찰에 신고하는 것이리라. 하지만 불행히도 휴대전화가 죽어버렸다. 게다가 지금 여기가 어디인지 전혀 모르니 위치나 찾아오는 길을 설명할 수도 없었다. 그리고 무엇보다도 지금 당장 저 건물 안에서 미리암에게 무슨 일이 일어날지 알 수 없는 상황이었다.

그는 천천히 반원을 그리며 걸으면서 건물 주변을 살펴보았다. 입구는 하나뿐인 듯했다. 이 분 후 그는 아까 있던 자리로 다시 돌아왔다. 이제는 결단을 내려야 할 때였다. 금발 거인이 **나쁜 놈**이라는 데 추호의 의심도 없었다. 여자를 때려눕히고 납치까지 한 자였다. 물론 그가 두려운 건 아니었다. 완력이라면 파올로 역시 자신 있었고, 맨손으로 상대한다면 그를 제압할 능력도 있었다. 다만 건물 안에 있는 사내가 무기를 지녔는지, 그리고 거기에 몇 사람이나 있는지를 모르는 게 문제였다. 그는 망설였다. 만일 거인 말고도 또다른 놈들이 있다면 낭패였다.

하역장 게이트는 바깥에 주차된 노란 트럭이 들어갈 수 있을 정도로 넓었고, 거기에 안으로 통하는 출입구가 달려 있었다. 그는 출입구 쪽으로 다가가 문고리를 잡아 돌렸다. 이제 그는 불 켜진 커다란 창고 내부에 서 있었다. 그곳에는 폐물과 찢어진 종이상자와 잡동사니 따위가 너저분하게 널려 있었다.

미리암은 뺨 위로 눈물이 흘러내리는 걸 느꼈다. 육체적인 고통보다도 절망적인 상황이 그녀를 눈물 흘리게 했다. 여기까지 오는 동안 거인은 그녀를 전혀 거들떠보지 않았다. 그리고 승합차가 멈춰 선 뒤에는 그녀의 입에서 접착테이프를 떼어내 그녀를 가볍게 들고 창고 안으로 들어가 시멘트 바닥에 내동댕이쳤다. 마치 감정도 감각도 없는 물건을 집어던지듯 냉혹한 행동이었다. 그녀를 쳐다보는 그의 눈은 얼음같이 차가웠다.

그녀는 문득 자신이 이 창고 안에서 죽을 수도 있겠다는 생각이 들었다.

거인이 등을 돌려 테이블로 다가가 생수병을 열고는 꿀꺽꿀꺽 소리를 내면서 물을 마셨다. 다리가 묶여 있지 않았던 미리암은 그 틈을 타 몸을 일으키기 시작했다.

이내 그가 그녀 쪽으로 몸을 돌리고 미소를 지었다. 그가 문에서 더 가까운 곳에 있었다. 미리암이 그 거인을 지나 문밖으로 빠져나갈 수 있는 가능성은 전혀 없었다. 그녀는 체념한 채 다시 무릎을 꿇었다. 그러자 스스로 화가 치밀었다. 뭐야? 싸워보지도 않고 이렇게 항복하겠다는 거야? 그녀는 다시 일어나서 이를 악물었다. 자, 덤벼! 이 빌어먹을 괴물 자식아!

등뒤로 손에 수갑이 채워져 있어 동작이 자유롭지 못했고 몸은 뒤뚱거렸다. 하지만 그가 다가오자 그녀는 빙빙 돌면서 빈틈을 노리기 시작했다. 우선 그의 갈비뼈를 한 번 걸어찬 다음 사타구니를 노리고서 돌려차기를 했다. 하지만 킥이 빗나가 골반 부근을 맞혔고, 그녀는 1미터쯤 뒤로 물러선 뒤 다음 발길질을 하려고 다리 위치를 바꾸었다. 손이 뒤로 묶여 있어 그의 얼굴까지 발을 올릴 수 없었지만 그래도 그의 가슴팍에 강력한 타격을 가하는 데 성공했다.

이번에는 거인이 한 손을 뻗어 어깨를 붙잡더니 마치 종이를 뒤집듯 가볍게 그녀의 몸을 돌렸다. 그러고는 등뒤 신장이 있는 부근에 주먹을 한 방 날렸다. 별로 힘들이지 않은 가벼운 주먹질이었다. 하지만 미리암은 미친 사람처럼 비명을 질렀다. 엄청난 고통이 비수처럼 등짝을 파고들었다. 그녀는 다시 무릎을 꿇었다. 그리고 거인에게 따귀를 한 대 맞고 풀썩 바닥에 쓰러졌다. 그는 멈추지 않고 발을 들어올려 그녀의 옆구리를 세차게 걸어찼다. 숨이 끊어지는 듯한 고통과 함께 갈비뼈 부서지는 소리가 들렸다.

파올로는 미리암이 내지르는 고통에 찬 비명을 들었다. 찢어지는 듯한 소리가 높이 솟아올랐다가 이내 잠잠해졌다. 그는 소리가 난 쪽으로 고개를 돌리고 어금니를 질끈 깨물었다. 저쪽 칸막이 벽 뒤로 방이 하나 보였다. 그는 창고 안을 가로질러가 반쯤 열린 문틈으로 살그머니 방안을 들여다보았다. 거인이 바닥에 엎어져 있는 미리암을 굴려서 똑바로 눕히던 참이었다. 이어 거인은 시야에서 몇 초간 사라졌다가 갑자기 전기톱 하나를 가지고 나타나 그녀 앞에 내려놓았다. 파올로의 눈썹이 꿈틀하고 움직였다.

"아주 간단한 질문을 하나 하겠어."

거인의 목소리는 기묘한 고음이었다. 변성기를 겪지 않은 사내아이의 음성이랄까. 그리고 약간 외국 억양이 섞여 있었다.

"리스베트 살란데르는 어디 있지?"

"몰라." 미리암이 웅얼거렸다.

"그건 좋은 대답이 아니야. 자, 내가 이 물건을 쓰기 전에 한 번 더 기회를 주겠어." 거인이 쪼그리고 앉아서 전기톱을 만지작거렸다.

"리스베트 살란데르가 어디 숨어 있지?"

미리암은 고개를 흔들었다.

파올로는 주저했다. 하지만 결국 금발 거인이 전기톱에 손을 내려놓는 순간 더이상 망설일 틈이 없었다. 그는 단 세 걸음에 방을 가로질러 가 등을 돌리고 있는 거인의 옆구리, 즉 신장이 있는 부위에 강력한 라이트훅을 날렸다.

파올로가 세계적으로 유명한 복서의 자리에 오른 건 링 위에서만큼은 결코 온정을 베푸는 법이 없었기 때문이다. 그는 프로 경력 전체를 통틀어 모두 서른세 번 싸웠고 그중 스물여덟 번을 이겼다. 그는 자신이 펀치를 날렸을 때 상대가 어떤 반응을 보일지 잘 알고 있었다. 예를 들어 펀치를 맞은 상대는 무릎을 꿇고 쓰러지거나 고통에 일그러진 표정을 짓게 된다. 그런데 지금 파올로는 마치 콘크리트 벽에 주먹을 부딪힌 느낌이 들었다. 오랜 세월 수없이 링에 오른 그였지만 이런 경험은 정말이지 처음이었다. 그는 어안이 벙벙한 얼굴로 자기 앞에 선 거인을 쳐다보았다.

몸을 돌린 금발 거인 역시 놀란 얼굴로 파올로를 쳐다보았다.

"체급 맞는 선수끼리 붙는 게 낫지 않겠어?"

파올로는 이렇게 말하면서 거인의 동체에 라이트 - 레프트 - 라이트를 연속으로 날렸다. 그야말로 해머와도 같은 펀치였다. 하지만 여전히 벽을 치는 기분이었다. 거인이 보인 유일한 반응은 반 발짝 정도 뒷걸음질친 것뿐이었다. 펀치의 힘에 밀렸다기보다는 뜻밖의 습격에 놀란 표정이었다. 그러더니 갑자기 그의 얼굴에 환한 미소가 떠올랐다.

"아니, 이거 파올로 로베르토잖아?"

파올로는 동작을 멈췄다. 어이가 없었다. 지금 자신은 펀치 네 방을 정확하게 적중시켰다. 보통의 상대라면 지금쯤 바닥에 쓰러져 있고 심판이 카운트를 시작하는 동안 자신은 코너로 돌아가고 있으리라. 하지만 이 거인에게는 자신의 펀치가 조금도 효과를 내지 못하고 있었다.

맙소사! 이건 정상이 아냐!

이어 그는 금발 거인의 라이트훅이 허공을 가르며 날아오는 걸 보았다. 하지만 주먹이 상당히 느려서 눈에 다 보일 정도였다. 재빨리 몸을 피한 덕분에 주먹은 왼쪽 어깨를 스쳐갔다. 하지만 그것만으로도 마치 쇠파이프에 얻어맞은 듯한 충격이 전해졌다.

파올로는 두 발짝 뒤로 물러났다. 상대에 대한 경외감이 다시 한번 일어났다.

이자는 뭔가 이상해. 인간의 주먹이 이렇게 셀 수는 없는 법이라고.

이번에는 팔뚝을 들어 날아오는 레프트훅을 막았다. 순간 짜르르한 고통이 느껴졌다. 이어 알 수 없는 곳에서 날아온 라이트훅은 미처 피하지 못해 그대로 이마에 맞아버렸다.

파올로는 술 취한 사람처럼 비틀거리며 문밖으로 뒷걸음치다 쌓아놓은 목재 팰릿 더미에 요란한 소리를 내며 부딪혔다. 그는 부르르 머리를 흔들었다. 얼굴 위로 피가 줄줄 흘러내리고 있었다. 내 눈썹을 찢어놨어. 평생 수없이 찢어졌던 곳인데 오늘 또 꿰매야 한단 말이지! 곧바로 뒤따라 거인이 나타나자 파올로는 본능적으로 몸을 옆으로 틀었다. 그야말로 간발의 차이로 그 엄청난 주먹을 피할 수 있었다. 그는 재빨리 서너 걸음 뒤로 물러나 가드 자세를 취했다. 충격을 받은 그의 몸이 흔들리고 있었다.

금발 거인이 그를 물끄러미 쳐다보았다. 호기심에 찬, 아니 마치 재미있다는 눈빛이었다. 그리고 그 역시 파올로처럼 가드 자세를 취했다. 저놈도 복서였나? 그들은 서로를 노려보면서 천천히 원을 그리며 돌기 시작했다.

이어진 180분은 파올로가 지금껏 경험해본 중 가장 기묘한 경기였다. 거기에는 로프도 글러브도 없었다. 세컨드*도 심판도 존재하지 않았다. 경기를 중단시키고 두 선수를 각자의 코너로 돌려보내는 공도 없었고, 몇 초간 물을 마실 시간도, 정신을 차리게 해주는 암모니아 소금도, 눈에서 흐르는 피를 닦을 수건도 없었다.

파올로는 지금 자신이 목숨을 걸고 싸우고 있다는 사실을 깨달았다. 샌드백을 두드려온 모든 세월, 일생 동안 해온 모든 훈련과 스파링, 모든 경험과 시합들이 지금 그가 분출하는 에너지 속에 응축되어 있었다. 지금껏 느껴보지 못했을 정도로 강하게 아드레날린이 펑펑 솟구쳤다.

파올로는 죽을힘을 다해 주먹을 휘둘렀다. 지금 두 사람은 정면으로 격투를 벌이고 있었고, 파올로는 거기에 모든 힘과 모든 악을 쏟아부었다. 레프트, 라이트, 레프트, 다시 레프트, 그리고 얼굴에 라이트잽 한 방. 상체를 숙여 거인의 레프트훅을 피하면서 한 스텝 뒤로 물러선 다음 다시 라이트. 파올로가 내뻗는 펀치는 모두 상대에게 적중하고 있었다.

이것은 그의 생에서 가장 중요한 시합이었다. 그는 싸우는 동안 두 주먹뿐 아니라 두뇌까지 미친듯이 움직였다. 그렇게 해서 거인이 휘두르는 주먹을 모두 피할 수 있었다.

이번에는 거인의 턱에 라이트훅 한 방을 정통으로 꽂았다. 이 정도 펀치라면 상대가 바닥 위로 허물어져내려야 정상이었다. 하지만 그런 일은 일어나지 않았다. 대신 자신의 손뼈가 으스러지는 듯한 고통만이 느껴졌다. 주먹을 내려다보니 온통 피에 젖어 있었다. 반면 거

---

* 각 라운드 사이에 복싱선수를 보조하는 사람.

인의 얼굴은 여기저기 조금 벌겋게 부어 있을 뿐이었다. 그는 파올로의 펀치를 거의 느끼지도 못하는 것 같았다.

파올로는 한 걸음 뒤로 물러나 잠시 숨을 고르며 상대를 평가해봤다. 이자는 복서가 아니야. 복서처럼 움직이긴 하지만 진짜 복싱 동작은 전혀 아니지. 흉내만 낼 뿐이야. 펀치를 막을 줄도 모르고 주먹을 뻗는 것도 다 눈에 보여. 게다가 엄청나게 느리지.

그 순간 거인이 느닷없이 휘두른 레프트훅이 파올로의 흉곽 왼쪽에 적중했다. 오늘 두번째로 맞은 심각한 타격이었다. 갈비뼈가 부서지면서 온몸으로 통증이 퍼지는 게 느껴졌다. 파올로는 몇 걸음 물러서려 했지만 바닥에 널린 잡동사니에 발이 걸려 그대로 엎어지고 말았다. 뒤이어 거대한 탑 같은 상대가 자신을 덮쳐오는 모습이 보이자 옆으로 몸을 굴려 피했다. 그리고 비틀거리면서 다시 몸을 일으켰다.

그는 뒤로 물러서면서 다시 힘을 모아보려고 애썼다. 거인은 다시 덤벼들었고 파올로는 방어 자세를 취했다. 계속 거인의 주먹을 피하면서 뒤로 물러섰다. 어깨를 써서 그의 펀치를 막을 때마다 엄청난 고통이 느껴졌다.

그리고 모든 복서들이 두려워하는 그 순간이 찾아왔다. 시합중에 불쑥 떠오르는 그 절망적인 감정. 자신의 실력이 충분치 않다는 느낌. 아니 그 확신. 제기랄, 지금 난 지고 있어!

그것은 거의 모든 복싱 시합에서 결정적인 순간이다. 갑자기 힘이 쭉 빠지면서, 너무도 세차게 분비되던 아드레날린이 온몸을 마비시키는 사이 기권의 유혹이 마치 유령처럼 링사이드에 모습을 드러내는 순간이다. 아마추어와 프로, 그리고 패자와 승자가 구별되는 순간이다. 이 심연과 마주한 복서들 가운데 시합으로 돌아가 확실한 패배를 승리로 뒤바꿔놓을 수 있는 사람은 거의 없다.

파올로 역시 이러한 확신에 사로잡혔다. 갑작스러운 전율처럼 뇌리를 파고들면서 그를 멍하게 만들었다. 그리고 그 순간, 마치 이 모든 장면을 링 밖에서 보고 있는 듯한 느낌이 들었다. 자신과 금발 거인의 모습을 카메라 렌즈를 통해 보는 것만 같았다. 이기느냐, 아니면 영원히 사라져버리느냐의 순간은 그렇게 포착되고 있었다.

파올로는 큰 반원을 그리면서 후퇴했다. 다시 힘을 모으고 시간을 벌기 위해서였다. 거인은 천천히 그러나 확실하게 따라왔다. 승부가 이미 결정났음을 알고 있지만 좀더 시간을 끌면서 시합을 즐기고 싶다는 표정이었다. 이자는 지금 제대로 알지도 못하면서 복싱을 하고 있어. 내가 누구인지 알고 있거든. 복싱으로 한번 맞붙어보겠다는 거지. 완전한 아마추어가 말이야. 하지만 그의 펀치는 믿을 수 없을 정도야. 몸은 바윗덩이 같아서 내 펀치를 맞아도 아무런 충격을 받지 않고.

지금 이 상황을 분석한 후 어떻게 할 것인지 결정하려는 파올로의 머릿속에는 온갖 생각들이 교차하고 있었다.

문득 이 년 전 마리에함에서 보냈던 그날 밤이 생생하게 떠올랐다. 아르헨티나 복서 세바스티안 루한과 맞붙었다가 자신의 프로 경력이 무참하게 끝을 맺었던 그날 밤의 일들이. 그는 태어나서 처음으로 KO를 맛보았고, 그후 십오 분간 의식을 잃고 쓰러져 있었다.

그날 이후, 파올로는 대체 무엇이 잘못됐었는지 종종 생각해보곤 했다. 컨디션은 최상이었다. 정신무장도 되어 있었다. 게다가 세바스티안은 자신보다 뛰어난 복서가 아니었다. 그런데 그 아르헨티나 선수가 강력한 펀치 한 방을 적중시키면서 라운드가 갑자기 악몽으로 변했다.

나중에 그는 경기를 녹화한 비디오에서 균형을 잃고 비틀거리는 자신의 모습을 보았다. 정확히 23초 후에 자신은 녹아웃당했다.

세바스티안 루한은 자신보다 뛰어나지도 않았고 훈련을 많이 한 것도 아니었다. 이변이 생길 여지 역시 극히 적었기 때문에 경기 결과는 반대일 수도 있었다.

그렇다면 차이는 무엇이었을까? 훗날 파올로는 깨달았다. 자신보다 세바스티안이 상대를 이기고자 하는 욕구가 더 강했음을. 마리에함의 링에 오를 때 파올로는 물론 승리를 목표로 했지만 복싱에 대한 절실한 욕구는 없었다. 자신에게 복싱은 더이상 죽고 사는 문제가 아니었기 때문이다. 패배한다고 해서 세상이 끝나는 것도 아니었으니까.

일 년 반이 지난 지금, 그는 여전히 복서였다. 물론 더이상 프로는 아니었다. 가끔 스파링을 겸한 친선경기를 받아들일 뿐이었다. 그래도 트레이닝은 계속했다. 예전보다 몸무게가 늘지도 않았고 허리에 살이 찌지도 않았다. 다만 프로 때처럼 타이틀 매치를 앞두고 몇 달씩 철저하게 단련한 몸은 아니었다. 그럼에도 불구하고 그는 여전히 링의 황제 파올로 로베르토였다. 그리고 마리에함과는 달리, 지금 뉘크바른 남쪽의 어느 창고 안에서 벌어지는 이 시합은 말 그대로 목숨이 걸린 한판이었다.

파올로는 결정을 내렸다. 이윽고 동작을 멈추고는 금발 거인이 접근해오는 동안에도 가만히 있었다. 그리고 때가 이르자 레프트로 속이는 동작을 한 번 한 다음 그가 가진 모든 것을 라이트훅에 걸었다. 온 힘이 실린 라이트훅이 거인의 인중을 향해 폭발하듯 꽂혔다. 수세에 몰려 있던 그가 내뻗은 이 일격은 전적으로 예상 밖의 일이었다. 마침내 뭔가가 부러지는 소리가 들렸다. 그는 멈추지 않고 거인의 얼굴에 레프트─라이트─레프트를 꽂아넣었다.

금발 거인이 느린 라이트로 반격했다. 하지만 그 동작을 훤히 볼 수 있었던 파올로는 상체를 숙여 그 어마어마한 주먹을 피했다. 뒤이어 거인이 오른발에 체중을 싣는 모습이 보이자 이번엔 레프트가 이어질 것을 예측했다. 과연 레프트훅이 날아오자 파올로는 발을 떼지 않은 채 상체만 뒤로 젖혀 피했다. 그렇게 큰 주먹이 코앞을 스쳐지나가자마자 그는 거인의 갈비뼈 밑 옆구리에 강력한 펀치를 꽂았다.

뒤늦게 거인이 몸통을 방어하려고 가드를 내리자 그가 레프트훅을 날려 다시 거인의 코를 강타했다.

파올로는 이제야 모든 것이 제대로 돌아가고 있다고 느꼈다. 자신이 경기의 주도권을 쥐기 시작했다고 생각했다. 드디어 적이 주춤하고 물러섰기 때문이다. 거인의 코에서 선혈이 흘러내렸다. 입가의 미소도 사라져 있었다.

그 순간, 갑자기 금발 거인이 발을 내질렀다.

파올로는 허를 찔리고 말았다. 습관적으로 복싱의 리듬에 따라 움직이던 그가 발길질이 날아오리라고는 전혀 예상하지 못했기 때문이다. 무릎 바로 위 허벅지에 해머와도 같은 충격이 가해지면서 엄청난 통증이 다리 전체로 퍼져나갔다. 안 돼! 그는 한 걸음 뒤로 물러섰지만 오른쪽 다리에 힘이 풀리면서 바닥에 널린 잡동사니에 다시 발이 걸려 비틀거렸다.

거인이 그를 쳐다보았다. 그 짧은 순간, 두 사내의 시선이 허공에서 마주쳤다. 거인의 눈빛이 전하는 메시지는 명확했다. 게임은 끝났어.

그때 갑자기 거인이 두 눈을 부릅떴다. 미리암이 뒤에서 그의 사타구니를 정통으로 걷어찼다.

미리암은 온몸의 근육이 아팠다. 하지만 수갑 찬 두 손을 엉덩이 아래로 빼내 몸 앞으로 가져오는 데 성공했다. 이런 상태라면 곡예에 가까운 킥복싱 실력을 발휘할 수 있는 그녀였다.

갈비뼈며 목덜미며 등짝에 옆구리까지 여기저기가 심하게 욱신거렸다. 하지만 간신히 몸을 일으켜 비틀비틀 문 쪽으로 향하던 그녀가 두 눈을 휘둥그레 떴다. 파올로가 금발 거인의 얼굴에 강력한 라이트훅과 펀치 몇 방을 날리고서 거인의 발길질에 고꾸라진 장면을 본 것이다. 저 남자는 대체 누구지?

하지만 그가 왜 그리고 어떻게 여기 나타났는지는 중요한 문제가 아니었다. 중요한 건 그가 좋은 놈들 편이라는 사실이었다. 태어나서 처음으로 그녀는 누군가를 해치고 싶은 강렬한 욕구를 느꼈다. 그녀는 번개 같은 동작으로 몇 걸음 전진해 마지막으로 몸에 남은 몇 방울의 힘과 성한 근육을 모두 끌어모았다. 그리고 마침내 거인 뒤에 이르러 있는 힘을 다해 그의 다리 사이를 걷어찼다. 물론 킥복싱 규칙에는 어긋났지만 그 타격은 확실한 효과를 거뒀다.

'예스! 바로 이거야!' 그녀는 속으로 쾌재를 부르며 고개를 끄덕였다. 남자들이란…… 아무리 몸집이 집채만하고 근육이 바위 같다 해도 고환은 항상 같은 곳에 매달려 있는 법이다. 그녀의 타격은 너무 완벽해서 기네스북에 올라도 좋을 정도였다.

처음으로 금발 거인은 충격에 일그러진 모습을 보였다. 거친 신음을 내뱉으며 그곳에 손을 가져다대더니 털썩 무릎을 꿇었다.

잠시 멍하니 서 있던 미리암은 그를 끝내버리기 위해 후속 동작을 취해야 한다는 사실을 깨달았다. 그녀는 그의 얼굴을 걷어차려고 세차게 발을 날렸다. 하지만 거인이 한쪽 팔을 들어올려 공격을 막았다. 보통이라면 그곳을 맞고 이처럼 빨리 회복하기란 불가능한 일이었다. 그의 팔뚝에 부딪힌 발이 마치 통나무를 걷어찬 듯 쩌릿했다. 거인은 그녀의 발을 난폭하게 움켜쥐고서 몸을 넘어뜨린 뒤 자기 쪽으로 끌어당기기 시작했다. 뒤이어 그가 주먹을 치켜올리는 걸 본 그녀는 처절하게 몸을 뒤틀어 피하면서 자유로운 다른 발로 일격을 날렸다. 그녀의 발이 거인의 귀에 닿는 순간, 그의 주먹도 그녀의 관자놀이 위에 떨어져내렸다. 그때 그 충격이란. 마치 머리를 앞으로 내밀고서 돌진해 그대로 벽에 쾅 부딪히는 느낌이었다. 번쩍하고 별똥 수백 개가 튀어오르더니 곧 모든 것이 새카매졌다.

이내 금발 거인이 몸을 일으키기 시작할 때였다. 이번엔 파울로가 자신이 걸려 넘어졌던 묵직한 널빤지로 그의 뒤통수를 내리쳤다. 마침내 거인은 요란한 소리를 내며 땅 위에 길게 뻗어버렸다.

파올로는 창고 안의 광경을 멍하니 쳐다보았다. 마치 꿈을 꾸는 듯한 기분이었다. 금발 거인은 바닥 위에 뻗어서 몸을 꿈틀대고 있었다. 미리암은 흰자위만 보이는 것이 의식을 완전히 잃어가는 듯했다. 지금 이 두 사람이 힘을 모아 잠시 틈을 얻은 것이다.

파올로는 걸음을 옮기기 시작했다. 부상당한 다리에 체중을 실을 때마다 타는 듯한 고통이 느껴졌다. 무릎 위 근육 하나가 끊어져버린 모양이었다. 그는 절뚝걸음으로 미리암에게 다가가 그녀를 일으켜세웠다. 그녀는 움직이기 시작했지만 그를 바라보는 눈에는 아직도 초점이 없었다. 그는 말없이 그녀를 자신의 어깨 위에 걸쳐 메고 여전히 절뚝거리며 출구 쪽으로 나가기 시작했다. 무릎의 통증이 너무 심해 때로는 깨금발로 뛰어야 했다.

컴컴한 바깥에 나와 차가운 공기를 쐬니 해방감이 느껴졌다. 하지만 꾸물대고 있을 때가 아니었다. 서둘러 아까 왔던 길로 자갈 마당을 지나 커튼처럼 늘어선 나무들 속으로 들어갔다. 숲에 들어서자마자 그는 쓰러져 있는 소나무 뿌리에 발이 걸려 넘어져버렸다. 미리암이 신음했고, 동시에 창고 문이 열리는 요란한 소리가 들려왔다.

창고 문이 열리면서 생긴 밝은 사각형 속에 금발 거인의 거대한 실루엣이 나타났다. 파올로는 신음하는 미리암의 입을 손으로 틀어막았다. 그리고 고개를 숙여 아무 소리도 내지 말라고 속삭였다.

그는 나무뿌리 주위를 더듬어 크기가 주먹보다 큰 돌멩이 하나를 주워들었다. 그러고는 가슴에 성호를 그었다. 태어나서 처음으로 한 인간을 살해할 준비가 된 것이다. 지금 그는 너무도 얻어맞아서 한 라운드도 더 뛸 수 있는 상태가 아니었다. 하지만 이 세상 그 누구도, 심지어는 금발 거인 같은 돌연변이라 할지라도 두개골이 박살난 채로는 싸울 수 없으리라. 그는 돌멩이를 꽉 움켜쥐었다. 둥그런 형태에서 날카로운 끝 부분이 손안에 느껴졌다.

금발 거인은 건물 한쪽 끝으로 가더니 거기서부터 마당을 돌아보기 시작했다. 그러다가 파올로가 숨을 죽이고 숨어 있는 데서 10미터도 떨어지지 않은 곳에서 걸음을 멈췄다. 거기서 거인은 귀를 기울이며 주위를 살폈다. 하지만 새카만 어둠 속에서 두 사람이 어디로 사라졌는지 알아낸다는 건 불가능한 일이었다. 약 몇 분을 그렇게 서 있던 거인이 마침내 자신이 하는 짓이 헛수고라는 사실을 깨달은 모양이었다. 빠른 걸음으로 건물 안으로 들어가더니 일이 분쯤 그 안에 머물렀다. 그러고는 창고의 불을 끄고 자루 하나를 가지고 나타나 흰색 볼보 쪽으로 향했다. 금방 시동이 걸린 차는 진입로 쪽으로 급히 굴러갔다. 파올로는 먼 곳에서 엔진 소리가 완전히 사라질 때까지 숨을 죽이고 기다렸다. 이윽고 눈을 들어보니 어둠 속에서 반짝이는 미리암의 눈이 보였다.

"안녕, 미리암. 나는 파올로 로베르토요, 당신은 날 두려워할 필요가 없소."

"알고 있어요."

극히 미약해진 목소리였다. 그 역시 기진맥진해 커다란 소나무 뿌리에 등을 기대고 앉았다. 비로소 몸안의 아드레날린이 줄어드는 게 느껴졌다.

"휴! 저기까지 어떻게 갈 수 있을지 모르겠군!" 파올로가 말했다. "도로 건너편에 내 차를 주차시켜두었소. 150미터쯤 떨어진 곳이오."

금발 거인은 브레이크를 밟아 뉘크바른 동쪽에 있는 휴게소로 차를 몰고 들어갔다. 정신이 멍하고도 얼떨떨한데다 머릿속은 혼란스러웠다.

누구와 싸워서 져본 적은 태어나 처음이었다. 그리고 자기에게 이 굴욕을 안겨준 사람은 다름아닌 그 유명한 복서…… 파올로 로베르토였다. 그야말로 몸이 안 좋은 날 밤새 뒤척이다 꾸게 되는 개꿈에나 나올 법한 이야기가 아닌가? 도대체 파올로는 어디서 튀어나왔단 말인가? 그는 난데없이 창고 안으로 들어와 자신의 눈앞에 나타났다.

정말이지 말도 안 되는 일이었다.

파올로의 펀치는 별것 아니었다. 하지만 그 사타구니 타격은…… 정말로 아팠다. 그리고 뒤통수에 떨어진 엄청난 일격이 그를 녹아웃시켰다. 그는 손가락으로 뒤통수를 어루만져보았다. 엄청난 혹 하나가 만져졌다. 눌러보니 별로 아프지는 않았다. 하지만 머리는 아직도 빙빙 돌았다. 그는 갑자기 혀끝으로 이상한 감각을 느끼고는 흠칫 놀랐다. 왼쪽 어금니 하나가 빠져 있었다. 입안에서 피맛이 느껴졌다. 이번에는 엄지와 검지로 코를 잡고 살짝 움직여봤다. 머릿속에서 찌그덕거리는 소리가 들리면서 코뼈가 깨졌음을 알 수 있었다.

경찰이 오기 전에 자루를 챙겨들고 잽싸게 창고를 떠난 건 잘한 행동이었다. 하지만 한 가지 엄청난 실수를 범해버렸다. 전에 '디스커버리 채널'에서 본 적 있었다. 수사관들이 범죄 현장에서 무수한 법의학적 증거물들을 찾아낼 수 있다는 사실을. 피, 모발, DNA 따위를 말이다.

창고로 돌아가고 싶은 마음은 전혀 없었지만 선택의 여지도 없었다. 가서 뒷정리를 해놓아야 했다. 어쩔 수 없이 유턴해 오던 길로 되돌아갔다. 뉘크바른에 조금 못 미친 곳에서 승용차 한 대와 마주쳤지만 별생각 없이 지나쳤다.

스톡홀름까지의 귀로는 악몽이었다. 파올로는 눈에 피가 차고 거인의 주먹을 방어한 두 팔은 쇠파이프로 두드려맞은 듯 아팠다. 그는 자신이 운전하고 있는 차가 지그재그 제멋대로 가고 있다는 사실을 깨달았다. 손등으로 눈가의 피를 훔친 다음 코를 살짝 만져봤다.

끔찍하게 아팠다. 숨은 입으로 간신히 몰아쉬고 있을 뿐이었다. 혹시 흰색 볼보가 눈에 띄는지 내내 주의깊게 살피던 그는 뉘크바른 근처에서 한 대를 마주친 듯도 했다.

E20 고속도로에 이르자 운전하기가 한결 수월해졌다. 일단 가까운 쇠데르텔리에로 들어가볼까도 생각했지만 가는 길을 전혀 몰랐다. 파올로는 미리암을 힐끗 돌아보았다. 여전히 수갑을 찬 상태였고 안전벨트도 매지 않은 채 뒷좌석에 널브러져 있었다. 그가 부축하여 가까스로 차까지 데려와 뒷좌석에 올려놓자 그녀는 그대로 실신해버렸다. 부상을 당해 기절한 것인지, 아니면 탈진해 정신을 놓아버린 것인지는 알 수 없었다. 파올로는 잠시 망설이다가 스톡홀름 방면 E4 고속도로로 들어갔다.

미카엘이 잠든 지 한 시간이 채 안 됐을 때 전화벨이 울리기 시작했다. 그는 손목시계를 들여다보았다. 새벽 4시가 조금 넘은 걸 확인하고는 손을 뻗쳐 수화기를 들었다. 에리카였다. 처음에는 그녀가 무슨 소리를 하는 건지 알 수 없었다.

"파올로 로베르토? 지금 어디 있는데?"

"쇠데르 병원에 미리암과 함께 있어. 자기한테 연락했는데 휴대전화에 응답이 없었대. 그리고 집 전화번호는 모르니까……"

"전화기를 꺼놨었어. 병원에서 뭘 하고 있는데?"

에리카는 침착하고도 단호한 목소리로 대답했다.

"미카엘, 지금 당장 택시를 타고 달려가서 직접 알아봐. 내게 전화했을 땐 완전히 횡설수설했어. 전기톱, 숲속 집, 복싱을 할 줄 모르는 괴물…… 알 수 없는 얘기들만 늘어놨으니까."

미카엘도 영문을 몰라 눈만 껌뻑거렸다. 이어 그는 고개를 흔들고 손을 뻗어 바지를 집어들었다.

팬티만 걸치고 병원 침대에 누워 있는 파올로의 모습은 보기에도 안쓰러웠다. 미카엘은 한 시간이나 기다린 끝에 마침내 그를 면회할 수 있었다. 코는 붕대로 덮여 있었고, 왼쪽 눈은 터질 듯 부풀었으며 다섯 바늘을 꿰맨 눈썹에는 외과용 밴드가 붙어 있었다. 갈비뼈에도 붕대가 칭칭 감긴데다 몸에는 상처와 긁힌 곳투성이였다. 왼쪽 무릎 역시 탄력붕대로 단단히 감겨 있었다.

미카엘은 병원 복도 커피 자판기에서 뽑아 온 종이컵을 그에게 내밀면서 잔뜩 인상을 쓴 채 그의 얼굴을 살폈다.

"충돌사고 난 자동차 같군요. 무슨 일이 있었던 거죠?"

파올로는 고개를 절레절레 흔들면서 미카엘을 올려다보았다.

"빌어먹을 괴물 놈 때문에."

"대체 무슨 일이 있었죠?"

파올로는 다시 한번 고개를 흔들면서 자신의 두 주먹을 내려다보았다. 관절들이 너무도 형편없이 상해버려 종이컵을 들기조차 힘들었다. 물론 거기에도 붕대가 감겨 있었다. 평소 권투를 별로 좋아하지 않는 그의 아내가 이 꼴을 본다면 난리가 나리라.

"난 복서요." 그가 말했다. "무슨 말이냐면, 현역 때 난 링에 올라가는 게 조금도 무섭지 않았다는 뜻이지. 한두 대 맞는다 해도 그만큼 되돌려줄 수 있었으니까. 난 상대를 공격할 때 그다음을 알고 있었소. 내 주먹을 맞으면 상대가 쓰러질 것이며 상당히 충격을 받으리라는 것을."

"그런데 그 친구는 안 그랬던 모양이네요?"

파올로는 세번째로 고개를 흔들었다. 그리고 간밤에 있었던 일을 상세하게 들려주었다.

"최소한 서른 번은 제대로 때렸을 거요. 그중 열너덧 번은 머리를 때렸고, 네 번은 턱을 맞혔소. 사실 처음에는 약간 사정을 봐준다는 기분이었지. 상대를 죽이고 싶은 생각이 없었고 나 자신을 방어해야겠다는 마음뿐이었으니까. 하지만 나중에 가서는 있는 힘을 다해 주먹을 휘둘러야 했소. 그중 한 방은 아마 놈의 턱뼈를 깨뜨렸을 거요. 그런데 이 빌어먹을 괴물은 그저 약간 흔들리기만 하더니 다시 주먹을 휘둘러오더군. 아, 빌어먹을! 그건 인간이 아니었어!"

"어떤 자였죠?"

"뭐라고 할까…… 대전차 로봇이라고 해야 할까? 조금도 과장이 아니오. 키는 2미터가 넘는데 체중도 130에서 140킬로그램은 족히 나갈 거요. 온몸이 근육덩어리에 골격은 마치 콘크리트 같았소. 백 퍼센트 진실이오. 그 빌어먹을 금발 거인은 아무리 맞아도 전혀 고통을 느끼지 않는 것 같더군."

"전에 본 적은 없습니까?"

"전혀. 복서가 아니었으니까. 하지만 어떤 의미에서는 복서라고 할 수도 있겠지."

"무슨 뜻인지?"

파올로는 잠시 생각했다.

"그는 복싱에 전혀 문외한 같아 보였소. 내가 속이는 주먹을 던지면 금방 가드가 흐트러졌거든. 주먹을 피하려면 몸을 어떻게 움직여야 하는지도 전혀 몰랐고. 그런 점에선 완전히 꽝이었지. 하지만 동시에 복서처럼 움직이려고 노력은 하더군. 팔 올린 자세도 제법이었고, 주먹을 뻗었다가 금방 원래 자세로 돌아오는 것도 괜찮았소. 뭐라고 할까…… 트레이너 말을 전혀 안 듣고 혼자서 연습한 복서라고나 할까?"

"그랬군요."

"우리가 목숨을 구할 수 있었던 건 그의 동작이 엄청나게 굼뜬 덕분이었소. 주먹을 휘두르는 속도가 너무 느려 그게 어디로 날아올지 한 달 전에 알 수 있을 정도였으니까. 그런데도 내가 두 대를 맞았소. 한 방은 보다시피 이렇게 면상에 맞았고, 다른 한 방은 갈비뼈를 부서뜨렸지. 그나마 빗맞았기에 망정이지 정통으로 맞았다면 내 머리가 뽑혀서 축구공처럼 날아가버렸을 거요."

파올로는 갑자기 웃기 시작했다. 병실이 떠나갈 듯 크게 마음껏 웃어댔다.

"뭐가 그렇게 우스워요?"

"하여튼 내가 이겼잖소. 그 미친놈이 나를 죽이려고 했지만 결국엔 내가 이겼지. 그놈을 아주 쭉 뻗게 만들었거든. 다만 그놈을 쓰러뜨리고 카운트다운에 들어가기 전에 그 빌어먹을 널빤지 덕을 봐야 했지만."

그러다 그는 다시 심각한 얼굴로 돌아왔다.

"사실 미리암이 때맞춰 나타나 놈의 불알을 걷어차지 않았더라면 그 시합이 어떻게 끝났을지…… 생각만 해도 끔찍하오."

"파올로, 당신이 그 시합을 이겨서 정말로, 정말로 다행입니다. 미리암도 깨어나면 같은 얘기를 하겠죠. 그녀의 상태가 어떤지 아시나요?"

"나하고 거의 비슷한 몰골이오. 뇌진탕에, 갈비뼈 골절에, 코뼈가 부러진데다 신장 쪽도 다쳤을 거요."

미카엘은 몸을 구부려 파올로의 무릎에 손을 올려놓았다.

"내 도움이 필요하면 언제라도……" 미카엘이 말했다.

파올로는 고개를 흔들면서 씨익 미소를 지었다.

"미카엘. 그게 아니라, 만일 다음번에도 도움이 필요하다면 말이오……"

"예?"

"그때는 제발 세바스티안 루한을 보내주시오."

26장

4월 6일 수요일

아침 7시가 조금 못 된 시간에 쇠데르 병원 주차장에서 소니아를 만난 얀 형사는 기분이 영 좋지 않았다. 새벽 단잠에서 그를 끌어낸 건 미카엘의 전화였다. 간밤에 무언가 중대한 사건이 일어났음을 알게 된 그가 소니아를 깨웠다. 두 사람은 병원 입구에서 미카엘을 만나 함께 파올로의 병실로 들어갔다.

미카엘에게 전화로 설명을 들을 때만 해도 얀은 반신반의하는 심정이었다. 하지만 직접 와서 보니 분명 미리암은 납치당했었고, 파올로가 정말로 그 납치범을 때려눕혔다는 사실을 인정하지 않을 수 없었다. 아니, 전직 프로복서를 자세히 살펴본 바로는 대체 누가 누구를 때려눕힌 건지 판단하기 어려웠지만. 분명한 건 간밤에 있었던 사건 때문에 이번 수사가 한층 더 복잡해졌다는 사실이었다. 정말이지 이 빌어먹을 사건에서 정상적인 것이라곤 하나도 없었다.

멍하니 서 있는 그를 대신해 소니아가 제대로 된 질문을 하나 던졌다. 대체 어떤 연유로 파올로가 이 사건에 끼어들게 되었느냐는 물음이었다.

"난 리스베트의 친구요."

얀과 소니아가 믿기지 않는다는 듯한 시선을 교환했다.

"어떻게 알게 된 사이죠?"

"내 스파링 파트너였소."

얀은 파올로 뒤의 병실 벽 한곳을 멍하니 응시했다. 소니아는 자신도 모르게 킥 웃음을 터뜨렸다. '정말이지…… 이 사건에는 정상인 게 하나도 없다니까!' 여하튼 그들은 파올로의 진술을 받아적었다.

"이제 몇 가지를 말씀드리고 싶군요." 미카엘이 딱딱한 어조로 말을 꺼냈다.

모두의 눈이 그를 향했다.

"첫째, 승합차를 운전했다는 사내의 인상착의는 전에 내가 말했던 그자, 즉 룬다가탄의 똑같은 지점에서 리스베트를 덮쳤던 인물과 일치합니다. 말총머리에 배가 나온 덩치 큰 사내 말입니다. 자, 여기에 동의합니까?"

얀이 고개를 끄덕였다.

"둘째, 이 납치의 목적은 미리암에게서 리스베트가 숨어 있는 곳을 알아내기 위함이었습니다. 즉, 이 두 금발 덩치들은 살인 사건이 일어나기 최소한 일주일 전부터 리스베트를 잡으려고 쫓아다녔다는 말입니다. 맞습니까?"

소니아가 그렇다고 고갯짓을 했다.

"셋째, 이 드라마에 다른 주역들이 존재한다면, 리스베트는 지금까지 당신들이 주장해온 바처럼 '고독한 정신이상자', 그러니까 이 사건의 유일한 용의자가 아니란 뜻이죠."

얀도 소니아도 아무런 대꾸를 할 수 없었다.

"말총머리 사내를 사탄주의 레즈비언 패거리의 일원으로 보기는 힘들지 않겠습니까?"

소니아의 입에서 피식 웃음이 새어나왔다.

"자, 마지막으로 네번째. 나는 이 모든 이야기가 '살라'라고 불리는 자와 관계가 있다고 봅니다. 다그는 죽기 전 마지막 이 주간 그에게 초점을 맞춰 작업했어요. 이에 관련된 모든 정보는 다그의 컴퓨터 안에 들어 있습니다. 다그는 살라를 쇠데르텔리에에서 일어난 성판매 여성 이리나 페트로바 살인 사건과 결부시켰어요. 부검 결과, 그녀가 심각한 폭력을 당했다는 사실이 밝혀졌죠. 치명상만 해도 세 군데나 되는 지독한 폭력이었어요. 하지만 부검 보고서는 살해에 사용된 도구가 무엇인지 밝혀내지 못했습니다. 여기서 내가 지적하고 싶은 건, 그녀의 상처가 미리암과 파올로의 몸에 남은 상처와 아주 유사하다는 점입니다. 다시 말해서 금발 거인의 손이 치명적인 흉기였던 셈이죠."

"그렇다면 닐스는요?" 얀이 물었다. "누군가가 어떤 이유로 다그의 입을 틀어막고 싶었다…… 이것까진 좋습니다. 나 역시 그렇게 믿고 싶어요. 하지만 리스베트의 후견인은 누가, 그리고 무엇 때문에 제거해야 했을까요?"

"그건 모릅니다. 아직 모든 퍼즐 조각이 제자리를 찾은 건 아니니까요. 하지만 닐스도 살라와 분명히 관계가 있을 겁니다. 내가 생각하기엔 이것만이 유일한 해결책이에요. 당신네들도 모든 걸 다시 한번 생각해볼 수 없겠습니까? 난 이 살인 사건이 성매매 산업과 모종의 관계가 있다고 봐요. 그런데 리스베트는 그런 일에 관여할 사람이 절대 아닙니다. 전에도 말했지만, 나름대로 확고한 윤리의식이 있는 여자란 말입니다."

"그렇다면, 그녀의 역할은 무엇이었을까요?"

"나도 모르겠어요. 증인? 적? 어쩌면 다그와 미아에게 닥칠 위험을 경고해주려고 엔셰테에 찾아갔을지도 모르죠. 그녀가 특출난 조사원이라는 사실을 잊지 맙시다."

얀은 즉시 일을 시작했다. 우선 쇠데르텔리에 경찰서에 연락해 지난밤 파올로가 지났던 경로를 알린 다음, 윙에른호수 남동쪽에서 폐창고를 찾아달라고 요청했다. 이어 그는 예르케르 홀름베리—플레밍스베리에 사는 그가 현재 쇠데르텔리에에서 가장 가까운 곳에 있었다—에게 전화를 걸어 지금 당장 쇠데르텔리에 경찰서로 가 창고 수색에 동행해달라고 요청했다.

한 시간 후 예르케르가 전화를 걸어왔다. 방금 폐창고에 도착했다는 소식이었다. 쇠데르텔리에 경찰이 조금도 어렵지 않게 문제의 창고를 찾아냈다고 했다. 하지만 창고는 좀더 작은 부속창고 두 개와 함께 이미 전소된 상황이었다. 지금은 소방관들이 출동해 남은 불을 끄고 있다고 했다. 방화에 의한 화재임에는 의심의 여지가 없었다. 잿더미 가운데에서 휘발유통 두 개가 발견됐기 때문이다.

얀은 분노에 가까운 좌절을 느꼈다. '그 빌어먹을 창고는 대체 뭐 하는 곳이야? 금발 거인이라는 놈은 또 뭐고? 리스베트의 정체는 대체 뭐지? 왜 아직까지 그녀를 못 찾고 있느냔 말이야?'

오전 9시, 수사팀 회의에 리샤르드 검사가 도착했을 때도 상황은 조금도 나아지지 않았다. 얀은 우선 팀원들에게 간밤에 있었던 극적인 사건에 대해 설명했다. 그리고 지금까지 수사의 기반이었던 시나리오가 일련의 기이한 사건들로 인해 흔들리게 된 이상, 리스베트가 아닌 다른 대상에 수사의 우선순위를 부여하는 게 어떻겠느냐고 제의했다.

파올로의 증언은 룬다가탄에서 리스베트가 습격당했었다는 미카엘의 진술을 강력하게 뒷받침해주었다. 그리고 이 삼중살인 사건이 광기 어린 정신이상 여성 하나가 저지른 행위라는 이제까지의 가정은 대번에 힘을 잃게 되었다. 물론 그렇다고 해서 리스베트가 당장에 모든 혐의를 벗을 수 있다는 말은 아니었다. 그러려면 먼저 왜 범행 무기에 그녀의 지문이 남아 있는지부터 명확하게 해명되어야 했다. 한편 이제 다른 범인의 가능성을 심각하게 고려해야 한다는 사실만큼은 분명해졌다. 이 경우 현재로서는 단 한 가지 설명밖에는 없었다. 즉 미카엘이 주장한 대로, 이 살인 사건이 다그가 폭로하려 했던 성매매 문제와 연관되어 있다는 가정이었다. 결론적으로 얀은 세 가지 요점을 지적했다.

첫째, 현재로서 가장 중요한 과제는 미리암을 납치하고 폭행한 금발 거인과 공범인 말총머리를 찾아내는 일이다. 금발 사내는 보기 드문 거구이기 때문에 그를 찾아내는 건 비교적 어렵지 않을 듯했다.

그런데 여기에 쿠르트가 적절한 이의를 제기했다. 리스베트 역시 외관이 특이하기로는 둘째가기 서러울 정도인데, 수사가 시작된 지 삼 주가 다 되어가는 지금도 경찰은 그녀가 어디에 숨어 있는지 전혀 모르고 있지 않느냐는 말이었다.

둘째, 다그의 컴퓨터에 들어 있다는 성구매자 리스트를 집중적으로 조사할 특별팀이 필요했다. 그런데 인력이 문제였다. 현재 수사팀은 다그가 〈밀레니엄〉에서 사용하던 컴퓨터와 사라진 노트북에 들어 있던 내용을 백업한 외장하드를 확보했다. 하지만 그 안에 수년간 쌓여온 문서들이 수천 페이지는 되기 때문에 그 내용을 모두 분류하고 파악하는 데만도 많은 시간이 소요될 터였다. 따라서 특별팀을 이룰 인력이 더 필요했다. 얀은 특별팀을 구성하고 임무를 지휘할 팀장으로 소니아를 지명했다.

세번째 과제는 '살라'라는 미지의 인물에 대해 자세히 알아보는 일이었다. 그러려면 여러 차례 이 이름을 포착한 적 있다는 조직범죄 특별수사대에 지원을 요청해야 한다. 얀은 살라에 관한 조사를 담당할 사람으로 한스를 지목했다.

마지막으로 쿠르트는 리스베트에 관한 수사 및 추적을 조율하기로 했다.

얀의 보고와 지시는 불과 육 분여 만에 끝났지만 이어진 토론은 거의 한 시간 동안 계속되었다. 한스는 노골적으로 불만을 표시하면서 수사팀장의 의견에 완강히 저항했다. 얀으로선 적이 놀라지 않을 수 없었다. 그를 인간적으로 특별히 좋아하지는 않았어도 경찰로는 꽤 유능한 사람이라고 여기고 있었기 때문이다.

한스는 주장했다. 전적으로 수사는 리스베트에게 집중되어야 하며, 그 밖의 부수적인 정보들은 아무런 중요성이 없다고. 리스베트에게 불리한 단서들이 이미 명확하게 드러난 시점에 다른 용의자들을 수사 대상으로 삼는 건 어처구니없는 짓이라는 게 그의 말이었다.

"다른 용의자? 헛소리 말라고 해요! 이 사건은 해가 갈수록 증세가 심각해진 한 정신병자의 소행, 그 이상도 그 이하도 아니라고요. 그럼 얀 팀장님은 병원과 법의학자가 쓴 보고서들이 농담이라고 생각하는 겁니까? 그 여자는 범행 장소와도 연관이 있잖아요. 게다가 거리에서 몸을 팔았고, 은행계좌엔 엄청난 돈을 꼬불쳐놨다는 증거까지 확보했잖습니까."

"나도 알고 있어."

"그 여자는 레즈비언 섹스 집단의 멤버라고요. 실라 노렌인지 뭔지 하는 그 레즈비언 년은 뚝 잡아떼고 있지만 분명히 많은 걸 숨기고 있을 겁니다."

얀이 마침내 언성을 높이고 말했다.

"그만해, 한스! 자네는 레즈비언한테 무슨 콤플렉스라도 있는 것 같아. 그건 프로다운 태도가 아니지."

그는 이 말을 내뱉고서 곧바로 후회했다. 이런 사적인 의견은 사람들 앞에서가 아니라 둘만 있는 사석에서 얘기해야 했다. 논쟁이 과열되자 리샤르드 검사가 중단시켰다. 검사는 어떤 방향이 옳은지 판단이 서지 않는 모양이었다. 하지만 결국 얀의 손을 들어주었다.

"좋아. 얀이 결정한 대로 합시다."

얀은 밀톤 시큐리티의 소니 보만과 니클라스 에릭손을 힐끗 쳐다보았다.

"우리가 알기로 당신네들은 여기 사흘 더 남아 있을 거라는데…… 좋아요, 그럼 그 시간을 잘 활용해보도록 합시다. 소니, 당신은 쿠르트를 도와서 리스베트를 추적해주세요. 그리고 니클라스, 당신은 계속해서 소니아와 함께 일해주고요."

잠시 생각에 잠겼던 리샤르드가 모두들 자리에서 일어나 떠나려고 할 때 손을 들어 멈춰 세웠다.

"한 가지 더. 파올로의 이야기는 일단 우리끼리만 알기로 하죠. 이일에 유명인사가 또 끼어들었다는 사실이 알려지면 매체들이 미쳐 날뛸 테니까요. 그러니 이 방 바깥으로는 한마디도 흘러나가지 않도록!"

소니아는 회의가 끝나자마자 얀을 따로 붙잡았다.

"아까 한스 때문에 좀 흥분했어. 나 역시 프로다운 태도는 아니었지." 얀이 말했다.

"그 심정 충분히 이해해요." 그녀가 미소를 지었다. "난 월요일부터 다그의 컴퓨터를 훑기 시작했어요."

"알고 있어. 어느 정도 진척됐지?"

"그의 원고만 해도 버전이 열두 개나 되고, 조사해놓은 자료는 산더미 같아요. 현재로선 어떤 게 중요하고 어떤 게 쓸모는 없지 분간이 안 가요. 이 문서들을 빼놓지 않고 한 번씩 훑어보는 데만도 꽤 많은 시간이 소요될 것 같아요."

"니클라스에 대해선 어떻게 생각해?"

소니아는 잠시 머뭇거렸다. 그리고 몸을 돌려 그의 사무실 문을 닫았다.

"그를 깎아내리고 싶지는 않지만…… 솔직히 말해서 별로 필요 없는 사람 같아요."

얀이 눈썹을 찌푸렸다.

"그래, 솔직히 말해봐."

"우선 전직 경찰이었던 소니와 달리 진짜 경찰이 아니에요. 멍청한 소리나 툭툭 내뱉으면서 미리암에 대해서도 한스와 똑같은 태도를 보이고 있어요. 자기가 맡은 일에 열의도 없어 보이고요. 분명히 꼬집어서 얘기할 순 없지만…… 왠지 리스베트에게 사감을 품고 있다는 느낌이 들어요."

"무슨 말이야?"

"둘 사이에 원한 같은 게 느껴진단 말이에요."

얀은 천천히 고개를 끄덕였다.

"유감이야. 소니는 괜찮아. 하지만 솔직히 나 역시 이번 수사에 외부인이 끼어든 게 영 탐탁지 않았어."

소니아도 고개를 끄덕였다.

"그럼 어떻게 하죠?"

"할 수 없지. 이번 주말까지만 자네가 참고 견뎌야지 어쩌겠나. 드라간이 그때까지 결과가 없으면 중단하겠다고 말했으니까. 자, 어서 가봐. 그냥 혼자서 일한다고 생각하라고."

하지만 소니아는 일을 시작한 지 사십오 분 만에 중단해야 했다. 수사팀에서 그녀가 완전히 제외되었기 때문이다. 갑자기 리샤르드 검사실에서 호출해 가보았더니 검사와 얀이 벌겋게 상기된 얼굴로 앉아 있었다. 토니 스칼라라는 프리랜서 기자가 또 한번 특종을 터뜨린 탓이었다. 다름아닌 파올로 로베르토가 사도마조 레즈비언 미리암 우를 납치범으로부터 구해냈다는 기사였다. 수사팀 외부의 인물로서는 결코 알 수 없는 내용들이었다. 게다가 거기엔 경찰이 파올로를 폭행상해 혐의로 기소할 것을 검토하고 있다고까지 쓰여 있었다.

벌써 리샤르드에게 신문사 기자들이 여럿 전화를 걸어와 이번 사건에서 복서의 역할이 정확히 무엇이었는지 물었다고 했다. 기사의 주장대로 정의의 사도인지, 아니면 레즈비언을 폭행한 마초인지 말이다. 검사는 폭발 직전이었다. 그리고 이 모든 정보를 유출한 장본인으로 소니아를 지목했다. 그녀는 즉시 부인했지만 소용없었다. 리샤르드는 끝끝내 그녀를 수사팀에서 제외시키려 들었다. 결국 얀도 불같이 화를 냈다. 그는 조금도 망설이지 않고 소니아의 편을 들었다.

"본인이 정보를 유출하지 않았다고 하지 않습니까! 그럼 된 거 아닙니까? 이번 사건의 흐름을 완전히 파악하고 있는 능숙한 수사관을 제외시킨다니 완전히 미친 짓이라고요!"

하지만 리샤르드는 자신이 그녀를 믿지 못하겠다고 노골적으로 밝혔다.

"소니아. 난 자네가 정보를 유출한 장본인이라는 사실을 증명할 수 없어. 하지만 이번 수사에서 자네를 전혀 신뢰할 수 없는 것도 사실이야. 그러니 당장 팀을 떠나도록 해. 이번 주말까지는 휴가를 쓰고 다음 월요일부터 다른 업무에 배속될 거야."

그는 이렇게 말하고 나서 책상 뒤에 버티고 앉아 입을 딱 다물어버렸다. 더이상 말해봤자 소용없었다.

소니아로서도 다른 수가 없었다. 그녀는 고개를 끄덕이고 문으로 향했다. 그러자 얀이 그녀를 불러 세웠다.

"소니아! 지금 공식적으로 분명히 밝히는데, 나는 자네를 전적으로 신뢰해. 하지만 결정권이 없으니 어쩔 수가 없네. 이따가 집에 가기 전에 내 방에 한번 들러줘."

그녀는 고갯짓으로 그러겠다고 대답했다. 리샤르드가 씩씩댔다. 얀의 얼굴에도 살벌한 표정이 떠올랐다.

소니아는 자신의 사무실로 돌아왔다. 금방이라도 쏟아져내릴 듯 눈에는 분노의 눈물이 그렁그렁했다. 그녀와 함께 다그의 컴퓨터를 조사하는 니클라스가 그런 모습을 곁눈으로 훔쳐보았다. '흐음, 일이 잘 안 풀리시는 모양이군⋯⋯' 하지만 아무 말도 하지 않았고, 그녀 역시 그에게는 눈길을 주지 않았다. 그녀는 책상 앞에 앉아 허공을 응시했다. 무거운 침묵이 방안에 내려앉았다.

결국 니클라스는 화장실에 좀 다녀오겠다고 하고는 방을 나갔다. 그러면서 커피를 마시겠느냐고 물었지만 그녀는 고개를 저었다.

그가 나가자 소니아는 몸을 일으켰다. 재킷을 걸치고 가방을 집어들고 얀의 사무실로 건너갔다. 그가 손님용 의자를 가리키며 앉으라고 권했다.

"소니아, 리샤르드가 날 내쫓기 전까지는 내 식대로 해나갈 작정이야. 지금 일어나는 일은 도저히 받아들일 수 없어! 그러니 내 명령이 있기 전에는 수사팀에 남아 있도록 해. 알겠어?"

그녀는 고개를 끄덕였다.

"리샤르드가 그렇게 말했다고 해서 집으로 돌아가는 건 꿈도 꾸지마. 대신 〈밀레니엄〉에 가서 미카엘을 한 번 더 만나봐. 다그의 컴퓨터에 담긴 내용을 빨리 파악하고 싶으니 좀 도와달라고 말이야. 거기에도 백업해놓은 게 있잖아. 그쪽 사람들이 도와주면 훨씬 빨리 일을 끝낼 수 있을 거야."

소니아는 꽉 막혔던 가슴이 좀 풀리는 듯했다.

"니클라스에게는 아직 말 안 했어요."

"그건 내가 알아서 처리할게. 그를 쿠르트에게 보낼 생각이야. 한스는 봤나?"

"아뇨. 오늘 아침회의 끝나고서 곧바로 나갔어요."

얀은 한숨을 내쉬었다.

미카엘은 아침 8시쯤 쇠데르 병원을 나와 집으로 돌아왔다. 간밤에 한 시간밖에 자지 못해 머리가 멍했다. 오후에 스모달라뢰에 있는 군나르 비에르크를 맑은 정신으로 만나려면 잠이 필요했다. 옷을 벗고 알람을 오전 10시 반으로 맞췄다. 그렇게 두 시간을 달게 자고 다시 깨어난 그는 샤워와 면도를 하고서 깨끗한 셔츠를 입고 집을 나섰다. 차를 몰고 굴마르스플란 광장을 지나는데 소니아에게서 전화가 왔다. 미카엘은 지금 어디에 좀 가는 중이라 그녀를 만날 수 없다고 대답했다. 뒤이어 소니아가 원하는 바를 설명하자 그렇다면 자기 대신 에리카를 만나보라고 권했다.

그렇게 해서 얼마 후 소니아는 〈밀레니엄〉 사무실에서 에리카와 마주앉았다. 이렇게 단둘이 만나고 보니 이 잡지사 사장이 꽤나 매력적인 여자임을 새삼 느낄 수 있었다. 이마 위에 드리운 금발 앞머리와 오목한 보조개, 그리고 단호하면서도 자신감 넘치는 눈빛과 표정이 로라 파머*가 좀더 나이들면 저런 모습이지 않을까싶었다. 갑자기 뜬금없이 궁금증이 솟아났다. '에리카 역시 레즈비언일까? 이 사건과 관련된 여자들은 모두 그런 성적 취향이 있다는 한스의 주장대로라면 말이다……' 하지만 이내 그녀가 건축가 그레게르 베크만과 부부 사이라는 걸 어디선가 읽은 기억이 떠올랐다.

"그런데 문제가 하나 있어요." 소니아의 요청을 주의깊게 듣고 난 에리카가 난처한 표정을 지으며 말했다.

"그게 뭐죠?"

"나 역시 가능하면 이번 살인 사건이 빨리 해결되기를 바랍니다. 나름대로 경찰을 돕고 싶기도 하고요. 실제로 다그의 컴퓨터에 들어 있던 모든 자료를 이미 경찰에 넘기기도 했죠. 하지만 윤리적인 딜레마가 있어요. 아시겠지만 경찰과 언론이 함께 일해서 좋을 게 별로 없거든요."

---

* 1990년대 미국 드라마 〈트윈 픽스〉의 여자 주인공.

"나 역시 오늘 아침에 그 사실을 분명히 깨달았답니다." 소니아가 미소를 지으며 수긍했다.

"어떻게요?"

"아무것도 아니에요. 그냥…… 개인적인 일이에요."

"좋아요. 매체가 신뢰도를 유지하려면 공권력과는 명확하게 거리를 둬야 하는 법이죠. 경찰서를 뻔질나게 드나들면서 수사에 협조하는 기자들은 결국 경찰의 심부름꾼으로 전락하기 마련이니까요."

"나도 그런 기자들을 본 적 있어요. 하지만 그 반대의 경우도 존재하잖아요? 신문사의 심부름꾼 노릇을 하고 있는 경찰관들 말이에요."

에리카가 웃음을 터뜨렸다.

"맞아요. 하지만 불행히도 우리 〈밀레니엄〉은 그런 경찰관들을 고용할 만큼 주머니가 넉넉하지는 못하답니다…… 자, 본론으로 돌아가보죠. 지금 경찰이 원하는 게 우리 〈밀레니엄〉 직원들을 심문하는 건 아니잖아요. 그런 거라면 얼마든지 협조할 수 있죠. 당신들은 우리 언론이 보유한 자료를 다 내놓고 경찰 수사에 적극적으로 협조하라고 공식적으로 요구하고 있어요. 아닌가요?"

소니아가 고개를 끄덕였다.

"여기에는 두 가지 측면이 있어요. 첫째, 살해된 사람은 우리 잡지사 직원이에요. 이 관점에서 보자면 우리는 당신들에게 모든 협조를 제공해야 옳겠죠. 하지만 다른 측면도 있어요. 즉 우리가 경찰에게 줄 수 없는 부분이 있는 거죠. 구체적으로 말하자면 정보제공자들에 관련된 모든 것이요."

"그 점은 나도 융통성 있게 할 수 있습니다. 당신네 정보제공자들을 보호하겠다고 분명히 약속드릴게요. 사실 그들에 대해서는 별 관심도 없고요."

"물론 그런 선의를 고맙게 생각합니다. 그리고 당신을 믿고요. 하지만 그게 중요한 게 아니죠. 중요한 건 그 어떤 상황에서도 절대로 정보제공자의 신원을 제3자에게 넘기지 않는다는 우리의 원칙이에요."

"무슨 말인지 이해하겠습니다."

"그리고 지금 〈밀레니엄〉은 나름대로 자체 조사를 진행하고 있어요. 매체로서 조사하고 있다는 얘기예요. 그 결과로 뭔가 발표할 것이 생기면 당연히 경찰에도 정보를 넘겨드릴 겁니다. 하지만 그전에는 안 돼요."

이렇게 말하고서 에리카는 이마를 찌푸리며 잠시 생각에 잠겼다가 이내 천천히 고개를 끄덕이면서 말을 이었다.

"이건 비단 잡지사의 일일뿐 아니라, 나 개인과 관련된 일이기도 해요…… 자, 이렇게 합시다. 우리 직원인 말린 에릭손과 함께 작업하세요. 다그의 자료에 대해 훤히 알고 있으니 줄 수 있는 정보와 그렇지 않은 걸 구분할 능력이 있어요. 그러니 그녀의 안내를 받아가면서 다그의 자료를 잘 정리해보세요. 그렇게 하면 잠재적 용의자들을 추려낼 수 있을 겁니다."

쇠드라역에서 전철에 올라 쇠데르텔리에로 향하는 이레네 네세르는 간밤에 일어난 일을 전혀 모르고 있었다. 그녀는 짤막한 검정 가죽재킷과 어두운색 바지에 세련된 붉은 티셔츠를 입고 있었다. 머리 위에는 안경을 걸쳤다.

쇠데르텔리에에 도착한 그녀는 스트렝네스행 버스를 찾아 스탈라르홀멘 마을까지 티켓을 끊었다. 스탈라르홀멘 마을 남쪽에 도착한 건 오전 11시가 조금 지나서였다. 버스 정류장 주변에는 사방 어디를 둘러봐도 인가가 보이지 않았다. 그녀는 머릿속으로 이 지역의 지도를 떠올려보았다. 북동쪽으로 몇 킬로미터 떨어진 곳에는 멜라렌 호수가 펼쳐져 있고, 평화로운 전원에는 여름별장들이 군데군데 흩어져 있을 터였다. 닐스 변호사의 소유지는 버스 정류장에서 약 3킬로미터 떨어진 별장 지역에 있었다. 그녀는 페트병을 열어 물을 한 모금 마신 다음 걷기 시작했다. 그리고 사십오 분 후에 목적지에 도착했다.

그녀는 먼저 집 주위를 한 바퀴 둘러보았다. 근방 지리를 대충 파악해두기 위해서였다. 가장 가까운 이웃집은 오른쪽으로 150미터 이상 떨어진 곳에 서 있었는데 지금은 비어 있는 듯했다. 왼쪽으로는 제법 깊은 구렁이 길게 나 있었다. 가옥 두 채를 지나 계속 걸어가보니 여름별장들이 옹기종기 모여 있는 조그만 마을이 나왔다. 창문이 하나 열려 있고 라디오 소리가 들리는 걸로 보아 사람이 있는 듯했다. 하지만 이 마을은 닐스의 집에서 300미터나 떨어져 있기 때문에 그녀가 작업하는 데는 별 지장이 없을 터였다.

닐스의 아파트에서 열쇠를 가져왔기 때문에 집안에 들어가는 데는 전혀 문제가 없었다. 안으로 들어가 가장 먼저 집 뒤쪽으로 난 덧창을 열었다. 현관 쪽에서 문제가 발생할 경우를 대비해 퇴로를 확보해놓으려는 조치였다. 갑자기 경찰이 이 집을 방문해야겠다는 뚱딴지같은 생각을 품을 수도 있는 일 아닌가?

조그만 옛날식 가옥인 닐스의 집은 거실 하나, 침실 하나, 그리고 수돗물이 나오는 작은 주방으로 이뤄져 있었다. 화장실은 정원 한쪽에 서 있는 딴채에 있었다. 집안의 벽장, 옷장, 서랍장 따위를 샅샅이 뒤지는 데는 이십 분쯤 걸렸다. 하지만 리스베트나 살라에 관한 건 종이 쪼가리 하나 나오지 않았다.

그녀는 정원으로 나와 딴채와 장작 창고도 둘러보았다. 관심을 끌만한 물건이나 문서는 전혀 눈에 띄지 않았다. 여기까지 발걸음한 것이 괜한 수고였을까.

그녀는 현관 앞 층계에 앉아 물을 한 모금 마시고 사과를 하나 먹었다.

잠시 후 덧창을 다시 닫으려고 현관문을 열고 집안으로 들어선 순간, 벽에 기대어놓은 알루미늄 사다리가 눈에 들어왔다. 그녀는 거실로 가 널판으로 짜인 천장을 꼼꼼히 살펴보았다. 지붕 밑 다락으로 통하는 입구가 두 들보 사이에 감쪽같이 숨어 있었다. 사다리를 가져다 다락 입구를 열고 올라가 곧바로 A4 규격 문서철 다섯 개를 찾아낼 수 있었다.

금발 거인은 머릿속이 터질 것 같았다. 일이 꼬이기 시작하더니 결국 재앙이라 할 만한 사건들이 연달아 터진 것이다.

먼저 페르오케 산스트룀이 란타 형제를 찾아왔다. 겁에 질린 목소리로 다그 스벤손이 그와 창녀들 사이에 얽힌 이야기를 폭로하고 란타 형제를 고발하는 르포를 준비하고 있다고 떠들어댔다. 하지만 그때까지만 해도 그건 큰 문제가 아니었다. 매체들이 페르오케를 축구공 삼아 실컷 차고 놀든지 말든지 자신은 상관할 바 아니었고, 란타 형제는 잠시 어디로 보내 잠수를 타게 하면 끝날 일이었다. 그래서 이미 형제는 외국에서 휴가를 보낼 겸 발틱스타호를 타고 발트해를 건넜지 않은가. 이 엿 같은 일들이 법정에까지 갈 가능성은 거의 없었다. 만일 최악의 상황이 벌어진다면 란타 형제가 알아서 아주 특별한 조치를 취할 터였다. 그들과의 계약이 그러하니까.

한데 리스베트가 자신을 잡으러 간 마게 룬딘을 따돌리고 쥐새끼처럼 달아났단다. 도저히 이해할 수 없는 일이었다. 어떻게 마게는 인형 크기에 불과한 여자애를 놓칠 수 있단 말인가? 그저 차에 실어서 뉘크바른 남쪽에 있는 폐창고까지 데려오는 일에 불과했는데.

이어 페르오케가 다시 찾아와 이번에는 다그가 살라를 찾고 있다는 사실을 알렸다. 상황이 완전히 달라지고 있었다. 다그는 계속 뭔가를 쑤셔대지, 닐스는 갑자기 겁에 질려 날뛰지…… 뭔가 위험한 일이 터지려 하고 있었다.

범죄자에도 여러 종류가 있다. 그중 아마추어는 일의 결과를 감당할 준비가 안 된 자를 말한다. 이런 점에서 닐스는 완전한 아마추어라 할 수 있었다. 그래서 금발 거인은 살라에게 충고했었다. 닐스 같은 자하고는 절대로 거래하지 말라고. 그런데 이상하게도 살라가 리스베트 살란데르라는 이름 앞에서는 맥을 추지 못했다. 그녀를 격렬히 증오하고 있었다. 전혀 합리적이지 못한 태도임에도 그는 숙고하지 않고 즉각적으로 반응했다. 정말이지 그답지 않은 모습이었다.

다그가 전화를 걸어왔을 때 자신이 닐스의 아파트에 있었던 건 순전히 우연이었다. 마게가 리스베트를 놓쳐버린 탓에 닐스가 동요했고, 그를 달래든지 위협하든지 어떻게든 진정시켜보기 위해 찾아간 터였다. 그런데 페르오케와 란타 형제를 쑤셔대 이미 문제를 일으킨 적 있는 그 빌어먹을 기자 녀석이 이번에는 닐스의 집에까지 전화를 걸어온 게 아닌가. 전화를 받고 난 닐스는 덜컥 겁을 내더니 정말이지 속 터지게 답답한 모습을 보이기 시작했다. 그러고는 불쑥 이제 자신은 빠지겠다고 하는 것이었다.

그뿐이랴. 이 멍청한 인간이 어디서 카우보이들이나 쓸 법한 권총을 들고 나와 외려 금발 거인을 위협하기 시작했다. 하지만 그가 한번 노려보자 그렇게 날뛰던 닐스는 고양이 앞의 쥐처럼 몸이 얼어붙어 쥐고 있던 총까지 빼앗기고 말았다. 금발 거인 자신은 장갑을 끼고 있어 지문을 남길 염려가 없었다. 이제 다른 선택이 없었다. 미쳐 날뛰기 시작한 닐스를 그대로 놔둔다면 어떤 사태가 벌어질지 모르는 일이었으므로.

닐스는 살라의 존재를 알고 있었다. 그것만으로도 부담스러운 존재였다. 왜 그랬는지 잘 모르겠지만 금발 거인은 그때 닐스를 발가벗겼었다. 아마 그를 얼마나 끔찍이도 혐오하는지 분명히 보여주기 위해서였으리라. 그런데 그의 복부에 새겨진 문신을 보자 증오가 갑자기 사그라드는 걸 느꼈다.

나는 가학증 걸린 돼지요, 개자식이요, 강간범입니다.

짧은 순간이었지만 동정심마저 일었다. 알고 보니 참으로 가련하고도 멍청한 인간이었다. 하지만 이 바닥에서는 부수적인 감정들로 실제 작업을 그르치는 일이 절대 없어야 했다. 그는 닐스를 침실로 데려갔다. 침대 앞에 무릎을 꿇게 한 후 총성을 줄이기 위해 베개를 사용했다.

그러고서 오 분가량 집안을 뒤지며 살라의 흔적이 될 만한 게 있는지 찾아봤다. 결국엔 금발 거인 자신의 휴대전화 번호가 찍혀 있는 닐스의 전화기가 전부였다. 끝까지 신중을 기하려면 그 휴대전화를 가지고 가야 했다.

그다음 골칫거리는 다그 스벤손이었다. 닐스의 시체가 발견되면 다그가 경찰에 연락할 터였다. 그리고 닐스가 살해된 게 살라에 대해 그와 통화하고 나서 불과 몇 분 후였음을 말할 게 분명했다. 그러면 세상의 관심이 미지의 인물인 살라에게 쏠리는 건 불을 보듯 뻔했다.

금발 거인은 스스로를 꽤 영리하다고 생각했지만 살라의 그 무시무시한 전략적 능력은 더욱 존경할 만했다.

그들이 협력해온 지도 벌써 십이 년째였다. 그동안 많은 것을 얻을 수 있었던 금발 거인은 살라를 자신의 멘토처럼 존경했다. 살라의 인생교훈은 몇 시간을 듣고 있어도 지겹지 않았다. 그는 인간의 본성과 약함을 설명해주었고 그러한 지혜를 통해 이익을 끄집어내는 방법을 가르쳐주었다.

그런데 갑자기, 그들의 순조롭던 사업이 흔들리기 시작한 것이다. 일들이 이상하게 꼬이기 시작했다.

금발 거인은 곧바로 엔셰데에 있는 다그의 집을 찾아갔다. 그리고 자신의 흰색 볼보를 아파트에서 두 블록 떨어진 곳에 주차시켰다. 운 좋게도 건물 출입구가 제대로 닫혀 있지 않았다. 이내 층계를 올라가 '스벤손-베리만'이라는 명패가 달린 문의 초인종을 눌렀다.

아파트를 뒤지거나 서류 따위를 챙겨올 시간은 없었다. 단지 총 두 발을 쐈을 뿐이다. 그리고 거실 테이블 위에 놓여 있던 다그의 노트북 컴퓨터를 집어들고 곧장 아파트를 빠져나와 계단을 내려온 후 차 있는 곳까지 달려가 엔셰데를 떠났다. 그가 범한 유일한 실수는 권총을 떨어뜨리고 온 일이었다. 노트북을 들고 계단을 내려오다 시간을 아껴보겠다고 호주머니에서 차 열쇠를 꺼내다가 권총을 떨어뜨리고 만 것이다. 그는 짧은 순간 망설였었다. '저걸 다시 주워와 말아?' 하지만 지하실로 통하는 계단 아래까지 굴러떨어진 권총을 찾아오려면 몇 초라도 시간이 지체될 터였다. 한 번 보면 좀처럼 잊기 힘든 독특한 체구를 지닌 그였기에 당시 무엇보다도 중요한 건 일 초라도 빨리 그 장소에서 사라져버리는 일이었다.

권총을 잃어버리고 왔다고 살라에게 혼도 많이 났다. 하지만 이게 웬일인가! 바로 그 권총 때문에 경찰이 리스베트를 용의자로 지목하고 추적하기 시작했다. 걱정거리였던 권총이 뜻밖에도 믿을 수 없는 복덩이가 된 셈이었다.

그런데 가만히 생각해보니 그렇게 좋아할 일만은 아니었다. 그들 입장에서 볼 때 리스베트는 지금 남아 있는 유일한 약점이었다. 그녀는 닐스를 알고 있고 살라의 존재 역시 알고 있었다. 그리고 그녀는 결코 바보가 아니었다. 닐스가 살해된 사실과 살라 사이에 어떤 관계가 있음을 충분히 짐작해낼 수 있는 여자였다. 이런 여자가 경찰에 잡힌다면? 그래서 그와 살라는 협의 끝에 의견 일치를 보았다. 리스베트를 찾아내 어딘가에 묻어버려야 한다는 결론이었다. 경찰이 그녀를 영영 찾아내지 못한다면 모든 게 완벽해질 터였다. 그러면 살인 사건에 대한 수사 역시 조금씩 먼지 속에 묻힐 것이다.

그들은 리스베트가 숨은 곳을 알아내려고 미리암 우를 납치했다. 그런데 또 일이 뒤틀려버렸다. 무엇보다도 파올로 로베르토 때문이었다. 이 도깨비 같은 인간은 대체 왜, 그리고 어디서 튀어나왔단 말인가! 게다가 신문을 보니 리스베트와는 친구 사이라고 했다.

금발 거인은 할말을 잃었다.

뉘크바른을 벗어난 그는 어딘가에 몸을 숨겨야 했다. 그래서 찾아간 곳이 MC 스바벨셰 본부에서 약 300여 미터 떨어져 있는 마게 룬딘의 집이었다. 이상적인 은신처라고는 할 수 없었지만 다른 대안이 없었다. 무엇보다 얼굴에 남은 시퍼런 멍이 없어질 때까지는 어딘가에 조용히 틀어박혀 있어야 했다. 그래야만 스톡홀름을 슬그머니 떠버리는 게 가능할 테니까. 그는 골절된 코를 어루만져보고 부어오른 뒤통수를 만져보았다. 혹은 이제 조금 가라앉은 상태였다.

창고로 되돌아가 모조리 태워버린 건 정말 잘한 일이었다. 어딘가를 떠날 때는 뒷정리를 잘해놔야 하는 법이다.

그 순간, 갑자기 그의 몸이 흠칫 굳었다.

아차, 닐스! 2월 초, 그러니까 리스베트를 손봐달라는 닐스의 요청을 살라가 수락했을 때…… 스탈라르홀멘 근처에 있는 별장에서 잠시 그를 본 일이 있었지! 그때 그 자식이 리스베트에 관한 거라면서 어떤 문서철을 뒤적이고 있었는데…… 빌어먹을, 어떻게 그걸 잊고 있었지? 살라하고도 연관될 수 있는 문서들인데 말이야.

금발 거인은 주방으로 내려가 마게에게 설명했다. 왜 마게가 당장 스탈라르홀멘으로 달려가 다시 한번 불을 질러야 하는지를.

얀 형사는 헝클어지기 시작한 수사 내용을 정리하느라 점심도 걸렀다. 우선 쿠르트와 소니에게 리스베트를 추적하는 일이 어느 정도 진척됐는지 보고를 받았다. 예테보리와 노르셰핑 방면에서 새로운 제보들이 들어왔다고 했다. 그중 예테보리는 곧장 배제하고, 노르셰핑 쪽에 약간이나마 가능성이 있다고 판단했다. 그리고 현지 경찰에게 이 사실을 알려 리스베트와 비슷한 여성을 목격했다는 장소에 잠복 근무를 서게 했다.

얀은 한스도 만나보려고 했다. 하지만 그는 경찰서 안에도 없었고 전화를 해도 받지 않았다. 과열된 언쟁이 오갔던 아침회의 후에 그는 얼굴이 시뻘게져서 어디론가 사라져버렸다.

뒤이어 얀은 소니아의 문제를 해결하기 위해 예비수사 책임자인 리샤르드 검사를 보러 갔다. 수사팀에서 그녀를 배제하는 게 얼마나 말도 안 되는 짓인지 객관적인 이유들을 들어가며 오랫동안 설명했다. 하지만 검사는 들으려 하지 않았다. 결국 얀은 다음주에 다시 한 번 따지리라는 생각으로 물러서는 수밖에 없었다. 참으로 어처구니없는 상황이었다.

오후 3시가 조금 지났을 때 그는 니클라스가 소니아의 사무실에서 나오는 모습을 보았다. 아직까지도 다그의 하드디스크에 있던 자료들을 조사하는 모양이었다. 하지만 그를 지휘하고 조율할 소니아가 없는 이상 여기 남아 있는 건 무의미한 일이었다. 그는 남은 기간 동안 니클라스에게 쿠르트를 돕게 하기로 결정했다.

그런데 말을 건네기도 전에 니클라스는 뭐가 그리 급한지 복도 끝에 있는 화장실로 달려갔다. 얀은 머리를 긁적이며 소니아의 사무실 앞으로 걸어갔다. 니클라스가 돌아올 때까지 거기서 기다릴 생각이었다. 그렇게 열려 있는 사무실 문가에 등을 기대고 서서 소니아의 빈 의자를 바라보고 있을 때였다.

니클라스가 쓰고 있는 책상 뒤 서가 위에 놓인 그의 휴대전화가 눈에 들어왔다.

얀은 잠시 망설이면서 아직 닫혀 있는 화장실 문 쪽으로 시선을 던졌다. 그리고 자신도 설명할 수 없는 강한 충동에 이끌려 방안으로 걸어들어가 니클라스의 휴대전화를 집어들고는 재빨리 자신의 사무실로 돌아와 문을 걸어 잠갔다. 그리고 그의 통화 내역을 훑어보았다.

오전 9시 57분, 그러니까 아침회의가 끝나고 나서 오 분 후에 니클라스는 070으로 시작하는 번호에 전화를 걸었다. 얀은 책상 위에 있는 사무실 전화기를 집어들고 그 번호를 눌러보았다. 응답한 사람은 토니 스칼라였다.

곧장 그는 전화를 끊고서 니클라스의 전화기를 내려다보았다. 그리고 분노에 일그러진 얼굴로 자리에서 벌떡 일어났다. 문 쪽으로 두 걸음을 내디뎠을 때 사무실 전화가 울렸다. 그는 수화기를 집어들고 누구냐고 고함쳤다.

"나야, 예르케르. 아직 뉘크바른 창고에 있어."

"아, 그렇군."

"불은 다 꺼졌고, 지금은 두 시간째 현장감식을 하고 있지. 쇠데르텔리에 경찰이 경찰견을 동원해서 폐허 속에 뭐라도 남아 있는지 찾아봤고."

"그래서?"

"그 안에 시체는 없었어. 그런데 잠시 개에게 코를 쉬게 해줄 시간이 필요했지. 개를 다루는 경찰 말로는 그게 필요하대서. 인근에 너무 강한 냄새가 떠돌기 때문이라나."

"요점이 뭔데?"

"그러고 나서 창고 근방을 수색했어. 좀더 떨어진 곳까지 개를 돌아다니게 했지. 그런데 창고 뒤로 약 75미터 떨어진 숲속에서 뭔가를 찾아내 땅을 파봤어. 신발을 신은 사람 발 하나가 삐죽 나오더군. 남자 신발 같았고 아주 깊게 묻혀 있지는 않았어. 불과 십 분 전 일이야."

"뭐라고? 그럼 빨리 가서⋯⋯"

"걱정 마. 벌써 조치를 취해서 땅 파는 걸 중단시켰으니까. 법의학 요원하고 감식반이 출동할 때까지 기다리게 할게."

"정말 잘했어, 예르케르!"

"그게 다가 아니야. 오 분 전에 개가 또하나를 찾아냈다고. 첫번째 장소에서 100미터쯤 떨어진 곳에서."

리스베트는 닐스의 가스레인지에 커피를 올려놓은 다음 사과를 한 개 더 먹었다. 그녀는 닐스가 자신에 대해 작성한 파일을 두 시간에 걸쳐 한 장씩 읽어내려갔다. 감탄을 금할 수 없을 정도로 대단한 작업이었다. 수집한 정보들을 체계적으로 정리해놓은 그 파일을 읽고 있으려니 그가 여기에 얼마나 많은 노력과 열정을 쏟아부었는지 충분히 느낄 수 있었다. 거기에는 리스베트 자신도 그 존재조차 모르는 자료들까지 포함되어 있었다.

홀게르 팔름그렌의 일기는 그 미지의 자료들 중 하나였다. 그 일기를 읽어내려가는 리스베트의 가슴속에는 따스함과 싸늘함이 교차했다. 한데 묶인 두 권짜리 일기를 홀게르가 쓰기 시작한 건 리스베트가 열다섯 살 되던 해, 그러니까 두번째 위탁가정에 들어가고 나서였다. 식투나에 있던 그 집의 남편은 나이 지긋한 사회학자였고, 아내는 아동 서적을 여러 권 저술한 나이든 여자였다. 리스베트는 그 집에서 열이틀을 머물렀다. 얼마나 견디기 힘든 인간들이었던가! 노부부는 리스베트를 맡아주는 일이 무슨 대단한 사회적 선행이라도 되는 양 자랑스럽게 여겼으며, 게다가 이에 대해 그녀가 깊은 감사의 뜻을 표현하기를 바라고 있었다. 그러던 어느 날, 그 위탁모가 이웃 여자 앞에서 잘난 척하는 꼴을 보고는 더이상 참을 수가 없었다. 위탁모는 문제 청소년들을 받아 교육하는 일이 사회적으로 얼마나 중요하고 의미 깊은 일인지 역설하고 있었다. 이렇게 그녀가 자신을 무슨 견본이나 되는 양 친구들에게 내보일 때마다 리스베트는 이렇게 소리치고 싶었다. 나는 무슨 빌어먹을 '사회복지 프로젝트'가 아니란 말이야! 열이틀째 되는 날, 그녀는 가사용 잔돈을 넣어두는 통에서 100크로나를 훔쳐 나와 버스를 타고 우플란스베스뷔까지 가서는 거기서 기차로 갈아타고 스톡홀름 근교까지 갔다. 그로부터 육 주 후 경찰은 하닝에 있는 예순일곱 먹은 어느 영감의 집에 숨어 있는 그녀를 찾아냈다.

영감은 그렇게 고약한 인간이 아니었다. 오히려 괜찮은 사람이었다. 그는 그녀에게 지낼 곳과 먹을 것을 주었다. 그리고 그 대가로 큰 걸 바라지도 않았다. 단지 그녀가 옷을 벗었을 때 그 모습을 구경하는 걸로 만족했다. 몸에 손을 대는 일은 전혀 없었다. 리스베트는 보는 시각에 따라 이 영감이 소아성애자로 간주될 수도 있음을 알고 있었지만 어떤 위협을 느낀 적은 한 번도 없었다. 그는 단지 내성적이며 사회적 장애가 있는 불쌍한 사람일 뿐이었다. 심지어 어떤 동질감마저 느껴지기도 했다. 결국 영감이나 자신이나 완전한 사회적 주변인이었기 때문이다.

하지만 그 둘이 한집에 살고 있다는 것을 알아챈 이웃이 경찰에 신고를 했고, 사회복지부 직원은 노인을 성적학대죄로 기소하기 위해 리스베트를 설득하려고 갖은 애를 썼다. 그들이 둘 사이에 부적절한 관계가 있었음을 인정하라고 아무리 말해도 리스베트는 끝끝내 거부했다. 난 열다섯 살이야. 성적으로 성인이라고. 내가 무슨 짓을 하든 당신네들이 뭔 상관이냐고! 모두 엿이나 먹고 꺼져줘, 제발! 이때 홀게르가 개입해 그녀를 경찰서에서 꺼내주었다. 그리고 이때부터 그녀를 맡는 일에 대한 회의와 고민 따위를 토로하고 극복하기 위해 일종의 일지를 쓰기 시작했다. 그 첫번째 기록은 1993년 12월에 시작됐다.

L.은 여태껏 내가 알아온 청소년들 중 가장 어려운 아이다. 문제는 상트스테판 정신병원으로 그녀를 돌려보내자는 의견에 반대한 내 행동이 과연 옳았는지 알 수 없다는 것이다. 그애는 지난 3개월 사이에 두 번이나 위탁가정을 도망쳐나왔다. 이렇게 여기저기 돌아다니면서 무슨 위험한 짓을 하게 될지 모르는 아이다. 내가 이 일에 손을 떼는 편이 낫지 않을까? 진정한 전문가들에게 맡기는 것이 그애에게 더 좋은

일이 아닐까? 정말이지 무엇이 옳고 무엇이 그른지 판단하기 힘들다. 오늘 나는 그애와 진지한 대화를 나누었다.

리스베트는 이 '진지한 대화' 중에 오간 말을 단어 하나 빼놓지 않고 다 기억하고 있었다. 크리스마스이브였다. 홀게르는 그녀를 자기 집으로 데려가 손님방에서 쉬게 해두고 그동안 자신은 저녁으로 먹을 볼로네제 스파게티를 요리했다. 음식이 준비되자 소파 테이블 위에 차린 후 소파에 그녀를 앉게 하고 자신은 그 앞에 의자를 놓고 마주앉아 함께 저녁을 먹었다. 리스베트의 머릿속에는 언뜻 의혹이 스쳐갔다. 홀게르 역시 자신의 알몸을 보고 싶어하는 건지. 하지만 시종 그는 어엿한 성인 대하듯 그녀에게 정중하게 행동했다.

그 대화는 사실 두 시간 동안 계속된 독백이었다. 그녀는 질문에 거의 대답하지 않았다. 그는 그 당시 현실을 설명했다. 즉 그녀가 정신병원으로 돌아가든지, 아니면 위탁가정에 들어가 살든지, 하나를 선택해야 한다는 사실이었다. 그리고 적합한 위탁가정을 찾아주겠으니 이 결정을 따르라고 강하게 권했다. 자신과 함께 크리스마스를 보내면서 스스로 미래에 대해 차분하게 생각해보라고도 했다. 하지만 늦어도 크리스마스 다음날까지는 확실한 답을 달라고 부탁했다. 그리고 위탁가정에 들어갔을 때 문제가 생기면 가출하기 전에 일단 자신과 상의할 것을 약속하자고 당부했다. 이렇게 말한 다음 그는 리스베트를 침실로 보냈다. 그러고서 책상에 앉아 이 일지를 쓰기 시작한 모양이었다.

그 위협은—크리스마스가 지나고 상트스테판 정신병원으로 돌려보낼 수 있다는 말—홀게르가 상상했던 것 이상으로 효력을 발했다. 리스베트는 두려움에 떨며 우울한 크리스마스를 보냈다. 그러면서도 한편으로는 홀게르가 어떻게 나오나 하고 불신이 가득한 눈으로 지켜보았다. 하지만 그는 크리스마스 다음날까지 그녀를 만지려 들지도 않았고 슬그머니 훔쳐보려는 기색도 없었다. 그래서 일부러 손님방에서 욕실까지 알몸으로 걸어가며 도발해보았지만 그는 오히려 불같이 화를 내며 욕실 문을 쾅 닫아버렸다. 결국 그녀는 그가 원하는 대로 하기로 했다. 그의 말을 따르기로 했고, 지금까지 그 약속을 지켜왔다. 완벽하다고는 할 수 없었지만 나름대로 약속을 깨지 않으려고 최선을 다해왔다.

홀게르는 매번 그녀와 만나고 나면 자신의 생각을 일지에다 꼼꼼하게 기록해두었다. 때로는 단 세 줄에 불과하기도 하고 어떨 때는 몇 페이지를 가득 채우기도 했다. 그중 어떤 구절들은 그녀를 깜짝 놀라게 했다. 홀게르는 그녀가 생각했던 것보다 훨씬 예리한 사람이었다. 그녀는 가끔 그를 속이려 한 적이 있었다. 그런데 지금 그의 일지를 읽어보니 그 순간에도 그는 자신의 의중을 훤히 들여다보고 있었다.

다음에 그녀가 펼친 건 1991년의 경찰 보고서였다.

그 순간, 퍼즐 조각들이 제자리를 찾아 맞춰지고 있었다. 그것은 마치 땅이 흔들리는 충격과도 같았다.

뒤이어 리스베트는 예스페르 H. 뢰데르만 박사라는 사람이 작성하고, 페테르 텔레보리안 박사의 의견이 광범위하게 인용된 법의학 보고서도 읽었다. 예스페르…… 모르는 인물이 아니었다. 성년이 되는 열여덟 살 때, 그녀를 다시 정신병원에 처넣으려 했던 검사가 주장을 뒷받침하려고 인용했던 인물이 바로 예스페르 박사였다.

페테르와 군나르 비에르크 사이에 오간 서신들을 모아둔 봉투도 찾아냈다. 그 서신들이 작성된 건 1991년, 그러니까 '모든 악'이 일어나고 얼마 지나지 않아서였다.

그 서신들에는 직설적인 표현이 하나도 없었다. 모든 게 암시적이었다. 하지만 리스베트는 문득 덜컹 하고 발밑으로 문 하나가 열리는 것을 느꼈다. 오랜 세월 그 어두운 심연을 덮고 있었던 문…… 그녀는 곰곰이 생각에 잠기기 시작했다. 그리고 몇 분 후, 이 모든 사실들이 내포하고 있는 의미를 이해할 수 있었다. 군나르는 예전에 페테르와 함께 나눴던 걸로 보이는 어느 대화의 내용을 자주 언급했다. 편지는 조금도 책잡힐 곳이 없는 문장들로 이뤄져 있었다. 하지만 군나르는 그 행간을 통해 분명한 메시지 하나를 전달하고 있었다. 만일 리스베트 살란데르가 그녀의 남은 생을 정신병원에 갇힌 채 보낼 수만 있다면 모든 사람이 편해질 것이다……

리스베트가 현상황으로부터 약간의 거리를 취하는 것이 중요할 듯합니다. 그애의 정신이 어떤 상태인지, 그리고 어떤 치료를 받아야 하는지 나로서는 판단할 수 없습니다. 하지만 아이가 기관에 오래 머물수록 현재 우리가 심의중인 사안에 대해 본의 아니게 문제를 일으킬 위험성은 줄어들 것입니다.

현재 우리가 심의중인 사안……
리스베트는 이 표현의 의미를 잠시 생각해보았다.
페테르는 상트스테판에서 그녀의 치료를 담당한 의사였다. 그런데 이제 보니 우연이 아니었다. 그리고 이 서신들 안에 흐르는 은밀한 어조…… 그것은 그들 사이에 아주 깊이 묻어두어야 할 어떤 거대한 비밀이 있음을 암시하고 있었다.
페테르와 군나르는 아는 사이였다.
리스베트는 아랫입술을 잘근잘근 깨물면서 생각에 잠겼다. 페테르에 대해서는 조사해본 적이 없었다. 다만 그가 법의학기관에서 의사로서 경력을 시작했다는 사실은 알고 있었다. 그리고 세포는 각종 사건을 수사하면서 법의학자나 정신과 전문의에게 종종 자문을 구했다. 그 순간 리스베트는 깨달았다. 그렇다. 여기를 파헤치면 뭔가가 나오리라. 페테르는 일을 시작한 초창기에 업무적으로 군나르와 연결된 관계였다. 그리고 리스베트를 매장시켜버리기 위해 누군가가 필요했던 군나르가 그때 도움을 청한 사람이 다름아닌 페테르였다.

그렇다. 일은 바로 이런 식으로 이루어졌다. 지금까지 우연인 줄 알았던 일이 이제는 전혀 다른 차원을 획득했다.

리스베트는 한참 동안 눈앞의 허공을 뚫어질 듯 응시했다. 그렇다. 죄 없는 사람은 존재하지 않았다. 저마다 책임의 정도가 달랐을 뿐…… 그리고 리스베트에 대해 책임이 있는 누군가가 있었다. 이제 스모달라뢰를 꼭 한 번 방문해야 할 필요가 생겼다. 이 완벽한 스웨덴의 법률 시스템 안에서 그 누구를 붙들고 이 문제를 이야기할 수 있을까? 지금껏 모두가 교묘히 책임을 면하고서 빠져나가지 않았던가? 다른 놈을 잡을 수 없다면 이 군나르 비에르크라도 붙잡고 따져보는 수밖에.

리스베트는 그와 나누게 될 대화를 생각만 해도 기분이 좋았다.

문서철들을 모두 가져갈 필요는 없었다. 한번 훑어본 것만으로도 전부 기억 속에 각인됐으니. 대신 홀게르의 일지, 군나르가 작성한 1991년의 경찰 보고서, 그녀를 법적 무능력자로 판정하는 데 근거가 됐던 1996년의 법의학 보고서, 그리고 페테르와 군나르 사이에 오간 서신은 가져가기로 했다. 그것들만으로도 배낭이 터질 듯 빵빵해졌다.

현관문을 닫고 막 열쇠를 돌리려는데 어디선가 오토바이 소리가 들려왔다. 리스베트는 주위를 둘러보았다. 몸을 숨기기엔 이미 늦은 데다 할리 데이비슨을 타고 오는 두 오토바이족을 따돌릴 방도가 전혀 없었다. 어쩔 수 없이 그녀는 현관 계단을 뛰어내려가 마당 한가운데서 그들과 맞섰다.

얀은 화가 치밀어 얼굴이 시뻘게진 채 복도로 뛰쳐나왔다. 소니아의 방에는 아직 니클라스가 보이지 않았다. 화장실도 비어 있었다. 씩씩거리며 복도를 돌아다니는 그의 눈에 문득 니클라스의 모습이 들어왔다. 커피가 든 종이컵을 들고 쿠르트와 소니가 쓰는 사무실에서 그들과 함께 노닥거리고 있었다.

일단 얀은 그들에게 가지 않고 몸을 돌려 위층에 있는 리샤르드 검사에게 올라갔다. 노크도 하지 않고 벌컥 문을 열어젖혔다. 리샤르드는 한창 통화중이었다.

"따라오쇼!"

"뭐라고요?"

"전화 끊고 날 따라오라고!"

기세가 하도 등등해 리샤르드는 영문도 모른 채 그의 말에 따랐다. 바로 이 모습을 보면 왜 동료들이 그에게 '부블라'라는 별명을 붙였는지 쉽게 이해할 수 있었다. 지금 그의 얼굴은 커다랗고 빨간 풍선껌처럼 잔뜩 부풀어올랐다. 두 사람은 쿠르트 일행이 한가롭게 커피 타임을 즐기고 있는 방으로 들어갔다. 얀은 곧장 니클라스에게 달려가 그의 머리카락을 움켜쥐고서 그 면상을 검사에게로 돌렸다.

"아야야! 왜 이러는 거요! 당신 미쳤어?"

"얀!" 리샤르드가 깜짝 놀라 외쳤다.

쿠르트와 소니도 입을 떡 벌린 채 쳐다볼 뿐이었다.

"이거 네 거 맞지?" 얀이 휴대전화를 흔들어 보이며 물었다.

"이거 놔요!"

"이거 네 전화기 맞냐고?"

"맞아요, 빌어먹을! 이거 놓으라고!"

"못 놔. 넌 체포된 몸이야."

"뭐라고요?"

"기밀 누설 및 경찰수사 방해 혐의로 체포한다. 아니면 오늘 아침 9시 57분, 그러니까 아침회의 직후에 어째서 토니 스칼라라는 기자 놈에게 전화했는지 설명해봐! 그러고 나서 우리만 알기로 한 기밀을 그 기자 놈이 온 세상에 떠들어댔잖아! 네놈이 전화했단 증거는 네 휴대전화에 다 남아 있어."

닐스의 시골집 마당 한가운데에 리스베트가 서 있는 모습을 본 마게 룬딘은 자신의 눈을 믿을 수 없었다. 스탈라르홀멘에 가서 불을 놓으라는 명령을 받은 그는 스바벨셰 외곽의 버려진 인쇄소 건물에 있는 아지트로 가 소니 니에미넨을 불러냈다. 가는 길은 지도를 봐 두었고, 금발 거인에게 설명도 들었다. 날씨도 따뜻해 지난겨울 이후 중단했던 오토바이를 다시 몰기에 이상적이었다. 그렇게 둘 다 가죽 콤비네이션을 갖춰 입고서 스탈라르홀멘까지 기분좋게 도로를 달려 온 참이었다.

그런데 이게 웬일인가! 리스베트가 마당 한가운데에 서서 그들을 기다리고 있는 게 아닌가. 비록 금발 가발을 쓰고 있었지만 그는 한눈에 알아보았다. 작은 체구에 독특한 분위기. 다른 여자일 리 없었다.

금발 거인을 깜짝 놀라게 할 보너스를 발견한 셈이었다.

그들은 양쪽에서 그녀를 향해 다가가 2미터쯤 떨어진 곳에 멈춰 섰다. 오토바이 엔진이 꺼지자 숲속에는 깊은 정적이 흘렀다. 마게는 맨 처음 무슨 말을 해야 할지 몰라 하다가 마침내 입을 열었다.

"이런, 이런! 이거 리스베트 아니야? 참 오래 찾아 헤맸는데 말이야."

그의 얼굴에 불쑥 미소가 떠올랐다. 리스베트는 표정 없는 눈으로 마게를 쳐다보았다. 그의 턱 위에는 갓 아문 흉터가 길게 나 있었다. 예전에 그녀가 열쇠로 할퀴어 낸 상처였다. 그녀는 잠시 눈을 들어 마게의 뒤로 늘어선 나무들의 꼭대기를 망연히 쳐다보았다. 그러고 는 다시 시선을 내렸다. 이제 그녀의 눈에는 섬뜩한 검은빛이 번득이고 있었다.

"내가 아주 엿 같은 일주일을 보내서 기분이 정말 좆같아. 그런데 더 좆같은 게 뭔지 알아? 어디를 가도 이 똥덩이를 만난다는 사실이야. 배가 불쑥 튀어나온 커다란 똥무더기. 그런데 이 배불뚝이 똥덩이는 제깟 게 대단한 뭐라도 되는 양 착각에 빠져서는 내 앞길을 가로막는다고. 자, 이 몸이 지나가게 길 좀 비켜."

마게는 입을 딱 벌렸다. 지금 자신이 제대로 들은 건지 귀가 의심스러웠다. 이내 어처구니가 없어 자신도 모르게 웃음을 터뜨렸다. 너무도 코믹한 상황이었다. 호주머니에 쏙 들어갈 정도로 조그만 계집애가 버티고 서서는 험상궂게 인상을 긁어대고 있으니 말이다. 그것도 'MC 스바벨셰' 로고가 붙은 가죽재킷을 걸친 두 사내에게. 그들이 누구인가? 얼마 후면 헬스 엔젤스 오토바이 클럽의 정식 멤버로 등록하게 될, 폭주족 중에서도 가장 위험한 존재들이 아닌가? 마음만 먹으면 그녀를 가루로 만들어서 과자상자에 쑤셔넣을 수도 있는 그들 앞에서 이 콩알만한 계집애가 잔뜩 폼을 잡고 있었다.

물론 이들은 이 여자가 완전히 미친년이라는 사실을 알고 있었다. 굳이 신문을 보지 않았어도 지금 이렇게 버티고 선 모습만 봐도 알수 있는 일이었다. 하지만 적어도 이 사내들이 입고 있는 가죽재킷을 보았다면 좀 얌전히 굴어야 하는 게 아닌가? 하지만 현실은 전혀 그렇지 않았다. 그야말로 배꼽을 잡고 웃을 일이면서 동시에 그들에게는 용납할 수 없는 일이기도 했다. 마게는 소니 니에미넨에게 반쯤 몸을 돌리며 말했다.

"저 레즈비언 년에게 물건맛 좀 보여줘야겠어." 그는 안장에서 내려서며 받침대를 꺾어 오토바이를 세웠다. 그리고 리스베트를 향해 천천히 두 걸음을 내디디며 그녀를 내려다보았다. 하지만 그녀는 한치도 물러서지 않았다. 마게는 어이가 없다는 듯 고개를 절레절레 흔들더니 후우 하고 음산한 한숨을 내뱉었다. 그러고는 손등으로 기습적인 일격을 날렸다. 과거 룬다가탄에서 미카엘을 쓰러뜨린 그 주먹이었다.

하지만 그의 주먹은 허공을 갈랐다. 주먹이 얼굴에 와 닿기 직전 한 걸음 뒤로 물러선 리스베트는 다시 미동도 없이 그렇게 서 있었다.

소니 니에미넨은 할리 데이비슨 핸들에 몸을 기대고 앉아 미소 띤 얼굴로 친구의 모습을 구경하고 있었다. 얼굴이 시뻘게진 마게가 다시 리스베트를 향해 두 걸음을 내디뎠다. 다시 뒷걸음치는 그녀를 따라 그의 걸음도 빨라졌다.

순간 리스베트가 멈춰 섰다. 그러고는 달려드는 마게의 얼굴에 최루액을 뿌려댔다. 스프레이통이 반이나 빌 정도로. 그는 두 눈이 불에라도 덴 듯한 쓰라림을 느꼈다. 이어 리스베트는 뾰족한 부츠 앞코로 있는 힘을 다해 그의 국부를 걷어찼다. 순간 그녀의 운동에너지가 1제곱센티미터당 120킬로그램의 압력으로 바뀌며 그곳을 강타했다. 마게는 숨이 끊어질 듯한 고통으로 그 자리에 털썩 무릎을 꿇었다. 이제 그의 얼굴이 리스베트가 한결 다루기 좋은 높이까지 내려왔다. 그녀는 그대로 면상 한가운데를 걷어찼다. 축구선수가 코너킥을 차듯 마음껏. 빠지직 하고 뭔가가 부서지듯 기분 나쁜 소리가 들리더니 마게가 그저 조용히 힘없는 감자 자루처럼 땅 위로 널브러졌다.

소니는 그후 몇 초가 지나서야 말도 안 되는 일이 일어났음을 깨달았다. 오토바이를 세우려고 받침대로 발을 뻗었지만 당황한 통에 헛발질을 하느라 눈을 내려 아래를 봐야만 했다. 하지만 재빨리 선수를 치기 위해 재킷 안주머니에서 권총을 꺼낼 작정이었다. 이내 지퍼를 아래로 내리려는데 무언가가 움직이는 모습이 그의 시야에 들어왔다.

눈을 들어보니 리스베트가 마치 포탄처럼 자신에게 돌진하고 있었다. 그리고 두 다리를 모은 채 뛰어올라 엉덩이로 부딪혀왔다. 상처를 입힐 순 없었지만 오토바이와 함께 그를 넘어뜨리기에는 충분히 강력했다. 쓰러지는 오토바이 아래에 다리가 끼기 직전에 몸을 뺀 그는 비틀거리며 몇 걸음 뒤로 물러서서 간신히 균형을 잡았다.

다시 눈을 들어보니 그녀가 팔을 휘두르는 동시에 주먹만한 돌덩이가 날아왔다. 그는 본능적으로 몸을 숙였다. 돌덩이는 머리에서 불과 몇 센티미터 위를 스치고 지나갔다.

마침내 권총을 꺼내는 데 성공한 그가 안전장치를 풀려고 애를 썼다. 하지만 세번째로 눈을 들어보니 어느새 리스베트가 자기 앞에 서 있었다. 강력한 증오로 이글거리는 검은 눈으로 자신을 노려보면서. 경악한 그는 처음으로 진정한 공포를 느꼈다.

"잘 자."

그녀는 소니의 아랫배에 전기충격기를 꽂고서 그대로 7만 5천 볼트의 전류를 내보냈다. 그렇게 이십 초쯤 전극봉을 그의 몸에 대고 있었다. 소니는 그대로 흐물흐물한 채소가 되어버렸다.

이내 뒤에서 무슨 소리가 나는 것을 듣고 리스베트가 몸을 돌렸다. 마게였다. 간신히 무릎을 꿇은 그가 일어서려고 무진 애를 쓰고 있었다. 그녀는 그런 그를 응시했다. 눈에 최루액을 맞아 사방이 흐릿하게 보이는 그가 두 팔로 주변을 더듬고 있었다.

"죽여버리겠어!" 갑자기 그가 소리를 질렀다. 그러면서 알아들을 수 없는 말들을 몇 마디 중얼거리더니 그녀를 잡으려는 생각인지 사방에 손을 뻗어대며 허우적거렸다. 리스베트는 고개를 옆으로 약간 기울이고서 그의 모습을 신중하게 관찰했다. 그는 다시 한번 고함쳤다.

"이 더러운 잡년!"

이번에 리스베트는 몸을 굽혀 소니의 권총을 집어들었다. 폴란드제 P-83 바나드였다. 탄창을 열고 확인해보니 마카로프 9밀리미터 탄환들이 적당히 들어 있었다. 그녀는 총알 한 발을 장전시키고 소니를 뛰어넘어 마게에게로 다가갔다. 그리고 두 손으로 권총을 잡고 겨냥한 후 그의 발등에 정확히 한 발을 박아넣었다. 충격을 입은 그가 비명을 질러대며 다시 한번 땅 위에 나뒹굴었다.

리스베트는 잠시 망설였다. 마게에게 질문을 해야 할지 말아야 할지. 예전에 카페 블롬베리에서 마게와 함께 있었던 남자, 페르오케에 의하면 어느 창고에서 마게와 함께 누군가를 살해했다는 그 금발 거인의 정체 말이다. 하지만…… 그 질문은 총을 쏘기 전에 하는 것이 나았으리라.

마게는 지금 대화를 할 상태가 아니었다. 게다가 이 부근에 있는 누군가가 총성을 들었을 가능성이 있었다. 그녀로선 당장 현장을 떠나는 게 좋았다. 질문은 나중에 마게를 만나, 그러니까 컨디션이 더 좋을 때 해도 되리라. 리스베트는 안전장치를 잠근 권총을 호주머니에 쑤셔넣은 다음 배낭을 집어들었다.

그렇게 십 미터쯤을 걸어가던 그녀가 갑자기 걸음을 멈추고 몸을 돌렸다. 그러고는 천천히 닐스의 마당으로 돌아와 마게의 오토바이를 들여다보았다.

"할리 데이비슨 아냐? 이거 쿨한데!"

27장
4월 6일 수요일

미카엘은 에리카의 차를 몰고 뉘네스베겐 방면으로 달리고 있었다. 봄날이 기가 막히게 화창했다. 검은 들판에는 파릇파릇 새순이 올라오고 있었고, 대기에는 따스한 기운이 완연했다. 골치 아픈 문제들을 죄다 던져버리고 산드함 별장에 가서 며칠 푹 쉬고 싶어지는 날씨였다.

군나르와는 오후 1시에 만나기로 했다. 아직 시간이 일러 스모달라뢰에 차를 세우고 커피를 마시며 신문을 좀 읽었다. 이번에는 예기치 못한 만남이었다. 군나르가 할말이 있다면서 먼저 만나자고 요청해왔다. 한편 미카엘은 단단히 마음을 먹은 터였다. 이번에야말로 살라에 대해 뭐라도 알아내기 전에는 절대 스모달라뢰를 떠나지 않으리라고. 그의 수사에 진전을 가져다줄 그 무언가를 말이다.

군나르가 마당에 나와 그를 맞았다. 며칠 전에 비해 훨씬 자신감이 넘치는 기색이었다. 이것 봐. 무슨 꿍꿍이를 꾸미고 있는 거지? 미카엘은 일부러 악수를 피했다.

"살라에 대한 정보를 제공할 수 있을 것 같소. 단 몇 가지 조건하에서."

"말해보시죠."

"〈밀레니엄〉의 탐사기사에 내 이름이 올라서는 안 되오."

"알겠습니다."

군나르가 흠칫 놀란 표정을 지었다. 한참 밀고 당기는 협상이 이어지리라 예상했는데 미카엘이 너무도 쉽게 수락했기 때문이다. 사실 이것이 그의 유일한 협상 카드였다. 살인 사건에 관련된 정보들과 자신의 익명성을 맞바꾸자는 것. 그런데 미카엘은 잡지에 대문짝만하게 실을 수도 있는 그의 이름을 빼달라는 제안을 선선히 받아들였다.

"난 지금 심각하게 말하는 거요." 군나르가 의심에 찬 시선을 던지며 말했다. "당신이 각서를 써주면 좋겠소만."

"원한다면 얼마든지요. 그런데 그따위 종이쪽지를 가지고 있어봐야 무슨 소용인가요? 자, 당신은 법을 위반했고, 난 그 사실을 압니다. 원칙을 따르자면 나는 당신을 경찰에 고발해야 옳아요. 하지만 당신은 내가 원하는 정보를 빌미로 내 침묵을 사려고 그걸 이용하고 있죠. 그래서 난 그 제안에 대해 생각해봤고, 받아들였어요. 좋아요. 당신의 이름을 〈밀레니엄〉에서 언급하지 않겠다고 약속하죠. 이제 당신에게는 두 가지 선택이 있을 뿐이고요. 내 말을 믿거나, 아니면 믿지 않거나."

군나르는 생각에 잠겼다.

"하지만 나 역시 조건이 하나 있어요." 다시 미카엘이 말했다. "내가 입을 다무는 대신 당신도 알고 있는 모든 걸 얘기해야 합니다. 만약 당신이 뭔가를 숨겼다는 걸 알게 되는 날에는 이 협정은 깨진 걸로 간주하겠어요. 그때는 과거에 내가 벤네르스트룀 사건에서 했던 것처럼 이 나라의 모든 신문들이 당신의 이름을 떠들도록 만들 겁니다."

군나르는 상상만으로도 몸을 떨었다. "알겠소…… 나로서는 다른 방도가 없지. 좋소, 당신에게 살라에 대해 말해주겠소. 단, 이 정보에 대해서도 물론 제공자인 내 익명성을 무조건 보장해주시오."

군나르가 손을 내밀자 미카엘이 그 손을 잡고 악수했다. 지금 그는 범죄행위를 은폐해주겠다는 약속을 하고 있었지만 조금도 고민하지 않았다. 이건 자신과 〈밀레니엄〉이 군나르에 대해 아무것도 쓰지 않겠다는 약속에 불과했기 때문이다. 다그의 원고에는 이미 군나르의 모든 이야기가 기록되어 있었다. 그리고 미카엘은 무슨 일이 있어도 그 책만은 출간할 생각이었다.

오후 3시 18분, 스트렝네스 경찰서로 신고 전화 한 통이 걸려왔다. 중앙신고센터를 거치지 않고 직접 걸려온 전화였다. 스탈라르홀멘 동쪽 어느 별장의 주인인 외베리라는 남자가 갑자기 울린 총성을 듣고 현장으로 달려가보았다고 했다. 가서 확인해보니 거기에 두 사내가 중상을 입고 쓰러져 있었다는 것이다. 그중 한 명은 부상당한 정도가 그리 심각해 보이지 않았지만 매우 고통스러워한다고 했다. 그리고 신고자가 중요하다고 전한 건 그곳이 바로 닐스 비우르만의 집이라는 사실이었다. 요사이 신문에서 떠들어대는 그 살해당한 변호사 말이다.

그날따라 스트렝네스 경찰서는 정신을 차리기 힘들 만큼 업무가 폭주했다. 오전에는 오래전부터 예정되어 있던 교통상황 점검에 대다수의 인력이 투입되었다. 그런데 오후 들어서 점검을 중단하지 않을 수 없었다. 핀닝에 거주하는 57세 여인이 남편에게 살해당하는 사건이 일어났다. 이와 거의 같은 시각에 스토르예르데트의 한 아파트 건물에서는 한 사람이 사망하는 화재사고가 발생했다. 그게 다가 아니었다. 바리홀멘 근처 엔셰핑 방면 도로에서는 자동차 두 대가 정면으로 충돌했다. 이렇게 불과 몇 분 사이에 신고 전화가 폭주하면서

스트렝네스 경찰서 사무실에는 남아 있는 사람이 거의 없었다.

물론 당직 경관은 남아 있었다. 이날 당직을 선 여자 경관은 뉘크바른에서 어떤 일들이 일어났는지 파악한 후 이 사건이 전국에 지명수배된 리스베트 살란데르와 관계가 있다는 결론을 내렸다. 사건이 일어난 장소가 다름아닌 리스베트가 살해했다고 알려진 닐스 비우르만의 별장이었기 때문이다. 그녀는 우선 경찰서에 한 대 남아 있던 출동차를 스탈라르홀멘 현장에 급파했다. 그리고 쇠데르텔리에 경찰서에 전화를 걸어 지원을 요청했다. 하지만 그쪽도 경황없기는 마찬가지였다. 인력 대부분이 뉘크바른 남쪽의 불탄 폐창고 수색에 투입된 실정이었다. 그런데 쇠데르텔리에의 당직 경관 역시 뉘크바른과 스탈라르홀멘에서 일어난 사건들 사이에 관계가 있을 수도 있다고 판단해 즉시 경찰차 두 대를 파견했다. 마지막으로 스트렝네스의 당직 경관은 스톡홀름의 얀 부블란스키에게 전화를 걸었다.

얀 형사는 밀톤 시큐리티 사무실에서 대표 드라간 아르만스키와 그곳 직원 요한 프레클룬드, 소니 보만을 앞에 두고 몹시 껄끄러운 대화를 나누고 있었다. 밀톤 사람들로서는 니클라스 에릭손의 빈자리가 무척이나 괴롭게 느껴졌으리라.

전화를 받고 난 얀은 쿠르트에게 연락해 즉시 닐스의 별장으로 출동하라고 지시했다. 만일 한스 파스테를 찾을 수 있으면 그도 함께 데려가라고 했다. 그리고 잠시 생각해본 다음 예르케르에게도 전화를 했다. 그가 아직 뉘크바른 남부에 있었기 때문에 닐스의 별장까지 금방 갈 수 있을 터였다. 그런데 예르케르 역시 몇 가지 새로운 소식이 있었다.

"그렇잖아도 내가 전화하려고 했어. 매장된 시체의 신원도 파악했고."

"뭐라고? 그렇게 빨리?"

"시체들이 코팅된 신분증을 들고 땅속에 들어가주면 그보다 쉬운 일은 없지."

"그래, 누구야?"

"우리 기록에 남아 있는 자야. 켄네트 구스타프손, 주소지가 에스 킬스투나로 되어 있는 44세 남자. 별명은 '떠돌이'. 뭐, 생각나는 거라 도 있어?"

"생각나느냐고? 그걸 말이라고 해? 그 떠돌이 녀석이 뉘크바른에 묻혔단 말이지? 내가 수사한 적은 없지만 1990년대에 꽤나 설치 고 다닌 깡패 녀석이야. 밀수꾼, 좀도둑, 마약중독자들하고 어울려 다녔지."

"맞아, 그 녀석이야. 아니, 적어도 지갑에서 발견된 신분증만 보면 그렇지. 법의학 요원들이 최종적으로 신원 판단을 하겠지만. 그런데 시체를 갖다가 이어붙이려면 재미 좀 있을 거야. 완전히 조각나 있거 든. 최소한 대여섯 조각은 될 거야."

"흠…… 파올로 로베르토 말로는 그랑 맞붙었던 금발 녀석이 미리 암 우를 협박할 때 전기톱을 가지고 설쳐댔다던데."

"맞아. 전기톱이었을 가능성이 아주 높아. 아직 자세히 들여다보지 는 않았지만. 어쨌든 두번째 장소에서도 발굴 작업이 방금 시작됐어. 지금 차양을 세우는 중이야."

"좋아, 예르케르. 하루종일 시달려서 아주 피곤한 줄은 알지만 저 녁때까지 시간 좀 내줄 수 있겠나?"

"알았어. 지금 당장 스탈라르홀멘에 들러보지."

얀은 전화를 끊고서 두 눈을 비볐다.

스트렝네스 출동 차량이 닐스의 별장에 도착한 건 오후 3시 44분 이었다. 그런데 경찰 승합차가 진입로에 막 들어서는 순간 할리 데이 비슨을 타고 현장을 떠나려던 한 사내와 그야말로 정면충돌하고 말 았다. 기우뚱거리며 달리기 시작한 오토바이가 경찰차를 마주보며 돌진해버린 것이다. 다행히 충격은 그다지 크지 않았다. 경관들이 차에서 내려보니 땅 위에는 1990년대 중반의 살인범으로 알려진 37세의 소니 니에미넨이 뒹굴고 있었다. 경관들은 상태가 그다지 좋아 보이지 않는 그의 손목에 수갑을 채웠다. 그런데 손목을 등뒤로 돌려 수갑을 채우던 경관들은 상당히 놀라지 않을 수 없었다. 그가 걸친 가죽재킷 등판에 가로세로로 20센티미터쯤 되는 부분이 네모나게 잘려 나가 있었다. 굉장히 기이한 모습이 아닐 수 없었다. 하지만 소니는 그 일에 대해 말하기를 거부했다.

경관들은 그를 차에 싣고 다시 200미터를 올라가 별장 마당에 이르렀다. 거기에서는 외베리라는 은퇴한 항만노동자가 부상당한 사내의 다리에 붕대를 감아주고 있었다. 그런데 이자는 또 누구인가! 경찰 내에서도 웬만큼 명성이 알려진 깡패 패거리 'MC 스바벨셰'의 두목 36세의 칼망누스 룬딘이 아닌가?

스트렝네스 출동대의 대장은 닐스헨리크 요한손 형사였다. 그는 차에서 내려 두 손으로 멜빵을 고쳐 매면서 가련한 꼬락서니로 땅 위에 누워 있는 사내를 내려다보았다. 그러고는 고전적인 질문을 던졌다.

"여기서 무슨 일이 있었죠?"

은퇴한 항만노동자가 마게의 다리를 싸매던 손길을 멈추고 형사를 올려다보았다.

"내가 신고했수다."

"총성을 들었다면서요?"

"총성을 듣고 와봤더니 이 사람들이 있었소. 이 사내는 발에 총을 한 방 맞은데다 심하게 구타까지 당한 모양이오. 구급차가 필요할 것 같소만."

외베리가 힐끗 경찰차 쪽을 돌아보았다.

"에헤! 당신들 다른 녀석도 잡았군! 도착해서 보니 딱히 부상당한 데는 없던데 제정신이 아니었지. 얼마 안 있어 정신을 차리고는 기어코 떠나겠다는 게 아니오."

예르케르가 쇠데르텔리에의 경관들과 함께 현장에 도착했을 때는 구급차가 마게를 싣고 떠나가고 있었다. 스트렝네스 경관 하나가 그들이 확인한 사실들을 간략히 보고해주었다. 마게도 소니도 자신들이 왜 여기 있었는지 설명하려 하지 않았다. 마게는 제대로 말할 수 있는 상태도 아니었지만.

"그렇다면 가죽 콤비를 입은 두 폭주족과 할리 데이비슨 한 대가 있었고, 다리에 총상을 입었는데 총은 없었다. 맞아요?" 예르케르가 물었다.

닐스헨리크 출동대장이 고개를 끄덕였다. 예르케르는 잠시 생각했다.

"두 사람이 오토바이 한 대로 여기 오진 않았을 듯한데요."

"맞습니다. '싸나이'를 자처하는 놈들인데 꼴사납게 남의 오토바이 뒷자리를 얻어 타고 다닐 리 만무하죠." 출동대장이 말했다.

"그렇다면 오토바이 한 대가 없어졌군요. 총도 사라졌고요. 결론적으로 제3의 인물이 이미 현장에서 도주했다는 말인데요."

"충분히 그럴 수 있죠."

"하지만 논리적으로 문제가 있어요. 스바벨셰에서 온 이 두 양반이 각자 오토바이를 타고 왔다면 제3의 인물의 탈것은 어디로 갔느냐는 말이죠. 그가 차와 오토바이를 다 몰고 갔을 리는 없잖습니까? 스트렝네스 도로에서 여기까지 걸어오기는 너무 멀어서 분명 뭔가를 타고 왔을 텐데요."

"그 제3의 인물이 이 집에서 지내고 있었을 가능성도……"

"흠……" 예르케르는 눈썹을 찌푸렸다. "이 집은 죽은 닐스 변호사 소유인데 누가 여기 살았겠습니까?"

"만일 제4의 인물이 있어서 그가 차를 몰고 갔다면?"

"그렇다면 왜 같이 차를 타고 가지 않았을까요? 내 생각엔 누군가 할리 데이비슨을 훔치려고 저지른 일은 아닌 듯합니다. 물론 모두가 탐내는 물건이긴 하지만요."

그는 잠시 생각한 후에 스트렝네스 출동대장에게 두 가지를 부탁했다. 첫째, 인근 숲속에 버려진 차량이 있는지 살펴볼 것. 둘째, 인접한 집들을 돌아다니면서 무언가 이상한 것을 본 사람이 있는지 알아볼 것.

"지금은 휴가철이 아니어서 인근에 사람들이 별로 없을 겁니다." 출동대장은 그렇게 말하면서도 최선을 다해보겠다고 약속했다.

이어 예르케르는 제대로 닫히지 않은 현관문을 열고 집안으로 들어갔다. 주방 식탁 위에는 문서철들이 놓여 있었고 그 안에는 닐스가 리스베트에 대해 조사한 자료들이 들어 있었다. 그는 의자에 앉아 자료를 펼쳤다. 그리고 그 내용을 읽어갈수록 그의 놀라움은 커져만 갔다.

예르케르는 운이 좋았다. 인근 주민을 상대로 탐문수사를 시작한 지 삼십 분도 안 돼 증인이 나타났다. 안나 빅토리아 한손이라는 일흔두 살의 노파였다. 대로에서 별장 마을 쪽으로 곁길이 꺾어지는 곳에 있는 자신의 집에서 정원을 청소하며 따스한 봄날을 즐기던 중이라고 했다. 노파는 시력만큼은 청년 못지않다고 장담했다. 그러면서 어두운 재킷을 걸친 조그만 여자 하나가 정오 무렵에 집 앞을 지나가는 걸 보았다고 진술했다. 그리고 3시경에는 두 사내가 오토바이를 타고 지나갔고, 엄청 요란한 소리를 내면서 말이다. 그리고 얼마 후에는 그 여자가 오토바이 한 대를 몰고 반대 방향으로 달려갔다고 했다. 그러고서 경찰차들이 도착했다는 것이다.

예르케르가 진술을 듣고 있을 때 쿠르트가 헐레벌떡 달려왔다.

"대체 무슨 일이래요?"

예르케르는 시무룩한 눈으로 자신의 동료를 쳐다보았다.

"도대체…… 뭐가 뭔지 하나도 모르겠어."

"그러니까 리스베트가 닐스의 별장에 가서 MC 스바벨셰의 두목을 혼자 때려눕혔단 말이야? 예르케르, 지금 나더러 그 말을 믿으라고?" 얀이 수화기에 대고 소리쳤다.

"그러니까…… 리스베트가 파올로에게 권투를 배웠다고 했잖아?"

"시끄러워!"

"난 그저 사실을 말할 뿐이야. 마게는 발에 총상을 입었어. 평생 절름발이로 살 수도 있어. 총알이 아킬레스건 옆으로 빠져나왔거든."

"어쨌든 머리에다 대고 쏘지는 않았군."

"그럴 필요조차 없었겠지. 이곳 경찰 말로는 마게가 얼굴에도 심한 부상을 입었대. 턱뼈가 깨지고 이빨 두 개가 나갔나봐. 구급대원들이 뇌진탕 증세도 있다고 했어. 발에 입은 총상 말고 아랫배도 엄청나게 망가졌나봐."

"소니 니에미넨은?"

"괜찮은 것 같아. 그런데 신고한 노인 말로는 자신이 도착했을 때 녀석도 의식을 잃고 쓰러져 있었다는 거야. 아무것도 말할 수 있는 상태가 아니었대. 다만 얼마 안 있어 스트렝네스 경찰이 도착하자 비틀거리며 일어나서 현장을 빠져나가려 했다는군."

얀은 한참 동안 아무 말도 하지 못했다.

"그런데 묘한 게 하나 있단 말이야……"

"또 뭔데?"

"글쎄, 어떻게 말해야 할지 모르겠는데…… 소니의 가죽재킷이 말이야……"

"뭐?"

"훼손되어 있었어."

"훼손?"

"그래. 일부가 잘려나갔어. 등에서 가로세로 20센티미터쯤 되는 부분을 누군가가 네모나게 잘라서 가져간 거야. MC 스바벨셰의 로고가 새겨진 바로 그 부분."

얀이 눈썹을 치켜떴다.

"리스베트가 그랬을까? 그렇다면 왜 그걸 오려갔지? 전리품을 원한 건가?"

"전혀 모르겠어…… 아, 그런데 말이야! 지금 갑자기 생각났어."

"뭐가?"

"마게를 보니까 금발 말총머리에 배가 엄청나게 튀어나왔더라고. 리스베트의 친구라는 미리암 우를 납치한 녀석들 중 하나도 금발 말총머리에 맥주중독자처럼 배불뚝이라고 했었잖아?"

리스베트가 이런 현기증 나는 감각을 느껴본 건 실로 오랜만이었다. 몇 해 전 그뢰나룬드 놀이공원에서 느꼈던 자유낙하의 그 짜릿한 기분이 이와 비슷할까? 그 놀이기구 하나만 세 번을 탔고 만일 돈이 떨어지지 않았다면 세 번은 더 타고 싶었다.

물론 오토바이를 타고 고속으로 질주해보는 건 이번이 처음은 아니었다. 하지만 그녀가 예전에 몰았던 가와사키 125는 사실 고속주행을 하려고 개조한 모페드*에 불과했다. 반면 지금 몰고 있는 배기량 1450cc짜리 할리 데이비슨은 어떠한가? 닐스의 별장 근처 오솔길에서 처음 300미터를 달리는 느낌은 마치 쭉 뻗은 롤러코스터를 타는 듯한 기분이었다. 마치 스스로가 살아 있는 자이로드롭이 된 것만 같았다. 처음 타보는 기계라 두 번이나 수풀 속에 처박힐 뻔했지

---

* 50cc 이하 초경량 오토바이.

만 그때마다 아슬아슬하게 균형을 잡았다. 그야말로 미친듯 질주하는 야생마를 타고 초원을 달리는 기분이었다.

하지만 헬멧이 너무 커서 자꾸만 눈 앞으로 흘러내렸다. 소니의 가죽재킷에서 잘라낸 폭신폭신한 로고 조각을 헬멧 안에 쑤셔넣어 고정시켜보려 했음에도 불구하고.

헬멧을 고쳐 쓰려고 오토바이를 멈출 수도 없었다. 오토바이에 비해 그녀의 몸집이 너무 작아 발을 뻗어도 땅에 닿지 않았다. 게다가 무거운 오토바이가 한번 넘어지면 힘이 부족한 그녀로서는 다시 일으켜세울 방도가 없었다. 어쩔 수 없이 불편하게 덜렁거리는 헬멧을 참아가며 계속 달리는 편을 택했다.

잠시 후 오솔길을 벗어나 별장 마을로 향하는 넓은 길로 접어들자 운전하기가 한결 편해졌다. 몇 분 있다 스트렝네스로 향하는 도로로 접어들어서야 마침내 핸들을 잡고 있던 한 손을 올려 헬멧을 고쳐 쓸 수 있었다. 그러고 나서 속도를 냈다. 쇠데르텔리에까지 거의 기록에 가까운 속도로 주파하고 나자 입가에서 황홀한 미소가 떠나지 않았다. 쇠데르텔리에에 이르기 직전에는 사이렌을 요란하게 울리며 달려가는 경찰차 두 대와 엇갈려 지나갔다.

가장 현명한 행동은 쇠데르텔리에에 도착하자마자 할리 데이비슨을 버리고 다시 이레네 네세르 행세를 하며 스톡홀름행 열차에 오르는 것이었다. 하지만 그녀는 유혹을 이겨내지 못했다. 그대로 E4 고속도로로 들어가 속도를 높였다. 제한속도를 넘지 않으려고 주의를 기울였다. 그래 보려고 최선을 다했다는 얘기다. 비교적 완만한 속도로 달리면서도 자유낙하하듯 짜릿한 기분은 계속 만끽할 수 있었다. 엘브셰 부근에 이르러서야 고속도로를 빠져나간 그녀는 스톡홀름 엑스포 공원으로 가 지금까지 자신을 즐겁게 해준 괴물을 쓰러뜨리지 않고 무사히 세워놓았다. 그러고는 벗어놓은 헬멧과 소니 니에미넨의 재킷에서 잘라낸 가죽 조각과 함께 오토바이를 남겨두고 아쉬움이 가득한 마음으로 역을 향해 걸어갔다. 몸에서는 으슬으슬한 한기가 느껴졌다. 그곳에서 한 정거장 더 가 쇠드라역에서 내려 집까지 걸어간 그녀는 뜨거운 욕조 속으로 직행했다.

"그의 이름은 알렉산데르 살라첸코요." 군나르가 이야기를 시작했다. "하지만 사실은 존재하지 않는 사람이라고 할 수 있지. 스웨덴 주민등록부를 아무리 뒤져봐도 그 이름은 나오지 않을 테니까."

살라…… 알렉산데르 살라첸코. 드디어 정확한 이름이 나왔군.

"그는 누굽니까? 어떻게 해야 그를 찾을 수 있죠?"

"결코 만나보고 싶지 않은 사람일 거요."

"이봐요! 난 그자를 너무도 만나고 싶단 말입니다!"

"지금부터 내가 말하는 건 국가기밀로 분류된 내용들이오. 만일 내가 이걸 누설했다는 사실이 밝혀지면 중형을 받지. 스웨덴 안보 시스템 안에서도 가장 깊이 묻혀 있는 기밀이란 말이오. 정보제공자로서 내 익명성을 왜 보장해줘야 하는지 이해하겠소?"

"그리하겠다고 약속했잖습니까."

"당신도 어느 정도 나이가 있으니…… 냉전시대를 기억하겠지?"

미카엘은 고개를 끄덕였다. 자, 어서 본론을 꺼내라고!

"알렉산데르 살라첸코는 1940년 당시 소련의 일부였던 스탈린그라드에서 출생했소. 그가 태어난 이듬해인 1941년은 독일군의 소련 침공이 시작된 해요. 살라의 부모는 전쟁통에 사망했지. 사실인지는 모르지만 어쨌든 그는 그렇게 생각하고 있소. 사실 전쟁중에 무슨 일이 있었는지 젖먹이인 그가 어떻게 알았겠소? 그의 가장 오래된 기억은 우랄 지방의 한 고아원으로 거슬러올라가오."

미카엘은 고개를 끄덕여 그의 말에 계속 귀를 기울이고 있음을 표현했다.

"고아원은 군부대가 주둔한 마을에 있었소. 공산군이 후원하는 시설이었지. 살라는 아주 어린 나이 때부터 군사교육을 받았소. 스탈린 시대의 암흑기에는 그런 몰상식한 일들이 자행됐었지. 고아원 출신 아이들을 선발해서 특수훈련을 시켜 최강의 정예군을 양성하려는 실험들이 여럿 존재했음을 입증하는 문서들이 구소련 붕괴 후에 수 없이 발견됐잖소. 살라는 그런 아이들 중 하나였고."

미카엘은 다시 고개를 끄덕였다.

"자, 요약해서 말하겠소. 다섯 살 때, 사람들이 그를 군사학교에 집 어넣었소. 어린 녀석이 꽤 똑똑했던 모양이오. 1955년, 그러니까 그 가 열다섯 살 때는 노보시비르스크의 한 군사학교로 옮겨졌소. 거기 서 삼 년간 2천 명 남짓한 학생들과 '스페츠나즈', 즉 소련 최정예군 과 똑같은 훈련을 받았지."

"오케이. 씩씩한 소년 병사였단 말이군요."

"1958년, 열여덟 살이 된 그는 민스크로 옮겨져 GRU의 특수훈련 을 받게 되지. GRU가 뭔지는 아시오?"

"대충."

"GRU는 '소련 군사 정보국'의 약자로, 소련 공산군 최고지휘부에 직접 연결된 정보 및 군사행동 기관이오. 대민 비밀경찰인 KGB와 혼동해서는 안 되지."

"알고 있습니다."

"007 영화를 보면 외국에서 암약하는 소련 첩보원들 대부분이 KGB로 설정되어 있잖소. 하지만 원래 KGB의 주업무는 체제 유지 를 위한 국내 보안이었소. 시베리아에서 강제수용소들을 관리하거나 루비안카* 지하실에서 반체제 인사들의 목덜미에 총알을 박는 일 따 위를 했으니까. 반면 해외에서 첩보 활동을 하거나 작전을 수행하는 건 주로 GRU의 몫이었고."

---

* KGB 본부와 형무소가 있었던 곳.

"마치 역사 강의를 듣는 기분이네요. 여하튼 계속하시죠."

"스무 살이 된 살라는 처음으로 해외 근무를 하게 되오. 쿠바에 파견됐지. 일종의 훈련 기간이라고도 할 수 있었소. 아직 소위 계급에 불과했으니까. 하지만 거기서 이 년을 머물면서 쿠바 사태와 피그스 만 침공 사태를 모두 경험했지."

"오케이."

"1963년에 민스크로 돌아와서는 교육을 더 받은 후 제일 먼저 불가리아에, 그다음에는 헝가리에 얼마간 주재했소. 1965년에 중위로 진급한 후에는 처음으로 서유럽 지역에서 근무하게 되고. 로마에서 일 년간 있었지. 말하자면 최초로 첩보 임무를 맡았던 셈이오. 소련 대사관과는 접촉하지 않고서 가짜 여권으로 민간인 행세를 했지."

미카엘은 고개를 끄덕였다. 자신도 모르게 그의 이야기에 점점 빨려들어갔다.

"1967년, 런던으로 전속된 그는 변절한 KGB 요원을 처치하는 암살 공작을 지휘하게 되오. 그후 십여 년 사이에 GRU의 최고 요원으로 성장하지. 어쩌면 당연한 결과였소. 당에 대한 충성심으로 똘똘 뭉친 정예 중의 정예였으니까. 거기다 꼬마 때부터 받은 특수훈련으로 스파이 활동에 필요한 모든 능력을 갖췄으니. 그는 적어도 6개 국어를 유창하게 구사했소. 상황에 따라 기자, 사진작가, 광고업자, 선원까지 그 무엇으로도 변신할 수 있었던데다 생존술, 변장술, 교란작전의 전문가이기도 했소. 그는 휘하의 요원들을 거느리고서 직접 공작을 계획하고 또 실행했소. 그중에는 인물 제거 공작도 여러 건이었고, 대부분 제3세계에서 이뤄졌소. 그 밖에도 공갈이나 협박을 비롯해 상급자들이 원하는 임무라면 그 어떤 것도 척척 처리해냈고. 1969년에는 대위, 1972년에는 소령, 그리고 1975년에는 중령으로 승진했소."

"스웨덴에는 어떻게 오게 됐죠?"

"곧 설명할 테니 계속 들어보시오. 그런데 세월이 흐르면서 살라도 부패해갔소. 여기저기에 돈을 꼬불쳐뒀지. 술을 지나치게 마셨고 여자관계도 문란했어. 상급자들은 이 사실을 알았지만 그래도 여전히 능력 있는 요원이었으니 자질구레한 과오들은 눈감아줬고. 그러다 1976년에 그가 임무를 받고 스페인으로 파견되었소. 자세한 설명은 생략하겠소만 거기서 그가 바보 짓을 해버렸어. 임무를 실패하는 바람에 순식간에 신임을 잃고 러시아로 돌아오라는 명을 받은 거요. 하지만 그가 지시를 무시해버리면서 상황이 더욱 나빠졌소. 결국 GRU가 마드리드에 있는 소련 대사관의 군인 간부에게 그를 접촉해 설득하라고 명했고. 그런데 대화중에 뭐가 잘못되었는지 살라가 그 간부를 총으로 쏴 죽여버렸소. 이제 그에게는 선택의 여지가 없어진 거요. 더는 뒤로 돌아갈 수 없는 노릇이니 달리는 열차에서 뛰어내리기로 결심했지."

"그랬군요."

"이렇게 해서 살라는 스페인에서 조직을 떠나게 되지. 그후에는 포르투갈 쪽으로 가다가 보트가 침몰해 자신이 사망한 것처럼 꾸며놓았소. 미국 쪽으로 도망갔을지도 모른다는 정보도 흘려놓았고. 하지만 실제로 그가 피신한 곳은 유럽에서도 가장 짐작하기 힘든 나라, 즉 스웨덴이었소. 여기서 세포를 접촉해 정치망명을 신청했소. 꽤나 합리적인 선택이었지. KGB나 GRU의 암살대가 이곳까지 뒤질 가능성은 거의 없었으니까."

군나르는 입을 다물었다.

"그래서요?"

"소련의 일급 첩보원이 갑자기 전향해 정치망명을 요청해왔으니 스웨덴 정부가 얼마나 난감했겠소? 그때는 우파 정부가 막 출범했을 때였지. 다시 말해 이건 우리가 신임 총리를 모신 후에 맡게 된 최초의 사건이었소. 당시 심약한 정치가들은 가급적 빨리 그 난처한 존재를 떨쳐버리고 싶은 마음뿐이었지만 소련으로 돌려보낼 수는 없었소. 엄청난 스캔들로 비화할 수 있었으니까. 그래서 일단은 미국이나 영국으로 보내려고 해보았는데 그가 거부했지. 미국은 그가 싫어하는 나라였고, 그의 말로 영국은 소련 첩보계에서도 최상급 요원들만 우글거리는 곳이었소. 유대인들이 싫어서 이스라엘에도 가기 싫다고 했지. 그러다 결국 스웨덴에 정착하기로 결정한 거요."

너무도 믿기지 않는 얘기들이라 미카엘은 지금 이자가 자신을 놀리는 게 아닌가 하는 생각마저 들었다.

"그래서 스웨덴에 머물게 되었다는 겁니까?"

"그렇소."

"그런데 이 사실이 외부에 한 번도 공개된 적이 없었다고요?"

"아주 오랫동안 이 사실은 스웨덴의 일급 군사기밀이었소. 그런데 살라는 우리에게 매우 유용한 존재였지. 1970년대 말에서 1980년대 초 사이의 전향자들 가운데서 말하자면 왕관의 보석이라고 할 수 있었소. GRU의 특수공작대 대장이 전향한 경우가 그때까지는 없었으니까."

"즉 그가 팔아넘길 정보를 꽤나 확보하고 있었다?"

"바로 그거요. 그는 적절한 때에 정보를 조금씩 흘리면서 자신이 가진 카드들을 잘 활용했소. 그 덕분에 우리도 많은 걸 알아낼 수 있었지. 브뤼셀의 나토 본부 혹은 로마에서 활동하는 첩보원, 베를린의 첩보조직과 접촉하는 방법, 앙카라 혹은 아테네에서 그가 고용했던 청부살인업자 등등. 그는 스웨덴에 대해서는 아는 것이 별로 없었지만 외국에서 벌어지는 공작들이라면 많은 정보를 가지고 있었소. 우리는 그걸 얻어서 나름대로 유용하게 사용했고, 외국 정보기관에 조금씩 흘려주고 그 대가로 다른 걸 얻는 식으로 말이오. 이를테면 살라는 우리의 금광이라고 할 수 있었지."

"다시 말해서 당신네들이 그와 협력하기 시작한 거군요."

"우리는 그에게 새로운 신분을 마련해주었소. 여권 한 부에 약간의 돈을 제공해주는 것만으로 충분했으니 간단한 일이었지. 그다음엔 자신이 다 알아서 하더군. 세상 어디에 떨어뜨려도 혼자 살아남을 방법을 어려서부터 훈련받은 사람이었으니……"

미카엘은 잠시 말없이 방금 들은 정보들을 소화시키고 있었다. 그리고 이내 눈을 들어 군나르를 응시하며 말했다.

"그렇다면…… 지난번에 내가 왔을 때는 거짓말을 한 겁니까?"

"무슨 말이오?"

"그때 당신은 1980년대에 경찰 사격 클럽에서 닐스를 만났다고 주장했죠. 그런데 사실은 훨씬 전에 만났던 것 아닙니까?"

군나르가 묵묵히 고개를 끄덕였다.

"그건 기계적으로 나온 반응이었소. 우리 사이의 일들은 모두 국가 기밀이었고, 내가 어떻게 그를 만나게 됐는지 시시콜콜 밝혀야 할 이유가 전혀 없었으니까. 하지만 이제 당신이 살라에 대해 물어온 이상 밝히지 않을 수 없게 된 거고."

"자, 그럼 있었던 일들을 얘기해보시죠."

"당시 난 서른세 살이었고, 세포 3년차였소. 스물여섯 살이었던 닐스는 법조인 자격을 막 취득하고 세포에 들어와 법무 업무를 하고 있었고. 일종의 연수생 신분이었지만. 닐스는 칼스크로나 출신이고, 부친은 군 정보기관에서 근무했었다오."

"그래서요?"

"사실 나나 닐스나 살라첸코 같은 거물을 다루기에는 너무도 애송이들이었어. 하지만 그가 세포에 접촉해온 날이 마침 1976년 선거일이어서 경찰청 본부가 텅 비어 있었소. 어떤 이는 휴가중, 어떤 이는 감시 임무로 외근중…… 이런 날 살라가 노르말름 경찰서로 가서는 정치망명을 하고 싶으니 세포 요원을 만나게 해달라고 요구한 거지. 당시 이름은 밝히지 않았고, 그날 당직이었던 나는 그저 평범한 망명자일 거라고 생각하고는 마침 건물에 있던 닐스를 법무보조로 대동하고서 노르말름으로 갔었고."

군나르는 피곤한 듯 눈꺼풀을 비볐다.

"그는 거기 앉아서 감정 없는 목소리로 차분하게 얘기했소. 이름은 뭐며, 자신은 어떤 사람이며, 그리고 무슨 일을 하는지. 닐스가 받아 적었소. 그리고 얼마 안 있어 비로소 깨달았지. 내가 지금 얼마나 엄청난 일을 맡았는지를. 나는 당장 대화를 중단시키고 살라첸코와 닐스를 밖으로 끌고 나왔소. 일반 경찰이 절대 알아서는 안 될 사안이었으니. 그리고 콘티넨탈 호텔에 방을 하나 잡아서 거기에 그를 들여놓았소. 닐스에게 그와 함께 있으라고 해놓고서는 상관에게 전화를 걸려고 로비로 내려왔지."

그가 갑자기 킬킬킬 웃음을 터뜨렸다.

"그때 내가 한 일을 생각하면…… 참 아마추어 같은 행동이었소. 어쨌든 일은 그런 식으로 진행되었지."

"당신 상관은 누구였습니까?"

"그건 조금도 중요한 일이 아니오. 더이상 사람들 이름을 언급하고 싶지도 않고."

미카엘은 어깨를 으쓱하고는 더이상 따지지 않았다.

"나와 내 상관은 곧바로 깨달았지. 이건 지극히 은밀하게 처리해야 하는 일인데다 최소한의 사람만 알아야 한다는 사실을. 특히 닐스 같은 피라미가 이런 일에 끼어들어선 안 되는 거였지. 허나 어쩌겠소. 이미 연루된 이상 다른 사람을 끌어들이느니 그냥 데리고 있을 수밖에. 아마 나 같은 신참에게도 동일한 이유가 적용되었을 거요. 그래서 세포와 관계된 이들 가운데 살라첸코의 존재를 아는 사람은 모두 일곱 명에 불과했다오."

"그 외에도 이 이야기를 아는 사람은 모두 몇이나 되죠?"

"1976년에서 1990년대 초까지…… 정부기관, 합참본부, 그리고 세포를 다 통틀어서 스무 명 남짓."

"그렇다면 1990년대 초 이후에는?"

군나르는 어깨를 으쓱했다.

"소련이 붕괴한 후로 그는 흥미 없는 존재가 되어버렸지."

"그럼 스웨덴에 정착하고 나서는 살라에게 무슨 일이 있었죠?"

그러고는 군나르가 너무도 오랫동안 입을 다물고 있는 바람에 미카엘은 의자 위에서 몸을 비틀기 시작했다.

"솔직히 말하자면…… 살라첸코는 스타가 됐소. 거기에 관련된 우리 역시 마찬가지였고. 심지어 우리의 경력 전체를 살라첸코라는 토대 위에서 쌓아나갔을 정도니까. 이건 그냥 하는 말이 아니라…… 그는 우리에게 풀타임 업무였소. 나는 그가 스웨덴에서 삶을 시작하도록 이끌어주는 일종의 보호자였지. 처음 십 년은 매일은 아니었지만 적어도 일주일에 몇 번씩은 만나는 사이였소. 당시만 해도 신선한 정보가 가득 담긴 보물창고였으니까. 한편으로는 항상 지켜보지 않으면 안 되는 요주의 인물이기도 했고."

"어떤 의미에서요?"

"그는 독사 같은 자였소. 어떨 때는 한없이 매력적이다가도 어떨 때는 완전히 미친놈이 되기도 했지. 간혹 술독에 빠져들 때면 아주 난폭해졌어. 그가 사고를 치면 내가 한밤중에라도 뛰어나가 수습하느라 진땀깨나 흘렸던 게 한두 번이 아니었지."

"예를 들어서요?"

"술집에 가서 누군가를 붙들고 말싸움을 벌이다가 말리려는 두 경호원의 면상을 박살내버린 적이 있었지. 키도 작고 호리호리한 몸집이었는데 특수훈련을 받은 몸이라 그럴 때면 상당한 실력을 발휘했소. 어떨 땐 경찰서까지 찾아가 끄집어내와야 했고."

"완전히 정신이 나간 사람이군요. 그렇게 사람들의 이목을 끌면 자기 신분이 밝혀질 수도 있는 일 아닌가요? 프로답지 못한 행동이네요."

"원체가 그런 사람이오. 그래도 스웨덴에서는 범죄를 저지르지 않
았고 기소된 적도 없었소. 우리는 그에게 스웨덴 여권과 신분증, 그
리고 스웨덴 이름을 주었지. 그리고 세포에서는 스톡홀름 근교에 아
파트까지 제공했소. 우리가 언제나 그를 활용할 수 있도록 세포에서
봉급도 주었고. 하지만 술집에 드나들거나 여자들과 문제를 일으키
는 것까지 막을 수는 없었소. 그저 쫓아다니면서 뒤처리를 해주는 수
밖에 별 도리가 없었지. 그게 바로 내가 1985년까지 했던 일이오. 그
후에는 다른 직무를 맡아서 다른 사람이 내 뒤를 이어 살라첸코의
보호자가 되었고."

"그럼 이 모든 일 가운데서 닐스의 역할은 뭐였죠?"

"솔직히 말해서 그는 거치적거리기만 할 뿐 별 쓸모 없는 인물이
었소. 그렇게 똑똑한 인간은 아니었거든. 말하자면 자격이 충분하지
않은 요원이 순전한 우연으로 살라첸코 일에 끼게 된 거요. 물론 초
기 단계에만 관여하고 그후로는 법률상 자질구레한 일들을 처리할
때나 동원되었지. 여하튼 내 상관이 닐스를 적절하게 처리했소."

"어떻게요?"

"가장 간단한 방법으로. 경찰 밖에다 직장을 찾아주었지. 말하자면
우리와 긴밀한 관계를 유지하고 있던 로펌……"

"클랑 앤드 레이네."

군나르가 미카엘을 날카롭게 쳐다보았다. 그러고는 고개를 끄덕
였다.

"말했듯이 닐스는 그렇게 똑똑한 친구는 아니었지만 그래도 나름
대로 열심히 해나갔소. 계속해서 세포를 위해 이런저런 임무를 수행
해왔지. 그래서 그 역시 살라첸코 덕분에 커리어를 쌓아나갈 수 있었
다고 말할 수 있소."

"지금 살라는 어디 있죠?"

그가 잠시 머뭇거렸다.

"모르오. 1985년 이후로 그와 접촉하는 일이 점점 드물어지다가 십이 년 전부터는 한 번도 본 적이 없소. 1992년에 그가 스웨덴을 떠났다는 게 마지막으로 들은 소식이었소."

"하지만 다시 돌아온 것 같던데요. 무기 밀매, 마약 밀매, 여성인신매매와 관련해서 계속 그의 이름이 등장하고 있으니까."

"그 인간이라면 놀랄 일도 아니지." 군나르가 한숨을 내쉬었다. "하지만 그게 내가 말한 살라인지 아니면 또다른 살라인지, 아직 확실한 증거가 전혀 없잖소?"

"이런 상황에 두 명의 살라가 존재할 개연성은 극히 희박하죠. 그의 스웨덴 이름은요?"

군나르가 미카엘을 물끄러미 쳐다보았다.

"그걸 밝힐 의향은 없소이다."

"문제를 일으키지 않겠다고 분명히 약속했잖습니까?"

"당신이 원한 건 살라에 대한 이야기 아니었소? 그래서 내가 얘기해줬잖소. 우리가 맺은 협정을 당신이 확실히 지킨다는 확신이 서기 전까지는 퍼즐의 마지막 조각을 내놓을 생각이 없소."

"지금 이 세 사람을 죽인 자가 살라일 가능성이 큰데도 경찰은 죄없는 여자를 뒤쫓는 실정이라고요. 내가 살라의 이름을 알아내지 않고서 당신을 놓아주리라고 생각한다면 큰 오산입니다!"

"리스베트가 살인범이 아니라는 걸 당신이 어떻게 알지?"

"난 압니다."

군나르가 그에게 미소를 지었다. 갑자기 자신감이 솟아오르는 듯했다. 미카엘이라는 작자가 생각보다 허술해 보였다.

"난 살라가 살인범이라고 생각합니다."

"틀렸소. 살라는 아무도 죽이지 않았소."

"당신이 그걸 어떻게 압니까?"

"지금 살라는 예순다섯 살 먹은 늙은이인데다 중증장애인이오. 다리 한쪽을 절단해서 제대로 걸어다닐 수조차 없지. 그런 사람이 오덴플란에서 엔셰데까지 왔다갔다하면서 사람들을 쏴 죽여? 그가 누군가를 죽이려면 우선 구급차부터 불러야 할 거요."

말린은 소니아에게 미소를 지어 보였다.
"그건 미카엘 기자님에게 물어보세요."
"네, 그러죠."
"그분이 조사하고 있는 내용을 제가 말씀드릴 수는 없습니다."
"알겠어요. 그런데 만일 살라라는 남자가 용의자라고 가정한다면……"
"그건 기자님에게 말씀하시라고요." 말린은 다시 한번 말했다. "저는 다그가 남긴 자료 중에서 필요한 내용을 찾아내는 일만 도와드릴수 있어요. 우리가 자체적으로 조사하고 있는 내용에 대해서는 아무것도 말씀드릴 수가 없습니다."
소니아는 한숨을 내쉬었다.
"그래, 당신들 원칙을 이해하겠어요. 그럼 이 성구매자 명단에 적힌 사람들에 관해서는 무얼 말해줄 수 있죠?"
"다그가 써놓은 내용만요. 정보제공자들에 대해서는 아무것도 말씀드릴 수 없어요. 하지만 이건 알려드려도 되겠네요. 기자님은 이중에서 열두 명을 접촉해보고는 살인 사건 용의자 명단에서 삭제했습니다. 자, 경찰수사에 도움이 좀 될까요?"
소니아는 씁쓸한 표정으로 고개를 끄덕였다. 도움은 개뿔! 어쨌든 경찰은 이 인간들을 모두 정식으로 조사해야 해. 판사 하나, 변호사 셋, 정치인에 기자들이 여럿, 우리 경찰 나으리까지…… 참, 종류도 다채롭군, 한심한 인간들! 소니아는 사건이 일어난 직후에 이 명단을 중심으로 수사를 진행하지 못한 일을 속으로 통탄했다.

그러다 그녀의 시선이 한 이름 위에 머물렀다. 군나르 비에르크였다.

"이 사람은 주소가 적혀 있지 않네요?"

"없어요."

"왜죠?"

"세포에서 일하는 사람이라 주소도 일급 기밀이죠. 지금은 병가중이래요. 다그도 그를 찾아내지 못했어요."

"그런데 당신네들은 찾아냈다는 건가요?" 소니아가 미소를 지으며 물었다.

"그것도 기자님께 물어보세요."

소니아는 다그의 책상 뒤에 있는 벽을 쳐다보며 잠시 생각에 잠겼다.

"개인적으로 한 가지 물어봐도 될까요?"

"그러세요."

"당신은…… 누가 당신의 친구들과 닐스 변호사를 죽였다고 생각하죠?"

말린은 아무 말도 하지 않았다. '아, 이 자리에 기자님이 있어서 대신 좀 대답해주면 얼마나 좋을까!' 경찰에게 이런 질문을 받는 건 유쾌한 일이 아니었다. 더욱이 〈밀레니엄〉이 어떤 결론에 이르렀는지 명확히 설명해줄 수 없는 입장이라는 사실이 불편했다. 이때 그녀를 구해준 건 등뒤에서 들려온 에리카의 목소리였다.

"우린 살인범이 다그의 폭로기사가 발표되는 걸 막기 위해 범행을 했다고 생각합니다. 하지만 누가 총을 쏘았는지는 우리도 모르죠. 지금 미카엘은 살라라는 미지의 인물을 집중적으로 조사하고 있어요."

소니아가 몸을 돌려 그녀를 쳐다보았다. 에리카가 커피가 담긴 머그잔 두 개를 말린과 소니아에게 내밀었다. 잔에는 각각 공무원노조와 기독민주당 로고가 그려져 있었다. 그러고는 정중한 미소를 지어

보이며 자신의 사무실로 돌아갔다.

삼 분 후 에리카가 다시 나타났다.

"소니아 형사님, 당신 상관이 전화했어요. 전화기를 꺼놓으셨다고요? 전화 좀 주시랍니다."

마침내 리스베트가 다시 출현했음을 알리는 긴급공보가 전국에 전달되었다. 공보는 그녀가 칼망누스 룬딘 소유의 할리 데이비슨을 타고 이동중일 것이라고 전했다. 그리고 그녀가 무장하고 있음을 경고하면서 스탈라르홀멘의 별장 앞에서 사람에게 총격을 가했다는 내용도 함께 전했다.

경찰은 스트렝네스와 마리에프레드, 그리고 쇠데르텔리에로 들어가는 길목에 바리케이드를 설치했다. 그리고 쇠데르텔리에와 스톡홀름을 잇는 전철 노선에서는 저녁 몇 시간 동안 수색이 이뤄졌다. 하지만 리스베트의 인상착의에 해당하는 여성은 한 사람도 발견되지 않았다.

저녁 7시경이 되어서야 한 경찰차가 스톡홀름 엘브셰의 엑스포 공원에 세워져 있는 할리 데이비슨을 발견하면서 수사의 초점이 다시 스톡홀름으로 옮겨졌다. 엘브셰에서 MC 스바벨셰의 로고가 찍힌 가죽 조각이 발견됐다는 보고도 들어왔다. 이 소식을 들은 얀 형사는 머리 위로 안경을 들어올리고는 창밖으로 펼쳐진 쿵스홀멘의 어두운 경치를 침울한 눈으로 내다보았다.

이날 하루 사이에 정신없이 일어난 모든 일들…… 갈수록 시커먼 암흑 속으로 빠져드는 느낌이었다. 미리암 우 납치 사건, 파올로 로베르토의 느닷없는 출현, 쇠데르텔리에 숲 방화 사건에 매장된 시체들…… 게다가 스탈라르홀멘에서 일어난 이해할 수 없는 일들까지.

얀은 공동 작업실로 가서 스톡홀름과 인근 지역 지도를 들여다보았다. 스탈라르홀멘, 뉘크바른, 스바벨셰, 그리고 엘브셰…… 갖가지 사건들이 일어난 이 네 지점을 이제는 서로 연결해보지 않으면 안 되리라. 엔셰데까지 시선이 내려온 그는 한숨을 푸욱 내쉬었다. 사건들은 곳곳에서 정신없이 터지는데 경찰은 항상 몇 킬로미터 뒤에서 헐레벌떡 쫓아갈 뿐이라는, 그리 유쾌하지 않은 느낌이 엄습했다. 대체 이 사건의 본질이 무엇일까? 정말이지 전혀 알 수가 없었다. 엔셰데 살인 사건 아래 숨어 있는 진실이 무엇이든, 자신들이 처음 생각했던 것보다 훨씬 더 복잡하리라는 사실에는 더이상 의문의 여지가 없었다.

미카엘은 스탈라르홀멘에서 일어난 극적인 사건에 대해 전혀 모르고 있었다. 그는 오후 3시경에 스모달라뢰를 떠났다. 그리고 휴게소에 들러 커피를 마시면서 오늘 자신이 알게 된 사실들의 의미를 이해해보려고 애썼다.

허탈한 심정이었다. 사실 군나르는 놀라울 정도로 많은 정보를 주었다. 하지만 퍼즐의 마지막 조각, 즉 살라첸코의 스웨덴 신원을 밝히는 것만큼은 완강하게 거부했다. 무언가 속은 듯한 기분이었다. 갑자기 이야기가 뚝 끊겨버렸고, 군나르는 결말을 말하기를 거부했다.

"우리, 약속했잖습니까?" 미카엘이 따졌다.

"난 그 약속을 지켰소. 살라첸코가 누구인지 다 얘기해줬잖소. 더이상의 정보를 원한다면 이제 새로운 협정을 맺어야 하지. 내 이름이 완전히 빠지면서 다시는 뒤탈이 없으리라는 확실한 보장이 필요해."

"내가 어떻게 그걸 보장합니까? 내가 경찰수사를 지휘하는 건 아니잖습니까? 조만간 수사망이 당신에까지 이르게 될 텐데요."

"내가 걱정하는 건 경찰수사가 아니오. 당신이 창녀들과 관련된 내 이야기를 절대로 발표하지 않겠다는 확실한 보장을 원하지."

지금 군나르는 일급 국가기밀을 누설한 일을 불안해하고 있는 게 아니라 자신이 성매매한 사실이 세상에 알려지는 걸 더 두려워하고 있었다. 그의 인간성을 극명하게 보여주는 대목이었다.

"그 일로는 당신에 대해 단 한 줄도 쓰지 않겠다고 약속했잖습니까?"

"살라첸코와 관련해서 나의 신원을 절대로 드러내지 않겠다고 확실하게 보장해달라니까?"

미카엘로서는 들어주기 어려운 요구였다. 물론 살라첸코에 대한 기사를 발표할 때, 군나르를 익명의 제보자로 처리할 생각은 있었다. 하지만 자신의 글을 기반으로 경찰이 그를 추적하는 것까지는 막을 수 없는 노릇이었다. 그러려면 아예 아무것도 쓰지 말아야 했다. 결국 두 사람은 이 문제를 하루이틀 더 생각해보고 다시 얘기하기로 합의했다.

그렇게 휴게소에서 커피를 마시고 있는데 갑자기 번개 같은 생각이 스쳤다. 자신의 손이 닿을 곳에 무언가가 놓여 있다는 느낌이었다. 바로 옆에 있는 듯하다가도 어렴풋한 실루엣처럼 떠오르다가 꺼져버리는…… 그리고 뒤이어 다른 생각이 그의 뇌리를 때렸다. 어쩌면 이 이야기에 대해 많은 것을 밝혀줄 사람이 있을 듯했다. 지금 미카엘은 에르스타 재활센터에서 그리 멀지 않은 곳에 있었다. 이내 그는 손목시계를 들여다보고 의자에서 벌떡 일어났다. 홀게르 팔름그렌을 만나러 가기 위해서.

군나르 비에르크는 불안했다. 미카엘과 만나고 나서 기진맥진해졌다. 그 어느 때보다도 등이 더 아파왔다. 그는 진통제 세 알을 삼키고 거실의 긴 소파에 드러누웠다. 머릿속에는 온갖 생각들이 오갔다. 한 시간 후, 그는 다시 일어나 물을 끓이고 티백을 꺼냈다. 그리고 주방 식탁에 앉아 생각에 잠겼다.

'미카엘을 믿을 수 있을까?' 이제는 모든 카드를 써버렸다. 그리고 그 빌어먹을 기자 놈의 처분만 기다리는 신세가 되었다. 하지만 아직 가장 중요한 정보만은 남겨두었다. 그 결정적인 카드 한 장이 자신의 소매 속에 숨겨져 있었다.

'내가 어떻게 이런 거름통에 빠져버렸지?' 자신은 범죄자가 아니었다. 그저 창녀 몇 명을 돈 주고 산 일밖에 없었다. 게다가 독신이었다. 혼자 사는데 어쩌다 그럴 수도 있는 일 아닌가? 그 열여섯 살짜리 빌어먹을 계집년은 좋아하는 시늉조차 하지 않았다. 아니, 오히려 역겹다는 눈으로 자신을 쳐다봤었다.

'더러운 년! 그년이 그렇게 어리지만 않았어도!' 스무 살만 됐어도 자신이 이렇게 똥통에 빠져 허우적거리는 일은 없었을 텐데. 미카엘은 자기를 더러운 개처럼 여겼다. 그런 감정을 숨기려 들지도 않았다.

살라첸코.

그가 포주였다니 기막힌 일이 아닐 수 없었다. 자기가 데리고 논 게 살라첸코의 창녀들이었다니. 그 약아빠진 놈이 어둠 속에서 창녀 장사를 하고 있었다.

닐스 비우르만과 리스베트 살란데르.

그리고 미카엘 블롬크비스트.

어쩌면 출구가 있을지도 몰랐다.

한 시간 동안 머리를 굴린 끝에 그는 서재로 들어가 전화번호가 적힌 쪽지 하나를 들고 나왔다. 이번주 초에 자신의 사무실에 들러 적어온 것이었다. 이 사실 역시 미카엘은 모르고 있었다. 군나르는 살라가 있는 곳을 정확히 알고 있었다. 지난 십이 년간 한 번도 연락한 일은 없지만. 그리고 다시는 연락하는 일이 없기를 바라왔지만.

살라는 약아빠진 악마였다. 몇 마디만 해주면 사태를 파악할 터였다. 그러면 이 땅에서 조용히 사라져줄 것이다. 은퇴를 하고 외국으로 꺼져줄 것이다. 그야말로 최악의 재앙은 그가 체포되는 일이다. 그러면 모든 것이 무너져버린다.

군나르는 한참을 망설인 끝에 마침내 수화기를 들어 전화번호를 눌렀다.

"안녕하쇼. 나 스벤 얀손이외다."

참으로 오랫동안 쓰지 않았던 그의 가명이었다. 살라첸코는 이 이름을 잘 기억하고 있었다.

28장
4월 6일 수요일~4월 7일 목요일

얀은 저녁 8시경 바사가탄에 있는 '웨인즈'에서 소니아를 만나 샌드위치를 곁들여 차를 마시고 있었다. 소니아는 자신의 상관이 이렇게 풀죽은 모습을 한 번도 본 적이 없었다. 얀이 오늘 하루 사이에 일어난 일들을 모두 들려주었다. 그녀는 한동안 말이 없었다. 그러다가 손을 내밀어 그의 손목을 감쌌다. 그를 만진 건 처음이었는데 순전히 우정의 행동이었다. 그는 서글프게 미소를 지으며 역시 따뜻하게 그녀의 손등을 토닥였다.

"이제는 나도 은퇴할 때가 됐나봐."

그녀는 그저 잔잔한 미소로 대답했다.

"이번 수사는 정신없이 추락하고 있어…… 아니, 이미 추락해서 완전히 박살나버렸지. 아까 리샤르드에게 메일을 보내서 오늘 어떤 일들이 일어났는지 다 전했어. 그랬더니 뭐라고 하는지 알아? '알아서 최선을 다해주세요' 이 말 한마디뿐이더라고. 정작 문제가 복잡해지니 아무 대책이 없는 거지. 책임자라는 인간이 그러고 있으니."

"솔직히 윗사람들 욕하고 싶지는 않지만…… 리샤르드는 어디 좀 안 보이는 곳으로 꺼져버렸으면 좋겠어요."

얀이 고개를 끄덕였다.

"이제 자네도 수사팀에 돌아오면 돼. 리샤르드도 곧 공식적으로 사과하겠지."

그녀는 어깨를 으쓱했다.

"이 수사는 자네와 둘이서만 하는 것 같아." 얀이 말했다. "한스는 오늘 아침에도 씨근덕거리며 나가버리더니 아직까지 감감무소식이야. 하루종일 휴대전화도 꺼놓고. 내일까지 나타나지 않으면 실종신고라도 내야겠지."

"난 차라리 그가 없어서 시원해요. 그런데 니클라스는 어떻게 됐죠?"

"그냥 놔뒀어. 난 잡아넣으려고 했는데 리샤르드가 꺼리더군. 그냥 수사팀에서 쫓아내고 드라간에게 가서 호되게 따졌지. 이로써 밀톤 시큐리티와 협력은 끝났어. 소니 보만을 잃은 건 좀 유감이야. 유능한 경찰이었으니까."

"드라간은 뭐라던가요?"

"완전히 넋이 나갔지 뭐. 그런데 한 가지 흥미로운 사실은……"

"뭐죠?"

"드라간 말로는 리스베트도 니클라스를 몹시 싫어했다는 거야. 몇 년 전에는 그를 쫓아내라고 드라간에게 충고까지 했다더군. 이유는 설명하지 않았지만 아주 나쁜 놈이라고 말이야. 그런데 그가 충고에 귀기울이지 않았던 거지."

"흠."

"쿠르트는 아직 쇠데르텔리에에 있어. 곧 마게 룬딘의 소굴을 찾아서 수색할 거야. 예르케르는 뉘크바른에서 '떠돌이' 켄네트 구스타프손의 시체 발굴을 지켜보고 있고. 내가 여기 오기 직전에 두번째 무덤에서도 누군가가 나왔다고 알려주더군. 복장을 보아 여자인 듯하다고. 꽤 오래전에 묻혔던 모양이야."

"숲속의 공동묘지라…… 이번 사건 뒤에 우리가 처음 생각했던 것보다 훨씬 흉측하고 엄청난 진실이 숨어 있다는 생각이 들어요. 뉘크바른에 매장된 사람들까지 리스베트가 죽였다고 생각하는 건 아니겠죠?"

얀의 얼굴에 몇 시간 만에 처음으로 미소가 떠올랐다.

"하하, 아니지. 그건 절대 그녀가 아니야. 그래도 오늘은 무장까지 한데다 마게를 쐈다더군."

"그래서 그녀의 혐의가 더욱 짙어진다? 하지만 이번엔 머리가 아니라 다리에다 쐈죠. 마게가 입은 총상에 대해선 뭐라고 말할 수 없지만, 엔셰데 커플을 죽인 솜씨는 전문적인 총잡이예요."

"그런 여자가 총잡이일 리 없다고? 소니아, 오늘 일어난 사건만 해도 이해되지 않는 일투성이야. 마게 룬딘과 소니 니에미넨은 전과 기록을 늘어놓으면 수 킬로미터는 될 흉악한 자들이야. 물론 마게는 체중이 늘어난데다 컨디션이 안 좋았을 수도 있지만 그래도 위험한 사내야. 소니 역시 건장한 장정들도 겁을 먹을 사나운 깡패고. 그런데 어떻게 벼룩만한 리스베트가 두 사내를 그렇게 박살냈는지 도무지 이해가 되지 않아. 마게는 아주 심하게 다쳤다고."

"흠."

"물론 그렇게 당해도 싼 놈들이지. 하지만 그 여자가 대체 어떻게 한 걸까?"

"나중에 그녀를 찾으면 물어보죠, 어쨌든 기록에는 폭력 성향이 있는 여자라고 나와 있으니까."

"하여튼 거기서 무슨 일이 일어난 건지 도통 이해할 수 없어. 쿠르트도 혼자서 맞붙으면 힘겨울 놈들인데. 알잖아, 쿠르트가 어떤지."

"그보다 중요한 건 왜 그녀가 그 둘을 공격했는지겠죠."

"놈들은 대책 없는 사이코패스야. 외딴 시골집 마당에서 여자 혼자 그런 놈들을 마주쳤으니 공격할 이유가 전혀 없지는 않았겠지."

"그녀가 누군가의 도움을 받았을까요? 그 장소에 다른 사람들이 있었나요?"

"감식반이 분석한 결과로는 그들 셋밖에 없었어. 집에는 리스베트 혼자 들어갔었고, 식탁에 놓인 커피잔도 하나뿐이었대. 안나 빅토리아 한손이라는 72세 노인이 그 동네 수위 노릇을 하면서 근방을 오가는 사람들을 모두 파악하고 있었어. 거길 지난 사람은 리스베트와 MC 스바벨셰 두 사내뿐이었다는군."

"그녀는 집에 어떻게 들어갔죠?"

"열쇠로. 닐스의 아파트에서 슬쩍한 모양이야. 생각나는지 모르겠지만……"

"아, 출입금지 테이프 잘린 일 말이죠? 그 조그만 아가씨, 참 바지런하기도 하네!"

소니아는 몇 초간 손가락으로 탁자를 톡톡 두드리다가 불쑥 화제를 돌렸다.

"미리암 우를 납치한 범인이 마게인 건 확인됐나요?"

얀이 고개를 끄덕였다.

"서른 명쯤 되는 폭주족들 사진에 마게 사진을 끼워서 파올로에게 보여주었어. 금방 찾아내더군. 뉘크바른 창고에서 본 사람이 맞대."

"미카엘은 뭐라고 해요?"

"아직 연락이 안 닿아. 휴대전화로 연락해봤는데 응답을 안 해."

"오케이. 그리고 룬다가탄에서 리스베트를 습격한 자도 마게와 인상착의가 일치해요. 결론적으로 MC 스바벨셰가 얼마 전부터 그녀를 추적해왔다는 말인데…… 왜일까요?"

얀은 두 팔을 펼쳐 보이며 모르겠다는 표정을 지었다.

"리스베트가 수배중일 때 닐스의 별장에 숨어 지냈을까요?"

"나도 그렇게 가정해봤어. 하지만 예르케르는 그렇게 생각하지 않더군. 그 집에 최근 들어 사람이 지낸 흔적이 없었대. 아까 그 노파도 증언하기를 그녀가 오늘 마을에 도착했다고 하고."

"그럼 왜 그 집에 갔을까요? 마게와 만날 약속을 한 것 같지는 않은데."

"맞아. 그랬을 가능성은 별로 없지. 아마 뭔가를 찾으려고 가지 않았을까. 그런데 우리가 거기서 찾아낸 거라곤 문서철 몇 권이 다였어. 닐스가 그녀에 대해 개인적으로 조사한 내용들 같더군. 사회복지부나 후견위원회의 문서들, 그리고 학창 시절 생활기록부가 전부였으니까. 그런데 문서철 몇 개가 빠져 있었어. 문서철 뒤에 일련번호가 적혀 있었는데 1번, 4번, 5번만 있었거든."

"그렇다면 2번과 3번이 빠졌군요."

"5번 이후에 더 있었을지도 모르지."

"여기서 한 가지 질문. 리스베트는 어째서 자신에 관한 정보들을 찾았을까요?"

"대답이 두 가지일 수 있겠지. 첫째, 그녀는 닐스가 자신에 대해 기록한 어떤 사실을 은폐하려 했다. 둘째, 그녀는 무언가를 알고 싶어 했다. 하지만 여기서 또다른 질문도 가능하지."

"뭔데요?"

"왜 닐스는 그녀에 대해 그렇게 광범위한 조사를 하고서 그 결과물을 시골별장에 숨겨놓았을까? 리스베트는 이 문서철들을 그 집 다락에서 찾아낸 듯해. 닐스는 어째서 스토커처럼 그녀의 삶을 샅샅이 캐내려 했을까? 후견인은 그저 돈 관리나 사무적인 일로 피후견인을 도와주면 되는데 말이야."

"이 닐스라는 사람은 알면 알수록 왠지 질이 안 좋다는 느낌이에요. 오늘도 〈밀레니엄〉에 가서 다그가 폭로하려고 했던 성구매자 리스트를 보는데 문득 그런 생각이 들더군요. 그가 리스트에 들어 있지 않은 게 신기할 정도였어요."

"맞아. 그의 컴퓨터 안에 무더기로 쌓여 있던 포르노 사진들만 봐도 그렇지. 한번 생각해볼 만한 문제야. 그런데 오늘 뭐라도 찾아냈나?"

"글쎄요. 지금 미카엘이 리스트에 적힌 남자들을 하나하나 찾아다니는 중이래요. 하지만 〈밀레니엄〉에서 일하는 그 여자, 말린 에릭손 말로는 아직 별다른 걸 못 찾아낸 모양이에요. 얀…… 한 가지 솔직하게 말할게요."

"뭔데?"

"난 리스베트가 이 모든 일들을 저질렀다고 생각하지 않아요. 그러니까 엔셰데와 오덴플란 사건 말이에요. 나도 처음에는 그녀가 범인이라고 확신했지만 지금은 아니에요. 왜 이렇게 생각이 바뀌었는지는 잘 설명할 수 없지만요."

얀이 고개를 끄덕였다. 사실 지금은 그도 같은 생각이었다.

스바벨셰에 있는 마게의 집에서 금발 거인은 초조하게 서성거리고 있었다. 이따금 주방 창가에 서서 길게 뻗은 도로를 살펴보곤 하면서. 지금 이 시간이면 그들이 돌아와 있어야 정상이었다. 불안감이 스멀스멀 가슴을 갉아먹었다. 무슨 일이 벌어진 게 분명했다.

더욱이 그는 이 집에 혼자 있는 게 싫었다. 그에게는 낯선 공간이었다. 지금 그가 묵고 있는 이층 침실 옆에는 음침한 다락방이 붙어 있었고 집안에서는 계속 기분 나쁘게 삐걱거리는 소리가 들렸다. 그는 불안감을 떨치려 애썼다. 자신이 생각해도 웃기는 일이었지만 그는 이렇게 혼자 있는 걸 너무도 싫어했다. 뼈와 살로 이뤄진 사람들은 조금도 무섭지 않았다. 하지만 이처럼 황량한 들판 가운데 외따로 떨어진 텅 빈 집은 그렇지 않았다. 여기에는 지독하게 불쾌한 무언가가 있었다. 집안 여기저기서 들리는 이상한 소리들은 그의 상상력을 뒤흔들었다. 어둡고도 악의에 찬 무언가가 빠끔 열린 문틈으로 자신을 훔쳐보고 있다는 느낌을 떨쳐버릴 수 없었다. 때로는 어디선가 숨소리가 들리는 듯도 했다.

좀더 어렸을 때 사람들은 이처럼 어둠을 무서워하는 그를 놀리곤 했다. 그리고 그는 자신을 놀려대는 친구들과 이따금 자신을 놀리며 즐기는 어른들을 패주지 않을 수 없었다. 사람을 패는 일만큼은 자신이 있었던 그였다.

참으로 난감했다. 그는 어둠과 고독이 너무도 싫었다. 어둠과 고독 속에서 살고 있는 존재들이 너무도 싫었다. 마게가 빨리 좀 돌아왔으면 했다. 그가 옆에 있으면 평정을 되찾을 수 있으리라. 피차 아무 말 하지 않을지라도. 둘이 같은 방에 있지 않을지라도. 그러면 진짜 소리들이 들리고 진짜 움직임들이 느껴지면서 옆에 진짜 인간들이 있음을 알게 되리라.

그는 CD를 틀어 음악을 들으며 불안감을 떨치려 애썼다. 마게의 책꽂이에 뭔가 읽을 만한 게 있는지도 찾아보았다. 하지만 불행히도 그의 지적 수준이 한참은 떨어지는 편이라 해 지난 오토바이 잡지와 남성 잡지 몇 권, 자신은 아무런 흥미를 느끼지 못하는 싸구려 스릴러 소설 몇 권이 전부였다. 이내 고립감은 점점 더 깊어져 폐소공포증 양상을 띠기 시작했다. 그가 이번에는 가방 속에서 권총을 꺼냈다. 닦고 기름칠하며 시간을 보내다보니 잠시나마 마음이 조금씩 진정되는 걸 느낄 수 있었다.

결국 더는 집안에서 견딜 수 없게 된 그는 바깥공기를 쐬러 마당으로 나가 조금 걸었다. 사람들 눈에 띄지 않으려고 조심하면서도 한편으로는 인기척이 느껴지는 불 켜진 창문들을 보기 위해 걸음을 멈추곤 했다. 움직임을 멈춘 채 꼼짝 않고 서 있으면 먼 곳에서 흘러오는 음악 소리도 들을 수 있었다.

다시 마게의 집으로 들어가려고 하니 또다시 지독한 불안감이 엄습해왔다. 그는 쿵쾅거리는 가슴에 손을 대고 한참을 현관 계단 위에 서 있어야 했다. 그러고는 마침내 두려움을 떨치듯 몸을 부르르 흔든 다음 결연히 문을 열었다.

저녁 7시, 그는 거실로 내려가 TV4 저녁뉴스를 보려고 TV를 켰다. 그리고 경악했다. 헤드라인과 그후에 이어진 보도가 스탈라르홀멘 사건을 전하고 있었다. 그날의 톱뉴스였다.

그는 한 번에 네 칸씩 계단을 뛰어올라 침실로 달려가 가방에 자기 물건들을 쑤셔넣었다. 그리고 이 분 만에 집밖으로 뛰어나와 즉시 흰색 볼보에 시동을 걸었다.

실로 극적인 타이밍이었다. 스바벨셰에서 불과 1킬로미터 떨어진 곳에 이르자 경찰차 두 대가 퍼런 경광등을 번쩍이면서 마을로 들어오고 있었다.

갖은 애를 다 쓴 끝에 미카엘은 수요일 오후 6시경에 홀게르 팔름그렌을 드디어 만나볼 수 있었다. 그를 만나기가 쉽지 않았던 건 요양원 직원들이 좀처럼 들여보내주지 않았기 때문이다. 하지만 미카엘이 집요하게 매달리자 결국 간호사가 요양원 근처에 사는 A. 시바르난단 박사에게 전화를 걸었다. 마침내 십오 분쯤 후에 나타난 박사가 이 끈덕진 기자와 마주앉았다. 처음에 그는 끄떡도 하지 않았다. 이미 이 주 전부터 홀게르의 존재를 알아낸 기자들이 몰려와 그에게 한마디라도 코멘트를 얻어내려고 온갖 방법을 다 써온 터였다. 하지만 홀게르 본인이 기자들을 만나지 않겠다고 거절했기 때문에 요양원 직원들은 아무도 들여보내지 말라는 지시를 받았다.

박사는 홀게르를 걱정스럽게 지켜보고 있었다. 어느 날 갑자기 리스베트에 관련된 기절초풍할 뉴스들이 뜨기 시작한 후로 그가 깊은 우울 상태에 빠져들었기 때문이다. 아마 스스로 아무것도 할 수 없음을 느끼는 데서 오는 절망감일 거라고 박사는 추측했다. 홀게르는 재활 치료도 중단한 채 신문이나 TV를 보면서 추적당하는 리스베트에 관한 소식을 찾아보는 것으로 시간을 보내고 있었다. 그리고 다른 시간에는 깊은 상념에 빠져 있었다.

미카엘은 시바르난단 박사의 책상 앞에 바짝 붙어 앉아 끈덕지게 그를 설득했다. 우선 자신은 홀게르를 불편하게 하려는 의도가 전혀 없으며, 다른 기자들처럼 그의 의견을 얻어내려는 것도 아니라고 설명했다. 리스베트의 친구인 자신은 그녀가 범인이라는 주장을 믿지 않기 때문에 그녀의 과거에 관해 몇 가지 비밀을 밝힐 수 있는 정보를 애타게 찾고 있다고도 했다.

박사는 그리 쉽게 설득되지 않았다. 하여 미카엘 역시 계속 버티고 앉아서 이번 사건에서 자신이 얼마나 중요한 역할을 맡고 있는지를 오랫동안 역설했다. 이처럼 삼십 분 넘게 계속된 대화 끝에 결국 박사가 굴복했다. 자신이 먼저 홀게르에게 올라가 방문을 받아들일 의향이 있는지 알아보고 올 테니 기다리라고 했다.

그리고 십 분 후에 그가 돌아왔다.

"당신을 보겠답니다. 만일 중간에 당신이 마음에 들지 않으면 쫓아낼 거예요. 그리고 오늘 만나서 대화하는 내용을 절대로 매체에 실어서는 안 됩니다."

"단 한 줄도 쓰지 않겠다고 약속합니다."

홀게르는 침대, 서랍장, 테이블 하나에, 의자가 몇 개 있는 조그만 방에서 지내고 있었다. 백발노인이 바짝 마른 몸을 제대로 가누지 못하고 뒤뚱대는 폼이 꼭 허수아비 같았다. 미카엘이 들어가자 그가 몸을 일으켰다. 악수를 청하지 않은 대신 조그만 테이블 주위에 있는 의자를 하나 가리켰다. 처음에 미카엘은 노인이 웅얼거리는 말을 잘 알아들을 수 없었다.

"당신은 대체 누군데 리스베트의 친구라고 자처하는 거요? 그리고 뭘 원하는 거요?"

미카엘은 몸을 뒤로 약간 젖히고 잠시 생각을 정리했다.

"홀게르 씨. 당신은 제게 아무 말도 할 필요가 없습니다. 그저 제 말을 들어보시고 쫓아낼지 말지 결정하세요."

홀게르가 고개를 까딱하고서 비척비척 걸어와 미카엘 앞의 의자에 앉았다.

"저는 리스베트를 이 년 전쯤에 처음 만났습니다. 내용을 자세히 밝힐 수는 없지만 그때 저는 어떤 일을 조사하고 있었습니다. 그리고 저를 도와줄 조사원으로 그녀를 채용했었고요. 당시 제가 임시로 머물고 있던 장소로 그녀가 찾아왔고, 그후 우리는 몇 주간 함께 일했습니다."

그는 홀게르에게 어느 정도까지 사실을 밝히는 게 좋을지 생각해보았다. 그리고 결국 최대한 진실에 가깝게 말하기로 결정했다.

"그렇게 같이 있으면서 두 가지 일이 있었습니다. 리스베트가 제 생명을 구해주었죠. 그리고 우리는 한동안 아주 가까운 관계였습니다. 저는 그녀의 내면을 조금씩 발견할 수 있었고, 결국에는 아주 좋아하게 되었죠."

미카엘은 이런저런 세부를 생략하고서 리스베트와의 관계, 그리고 크리스마스 후에 그녀가 외국으로 떠나버리면서 맞게 된 갑작스러운 결별에 대해 이야기했다. 그리고 자신이 〈밀레니엄〉에서 무슨 일을 하고 있으며, 다그와 미아는 어떻게 살해되었고, 어째서 갑자기 살인범을 찾는 일에 뛰어들게 되었는지를 차례로 설명했다.

"들어보니 지난 며칠간 몹시 시달리셨다고요. 귀찮게 들러붙는 기자들과 어처구니없는 기사들을 쏟아내는 신문들 때문에요. 하지만 제가 기삿거리를 얻으려고 여기 찾아온 건 결코 아닙니다. 저는 주저 없이, 그리고 아무런 사심 없이 리스베트의 편에 설 수 있는 사람이에요. 이 나라에서 몇 안 되는 사람일 겁니다. 저는 그녀가 결백하다고 믿습니다. 이 모든 살인 사건들 뒤에 살라첸코라는 자가 숨어 있다고 생각한단 말입니다."

미카엘은 잠시 말을 멈췄다. 자신이 살라첸코의 이름을 언급하자 홀게르의 눈에서 무언가가 반짝하는 걸 감지했기 때문이다.

"선생님도 그녀를 구하고 싶지 않으신가요? 그럼 무엇이 됐든 그녀의 과거를 아는 데 도움이 될 만한 걸 말씀해주세요. 만일 그녀를 돕고 싶은 마음이 없다면 우린 지금 시간을 허비하고 있는 거겠죠. 그리고 저는 선생님이 어느 쪽에 서 있는 분인지 알게 되겠고요."

그가 이렇게 말하는 동안 홀게르는 한마디도 하지 않았다. 하지만 미카엘의 마지막 한마디를 듣고는 다시 한번 그의 눈이 반짝 빛났다. 그리고 이번에는 미소를 지었다. 노인은 가급적 천천히, 그리고 명확하게 발음하려고 애썼다.

"그래, 당신이 그애를 돕고 싶단 말이구려."

미카엘은 그렇다고 고갯짓을 했다.

홀게르가 앞으로 몸을 기울였다.

"그럼 리스베트네 거실에 있는 소파가 어떻게 생겼는지 한번 말해보시오."

이 말에 미카엘도 미소를 지었다.

"제가 그 집에 갔을 때…… 정말이지 고물상 주인이나 좋아할 형편없는 소파가 있었습니다. 1950년대 물건 같더군요. 갈색 천에 노란색 그림이 있는 쿠션 두 개는 다 찌그러져 있었고요. 천은 군데군데 찢어져서 속에 든 게 밖으로 삐져나와 있었죠."

홀게르가 웃음을 터뜨렸다. 컥컥 목구멍을 긁는 바람 소리에 불과했지만. 그가 시바르난단 박사를 쳐다보며 말했다.

"이 양반이 정말로 그 아파트에 가봤던 모양이오. 내 손님에게 커피 한잔 대접할 수 있겠소?"

"물론입니다."

박사는 자리에서 일어나 방을 나갔다. 그리고 도중에 잠깐 문 앞에

서서 미카엘에게 고개를 까딱해 보였다.

"알렉산데르 살라첸코." 문이 닫히자마자 홀게르가 말했다.

미카엘의 두 눈이 둥그레졌다.

"그 이름을 아십니까?"

노인이 고개를 끄덕였다.

"리스베트가 내게 그 이름을 말해줬다오. 사실 나는 이 이야기를 누군가에게 꼭 들려주고 싶었소. 내가 갑자기 쓰러져 죽을 수도 있으니까. 이제 못 일어날 일도 아니지."

"리스베트가요? 그녀가 어떻게 그를 알죠?"

"살라첸코가 리스베트의 아버지요."

맨 처음 미카엘은 그의 말뜻을 제대로 이해하지 못했다. 몇 초가 흐른 후에야 각 단어들이 비로소 제자리를 찾아갔다.

"지금…… 그게 무슨 말씀입니까?"

"살라첸코는 1970년대에 스웨덴에 온 사람이오. 일종의 정치망명자였던 것 같소. 사실 나도 자세한 사정은 모른다오. 알다시피 리스베트가 원래 과묵한데다 그 문제에 대해서는 특히 말이 없었소."

그녀의 출생증명서…… 부친 미상……

"살라첸코가 리스베트의 아버지였다……" 미카엘이 되뇌듯 말했다.

"그애와 알고 지내는 동안 단 한 번이었소. 옛날에 무슨 일이 있었는지 내게 얘기했었지. 내가 뇌출혈로 쓰러지기 한 달 전쯤에. 내가 들은 바로 살라첸코는 1970년대 중반에 스웨덴에 왔소. 1977년에 리스베트의 모친을 만났고 아이 둘을 낳았지."

"둘이요?"

"리스베트, 그리고 여동생 카밀라. 쌍둥이지."

"맙소사! 리스베트 같은 여자가 둘씩이나 있단 말입니까?"

"둘은 아주 다르다네. 그건 다른 이야기이니 나중에 합시다. 리스베트의 모친은 앙네타 소피아 셸란데르였소. 열일곱 살 때 알렉산데르 살라첸코를 처음 만났지. 둘이 만나게 된 자세한 사정은 나도 잘 모른다오. 하지만 뻔하지 않겠소? 경험 많고 나이든 사내에게 순진한 소녀란 너무도 손쉬운 먹잇감이었겠지. 그녀가 그에게 홀려서 강렬한 사랑에 빠져버린 거요."

"이해됩니다."

"하지만 살라첸코는 곧 고약한 정체를 드러냈지. 이 사내가 원했던 건 사랑이 아니라 단지 가지고 놀기 쉬운 여자일 뿐이었으니까. 그이상도 그 이하도 아니었지."

"그랬겠죠."

"그녀는 그와의 안정된 미래를 꿈꿨지만 그는 결혼할 생각이 추호도 없었소. 실제로 둘은 혼인신고를 하지 않았다오. 그런데 1979년에 그녀가 성을 살란데르로 바꿨소. 그렇게라도 그의 여자라는 사실을 보여주고 싶었던 건지……"

"그게 무슨 말입니까?"

"살라. 살란데르."

"맙소사!" 미카엘이 탄성을 질렀다.

"내가 쓰러지기 전에 알아본 바로 그녀에게는 그 이름을 택할 권리가 있었소. 그녀의 모친, 그러니까 리스베트의 할머니가 살란데르였지. 그즈음에 살라첸코는 마치 사이코패스처럼 지독한 본성을 드러내기 시작했고. 술을 마시고 앙네타를 구타했지. 내가 알기로 아이들의 유년기 내내 폭력이 계속됐소. 리스베트는 그를 가끔씩 집에 들르는 남자로 기억했지. 어떨 땐 아주 오랫동안 보이지 않다가 갑자기 룬다가탄의 그 아파트에 나타났댔소. 매번 벌어지는 일은 마찬가지고. 섹스와 술을 찾아 들러서는 매번 앙네타를 여러모로 학대하다가 끝났다고 했소. 리스베트가 묘사하기를 단지 육체적인 학대만은 아니었던 모양이오. 총까지 휘두르며 위협했다고 하니 상대에게 정신적 공포를 가하면서 즐기는 사디스트였지. 그런 행동은 해가 갈수록 심해졌다고 하고. 리스베트의 모친은 1980년대를 대부분 공포 속에서 살아야 했소."

"그가 아이들도 때렸나요?"

"그러지는 않았던 모양이오. 워낙에 애들에게는 조금도 관심이 없었으니까. 봐도 인사조차 안 할 정도로. 그가 오면 앙네타가 애들을 침실로 보냈고 허락 없이는 나오지 못했지. 한두 번 그가 애들에게 따귀를 가볍게 때렸었는데 그건 애들이 방해가 됐거나 거추장스럽게 굴었을 때였소. 모든 폭력은 어미에게로 향했지."

"아, 불쌍한 리스베트!"

홀게르가 고개를 끄덕였다.

"리스베트가 이 모든 이야기를 해준 건 내가 쓰러지기 한 달 전쯤이었소. 그때 처음으로 자신의 사연을 들려준 셈이었지. 난 당시 그녀의 피후견인 신분을 해제해야겠다고 결심하고 있었소. 아무리 생각해도 명청한 짓이었으니까. 나나 당신보다 훨씬 더 똑똑한 사람 아니오? 그래서 법원에 의견을 올리려고 준비하던 참이었소. 그런데 내가 쓰러지고 말았지…… 깨어나보니 여기더군."

그는 팔을 크게 돌리며 좁은 병실을 가리켰다. 간호사 한 명이 방문을 두드린 다음 커피를 들고 들어왔다. 홀게르는 그녀가 방을 떠날때까지 침묵을 지켰다.

"그런데 나로선 이해할 수 없는 점이 몇 가지 있소. 폭행당한 앙네타는 치료를 받으려고 열두 번도 넘게 입원했었소. 그녀의 기록을 읽어보면 분명히 심각한 폭행의 희생자였기 때문에 사회복지부가 개입했어야 옳았소. 그런데 이상하게도 그들은 전혀 움직이지 않았지. 그녀가 입원할 때면 리스베트와 카밀라는 복지시설에 맡겨졌고, 퇴원하면 곧바로 집으로 돌아가서 그다음 라운드를 기다려야만 했소. 사회보호 시스템에 커다란 구멍이 나 있었고, 앙네타는 그녀대로 자신의 고문관을 너무 두려워해 옴짝달싹하지 못했다는 게 내가 떠올릴 수 있는 유일한 설명이오. 그런데 일이 터졌소. 리스베트가 '모든 악'이라고 부르는 사건."

"그게 뭡니까?"

"살라첸코가 몇 개월간 모습을 보이지 않았소. 열두 살이 된 리스베트는 그 못된 인간이 영원히 꺼져버렸다고 믿기 시작했지. 물론 현실은 그렇지 않았지만. 어느 날 그가 돌아왔소. 앙네타는 리스베트와 카밀라를 침실에 가두고 살라첸코와 관계를 가졌고. 그러고 나서 그가 앙네타를 때리기 시작했소. 그녀를 고문하면서 쾌감을 느낀 거지. 하지만 이번에는 일이 좀 다르게 흘러갔어. 이제 침실에 갇힌 건 더이상 조그만 아이들이 아니었거든. 두 소녀는 각기 다르게 반응했다오. 카밀라는 집에서 일어나는 일을 누가 알게 될까봐 몹시 겁을 냈소. 모든 걸 숨기려 들었고 심지어는 자기 엄마가 폭행당하는 것까지 모르는 체했지. 한바탕 구타가 끝나고 나면 카밀라는 아무 일 없다는 듯 기어나와 제 애비에게 아양을 떨곤 했다더군."

"자신을 보호하는 나름의 방식이었겠죠."

"그렇지. 하지만 리스베트는 전혀 다른 아이였소. 이번에는 참지 못하고 구타를 막지. 당장에 주방으로 달려가 칼을 들고 나와서 그대로 살라첸코의 어깻죽지에 내리꽂은 거요. 그렇게 다섯 번이나 칼을 맞은 그가 간신히 칼을 빼앗아 아이에게 주먹을 한 방 날렸고. 상처는 그다지 깊지 않았지만 돼지처럼 피를 쏟으며 도망갔지."

"그게 바로 리스베트의 진면목입니다!"

홀게르가 웃었다.

"맞아! 리스베트를 함부로 건들면 안 되지. 누가 총으로 위협하면 더 큰 총을 들고 달려드는 여자니까. 바로 그 점 때문에 요즘 걱정되는 거라오."

"이 사건이 바로 '모든 악'인가요?"

"아직 아니오. 그후로 두 가지 일이 더 있었소. 여기서도 이해 안 되는 점이 있지. 살라첸코는 병원에 가지 않으면 안 될 정도로 심각한 부상을 입었소. 그렇다면 당연히 경찰수사가 뒤따랐어야 옳았는데……"

"그런데요?"

"내가 알기로는 아무 일도 일어나지 않았단 말이야. 리스베트 말로는 어떤 남자가 찾아와 앙네타와 얘기했다는데 그가 누구인지, 둘 사이에 어떤 말이 오갔는지는 전혀 모른다고 했소. 그가 떠나고 나자 앙네타가 리스베트에게 이렇게 말했다더군. 살라첸코가 다 용서해주었다고."

"용서해줬다고요?"

"그게 그녀의 표현이었소."

갑자기 미카엘은 깨달았다.

군나르 비에르크였군! 아니면 그의 동료였던지. 살라첸코가 벌인 짓을 뒷정리할 필요가 있었던 거야. 개자식! 그는 눈을 감았다.

"뭐 생각나는 게 있소?"

"저는 무슨 일이 있었는지 알 것 같습니다. 그리고 이런 짓을 한 자들…… 이번에는 빚을 갚아야 할 겁니다…… 일단 이야기를 계속해보시죠."

"그후 몇 달간 살라첸코는 모습을 나타내지 않았소. 리스베트는 그를 맞을 준비를 하면서 기다리고 있었고. 그리고 제 어미를 보호하려고 걸핏하면 학교를 빠져나왔지. 갑자기 살라첸코가 들이닥쳐서 해코지할까봐 두려워서. 심약한 앙네타는 살라첸코와 관계를 끊지도 못했고 경찰에 가서 신고도 하지 못했소. 아니면 상황의 심각함을 인지하지 못했었는지도 모르지. 이제 열두 살이 된 리스베트가 이런 어미에게 책임감을 느꼈던 거요. 하지만 살라첸코가 다시 나타났을 때 그날따라 그애는 학교에 있었소. 집에 돌아와보니 그가 집에서 나오"

고 있었고. 그는 아무 말도 하지 않았소. 그냥 실실 웃기만 했지. 리스베트가 뛰어들어가보니 앙네타가 의식을 잃고 주방 바닥에 쓰러져 있었고."

"그런데 살라첸코가 리스베트를 건드리지 않았다고요?"

"그렇소. 어쨌든 그애가 막 차에 올라탄 그를 따라잡았소. 그리고 그가 먼저 유리창을 내렸고. 뭔가 할말이 있었던 건지. 하지만 리스베트는 이미 준비해놓고 있었지. 차 안에다 우유팩 하나를 던졌어. 휘발유를 가득 넣은 우유팩을. 그리고 성냥 하나를 그었소."

"맙소사!"

"그렇게 그애는 두 번이나 자신의 아버지를 살해하려 했소. 그리고 이번에는 어떤 식으로든 결과가 있었지. 룬다가탄 거리에서 자동차 안에 갇혀 화염에 휩싸인 채 타고 있는 남자…… 이게 사람들 눈에 띄지 않을 리 없으니까."

"어쨌든 그는 살아남은 모양이군요."

"살라첸코는 화상으로 온몸이 만신창이가 되었지. 다리 한 짝을 잘라내야 했소. 얼굴은 타서 녹아내렸고 군데군데 심한 화상을 입었소. 그리고 리스베트는 상트스테판의 소아정신병원으로 들어가게 됐소."

그녀가 이미 한 자도 빠짐없이 기억하고 있는 내용이었다. 하지만 리스베트는 닐스의 시골별장에서 찾아낸 자료들을 다시 한번 주의 깊게 읽어내려갔다. 그러고 나서 창가 한구석에 쪼그리고 앉아 미리암에게 선물로 받은 담배 케이스를 열었다. 담배에 불을 붙이고 창밖으로 유르고르덴 섬을 바라보았다. 그녀가 자신의 삶에서 지금까지 알지 못했던 몇 가지 사실들을 발견하고 난 후였다.

너무도 많은 퍼즐 조각들이 한꺼번에 제자리에 맞아떨어지는 듯한 기분이 들었다. 온몸이 얼어붙는 충격이었다. 무엇보다도 흥미로운 건 1991년 2월에 군나르 비에르크라는 사람이 쓴 경찰 보고서였다. 그녀는 그날 자신이 만났던 어른들 가운데 누가 군나르 비에르크였을까 생각했다. 그러고 보니 알 것도 같았다. '스벤 얀손'이라고 하던 그 남자. 그녀는 그를 세 번 만났다. 그리고 그때마다 그가 보여주었던 표정들과 몸짓들, 그가 썼던 단어들까지 생생하게 기억하고 있었다.

그때는 모든 것이 완전한 혼돈 속에 있었다.

차 안의 살라첸코는 횃불처럼 화염에 휩싸여 있었다. 가까스로 차 문을 열고 보도 위로 몸을 굴리는 데 성공했지만 한쪽 발이 안전벨트에 끼어 있었다. 사람들이 달려와 몸에 붙은 불꽃을 겉옷으로 덮어 꺼주었다. 곧이어 소방관들이 도착해 자동차에 붙은 불을 진압했다. 구급차가 도착했다. 그녀는 살라첸코를 내버려두고 대신 자기 엄마를 구해달라고 구급대원들을 설득하려 했지만 그들은 그녀를 밀치고 지나갔다. 경찰이 도착하자 목격자들이 그녀를 지목했다. 무슨 일이 있었는지 설명하려고 했지만 아무도 그녀의 말을 듣지 않았다. 대신 그녀의 몸은 경찰차 뒷좌석에 실렸다. 몇 분이, 몇 분이, 그리고 다시 몇 분이 흘러 거의 한 시간이 지난 후에야 경찰이 집안으로 들어가 그녀의 어머니를 발견했다.

앙네타는 의식을 잃은 상태였다. 뇌에 심각한 손상을 입은 채였다. 그리고 그것은 이후 오랫동안 이어질 크고 작은 뇌출혈의 시작이었다. 이날 이후 앙네타는 영영 회복하지 못할 운명이었다.

리스베트는 문득 깨달았다. 왜 지금까지 아무도 이 경찰 보고서를 읽을 수 없었는지. 어째서 홀게르가 이것을 입수하지 못했으며, 지금 자신에 대한 수사를 책임지고 있는 리샤르드 검사조차 이것에 접근할 수 없었는지를. 이 보고서는 일반 경찰이 쓴 게 아니었다. 어느 빌어먹을 세포 요원이 작성한 보고서였다. 그리고 여기에는 '국가안전법에 따라 이 보고서는 최고 기밀로 분류된다'는 도장이 찍혀 있었다.

그렇다. 알렉산데르 살라첸코는 세포를 위해 일하고 있었다.

그리하여 이 사건은 조사할 게 아니라 깊이 은폐해야 할 사건이 되었다. 살라첸코가 앙네타보다 훨씬 중요한 존재였으므로. 그가 노출되거나 고발당해서는 안 되었기에. 살라첸코는 결코 존재하지 않는 인물이었으므로.

'그들에게 문젯거리는 살라첸코가 아니었어. 리스베트 살란데르, 스웨덴의 가장 중요한 비밀을 깨뜨려버릴지 모르는 그 미친 계집애가 오히려 문제였던 거야.'

이런 비밀이 존재하는지 그녀는 전혀 모르고 있었다. 그녀는 보고서의 내용을 머릿속으로 정리해보았다. 살라첸코는 스웨덴에 들어온 직후 앙네타를 만났다. 그때 그는 본명을 쓰고 있었다. 아직 스웨덴 신분과 이름을 부여받지 못했을 때니까. 그제야 이해가 되었다. 몇 년간 스웨덴의 모든 행정 기록을 샅샅이 뒤져도 어째서 그의 이름을 찾을 수 없었는지. 리스베트 자신은 그의 본명을 알았지만 스웨덴 정부가 새 이름을 주었던 것이다.

이제 그녀는 대략 모든 걸 이해할 수 있었다. 만일 살라첸코가 폭행이나 상해죄로 기소된다면 앙네타의 변호사가 그의 과거를 샅샅이 조사할 터였다. 살라첸코 씨, 당신은 어디서 일하시죠? 진짜 이름은 뭔가요?

게다가 리스베트 자신이 사회보호시설에 들어가게 된다면 누군가가 조사하기 시작할 게 분명했다. 미성년자라 기소되지는 않겠지만 휘발유를 채운 우유팩 사건이 면밀히 조사되기 시작하면 결국은 마찬가지 일이 벌어질 터였다. 그랬다면 그들의 가정사가 온 나라 매체들의 톱뉴스가 되었으리라. 따라서 경찰 보고서는 누군가 '확실한' 인물이 작성해야 했고, 그런 다음 일급 기밀로 분류되어 땅속에 묻혀야 했다. 아무도 다시 찾아낼 수 없을 만큼 깊이. 그리고 리스베트라는 계집애 역시 아무도 다시 찾아낼 수 없도록 깊이 매장해버려야 했다.

군나르 비에르크.

상트스테판.

페테르 텔레보리안.

이 모든 것을 이해하고 나니 불같은 분노가 치밀어올랐다.

스웨덴 정부…… 너희들을 대변할 만한 누군가를 만나게 되면 심각하게 대화를 한번 나눠야겠어……

그녀는 만일 외무부 건물 안에 화염병을 던지면 외무부 장관이 무슨 생각을 할까 잠시 상상해보았다. 하지만 외무부 장관이라고 과연 이 사안을 알고 있기나 할까? 대체 책임자들은 어디에 있을까? 책임자를 찾아낼 수 없다면 페테르 텔레보리안이 좋은 대체물이었다. 그녀는 다른 모든 일을 해결하는 즉시 그를 찾아가 '심각한 대화'를 한번 나눠야겠다고 다짐했다.

하지만 아직 모든 걸 완전히 이해하지는 못했다. 몇 년간 사라졌던 살라첸코가 갑자기 나타났다. 다그 스벤손은 그를 고발하려 했다. 그래서…… 탕. 탕. 두 번의 총격. 다그와 미아는 그렇게 제거되었다. 그것도 리스베트 자신의 지문이 남아 있는 권총으로.

살라첸코, 혹은 그가 보낸 인물은 물론 알 리가 없었다. 닐스의 서랍을 뒤지다가 권총을 발견한 그녀가 거기에 지문을 남기게 된 사실을. 자신이 손댄 권총을 살라가 범행에 사용한 건 순전한 우연이었다. 하지만 살라와 닐스 사이에 모종의 관계가 있다는 사실만큼은 그녀도 처음부터 분명히 알고 있었다.

하지만…… 아직도 이해되지 않았다. 살라와 닐스는 어떤 관계일까? 닐스는 누가, 그리고 왜 죽였을까? 그녀는 곰곰이 생각해보면서 퍼즐 조각들을 하나하나 맞춰보려고 애썼다.

이 모든 걸 합리적으로 설명해줄 대답은 단 하나였다.

닐스 비우르만.

닐스는 개인적으로 자신에 대해 조사하고 있었다. 그러다 살라첸코와의 관계를 발견하고서 그에게 도움을 청했을 게 분명하다.

리스베트는 닐스가 자신을 강간하는 장면을 찍어두었다. 그건 이를테면 닐스의 머리 위에 매달려 있는 날 선 검이었다. 그렇다. 닐스는 살라첸코라면 자신에게 그 동영상이 어디 있는지 실토하게 만들 수 있다고 믿었으리라.

그녀는 창가를 떠나 책상 서랍을 열고 CD를 한 장 꺼냈다. 그 위에는 유성 사인펜으로 '비우르만'이라 적혀 있었다. 아직 케이스조차 없었다. 이 년 전 이 안에 담긴 영상을 닐스에게 보여준 뒤로 두 번 다시 들여다본 적도 없었다. 그녀는 그것을 손바닥 위에 올려놓고 무게를 가늠하듯 몇 번 움직여보고 난 후 다시 서랍 속에 넣었다.

닐스, 이 어리석은 인간! 왜 공연히 남의 일에 끼어들었단 말인가? 그저 자신이 시킨 대로 얌전히 피후견인 신분을 해제해주기만 한다면 그를 놓아줄 생각이었다. 하지만 살라첸코는 달랐다. 그는 절대 순순히 놓아줄 인간이 아니었다. 아마 그는 닐스를 영원히 자신의 애완용 강아지로 붙잡아놓으려 했으리라. 그러는 과정에서 그들 사이에 무슨 일이 일어난 것이겠고.

살라첸코가 거느리는 조직은 그 촉수가 MC 스바벨셰에까지 뻗어 있었다.

금발 거인.

그자가 열쇠였다.

그자를 찾아내 살라첸코가 어디 숨어 있는지 알아내야 했다.

그녀는 다시 담배 한 대를 피워 물고 셉스홀멘 성을 바라다봤다. 그리고 그뢰나룬드 놀이공원의 롤러코스터 쪽으로 시선을 옮겼다. 그러다 갑자기 큰 소리로 한마디를 내뱉었다. 언젠가 TV 영화에서 들은 적 있는 섬뜩한 음성의 대사였다.

아빠…… 잡으러 갈 테니 기다려……

누군가가 이런 그녀의 모습을 보았다면 완전히 미치광이로 여겼으리라. 저녁 7시 30분, 그녀는 추적당하고 있는 자신에 관한 최근 뉴스를 보려고 TV를 켰다. 그리고 이내 끔찍한 충격을 느꼈다.

마침내 얀은 저녁 8시가 조금 지나서야 한스 파스테와 통화할 수 있었다. 물론 그들 사이에 오간 건 상냥한 대화가 아니었다. 얀은 그에게 지금 어디에 있는지조차 물어보지 않았다. 그저 사무적인 말투로 그날 있었던 일들을 알렸을 뿐이다.

한스는 정신이 멍했다. 그날 아침에 수사팀에서 일어난 일들이 너무도 못마땅했다. 그래서 경찰에 몸담은 이래 한 번도 해본 적이 없는 짓을 저지르고 말았다. 화가 머리끝까지 치민 그는 곧장 시내로 나갔다. 휴대전화 전원을 꺼버리고 역 앞 술집에 앉아 맥주 두 병을 비우며 분을 삭였다.

그러고 나서 집에 들어가 샤워를 하고 잠이 들었다. 잠이라도 자면 화가 풀릴 듯했다.

눈을 떠보니 마침 뉴스 시간이었다. 무심히 화면을 쳐다보던 그의 두 눈이 눈알이라도 튀어나올 듯 크게 벌어졌다. 뉘크바른에서 '공동묘지'가 발견됐다니. 게다가 리스베트가 MC 스바벨셰 두목에게 총을 쐈단다. 지금 스톡홀름 남부 외곽에서 그녀의 행방을 쫓고 있으며 추적망이 점점 좁혀지고 있다고도 했다.

한스는 다시 휴대전화를 켰다. 그러자 빌어먹을 얀이 기다렸다는 듯 전화를 걸어왔다. 이제 수사가 다른 용의자를 찾는 방향으로 공식 전환되었다고 했다. 그러면서 당장 뉘크바른으로 달려가 범행 현장을 뒤지고 있는 예르케르를 도와주라는 명령이 떨어졌다. 리스베트를 쫓는 수사가 결론을 향해 치달았던 마당에 이제는 숲속에 떨어진 담배꽁초나 줍는 신세가 되었다. 다른 사람들이 신나게 그녀를 쫓고 있을 때 말이다.

대체 그 염병할 MC 스바벨셰 놈들은 왜 끼어들었단 말인가?

어쩌면 그 빌어먹을 레즈비언 소니아의 생각이 맞을지도 몰랐다.

아니, 아니, 그럴 리 없다!

범인은 분명히 리스베트였다.

그는 꼭 자신의 손으로 그녀를 잡고 싶었다. 그녀의 목덜미를 거칠게 움켜쥐는 자신을 상상하며 손바닥이 아파올 정도로 휴대전화를 꼭 쥐었다.

미카엘은 작은 병실 창문 앞을 왔다갔다했다. 홀게르는 그런 그의 모습을 차분한 눈으로 지켜보았다. 시계는 저녁 7시 30분을 가리켰고, 두 사람은 한 시간 전부터 쉬지 않고 대화를 이어오고 있었다. 이윽고 홀게르가 미카엘의 주의를 끌기 위해 테이블을 두드렸다.

"그러다 신발이 다 닳겠소. 이리 와 앉으시오."

미카엘은 그의 말에 따랐다.

"이 모든 비밀들……" 홀게르가 다시 말했다. "당신에게 살라첸코의 과거에 대해 듣지 않았다면 이 모든 비밀들을 까맣게 몰랐을 거요. 내가 본 건…… 리스베트에게 정신적인 문제가 있다고 주장하는 보고서나 평가서들뿐이었으니까."

"페테르 텔레보리안, 그자가 쓴 거죠."

"그와 군나르 사이에 분명 모종의 약속이 있었겠지. 일종의 협력관계였겠고."

미카엘은 묵묵히 고개를 끄덕였다. 어찌됐든 이 페테르라는 자는 나중에 꼭 한번 조사해보리라. 꼭 리스베트 때문이 아니더라도 어딘가 구린 냄새가 진하게 느껴지는 인물이었다.

"리스베트가 그자와는 거리를 두라고 충고하더군요. 속이 시커먼 자라고요."

홀게르가 그를 날카롭게 쏘아보았다.

"그녀가 언제 그런 말을 했소?"

미카엘은 아차 하고 입을 다물었다. 그러고는 다시 미소를 지으며 홀게르를 쳐다보았다.

"하하. 또 말씀드려야 할 비밀이 있었군요. 그녀가 도주중일 때 저와 연락한 적이 있습니다. 제 컴퓨터를 통해서요. 항상 알쏭달쏭하게 짤막한 메시지를 보내왔지만 나름대로 제가 방향을 잃지 않도록 도와줬습니다."

홀게르가 한숨을 내쉬었다.

"물론 그 사실을 경찰에 알리지는 않았겠지?"

"아직요."

"내게도 공식적으로 말한 건 아니니 모르는 걸로 해두겠소. 하긴…… 그애가 컴퓨터는 잘 다루지."

얼마나 잘 다루는지 상상도 못할 겁니다.

"어쨌든 난 그애가 이번 일을 잘 통과해내리라고 믿소. 비록 궁핍하게는 살지만 아주 강한 사람이니까."

그렇게 궁핍하게 살지도 않습니다. 30억 크로나나 되는 돈을 훔쳤거든요. 배고파 죽을 일은 없을 겁니다. 말괄량이 삐삐처럼 금화가 가득 든 궤짝을 갖고 있다고요.

"그런데 한 가지 이해가 안 됩니다." 미카엘이 말했다. "왜 당시에 그녀를 위해 적극적으로 나서지 않으셨나요? 예를 들어 말도 안 되는 후견 체제 같은 거……"

홀게르가 다시 한숨을 내쉬었다. 그는 갑자기 치미는 슬픔에 가슴이 저려왔다.

"그래, 난 지금까지 제대로 도와주지 못했소…… 내가 리스베트의 법정관리인으로 임명됐을 때 그애는 내가 맡은 수많은 문제 청소년 가운데 하나였소. 그애 말고도 열두어 명을 더 맡았었으니까. 당시 사회복지부 장관이던 스테판 브로드헨셰가 내게 그 임무를 맡겼소. 당시 리스베트가 상트스테판에 갇혀 있어서 처음 한 해 동안은 만나

볼 수도 없었지. 페테르를 두어 번 만나본 게 전부였고. 박사 말로는 그애에게 정신이상 증세가 있어서 각종 치료를 받고 있다고 했소. 물론 나는 그 말을 믿었고. 하지만 당시 병원장이던 요나스 베링에르도 얘기해봤소. 내가 보기에 이 사건과는 아무런 관련도 없는 깨끗한 사람이오. 그때 내 요청에 따라 그가 리스베트의 상태를 평가했고, 결국 위탁가정을 통해 그애를 사회에 복귀시키기로 합의를 봤소. 그때 그녀는 열다섯 살이었지."

"그럼 그후로 그녀를 쭉 돌봐오신 거로군요?"

"어디 제대로 돌봐주기나 했었나…… 그 전철역 사건이 있고 나서부터야 난 그애를 위해 싸웠소. 그때는 그애를 어느 정도 알게 된 게 무척 좋았다오. 성깔 있는 애였지. 어쨌든 난 강제 입원을 저지하는 데 성공했소. 다만 당국과 타협을 좀 해야 했지. 즉 그애를 법적 무능력자로 판정한 후 내가 후견인이 되는 걸로."

"군나르가 법원의 결정에까지 관여할 수는 없었겠죠. 그런 시도를 했다가는 세상의 이목을 끌었을 테니까요. 하지만 어떻게 해서라도 그녀를 가둬놓고 싶었을 겁니다. 그래서 페테르 박사를 동원해 극히 부정적인 정신감정서를 쓰게 했을 테고요. 법관들이 알아서 판단할 수 있게끔요. 그런데 법관들은 변호사님의 손을 들어줬군요."

"사실 난 그애가 후견을 받아야 할 상태라고는 한 번도 생각해본 적 없었소. 하지만 정말로 솔직하게 고백하자면…… 그 후견 체제를 철회하려고 그다지 노력하지 않았다오. 훨씬 일찍 전부터 더 적극적으로 나섰어야 했는데 그러지 않았지. 왜냐면 난 그애가 너무 좋았어…… 같이 있고 싶어서…… 항상 다음에 다음에 하면서 미뤘던 거요. 다른 일도 너무 많았고. 그러다가 덜컥 쓰러졌지."

미카엘은 고개를 끄덕였다.

"그렇게까지 자책할 필요 없습니다. 오랜 세월 그녀에게 버팀목이 되어준 유일한 분이 아니십니까."

"그리고 또하나 문제는 내가 리스베트에 대해 너무 많은 걸 모르고 있었다는 거요. 내 고객이었지만 한 번도 살라첸코에 대해 언급하지 않았거든. 상트스테판을 나온 후로 그애가 내게 실낱같은 신뢰를 보여주기까지 몇 년이 걸렸지. 피후견인 신분을 결정하는 재판이 있고 나서야 나를 대하는 태도가 조금 달라졌다오."

"살라첸코 얘기는 어떻게 꺼내게 됐나요?"

"결국 그애가 나를 신뢰하기 시작했던 것 같소. 거기다 내가 후견체제를 철회할 가능성이 있다고 여러 차례 말했었고. 아마 몇 달간 그 문제를 곰곰이 생각해본 모양이었소. 어느 날 내게 전화를 걸어 만나자고 하더군. 그러고는 살라첸코를 비롯해서 그때까지 일어났던 모든 일에 대해 자신이 생각하는 바를 내게 들려주었지."

"그렇군요."

"사실 너무도 어마어마한 이야기라 나로선 잘 믿기지 않았소. 그래서 나 역시 따로 조사해보기 시작했지. 하지만 주민등록부를 다 뒤져도 살라첸코라는 이름은 나오지 않았소. 때로는 의심이 들더군. 이 모든 게 그애가 꾸며낸 이야기가 아닐까 싶어서."

"변호사님이 쓰러지셨을 때 닐스가 그녀의 후견인이 되었죠. 그것도 분명히 우연은 아니겠죠?"

"물론이오. 우리가 언젠가 그 진실을 증명해낼 수 있을지는 모르겠지만, 깊이 조사해보면 찾아낼 수 있으리라 생각하오. 군나르의 뒤를 이어 살라첸코를 맡아온 자, 즉 닐스를 리스베트의 후견인으로 앉힌 자를 말이오."

"왜 리스베트가 정신과 의사들이나 당국자들과 대화하기를 단호하게 거부해왔는지 이제는 충분히 이해가 됩니다. 그들과 대화를 시도해봤지만 그때마다 일은 더 악화됐죠. 우유팩 사건이 일어난 후에 그녀는 십여 명 되는 어른들에게 무슨 일이 있었는지 설명했습니다. 하지만 아무도 그 말에 귀기울이지 않았어요. 생각해보세요. 어린 소녀 혼자서 어머니의 생명을 구하려고 그 흉악한 사이코패스와 맞서 싸웠던 겁니다. 최선을 다해 자신이 할 수 있는 일을 했고요. 그런데 어른들은 '잘했다' '넌 착한 아이구나'라고 칭찬해주는 대신 그녀를 정신병자 수용소에 처넣어버린 겁니다."

"그런데 진실이 그렇게 단순한 것만은 아니오." 홀게르가 심각한 표정으로 말했다. "당신도 느꼈을지 모르겠지만…… 리스베트에겐 분명히 뭔가 잘못된 부분이 있소."

"무슨 뜻입니까?"

"그애가 어렸을 때 얼마나 많은 문제들이 있었는지 잘 알 거요. 학교에서 저지른 사고들 말이오."

"신문들이 매일같이 떠들어대고 있는 소리죠. 하지만 그녀와 같은 유년기를 보냈다면 나 역시 그랬을 겁니다."

"이 문제는 단순히 가정환경만으로 설명될 수 없소. 난 그녀에 대한 정신과 평가서를 모두 찾아 읽어봤다오. 그런데 의사들은 정확한 진단조차 내리지 못했더군. 다시 말해 그애는 정상인의 한계를 벗어난 사람이오. 그애와 체스를 둬본 적 있소?"

"아뇨."

"게다가 그애는 사진기억력을 지녔지."

"알고 있습니다. 함께 있으면서 알게 됐죠."

"수수께끼도 좋아하오. 한번은 크리스마스를 같이 보내러 날 찾아왔었지. 그때 내가 멘사 테스트 문제를 몇 개 내봤소. 예를 들어 유사한 상징을 다섯 개 보여주고서 여섯번째에 와야 할 상징을 맞히는 그런 문제들."

"네."

"나도 풀어봤는데 반밖에 못 맞혔소. 그것도 이틀 저녁 내내 푸느라 머리가 터질 듯했지. 그런데 그애는 문제가 적힌 종이를 힐끗 한번 쳐다보더니 정답을 술술 말하더군."

"네, 저도 인정합니다. 리스베트는 아주 특별한 여자죠."

"불행하게도 그 특별함이 단지 지능 덕분만은 아니오. 그애는 다른 사람들과 소통하는 능력이 몹시 부족하지. 난 그게 아스퍼거 증후군의 한 형태가 아닌가 생각한다오. 그런 환자들의 병리적 증상에 관해 읽어본 적이 있는지 모르겠지만, 리스베트와 딱 들어맞는 특징들이 여러 개였소. 물론 일치하지 않는 점들도 있고."

그는 잠시 입을 다물었다.

"그애는 자기를 가만히 놔두는 사람이나 점잖게 구는 사람에겐 절대 위험한 행동을 하지 않소."

미카엘이 고개를 끄덕였다.

"하지만 난폭한 성향이 있다는 사실만큼은 결코 의심할 수 없지." 홀게르가 목소리를 낮추며 말을 이었다. "만일 누군가가 자기를 도발하거나 위협하면 극도의 폭력으로 응수하는 여자요."

미카엘은 다시 한 번 고개를 끄덕였다.

"그렇다면 우리가 해야 할 일은 뭐겠소?" 홀게르가 물었다.

"살라첸코를 찾는 겁니다."

이때 시바르난단 박사가 문을 두드렸다.

"방해해서 죄송합니다만 TV를 한번 틀어보세요. 지금 저녁뉴스에 그녀 얘기가 나오고 있어요."

29장
4월 6일 수요일~4월 7일 목요일

리스베트는 분노로 몸을 덜덜 떨었다. 오전에는 사뭇 여유로운 마음으로 닐스의 별장을 향했다. 이런저런 일로 몹시 바쁜 하루였기 때문에 지난밤부터 지금 저녁 시간까지 컴퓨터를 켜보지 못했고 뉴스를 볼 기회도 없었다. 자신이 스탈라르홀멘에서 벌인 작은 소동이 어느 정도 뉴스거리가 되리라고는 물론 예상하고 있었다. 하지만 지금 TV에 나오고 있는 충격적인 사실들은 태풍처럼 그녀의 심장을 뒤흔들고 있었다.

미리암이 지금 쇠데르 병원에 입원해 있다는 소식이었다. 룬다가탄 아파트 앞에서 그녀를 납치해 그토록 처참하게 온몸을 망가뜨린 건 금발 거인이었다. 그리고 지금 그녀의 상태는 매우 심각하다.

파올로가 그녀를 구했다고 했다. 그가 어떻게 해서 뉘크바른의 외딴 창고 근처에 있었는지는 이해할 수 없는 일이었다. 퇴원할 때 기자들이 달려들어 인터뷰를 요청했지만 그는 논평을 거절했다. 그의 얼굴 상태는⋯⋯ 두 손을 등뒤로 묶고서 10라운드를 뛰고 난 복서

같았다.

그리고 미리암이 끌려갔던 창고 근처 숲에서 시체 두 구가 발견됐다고 했다. 오후 늦게 세번째 매장지를 찾았고 곧 발굴 작업이 이뤄질 거라고 경찰이 말했다. 또다른 매장지들이 발견될 가능성도 있다고 했다.

다음에는 리스베트의 추적 수사와 관련된 소식이었다.

그녀 주위로 그물이 좁혀지고 있다고 했다. 그날 낮 동안 스탈라르홀멘에서 멀지 않은 별장 마을에 그녀가 출현했음을 경찰이 확인했다. 그녀는 무장했고 위험한 인물이라고 했다. 닐스 비우르만의 별장에서 '헬스 엔젤스' 멤버 두어 명에게 총격을 가했다고도 했다. 그리고 이미 그녀가 포위망을 뚫고서 지역을 빠져나가는 데 성공했다고 경찰은 판단했다.

예비수사 책임자 리샤르드 검사가 기자회견을 열었다. 그는 애매한 답변으로 일관했다. "아뇨, 리스베트 살란데르가 헬스 엔젤스 갱단과 관련 있느냐는 질문에는 대답할 수 없습니다…… 아뇨, 뉘크바른 창고 근처에서 그녀가 목격됐다고는 확실하게 말씀드릴 수 없습니다…… 아뇨, 갱들 간의 원한으로 벌어진 싸움이라는 증거는 아무것도 없습니다…… 아뇨, 리스베트 살란데르가 엔셰데 살인 사건의 유일한 용의자라고는 말할 수 없습니다. 지금까지 경찰은 그녀를 살인범으로 단정한 적이 없습니다. 다만 이 사건과 관련해 증언을 듣고자 그녀를 추적해왔을 따름입니다……"

리스베트는 눈썹을 찌푸렸다. 경찰수사팀 내부에서 뭔가가 벌어지고 있었다.

그녀는 인터넷 창을 열고 일간지 웹사이트들을 훑었다. 그런 다음 리샤르드, 드라간, 그리고 미카엘의 하드디스크를 차례로 열어보았다.

검사의 메일함에 흥미로운 내용들이 가득했는데 그중에서도 그녀의 눈길을 끈 건 오후 5시 22분에 얀 형사가 보낸 메시지였다. 짧막한 메일에 리샤르드가 예비수사를 진행하는 방식에 대한 신랄한 비판이 담겨 있었다. 그리고 얀은 결론을 대신해 최후통첩을 보냈다. 그의 요구사항은 이러했다. 첫째, 소니아 모디그 형사를 즉시 수사팀에 복귀시킬 것. 둘째, 수사 방향을 변경해 엔셰데 살인 사건의 다른 용의자를 찾아볼 것. 셋째, '살라'라는 미지의 인물에 대해 본격적인 조사를 착수할 것.

리스베트에게 혐의를 두는 근거는 단 하나입니다. 즉 범행 무기에 남은 지문 하나로 그녀를 범인이라 단정짓는 거죠. 물론 이것은 그녀가 무기를 만졌다는 증거가 되기에 충분합니다. 당신도 잘 알겠지만, 그렇다고 해서 그녀가 이 총을 사용했다는 증거는 아니죠. 이번 사건의 희생자들을 겨냥해 쐈다는 증거는 더더욱 될 수 없고요.

이제 우리는 이번 사건에 다른 인물들이 연루되어 있음을 분명히 알게 되었습니다. 쇠데르텔리에 경찰이 매장된 시체 두 구를 발견했고 세번째 장소도 곧 파헤칠 겁니다. 그런데 이 창고의 소유자가 칼망누스 룬딘의 사촌이죠. 리스베트가 그 시체들과는 아무런 관계도 없다는 뜻입니다. 그녀가 얼마나 난폭한 여자에 심각한 정신병자인지는 모르겠지만, 아닌 건 아닌 겁니다.

마지막으로 얀은 만일 자신의 요구가 관철되지 않으면 수사팀을 떠날 것이며, 그것도 조용히 떠나지는 않을 거라고 선언했다. 여기에 리샤르드는 "당신이 알아서 최선을 다해주세요"라고 답변했다.

드라간의 하드디스크에는 깜짝 놀랄 만한 정보가 들어 있었다. 경리부와 주고받은 메일들을 보니 니클라스 에릭손이 즉시 회사를 떠난다고 했다. 그리고 경비원에게 보낸 메일에는 니클라스가 건물에 들어오면 그의 자리까지 동행해 개인 소지품을 챙기게 한 후 즉시 내보내라는 지시가 있었다. 관리부에도 메일을 보내 그의 출입카드를 정지시키라고 했다.

하지만 가장 흥미로운 건 드라간과 법무팀 변호사인 프랑크 알레니우스 사이에 오간 메일들이었다. 드라간은 그에게 메일을 보내 만일 리스베트가 체포된다면 회사가 그녀의 변호를 위해 어떤 일을 할 수 있는지 물었다. 프랑크는 살인 혐의를 받고 있는 전 직원을 위해 회사가 개입할 필요는 없으며 자칫 회사 이미지에 부정적인 영향을 미칠 수 있다고 대답했다. 그러자 드라간이 화를 내며 반문했다. 사람들은 그녀가 살인범이라고 주장하지만 아직 증명되지 않은데다 자신은 그녀의 결백을 믿는다고. 그러니 억울하게 누명을 쓴 전 직원을 회사가 돕는 건 당연한 일이 아니겠냐고.

이어 리스베트는 미카엘의 하드디스크를 열었다. 그동안 그는 아무것도 써놓지 않았다. 심지어 전날 아침부터 컴퓨터를 켜보지도 않았다.

소니 보만은 드라간의 사무실에 있는 회의 테이블에 문서철을 내려놓고서 털썩 의자에 주저앉았다. 요한 프레클룬드가 문서를 펼쳐 읽기 시작했다. 드라간은 창가에 서서 스톡홀름 구시가를 내려다보고 있었다.

"이게 내가 드릴 수 있는 마지막 정보입니다. 오늘부로 수사팀에서 쫓겨났고요."

"자네 잘못이 아냐." 요한이 말했다.

"그래, 자네 잘못이 아니지." 드라간도 같은 말을 하며 의자에 앉았다. 그는 지난 이 주간 소니가 가져온 자료들을 탁자 한쪽에 쌓아놓았다.

"소니 자네야 일을 잘했지. 얀 형사와 얘기해보니 오히려 자네가 떠나서 아쉽다고 하더군. 하지만 니클라스 때문에 어쩔 수 없었네."

"괜찮습니다. 거기 쿵스홀멘보다야 우리 회사에 있는 게 나로선 훨씬 속 편하니까요."

"자, 그럼 지금까지의 상황을 요약해주겠나?"

"그러니까…… 리스베트를 찾아낸다는 우리의 목적은 완전히 실패했죠. 수사팀이 정말 한심했어요. 팀원들은 서로 싸워댔고 얀 형사는 수사를 완전히 장악하지 못하는 눈치였어요."

"한스 파스테 때문인가?"

"엿 같은 인간이긴 하더군요. 하지만 진정한 문제는 한스가 아니었어요. 수사가 그렇게 형편없지도 않았고요. 사실 얀은 모든 가능성을 열어두고 나름대로 최선을 다했으니까. 문제는 리스베트 자신이에요. 자기 흔적을 지우는 데 아주 천재적인 재능이 있더군요."

"자네 임무가 그것만은 아니었지?" 드라간이 슬쩍 말을 꺼냈다.

"그렇죠. 니클라스 그 녀석에게 내 두번째 임무를 털어놓지 않은 게 얼마나 다행인지 모릅니다. 수사팀에서 일어나는 일들을 회사에 보고하고, 리스베트가 억울하게 감옥에 가는 일이 없게끔 중간에서 역할을 하는 게 또다른 임무였죠."

"자, 그래서 결과는?"

"사실 처음엔 나도 그녀가 범인이라고 확신했습니다. 하지만 지금은 그렇게 생각 안 해요. 모순적인 사실들이 너무 많이 드러났거든요……"

"그래서?"

"…… 이제 나는 더이상 그녀가 주된 용의자라고 생각하지 않습니다. 갈수록 미카엘의 가설이 맞다는 느낌이 강해져요."

"그러니까 이제 우리는 다른 용의자를 찾아야 한다는 뜻이군. 자, 수사 내용을 처음부터 다시 검토해봅시다." 드라간은 이렇게 말하고서 두 사람에게 커피를 한 잔씩 따라주었다.

리스베트는 또 한번 인생 최악의 저녁을 보내고 있었다. 살라첸코의 차 안으로 휘발유가 담긴 우유팩을 던져넣던 그 순간이 떠올랐다. 그날 이후 끔찍한 악몽이 끝나면서 깊은 내적 평화가 찾아왔다. 물론 세월이 흐르면서 또다른 문제들이 생기긴 했다. 하지만 그것들은 모두 자기 자신과 관련된 일이었으므로 그럭저럭 처리해나갈 수 있었다. 그런데 지금 이것은…… 밈미가 얽힌 문제였다.

밈미는 온몸이 망가진 채 쇠데르의 병원에 누워 있다. 아무 죄도 없는 밈미가 말이다. 그녀는 이 이야기와 아무런 관계가 없는 사람이다. 그녀에게 죄가 있다면, 리스베트 자신을 알았다는 것뿐이다.

리스베트는 스스로를 저주했다. 이건 자신의 잘못이었다. 깊은 죄책감이 밀려들었다. 자신은 감춰둔 집에 숨어서 스스로를 보호하려고 온갖 방법을 강구했다. 그러면서 밈미를 모두에게 다 알려진 집에 방치해두었다.

'어떻게 인간이 이 정도까지 무심할 수 있을까?' 그녀는 스스로를 죽도록 때리고 싶었다.

참담한 마음에 눈물이 솟구쳐올랐다. '아니야…… 리스베트는 절대 울지 않아.' 이내 그녀는 눈물을 닦았다.

밤 10시 30분경, 리스베트는 너무도 심란해 아파트 안에 있을 수 없었다. 재킷을 걸치고 밤의 어둠 속으로 빠져나왔다. 주로 인적이 없는 골목길을 걸어서 링베겐 대로까지 나가 쇠데르 병원으로 들어가는 진입로 앞에 섰다. 그대로 밈미가 있는 병실로 달려가 그녀를 깨워서 모든 것이 괜찮아질 거라고 말해주고 싶었다. 하지만 싱켄 방면에서 경찰차 한 대가 퍼런 불을 번쩍이며 달려오는 모습을 보고는 옆길로 몸을 숨겼다.

집으로 돌아온 건 자정이 조금 지나서였다. 온몸이 오슬오슬 떨렸다. 옷을 벗고 침대 위 이불 속으로 기어들어갔다. 잠이 오지 않았다.

1시경, 그녀는 일어나 어둠에 잠긴 집안을 가로질러 '친구 방'으로 걸어갔다. 침대와 서랍장 하나를 들여놓고는 한 번도 들어가본 적 없는 방이었다. 그녀는 벽에 등을 기대고 앉아 어둠을 응시했다.

리스베트에게 친구 방이 있다고? 웃기지 말라고 해.

그녀는 추위에 떨며 2시까지 그렇게 앉아 있었다. 그러고는 울기 시작했다.

새벽 2시 30분, 리스베트는 샤워를 하고 옷을 입었다. 커피와 샌드위치를 만들고서 컴퓨터를 켰다. 미카엘의 하드디스크에 들어갔다. 아까 들어가봤을 때 조사일지에 아무것도 적혀 있지 않은 게 이상했지만 밈미 때문에 깊게 생각해볼 여력조차 없었다.

그래서 다시 들어가보았는데 여전히 새로운 내용은 없었다. 이번에는 '리스베트 살란데르' 폴더를 열어보았다. 거기에 새 파일이 하나 들어 있었다. '리스베트-중요함'이라는 이름으로. 속성 파일을 확인해보니 0시 52분에 작성된 파일이었다. 그녀는 파일을 더블클릭해 메시지를 읽어내려갔다.

리스베트, 즉시 내게 연락해줘. 이 이야기는 내가 상상한 것보다 훨씬 더 고약하더군. 이제 살라첸코가 누구인지 알아. 무슨 일이 있었는지도 대략 알게 되었고. 홀게르 변호사님과 대화를 나눴어. 페테르의 역할도 이해했지. 왜 그들이 너를 정신병원에 가두려 했는지 알았어. 누가 다그와 미아를 죽였는지도 알 것 같아. 이유도 짐작할 수 있지만 아직 결정적인 퍼즐 조각이 몇 개 더 필요해. 닐스의 역할을 아직 모르겠거든. 내게 즉시 연락해줘! 우린 이제 이 모든 걸 해결할 수 있다고! /미카엘.

리스베트는 그 내용을 두 번 읽었다. 칼레 블롬크비스트. 참 열심히도 뛰셨네요! 참 우등생다워요. 빌어먹을 우등생! 이 문제를 해결할 수 있다고 믿는 순진한 인간!

그는 지금 선의로 가득차 있다. 그는 도움을 주고자 한다.

하지만 그는 모른다. 앞으로 무슨 일이 일어난다 해도 어차피 그녀의 삶은 이미 끝나버렸다는 사실을.

열세 살 때 그녀의 삶은 끝나버렸다.

그것이 유일한 해결책이었다.

리스베트는 새 파일을 하나 만든 다음 그에게 보낼 답신을 써보려 했다. 하지만 아무것도 쓸 수 없었다. 너무도 많은 상념들이 머릿속을 떠다니고 있었다. 그에게 털어놓고 싶은 수많은 상념들이.

사랑에 빠진 리스베트…… 지나가던 개가 웃을 일이다.

미카엘은 영원히 모를 것이다. 왜냐면 자신이 감정을 드러내는 일은 절대 없을 테니까. 자신의 마음을 알고 난 그가 득의에 차 미소 짓는 꼴을 보고 싶지 않으니까.

그녀는 파일을 휴지통에 집어넣고 빈 화면을 응시했다. 하지만 이렇게 완전한 침묵으로 대접할 만큼 그가 못된 인간은 아니다. 그는 지금 씩씩하고도 충직한 작은 병사처럼 이쪽 링사이드에 앉아 자신을 응원해주고 있다. 리스베트는 다시 새 파일을 하나 만들어 거기에 한 줄을 적었다.

친구가 되어줘서 고마웠어요.

우선 이동수단이 필요했다. 그녀는 룬다가탄에 세워둔 와인색 혼다를 타고 싶은 마음이 컸지만 그러지 않기로 했다. 리샤르드 검사의 컴퓨터에 자신이 차를 소유한 사실을 수사팀이 알아냈다는 단서는 없었다. 차를 산 지 얼마 되지 않았기 때문에 차량 등록도 보험 가입도 해놓지 않고 있었다. 즉 아직 행정 서류상에는 아무런 기록이 없는 셈이었다. 하지만 밈미가 경찰 심문을 받으면서 말했을 가능성이 있었다. 리스베트로선 그녀가 침묵을 지켰으리라고 백 퍼센트 장담할 수 없는 노릇이었다. 더욱 룬다가탄은 산발적으로나마 경찰의 감시하에 있을 터였다.

그렇다면 오토바이는? 경찰은 자신이 오토바이를 소유하고 있다는 걸 알고 있다. 게다가 룬다가탄의 차고까지 들어가서 그걸 끌고 나오는 일은 더욱 복잡한 문제였다. 때 이른 폭염까지 며칠째 계속되면서 무더위와 폭우가 교차하는 불안정한 날씨마저 예보된 상황이었다. 오토바이를 타고 미끄러운 도로를 달리고 싶은 마음은 없었다.

물론 이레네 네세르 명의로 렌터카를 탈 수도 있지만 이 방법도 위험하기는 마찬가지였다. 누군가가 그녀의 얼굴을 알아보면 앞으로 이레네 네세르라는 이름을 쓸 수 없게 된다. 그러면 만사가 끝장이었다. 이 이름이야말로 리스베트가 이 나라를 빠져나갈 수 있는 유일한 가능성이었기 때문이다.

문득 그녀의 입이 묘하게 뒤틀리면서 특유의 미소가 떠올랐다. 그렇다. 또다른 방법이 있었다. 그녀는 곧장 컴퓨터를 켜고 밀톤 시큐리티의 내부 네트워크로 들어갔다. 그렇게 해서 도달한 곳은 안내데스크 직원이 담당하는 차량 관리 사이트였다. 회사가 보유한 업무 차량은 95대였다. 대부분 밀톤 마크가 찍힌 경호용 차량이었고, 시내의 여러 차고에 흩어져 있었다. 한편 마크 없이 다른 업무에 사용되는 일반 차량들은 슬루센 밀톤 본사의 차고에 있었다. 그녀의 집에서 멀리 떨어져 있지도 않았다.

이번에는 인사관리 파일을 열어 직원 중에서 보름간 휴가를 떠난 마르쿠스 콜란데르를 골랐다. 그는 카나리아제도에 있는 한 호텔의 전화번호를 남겨놓았다. 리스베트는 호텔 이름과 전화번호 순서를 바꿔버렸다. 그리고 메모를 하나 삽입했다. 그가 휴가를 떠나기 전에 클러치에 이상이 있는 일반 차량 한 대를 수리센터에 맡겼다는 내용이었다. 그리고 예전에 써본 적 있는 도요타 코롤라를 선택한 후 일주일 후에 반환할 예정이라고 적었다.

마지막으로 그녀는 자신이 지나야 하는 밀톤 사무실 통로에 설치된 감시카메라들의 설정을 조작했다. 새벽 4시 30분에서 5시 사이 이들 카메라에는 삼십 분 전에 촬영된 영상이 반복해서 기록될 터였다. 물론 타이머는 정상으로 작동하지만.

새벽 4시가 조금 못 된 시각, 그녀의 배낭이 준비되었다. 그 안에는 갈아입을 옷 두 벌, 최루액 스프레이 두 통, 그리고 가득 충전한 전기 충격기가 들어 있었다. 그녀는 권총 두 개를 번갈아 쳐다보았다. 페르오케에게서 빼앗아온 콜트 1911을 포기하고 소니 니에미넨의 권총을 택했다. 탄창에 총알이 하나 빠진 폴란드제 P-83 바나드였다. 작은 손에는 그게 더 맞았으므로. 권총은 이내 그녀의 재킷 주머니로 들어갔다.

그녀는 덮개를 내린 노트북을 책상 위에 올려놓았다. 그건 가져가지 않을 생각이었다. 하드디스크에 있던 데이터는 이미 암호화해 웹상에 백업해두었다. 그리고 자신이 개발한 프로그램으로 하드디스크를 깨끗이 초기화해버렸다. 심지어 그녀 자신도 이제는 복구할 수 없었다. 그리고 이 파워북은 더이상 필요 없어졌다. 가지고 다니기에 거추장스러운 물건이었다. 대신 팜 텅스텐 PDA를 선택했다.

그녀는 책상 주위를 둘러보았다. 이곳 피스카르가탄 아파트에 다시는 돌아올 수 없을지도 모른다는 생각이 들었다. 그렇다면 너무도 많은 비밀을 남기고 떠나는 게 아닐까? 전부 제대로 없애고 떠나는 게 현명하지 않을까? 하지만 시계를 들여다보니 시간이 많지 않았다. 그녀는 마지막으로 주위를 둘러보고는 책상 스탠드를 껐다.

걸어서 밀톤 시큐리티에 도착한 리스베트는 차고에 들어가 사무실로 통하는 엘리베이터를 탔다. 텅 빈 복도에는 아무도 없었다. 로비 뒤에 있는 벽장이 잠겨 있지 않아서 차 열쇠를 꺼내는 데 아무 문제가 없었다.

삼십 초 후 차고로 돌아온 그녀는 리모컨을 눌러 코롤라 문을 열었다. 조수석에 배낭을 집어던지고 차에 올라 운전석과 백미러를 조정했다. 차고 문을 여는 건 예전에 복사해둔 출입카드로 충분했다.

새벽 4시 30분이 조금 못 되었다. 쇠데르멜라르스트란드를 따라 달리던 리스베트는 베스테르브론에 이르러 좌회전했다. 동이 트고 있었다.

미카엘은 6시 30분에 잠에서 깼다. 알람을 맞춰놓은 건 아니었지만 세 시간밖에 자지 못했다. 침대에서 일어나 노트북을 켜고 '리스베트 살란데르' 폴더를 열었다. 즉각 눈에 들어온 건 그녀가 보낸 짤막한 답신이었다.

친구가 되어줘서 고마웠어요.

미카엘의 등에 오싹한 기운이 스쳤다. 이건 전혀 예상했던 대답이 아니다. 마치 영원한 작별인사 같은 여운을 남기는 메시지였다. 리스베트, 너 혼자서 이 세상과 맞서러 떠나겠다고? 그는 주방으로 가 커피머신을 켠 다음 욕실로 향했다. 후줄근한 청바지를 입은 다음에야 비로소 지난 몇 주간 전혀 세탁을 하지 않았다는 사실을 깨달았다. 깨끗한 셔츠가 한 벌도 남아 있지 않았다. 어쩔 수 없이 그는 와인색 후드티를 입고서 그 위에 회색 재킷을 걸쳤다.

다시 주방으로 가 샌드위치를 만드는데 조리대 위 전자레인지와 벽 사이에서 뭔가 번득이는 것이 눈에 띄었다. 그는 눈썹을 찌푸리며 그 사이에 포크를 집어넣어 끄집어냈다.

리스베트의 열쇠꾸러미였다. 그녀가 룬다가탄에서 괴한에게 습격당했던 날 그가 길에서 주워 온 것이었다. 함께 주운 숄더백과 전자레인지 위에 올려놓았던 게 뒤로 떨어진 모양이었다. 그는 소니아에게 증거물로 숄더백을 내줬지만 열쇠꾸러미는 잊고 있었다.

미카엘은 열쇠꾸러미를 물끄러미 들여다보았다. 큰 열쇠 세 개와 작은 열쇠 세 개가 달려 있었다. 큰 것들은 아파트 건물 출입구 열쇠 하나와 현관문 열쇠 두 개였다. 리스베트네 아파트겠지. 하지만 룬다가탄 아파트에 맞는 열쇠는 아니었다. '제기랄! 도대체 어디서 살고 있는 거야?'

이번엔 작은 열쇠들을 좀더 자세히 들여다보았다. 하나는 가와사키 오토바이 열쇠였다. 다른 하나는 옷장이나 정리함 열쇠였다. 세번째 열쇠를 들어올렸다. 그 위에 24914라는 숫자가 새겨져 있었다. 순간, 그는 머리를 쾅 때려맞은 듯했다.

우편사서함! 그래, 리스베트에게 사서함이 있었어!

당장 전화번호부를 펼쳐 쇠데르말름 지역에 어떤 우체국들이 있는지 훑어보았다. 그녀가 살던 곳은 룬다가탄이었다. 거기서 링겐 우체국까지는 너무 멀었다. 어쩌면 호른스가탄 우체국일지 몰랐다. 아니면 로센룬스가탄 우체국일지도……

그는 꾸르륵거리는 커피머신을 껐다. 아침을 먹고 있을 틈이 없었다. 그대로 에리카에게 빌린 BMW를 타고서 로센룬스가탄 우체국으로 달려갔다. 열쇠가 맞지 않았다. 뒤이어 호른스가탄 우체국으로 갔다. 24914번 사서함. 빌어먹을! 열쇠가 꼭 들어맞았다. 열어보니 그 안에는 편지 스물두 통이 들어 있었다. 당장 모두 꺼내서 노트북 가방 바깥 주머니에 쑤셔넣었다.

미카엘은 호른스가탄까지 차를 몰아 크바르테르 영화관 앞에 차를 세우고 아침도 먹을 겸 '코파카바나'에 들어갔다. 카페라테가 나오기를 기다리면서 편지를 하나하나 살펴보았다. 수신인은 모두 와스프 엔터프라이즈로 되어 있었다.

찍혀 있는 소인을 보니 스위스가 아홉 개, 케이맨제도가 여덟 개, 채널제도가 하나, 그리고 지브롤터가 네 개였다. 그는 아무 거리낌 없이 봉투를 뜯었다. 스물한 개의 봉투 속에는 계좌명세서와 각종 은행 서류가 들어 있었다. 그는 리스베트가 엄청난 부자라는 사실을 두 눈으로 확인했다.

스물두번째 편지는 보다 두툼했다. 로고가 인쇄된 봉투에는 보낸 이의 주소가 육필로 쓰여 있었다. "뷰캐넌 하우스, 퀸스웨이로, 지브롤터." 편지지에 인쇄된 발신자를 보니 '사무변호사 제러미 S. 맥밀런'이었다. 유려한 필체로 써내려간 편지였다.

사무변호사
제러미 S. 맥밀런

경애하는 살란데르,
귀하가 구입한 아파트의 대금이 1월 20일자 잔금지불을 끝으로 완납되었음을 알립니다. 약정에 따라 제가 모든 서류의 원본을 보관하며, 귀하에게 사본을 보내드리오니 흔쾌히 받아보시기 바랍니다.
귀하가 하시는 모든 일이 순조롭기를 바랍니다. 지난여름, 뜻밖에도 이곳을 방문해주신 것에 감사의 마음을 전하며 실제로 뵙게 되어 몹시 즐거웠음을 말씀드립니다. 앞으로도 필요한 일이 있다면 언제든지 연락주십시오.

당신의 신실한,
J.S.M.

1월 24일에 쓴 편지였다. 사서함을 그다지 자주 비우는 편이 아닌 모양이었다. 미카엘은 첨부된 서류들을 살펴보았다. 모세바케 구역

피스카르가탄 9번지 아파트의 매매 서류였다.

마시던 커피가 켁, 목에 걸릴 뻔했다. 리스베트는 무려 2500만 크로나에 달하는 아파트 구입 대금을 일 년 간격으로 두 번에 걸쳐 전부 지불했다.

리스베트는 건장한 체구에 머리색이 어두운 남자 하나가 오토 엑스퍼트의 곁문을 여는 모습을 지켜보고 있었다. 에스킬스투나에 있는 이 렌터카 대리점은 주차장과 정비소를 겸한 곳으로 어디서나 볼 수 있는 평범한 체인점이었다. 지금은 6시 50분이었고, 정문 위에 걸린 간판에는 7시 30분에 영업을 시작한다고 적혀 있었다. 그녀는 길을 건너 가 곁문을 열고 남자를 뒤따라 들어갔다. 인기척을 느낀 그가 몸을 돌렸다.

"레피크 알바?"

"누구요? 아직 문 안 열었소."

그녀가 소니 니에미넨의 P-83 바나드를 들어올려 두 손으로 잡고 남자의 얼굴을 겨누었다.

"난 지금 수다떨 생각도 없고 시간도 없어. 렌터카 장부를 보고 싶어. 지금 당장. 딱 십 초 주겠어."

레피크 알바는 마흔두 살이었다. 터키 남동부 디야르바키르 출신의 쿠르드인이라 총이라면 살면서 실컷 구경한 사람이었다. 그는 마비된 듯 그 자리에 얼어붙었다. 그리고 이내 깨달았다. 지금 어떤 미친년이 권총을 들고 가게에 침입한데다 그 무얼 얘기해봤자 소용없을 거라는 사실을.

"컴퓨터에 있어."

"켜봐."

그는 복종했다.

"이 문 뒤에 뭐가 있지?" 컴퓨터가 켜지고 모니터가 깜빡거리기 시작할 때 그녀가 물었다.

"잡동사니 쟁여두는 벽장."

"열어봐."

과연 그 안에는 작업복이 몇 벌 걸려 있었다.

"좋아. 조용히 이 안으로 들어가. 그럼 내가 당신을 해칠 일도 없을 테니까."

그는 군말하지 않았다.

"휴대전화를 꺼내서 바닥에 내려놓고 내 쪽으로 밀어."

이번에도 그녀가 시키는 대로 했다.

"좋아. 이제 문을 닫아."

윈도우 95에 하드디스크가 280메가바이트에 불과한 구닥다리 컴퓨터였다. 차 대여목록이 있는 엑셀 파일을 열기 위해서는 무한한 인내가 필요했다. 금발 거인이 몰던 흰색 볼보는 두 차례 대여됐다. 우선 1월에 이 주 동안이었고, 다음에는 3월 1일에 빌려 아직까지 반환되지 않은 상태였다. 장기 계약이었고 대금은 매주 지불하고 있었다.

그의 이름은 로날드 니더만이었다. 리스베트는 컴퓨터 위쪽 선반에 꽂혀 있는 문서철들을 훑어보았다. 그 가운데 깔끔한 글씨로 '신분증'이라고 쓰인 파일이 눈에 띄었다. 그것을 빼내 '로날드 니더만'이 있는 곳까지 페이지를 넘겼다. 지난 1월에 차를 빌릴 때 그가 제시한 여권을 복사해둔 것이었다. 그리고 곧 금발 거인의 얼굴을 확인할 수 있었다. 그는 독일 함부르크 출신으로 올해 나이 서른다섯이었다. 레피크 알바가 여권을 복사했다는 건 그가 이 가게와 아는 사이가 아닌 그저 평범한 고객 중 하나라는 뜻이었다.

여권 사본 하단에 레피크가 휴대전화 번호 하나와 예테보리에 속한 사서함 주소 하나를 적어놓았다.

리스베트는 서류철을 제자리에 꽂아놓고 컴퓨터를 껐다. 주변을 살펴보니 가게문을 열린 채로 고정하는 데 쓰는 고무 조각 하나가

구석에서 굴러다니는 게 보였다. 그녀는 그걸 집어들고 벽장 쪽으로 다가가 총신으로 문을 두드렸다.

"내 목소리 들려?"

"어."

"내가 누군지 알아?"

아무 소리가 없다.

물론 장님이 아니고서야 나를 못 알아볼 턱이 없지.

"오케이. 당신은 내가 누군지 알고 있어. 내가 무서워?"

"응."

"레피크 씨, 날 무서워할 필요는 없어. 아무 짓도 하지 않을 거니까. 내가 볼일은 다 봤어. 그리고 일을 방해해서 미안해."

"어…… 알겠어."

"그 안에 숨쉴 공기는 충분해?"

"응…… 그런데 뭘 찾는 거지?"

"이 년 전 여기서 어떤 여자가 차를 한 대 빌렸는지 확인하고 싶었어." 그녀는 거짓말을 했다. "그런데 내가 찾는 사람이 없네. 하지만 당신 잘못은 아니니까 난 몇 분 후에 떠날 거야."

"알았어."

"벽장 문 밑에 고무 조각을 끼워놓겠어. 문이 꽤 얇으니까 당신 힘으로 부수고 나올 수 있겠지. 하지만 시간 좀 걸릴 거야. 경찰을 부를 필요는 없어. 나를 다시 볼 일은 없을 테니까. 그냥 아무 일도 없었던 것처럼 가게문을 열고 평소처럼 영업하라고."

물론 그가 경찰에 신고하지 않을 가능성은 제로에 가까웠다. 하지만 다른 대안을 생각해볼 기회를 준다고 해서 나쁠 건 없었다. 가게를 나온 리스베트는 길 한구석에 세워둔 도요타 코롤라로 돌아와 재빨리 이레네 네세르로 모습을 바꿨다.

찾아낸 게 금발 거인의 진짜 주소가 아닌 사서함에 불과하다는 사실에 짜증이 났다. 그것도 스톡홀름이 아닌 더 반대편에 떨어진 도시라니! 하지만 이게 그녀에게 주어진 유일한 길이었다. 어쩌겠어? 자, 예테보리로 가자고!

그녀는 E20 고속도로 입구를 향해 가다가 아르보가에서 서쪽으로 방향을 틀었다. 그리고 라디오를 켰다. 민영방송 채널 하나가 잡혔고 막 뉴스가 끝났다. 라디오에서는 '휘발유를 부어 불을 끈다'라는 가사가 흘러나왔다. 그녀는 이 노래를 부른 가수가 데이비드 보위라는 사실도 몰랐고, 이 곡을 들어본 적도 없었지만 마치 자신을 향한 예언처럼 느껴졌다.

30장

4월 7일 목요일

미카엘은 건물 출입구 앞에 서 있었다. 피스카르가탄 9번지. 스톡홀름에서 가장 조용한 고급 주택가였다. 출입구에 열쇠를 밀어넣었다. 찰칵. 열쇠는 미끄러지듯 들어갔다. 로비에 붙어 있는 안내판은 큰 도움이 되지 못했다. 건물에는 대부분 회사들이 입주해 있었고 일반 가정은 몇 안 되는 듯했다. 리스베트의 이름이 없는 것도 충분히 예상했던 일이다. 자기 이름을 버젓이 내걸고 살 사람이 아니니까. 하지만 그녀가 이런 곳에 숨어 살고 있다는 것도 별로 믿기지 않았다.

일단 각 층에 문마다 달린 명패를 읽어가면서 계속 계단을 걸어올라갔다. 무언가를 떠오르게 하는 이름은 하나도 없었다. 마침내 그가 맨 꼭대기층에 이르렀을 때 V. 쿨라라는 이름이 눈에 들어왔다.

그 순간 미카엘은 이마를 탁 쳤다. '빌라 빌레르쿨라!' 말괄량이 삐삐의 집! 그의 입가에 미소가 떠올랐다. '칼레 블롬크비스트'가 리스베트를 찾아낼 수 있는 곳이 이 세상에서 이곳 말고 또 어디 있겠는가!

그는 초인종을 누르고 일 분쯤 기다려봤다. 그리고 이내 열쇠꾸러미를 꺼내 문고리와 그 위에 달린 잠금장치를 열었다.

문을 여는 순간, 경보장치가 삑삑거리기 시작했다.

리스베트의 차가 외레브로 외곽에 있는 글란스함마르 근처를 달리고 있을 때 휴대전화가 울렸다. 그녀는 즉시 브레이크를 밟고 갓길에 차를 세웠다. 그리고 호주머니에서 PDA를 꺼내 휴대전화와 연결했다.

누군가가 십오 초 전에 그녀 집의 현관문을 열었다. 경보장치가 보안회사와 연결된 건 아니었다. 그저 리스베트 자신이 모든 무단침입을 파악하기 위한 장치였다. 그리고 삼십 초 후에는 정식 경보장치가 작동하기 시작한다. 즉 불청객은 문 옆에 달린 퓨즈함처럼 생긴 상자가 내뿜는 색깔 스프레이 세례를 받을 것이다. 꽤 불쾌한 경험이리라. 그녀는 미소를 지었다. 그리고 자못 흥분된 마음으로 카운트다운을 시작했다.

미카엘은 문 옆에 달린 경보장치의 타이머를 난감하게 쳐다보았다. 현관문에 경보장치를 달아놨으리라고는 정말이지 예상하지 못했다. 그는 디지털 타이머에서 숫자가 점점 줄어드는 걸 바라만 보았다. 〈밀레니엄〉 사무실은 삼십 초 안에 비밀번호 네 자리를 정확하게 입력하지 못하면 경보장치가 발동하면서 곧 보안회사 직원들이 달려오게 되어 있었다.

그는 문을 다시 닫아버리고 그 자리를 떠나고 싶은 충동도 느꼈다. 하지만 몸이 움직이지 않았다.

고작해야 숫자 네 개…… 우연히 비밀번호를 맞히는 것도 전혀 불가능하지는 않을 거야……

25초, 24초, 23초, 22초……

이 망할 말괄량이 삐삐!

19초, 18초……

대체 번호가 뭐야?

15초, 14초, 13초……

마음은 점점 급해지고 당황스러웠다.

10초, 9초, 8초……

그는 손을 올렸다. 그리고 머릿속에 떠오른 네 자리 수를 절망적으로 두드렸다. 9277. 전화기 버튼에 쓰인 알파벳에서 WASP에 해당하는 숫자들이었다.

육 초를 남겨두고 놀랍게도 카운트다운이 멈췄다. 경보장치가 마지막으로 삑 소리를 내더니 타이머가 제로로 돌아왔고 뒤이어 녹색 불이 켜졌다.

리스베트는 눈이 휘둥그레졌다. 혹시 잘못 본 건가 싶어 PDA를 흔들어보기까지 했다. 상식적으로 도저히 일어날 수 없는 일이었다. 색깔 스프레이 발사를 앞두고 카운트다운이 6초에서 멈춰버렸다. 그리고 다음 순간에 타이머가 제로로 돌아왔다.

불가능해.

이 세상에 그 비밀번호를 아는 사람은 자신뿐이었다. 그 어떤 보안회사에도 연결된 게 아니므로 아무도 경보장치를 멈출 수 없었다.

어떻게?

어찌 이런 일이 일어날 수 있는지 이해가 되지 않았다. '경찰? 아냐. 살라? 말도 안 돼.'

리스베트는 휴대전화에 숫자 몇 개를 입력하고서 기다렸다. 곧이어 감시카메라가 낮은 해상도의 영상을 전송하기 시작했다. 카메라는 천장에 달아놓은 가짜 화재감지기 안에서 초당 하나꼴로 이미지를 포착하게 되어 있었다. 그녀는 문이 열리고 경보장치가 울리기 시작한 순간부터 이미지를 돌려보았다. 화면을 들여다보는 그녀의 입가에 천천히 미소가 떠올랐다. 미카엘 블롬크비스트…… 삼십 초를 그렇게 혼자서 팬터마임을 벌이다가 이윽고 비밀번호를 누른 다음 마치 심장마비라도 간신히 모면한 사람처럼 문틀에 등을 기댄 채 할딱거리고 있었다.

이 빌어먹을 칼레 블롬크비스트가 찾아냈네!

게다가 대체 어떻게 찾았는지 룬다가탄에서 그녀가 잃어버린 열쇠꾸러미가 그의 손에 들려 있었다. 그리고 약삭빠르게도 그녀가 인터넷상에서 사용하는 '와스프WASP'라는 이름도 기억해냈다. 이 아파트를 찾아낸 걸 보면 그곳이 와스프 엔터프라이즈의 소유라는 사실도 알아냈을 가능성이 높았다. 아무튼 대단한 '칼레 블롬크비스트'가 아닐 수 없다. 뚝뚝 끊기는 이미지 속에서 뒤이어 그는 현관으로 들어가더니 재빨리 카메라의 시야에서 사라졌다.

빌어먹을…… 내가 왜 이렇게 일을 허술하게 해놨지? 게다가 열쇠마저 흘리고 다니고…… 이제 내 모든 비밀이 저 꼴 보기 싫은 칼레 블롬크비스트 눈앞에 쫙 펼쳐져버렸군!

리스베트는 눈썹을 찌푸리며 잠시 생각에 잠겼다. 그리고 이 모든 게 더는 중요하지 않다는 결론을 내렸다. 하드디스크를 다 지워버렸으니 됐다. 그게 중요했다. 오히려 자신의 은신처를 찾아낸 사람이 다름아닌 미카엘이어서 다행인지도 몰랐다. 어차피 이 세상 그 누구보다 자신의 비밀을 많이 알고 있는 사람 아닌가. 그래, 우등생이고 모범생인 양반이니 그 고상한 신념에 따라 하고 싶은 대로 마음껏 하게 놔둬도 될 것이다. 그렇다고 해서 자신을 팔아넘길 인간은 아니니까. 이내 리스베트는 기어를 1단으로 올리고 깊은 생각에 잠긴 채 예테보리를 향해 다시 차를 몰았다.

8시 30분에 〈밀레니엄〉 사무실로 출근하던 말린은 엘리베이터 앞에서 파올로 로베르토와 마주쳤다. 그를 즉시 알아본 그녀가 자신을 소개하고서 사무실 안으로 안내했다. 그는 심하게 절뚝거렸다. 말린의 코끝에 향긋한 커피 냄새가 스쳤다. 에리카가 벌써 나와 있는 모양이었다.

"안녕하시오, 에리카 씨. 이렇게 갑자기 연락한 사람을 만나줘서 고마워요."

에리카는 눈을 동그랗게 뜨고 시퍼런 멍과 혹으로 뒤덮인 그의 얼굴을 쳐다보다가 이윽고 볼에 뺨을 맞대며 인사를 했다.

"정말 얼굴이 볼만하네요!"

"뭐, 코가 깨진 게 이번이 처음은 아니니까. 미카엘 씨에겐 뭐라고 말했죠?"

"그는 지금 어디 가서 탐정 흉내를 내고 있을 거예요. 노상 그렇지만 지금도 연락이 안 돼요. 어젯밤에 불쑥 보내온 이상한 메일 한 통 말고는 어제 아침 이후로 다른 소식은 없어요. 어쨌든…… 당신이 해준 모든 일들, 정말 고마워요."

에리카가 그의 얼굴을 가리켰다.

파올로는 너털웃음을 터뜨렸다.

"커피 한잔 하시겠어요? 우리에게 할 얘기가 있다고요. 말린도 이리 와봐!"

그들은 에리카의 방으로 들어가 푹신한 안락의자에 자리를 잡았다.

"다들 아시겠지만 나와 싸운 놈은 덩치 큰 금발의 개자식이었어요. 미카엘에게도 말했지만 놈의 복싱 실력은 형편없었죠. 그런데 이상하게도 두 주먹으로 가드 자세를 취하고 계속 빙빙 돌더라고요. 숙련된 복서들이 하는 것처럼. 혹시 이놈이 트레이닝을 받은 적이 있을지도 모른다는 생각이 들어요."

"그 얘기는 어제 기자님께 전화로 들었어요." 말린이 말했다.

"어제 오후 내내 그 생각이 머릿속을 떠나지 않았어요. 만일 이놈이 복싱계와 관련이 있다면 찾아낼 수도 있는 일이니까. 그래서 집에 들어가자마자 컴퓨터를 켜고 유럽에 있는 복싱 클럽 이곳저곳에 이메일을 쫙 돌렸죠. 내게 무슨 일이 일어났는지 밝히고서 그 친구의 모습을 상세하게 묘사했어요."

"그래서요?"

"그런데 이 방법이 통한 것 같아요."

그는 에리카와 말린 앞에 팩스로 전송된 사진 한 장을 내려놓았다. 어느 복싱장에서 훈련중에 찍힌 듯했다. 두 명의 복서가 서서 운동복 차림에 챙이 좁은 가죽 중절모를 쓴 뚱뚱한 중년 코치의 설명을 듣고 있었다. 링 주위 여기저기에도 여남은 사람들이 둘러서서 그의 말을 듣고 있었다. 그리고 저쪽 구석에서 거구의 사내 하나가 박스를 나르고 있었다. 머리를 박박 민 게 꼭 스킨헤드 같았다. 누군가가 사인펜으로 그 사내를 동그라미 쳐서 표시해놨다.

"십칠 년 전에 찍힌 사진이에요. 구석에 보이는 이자가 로날드 니더만. 이 사진에 찍혔을 때가 열여덟 살이었으니 지금은 서른다섯쯤 됐을 겁니다. 미리암을 납치했던 그 거인 녀석하고 비슷해요. 사진이 너무 오래돼서 백 퍼센트 장담할 수는 없지만 몹시 닮은 건 사실이에요."

"이 사진은 어디서 왔어요?"

"함부르크의 다이내믹 클럽에서 보내온 거예요. 한스 뮌스터라는 나이든 코치죠."

"그래서요?"

"로날드 니더만은 1980년대 말에 일 년간 이 클럽에서 복싱을 했대요. 아니, 복싱을 해보려고 했다는 게 더 정확한 표현이겠죠. 오늘 아침에 이 팩스를 받고 한스에게 전화해서 얘기를 나눠봤어요. 그가 해준 얘기를 요약하자면…… 로날드는 함부르크 출신으로 1980년 대에는 동네에서 스킨헤드 애들하고 어울려 다녔답니다. 형이 하나 있었는데 꽤 재능 있는 복서였대요. 그 형 덕분에 이 클럽에 들어왔 다고 해요. 당시 로날드는 체격이 거대했고 힘 또한 엄청났다고 합니 다. 코치 말로는 그렇게 펀치가 강한 사람은 처음 봤다는군요. 하루 는 펀치 힘을 측정해보는 날이었는데 그가 주먹 한 방으로 측정기를 고장내버렸대요."

"그럼 복서로 나갔다면 크게 됐을 텐데요." 에리카가 말했다.

파올로는 고개를 저었다.

"코치 말로는 놈을 링 안에 세우는 게 불가능했대요. 우선 복싱 하 는 법을 제대로 익히지 못했나봐요. 그저 제자리에 서서 주먹을 마구 휘두르기만 했다는군요. 주먹질이 엄청 서툴렀던 거죠. 이건 내가 뉘 크바른에서 본 녀석의 특징과 일치해요. 하지만 이것보다 더 나쁜 점 이 있었죠. 놈은 자기 힘을 조절하지 못했대요. 가끔가다 한 방씩 터 뜨리면 불쌍하게도 거기에 맞은 스파링 파트너는 그야말로 박살이 났다나봐요. 코뼈는 주저앉고 턱뼈는 날아가고…… 불필요한 부상 을 입히는 일이 끊임없이 벌어졌죠. 그래서 한스로선 도저히 놈을 데 리고 있을 수 없었다는군요."

"쉽게 말해서 마구잡이 복서로군요." 말린이 말했다.

"맞아요. 하지만 그가 복싱을 중단한 진짜 이유는 따로 있어요. 의 학적인 이유로."

"뭐죠?"

"이 친구는 아무리 두드려 맞아도 끄떡 안 해요. 소나기 같은 펀치 를 얻어맞아도 그냥 움찔할 뿐 계속 싸우죠. 결국 한스는 그가 선천성 **무통각증**이라는 희귀병을 앓고 있다는 걸 알았죠."

"뭐라고 했죠? 다시 한번 말해보세요."

"선천성 무통각증. 나도 인터넷으로 검색해봤죠. 신경섬유에서 감각전달물질이 제대로 기능하지 않는 유전자 결함이라나 뭐라나……
요컨대 그는 고통을 느끼지 못해요."

"세상에! 복서로서 그보다 더 좋을 수는 없겠네요!"

파올로는 고개를 저었다.

"그렇지 않아요. 그건 생명을 위협하는 병입니다. 이 병을 앓는 사
람은 비교적 일찍 죽어요. 스물에서 스물다섯, 보통 이 정도죠. 고통
은 우리 몸에 문제가 생겼음을 뇌에 알려주는 일종의 경보 시스템이
에요. 당신이 벌겋게 단 쇠판 위에 손을 올려놓는다고 합시다. 당신
은 뜨거움을 느끼기 때문에 금방 손을 들어올리죠. 하지만 이 병에
걸리면 손바닥이 불고기가 될 때까지 알아차리지 못해요. 치명적인
병이죠."

말린과 에리카는 시선을 교환했다.

"설마…… 농담은 아니겠죠?" 에리카가 물었다.

"물론이죠. 로날드 니더만은 아무것도 느끼지 못해요. 마치 24시간
내내 국부마취를 한 듯한 상태죠. 그런데 그가 지금까지 살아남을 수
있었던 건 이 병을 완화시켜주는 또다른 신체적 특징 덕분이에요. 바
로 그 특별한 체격 말입니다. 골격이 엄청 튼튼해서 웬만해서는 타격
을 입지 않아요. 예외적인 괴력의 소유자인데다 상처가 나도 금방 아
무는 모양이에요."

"파올로 씨와 그 거인이 벌인 결투 장면이 눈앞에 그려지네요. 꽤
흥미로운 일전이었겠어요."

"맞아요. 하지만 다시 하라면 절대 사양하겠습니다. 그가 반응을
보인 적은 딱 한 번이었어요. 미리암이 놈의 불알을 걷어찼을 때죠.
털썩 무릎을 꿇고 한 일 초쯤 주저앉아 있었을까? 아마도 그런 타격
에만 반응하게 되어 있는 모양이죠. 내가 그렇게 맞았으면 아마 즉사
했을 겁니다."

"그런데 그런 사람을 어떻게 이길 수 있었죠?"

"그런 병에 걸린 사람도 몸이 상하는 건 보통 사람하고 다를 바 없어요. 물론 놈의 두개골은 콘크리트처럼 단단하죠. 하지만 내가 널빤지로 때리니 쓰러지더군요. 아마 뇌진탕을 일으켰을 거예요."

에리카는 말린을 쳐다보았다.

"알았어요. 기자님께 곧장 전화할게요." 눈치 빠른 말린이 움직였다.

미카엘은 휴대전화가 울리는 소리를 들었다. 하지만 멍하니 충격에 빠져 있다 다섯 번이나 벨이 울린 후에야 겨우 응답할 수 있었다.

"말린이에요. 파올로가 금발 거인의 정체를 알아낸 것 같다네요."

"음…… 그래." 미카엘은 무심히 대답했다.

"지금 어디 계세요?"

"설명하기 힘들어."

"기자님, 조금 이상하네요?"

"미안…… 그런데 지금 뭐라고 했지?"

말린은 파올로가 한 이야기를 요약해서 들려주었다.

"오케이. 그럼 그쪽 방향으로 계속 조사해봐. 어딘가에 그의 기록이 올라 있는지 찾아보라고. 지금은 위급한 상황이니까 서둘러야 할 거야. 내게 연락은 이 전화로 하고."

말도 없이 전화를 끊어버리는 미카엘의 행동에 말린은 그저 놀랄 뿐이었다.

이때 미카엘은 창가에 서서 감라스탄부터 저쪽 살트셴만까지 펼쳐진 스톡홀름 시내의 아름다운 풍경을 바라보고 있었다. 방금 전 리스베트의 아파트를 둘러본 그는 정신이 마비된 듯 멍한 기분이었다.

현관 옆에는 주방이 하나 있었다. 그리고 거실, 서재, 침실이 이어졌다. 한 번도 쓴 흔적이 없는 손님용 침실도 있었는데, 매트리스는 아직 비닐 포장도 뜯지 않았고 이불도 갖춰지지 않았다. 이케아에서 금방 사온 듯한 가구들은 모두가 새것이라 반들반들했다.

하지만 그것 때문에 놀란 게 아니었다.

미카엘을 멍하게 만든 건 리스베트가 2500만 크로나짜리 호화 아파트를 억만장자 페르쉬 바르네비크로부터 구입했다는 사실이었다. 아파트는 족히 350제곱미터는 넘어 보였다.

미카엘은 금방이라도 귀신이 튀어나올 듯한 텅 빈 복도들이며, 여러 종류의 목재를 섞어서 짠 마룻바닥이 깔린 운동장처럼 넓은 방들을 둘러보았다. 벽지는 '트리시아 길드' 제품이었다. 에리카에게 말하면 "오, 트리시아 길드!" 하고 입술을 우아하게 오므리며 외치리라. 아파트는 리스베트가 한 번도 쓰지 않은 듯한 벽난로가 있는 휘황찬란한 응접실을 중심으로 구성되어 있었다. 그리고 없는 게 없었다. 전망이 기가 막힌 널찍한 발코니, 세탁실, 사우나실, 운동실, 수많은 정리 공간, 킹사이즈 욕조가 마련된 욕실. 심지어는 와인저장고까지. 예상대로 텅 비어 있었지만 그래도 와인 한 병이 꽂혀 있었다. 그 유명한 '퀸타 두 노발 나시오날 빈티지 포르토!' 미카엘은 손에 포트와인 잔을 들고 있는 리스베트의 모습을 좀처럼 상상하기가 힘들었다. 그 옆에 놓인 명함을 보니 그녀의 입주를 축하하는 의미에서 부동산 중개업체가 보낸 선물임을 알 수 있었다.

주방 역시 으리으리했다. 번쩍번쩍한 프랑스제 오븐을 중심으로 없는 게 없었다. 미카엘로서는 예술품처럼 멋지게 생긴 그 가스오븐이 유명한 '코라디 샤토 120'이라는 사실을 알 턱이 없었다. 하지만 리스베트가 그것을 쓰는 용도는 오직 하나, 찻물을 끓이는 게 전부였던 모양이다.

오븐에는 무지한 미카엘이지만 주방 한쪽에 덩그러니 놓여 있는 커피머신을 보고는 눈이 휘둥그레졌다. 우유냉각기가 내장된 '쥐라 엠프레사 X7'! 이 기계 역시 한 번도 쓴 흔적이 없었다. 아마 이 집을 샀을 때 딸려 있었던 물건인 듯했다. 미카엘은 이 '쥐라'가 에스프레소 머신계의 롤스로이스라는 사실을 잘 알고 있었다. 가정에서 쓸 수 있는 전문가용 제품으로 가격이 무려 7만 크로나에 달했다. '존 월'에서 구입한 미카엘의 머신은 이보다 한참 떨어지는 물건이었다. 그래도 3500크로나나 주고 산 머신이었으니 그의 주방에서는 유일한 사치품이었다.

냉장고를 열어보니 개봉한 우유팩 하나, 치즈, 버터, 갈아놓은 생선살, 그리고 반쯤 빈 피클병 하나가 썰렁하게 놓여 있었다. 벽장 속에는 비타민 정제가 든 통 네 개, 티백 몇 개, 일반 기계용 커피 분말, 빵 두 덩이, 비스킷 봉지 하나가 들어 있었다. 식탁 위에는 사과 몇 개가 든 바구니가 있었고, 냉동고 안에는 생선 그라탕 한 상자와 베이컨 파이 세 개가 들어 있었다. 번쩍거리는 프랑스 오븐이 있는 조리대 밑 휴지통에는 빌리스 팬피자 상자들이 쑤셔박혀 있었다.

리스베트에게는 너무도 어울리지 않는 공간이었다. 그녀는 수십억 크로나를 훔쳐서 스웨덴 왕궁만큼 거대한 아파트를 구입했다. 하지만 정작 자신이 사용하는 공간은 방 네 개뿐이었다. 나머지 열여덟 개는 텅텅 비어 있었다.

미카엘은 서재를 끝으로 아파트 구경을 끝냈다. 이렇게 큰 아파트 안에 그 흔한 화분 하나 없었다. 벽에는 그림 한 점, 아니 포스터 한 점 걸려 있지 않았다. 카펫도 태피스트리도 없었다. 예쁜 무늬가 그려진 샐러드 그릇이나 촛대, 혹은 분위기를 따뜻하게 해주거나 어떤 감상적인 이유로 그녀가 간직했을 자잘한 소품 같은 건 그 어디에도 보이지 않았다.

미카엘은 가슴이 아려왔다. 무슨 일이 있어도 리스베트를 찾아내 품안에 꼭 안아주고 싶었다.

물론 그러면 날 물어뜯으려 들겠지.

살라첸코, 개자식!

그는 책상에 앉아 군나르가 작성했던 1991년의 보고서를 펼쳐 읽었다. 전부 다 읽지는 않고 빠르게 훑어보면서 요점만 파악했다.

그런 다음 그녀의 노트북을 켰다. 17인치 화면에 200기가바이트짜리 하드디스크, 그리고 1000메가바이트 메모리가 장착된 파워북이었다. 그녀가 이미 깨끗하게 청소를 해놓은 후였다. 그다지 좋은 징조라고는 할 수 없었다.

이번에는 책상 서랍들을 열어보았다. 그리고 이내 총알 일곱 발이 장전된 9밀리미터 구경의 콜트 1911 거번먼트를 찾아냈다. 리스베트가 페르오케 산스트뢲 기자에게서 빼앗아 온 총이었다. 하지만 미카엘은 아직 그의 존재를 모르고 있었다. 성구매자 리스트에서 아직 성이 S로 시작되는 곳까지 이르지 못했기 때문이다.

미카엘은 '비우르만'이라고 적혀 있는 CD를 찾아냈다. 이것을 자신의 노트북에 넣어 재생시킨 그는 이내 그 끔찍한 영상을 보게 됐다. 엄청난 충격에 몸이 석상처럼 굳어버렸다. 거의 반죽음 상태로 폭행과 강간을 당하고 있는 리스베트…… 분명 몰래 촬영된 것 같았다. 그는 그 영상을 다 보지 않고 빨리 넘기며 훑어보았다. 하나하나 끔찍하기 이를 데 없는 장면들이었다.

닐스 비우르만……

리스베트의 후견인은 그녀를 무참히 강간했다. 그리고 그녀는 이 사건을 세밀하게 증언할 기록물을 보유하고 있다. 화면 한 귀퉁이에 나타난 숫자는 이 영상이 이 년 전에 촬영되었음을 말해주었다. 그가 그녀를 알기 전이었다. 또다시 퍼즐 조각 여러 개가 투두둑 제자리로 맞아떨어졌다.

1970년대, 군나르와 닐스는 살라첸코와 아는 사이였다. 1990년대 초반, 리스베트는 휘발유가 든 우유팩을 살라첸코에게 던졌다.

그리고 또다시 출현한 닐스 비우르만. 그는 홀게르 팔름그렌의 뒤를 이어 리스베트의 후견인이 되었다. 다시 제자리로 돌아온 셈이었다. 게다가 이자는 자신이 맡은 피후견인을 강간했다. 그녀를 아무런 방어능력도 없는 정신병자로 여긴 모양이었다. 하지만 리스베트 살란데르가 누구인가? 이미 열두 살 때 GRU 출신의 전문 킬러와 맞붙어 그를 평생 불구로 만들어놓은 여자였다.

이제 미카엘은 이해할 수 있었다. 리스베트는 여자를 증오하는 남자들을 증오하는 여자였다.

미카엘은 자신이 그녀에 대해서 알아가던 헤데스타드 시절을 떠올렸다. 아마 강간 사건이 있고 나서 얼마 되지 않은 때였으리라. 그때 그녀는 그런 일이 있었음을 암시하는 말을 한 번도 입 밖에 내지 않았다. 자신에 대해서는 거의 아무것도 드러내지 않는 여자이기도 했지만. 그런데 이상한 건 그녀가 닐스를 죽이지 않았다는 사실이었다. 그런 일을 당하고도 가만히 놔둘 그녀가 아니었다. 그렇다면 닐스는 이미 이 년 전에 죽었어야 옳았다. 무슨 목적으로 그를 살려두었을까? 그 짐승 같은 사내를 어떻게 통제할 수 있었을까? 이내 그는 책상 위에 놓인 이 물건이 통제수단이었음을 깨달았다. 바로 이 CD. 닐스는 그녀의 무력한 노예였을 터였다. 그리고 그는 자신의 동맹군이라고 여긴 사람에게 달려갔다. 살라첸코. 리스베트의 최악의 적, 바로 그녀의 아버지.

그후 일련의 사건들이 일어나면서 끝내 닐스가 살해당했다. 그리고 다그와 미아가 그 뒤를 이었다.

하지만 왜? 어째서 그에게 다그 스벤손이 그토록 큰 위협으로 느껴졌을까?

문득, 미카엘은 깨달았다. 엔셰데에서 일어난 사건의 의미를.

다음 순간, 미카엘은 창문 아래에 구겨진 종이뭉치 하나가 떨어져 있는 걸 발견했다. 리스베트가 인쇄한 한 쪽짜리 종이를 구겨서 바닥에 던져놓은 것이었다. 그는 종이를 펴보았다. 납치된 미리암의 소식을 전하는 〈아프톤블라데트〉의 온라인판 기사였다.

미카엘로서는 이번 사건에서 미리암이 어떤 역할을 담당했는지 전혀 알 수 없었다. 하지만 분명한 건 그녀가 리스베트의 몇 안 되는 친구 중 하나, 아니 거의 유일한 친구라는 사실이었다. 리스베트가 자신의 아파트를 내줄 정도로 가까운 사이다. 그런데 그런 그녀가 지금 심각한 중상을 입고서 병원에 입원해 있다.

로날드와 살라첸코……

처음에는 그녀의 어머니였다. 그리고 이제는 미리암 우였다. 그렇다. 리스베트는 증오로 거의 미칠 지경이 되었으리라.

이 인간들이 그녀를 극단으로 내몰고 있었다.

지금, 그녀는 그들을 사냥하러 떠난 것이다.

정오 무렵, 드라간은 에르스타 재활센터에서 전화를 한 통 받았다. 그렇잖아도 언젠가 전화가 오리라고 생각하면서도 어떻게 해서든지 그와의 접촉을 피하고 싶은 게 지금까지 솔직한 심정이었다. 리스베트가 죄인이라는 사실을 알려야 하는 일이 부담스러웠기 때문이다. 하지만 지금은 상황이 조금 달라졌다. 그녀가 범인이 아닐 수도 있다고 말할 수 있게 되었으니까.

"일이 어디까지 나갔소?" 홀게르는 인사도 생략한 채 다짜고짜 물었다.

"무슨 일 말이죠?"

"아, 당신이 리스베트에 대해 하고 있는 조사 말이오."

"아니, 왜 내가 그런 조사를 하고 있다고 생각하시죠?"

"우리 시간 낭비하지 맙시다."

드라간은 한숨을 내쉬었다.

"예, 맞습니다……"

"여기 한번 와주면 고맙겠소." 홀게르가 말했다.

"알겠습니다. 이번 주말에 한번 들르죠."

"아니요. 오늘 저녁에 당장 오시오. 할 얘기가 너무 많으니까."

미카엘은 리스베트의 주방에서 커피와 샌드위치를 만들었다. 그녀가 열쇠로 문을 여는 소리가 들려올 것만 같았다. 물론 헛된 희망이었다. 깨끗이 비워진 하드디스크는 그녀가 영원히 이 집을 떠나버렸음을 말해주었다. 그녀의 주소를 너무 늦게 알아낸 게 후회스러웠다.

오후 2시 30분, 그는 여전히 리스베트의 책상에 앉아 있었다. 그동안 군나르가 쓴 이른바 '기밀 보고서'를 세 번이나 읽었다. 이름이 밝혀지지 않은 어떤 상관에게 제출한 그 보고서가 권고하는 사항은 간단했다. "리스베트를 몇 년간 정신병원에 가둬놓기 위해 협조적인 정신과 전문의 한 사람을 찾아줄 것. 어차피 이 계집애는 그 행동이 명확히 보여주듯 정상이 아니므로."

미카엘은 앞으로 군나르와 페테르, 이 둘에 대해 더욱 깊숙이 조사해봐야겠다고 생각했다. 이 두 인간의 비리를 샅샅이 밝혀낼 작정이었다. 생각만 해도 몸이 떨릴 정도로 흥분됐다. 그 순간 휴대전화 벨소리가 그의 신나는 몽상을 깨뜨렸다.

"또 저예요, 말린. 뭔가를 알아낸 것 같아요."

"뭐지?"

"스웨덴 주민등록부에 로날드 니더만이라는 이름은 없어요. 전화번호부, 납세자명부, 차량등록부에도요. 그 어느 곳에도 존재하지 않아요."

"그렇군."

"그런데 들어보세요. 1998년에 회사 하나가 특허국에 등록됐어요. 회사명은 'KAB 주식회사'. 예테보리의 한 사서함이 주소로 되어 있어요. 업종은 전자제품 수입이고요. 대표이사가 1941년생의 칼 악셀 보딘Karl Axel Bodin, 즉 KAB이죠."

"여기까지는 무슨 말인지 잘 모르겠는데?"

"저도 그랬어요. 이사회에 속한 임원 하나는 여기 말고 여남은 다른 회사에도 등록된 회계사예요. 아마 소규모 회사들을 한꺼번에 맡아서 회계 업무를 처리해주는 그런 사람이겠죠. 이 회사는 설립된 이후로 거의 휴면 상태이긴 하지만요."

"그렇군."

"이사회의 세번째 임원이 바로 R. 니더만이라는 사람이에요. 생년월일은 있는데 주민등록번호가 없어요. 스웨덴 국민이 아니란 뜻이죠. 1970년 1월 18일 생이고, 회사의 독일지사장으로 적혀 있어요."

"훌륭해! 말린, 정말 훌륭해! 사서함 말고 다른 주소는 없어?"

"없어요. 하지만 칼 악셀 보딘에 대해 좀 찾아봤죠. 서스웨덴 지역에 거주하는 걸로 되어 있고, 주소가 '고세베르가 사서함 612'예요. 예테보리시 북동쪽 노세브로 근처에 있는 농촌 지역 같아요."

"어떤 사람이지?"

"이 년 전 수입액으로 26만 크로나를 신고했네요. 경찰에 조회해보니 전과는 없고요, 무스 사냥용 엽총과 산탄총 면허가 있어요. 차는 포드와 사브, 둘 다 구식 모델이죠. 자동차 벌금 먹은 것도 없어요. 독신이고 자칭 농업인이죠."

"법적으로 문제를 일으킨 적 없는 익명인이라……"

미카엘은 몇 초간 생각에 잠겼다. 한 가지 선택을 해야 했다.

"하나 더 말씀드릴 게 있어요. 오늘 밀턴 시큐리티의 드라간 씨가 여러 번 전화해서 기자님을 찾았어요."

"알겠어. 내가 연락하지."

"저기…… 모든 게 잘되어가나요?"

"아니, 모든 게 잘되어가지는 않아. 내가 다시 연락할게."

그는 지금 자신의 행동이 옳지 않다는 걸 알고 있었다. 모범 시민으로서 그의 책무는 수화기를 들어 얀 형사에게 알리는 것이리라. 하지만 그러면 리스베트의 진실을 밝히지 않을 수 없다. 아니면 반쯤 거짓말을 하거나 진실을 얼버무려 감춰야 하는 복잡한 상황이 될 게 분명하다.

그런데 이보다 더 큰 문제가 있었다.

리스베트가 로날드와 살라첸코를 잡으러 갔다. 미카엘로서는 지금 그녀가 어디에 있다고 정확히 말할 수 없었다. 하지만 말린이 '고세베르가 사서함 612'를 찾아낼 수 있었다면 리스베트 또한 그러지 말라는 법이 없었다. 그렇다면 지금 그녀는 고세베르가를 향해 떠났을 가능성이 매우 컸다. 그게 자연스러운 다음 단계니까.

이러한 상황에 미카엘이 경찰에 전화를 걸어 로날드가 숨어 있는 곳을 알린다고 치자. 그러면 지금 리스베트 역시 그곳으로 가고 있을지 모른다는 사실 또한 알려야 한다. 그런데 그녀는 어떤 상황에 처해 있는가? 세 건의 살인 혐의와 스탈라르홀멘에서의 총기 사용으로 쫓기는 몸이었다. 다시 말해 경찰기동대, 혹은 특공대 같은 무리가 그녀를 체포하러 출동하게 된다는 말이다.

그리고 리스베트는 격렬하게 저항할 가능성이 크다.

미카엘은 종이 한 장을 놓고 볼펜을 집어들었다. 자신이 경찰에게 말할 수 없는 것들, 그리고 말하고 싶지 않은 것들을 가려보기 위해서였다.

우선 그는 '주소'라고 썼다. 리스베트는 이 비밀 주소를 마련하려고 크나큰 정성을 기울였다. 여기에는 그녀의 삶과 비밀이 고스란히 담겨 있다. 그는 그녀를 배신하고 싶은 생각이 추호도 없었다.

다음엔 '닐스 비우르만'이라고 쓰고 물음표를 찍었다. 그는 책상 위에 놓인 CD를 힐끗 쳐다보았다. 닐스는 리스베트를 강간했다. 그녀를 거의 죽일 뻔한데다 후견인이라는 권력을 더럽고 뻔뻔하게 이용해먹었다. 그건 조금도 의심할 수 없는 사실이었다. 그는 고발당해야 마땅한 개자식이다. 하지만 여기에는 윤리적인 딜레마가 있었다. 리스베트 본인이 그를 고발하지 않았기 때문이다. 왜? 그러면 경찰 수사가 시작될 테고, 몇 시간도 안 돼 리스베트 자신의 가장 내밀한 사정들이 매체로 흘러나갈 게 분명하니까. 그녀는 이런 상황을 원하지 않았다. 만일 미카엘이 대신 고발해준다면? 그녀는 그런 미카엘을 결코 용서치 않을 것이다. 증거물로 제출하지 않을 수 없는 이 CD에 담긴 모습들이 얼마 안 가 신문들을 요란하게 장식할 테니까.

그는 잠시 생각했다. 그리고 이내 닐스에 관한 것은 리스베트 자신이 결정해야 할 문제라고 결론지었다. 하지만 미카엘이 이 아파트를 찾아냈듯 언젠가는 경찰도 그럴 가능성이 있었다. 미카엘은 CD를 케이스에 담아 자기 호주머니에 집어넣었다.

이어 그는 종이에 '군나르의 보고서'라고 썼다. 1991년에 작성된 이 보고서는 국가기밀로 분류되어 있다. 그리고 거기에는 당시 일어난 모든 일들이 밝혀져 있다. 살라첸코의 이름이 등장하고, 이 모든 일 가운데서 군나르가 맡았던 역할이 설명되어 있다. 다그의 컴퓨터에 들어 있던 성구매자 리스트와 더불어 이 보고서까지. 얀 형사 앞으로 불려간다면 군나르는 몇 시간을 진땀깨나 흘리리라. 그리고 그가 페테르 박사와 교환한 서신들로는 그 음흉한 정신과 의사를 똥통에 빠뜨릴 수 있으리라.

미카엘은 이 문서철을 경찰에 보낼 생각이었다. 그러면 모든 진실을 알게 된 경찰이 살라첸코가 숨어 있는 고세베르가를 알아내 출동하리라. 단, 미카엘 자신은 적어도 몇 시간 앞서서 도착할 테고.

그는 워드 프로그램을 열고 지난 24시간 동안 그가 알아낸 사실들을 하나하나 기록했다. 우선 군나르, 그리고 홀게르와 나눴던 대화를 통해, 그다음엔 이 문서철을 통해 차례로 알게 된 비밀들을 말이다. 이 작업을 끝내는 데 꼬박 한 시간이 걸렸다. 그리고 이렇게 만든 파일을 CD 한 장에 복사했다.

드라간에게 연락을 할까도 생각했지만 그만두기로 했다. 당장 처리해야 할 일만도 산더미였다.

미카엘은 〈밀레니엄〉 편집부에 들러 에리카의 방으로 들어가 문을 걸어잠갔다.

"그의 이름은 살라첸코야." 인사도 생략한 채 다짜고짜 말했다. "소련 정보기관 소속이었던 옛 킬러지. 1976년에 전향해 스웨덴으로 들어와 체류증을 얻고 세포에서 월급을 받기 시작했어. 소련이 붕괴된 후에는 본격적인 범죄자로 변신했고. 수많은 소련 사람들이 마피아로 전업했듯이 말이야. 지금은 여자, 무기, 마약 등을 밀매해."

에리카가 볼펜을 내려놓았다.

"오케이. 그럼 왜 이 이야기에 KGB가 안 나오는 거지?"

"KGB가 아니라 GRU야. 소련 군사 정보국."

"그럼, 이게 농담이 아니란 말이야?"

미카엘이 고개를 끄덕였다.

"그 살라첸코인지 뭔지 하는 자가 다그와 미아를 죽였다고?"

"직접 죽이지는 않았어. 누군가를 보냈지. 말린이 찾아낸 로날드 니더만이야."

"증명할 수 있어?"

"대충. 지금은 백 퍼센트 명확하게 설명할 수 없지만. 그리고 닐스는 살라첸코에게 리스베트를 처리해달라고 요청했다가 일이 어긋나면서 살해당했지."

미카엘은 리스베트의 책상에서 발견한 CD에 어떤 내용이 담겨 있는지 들려주었다.

"살라첸코는 리스베트의 아버지야."

"오, 맙소사!" 에리카가 신음했다.

"닐스는 1970년대 중반에 세포에서 정식 요원으로 일했어. 살라첸코가 전향했을 때 그를 담당한 요원 중 하나였지. 그후 개인 변호사로 전업했지만 세포 내 몇몇 인물들의 자질구레한 뒤처리를 해주면서 계속 관계를 유지해왔고. 세포에도 그렇게 핵심인물들로 구성된 내부 그룹이 존재하는 모양이야. 가끔 모여 사우나를 함께 하면서 세상을 통제하고 살라첸코의 비밀을 유지하는 일 따위를 상의하는. 세포의 다른 요원들은 살라첸코의 이름조차 들어보지 못했을 거야. 그런데 리스베트가 이 비밀을 유지하는 데 위협이 된 거지. 그래서 그들은 그녀를 정신병원에 가둬놓기로 결정했고."

"세상에 어떻게 그런 일이 있을 수 있어?"

"이건 엄연한 사실이야. 물론 아주 특별한 경우지. 리스베트는 지금도 그렇지만 당시에도 다루기 쉽지 않은 애였어. 요컨대 열두 살 때부터 스웨덴 국가안보에 위협이 되는 인물이었다고."

미카엘은 그 당시 사정을 간략히 들려주었다.

"정말 믿기 어려운 이야기네. 그럼 다그와 미아는……"

"다그는 닐스와 살라첸코 간의 관계를 알아내려다가 살해당했어."

"그럼 이제 어떻게 하지? 어쨌든 경찰에 알려야 하는 거 아냐?"

"일부는 얘기하겠지만 전부는 아냐. 만일의 경우에 대비해 리스베트와 관련된 핵심적인 내용을 이 CD에 담아두었어. 지금 리스베트는 살라첸코를 잡으러 떠났고, 난 그녀를 찾으러 가야 되거든. 에리카, 이 CD에 담긴 내용이 절대 유출돼서는 안 돼."

"미카엘…… 그건 좋은 생각이 아닌 것 같아. 살인 사건과 관련된 정보를 숨겨서는 안 된다고."

"천만에! 난 숨길 생각이 전혀 없어. 지금 당장이라도 얀에게 전화를 걸어서 살라첸코가 한 짓과 그가 있는 곳을 알려주고 싶은 심정이야. 하지만 지금 리스베트가 고세베르가를 향해 가고 있다고. 삼중 살인 혐의로 수배된 몸인데 내가 지금 경찰에 신고하면 그들은 중무장한 특공대를 급파할 거야. 그녀는 격렬하게 저항할 가능성이 크다고. 그럼 정말 무슨 일이 일어날지 몰라."

그는 잠시 말을 멈추고 씁쓸한 미소를 지었다.

"경찰을 그녀에게서 떼어놓아야 해. 그들을 보호하기 위해서라도 말이야. 내가 먼저 달려가서 리스베트를 찾아내야 한다고."

에리카는 말없이 눈썹을 찌푸렸다.

"난 사람들에게 리스베트의 모든 비밀을 밝힐 생각이 없어. 능력이 있다면 얀이 자기 힘으로 찾아내겠지. 에리카, 한 가지 부탁할게. 이 문서철에는 군나르가 1991년에 작성한 보고서, 그리고 그와 페테르가 교환한 서신들이 들어 있어. 이걸 모두 복사해서 인편으로 얀이나 소니아에게 보내줘. 나는 이십 분 후에 예테보리행 기차를 탈 거야."

"미카엘······"

"그래, 무슨 말 하려는지 알겠어. 하지만 난 전투가 벌어졌을 때 리스베트 편에 서고 싶어."

에리카는 입을 꼭 다물고 아무 말도 하지 않았다. 그리고 고개를 설레설레 흔들었다. 미카엘은 문 쪽으로 걸어갔다.

"몸조심해야 돼!" 그녀가 소리쳤을 때 그는 이미 사라져버리고 없었다.

그녀는 자문했다. 지금 그와 동행해야 하는 게 아닌지. 지금 상황에서는 그게 가장 올바른 행동이리라. 하지만 그녀는 아직 그에게 얘기하지 않았다. 자신이 곧 〈밀레니엄〉을 떠난다는 사실을. 무슨 일이 일어나든 이제는 이 모든 게 자신과는 상관없어졌다는 사실을. 그녀는 문서철을 들고 복사기를 향해 걸어갔다.

사서함은 어느 쇼핑센터 건물 안에 위치한 우체국에 있었다. 예테보리에 처음 와보는 리스베트로선 이 쇼핑센터를 찾기가 쉽지 않았다. 가까스로 건물을 찾아낸 그녀는 우체국 맞은편 카페테리아에 자리를 잡았다. 복도에는 '새 스웨덴 우체국'을 홍보하는 대형 포스터

들이 줄에 매달려 아래로 늘어져 있었고, 그 포스터들 사이로 문제의
사서함을 지켜볼 수 있었다.

이레네 네세르는 리스베트 살란데르보다 화장이 훨씬 수수했다.
촌스러운 목걸이를 한 그녀는 쇼핑센터에서 북쪽으로 몇 블록 떨어
진 곳에 있는 서점에서 산 『죄와 벌』을 읽고 있었다. 그녀는 여유 있
게 천천히 책장을 넘겼다. 정오 무렵부터 그곳을 감시하기 시작했지
만, 이 사서함의 주인이 우편물을 언제 수거하러 오는지는 전혀 정보
가 없었다. 매일 오는지, 이 주에 한 번씩인지. 오늘은 벌써 수거해 갔
는지, 누군가 나타날 것인지. 하지만 다른 방도가 없었으므로 그녀는
카페라테를 마시며 무작정 기다렸다.

깜빡 졸던 그녀의 눈이 갑자기 커졌다. 누군가 사서함 문을 여는
모습이 보였다. 시계를 들여다보았다. 오후 1시 45분. 그야말로 로또
에 당첨된 기분이었다.

그녀는 벌떡 일어나 카페 창가로 다가갔다. 검정 가죽재킷을 입은
남자가 사서함을 막 떠나가고 있었다. 그를 쫓아서 거리로 나갔다.
스무 살 남짓한 청년이었다. 그는 길모퉁이를 돌아 주차해놓은 르노
에 올라탔다. 리스베트는 차량번호를 외운 후, 같은 거리에서 100미
터쯤 아래에 세워놓은 자신의 코롤라를 향해 뛰었다. 르노가 린네가
탄으로 돌아 들어갈 때 그를 따라잡을 수 있었다. 그녀는 그를 따라
아베뉘 대로까지 간 다음 다시 노르스탄 쇼핑센터 쪽으로 올라갔다.

미카엘은 막 출발하려는 고속전철 X2000에 간신히 올라탔다. 오
후 5시 10분이었다. 열차 안에서 신용카드로 티켓을 산 그는 텅 빈
식당칸에 들어가 저녁식사를 주문했다.

그렇게 앉아 있으려니 숨이 막힐 듯 심한 불안감이 밀려왔다. 너
무 늦어버린 건 아닐까? 제발 리스베트가 전화라도 한 통 해주었으
면…… 하지만 결코 그럴 사람이 아님을 잘 알고 있었다.

1991년에 살라첸코를 없애버리려고 했던 그녀였다. 그런데 오랜 세월이 지난 지금, 살라첸코가 돌아와 반격을 했다. 그러니 그녀가 어떤 반응을 보일지는 충분히 짐작할 수 있는 일이었다.

홀게르의 분석이 옳았다. 그녀는 경험을 통해 확실하게 깨달았다. 당국자들에게 호소해봤자 아무 소용이 없다는 사실을.

미카엘은 옆 의자에 올려놓은 노트북 가방에 눈길을 돌렸다. 리스베트의 서랍 속에 들어 있던 콜트 권총을 가져온 터였다. 왜 그런 행동을 했는지 자신도 분명히 설명할 수 없었지만 거기 놔두어서는 안 된다는 걸 본능적으로 느꼈다. 이것이 매우 합리적인 행동은 아니라는 사실을 그 자신도 인정하고 있었다.

열차가 오르스타 다리 위를 지날 때, 그는 휴대전화를 꺼내 얀에게 전화를 걸었다.

"원하는 게 뭡니까?" 전화를 받은 얀이 역정 난 목소리로 물었다.

"끝내는 거."

"끝내다니? 뭘?"

"이 모든 엿 같은 이야기를. 누가 다그와 미아, 그리고 닐스를 죽였는지 알고 싶지 않습니까?"

"그런 정보를 갖고 있다면 한번 들어보고 싶군요."

"살인자 이름은 로날드 니더만입니다. 파올로와 싸운 금발 거인이죠. 35세의 독일 시민. 일명 '살라'라고 하는 알렉산데르 살라첸코, 그 개자식의 부하고요."

얀은 오랫동안 말이 없었다. 한참을 그러고 있다가 후우우우, 요란하게 한숨을 내쉬었다. 미카엘의 귀에는 급하게 종이를 바스락대는 소리에 이어 볼펜을 찰칵 누르는 소리가 들려왔다.

"모두 확실한 사실입니까?"

"그래요."

"좋아요. 그럼 로날드와 그 살라첸코는 지금 어디 있습니까?"

"아직은 몰라요. 하지만 찾는 즉시 알려드리죠. 조금 있으면 에리카가 1991년에 작성된 경찰 보고서 한 부를 전달해줄 겁니다. 복사를 마치는 대로 당신에게 곧장 보낼 거예요. 살라첸코와 리스베트에 대한 정보가 거기 다 있습니다."

"그게 무슨 말이죠?"

"살라첸코는 리스베트의 친부입니다. 냉전 시대에 변절한 소련 킬러."

"소련 킬러?" 얀이 의심에 찬 목소리로 되물었다.

"세포 내 그룹 하나가 그를 보호했고, 그가 저지른 범죄들까지 전부 은폐해왔어요."

얀이 자리에 앉으려고 의자를 끌어당기는 소리가 들렸다.

"경찰에 정식으로 증언을 제출하는 게 좋지 않겠습니까?"

"미안해요. 지금 시간이 없어서."

"뭐라고?"

"지금 난 스톡홀름에 없어요. 하지만 살라를 찾는 즉시 연락하죠."

"미카엘…… 왜 당신이 나서서 그러는 겁니까? 당신이 직접 증명해야 할 필요는 없잖아요. 나 역시 리스베트가 혐의자라는 가설에 의혹을 품고 있다고요."

"맞습니다. 나는 그 위대하신 경찰 업무에 대해서는 아무것도 모르는 한낱 사립 탐정에 불과하죠."

미카엘은 스스로도 좀 유치하다고 느끼면서도 더는 말하지 않고 전화를 끊어버렸다. 그러고 나서 안니카 잔니니에게 전화를 걸었다.

"안녕, 동생!"

"응. 무슨 일이야?"

"아마도. 내일쯤 좋은 변호사가 한 사람 필요해질 듯해."

그녀가 한숨을 내쉬었다.

"또 무슨 짓을 저질렀는데?"

"아직은 별짓 안 했어. 그런데 얼마 안 있다 경찰수사 방해죄로 체포될지도 몰라. 그리고 내가 전화한 건 그것 때문이 아냐. 네가 내 변호인이 될 수는 없을 테니까."

"왜?"

"네가 리스베트의 변호를 맡아주었으면 해. 우리 둘을 한꺼번에 맡을 수는 없는 노릇 아냐?"

미카엘은 전후 사정을 간략하게 말했다. 안니카는 무거운 침묵에 잠겼다.

"이 모든 걸 뒷받침할 증거는 있는 거야?" 마침내 그녀가 입을 열어 물었다.

"응."

"생각 좀 해봐야겠어. 아무래도 리스베트는 형사 전문 변호사가 필요할 듯한데······"

"아냐. 네가 완벽할 거야."

"오빠······"

"이봐, 동생! 전에 내가 도움을 청하지 않았다고 네가 섭섭해했었잖아!"

통화를 끝낸 미카엘은 잠시 생각했다. 그리고 다시 전화기를 들어 홀게르에게 걸었다. 사실 그에게 전화해야 할 특별한 이유는 없었다. 하지만 요양원에 갇힌 이 노인네는 지금 미카엘이 이 모든 이야기를 끝낼 수 있는 길을 찾아내 그곳으로 달려가고 있다는 사실을 누군가에게서 전해 들었을 게 분명했다. 그렇다면 몹시 답답해하고 있을 그의 궁금증을 조금이라도 풀어주는 일이 도리가 아니겠는가?

문제는 리스베트 역시 같은 방향으로 돌진하고 있다는 사실이었다.

리스베트는 농가에서 눈을 떼지 않은 채 허리를 굽혀 배낭에서 사과를 한 개 꺼냈다. 그녀는 차량용 깔개를 돗자리 삼아 잡목 숲 언저리에 엎드려 있었다. 복장은 완전히 바뀌었다. 포켓이 달린 녹색 운동복 바지, 두툼한 스웨터, 그리고 짤막한 윈드브레이커.

고세베르가 농장은 지방도로에서 약 400미터 떨어진 곳에 있었고, 크게 두 부분으로 나눌 수 있었다. 우선 그녀의 앞쪽으로 120미터쯤 떨어진 곳에 중심이 되는 건물이 있었다. 흰색으로 칠한 이층짜리 평범한 목조주택이었다. 그 건물 뒤 약간 왼쪽으로 70미터쯤 떨어진 곳에는 헛간과 축사가 한 채씩 서 있었다. 열린 축사 입구로는 흰색 자동차가 한 대 보였다. 그녀가 보기에 볼보 같았지만 너무 멀어서 확신할 순 없었다.

그녀와 그 건물 사이에 펼쳐진 질척거리는 평지는 오른쪽으로 200미터쯤 떨어져 있는 조그만 연못에까지 이르렀다. 이 평지를 가로지르는 자동차 진입로는 지방도로로 이어지는 숲속으로 사라지고 있었다. 이 소유지로 들어오는 길목에 오두막이 한 채 서 있었는데 창문들이 모두 비닐시트로 덮힌 걸 보아 버려진 듯했다. 이층짜리 농가의 북쪽으로 보이는 작은 숲은 그 너머로 600미터 정도 떨어진 곳의 다른 집들에게 일종의 병풍 역할을 하고 있었다. 따라서 농가는 비교적 고립된 편이었다.

그녀가 지금 있는 곳은 안텐호수 근처였다. 군데군데 조그만 마을들이며 빽빽한 숲들이 흩어져 있는 완만한 구릉지대였다. 지도에도 이름이 표시되어 있지 않은 곳이었으나 검은색 르노만 줄기차게 따라온 끝에 찾을 수 있었다. 예테보리를 빠져나온 르노는 E20 고속도로를 타고 달리다가 서쪽으로 방향을 틀어 알링소스의 솔레브룬 마을 쪽으로 향했다. 그렇게 사십오 분을 달리던 르노가 갑자기 방향을 틀어 숲 쪽으로 난 곁길로 빠져나갔다. 그 길 초입에 고세베르가라는 표지판이 서 있었다. 리스베트는 곁길 입구에서 100미터 더 올라가 숲속에 있는 헛간 옆에 차를 세워놓고 걸어서 돌아왔다.

고세베르가에 대해서는 한 번도 들어본 적이 없었지만 아무래도 그녀 앞에 보이는 농가와 헛간이 있는 이곳을 지칭하는 듯했다. 지나올 때 보니 길가에 우편함이 하나 서 있었고 그 위에 '192 – K. A. 보딘'이라고 쓰여 있었다. 전혀 모르는 이름이었다.

그녀가 지금 엎드려 있는 이 감시 장소는 반원을 그리며 건물 주위를 돌아보면서 세심하게 찾아낸 곳이다. 기울어가는 오후의 태양이 등뒤에 있어 눈이 부시지 않아 좋았다. 오후 3시 30분에 도착한 이래 지금까지 일어난 사건은 단 하나, 4시에 르노가 집을 빠져나간 일이다. 그는 농가 출입구에서 보이지 않는 누군가와 몇 마디를 나누고는 차를 몰고 나가 다시는 돌아오지 않았다. 그후로 농가 주위에는 개미 새끼 한 마리 지나가지 않았다. 그녀는 참을성 있게 기다리면서 미놀타 8배율 소형 쌍안경으로 건물을 관찰했다.

미카엘은 답답한 가슴을 억누르며 식당칸 테이블 위를 손가락으로 톡톡 두드렸다. 고속전철 X2000이 카트리네홀름역에서 서버렸다. 그러고는 스피커에서 안내방송이 흘러나오기를 기술적인 문제를 해결하려고 잠시 정차중이라고 했다. 그런데 그 '잠시'가 벌써 한 시간째 계속되고 있었다. 안내방송에서는 출발이 지체되는 일에 심심한 사과의 뜻을 표했다.

그는 힘없이 한숨을 내쉬고 다시 커피를 한잔 받아왔다. 다시 십오분이 지나고서야 기차가 덜컹 한 번 몸을 추스르며 움직이기 시작했다. 시계를 보니 저녁 8시였다.

비행기를 타든지 차를 한 대 렌트했어야 옳았다.

너무 늦게 도착할지 모른다는 불길한 느낌이 점점 더 커져만 갔다.

오후 6시 무렵, 일층에서 누군가 불을 켰고 잠시 후에는 현관에 달린 외등도 불이 들어왔다. 현관 오른쪽에 주방으로 보이는 곳에서 사람들 그림자가 어른거리는 게 보였지만 얼굴은 분간할 수 없었다.

갑자기 문이 열리더니 금발 거인 로날드 니더만이 밖으로 나왔다. 어두운색 바지에 그의 우람한 근육을 돋보이게 하는 타이트한 롤칼라 티셔츠를 입고 있었다. 리스베트는 천천히 고개를 끄덕였다. 제대로 찾아왔음을 확인한 것이다. 그녀는 로날드의 체격이 정말로 엄청나다는 사실을 다시 한번 실감했다. 하지만 파올로와 미리암이 어떤 어려움을 겪었든 그 역시 살과 뼈로 이루어진 인간임에는 틀림없었다. 그는 농가 뒤쪽으로 걸어가 차가 서 있는 축사 안으로 사라졌다. 그리고 몇 분 후 한 손에 작은 가방을 하나 들고 나타나 집안으로 들어갔다.

그는 몇 분 있다 다시 나왔는데 이번에는 나이 지긋한 사내와 함께였다. 로날드와는 대조적으로 작달막하고 호리호리한 사내는 지팡이에 몸을 의지한 채 절뚝거리며 걸었다. 주위가 너무 어두워서 생김새가 잘 분간되지 않았다. 하지만 이내 리스베트의 목덜미에 얼음 같은 한기가 흘렀다.

아빠…… 내가 왔어……

그녀는 살라와 로날드가 자동차 진입로를 함께 걷는 모습을 지켜보았다. 그들은 헛간 앞에서 멈췄고 로날드가 들어가 장작 몇 개를 꺼내 왔다. 그리고 그들은 다시 집으로 들어가 문을 닫았다.

리스베트는 그들이 들어가고 난 후에도 꽤 오랫동안 꼼짝 않고 엎드려 있었다. 마침내 눈에서 쌍안경을 내린 그녀는 살금살금 10미터를 뒷걸음쳐서 나무들 뒤로 완전히 몸을 숨겼다. 그리고 배낭을 열어 보온병을 꺼내 블랙커피를 따라 마신 다음 각설탕 한 개를 입에 넣고 빨기 시작했다. 비닐로 포장된 치즈 샌드위치도 꺼내 먹었다. 아까 예테보리를 향해 오다가 주유소 편의점에서 사둔 것이었다. 먹으면서 그녀는 곰곰이 생각에 잠겼다.

요기를 마친 후에는 배낭에서 소니 니에미넨의 P-83 바나드를 꺼냈다. 탄창을 빼고서 노리쇠와 총구가 이물질로 막히지 않았는지 확인했다. 그리고 허공에 권총을 겨누고 쏘는 시늉을 한번 해보았다. 탄창에는 9밀리미터 마카로브 탄환 여섯 발이 들어 있었다. 이 정도면 충분했다. 그녀는 다시 탄창을 밀어넣고 탄환을 한 발 장전했다. 마지막으로 안전장치를 잠그고 재킷 오른쪽 호주머니에 권총을 집어넣었다.

리스베트는 숲을 둘러 돌아가며 집 쪽으로 다가가기 시작했다. 그렇게 약 150미터를 지나와 다시 한 발을 내디디려다 갑자기 동작을 멈췄다.

피에르 드 페르마는 자신이 읽고 있던 『산수론』에 이렇게 갈겨놨었다. 나는 이 명제를 놀라운 방법으로 증명해냈으나 여백이 부족해 적지 않는다.

정사각형은 정육면체로 바뀌었고($x^3+y^3=z^3$), 수학자들은 페르마의 수수께끼를 해결하려고 수백 년 동안 끙끙대왔다. 그리고 20세기말, 앤드루 와일스가 당시의 최첨단 컴퓨터 프로그램까지 동원해 십 년을 고심한 끝에 마침내 수수께끼를 풀어냈다.

불현듯 그녀는 깨달았다. 해답은 맥빠질 정도로 간단했다. 그것은 하나의 유희였다. 숫자들이 줄을 서더니 갑자기 떨어져내리며 마치 수수께끼처럼 어떤 간단한 공식을 이루는 유희.

페르마에게는 물론 컴퓨터가 없었다. 그리고 앤드루 와일스의 증명은 페르마가 자신의 명제를 내놓았을 때는 미처 없었던 수학을 기반으로 했다. 따라서 페르마는 앤드루 와일스가 제시한 증명을 결코 만들어낼 수 없었을 터였다. 그렇다면 페르마의 해답은 전혀 다른 그 무엇이었다.

순간 리스베트는 너무 놀라 그루터기 위에 털썩 주저앉았다. 눈앞의 허공을 똑바로 쳐다보면서 머릿속으로 공식을 확인해보았다.

그래, 이 말을 하려고 했던 거야. 이러니 역대 수학자들이 머리를 쥐어 뜯었을 수밖에.

그녀는 킥킥킥 웃음을 터뜨렸다.

차라리 철학자라면 이 수수께끼를 쉽게 풀 수 있었겠어……

그녀는 갑자기 이 페르마가 어떤 사람인지 궁금해졌다.

세상에 이런 웃기는 허풍쟁이가 어디 있을까?

이내 그녀는 몸을 일으켰다. 그리고 다시 숲을 지나 목표물에 다가가기 시작했다. 이제 축사만 지나면 농가였다.

31장

4월 7일 목요일

리스베트는 과거 가축 배설물을 빼던 배수로로 보이는 곳에 달린 좁은 문을 통해 축사로 들어갔다. 축사 안에 가축은 없었다. 주위를 둘러보니 차량이 세 대 있었다. 오토 엑스퍼트에서 렌트한 흰색 볼보, 그리고 낡은 포드와 이보다는 좀더 새것으로 보이는 사브 한 대. 아니, 저쪽 구석에도 뭔가가 보였다. 녹슨 쇠스랑 하나, 그리고 이 농가가 아직 운영되던 시절에 썼을 법한 농기계들이었다.

그녀는 축사의 어둠 속에 숨어서 농가를 주시했다. 어스름이 깔리고 있었고 일층에 있는 모든 방에 불이 들어와 있었다. 그 안에 움직이는 것은 없었다. 다만 TV 화면이 발하는 빛인지 무언가 푸르스름한 것이 어른거렸다. 손목시계를 내려다보니 7시 30분이었다. 〈리포트〉가 방영될 시간이었다.

살라첸코가 이런 외진 곳을 택해 살고 있다는 사실이 흥미로웠다. 여러 해 전 그녀가 알았던 사람과는 전혀 어울리지 않는 선택이었다. 이렇게 들판 위에 덩그러니 서 있는 조그만 농가보다는 도시 근교의 평범해 보이는 단독주택이나 외국 휴양지 같은 곳에 살고 있으리라 상상했기 때문이다. 살면서 리스베트보다도 훨씬 더 많은 적을 만들어온 사람이었다. 그런 사람이 이처럼 무방비 상태인 장소에 살고 있다는 사실이 자못 당황스러웠다. 하지만 집안에는 분명 무기가 있으리라.

그녀는 축사에서 한참을 망설이다가 어둑한 바깥으로 살그머니 빠져나왔다. 날렵한 걸음으로 마당을 가로지른 다음 농가 전면의 벽에 바짝 등을 대고 섰다. 음악 소리 같은 것이 희미하게 들려왔다. 집 주위를 돌며 창문을 통해 안을 들여다보려 했으나 창들이 너무 높았다.

그녀의 본능은 이러한 상황을 좋아하지 않았다. 태어나 생의 절반은 지금 저 안에 있는 '그 남자'를 끊임없이 두려워하며 살아야 했다. 그리고 그를 죽이는 데 실패한 이후 생의 절반은 그가 다시 나타나기만을 기다리며 살아왔다. 그러니 이번에는 절대로 실수하고 싶지 않았다. 하지만 주의해야 했다. 살라첸코는 노인이지만 무수한 전투에서 살아남은 전문 킬러이기도 하다.

게다가 그의 옆에는 로날드 니더만까지 버티고 있었다.

그녀는 살라첸코를 집 바깥에서 덮치고 싶었다. 마당 어느 곳이라면 그가 자신을 방어하기가 한결 어려워지리라. 사실 그에게 말을 걸고 싶은 생각도 별로 없었으므로 망원렌즈가 장착된 장총이 있다면 멀리서 쏘아 끝내버리고 싶은 심정이었다. 하지만 불행히도 그녀에게 그런 총은 없었다. 게다가 노인은 걷는 데 문제가 있어서 밖으로 나올 일도 거의 없었다. 그러니 더 좋은 기회를 노리고 싶다면 숲속으로 돌아가 밤새도록 기다리는 게 나을지 모른다. 그러나 그녀에게는 침낭도 없었다. 지금은 약간 선선할 뿐이지만 밤에는 기온이 뚝 떨어진다. 무엇보다도 숲속에 있다가는 자칫하다 그를 또 놓칠 위험이 있었다. 그렇게도 오래 기다려온 기회였다. 그녀는 미리암 우와 엄마를 생각했다.

리스베트는 입술을 꽉 깨물었다. 지금 집안으로 들어가는 건 지금 그녀 앞에 놓인 유일한 선택지였지만 동시에 최악의 시나리오가 될 수도 있었다. 물론 문을 두드린 다음 누군가 문을 열고 나오면 사살한 후에 안으로 치고 들어가 남아 있는 자를 처치할 수도 있었다. 하지만 이 경우에는 안에 있는 자에게 대비할 시간을 줄 수 있었다. 게다가 그가 무기라도 갖고 있다면? 결과를 분석하라…… 다른 대안은 없을까……

불과 몇 미터 떨어진 창문에서 불현듯 로날드의 모습이 나타나는 게 보였다. 창가로 다가간 그는 어깨 너머로 고개를 돌려 방 안쪽을 바라보면서 누군가와 대화를 나누고 있었다.

둘 다 같은 방안에 있어. 입구에서 왼쪽에 있는 방.

리스베트는 즉시 결정했다. 재킷 주머니에서 권총을 빼들고 안전장치를 푼 다음 살그머니 현관 앞 계단을 올라갔다. 왼손으로 총을 들고 오른손으로는 문고리를 천천히, 아주 천천히 돌렸다. 문은 잠겨 있지 않았다. 그녀는 눈썹을 찌푸리고 잠시 망설였다. 문에는 보강자 물쇠가 두 개나 달려 있지 않은가? 살라첸코가 허술히 문을 열어놓을 사람이 아니다. 그녀의 목덜미에 파르르 소름이 돋았다. '이건 뭔가 이상해.'

열린 문 안쪽은 어둠에 잠겨 있었다. 오른쪽으로는 이층으로 올라가는 계단이 보였다. 정면과 왼쪽에 문이 하나씩 나 있었다. 문틈 사이로 빛이 새어나오는 게 보였다. 그녀는 꼼짝 않고서 귀를 기울였다. 말소리와 함께 왼쪽 방에서 바닥에 의자 끄는 소리가 들렸다.

그녀는 성큼성큼 두 걸음을 내디뎌 문을 열고 총을 겨눴다…… 방은 텅 비어 있었다.

순간 뒤에서 옷이 바스락거리는 소리를 들은 그녀가 도마뱀처럼 민첩한 동작으로 몸을 돌렸다. 이어 총을 겨누려고 했지만 로날드의

엄청난 손아귀가 무쇠고리처럼 목둘레를 휘감아오면서 다른 손으로
는 총을 잡았다. 그는 리스베트의 목을 움켜쥐고 마치 인형을 들어올
리듯 공중으로 그녀를 쳐들었다.

그녀는 허공에서 두 발을 잠시 버둥거렸다. 이내 몸을 돌려 로날
드의 사타구니를 겨냥하고 발길질을 했지만 타격은 빗나가 그의 골
반을 맞혔다. 마치 나무둥치를 걷어차는 듯했다. 그가 목을 쥔 손아
귀에 한층 힘을 가하자 그녀는 눈앞이 캄캄해지면서 정신이 아득해
졌다.

빌어먹을!

로날드는 방 한가운데에 그녀를 패대기쳤다. 리스베트는 긴 소파
에 거세게 부딪힌 후 바닥으로 떨어졌다. 그리고 다시금 피가 머리
쪽으로 어지럽게 역류해오는 것을 느끼면서 몸을 일으켰다. 테이블
위에 커다란 유리 재떨이가 하나가 보였다. 그것을 잡아 몸을 돌리며
집어던졌지만 로날드는 날아오는 재떨이를 팔뚝으로 막아 떨어뜨렸
다. 이번에 그녀는 자유로운 왼손으로 바지 주머니에 손을 넣었다.
그리고 재빨리 전기충격기를 꺼내 몸을 홱 돌리며 그의 사타구니에
쑤셔박았다.

리스베트는 자신을 잡고 있는 그의 팔에서 몸속으로 전류가 흘러
들어가고 있음을 느낄 수 있었다. 그가 고통의 비명을 지르며 나뒹굴
기만을 기다렸다. 하지만 그는 눈을 뚱그렇게 뜨고 그녀를 내려다볼
뿐이었다. 리스베트도 경악하며 두 눈이 커다래졌다. 불쾌감을 느끼
기는 하지만 고통을 모르는 듯했다. 이 인간, 정상이 아니야!

로날드는 몸을 굽혀 전기충격기를 빼앗은 다음 여전히 뚱그런 눈
으로 그걸 살펴보았다. 그리고 손바닥으로 리스베트의 뺨을 후려쳤
다. 그녀는 마치 해머로 얻어맞은 듯했다. 소파 앞으로 쓰러져서는
고개를 들어 로날드의 두 눈을 쳐다보았다. 그는 호기심 어린 시선으

로 그녀를 내려다보고 있었다. 요것이 다음에는 어떻게 나올까 궁금해하는 표정으로. 마치 고양이가 쥐를 가지고 노는 형국이었다.

다음 순간, 그녀는 방 저쪽에 난 문이 빠끔히 열리는 걸 감지했다. 재빨리 고개를 돌렸다.

밝은 빛 한가운데서 그가 천천히 걸어나왔다. 팔꿈치 지지대가 달린 지팡이에 몸을 의지하고 있었고 한쪽 다리에는 의족이 달려 있었다. 손가락 두 개가 없는 왼손은 대충 빚어놓은 살물치처럼 보였다.

리스베트는 그의 얼굴 쪽으로 시선을 올렸다. 화상을 입어 왼쪽 절반이 흉터투성이였다. 뻘건 살점을 조각조각 이어붙인 패치워크 같았다. 귀는 거의 남아 있지 않았고 눈썹도 보이지 않았다. 머리카락도 없었다. 그녀가 기억하는 그는 날렵한 근육질 몸매에 검은 곱슬머리의 소유자였다. 지금 그는 165센티미터도 안 되는 키에 몸은 앙상하게 말라 있었다.

"안녕, 아빠." 그녀는 아무런 감정이 섞이지 않은 목소리로 말했다.

알렉산데르 살라첸코 역시 무표정한 눈으로 딸을 쳐다보았다.

로날드가 천장에 달린 전등을 켰다. 그리고 그녀의 재킷을 더듬어 다른 무기가 없는지 확인한 후 빼앗은 권총에서 안전장치를 잠그고 탄창을 빼냈다. 살라첸코는 안락의자까지 절뚝거리며 걸어가 앉아 리모컨 하나를 집어들었다. 리스베트의 시선은 그의 뒤에 있는 TV 화면으로 향했다. 살라첸코가 버튼을 누르자 떨리는 푸른 영상 속에 축사 뒤쪽과 진입로 끝자락이 나타났다. 적외선카메라! 이자들은 내가 접근하는 걸 알고 있었어.

"난 네가 켕겨서 결국 안 나타나는 줄 알았다. 4시부터 이 카메라로 널 감시하고 있었지. 농가 주변에 설치해둔 경보장치들을 죄다 건들면서 다가오더군."

"동작감지기……" 그녀가 신음을 흘렸다.

"그래. 진입로에 두 개, 그리고 뜰 저쪽 개활지에 네 개. 네가 택한 그 전망대에도 감지기가 있었단 말이지. 농장이 가장 잘 보이는 곳이니까. 보통은 무스나 노루가 찾아오거나 이따금 산딸기를 따러 오는 사람들이지. 하지만 손에 총을 든 사람이 찾아오는 경우는 매우 드물어."

그는 잠시 말을 끊었다.

"그래, 넌 이 살라첸코가 조그만 시골집에서 아무런 방비책도 없이 그냥 퍼질러 앉아 있으리라고 믿은 거냐?"

리스베트는 목덜미를 문지르면서 일어나보려고 했다.

"그대로 바닥에 붙어 있어!" 그가 차갑게 명령했다.

로날드는 리스베트의 권총을 만지작거리던 손을 멈추고 그녀를 차분하게 내려다보았다. 그러고는 한쪽 눈썹을 찡긋 치켜세우며 미소를 지었다. 리스베트는 TV에서 엉망이 된 파올로 얼굴을 봤던 걸 떠올렸고 이내 바닥에 붙어 있는 게 현명하다고 판단했다. 그녀는 한숨을 내쉬면서 소파에 등을 기대고 앉았다.

살라첸코가 성한 오른손을 내밀었다. 로날드가 허리춤에 꽂아둔 권총을 빼내 슬라이드를 철커덕 잡아당겨 장전한 뒤 그에게 건네주었다. 리스베트는 스웨덴 경찰이 일반적으로 사용하는 시그사우어임을 알 수 있었다. 살라첸코가 턱을 까딱해 신호를 주자 로날드가 군소리 없이 몸을 돌려 재킷을 걸치고 방을 나갔다. 뒤이어 현관문이 열렸다 다시 닫히는 소리가 들려왔다.

"혹시나 어리석은 짓을 상상하고 있을까봐 하는 말인데 조금이라도 몸을 움직이는 기미가 보이면 그대로 벌집을 만들어버리겠어."

리스베트는 몸의 긴장을 풀었다. 그녀가 일어서서 그에게 도달하기 전에 이미 두 발, 혹은 세 발을 발사할 수 있을 터였다. 아마 몇 분 안에 출혈로 사망에 이르게 할 탄환을 장착했을 테고.

"얼굴 꼴이 볼만하군." 살라첸코가 그녀의 눈썹에 박힌 피어싱을 가리키며 말했다. "꼭 창녀 같아."

리스베트가 그를 똑바로 쳐다보았다.

"하지만 눈은 나를 닮았어."

"거기 아파?" 그녀가 고갯짓으로 의족을 가리키며 물었다.

살라첸코는 오랫동안 그녀를 쳐다보았다.

"아니. 이제는 안 아파."

리스베트가 고개를 끄덕였다.

"넌 나를 죽이고 싶지?"

그녀는 대답하지 않았다. 그는 웃음을 터뜨렸다.

"그래. 오랜 세월 난 너를 생각해왔어. 거울에 비친 내 꼴을 볼 때마다 널 생각했지."

"엄마를 가만히 놔뒀어야지."

살라첸코는 웃었다.

"네 어미는 창녀야."

리스베트의 두 눈이 잉크처럼 새카매졌다.

"엄마는 창녀가 아니야. 엄마는 슈퍼마켓에서 힘들게 일하면서 우리를 키우려고 애썼던 사람이야."

살라첸코가 다시 웃었다.

"그래. 네 어미에 대한 환상을 곱게 간직하렴. 하지만 난 그년이 창녀라는 걸 알지. 무슨 수를 썼는지 금방 임신해버리더니 곧바로 결혼하자고 날 다그쳐대더군. 내가 창녀하고 결혼이나 할 한심한 인간으로 보였던 모양이지!"

리스베트는 아무 말도 하지 않았다. 그저 총구를 바라보면서 그가 한순간이라도 방심하기를 기다렸다.

"휘발유를 담은 우유팩이라…… 그래, 멋진 생각이었어! 난 널 증오했지. 하지만 얼마 지나니까 모든 게 별 의미가 없어지더군. 넌 내

귀한 에너지를 쏟을 만한 가치도 없는 존재였으니까. 이번 일에 네가 끼어들지만 않았어도 난 아무 짓 안 했을 거야."

"엿 같은 소리. 닐스가 날 처리해달라고 당신을 찾아왔잖아."

"그건 아무 상관 없어. 단지 상업적인 계약일 뿐이야. 닐스는 네가 가진 그 영상이 필요했고, 난 주문받은 대로 일을 조금 진행했을 뿐이라고."

"그래, 내가 그걸 넘겨줄 거라고 생각했어?"

"오, 얘야, 물론이고말고! 네가 순순히 그럴 거라고 확신했지. 넌 로날드가 무언가를 요구하면 사람들이 얼마나 협조적으로 나오는지 상상도 못 할 거야. 특히 전기톱을 켜 들고서 한쪽 다리를 썰어대면 말이야. 그럼 내게는 아주 적절한 보상이 되겠지. 내 다리 한 짝에 네 다리 한 짝이니까 말이야."

리스베트는 뉘크바른 창고 안에서 로날드에게 잡혀 있었을 미리 암을 떠올렸다. 어두워진 그녀의 표정을 보고 살라첸코는 오해를 했다.

"걱정 마. 널 토막 낼 생각은 없으니까."

그는 그녀를 물끄러미 쳐다보았다.

"정말로 닐스가 널 강간했냐?"

리스베트는 대답하지 않았다.

"정말이지 그놈 취향도 형편없군! 신문에서 네가 더러운 레즈비언이라는 얘기를 보았다. 이제 보니 별로 놀라운 일이 아니야. 어떤 사내놈이 널 원하겠냐?"

여전히 대꾸하지 않았다.

"맘 같아서는 로날드를 시켜서 네 거기를 좀 청소해주고 싶구나. 보아하니 넌 그게 좀 필요해."

그는 잠시 생각했다. "하지만 로날드는 여자애들하고는 안 하지. 호모는 아냐. 단지 그 짓을 안 할 뿐."

"그러면 당신이 직접 청소를 해주셔야겠군." 리스베트는 그를 도발해보려고 했다.

자, 이리 다가와봐. 실수 좀 해보란 말이야……

"오, 아니야! 그건 아니야! 내가 그렇게까지 변태는 아냐."

그들은 한동안 아무 말도 하지 않았다.

"그래, 지금 우리가 뭘 기다리고 있지?" 리스베트가 물었다.

"내 동업자가 곧 돌아올 거야. 차 좀 옮겨놓고 뭐 이것저것 하러 나갔어. 그런데 네 동생은 어디 있지?"

리스베트는 어깨를 으쓱했다.

"대답해!"

"몰라. 걔한테는 전혀 관심 없어."

그가 다시금 웃었다.

"그런 게 형제애라는 건가? 머릿속에 뭣 좀 들어 있던 애는 항상 카밀라였어. 넌 쓰레기통에 던져버리기에 딱 좋았지."

"살라, 당신은 지독하게 피곤한 인간이군…… 그런데 닐스를 죽인 건 로날드야?"

"물론이지. 로날드는 완벽한 병사야. 언제나 명령에 복종할 줄 알면서도 필요할 때면 자기가 알아서 척척 일을 처리하지."

"어디서 저런 인간을 찾아냈지?"

살라첸코는 기묘한 표정을 지으며 딸을 쳐다보았다. 이내 뭔가를 말하려고 입술을 움찔대더니 주저하듯 다시 입을 다물었다. 그러고는 현관문을 곁눈질로 쳐다본 후 갑자기 미소를 지었다.

"그렇다면 아직 못 알아냈단 말이군. 닐스 말로는 네가 아주 재능 있는 조사원이라던데?" 그러고 나서 살라첸코가 웃음을 터뜨렸다.

"우리가 서로 교류하기 시작한 건 1990년대 초, 그러니까 네 우유팩을 맞고 나서 아직 스페인에서 회복하던 때였어. 내 부하는 아냐…… 파트너 관계지. 우리는 아주 잘나가는 사업을 하고 있다고."

"여성인신매매?"

그가 어깨를 으쓱했다.

"그것보다는 좀더 다양하지. 수많은 상품과 서비스를 다루고 있다고. 어둠 속에 숨어서 절대 모습을 드러내지 않는 사업이지. 그런데 정말 로날드가 누군지 모르겠어?"

리스베트는 아무 말도 하지 않았다. 지금 그가 무얼 암시하는지 전혀 알 수 없었다.

"로날드는 네 오라비다."

"뭐?" 리스베트는 숨이 막히는 것 같았다.

살라첸코가 또다시 웃어댔다. 하지만 그녀를 겨눈 총구는 조금도 흔들리지 않았다.

"네 배다른 오라비지. 1970년에 독일에서 임무를 수행할 때 재미 좀 본 결과야."

"그래서 당신은 아들을 살인자로 키워냈군."

"오, 아니야. 난 그저 잠재력을 실현할 수 있게끔 조금 도와줬을 뿐이야. 내가 그애를 맡아 가르치기 훨씬 전부터 사람을 죽일 능력이 있었어. 내가 떠나면 녀석이 이 가족사업을 이끌어나갈 거야."

"그는 내가 이복누이라는 걸 알아?"

"물론이지. 혹시나 형제애에 호소할 생각이라면 그런 건 잊어버리라고. 그에게 가족은 나야. 넌 저쪽 지평선에서 윙윙대는 날파리에 불과해. 이걸 말해줘야 할지 모르겠다만 네 이복형제가 로날드만은 아니라고. 적어도 형제 넷과 자매 셋이 여러 나라에 흩어져 살고 있어. 네 형제 하나는 말할 수 없이 지독한 멍청이지만 다른 한 녀석은 그나마 가능성이 좀 있어. 탈린에서 우리 지사를 운영하고 있지. 그래도 내 자식 중에 살라첸코네 유전자값을 하는 녀석은 저 로날드뿐이야."

"살라첸코네 사업에서 내 자매들이 할 일은 전혀 없는 것 같군."

리스베트의 지적에 그가 흠칫 놀라는 듯했다.

"살라첸코…… 당신은 그저 여자를 증오하는 흔해빠진 멍청이에 불과해. 그런데 닐스는 왜 죽였지?"

"그놈이야말로 지독한 멍청이였어. 네가 내 딸이라는 사실을 알고는 깜짝 놀라더군. 이 나라에서 내 과거를 알고 있는 몇 안 되는 인물이었지. 느닷없이 접촉해왔던 터라 나 역시 신경이 쓰였던 게 사실이고. 어쨌든 결과적으로는 모든 게 잘된 셈이지. 그놈은 죽고 너는 살인범으로 몰리게 됐으니."

"왜 죽였냐고." 리스베트가 재차 물었다.

"뜻밖의 사고였다고 해두지. 사실 그자하고는 적어도 몇 년 더 일할 수 있을 줄 알았어. 세포에 은밀한 끈을 대고 있는 건 언제나 유용한 일이니까. 비록 그 끈이 바보 멍청이라 해도. 그런데 엔셰데의 그 기자 놈이 어떻게 우리 관계를 알아냈는지 마침 로날드가 그의 집에 갔을 때 전화를 걸어왔더군. 닐스는 공포에 사로잡혀 미친놈처럼 굴었지. 로날드는 즉석에서 결정을 내려야 했어. 필요한 일을 했을 뿐이야."

이미 짐작하고 있던 사실을 아버지가 직접 확인해주자 리스베트는 가슴이 무겁게 내려앉았다. 다그가 죽은 건 그 관계를 알게 됐기 때문이었어…… 그날 저녁, 그녀는 다그와 미아네 집에서 한 시간가량 대화를 나누었다. 미아에게는 금방 호감을 느꼈다. 반면 다그에 대한 감정은 반반이었다. 그는 미카엘과 닮은 점이 너무도 많았다. 책 한 권 써서 내는 걸로 세상을 전부 구원하고 많은 것들을 변화시킬 수 있다고 믿는 순진하면서도 젠체하는 인간. 하지만 그의 선의만큼은 미워할 수 없었다.

사실 다그의 집에 들렀던 그녀는 아무런 소득이 없었다. 다그와 미아도 그녀에게 살라첸코의 행방을 알려주지는 못했다. 사건들을 조사하면서 '살라'라는 이름이 자주 등장한다는 사실을 발견하고 알아보기 시작했지만 그가 누군지 밝혀내지 못했다고 했다.

그런데 리스베트가 거기서 한 가지 치명적인 실수를 범하고 말았다. 당시 그녀는 닐스와 살라첸코 사이에 분명 어떤 관계가 있으리라 짐작하고 있었다. 그래서 다그에게 닐스에 대해서도 몇 가지 질문을 던졌다. 혹시 그가 뭔가를 알고 있을까 기대하면서. 하지만 그는 아무것도 몰랐다. 그래도 후각만큼은 예민했다. 그는 즉시 닐스라는 인물에게 뭔가가 있다고 판단하고 오히려 그녀에게 질문을 퍼붓기 시작했었다.

리스베트는 별다른 것을 말해주지 않았다. 하지만 다그는 그녀가 이 이야기에서 중요한 위치를 차지한다는 걸 직감했다. 그녀가 원하는 몇 가지 정보가 자신의 수중에 있다는 사실도 알았다. 그래서 두 사람은 부활절 이후에 다시 만나기로 약속했다. 그런 다음 리스베트는 집으로 돌아와 잠자리에 들었고, 그런데 다음날 아침에 일어나 라디오를 켜보니 엔셰데의 한 아파트에서 두 사람이 살해당했다는 뉴스가 흘러나왔던 것이다.

그날 저녁 그곳에 갔을 때 그녀가 다그에게 준 유용한 정보는 단 하나, 바로 닐스 비우르만의 이름이었다. 닐스에 대해 더 알고 싶어진 그가 리스베트가 떠나자마자 수화기를 들어 닐스에게 전화를 걸었으리라.

'바로 내가 문제였어. 만일 내가 다그를 보러 가지 않았다면……그와 미아는 아직 이 세상에 있을 텐데……'

살라첸코가 웃었다. "하하하, 그때 우리가 얼마나 놀랐는지! 경찰이 엉뚱하게도 너를 용의자로 지목하는 게 아니겠어?"

리스베트는 아랫입술을 깨물었다. 살라첸코가 그녀를 지그시 쳐다보며 물었다.

"그런데 내가 있는 곳은 어떻게 찾아냈지?"

그녀는 어깨만 으쓱할 뿐 대꾸하지 않았다.

"리스베트…… 곧 로날드가 돌아와. 네가 대답할 때까지 온몸의 뼈를 으스러뜨리라고 할 수도 있어. 쓸데없이 그런 수고를 할 필요가 없잖아?"

"사서함. 로날드가 빌린 렌터카 대리점에서 사서함 주소를 알아냈어. 여드름투성이 애가 편지를 수거해 갈 때까지 사서함 앞에서 기다렸고."

"아하, 그런 간단한 방법이 있었군! 고마워. 참고해두지."

리스베트는 잠시 생각했다. 총구는 여전히 자신의 가슴팍을 겨냥하고 있었다.

"정말 이 태풍을 피해갈 수 있다고 생각해?" 리스베트가 물었다. "당신은 너무 많은 실수를 저질렀어. 경찰이 당신을 찾아내는 건 시간문제야."

"알고 있어. 군나르가 어제 전화했더군. 〈밀레니엄〉의 어떤 기자 놈이 냄새를 맡았다고. 놈이 모든 걸 알아내는 건 네 말대로 시간문제라고 말이야. 맞아. 그 기자 놈을 처리할 필요가 있겠지."

"아는 사람이 미카엘뿐일까? 〈밀레니엄〉 대표 에리카와 다른 직원들. 드라간과 밀톤 시큐리티 직원 두세 사람. 얀 형사와 수사팀의 다른 경찰들. 이 이야기를 감추려고 앞으로 몇 사람이나 죽일 작정이지? 그들은 결국 당신을 찾아내고 말거야."

살라첸코가 다시 웃었다.

"그래서? 난 아무도 죽이지 않았어. 내게 불리한 구체적인 증거는 아무것도 없다고. 그래, 날 찾아내고 싶으면 그러라고 해. 이 집도 찾아와서 수색해보라고. 내가 범죄에 연루됐다는 증거는 털끝만치도 찾아낼 수 없을 테니까. 그리고 너를 정신병원에 가둔 건 내가 아니라 세포야. 그러니 모든 걸 죄다 까밝히려 들지는 않을걸?"

"로날드가 있잖아?"

"로날드는 내일 아침 외국으로 휴가를 떠나서 한동안 사태를 지켜볼 거야."

살라첸코는 의기양양한 눈으로 리스베트를 쳐다보았다.

"넌 삼중살인을 저지른 용의자로 남게 되겠지. 그러니 이제 조용히 사라져줘야겠어."

마침내 로날드가 돌아온 건 거의 한 시간이 지나서였다. 그는 장화를 신고 있었다.

리스베트는 자신의 오라비라는 사내에게 시선을 던졌다. 아무리 봐도 닮은 점이라곤 없었다. 오히려 모든 면에서 정반대였다. 하지만 한 가지 짚이는 건 있었다. 그에게서는 뭔가 이상한 점이 느껴졌다. 괴물 같은 골격, 약간 백치 같아 보이는 얼굴, 변성기를 겪지 않은 듯한 목소리…… 이 모든 것들이 일종의 유전적 결함을 암시하는 듯했다. 그의 몸은 전기충격기에도 반응하지 않았고 손은 어마어마하게 컸다. 요컨대 정상적인 구석이라고는 전혀 찾아볼 수 없었다.

살라첸코 가문은 온갖 실수한 유전자들의 집합소인 모양이군…… 그녀는 씁쓰레한 생각을 곱씹었다.

돌아온 로날드가 고개를 끄덕였다. 자신의 시그사우어 권총을 다시 받으려는 듯 손을 내밀었다.

"나도 갈 거야." 살라첸코가 말했다.

로날드가 머뭇거렸다.

"많이 걸어야 해요."

"나도 간다고. 가서 내 재킷이나 가져와."

로날드는 어깨를 으쓱하고는 그가 시키는 대로 했다. 그리고 옷을 입은 살라첸코가 잠시 옆방에 가 있는 동안 권총을 조작하기 시작했다. 리스베트는 그가 총신에 사제 소음기를 돌려 끼우는 모습을 지켜보았다.

"자, 가자." 살라첸코가 문가에 서서 말했다.

로날드가 몸을 굽혀 리스베트를 일으켜세웠다. 그녀는 그의 눈을 노려보았다.

"너도 죽여버리겠어."

"아직도 자신감은 넘쳐나는군." 그녀의 아버지가 빈정댔다.

로날드는 부드럽게 미소를 지어 보이고는 그녀를 현관으로, 그리고 뜰 밖으로 밀고 나갔다. 한 손으로는 그녀의 목을 꽉 쥐고 있었다. 그의 손가락은 그녀의 목둘레를 한 번 두르고 남을 정도로 길었다. 그는 축사 뒤에 있는 숲을 향해 그녀를 끌고 갔다.

그들은 빨리 걷지 못했다. 로날드가 간간이 걸음을 멈추고 뒤처진 살라첸코를 기다려야 했기 때문이다. 두 사내는 성능 좋은 랜턴을 하나씩 들고 있었다. 숲속에 이르자 로날드가 목덜미를 잡은 손을 풀었다. 그리고 1미터쯤 뒤에 서서 총부리로 그녀의 등을 찔렀다.

그들은 계속해서 험한 산길을 400미터쯤 더 걸었다. 리스베트는 두 번이나 비틀거렸지만 그때마다 곧바로 몸의 균형을 잡았다.

"여기서 오른쪽으로 돌아." 로날드가 말했다.

10미터를 더 가자 나무 사이에 빈터가 나타났다. 리스베트는 땅에 이미 구덩이가 파여 있는 것을 보았다. 로날드의 랜턴 불빛 아래로 흙무더기 위에 삽이 한 자루 꽂힌 게 보였다. '그래, 이걸 하려고 나갔다 왔군.' 그가 구덩이 쪽으로 미는 바람에 리스베트는 비틀거리다 두 손을 땅에 짚으면서 넘어졌다. 두 손이 모래 속으로 푹 빠져들어 갔다. 그녀는 고개를 들어 아무런 표정 없이 로날드를 올려다보았다. 아직 걸어오고 있는 살라첸코를 그는 차분하게 기다리고 있었다. 그녀를 겨냥한 권총에는 한순간도 흐트러짐이 없었다.

살라첸코는 가쁘게 숨을 쉬었다. 그가 입을 열 수 있게 된 건 일 분쯤 지나서였다.

"이런 장면에서는 뭔가를 말해야 옳겠지. 하지만 네게 할 얘기는 하나도 없어."

"잘됐네." 리스베트가 대꾸했다. "나 역시 당신에게 할말이 없으니까." 그녀는 입가에 살짝 미소를 지어 보였다.

"자, 끝내지." 살라첸코가 말했다.

"그래도 내겐 즐거운 일이 하나 있어. 당신이 체포당하는 게 내 생애 마지막 일이 되었으니까." 리스베트가 말했다. "오늘밤 당장 경찰이 이 집에 들이닥칠 거야."

"웃기는군. 그렇게 수작 부리고 나올 줄 알았다. 네가 여기 온 건 날 죽이기 위해서지 다른 어떤 계획 같은 건 없잖아. 너는 누구에게도 말하지 않았으니까."

리스베트는 한층 더 환하게 웃었다. 그러다 갑자기 악랄한 표정을 지었다.

"내가 한 가지 보여줄 게 있어, 아빠."

그녀는 바지 왼쪽 다리에 붙은 포켓에 천천히 손을 넣어 네모난 물체를 하나 꺼냈다. 로날드는 그녀의 동작을 철저히 감시했다.

"이미 한 시간 전부터 당신이 내뱉은 말이 전부 인터넷을 통해 흘러나갔다고."

그녀는 팜 텅스텐 T3를 흔들어 보였다.

살라첸코의 눈썹이 있어야 할 이마 자리에 주름이 하나 잡혔다.

"보자고." 살라첸코가 자신의 성한 손을 내밀었다. 리스베트는 PDA를 던졌고 그는 날아오는 물건을 붙잡았다.

"웃기고 있네. 이건 평범한 PDA잖아."

로날드가 PDA를 살펴보려고 몸을 굽히는 순간 리스베트는 모래 한 줌을 쥐어 그의 눈에다 뿌렸다. 당장 앞을 못 보게 된 거인이 무의식적으로 소음기 달린 권총을 한 발 쏘았다. 리스베트가 이미 두 걸음 옆으로 비껴서 있던 터라 총알은 그녀가 서 있던 공간을 뚫고 지나갔다. 이번에는 삽을 집어들었다. 그리고 재빨리 삽날로 권총을 들고 있는 로날드의 손을 내리찍었다. 있는 힘을 다해 내리친 삽날이 손바닥과 손가락 사이 관절을 적중하면서 시그사우어가 튀어올라 공중에 큰 원을 그리며 덤불숲으로 떨어졌다. 거인의 검지는 깊은 상처가 나 선혈이 솟구쳤다.

이 정도면 고통에 비명을 질러야 하는데……

그는 상처 입은 손으로 허공을 더듬으면서 다른 손으로는 두 눈을 절망적으로 비벼댔다. 리스베트가 이 싸움을 이길 수 있는 유일한 방법은 지금 이 순간 그에게 결정타를 날리는 것이었다. 만약 둘이 서로 뒤엉키기라도 한다면 그녀는 끝난 거나 다름없으니까. 그녀가 숲속으로 도망치기 위해서는 적어도 오 초의 시간이 필요했다. 그러려면 이 괴물을 잠시나마 녹다운시켜야 했다. 그녀는 삽을 어깨 뒤로 젖혔다가 있는 힘을 다해 앞으로 휘둘렀다. 그러면서 자루를 돌려 삽날로 타격을 가해보려고 했다. 그러나 서 있는 위치가 좋지 않았다. 그의 얼굴을 강타한 건 삽날이 아닌 삽대가리의 편평한 뒷부분이었다.

로날드가 신음을 흘렸다. 며칠 새에 코뼈가 또 골절됐다. 그는 여전히 앞을 못 봤지만 오른팔을 크게 휘둘러 리스베트를 밀쳐버리는 데 성공했다. 여기에 당한 그녀가 뒷걸음질치다 나무뿌리에 발이 걸려버렸다. 그렇게 한순간 나뒹굴었다가 곧바로 다시 일어났다. 로날드는 힘을 쓰지 못하고 있었다.

자, 됐어. 이제 빠져나갈 수 있어.

마침내 덤불 쪽으로 두 걸음을 내디뎠을 때 그녀의 시야 한쪽에 무언가가 들어왔다. 찰칵. 살라첸코가 팔을 들어올리고 있었다.

늙은이도 총이 있었어!

그 사실이 채찍처럼 그녀의 머릿속을 후려쳤다.

살라가 총을 발사하는 순간, 그녀는 몸을 틀었다. 결국 총알이 둔부에 적중하면서 균형을 잃었다. 통증은 느껴지지 않았다.

두번째 총알은 왼쪽 어깨뼈에 박혔다. 온몸을 마비시키는 날카로운 통증이 쩌르르 흘렀다.

그녀는 털썩 무릎을 꿇었다. 몇 초 동안 움직일 수 없었다. 그러나 자신의 뒤로 5미터쯤 떨어진 곳에 살라첸코가 있다는 사실을 의식하고 있었다. 그녀는 마지막 힘을 모아 몸을 일으켰다. 그리고 관목의 커튼 속으로 몸을 숨기려고 후들대는 걸음을 내디뎠다.

살라첸코는 천천히 그녀를 겨냥했다.

세번째 총알은 왼쪽 귀에서 2센티미터쯤 위에 적중했다. 두개골을 관통했고 그 구멍 주위로 그물 모양 잔 균열이 퍼졌다. 납 탄환은 머릿속을 파고 들어가 대뇌피질 4센티미터 아래의 회백질에 파묻혔다.

하지만 그녀에게 이런 의학용어들은 아무 의미가 없었다. 그녀가 총알을 맞고 느낀 것은 거대하고도 즉각적인 트라우마였다. 마지막으로 지각한 건 시뻘건 빛깔의 충격과 그 뒤를 이은 하얀 빛이었다.

그러고는 어둠이 왔다.

클릭.

살라첸코는 다시 한번 방아쇠를 잡아당기려 했지만 손이 너무 떨려 제대로 겨냥할 수 없었다. **이년이 빠져나갈 뻔했어**…… 마침내 그는 그녀가 죽었다는 사실을 깨닫고는 떨리는 팔을 내렸다. 아드레날린이 온몸에 콸콸 흐르는 것을 느끼면서. 그는 자신의 총을 내려다보았다. 원래는 집에 두고 올 생각이었지만 방에 들어가 호주머니에 찔러넣고 나왔다. 부적이 필요하다는 생각이 들었던 걸까? 이 계집애는 정말 괴물이야. 사내가 둘이었다. 게다가 그중 하나는 시그사우어를 들고 있는 로날드 니더만이었다. 그런데도 이 더러운 년은 거의 **빠져나갈 뻔했다고!**

살라첸코는 죽은 딸에게 시선을 던졌다. 랜턴 불빛에 비친 그녀의 몸은 피에 젖은 인형과도 흡사했다. 그는 안전장치를 잠근 총을 주머니에 넣은 다음 로날드에게 다가갔다. 거인은 허둥대며 어찌할 바를 몰랐다. 눈에는 눈물이 가득했고 손과 코에서는 피가 흘러내렸다. 파올로와 맞붙은 챔피언 쟁탈전에서 골절된 코뼈가 완전히 낫기도 전에 다시 삽에 맞아 심각한 부상을 입게 되었다.

"또 코뼈가 부러진 것 같아요."

"이 멍청아! 이번에도 그년이 도망갈 뻔했잖아!"

로날드는 계속해서 눈을 비벼댔다. 아프지는 않았는데 자꾸 눈물이 나면서 아무것도 보이지 않았다.

"똑바로 서, 자식아!" 살라첸코는 경멸스럽다는 듯 고개를 흔들었다. "빌어먹을! 내가 도와주지 않으면 제대로 하는 게 하나도 없으니."

로날드는 절망적으로 눈을 깜빡였다. 어쩔 수 없이 살라첸코가 절뚝거리며 시체가 있는 곳까지 걸어갔다. 그리고 그녀의 재킷 뒷덜미를 잡아 무덤 쪽으로 질질 끌고 갔다. 무덤이라고 해봤자 그녀 체구에도 몸을 쭉 펼 수 없는 좁다란 구멍에 불과했지만. 그는 구멍 속에 자신의 딸을 집어던졌다. 얼굴부터 땅에 떨어진 그녀는 두 다리를 몸 아래에 구부리고 마치 태아 같은 자세로 엎어졌다.

"구멍을 메우고 집에 들어가자." 살라첸코가 명령했다.

아직 눈을 제대로 뜨지 못하는 로날드가 구멍을 다 메우는 데는 시간이 조금 필요했다. 남은 흙은 힘차게 삽질해 주변에 흩어놓았다.

살라첸코는 담배를 피우면서 그가 하는 일을 지켜보았다. 아직 떨림이 남아 있었지만 아드레날린은 썰물처럼 빠져나가기 시작했다. 그는 그녀를 제거했다는 사실에 문득 안도감을 느꼈다. 아주 오래전, 자신의 차 안에 휘발유가 든 우유팩을 던지던 그녀의 눈빛이 아직도 기억에 생생했다.

밤 9시, 살라첸코는 주위를 둘러보고는 고개를 끄덕였다. 덤불 속으로 날아간 시그사우어는 이미 찾은 뒤였다. 그들은 집으로 돌아왔다. 살라첸코는 깊은 만족감을 느꼈다. 그리고 잠시 로날드의 손을 치료해주었다. 삽날에 맞아 깊은 상처가 벌어진 손가락을 봉합하려면 실과 바늘을 꺼내야 했다. 열다섯 살 때 노보시비르스크 군사학교에서 배운 기술을 다시 써먹게 된 셈이다. 다행히 마취를 할 필요는 없었다. 다만 상처가 너무 심해서 병원에 데려가야 할지도 몰랐다. 우선은 부목을 대고 붕대로 감아주었다.

이 모든 것을 끝내고 난 후, 로날드가 욕실로 들어가 눈을 씻는 동안 그는 맥주를 한 병 땄다.

32장

4월 7일 목요일

미카엘은 밤 9시가 지나 예테보리 중앙역에 도착했다. X2000은 속도를 내 고장으로 지체되었던 시간을 어느 정도 만회하긴 했지만 충분치는 않았다. 미카엘은 기차에서 마지막 한 시간을 렌터카 대여점과 통화를 하며 보냈다. 처음엔 알링소스에서 내려 차를 타고 갈 요량으로 그곳에서 차를 구해보려고 했는데 너무 늦은 시간이라 불가능했다. 결국 이 계획을 포기하고 예테보리의 호텔 예약 중개소를 통해 폭스바겐 한 대를 구할 수 있었다. 차는 예른 광장 부근에 있다고 했다. 그는 티켓 시스템이 복잡하기 그지없는 예테보리의 대중교통을 포기하고 택시를 잡아탔다.

마침내 차를 인도받았는데 조수석 수납함에 지도가 없었다. 그는 늦은 시간까지 여는 주유소 겸 편의점에 들러 지도와 손전등 하나, 광천수 한 병 등 몇 가지 필요한 물건을 샀다. 커피가 담긴 종이컵은 운전석 옆 홀더에 끼워놓았다. 그렇게 예테보리 시내를 벗어나 알링소스 방향 도로로 접어든 때가 밤 10시 30분이었다.

밤 9시 30분, 숫여우 한 마리가 리스베트의 무덤 앞을 지나갔다. 여우는 불안한 눈으로 주위를 살폈다. 거기에 무언가가 묻혀 있다는 사실을 본능적으로 느꼈을 테지만 그 깊은 땅속까지 파들어가는 수고를 할 필요는 없을 것이다. 더 쉬운 먹잇감들도 많으니까.

가까운 어딘가에서 바스락거리는 소리가 들렸다. 위험을 감지하지 못한 야행성 동물이 내는 소리였다. 여우는 즉시 귀를 쫑긋 세웠다. 그리고 신중하게 한 발을 내디뎠다. 사냥을 떠나기 전 녀석은 뒷다리 한쪽을 들고 오줌을 싸서 자신의 영역을 표시해두었다.

얀은 일 문제로 저녁에 전화를 거는 일이 거의 없었다. 하지만 이날은 도저히 그냥 있을 수 없었다. 수화기를 집어들고 소니아의 전화번호를 눌렀다.

"너무 늦게 전화해서 미안해. 자고 있었나?"

"괜찮아요."

"1991년의 그 보고서를 다 읽고 난 참이야."

"좀처럼 내려놓을 수 없었던 모양이네요. 저도 마찬가지예요."

"소니아…… 무슨 일이 있었다고 생각해?"

"리스베트는 세포를 위해 일하던 한 미치광이 킬러로부터 자신의 엄마와 동생을 보호하려고 했어요. 그런데 성구매자 리스트에도 이름이 올라 있는 군나르 비에르크가 그런 그녀를 정신병원에 처넣으려 했죠. 페테르 텔레보리안이 정신감정서를 써서 군나르를 도왔고요. 그리고 지금까지 우리는 페테르의 평가에 근거해 모든 것을 판단해왔죠."

"이렇게 되면 그녀에 대해 우리가 그렸던 그림을 완전히 바꿔야겠지."

"이 보고서가 많은 걸 설명해주네요."

"소니아. 내일 아침 8시에 올 수 있겠어?"

"물론이죠."

"스모달라뢰에 가서 군나르와 얘기를 해야겠어. 알아봤더니 지금 병가중이라는군."

"벌써부터 흥분되는데요?"

"이제는 리스베트에 대한 우리의 판단을 완전히 재고해야 할 거야."

그레게르 베크만은 곁눈으로 아내를 슬쩍 쳐다보았다. 에리카는 거실 창가에 서서, 바다를 바라보고 있었다. 그는 손에 휴대전화를 든 그녀가 미카엘의 전화를 초조하게 기다리고 있음을 알았다. 그 표정이 너무도 침울해 보여 다가가 그녀를 안았다.

"미카엘이 어린애도 아닌데 뭘 그렇게 걱정해? 정 그렇게 염려되면 경찰에 전화를 해."

에리카는 한숨을 내쉬었다.

"그러려면 벌써 몇 시간 전에 했어야지. 그것 때문에 힘든 게 아냐."

"내게 얘기해줄 수 있는 거야?"

그녀는 고개를 끄덕였다.

"그럼 말해봐."

"당신에게 숨긴 게 있어. 미카엘과 〈밀레니엄〉의 모든 사람들에게도."

"숨겨?"

에리카는 남편을 향해 몸을 돌려 자신이 〈SMP〉의 편집국장직을 수락한 자초지종을 털어놓았다. 그레게르는 의아한 표정을 지었다.

"왜 나한테 얘기하지 않았어? 당신에게는 엄청나게 좋은 일이잖아. 정말 축하해!"

"얘기하지 않은 건…… 사람들을 배신한다는 생각이 들어서."

"미카엘은 이해해줄 거야. 누구나 때가 되면 자신의 길을 떠나야 하는 법이라고. 지금 당신에게 그 시간이 온 거고."

"알고 있어."

"확실하게 결정한 거야?"

"응, 결정했어. 하지만 누구에게도 밝힐 용기가 나지 않아. 특히 지금은 난리가 난 배를 버리고 도망가는 기분이야."

그는 아내를 꼭 안았다.

드라간은 눈을 비비고는 에르스타 재활센터의 창가에 서서 바깥의 어둠을 내다보았다.

"얀에게 알려야 하지 않을까요?"

"아니." 홀게르가 말했다. "얀도, 그 어떤 당국자도 그녀를 보호하기 위해 손가락 하나 까딱하지 않았소. 이제 그녀가 해야 할 일을 하게 놔둡시다."

드라간은 리스베트의 전 후견인을 쳐다보았다. 지난번 방문했을 때에 비해 건강 상태가 놀랄 만큼 좋아 보였다. 여전히 말은 좀 더듬지만 눈에는 전에 없던 새로운 생기가 감돌고 있었다. 가끔 격렬한 분노를 터뜨리는 모습은 그에게서 처음 보는 것이었다. 저녁 동안 홀게르는 그간 모든 퍼즐을 맞추는 데 성공한 미카엘에게서 들은 이야기를 드라간에게 전했다. 그는 충격으로 멍한 얼굴이었다.

"그녀는 자기 아버지를 죽이려 할 겁니다."

"그럴 수 있지." 홀게르가 차분하게 말했다.

"아니면 살라첸코가 자기 딸을 죽이려 할 겁니다."

"그럴 수도 있지."

"그런데 우리는 지켜보고만 있어야 합니까?"

"드라간…… 나는 당신이 착한 사람이라는 걸 안다오. 하지만 이제 그애가 무엇을 하든 하지 않든, 혹은 죽든 살아남든 더이상 당신이 책임질 일이 아니라오!"

홀게르가 이렇게 말하며 팔을 세차게 휘둘렀다. 그러고는 스스로도 약간 놀란 듯했다. 오랫동안 상실했던 신체기능을 갑자기 회복한 순간이었다. 최근 몇 주 사이에 벌어졌던 긴박한 사건들이 그의 마비된 감각들을 자극한 탓일까.

"나는 자신이 마치 법의 대변인인 양 행동하는 사람들에게 한 번도 호감을 느껴본 적이 없소. 아니, 그럴 만한 자격이나 정당한 이유가 있는 사람이 아무도 없었소! 내가 좀 냉혹하게 보일지 몰라도…… 당신과 내가 어떻게 생각하든 오늘밤에 일어날 일은 반드시 일어나게 되어 있소. 그건 리스베트가 태어나기 전에 이미 그애의 별에 쓰인 운명이니까. 그애만의 진실이니까. 이제 우리에게 남은 일은 오직 하나요. 리스베트가 돌아온다면 그애에게 어떤 태도를 취할 것인가."

드라간은 무겁게 한숨을 내쉬고는 늙은 변호사를 쳐다보았다. 홀게르가 다시 말을 이었다.

"그녀가 앞으로 십 년간 옥살이를 하게 된다면, 그건 그녀 자신의 선택이오. 그리고 나의 선택은, 여전히 그녀의 친구로 남는 것이고."

"변호사님이 개인의 절대적 자유를 그렇게나 신봉하고 계셨다니, 정말 뜻밖인데요?"

"내가 생각해도 뜻밖이라오."

미리암은 천장을 응시했다. 야간등을 켜놓은 방에는 라디오에서 〈중국으로 가는 느린 배On a Slow Boat to China〉가 작게 흘러나오고 있었다. 그녀는 어제 병원에서 잠시 의식이 돌아왔었다. 파올로 로베르토가 그녀를 차에 태워 데려왔다는 얘기를 들었다. 그러고는 잠시 잠들었다가 열에 들떠서 깨어난 다음 다시 잠에 빠져들었다. 시간이 어떻게 흐르는지도 알지 못했다. 의사들은 그녀가 뇌진탕 증세를 보인다고 말했다. 어쨌든 그녀에게는 안정이 필요하다고 했다. 코뼈가 골절됐고 갈비뼈 세 개가 부러진데다 온몸이 상처투성이였다. 왼쪽 눈두덩은 얼마나 부어올랐는지 눈은 그저 가늘고 긴 홈처럼 보였다. 몸을 움직일 때마다 고통스러웠다. 숨을 들이쉴 때도 아팠고, 만일의 경우를 대비해 경추보호대를 채워놓은 목도 아팠다. 하지만 의사들은 조만간 그녀가 완쾌될 거라고 안심시켜주었다.

저녁때 깨어나보니 파올로 로베르토가 옆에 앉아 있었다. 그가 가벼운 농담을 던지며 기분이 어떤지 물었다. 그렇게 묻는 그의 몰골 역시 만만치 않았다. 그녀는 자신의 모습도 저렇게 처참할까 하는 생각이 들었다.

그녀가 이런저런 질문을 던지면 그는 대답해주었다. 미리암은 이상하게도 그가 충분히 리스베트와 친구일 수 있겠다는 느낌이 들었다. 입이 좀 험하지만 솔직한 사내였다. 리스베트는 거드름 부리는 멍청이들을 극도로 싫어했고, 대신 파올로 같은 사람들을 좋아했다.

그녀는 어떻게 뉘크바른의 그 외딴 창고에 파올로가 도깨비처럼 불쑥 나타났는지도 알게 되었다. 자신을 납치한 승합차를 추적했다던 그의 집요함에 대해서는 놀라지 않을 수 없었다. 경찰이 건물 주변 숲에서 시체 세 구를 발굴했다는 대목에 이르러서는 얼굴이 하얗게 질리고 말았다.

"고마워요. 당신이 내 생명을 구했어요."

그는 고개를 절레절레 흔들고는 한동안 아무 말도 하지 않았다.

"미카엘에게도 이 얘기를 다 해줬는데 도저히 이해할 수 없다는 얼굴이더군. 하지만 당신은 이해하겠지? 복싱을 한 사람이니까."

그녀는 지금 그가 무슨 말을 하는지 알고 있었다. 그 창고 안에 직접 있어보지 않은 사람은 고통을 느끼지 못하는 괴물과 맞서 싸운다는 게 무얼 의미하는지 결코 이해하지 못한다. 정말이지 그때 그녀는 완전한 무력감을 느꼈었다.

마침내 두 사람은 대화를 마쳤다. 미리암이 붕대에 감긴 그의 손을 꼭 잡았다. 더이상 무슨 말이 필요하랴. 그녀가 다시 깨어났을 때 그는 떠나고 없었다. 그녀는 리스베트의 소식을 간절히 듣고 싶었다.

로날드가 찾는 사람은 바로 그녀였다.

리스베트가 그 괴물에게 잡혀가는 것은, 상상하고 싶지도 않았다.

리스베트는 숨을 쉴 수 없었다. 시간이 얼마나 흘렀는지도 알 수 없었다. 하지만 총에 맞았다는 사실은 알았다. 그리고 자신이 땅속에 묻혀 있는 상황 역시 이성적 추론이 아닌 본능으로 이해하고 있었다. 왼팔을 전혀 쓸 수 없었다. 조그만 근육 하나라도 움직여볼라치면 통증의 물결이 어깨로 밀려들었다. 모든 생각은 안개 같은 흐릿함 속에서 떠다니고 있었다. 공기가 필요해. 여태껏 한 번도 경험해보지 못한 고통에 쿵쿵 고동치는 머리는 금방이라도 깨질 것만 같았다.

오른손은 얼굴 아래에 있었다. 리스베트는 코와 입을 덮은 흙을 치워내려고 본능적으로 주변을 긁어대기 시작했다. 흙에는 모래가 많이 섞여 있고 건조한 편이었다. 필사적인 노력 끝에 얼굴 앞에 작은 주먹만한 구멍을 만들어내는 데 성공했다.

이렇게 무덤 속에 얼마나 있었는지 전혀 알 수 없었다. 하지만 자신의 생명이 경각에 달려 있다는 사실만큼은 잘 알고 있었다. 마침내 그녀의 머릿속에 명백한 생각 하나가 떠올랐다.

나를 산 채로 매장해버렸어!

이렇게 생각하는 순간 엄청난 공황 상태에 빠졌다. 숨을 쉴 수 없었다. 움직일 수 없었다. 천근같은 흙이 그녀를 땅속에 묶어두고 있었다.

한쪽 다리를 움직여보려 했지만 근육을 펼 수 없었다. 이어 어리석게도 몸을 일으켜보려 했다. 고개를 위로 쳐들자 그 즉시 양쪽 관자놀이에 고압전류와도 같은 날카로운 통증이 후비고 들어왔다. 토하면 안 돼. 그녀는 다시금 혼미한 상태에 빠져들었다.

얼마 후, 정신을 차리고 다시 생각할 수 있게 된 그녀는 자신의 몸 어느 부위를 쓸 수 있는지 조심스럽게 확인해보았다. 몇 센티미터라도 움직일 수 있는 유일한 부분은 얼굴 앞에 놓인 오른손이었다. 공기가 필요해. 공기는 그녀의 위, 즉 무덤 위에 있었다.

리스베트는 주변을 긁기 시작했다. 팔꿈치로는 흙을 눌러 조금이나마 팔을 움직일 수 있는 공간을 확보했다. 손등으로도 흙을 옆으로 밀어서 얼굴 앞에 난 구멍을 넓혔다. 파야 해!

얼마 안 있어 그녀는 태아처럼 웅크린 두 다리 사이와 그 아래로 빈 공간이 있다는 사실을 알았다. 그 안에 있던 공기 덕분에 지금까지 살아 있을 수 있는 것이었다. 필사적으로 상체를 비틀기 시작하자 어느 순간 몸 아래를 덮고 있던 흙이 아래로 좀더 무너져내렸다. 가슴을 압박하던 느낌도 한결 나아졌다. 그리고 이내 몇 센티미터나마 팔을 움직일 수 있게 되었다.

매 분 매 초 그녀는 무의식에 가까운 상태에서 작업을 계속해나갔다. 얼굴을 덮고 있는 모래를 한줌씩 쥐어 아래 빈 공간으로 쉬지 않고 옮겼다. 팔을 움직일 수 있는 공간이 점점 커졌고 마침내는 머리 위를 덮은 흙도 치울 수 있게 되었다. 그녀는 아주 조금씩 머리를 들어올렸다. 무언가 딱딱한 것이 느껴졌고 이내 조그만 나무뿌리와 부러진 나뭇가지가 손에 잡혔다. 그녀는 계속 위를 향해 흙을 파며 올라갔다. 흙이 여전히 푸슬푸슬해 그렇게 어렵지는 않았다.

밤 10시, 자기 굴로 돌아가던 여우가 다시 리스베트의 무덤 앞을 지났다. 들쥐 한 마리로 저녁식사를 마친 참이라 뿌듯해하던 녀석은 문득 거기에 다른 존재가 있음을 느꼈다. 얼어붙은 듯 그 자리에 멈춰 서서는 귀를 쫑긋 세웠다. 녀석의 수염과 까만 코가 파르르 떨렸다.

지하세계에서 어둠의 존재가 홀연 솟구쳐나오듯 리스베트의 손가락들이 땅에서 솟아나왔다. 옆에서 그 장면을 목격한 이가 있었다면 지금 이 여우와 똑같이 행동했으리라. 여우는 꽁지가 빠지게 줄행랑을 쳤다.

리스베트는 쭉 뻗은 팔을 따라 신선한 공기가 흘러들어오는 걸 느꼈다. 그리고 이내 다시 숨을 쉴 수 있게 되었다.

하지만 무덤에서 완전히 빠져나오기까지 삼십 분의 시간이 더 필요했다. 왼팔을 쓸 수 없다는 사실이 의아했지만 여하튼 움직일 수 있는 오른손을 맹렬히 놀려서 흙과 모래를 파나갔다.

도구가 필요했다. 그녀는 꾀를 하나 냈다. 구멍을 따라 팔을 아래로 내려 재킷 안주머니에 넣어둔 담배 케이스를 꺼냈다. 미리암이 선물해준 것이었다. 뚜껑을 열어 양동이처럼 사용했다. 흙을 한 번씩 떠서 땅 위로 빼올린 뒤 손목을 홱 돌려 흙을 던져버렸다. 그러다 어느 순간 오른쪽 어깨가 자유로워지면서 흙을 위쪽으로 밀어올릴 수 있었다. 마침내 몸을 누르고 있던 흙과 모래를 치워내면서 머리를 들어올리자 오른팔과 머리가 무덤 밖으로 빠져나왔다. 뒤이어 상체를 일부 빼내는 데 성공한 그녀는 온몸을 뒤틀면서 조금씩 밖으로 빠져나오기 시작했다. 천근같았던 두 다리가 한순간에 가벼워졌다.

눈을 감고 엉금엉금 기어서 무덤으로부터 벗어난 그녀는 나무등치에 어깨를 부딪히고서 동작을 멈췄다. 그러고는 천천히 몸을 돌려 나무에 등을 기대앉은 다음 손등으로 눈꺼풀에 붙은 흙을 닦아내고서 눈을 떴다. 사방이 밤의 어둠에 잠겨 있었고, 공기는 얼음처럼 차가웠다. 온몸은 땀에 젖었다. 머릿속과 왼쪽 어깨, 그리고 둔부에 뻐근한 통증이 느껴졌지만 거기에 생각을 쏟아 에너지를 허비하고 싶지 않았다. 그렇게 십 분가량 꼼짝 않고 앉아서 천천히 숨만 몰아쉬었다. 그리고 이내 여기에 더 머물러서는 안 된다는 사실을 깨달았다.

그녀는 몸을 일으켜보려고 애썼다. 세상이 윙윙거리며 흔들리기 시작했다. 그 순간 심장이 요동쳤다. 갑자기 구역질이 느껴져 몸을 앞으로 굽히고 구토를 했다.

그러고는 걷기 시작했다. 어떤 방향으로 어디를 향해 가고 있는지 조차 몰랐다. 왼쪽 다리가 좀처럼 움직이지 않아 수없이 무릎이 구부러져 앞으로 쓰러지기 일쑤였다. 그때마다 엄청난 통증이 머리 전체를 쩌르르 울렸다.

그렇게 얼마나 걸었을까. 어디선가 깜빡이는 불빛이 눈에 들어왔다. 그녀는 그쪽으로 방향을 바꿔 비틀거리며 걷기 시작했다. 뜰 언저리에 있는 헛간 앞에 이르러서야 자신이 살라첸코의 집으로 돌아왔다는 사실을 깨달았다. 그녀는 걸음을 멈추고 주정뱅이처럼 휘청거리는 몸을 가누며 서 있었다.

감시카메라가 설치된 곳은 진입로와 그 반대편 공터 쪽이었다. 지금 그녀가 온 길에는 없었다. 그들은 그녀가 돌아온 것을 알아차리지 못했다.

리스베트는 잠시 혼란스러웠다. 지금 자신에게는 로날드나 살라첸코와 다시 맞붙어 싸울 힘이 없었다. 그녀는 하얀색으로 칠한 농가를 바라보았다.

클릭. 목재. 클릭. 불.

그녀는 휘발유통과 성냥개비를 꿈꾸기 시작했다.

그리고 헛간 쪽으로 힘겹게 몸을 돌려 빗장이 질러진 문 앞까지 휘청휘청 걸어갔다. 빗장은 오른쪽 어깨로 들어올려 열 수 있었다. 빗장이 땅에 떨어지다 문에 부딪혀 소리가 났다. 그녀는 헛간의 어둠 속으로 한 걸음 내디디며 주위를 둘러보았다.

장작이었다. 휘발유는 없었다.

주방 식탁에 앉아 있던 살라첸코가 눈을 들어 허공을 보았다. 빗장이 헛간 문에 부딪히는 소리를 들은 것이다. 곧바로 커튼을 젖히고 어둠을 응시했다. 잠시 후 어둠 속 풍경이 눈에 들어오기 시작했다.

바람은 한층 거세졌다. 일기예보는 주말에 고약한 날씨를 예고했다. 이윽고 반쯤 열린 헛간 문이 눈에 들어왔다.

오후에 그는 로날드와 함께 장작을 가지러 헛간에 갔었다. 실은 리스베트에게 자신들의 모습을 노출해 그녀가 제대로 찾아왔음을 확신하게 하려는 미끼였다.

로날드가 헛간 문 닫는 걸 잊은 걸까? 어떻게 그리도 일을 소홀히 한단 말인가! 그는 소파에 잠든 로날드가 있는 거실 쪽 문을 힐끗 쳐다보며 깨울까 잠시 망설였지만 그냥 자게 놔두기로 했다. 대신 자신이 의자에서 몸을 일으켰다.

휘발유를 찾으려면 차들을 세워둔 축사로 가야 했다. 그녀는 커다란 장작단에 등을 기대고 크게 숨을 몰아쉬었다. 조금이라도 휴식이 필요했다. 그렇게 일 분쯤 앉아 있었을까. 그녀의 귀에 의족을 질질 끌며 헛간 쪽으로 다가오는 살라첸코의 발소리가 들려왔다.

솔레브룬 북부에 이른 미카엘은 어둠 속에서 멜뷔 방면 도로로 잘못 접어들었다. 노세브로에서 방향을 꺾었어야 했는데 계속 북쪽으로 올라가다 트뢰셰르나에 이르러서야 자신의 실수를 깨달았다. 결국 그는 차를 세우고 지도를 살폈다.

욕을 한번 내뱉은 뒤 유턴해 다시 노세브로 방향인 남쪽으로 차를 몰았다.

알렉산데르가 헛간 안으로 들어서기 직전, 리스베트는 장작더미에 기대어 있던 도끼를 집어들었다. 그걸 머리 위로 치켜들 힘은 없었다. 대신 한 손으로 잡고 아래에서 위로 곡선을 그리며 쳐올렸다. 총을 맞지 않은 골반을 축으로 삼아 온몸을 돌리면서 도끼를 휘둘렀다.

그 순간 전등 스위치를 한번에 찾지 못해 성이 나 있던 살라첸코의 오른쪽 얼굴로 도끼날이 미끄러졌다. 날은 광대뼈를 박살낸 다음 이마에도 몇 밀리미터쯤 파고들었다. 그가 자신에게 무슨 일이 일어났는지 이해하기까지 시간이 조금 걸렸다. 하지만 이윽고 두뇌가 고통을 인식하면서 그는 미친 사람처럼 울부짖기 시작했다.

소스라치며 잠에서 깬 로날드가 멍한 표정으로 일어나 앉았다. 어디선가 울부짖는 소리가 들렸다. 처음엔 인간이 내는 소리 같지가 않았다. 하지만 결국 바깥에서 들려오는 그 소리가 살라첸코의 소리임을 깨닫고는 벌떡 몸을 일으켰다.

한번 도끼를 휘두른 리스베트는 그 반동을 이용해 다시 한번 휘두르려 했지만 이번에는 몸이 말을 듣지 않았다. 마음 같아서는 도끼를 치켜들어 그대로 아버지의 두개골에 박아버리고 싶었다. 하지만 이미 온몸에서 힘이 다 빠져나간 터라 도끼날이 이른 곳은 목표보다 한참 아래인 살라첸코의 무릎 밑이었다. 그래도 도끼머리의 무게가 있어서 뼛속 깊이 도끼날이 박혀들었다. 뒤이어 살라첸코가 그대로 헛간 바닥에 엎어져버리는 바람에 그녀의 손에서 도낏자루가 빠져나갔다. 그는 계속해서 울부짖었다.

리스베트는 다시 도끼를 집어들려고 앞으로 몸을 굽혔다. 그러자 거센 물결처럼 퍼지는 통증에 머릿속이 울리면서 술 취한 배처럼 땅이 기울었다. 그대로 주저앉고 말았다. 손을 내밀어 살라첸코의 호주머니를 더듬어보았다. 재킷 오른쪽 주머니에 여전히 그 권총이 들어 있었다. 총을 빼낸 그녀는 땅이 빙빙 도는 와중에도 온 정신을 집중해 그것을 들여다보았다.

22구경 브라우닝.

애들 장난감 같은 총.

이런 총이었기에 그녀가 아직 살아 있을 수 있었다. 만일 로날드의 시그사우어나 다른 총이었다면 지금 그녀의 두개골에는 커다란 구멍이 뚫렸을 것이다.

이런 생각을 하는 사이 그녀의 귀에 로날드의 발소리가 들려왔다. 뒤이어 잠이 덜 깬 그가 열린 헛간 문으로 들어서는 게 보였다. 이내 그는 걸음을 멈추고 믿기지 않는다는 듯 커다래진 눈으로 헛간 안의 광경을 바라보았다. 살라첸코가 미친 사람처럼 울부짖고 있었다. 얼굴은 피칠갑을 한 시뻘건 가면 같았다. 무르팍에는 도끼가 박혀 있었다. 그 옆에는 피와 흙으로 범벅이 된 리스베트가 앉아 있었다. 마치 공포영화에서 금방 튀어나온 듯한 모습이었다. 로날드가 수도 없이 봐온 괴물들처럼.

대전차 로봇처럼 막강한 골격을 지닌 로날드는 어둠만큼은 결코 좋아하지 않았다. 그의 기억이 미치는 아주 어린 시절부터 어둠은 언제나 '위협'과 동의어였다.

어둠 속에 도사리고 있는 괴물들을 목격한 적이 한두 번이 아니었고, 그곳에서는 설명할 수 없는 공포가 그를 기다리고 있었다. 그런데 지금 그 공포가 생생한 현실이 되어 나타났다.

땅바닥에 주저앉아 있는 저 계집애는 죽었다. 그건 조금도 의심할 수 없는 사실이었다.

그 자신이 직접 땅속에 파묻었으니까.

그렇다면 지금 저기 앉아 있는 건 인간 계집이 아니라 무덤 저편에서부터 온 존재, 인간의 힘이나 무기로는 도저히 맞서 싸울 수 없는 그런 존재였다.

그녀는 이미 인간에서 괴물로 변하기 시작했다. 피부가 도마뱀처럼 딱딱하게 변했다. 드러난 이빨은 먹잇감의 살점을 갈기갈기 찢어발길 준비가 된 날카로운 송곳니들이었다. 파충류의 혀를 닮은 헛바닥이 재빨리 입 주위를 핥고 있었다. 피투성이가 된 두 손에는 10센티미터 남짓한 면도날 같은 손톱들이 쭉쭉 뻗어 있었다. 로날드는 화염이 타오르듯 시뻘건 두 눈을 보았다. 그녀가 으르렁대며 자신의 목을 향해 달려들기 전, 팽팽히 근육을 긴장시키는 몸짓을 보았다.

분명했다. 그녀에게 꼬리가 달려 있었다. 그 꼬리가 갑자기 꼬부라지면서 마치 그를 위협하듯 땅바닥을 탁탁 내리쳤다.

이내 그 괴물이 몸을 일으켜 총을 쏘았다. 총알이 그의 귀를 스치고 지나갔다. 얼마나 가까웠던지 총알의 열기가 느껴질 정도였다. 그는 그녀의 입에서 그를 향해 뿜어져나오는 화염을 보았다.

더이상 견딜 수 없었다.

그는 생각이 그대로 멈춰버렸다.

그는 곧장 몸을 돌렸고 살기 위해 달리기 시작했다. 리스베트는 그 뒤에 대고 한 발을 더 쏘았다. 완전히 빗나갔지만 오히려 그의 발에 날개를 달아준 셈이었다. 그는 노루처럼 울타리를 펄쩍 뛰어넘어 도로 쪽으로 펼쳐진 벌판의 어둠 속으로 사라져갔다. 그를 쫓아내고 달리게 한 건 이유를 알 수 없는 공포였다.

리스베트는 그가 시야에서 사라져가는 모습을 물끄러미 바라보았다.

그러고는 비척비척 문까지 걸어가 어둠 속을 살펴보았다. 이미 그는 보이지 않았다. 잠시 후 살라첸코의 비명도 그쳤다. 하지만 그는 아직도 충격에서 벗어나지 못한 채 신음을 흘리고 있었다. 탄창을 빼보니 총알이 한 발밖에 남지 않았다. 그녀는 잠시 망설였다. 살라첸코의 머리에 대고 이 총알을 그대로 쏴버리고 싶었다. 하지만 이내 생각을 바꿨다. 바깥 어둠 속 어딘가에 로날드가 숨어 있을지 모르니 마지막 한 발은 남겨놓는 게 좋았다. 만일 그가 공격해오면 이 22구경 총알 한 발이 요긴할 것이다. 아무것도 없는 것보다는 훨씬 나았다.

힘겹게 몸을 일으킨 리스베트는 절뚝거리며 헛간을 나와 문을 닫왔다. 휘청거리는 걸음으로 뜰을 가로질러 집안에 들어가서는 주방 서랍장 위에서 전화기를 발견했다. 그리고 이 년 전부터 한 번도 걸어본 적 없는 번호를 눌렀다. 그는 집에 없었다. 대신 자동응답기가 작동했다.

안녕하세요. 여기는 미카엘 블롬크비스트의 집입니다. 지금은 전화를 받을 수 없으니 이름과 전화번호를 남겨주시면 곧 연락드리겠습니다.

삐이.

"미…… 카엘……" 그녀는 자신의 목소리가 엉망이라는 걸 깨달았다. 이내 침을 삼키고 말을 이었다. "미카엘, 나예요. 리스베트."

그다음에는 무슨 말을 해야 할지 좀처럼 떠오르지 않았다. 그녀는 천천히 수화기를 내려놓았다.

식탁 위에는 청소를 하려고 분해해놓은 시그사우어가 있었고 그 옆에는 소니 니에미넨의 P-83 바나드가 놓여 있었다. 그녀는 살라 첸코의 브라우닝을 던져버리고 식탁까지 휘청거리며 걸어가 바나드를 들어 탄창을 확인했다. 그리고 자신의 PDA를 찾아 호주머니에 넣었다. 그런 다음 개수대까지 비틀거리며 걸어가 씻지 않은 커피잔에 차가운 물을 채워 연거푸 네 잔을 마셨다. 고개를 쳐든 그녀는 흠 칫했다. 벽에 걸린 거울에 비친 자신의 모습을 본 것이다. 하마터면 자신도 모르게 방아쇠를 당길 뻔했다.

그녀가 본 것은 인간이라기보다는 야생동물이었다. 입을 다물지 못하고 있는 미친 얼굴이었다. 온몸은 더러운 것들로 뒤덮였다. 얼굴과 목에는 피와 진흙이 죽처럼 엉겨붙어 있었다. 왜 로날드가 자신을 보고 그렇게 도망쳤는지 알 것 같았다.

거울에 좀더 가까이 다가가던 그녀는 문득 왼쪽 뒷다리가 질질 끌리고 있다는 걸 깨달았다. 살라첸코의 첫번째 총알이 박힌 엉덩이가 몹시 아파왔다. 두번째 총알은 어깨에 적중해 왼팔 전체를 마비시켰다. 그곳 또한 몹시 아팠다.

하지만 가장 고통스러운 건 머리의 통증이었다. 그녀는 천천히 왼손을 올려 뒤통수를 더듬어보았다. 갑자기 분화구 같은 구멍이 만져졌다.

그 속에 손가락을 넣어 만져보던 그녀의 얼굴이 창백해졌다. 그리고 이내 깨달았다. 총알이 박힌 곳이 자신의 뇌라는 사실을. 지금 자신은 치명상을 입고 죽어가고 있었다. 아니, 이미 죽었어야 정상이었다. 이렇게 두 다리로 버티고 서 있는 상황이 오히려 이상하게 느껴졌다.

온몸을 마비시키는 거대한 피로감이 엄습해왔다. 지금 자신이 졸린 건지, 아니면 의식을 잃어가는 건지 분간할 수 없었다. 어쨌든 주방에 있는 벤치로 다가가 부상당하지 않은 오른쪽 머리를 쿠션에 대고 천천히 몸을 누였다.

잠시라도 누워 움직임을 최소화해야 했다. 하지만 바깥에 로날드가 숨어 있을지도 모르니 절대 잠들어서는 안 된다. 어쩌면 살라첸코도 헛간에서 나와 집안으로 돌아올지 몰랐다. 하지만 그녀에게는 더 이상 몸을 일으킬 힘이 남아 있지 않았다. 그저 춥기만 했다. 그녀는 권총의 안전장치를 풀었다.

로날드는 갈피를 잡지 못한 채 솔레브룬과 노세브로를 연결하는 도로변에서 서성대고 있었다. 어두운 밤이었고 벌판에 있는 사람은 그뿐이었다. 다시 이성적으로 사고할 수 있게 된 그는 이렇게 도망쳐 나온 자신이 부끄러웠다. 도대체 어떻게 된 일일까? 한 가지 분명한 건 그녀가 살아났다는 사실이었다. 어떻게든 수를 써서 무덤을 파헤치고 나왔겠지.

살라첸코에게는 자신이 필요했다. 그러니 다시 집으로 돌아가 리스베트의 모가지를 비틀어버려야 했다.

동시에 이제 모든 것이 끝나버렸다는 느낌이 들었다. 사실 이런 느낌이 들기 시작한 지는 꽤 되었다. 닐스가 자신들을 접촉해오면서부터 일이 꼬이고 또 계속 꼬였다. 살라첸코는 리스베트라는 이름을 듣고 나서 완전히 다른 사람으로 변해버렸다. 그가 그렇게도 강조하던 신중함의 모든 규칙들이 더이상 존재하지 않았다.

로날드는 망설였다.

지금 살라첸코는 의료적인 보살핌이 필요한 상태다.

아직 그녀가 그를 완전히 죽이지 않았다면 말이다.

판단하기 어려운 문제였다.

그는 아랫입술을 깨물었다.

자신은 벌써 여러 해 전부터 아버지의 동업자로 일해왔다. 성공으로 점철된 멋진 세월이었다. 자기 돈도 많이 모았고 살라첸코가 재산을 숨겨둔 곳까지 알고 있었다. 혼자서 이 사업을 계속해나갈 능력과 수단도 충분했다. 이 상황에 가장 합리적인 선택은 뒤돌아보지 않고 떠나는 것이었다. 살라첸코가 자신의 머릿속에 심어준 철칙이 무엇이던가. 더이상 통제할 수 없는 상황에서 아무런 미련 없이 떠날 수 있는 능력을 항상 갖출 것. 이것이 바로 살아남기 위한 기본 법칙이었다. 끝난 일에는 손가락 하나 까딱하지 마라.

그녀는 괴물이 아니었다. 하지만 불길한 재앙인 건 분명했다. 그는 자신의 이복누이를 과소평가했다.

로날드는 상반된 욕구 사이에서 갈등했다. 돌아가서 그녀의 모가지를 비틀어버리느냐, 아니면 이 길로 아주 멀리 도망쳐버리느냐.

바지 뒷주머니에는 여권과 지갑이 들어 있었다. 농가에는 돌아가기 싫었다. 거기에는 그에게 필요한 게 아무것도 없었다. 하지만 차는 한 대 필요할지도 몰랐다.

망설이는 사이 언덕 모퉁이를 돌아 다가오는 자동차의 전조등이 보였다. 그는 고개를 돌렸다. 어쩌면 다른 수가 있을지도 몰랐다. 지금 그에게 필요한 건 단 하나, 예테보리까지 갈 수 있는 차 한 대였다.

생전 처음으로—적어도 유아기를 벗어난 이후로는 처음으로— 리스베트는 자신이 처한 상황을 전혀 통제하지 못하고 있었다. 그녀 는 살아오면서 싸움도 많이 했고 폭행을 당하기도 했다. 국가에 의해 감금되기도 했고 개인들의 성적 학대 대상이 되기도 했다. 요컨대 그 녀의 몸과 마음은 그 누구보다도 많은 주먹질을 받아왔다.

하지만 그때마다 그녀는 저항했다. 페테르 박사가 질문할 때는 대 답을 거부했고, 물리적인 폭력을 당할 때는 몸을 빼내 달아날 수 있 었다.

코뼈가 부러져도 살아갈 수 있다.

하지만 두개골에 구멍이 뚫린 채로는 살아갈 수 없다.

이번엔 불가능해 보였다. 절뚝절뚝 침대까지 걸어가 이불을 뒤집 어쓰고 이틀을 내리 잔 다음 다시 일어나 아무 일도 없었다는 듯 태 연히 일상으로 돌아오는 일이.

너무도 심각한 중상을 입어서 상황을 제대로 파악하기도 힘들었 다. 극도로 피곤해진 몸이 그녀의 명령을 따르지 않고 있었다.

잠시라도 잠을 좀 자야겠어. 그러다 갑자기 그녀는 깨달았다. 이렇 게 긴장을 풀고 눈을 감아버리면 두 번 다시 깨어나지 못할 수 있다 는 사실을. 그녀는 언제나처럼 결과를 분석했다. 하지만 어찌되든 상 관없다는 생각이 점점 커져갔다. 아니, 그 생각은 사뭇 매력적이기까 지 했다. 이젠 쉴 수 있어. 더이상 깨어날 필요가 없어.

그녀의 머릿속에 마지막으로 떠오른 건 미리암 우였다.

밈미, 용서해줘.

그녀는 눈을 감았다. 여전히 손에는 안전장치가 풀린 소니 니에미 넨의 권총이 들려 있었다.

전조등 불빛 사이로 로날드 니더만이 보였다. 멀리 떨어져 있었지만 미카엘은 바로 그를 알아보았다. 2미터가 넘는 키에 터미네이터 같은 체격을 지닌 금발 거인을 못 알아보고 지나치기도 쉽지 않았다. 로날드는 팔을 흔들고 있었다. 미카엘은 속도를 줄였다. 그와 동시에 노트북 가방으로 손을 뻗어 바깥 주머니에서 권총을 꺼냈다. 리스베트의 책상에서 찾아낸 콜트 1911 거번먼트였다. 그는 5미터쯤 떨어진 곳에 차를 세우고 엔진을 끈 다음 차문을 열었다.

"세워줘서 고맙소." 로날드가 헉헉거리며 말했다. 차를 보고 뛰어온 모양이었다. "내 차가 고장이 나서 그러는데…… 시내까지 좀 태워주겠소?"

기이하게도 가벼운 목소리였다.

"물론 시내까지 모셔다드릴 수야 있지." 이렇게 말하면서 미카엘은 로날드를 향해 총을 겨눴다. "바닥에 엎드려!"

오늘밤 로날드 니더만에게 들이닥치는 시련은 정말이지 끝이 없는 듯했다. 그는 의심스러운 눈으로 미카엘을 쳐다보았다.

그는 권총도, 권총을 가지고 다니는 사람도 두려워하지 않았다. 하지만 무기에 대한 경의만큼은 지니고 있었다. 평생을 무기와 폭력과 더불어 살아왔기 때문이다. 누군가 총을 겨누고 있다면 지금 자신은 절망적인 상황에 처한 것이며, 상대가 언제든지 방아쇠를 당길 수 있다는 사실을 잘 알고 있었다. 그는 눈을 찡그리며 지금 자신에게 총을 겨눈 사람이 누구인지 알아보려고 애썼다. 하지만 전조등 불빛 때문에 어두운 실루엣만 보일 뿐이었다. 경찰? 아닌 것 같은데. 경찰들은 보통 신분을 밝히지 않나? 영화에서 보통 그렇게 하잖아.

로날드는 자신이 이길 수 있는 가능성을 따져보았다. 앞뒤 가리지 않고 달려든다면 무기를 빼앗을 수도 있을 것이다. 하지만 사내의 태도가 단호해 보이는데다 열린 차문 뒤에 몸을 숨기고 있었다. 달려들다가 한 두 발 맞을 수도 있었다. 재빠르게 공격하면 총알이 빗나갈 가능성도 있지만 반대로 치명상을 입을 수도 있는 노릇이었다. 살아

남는다 해도 부상당한 몸으로 도망간다는 건 어려운 일이었다. 아니 전혀 불가능한 일이 될 수도 있었다. 그러니 일단은 항복하고 더 나은 기회를 노리는 게 현명했다.

"당장 땅에 엎드리라고!" 미카엘이 소리쳤다.

그런 다음 총구를 약간 아래로 향하게 해 땅에 대고 한 발을 쏘았다.

"다음번은 네 무릎이야." 미카엘은 크고 분명한 목소리로 경고했다.

로날드는 전조등 불빛에 눈을 제대로 뜨지 못한 채 무릎을 꿇었다.

"당신 누구요?"

미카엘은 조수석 수납함으로 손을 뻗어 편의점에서 산 손전등을 꺼냈다. 그러고는 로날드 니더만의 얼굴을 비췄다.

"양손을 등뒤로 빼! 다리는 양쪽으로 넓게 벌리고." 미카엘은 로날드가 마지못해 복종하는 모습을 지켜보았다.

"난 네가 누군지 알고 있어. 허튼수작 부리면 경고 없이 발사하겠다. 견갑골 아래 허파를 겨냥하겠어. 어쩌면 네가 날 어떻게 할 수 있을지도 모르지만…… 그 대가는 톡톡히 치러야 할 거야."

미카엘은 손전등을 땅에 내려놓고 허리에 찬 벨트를 풀었다. 그리고 이십 년 전 군복무 시절에 키루나 보병부대에서 배운 대로 벨트로 올가미를 만들었다. 그런 다음 금발 거인의 뒤로 가서 팔 주위에 올가미를 두르고 팔꿈치 위쪽으로 단단히 조였다. 이제 로날드의 거대한 몸은 무방비 상태가 되었다.

'자, 이제 어떻게 한다?' 미카엘은 주위를 둘러보았다. 어둠 속의 고속도로변에는 두 사람밖에 없었다. 파올로가 로날드를 묘사한 말은 결코 과장이 아니었다. 그는 정말로 어마어마한 체구의 소유자였다. 그런데 왜 이런 거인이 마치 유령에라도 쫓기듯 한밤중에 헐레벌떡 달리고 있었던 걸까?

"나는 리스베트를 찾고 있어. 분명히 네가 그녀를 만났을 듯한데?"

로날드는 대답하지 않았다.

"리스베트는 어디 있지?" 미카엘이 재차 물었다.

로날드는 이상한 눈으로 그를 쳐다보았다. 정말이지 이 기이한 밤에 일어나는 일들을 그로서는 하나도 이해할 수가 없었다. 모든 일이 뒤죽박죽이었다.

미카엘은 어깨를 으쓱해 보이고는 차로 돌아가 트렁크를 열고 견인용 밧줄을 꺼내 왔다. 우선 주위를 둘러보았다. 온몸을 결박한 거인을 길 한가운데에 남겨놓을 수는 없는 노릇이니까. 30미터쯤 떨어진 곳에 전조등 불빛을 받아 번쩍이는 표지판이 하나 보였다. 무스가 지나가는 길목임을 알리는 경고 표시였다.

"일어나!"

미카엘은 그의 목덜미에 권총을 대고 표지판까지 걷게 했다. 그런 다음 기둥에 등을 기대고 앉게 했다. 로날드는 머뭇거렸다.

"이건 아주 간단한 문제야." 미카엘이 말했다. "너는 다그 스벤손과 미아 베리만을 죽였어. 내 친구들이었지. 그런 너를 길 위에 풀어놓을 수는 없잖아. 자, 둘 중 하나를 선택해. 여기 묶여 있든지, 아니면 무릎에 총알을 한 발 맞든지."

로날드는 앉았다. 미카엘은 우선 그의 목에 줄을 둘러 머리를 고정시켰다. 그런 다음 18미터에 달하는 나머지 줄로 거대한 몸을 칭칭 감아 표지판 기둥에 단단히 묶었다. 마지막으로는 줄을 넉넉히 남겨 팔뚝까지 기둥에 고정시킨 다음 선원들이 쓰는 견고한 매듭으로 마무리했다.

준비를 끝낸 미카엘은 다시 한번 리스베트가 있는 곳을 물었다. 거인은 여전히 묵묵부답이었다. 어쩔 수 없이 그는 어깨를 한 번 으쓱하고는 발길을 돌렸다. 그렇게 차로 돌아오자 비로소 아드레날린이 솟구치는 게 느껴졌다. 그제야 자신이 방금 무슨 일을 했는지 알 수 있었다. 미아의 모습이 눈앞에 떠올랐다.

미카엘은 담배에 불을 붙인 다음 생수병을 열고 벌컥벌컥 들이켰다. 저쪽 어둠 속에서 무스 경고판 기둥에 묶여 있는 거인의 실루엣이 눈에 들어왔다. 다시 운전석에 앉아 지도를 펼쳤다. 칼 악셀 보딘 농가로 빠지는 갈림길까지 가려면 1킬로미터는 더 가야 했다. 그는 시동을 걸고 거인의 앞을 지나쳐 달렸다.

미카엘은 천천히 차를 몰아 고세베르가라고 쓰인 표지판이 서 있는 갈림길을 지나 북쪽으로 100미터 더 올라간 산길에 있는 헛간 옆에 차를 세웠다. 그러고는 차에서 내리며 권총을 집어들고 손전등을 켰다. 진흙 위에는 생긴 지 얼마 안 돼 보이는 바큇자국이 남아 있었다. 바로 얼마 전까지 이곳에 차가 한 대 서 있었던 모양이다. 하지만 다른 흔적을 더 발견하지는 못했다. 그는 고세베르가 표지판이 있던 갈림길까지 걸어서 돌아가 손전등으로 우편함을 비췄다. 192-K. A. 보딘. 그는 계속 길을 따라 걸었다.

거의 자정이 다 되었을 무렵 보딘 농가의 불빛들이 보였다. 그는 걸음을 멈추고 귀를 기울였다. 그렇게 몇 분 동안 꼼짝 않고 있었지만 들리는 것은 밤시간 특유의 희미한 소음들뿐이었다. 그는 농가로 직접 통하는 길 대신 들판 언저리를 따라 축사 건물로 다가갔다. 그리고 농가에서 30미터쯤 떨어진 뜰 앞에 멈춰 섰다. 몸의 모든 감각이 팽팽히 긴장하기 시작했다. 로날드가 도로 위를 달리고 있었다는 사실은 농가에 무슨 일이 벌어졌다는 의미였으니까.

농가를 향해 걷기 시작해 뜰을 반쯤 지날 무렵 어디선가 소리가 들려왔다. 미카엘은 즉시 몸을 돌려 무릎을 구부려 앉으며 총을 들어 올렸다. 몇 초 후 소리가 흘러나오는 곳이 헛간이란 걸 알 수 있었다. 누군가의 신음 소리였다. 그는 재빠르게 풀밭 위를 가로질러 헛간 앞에 멈춰 섰다. 안에는 전등이 하나 밝혀져 있었다.

미카엘은 다시 귀를 기울였다. 누군가 안에서 움직이고 있었다. 그는 천천히 빗장을 들어올리고 문을 열었다. 그리고 피범벅이 된 얼굴과 공포에 질린 눈 한 쌍과 마주쳤다. 바닥에는 도끼가 놓여 있었다.

"맙소사……" 미카엘이 신음하듯 내뱉었다.

그리고 의족을 보았다.

살라첸코!

그렇다. 확실히 리스베트가 이곳을 다녀갔다.

하지만 그곳에서 대체 무슨 일이 있었을지 그로서는 도무지 짐작할 수 없었다. 그는 재빨리 문을 닫고 다시 빗장을 질러놓았다.

살라첸코는 헛간에 갇혀 있고 로날드는 솔레브룬 방면 갓길에 묶여 있다. 미카엘은 잰걸음으로 뜰을 가로질러 농가로 향했다. 제3의 위험인물이 존재할 가능성도 배제할 수 없었지만 일단 집안에는 아무도 없는 듯했다. 미카엘은 총구를 땅으로 향하게 하고 살며시 출입문을 열었다. 현관은 컴컴했지만 문이 열려 있는 주방은 불을 밝힌 상태였다. 들리는 것은 똑딱거리는 벽시계 소리뿐이었다. 주방 문턱을 넘어서는 순간, 그는 벤치에 누워 있는 리스베트를 보았다.

한순간 그는 석상처럼 그 자리에 얼어붙었다. 그리고 이내 엉망이 된 그녀의 몸을 바라보았다. 권총을 든 그녀의 손이 소파 아래로 힘없이 늘어져 있었다. 천천히 다가가 그녀 옆에 무릎을 꿇었다. 다그와 미아를 발견하던 순간이 떠오르면서 이제 리스베트도 죽었다는 생각이 들었다. 그런데 바로 그때, 그녀의 흉곽이 미세하게 움직이더니 희미하게나마 숨소리가 들렸다.

미카엘은 손을 뻗어 그녀의 손에 들린 권총을 조심스럽게 빼내기 시작했다. 그러자 총을 잡은 그녀의 손에 갑자기 힘이 들어갔다. 그녀가 가느다랗게 두 눈을 떴다. 기나긴 순간 같은 몇 초 동안 그를 응시했다. 시선에는 초점이 없었다. 그리고 중얼거렸다. 알아듣기 힘들만큼 낮은 목소리로.

빌어먹을 칼레 블롬크비스트……

그녀는 다시 눈을 감고 권총을 놓아주었다. 미카엘은 권총을 바닥에 내려놓고 휴대전화를 꺼내 구급차를 불렀다.

밀레니엄 2권 끝.

옮긴이 임호경
서울대학교 불어교육과를 졸업하고 파리 제8대학에서 문학 박사학위를 취득했다. 현재 전문 번역가로 활동하고 있다. 옮긴 책으로 엠마뉘엘 카레르의 『러시아 소설』, 요나스 요나손의 『창문 넘어 도망친 100세 노인』『셈을 할 줄 아는 까막눈이 여자』『킬러 안데르스와 그의 친구 둘』, 피에르 르메트르의 『오르부아르』, 기욤 뮈소의 『7년 후』, 아니 에르노의 『남자의 자리』, 조르주 심농의 『갈레 씨, 홀로 죽다』『누런 개』『센 강의 춤집에서』『리버티 바』, 베르나르 베르베르의 『카산드라의 거울』『신』(공역), 앙투안 갈랑의 『천일야화』, 파울로 코엘료의 『승자는 혼자다』 등이 있다.

문학동네 세계문학
밀레니엄 2권
불을 가지고 노는 소녀

1판 1쇄 2017년 9월 19일 | 1판 4쇄 2023년 12월 26일

지은이 스티그 라르손 | 옮긴이 임호경
책임편집 고선향 | 편집 신견식 김필균 이현정
디자인 김이정 최미영 | 저작권 박지영 형소진 최은진 서연주 오서영
마케팅 정민호 서지화 한민아 이민경 안남영 김수현 왕지경 황승현 김혜원 김하연 김예진
브랜딩 함유지 함근아 고보미 박민재 김희숙 박다솔 정승민 배진성
제작 강신은 김동욱 이순호 | 제작처 영신사

펴낸곳 (주)문학동네 | 펴낸이 김소영
출판등록 1993년 10월 22일 제2003-000045호
주소 10881 경기도 파주시 회동길 210
전자우편 editor@munhak.com | 대표전화 031) 955-8888 | 팩스 031) 955-8855
문의전화 031) 955-1927(마케팅) 031) 955-1917(편집)
문학동네카페 http://cafe.naver.com/mhdn
인스타그램 @munhakdongne | 트위터 @munhakdongne
북클럽문학동네 http://bookclubmunhak.com

ISBN 978-89-546-4659-8 04850
      978-89-546-4657-4 (세트)

www.munhak.com

밀레니엄 시리즈

악마도 부러워할 실력자 해커
리스베트 살란데르

"쓰레기는 뭘 해도 쓰레기예요.
난 쓰레기들에게 마땅한 것들을 돌려줄 뿐이라고요."

예리하면서도 순진한 면모가 있는 탐사기자
미카엘 블롬크비스트

"오랜 경험을 통해 한 가지 배운 게 있다면
자신의 본능을 믿어야 한다는 사실이다."

스웨덴의 사회고발 전문 기자 스티그 라르손은 범죄 미스터리 소설 시리즈 10부작을 기획한다. 그는 미스터리 소설의 흥행요소를 잘 알았지만 판에 박힌 틀에서는 벗어나고자 했다. '전에 없던 새로운 히로인'이라는 호평을 받은 '리스베트 살란데르'는 성인이 된 '말괄량이 삐삐'를 상상하여 창조한 캐릭터이고, 그녀와 함께 미스터리를 파헤치는 '미카엘 블롬크비스트'는 집요한 일중독자였던 실제 작가의 모습을 닮았다. 두 주인공을 중심으로 친근하면서도 전형적이지 않은 캐릭터들과 함께 숨가쁘고 거대한 서사의 향연이 펼쳐진다. 3권까지 집필을 마친 그는 출간 6개월을 앞두고 돌연 심장마비로 사망한다.

스티그 라르손의 사후 출간된 '밀레니엄 시리즈'가 경이로운 판매 기록을 세우며 전 세계에 신드롬을 일으키자 작가의 죽음으로 3권에서 중단된 시리즈에 대한 독자들의 아쉬움은 커져갔다. 이후 유족과 노르스테츠Norstedts 출판사는 범죄 사건 전문 기자 출신 다비드 라게르크란츠를 공식 작가로 지정해 시리즈를 이어간다. 우려와 기대 속에 선보인 밀레니엄 4권 『거미줄에 걸린 소녀』는 시리즈의 계승작으로 그 자격이 충분함을 입증하며 전작 못지않은 흥행을 일으켰고, 돌아온 '리스베트와 미카엘'에 팬들은 열광했다. '밀레니엄 시리즈'는 총 6권으로 그 경이로운 세계를 완성한다.